# 漱石と英文学 II

## 『吾輩は猫である』および『文学論』を中心に

塚本利明【著】

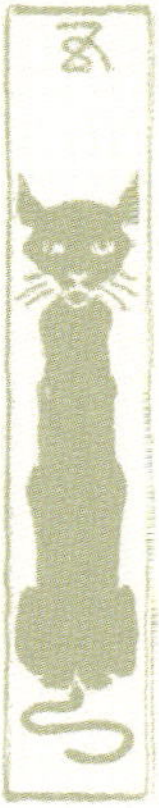

彩流社

**レンブラント・ファン・レイン『サスキアといる自画像』**
（油彩、1635年頃、ドレスデン国立美術館蔵）。

画面左側、孔雀の下方には小さくナイフが描かれている。
このナイフは、孔雀が食物であることを示唆している。
【本文63～64ページ参照】

ハンス・ホルバイン『大使たち』
（油彩、1533年頃、ナショナル・ギャラリー（ロンドン）蔵）。

画面下部に描かれた細長い灰白色の物体は、上下に極端に
圧縮した頭骸骨で、典型的な「メメント・モリ」である。
漱石は、ロンドン到着の直後、ナショナル・
ギャラリーでこの作品に接したと思われる。
【本文385〜386ページ参照】

# 目　次／漱石と英文学 II

# 第一章　自己流〈比較文学〉と漱石研究

## 1　私の〈比較文学〉入門から海外における「方法論」論争まで

私が初めて比較文学なるものに接したのは昭和二十五（一九五〇）年の春である。大学へ入って五月病になりかけた頃、一寸変わった課外の講義があると聞いてその大教室を覗いてみた。溢れんばかりの学生で、講義が始まるや忽ち眠気が吹っ飛んだ。講師は島田謹二先生でテキストは佐藤春夫著『近代日本文学の展望』だった。当時日本は窮乏のどん底にあって、出版物にもひどく粗悪な用紙が使われていたが、この本は珍しく紙質もよく、しかも箱入りだった。定価は三百五十円。現在の感覚では低廉というほかないが、当時の学生にはそうは思えなかった。昭和二十五年発行の『コンサイス仏和辞典』が定価四百二十円、昭和二十八年に定められた「日本比較文学会会則」第十条が「本会ノ会費ハ年額百二十円トスル」(1)とした時代だった。

英文科の三年生の頃、英語学担当の中島文雄先生が『近代英語とその文体』（一九五二）を上梓された。その第五章は、十七世紀の名文家 Sir Thomas Browne (1605-82) を扱う。ブラウンは十七世紀の名文家の一人だから、ご著書の趣旨からして取り上げるのは当然であろう。だが、私が特に興味を唆られたのは、先生がブラウンの *Hydriotaphia* (1658) を論じたついでに、脚注で『三四郎』の一節、「寂寞の罌《け》粟《し》花を散らすや頻なり」以下の出典を指摘され、かつ、懇切な解説を加えておられたことだった。[2] この解説を参照しつつ原文を辿ると、三四郎の理解には見当違いが多いことがおぼろげながら分かってきた。漱石は、大学の新入生がいきなりブラウンを読んだらこの程度だろうと見当をつけて、三四郎が『ハイドリオタフヒア』を手にする場面を描いたのではないか、と思った。

中島先生のご指摘を踏まえた論文が、大島田人「『三四郎』の注釈—『ダーターファブラ』と『ハイドリオタフヒア』」である。[3] だが、その後『ハイドリオタフヒア』の出典に言及した論考は、いずれも先生のご指摘に触れていない。先生のご著書に蒙を啓かれた私としては、甚だ残念である。

卒業後数年すると、比較文学のあり方をめぐる大論争が始まった。この論争の発端は、ノース・カロライナ州チャペル・ヒルにおける第二回国際比較文学会（一九五八）での R. Wellek (1903-1995) の講演、"The Crisis of Comparative Literature" である。[4] ウェレックは、先ず現在比較文学がどのような危機にあるかを指摘し、次いで、そのような危機から脱出するには比較文学研究はどのような方向を目指すべきかを大胆に論じたのだった。

ウェレックによれば、第一次大戦後、我々の世界は常に危機の中にあったが、それと並行して文学研究においてもその方法をめぐって深刻な対立が生じていたのである。十九世紀の文学研究は、どんな事実でもそれを一個の煉瓦のようなものと考え、多くの事実を積み重ねることでピラミッドのように壮大な学問を築き上げることができるという確信に支えられていた。当時既にクローチェ（一八六六

～一九五二）やディルタイ（一八三三～一九一一）はこういう方法に挑戦していたのだが、比較文学はこの新しい潮流を無視し続けたため、現在もなお明確な主題も固有の方法論も確立し得ていない。すなわち、バルダンスペルジェ（一八七一～一九五八）、ヴァン・ティーゲム（一八七一～一九四八）、ジャン・マリ・カレ（一八八七～一九五八）、およびギュイヤール（一九二一～二〇一一）の目指した研究は失敗に終ったのであり、それは、彼らが十九世紀的「事実主義、科学主義、および史的相対主義」に固執したからだと言う。(5)

ウェレックは、二十世紀の文学研究は全てこのような立場を超えようとすると考える。ロシア・フォルマリスム、ドイツの精神史、フランスの実存主義批評、アメリカの「新批評」、ユングの影響下に成立した神話批評、フロイト的精神分析批評、さらにはマルクス主義的批評でさえもが、素朴な事実主義を超えようとしたのである。ところが、比較文学だけが十九世紀的事実主義に固執したが故に、それはいつの間にか学問的生命力を失ってしまった。かかる状況から脱出するには、比較文学は従来避けてきた「価値」の問題や「批評」的要素を大胆に取り入れなければならない、とウェレックは主張する。(6)ウェレックの主張には他にも重要な論点があるが、彼が最も強調した問題はほぼ以上のように要約できるだろう。

ウェレックがバルダンスペルジェ以下四人を名指しで批判したのは、彼らを事実主義に固執する頑迷なフランス派比較文学の代表者と見たからである。その一人、Van Tieghem 著 *Littérature comparée* (1931) の「序文」に、「この小さな書物は、一つの欠陥を補うことに使命を定められている。私の知るところでは、比較文学の理論と方法とにあてられている書物はどんな言語でもまだ一冊も存在していない」と始まる。[7] つまりヴァン・ティーゲムは、この新著こそ世界最初の比較文学の概説書だと匂わせているのだが、ウェレックは、ヴァン・ティーゲムは比較文学の明確な主題も固有の方法論も確立し得なかった、と断じたのだ。

ヴァン・ティーゲムの概説書はまた、バルダンスペルジェこそは比較文学研究の第一人者であり、フランスは比較文学のメッカだ、としている。ここには、バルダンスペルジェの『『フランスにおけるゲーテ』は比較文学者としての権威を確立した」とか、「単行本にまとめられていないほかのたくさんの論文は（中略）フランスにおける外国のさまざまな影響問題を確実に解明した」とか、「これらは、彼をひさしいまえからフランス派比較文学の領袖（le chef de l'école française de littérature comparée）とし、あらゆる国の比較文学者のうちで一番重要な存在（le plus considerable des comparatistes de tous les pays）としている」とかいう言葉が繰り返されているのである。[8] ウェレックは、ヴァン・ティーゲムのこういう評価に正面から異議を唱えたのだ。

この二人が第二次大戦以前のフランス派比較文学の大物だとすれば、カレとギュイヤールとは戦後を代表する研究者と見做されている。フランスはこの大戦で甚大な被害を蒙り、一九二一年にバルダンスペルジェらが創刊した *Revue de Littérature Comparée*（『比較文学雑誌』）も四〇年に休刊になった。大戦後の五一年にようやく文庫「クセジュ」の一冊として Guyard の *Littérature comparée*（初版）が出、同じ年にヴァン・ティーゲムの『比較文学』も再版になったが、より注目されたのは新進のギュイヤールだった。とはいえ、彼はまだ三十歳の若さだったから、指導教授だったジャン・マリ・カレが弟子を側面から援護すべく、比較文学のあり方を論じた長い緒言を寄せたのだ。[9] ウェレックはこの二人をも槍玉にあげて、フランス派比較文学の目指した研究は戦前戦後を通して失敗に終った、と切り捨てたのである。

ウェレックの論点は幾つかあるが、ここでは、ウェレックが軽蔑をこめて「事実主義」と呼ぶ《方法》への批判に焦点を絞りたい。フランス派はなぜこれにこだわったのか。ヴァン・ティーゲムは、「比較文学がフランスにおいて（中略）大変顕著な発展をとげた」のは、バルダンスペルジェ等の方法が「フランス文学史の方法を踏襲したから」[10]だと言う。そもそも「近代フランス文学史の刷新の重要な先駆者で（中略）、より多くの正確さと確実さをそこにもたらしたのは（中略）ギュスターヴ・ランソン」[11]であり、彼の代表的業績の一つが「〔ラマルチーヌの〕『瞑想詩集』の立派な校本」[12]、すなわち、*Lamartine: méditations poétiques*. 2 vols. (1915) である。これによってランソン（一八五七〜一九三四）は、ラマルチーヌ（一七九〇〜一八六九）が「ポープから、ヴォルテールから、また直接、あるいはバウール＝ロルミアンを通して、ヤングから意想をえている」[13]ことを解明したが、その際彼が示した「正確さと確実さ」とがフランス比較文学の手本になった、というのである。

ラマルチーヌはロマン派の詩人として知られているが、外交官でもあり、後に政治家としても活躍した多才な人物である。二十代の半ばにある人妻を激しく恋したが、彼女は病を得て間もなく他界してしまった。その時の悲しみを踏まえて書かれたのが『瞑想詩集』で、これは長く忘れ去られていた「抒情をフランス詩史のなかに呼びもどした」という意味で、「最初のロマン派の詩人」だとする評もある。[14]

ところが、このラマルチーヌが「意想」を得た一人として挙げられているポープ（一六八八〜

一七四五）は、英文学では古典主義の代表的詩人とされている。ポープにはロマンティックとも言える作品もあるが、彼の作品の多くはそうではない。例えば、彼の代表作の一つ『人間論』（*An Essay on Man*, 1733-4）は、宇宙の事象はすべて神の意思のままに完全無欠であり、部分的な悪は普遍的善を実現するための手段であって、それを理解しないのは人間の限界の故であるといったものである。[15] ある意味では、韻文で書かれた哲学論文のようなものだとも言えよう。もしこのような作品がラマルチーヌの『瞑想詩集』に「意想」を与えたとすれば、そしてこのことが「正確さと確実さ」を以て立証されたとすれば、それは驚くべき発見ということになろう。[16]

ヴァン・ティーゲムは、「比較文学の目的は（中略）諸国文学の作品を相互的な関係において研究すること」[17]だと言う。『瞑想詩集』にポープの影響が認められるとすれば、ポープは影響の「発動者（émetteur）」であり、ラマルチーヌは「受容者（récepteur）」である。[18] ラマルチーヌがヤング（一六八三〜一七六五）を知ったのがバウール＝ロルミアン（一七七〇〜一八五四）の翻訳を通してだとすれば、バウール＝ロルミアンは「伝達者（transmetteur）」である。[19] 当然、「ある国における受容者は、別の国に対して（中略）伝達者の役割を果」たすことがある。[20]「発動者」と「受容者」との関係に焦点を絞れば「影響」あるいは「源泉」研究になり、「発動者」が外国に及ぼした影響全体を追究すれば、その作家の「運命」研究になる。[21] これら三者の相互関係を拡大していくと、国境を越えた文学史が形成されるだろう。[22]「比較文学は文学史の一部門である」[23]とはこういうことであり、ヴァン・ティーゲムの大著、*Histoire littéraire de l'Europe et de l'Amérique de la Renaissance à nos jours* (1946) はこの種の試みである。

ギュイヤールの『比較文学』も、基本的にヴァン・ティーゲムを踏襲している。カレは、この書に寄せた「緒言」で、以下のように述べる。比較文学は「何でもかんでも比較し、何時でも何処でもかまわず比較してはいけないのである。比較文学は文学の比較ではない。比較文学は文学史の一分野である。すなわちそれは国際間の精神的つながり（中略）に存在した事実の相互関係を研究するものである(24)」と。ギュイヤールも師に倣うかの如く、比較文学は「国際間の文学的関係の歴史(25)」だとする。

他方でカレは、影響の研究では「計られないものの目方を験べようとする危険に身を曝すことが時々起る(26)」とも言う。ギュイヤールは、ある作品に影響を与えたと思われる「外国」の「源泉」研究を試みた人は「誰でもその困難を知って」おり、「それは無駄なことだと言いたくなる」と述べる。「源泉の研究は（中略）読書目録以上に出ることがないのが最も普通」であり、「天才を参考物件の下に窒息させて、天才からその独創性を奪いとるというような馬鹿げたこと(27)」だからである。

一見したところ、二人の立場はウェレックの「事実主義」批判、すなわち、どれほど事実を積み上げても「ある作家が別の作家を知っており、また読んでいるという事実(28)」を証明できるに過ぎないという立場に、近いようにも思われる。だが、実は両者は正反対の志向性をもっているのである。カレは、「（源泉研究）よりも確かなのは、作品の成功、作家の運命(29)、（中略）旅行とか幻影といったもの、これらの歴史を研究すること(30)」だと考える。ギュイヤールもまた、「読書目録以上に出ることがない」ような源泉研究にこだわることなく、「より確かな」研究が可能な領域、例えば、「旅行者がどういう風に外国人を表現しているかを知ること(31)」ができる「旅行記」の研究を志向する。逆に言えば、大戦後のフランス派は、ランソン以来の精密な実証主義に徹しようとするあまり、ある作品における他の作品の「影響」、あるいは「源泉」研究といった主題から――端的に言えば文学作品そのものから——離れようとする傾向を示すのである。

これに対しウェレックは、我々は「事実主義」に囚われることなく「『文学性（literariness）』の問題[32]」に取り組まなければならない、と主張する。それが彼の言う「批評」への回帰なのだが、その背後には一九四〇年代アメリカの批評界を席巻した「新批評」があった。ウェレックは、ギュイヤール著『比較文学』に寄せたカレの「緒言」が『比較文学・一般文学年史』第一巻に採録されたとき[33]、それはアメリカで「達成された全てのものに対する挑戦だと感じた[34]」と述べた。アメリカで「達成された全てのもの」とは、所謂「新批評」の成果に他ならない。同じ論文で彼は、「我々は孤立してはいなかった。『新批評家』たちが既に大学における文学教育の実践に大きな衝撃を与えていたのだ」とも述べているのである[35]。

ウェレックはまた、フランス派とアメリカ派との論争について、自分の発言は「際限のない論争」と「際限のない誤解」とを生んだとも回想する[36]。この論争については、ヘンリー・レマク（一九一六〜二〇〇九）が精密な書誌を編纂したが、ここでは割愛したい[37]。ただ、この論争が「際限のない誤解」を生んだにもせよ、半面では論争を通して両者の理解が深まったのも事実である。例えば、アメリカで盛んになった“parallelism（対比研究）”は「際限のない論争」を通してフランスでも認められるようになり、“rapprochement”と呼ばれるに至ったのである。

この論争で特筆すべきは、R. Etiemble 著 *Comparaison n'est pas raison: La crise de la littérature comparée* (1963) である。日本では翌六四年に芳賀 徹氏が「比較文学の危機——比較は理ならず」という表題で『学燈』に抄訳を連載したが[38]、アメリカでも広く注目されたらしく、その翌々年にミシガン州立大

学出版局から英訳 *The Crisis in Comparative Literature* (1966) が出た。読者が瞠目したのは、フランス派に属しているはずのエチアンブル（一九〇九～二〇〇二）が、フランス派の過度な実証主義とも言うべき傾向を厳しく咎めたことである。エチアンブルは、世界の比較文学研究の流れを見ると「ギュイヤール氏の規範によって構想された比較文学は（中略）『井の中の蛙』的なもの(39)」に見えるとし、ギュイヤールが提案した「研究題目」は「『文学』そのものからかけ離れたところにわれわれを引きとめておくたぐいのもの(40)」だと酷評したのだ。

では、フランス派が強調したランソンの方法は原理的に間違いなのだろうか。エチアンブルは、そうではないと言う。ランソンでは「廉直で正確な歴史的究明」が「作品享受の下準備」だったのに対し、「ランソンの熱狂的信奉者たちは、文学研究を（中略）歴史研究に限定しようとした(41)」のである。これは、彼らが「〔ランソンの〕方法の一番肝心な点を（中略）忘れてしまっている(42)」からに他ならない。ランソンは、「学者であるより前に、まず自分自身が文学好きである(43)」ことが大切だ、としている。アメリカ派は「フランスの比較文学者からはあまりに頻繁に無視されてきた批評を、強力に復活させた(44)」と、エチアンブルは評価したのである。

だが、だからといって、彼がアメリカ派の主張を全面的に受け容れたわけではない。彼は、「われわれの学問を『実証主義的』と軽蔑し、少しでもそれらしい研究はすべて拒否しようとする多くのアメリカの学者に同調する者ではない(45)」と明言する。「純粋美学」でさえ、「厳正な実証研究によって得るところこそあれ決して失うところのない学問(46)」なのである。エチアンブルは、「ランソンの最も無能な、したがって最も頑迷なエピゴーネンども(47)」が忘れてしまったフランス派のよき伝統に、戻ろうとしたのである。

かくして、方法論をめぐる論戦はようやく常識の線に戻ったように思われた。冒頭で触れた『近代日本文学の展望』「第一章 森 鴎外のロマンティシズム」は、「明治の文学は天明のプレ・ロマンティシズムを継承展開して世界的にしたロマンティシズムの文学である」[48]と始まる。これは「〈明治〉十八年の『小説神髄』と二十年の『浮雲』」とに日本近代文学の「紀元を置かう」とする通説に対する反論であり、「明治十七年、若い陸軍二等軍医として（中略）ドイツに渡つた鴎外森林太郎の洋行の事実を近代日本文学の紀元としたいと思ふ」というのが、著者の趣旨である。[49]著者はさらに、「その国外に去つた事情こそは全く違ふけれども、鴎外の洋行はその結果としては、革命の難を避けて国外に亡命したフランスの貴族が国外の生活とその耳目に新鮮な見聞とにもとづいて、帰来自国に新文学を創造したのとその趣の甚だ相似たるものがある」ばかりか、「これを我が国近代文学の紀元とする事は偶然にも世界的事実とその揆を一つに」することになり、それによって「我が国の近代の文学を世界の文学更新と同一に律することが出来る」と続ける。[50]これが、鴎外の「洋行」を「近代日本文学の紀元としたい」という著者の論拠である。著者の主張には賛否両論があろうが、方法論の面から見れば、かく直接の因果関係のない二個の事象を比べるのはフランス派が強く否定したやり方であり、後にアメリカ派が主張することになる「対比研究」である。

ところが「第二章 新体詩小史」で訳詩集『於母影』を論じ、更に第四章で「外国文学の影響」の考察に進むと、訳詩と原典との比較、あるいは明治期における西欧文学の具体的影響を考察することが不可欠となる。つまり、著者はフランス派の主張する方法を採らざるを得なくなるのである。とすると、『近代日本文学の展望』は、後にアメリカ派が主張するようになる対比研究に始まり、次いでフランス派の主流だった影響研究に移ったことになる。だが、それがこの名著の価値をいささかでも貶めることになるのだろうか。

既述の通り、ヴァン・ティーゲムは「比較文学がフランスにおいて（中略）大変顕著な発展をとげたのは、バルダンスペルジェ等の方法が「フランス文学史の方法を踏襲したから」だと言った。[51] 他方、フランス派を批判したウェレックは、ギュイヤール著『比較文学』に載せたカレの「緒言」が『比較文学・一般文学年史』第一巻に採録されたとき、それはアメリカで「達成された全てのものに対する挑戦だと感じた」と述べた。[52] 両者は一面では激しく対立しているようにも見えるが、両者ともに自国文学に軸足を置いているという点では、まったく同一ではないか。そうだとすれば、両者の論争から我々が学ぶべきことは何か。

それは、方法論なるものに過度に囚われることなく、自己の研究対象や研究の実情に応じて、最も適切な方法を採るべきだということであろう。極言すれば、研究対象次第で、〈自己流〉のやり方であっても何の差支えもないのである。私自身の問題としては、漱石研究の現状を見る限り、ウェレックが強く批判した「事実主義」は現在でも充分な意味をもち得ると考える。次章において具体的にこの問題を考察してみたい。

## 2　「事実主義」の重要性――島田 厚「漱石の思想」の一節を例として

ここで採り上げたいのは、島田 厚氏の論文「漱石の思想」の一節、漱石とウィリアム・ジェイムズとの関係を論じた一節である。この論文は初め昭和三十五年に『文学』に掲載され、同四十五年に『日本文学研究叢書 夏目漱石』に収録された。古い論文ではあるが、江藤 淳編『夏目漱石』（一九七七、朝日小事典）は「文藝の哲学的基礎」の参考文献としてこれを第一に挙げている。無論、この論文に対する批判も絶無ではないが、総じて高い評価を与えられてきた論文である。平岡・山形・影山編『夏目漱石事典』（平成一二）における「ジェームズ、ウィリアム」の項にも、部分的には島田論文の反響ではないかと思われる叙述がある。これが私の誤解でなければ、島田論文は現在でもかなりの程度の影響力を持ち続けていることになろう。

ここで、漱石とジェイムズとの関係に係わる島田説の骨子を簡単に紹介しておく。島田氏は、『文学論』（明治四〇）も「文芸の哲学的基礎」（明治四一）も同じく「意識」の問題から出発するが、前者から後者への移行に際しては「スペンサー的決定論」から「ある程度の自由」を認める立場へという決定的変化があった、と言う。『文学論』が「スペンサー的決定論」の立場に立つとする論拠は、「第五編 集合的F 第二章 意識推移の原則」を六項目に「一括」した中の第一項、すなわち、「吾人意識の推移は暗示法に因つて支配せらる」とする箇所である。島田氏は、「意識」の「推移」が「暗示法に因つて支配」されるとすれば、そこには「ある程度の自由」も「幾分か選択の余裕」も「ない」はずであり、これは「スペンサー的決定論」に他ならない、と考える。

ところが「文芸の哲学的基礎」で、漱石は「如何なる内容の意識を如何なる順序に連続させるか」という問題を提出し、「あえて〔『文学論』との〕矛盾を冒して」、「此問題の裏面には選択と云ふ事が含まれて居ります。ある程度の自由がない以上は、又幾分か選択の余裕がないなら、此問題の出やう筈がない」と明言する。つまり、『文学論』で「ない」としたものが、「文芸の哲学的基礎」では「ある」と変わった、と島田氏は説くのである。これは漱石の「革命的変化」で、「そのモメントはジェームズの提出した独創的な意見との接触にあった」と、島田氏は断じる。[53]ここで「ジェームズの提出した独創的な意見」とは、言うまでもなく「思考は（中略）対象から選択する（It [=Thought]...*chooses* from among them [=objects]）[54]（訳文の傍点は塚本、カッコ内のイタリックは原文）」という「意見」である。

一見きわめて明快な論証にみえるが、これは全くの事実誤認である。漱石の「革命的変化」の「モメント」が「ジェームズの提出した独創的な意見との接触にあった」とすれば、漱石がジェイムズの「独創的な意見」を知らなかったことになる。島田氏の考えでは『文学論』の時点では、漱石はジェイムズの「独創的な意見」を知らなかったことになる。島田説は、『文学論』執筆当時、漱石はジェイムズの「独創的な意見」に接していない、という前提に立っているのである。だが、後に『英文学形式論』として発表された講義を漱石が大学で担当していた明治三十六年には、漱石が「ジェームズの提出した独創的な意見」を知っていたのは、紛れもない事実なのだ。

このように断定し得る手掛かりは、『英文学形式論』に挙げられた「文例」の一つ、すなわち「形式のみが吾々に満足を与へて思想の全く欠けた文例」を「心理学者のジエームス」から採った、という一節である。この「文例」は、ジェイムズの*The Principles of Psychology*, Vol. I（1901）「第九章 思考の流れ（The Stream of Thought）」第三節、「各個人の意識では思考は連続していると感じられる（Within each personal consciousness, thought is sensibly continuous）」に見出される。[55] ジェイムズによれば、我々が一連の言葉を聞くとき、耳慣れない外国語等が突然現れるとある種の衝撃を受けるが、「その反対に、用いられる単語が同一の言語に属し、文法的構造も正しい場合には、全く無意味な文章であっても疑問を抱くことなく受け入れられることがある」のだ。[56]「思考の流れ」は、言わばこのような副作用を伴う場合がある。その極端な例がJean Storyなる人物が著わした*Substantialism or Philosophy of Knowledge*（1870）という大著で、ジェイムズは、七八四頁にも及ぶこの大著は終始かかる無意味な文章から成立していると酷評し、更に「内容的に真の狂人（real lunatics）が書いたとしか思えないような書物が毎年出版されている」とまで付け加えている。[57]

この部分は『文学論』「第四編 第三章」で再び言及されるばかりか、『吾輩は猫である』（九）でも利用されている。苦沙弥先生は、天道公平と名乗る未知の人物からの晦渋極まる手紙を読んで、「中々意味深長だ。何でも余程哲理を研究した人に違ない。天晴な見識だ」と感嘆するが、後にこの人物が巣鴨の「瘋癲院」で「盛名を擅まゝにして」いる旧友だと分かる、という一節においてである。

繰り返すが、漱石が「形式のみが吾々に満足を与へて思想の全く欠けた文例」を採ったのは、『心理学大綱』第九章第三節からである。また、ジェイムズが「思考（＝意識）」の選択作用を論じているのは同書第九章第五節においてである。[58] この第五節は、漱石が奇妙な「文例」を見出した第三節から僅か二〇頁ほどしか離れていないのだ。[59] 漱石が「英文学形式論」の時点でジェイムズの「独創的な意見」に接していたことには、ほとんど疑問を挟む余地がない。

以上は、島田説を誤りとする言わば状況証拠である。では、これを支えるより確実な根拠はあるのだろうか。その根拠は、紛れもなく存在する。しかもそれは、島田氏が言及した『文学論』「第五編 集合的F 第二章 意識推移の原則」そのものにあるのだ。虚心に「第五編 第二章」を精読すれば、ここに「自由な選択を認めるジェームズの立場」を見出すのは容易だとさえいえるだろう。特に注目しなければならないのは、「第五編第二章」における以下の部分である。なお、引用文中重要な部分には傍線をほどこし、（1）から（4）までの番号をつけた。

吾人がFを焦点に意識する時、之に応ずる脳の状態はCに在りと仮定し得べし。而して、FのF'に推移するとき、Cも亦之に応じてC'に推移するは疑ふべからず。（中略）果して然らばCはC'を生ずる一の条件にして、而してC'はF'に相応する脳の状態なるが故に、Cは又F'を生ずる一の条件なり。而してCは何等の刺激（内、外）なくしてC'に移るの理由なきが故に、F'を生ずる必要条件はCとS（刺激）に帰着すべし。（中略）此Sの性質は未定なれども、之を一に限るの不合理なるを以て、種々なりと推定す。強弱の度に於て、性質の差に於て、一様ならざるSがCを冒すときは、何れの場合に於てもCは一様なる難易の度を以てSに反動するの理なし。あるSに応ずる事は速かにして且つ強く、あるSに応ずる事はおそく且鈍き事あるべし。是に於てかCを以てそれ自身に於て断然たる特殊の傾向を有するものと見做すは已を得ざるの結論なり。（1）断然たる特殊の傾向を有するCにして二個以上のSに選択の自由を有するときは、第一に尤も其傾向に都合よきSを迎へて、之と抱合してC'を構成したるの結果としてF'を意識するに至るべきは必然の理なり。（2）而して吾人が此現象世界に住して、身体臓器の活動を支持する以上は、此のSは外部より内部より種々なる形を以て刻々にCを冒さんとするは明かなるを以て、CがC'に推移する迄には幾多のSを却下せざる可からず。幾多のSが却下せられたるとき、尤もCの傾向に適したる幸福なるSはCを抱いてC'を生ず。（3）此過程を意識に関したる語に翻訳すれば、FのF'に推移する場合には普通Sの競争を経ざるべからずと云ふ意義となる。而して此Sさへも意識的内容を有する方面より見るを得るが故に、上の命題はFのF'に推移する場合には普通幾多のⒻの競争を経ざるべからずと変ずるを得。（4）Ⓕとは焦点に存在するもの、意味を有せず、識末もしくは識域下にあるものをかね称す。かくの如くFのF'に移るには幾多のⒻより申し込を得て、其のうちより最も優勢なるものもしくはFの傾向に適したるものを採用するが故に、此意味に於て吾人の意識焦点の推移は暗示法に支配せらると云ふべきに似たり。如何となればF'は突然としてFを追ふて、焦点に上るものにあらず、吾人が明瞭に之を意識する前既に幽かに暗示せらる丶が故なり。（マル点は原文）

引用がやや長くなったが、決して読み易い文章とは言えない。この文章が難解である第一の理由は、事実上同一と見做して差支えない二つのもの、すなわち、ある時点における「意識の焦点（F）」と、それに対応すると推定される「脳の状態（C）」とを同時に視野に入れて論じようとする論法にある。これは、不必要に入り組んだ論法とも見えるが、当時の心理学書一般に見られる叙述法、すなわち、

「意識」のありようが「脳の状態」に左右される以上、両者への目配りが不可欠だという前提に従った叙述法であろう。漱石もまた、そのパターンに従ったに過ぎない。ここでは、先ず、「C」（脳の状態）を「F」（意識の焦点）と読み替えても全体の趣旨はまったく変わらないことに留意しておきたい。

第二に、この引用文では、英語を直訳したような表現が散見されることも読者の困惑を生む一因になっているのかもしれない。例えば、「何れの場合に於てもCは一様なる難易の度を以てSに反動するの理なし（傍点塚本）」では、「反動する」は“react”の意と思われるから、現在なら「反応する」と表現すべきところである。

だが、如何に複雑だとはいえ、忠実かつ虚心にこの引用を読めば、引用文（1）の一節、「断然たる特殊の傾向を有するCにして二個以上のSに選択の自由を有するときは（傍点塚本）」という一節を看過するはずがあるまい。この部分は、島田論文の核心とも言うべき論点、すなわち、『文学論』が「意識」の「推移」は「暗示法に因つて支配」される以上、そこには「ある程度の自由」も「幾分か選択の余裕」も「ない」はずだという島田論文の主張は成立し得ないことを、証明しているのだ。かく明快に「選択の自由を有するとき」と述べている以上、『文学論』は、「C」が「二個以上のSに選択の自由を有する」場合が「ある」としているのは明々白々ではないか。この一点に注目するだけでも、『文学論』は「ある程度の自由」も「幾分か選択の余地」も「ない」としたと主張する島田説の誤謬が、露呈されるはずなのである。

それだけではない。『文学論』「第五編 第二章」を精読しても、島田氏の言う「スペンサー的決定論」なるものの痕跡らしき章句を見出すことはできない、と私には思われるのだ。島田氏は、「吾人意識の推移は暗示法に因つて支配せらる」とする「法則」が「意識」の「推移」に際しては「ある程度の自由」も「幾分か選択の余裕」も「ない」ことを意味すると理解し、これは「スペンサー的決定論」に他ならないと考えたのであろう。だが漱石は、後述するように、「暗示」という語をスペンサーや他の連合心理学者を念頭において用いたのではなく、十九世紀末にヒステリー患者の研究等を通して注目されるようになった潜在意識、あるいは無意識に働きかける作用という意味で用いているのである。「暗示」についてはは後にやや詳しく述べるが、要するに、『文学論』「第五編」で用いられる「暗示（suggestion）」とは、十九世紀末に発見された潜在意識に働きかける刺激または作用を意味している。これに対し、「連合（association）」とは少なくともホッブズ（一五七八～一六七九）、ロック（一六三二～一七〇四）、およびヒューム（一七一一～七六）等の連合心理学にまで遡る概念で、「一般的には意識内容の要素もしくは観念の連結」を意味する。[60] 漱石が、学生時代すでにアーネスト・ハート原著「催眠術」の翻訳を試みていたことを想起すべきであろう。氏が、「暗示」を「スペンサー的決定論」と結びつけたのは、「暗示（suggestion）」と「連想（association）」とを混同したからではあるまいか。

かくして「二個以上のSに選択の自由を有するときは」という部分を手掛かりとして引用部分全体を再読すれば、漱石の真意はいっそう明らかになる。例えば、傍線（1）をほどこした部分で、「断然たる特殊の傾向を有するC」とは、明かにジェイムズが『心理学大綱』「第九章」の冒頭で述べた言葉、すなわち「思考は、常に対象の一部に対して他の部分に対するよりも大きな関心をも」つという命題に由来する。[61]「断然たる特殊の傾向」とは、具体的には複数の対象のうちのある部分を「歓迎」し、他の部分を「排除」しようとする「傾向」としか解することができないからであり[62]、しかも、これこそが島田氏の言う「ジェームズの提出した独創的な意見」の中核だと考えられるのである。そのような「C（脳の状態）」が「二個以上のSに選択の自由を有するとき」とある以上、「C」に対応する「F（意識の焦点）」にも同じく「二個以上のSに選択の自由を有するとき」があることは、論を俟たない。この部分が、「思考」は「選択する」というジェイムズの言葉に拠っていることは否定しようもあるまい。つまり、『文学論』「第五編 第二章」にはジェイムズの刻印が明確に押されているのである。

ここで、先に触れた平岡・山形・影山編『夏目漱石事典』に移る。『夏目漱石事典』の立場は、『文学論』において漱石は少なくとも一部「ジェームズの立場」を受け容れていたとする点で、島田論文とは大差がある。だが同時に、『文学論』はスペンサー流の「進化論的連合心理学の説く原則の決定論」から脱却しきってはいないと考える点では、島田論文の見解を踏襲しているかに見える。またこの『事典』は、『文学論』と「文芸の哲学的基礎」との連続性ないし一貫性を否定し、前者から後者に移る際の変化を認める点でも、島田論文の立場を受け継いでいるように見える。

私が特に不審を抱くのは以下の記述である。すなわち、「漱石は『文学論』においては、意識推移の原則を論じる際に、スペンサーやベインの進化論的連合心理学の説く原則の決定論と、その原則に自由な選択を認めるジェームズの立場との間で微妙に揺れ動いていた」が、「明治四〇年四月の『文芸の哲学的基礎』では明確に意識の連続における選択を認める立場に立ち、ジェームズ『心理学原理』に近づいている」とする記述である[63]。

この記述には必ずしも内容が明確とは言えない部分があるが、細部の詮索はしばらく措くことにして、先ずその前半をやや綿密に検討してみよう。『文学論』で漱石が「意識推移の原則を論じる際に、スペンサーやベインの進化論的連合心理学の説く原則の決定論と、その原則に自由な選択を認めるジェームズの立場との間で微妙に揺れ動いていた」とする根拠は何か。この『事典』は、『文学論』に「スペンサーやベインの進化論的連合心理学の説く原則の決定論」なるものの影響が見出されるという判断を下すにあたって、その論拠をまったく示していない。それは、この部分が先行論文ないし「通説」に基づくからだと考えていいのだろうか。そうだとすれば、それはどのような論文あるいは通説なのか。これに近い主張は、管見に入った限りでは、『文学論』における意識理論が「スペンサー的決定論」に基づくとした島田論文しか見当たらないのだ。私は、『夏目漱石事典』が論拠を示さなかったことを批判しているのではない。通説になった解釈なら、特に字数が厳しく制約される場合には、麗々しく書きたてることができない場合もあり得るだろう。だが、如何なる通説であっても、その通説に拠る場合には、その妥当性ないし信憑性を検討するのは不可欠であろう。『夏目漱石事典』は、その労を惜しんだのではないか。

ともあれ、この前半部が『文学論』にはジェイムズの痕跡と共にスペンサー流の「決定論」の影響があると示唆していることは、否定することができまい。さもなければ、ジェイムズと「スペンサーやベインの進化論的連合心理学の説く原則の決定論」との間で、漱石が「微妙に揺れ動く」はずがないからである。この部分は次に採りあげる後半部との関係できわめて重要な意味をもつと私は考えるのだが、ここでは以上のことを確認した上で、先に進むことにしよう。

ここで引用部後半、すなわち、「明治四〇年四月の『文芸の哲学的基礎』では明確に意識の連続における選択を認める立場に立ち、ジェームズ『心理学原理』に近づいている」という部分に進むことにする。この部分についても細部にこだわることなく、『文芸の哲学的基礎』で漱石は「スペンサーやベイン」の「進化論的連合心理学の説く原則の決定論」を放棄した、と示唆していることだけを採りあげることにしたい。私が「放棄した」と理解するのは、漱石が「決定論」を放棄しない限り、相変わらず二つの立場の間で「微妙に揺れ動いて」いるはずだからであり、「明確に意識の連続における選択を認める立場」に移ることはできないはずだからである。これは、控えめに言っても、到底無視することができない変化であろう。島田氏の言葉を借りれば、「ある程度の自由」も「幾分か選択の余裕」も「ない」とする「決定論」を全面的に否定し、それが「ある」とする立場への変化だからである。これを「革命的変化」と呼ぶか否かは別として、これがきわめて重要な変化であることだけは否定することはできまい。以上を整理すれば、『夏目漱石事典』は先ず『文学論』にジェイムズの刻印を認め、同時にスペンサー流の「決定論」の影響をも認めたが、次いで、『文学論』に続く「文芸の哲学的基礎」はその「決定論」を放棄したと示唆することで、言外にこの両者の間には重要な変化がある、と匂わせていることになる。

一見したところでは、この趣旨には何の問題もないと思われるかもしれない。だがここに一本の補助線を引くと、引用文全体の整合性を揺るがしかねない問題が潜んでいることが判明する。その補助線とは、島田氏も『夏目漱石事典』も視野に入れなかったと思われる『文学論』の一節、すなわち、以上で再三採りあげた「断然たる特殊の傾向を有するCにして二個以上のSに選択の自由を有するときは」という一節の含意である。

「C」が「二個以上のSに選択の自由を有するときは」という表現は、当然、その裏面に「選択の自由」を有しないときもあることを含意している。つまり『文学論』は、「C」が「選択の自由」を「有するとき」も「有しないとき」もある、と示唆していることになる。他方、「文藝の哲学的基礎」において島田氏が注目した表現、すなわち、「ある程度の〔選択の〕自由がない以上は、又幾分か選択の余裕がないならば此問題の出やう筈がない」という表現の裏面にも、これとまったく同一の含意がある。「ある程度の自由」あるいは「幾分か選択の余裕」とは、これらの「自由」あるいは「選択」には何らかの限界があることをも意味しているから、換言すれば、「自由」や「選択の余裕」がない場合もあることを意味しているからである。

かくして「ある程度」および「幾分か」という表現の含意に着目すれば、「文藝の哲学的基礎」の趣旨は、『文学論』からの引用文中で指摘した含意とまったく同一だということになろう。「文藝の哲学的基礎」における「ある程度の自由」ないし「幾分か選択の余裕」とは、『文学論』における含意、すなわち、「C」が「二個以上のSに選択の自由」を有しない場合までをも視野に入れた表現なのである。あるいは、「C」が「二個以上のSに選択の自由」を有する場合でも、その「自由」には限界があるし、「選択の余裕」にも同じく限界があることを意味するのである。とすると、内容的には『文学論』も「文芸の哲学的基礎」も、まったく同様に、「選択の自由を有」する場合もあれば有しない場合もある、と述べていることになるのではないか。そうだとすれば、両者の帰着するところはまったく同一だと考えざるを得ないのではないか。したがって、『文学論』の立場と「文藝の哲学的基礎」の立場との間には如何なる変化ないし断絶も認められず、逆に、見事に一貫していると結論せざるを得なくなるのではないか。

ところがこのようにして到達した結論は、『夏目漱石事典』の記述とは決定的に矛盾するのだ。この『事典』は、『文学論』では「自由な選択を認めるジェームズの立場との間で微妙に揺れ動いていたが、明治四〇年四月の『文芸の哲学的基礎』では明確に意識の連続における選択を認める立場に立ち、ジェームズ『心理学原理』に近づいている」と説くからである。「近づいている」とは、以前は両者の距離が離れていたということを前提とした表現に他ならない。とするとこの表現は、既述のように、『文学論』とそれに続く「文芸の哲学的基礎」との間には重要な変化があることを示唆している、と解釈せざるを得ないのである。

かくして、『夏目漱石事典』の記述は奇妙な矛盾をはらむことになる。原典を精読すれば、論理的には両者の間に明確な一貫性を認めざるを得なくなるにもかかわらず、この『事典』は『文学論』と「文芸の哲学的基礎」との間には無視し得ない変化があると示唆しているのだ。別の言い方をすれば、『夏目漱石事典』の記述は、『文学論』と「文藝の哲学的基礎」との間には、一面では一貫性があるとしながら、他面では両者の間には大きな距離がある、と説いているのである。この矛盾は、『文学論』で詳しく述べられている「意識推移の原則」の内容、とりわけ、「C」が「二個以上のSに選択の自由を有するときは」という部分を見逃してしまったこと、あるいは、この表現の意義を十分理解しなかったことに、由来する。

それればかりではない。『夏目漱石事典』の記述は、「文芸の哲学的基礎」における漱石の発言を完全に無視している。「文藝の哲学的基礎」で漱石は、「意識推移の原則に就ては私の『文学論』の第五編に不完全ながら自分の考へ丈は述べて置きましたから、ご参考を願ひたいと思ひます」と述べた。これは、「意識推移の原則」に関しては、「『文学論』の第五編」の趣旨と「文藝の哲学的基礎」で述べた内容とは基本的には同一だ、という発言である。虚心にこの言葉を読めば、たとえ両者の間には相当の変化があるという一応の結論に達したとしても、その結論を再検討しなければならないと考え直すのが当然ではないか。漱石自身の発言を否定して、『文学論』と「文芸の哲学的基礎」との間には看過し得ない変化、あるいは距離があると述べるには、充分に慎重かつ具体的な論証が必要ではないか。島田論文は、この重要な問題を「あえて矛盾を冒して」という一言で跳び越えてしまった。だが『夏目漱石事典』は、両者の間に「矛盾」があることすら明言せず、言外に両者の間には重要な変化があると匂わせているに過ぎない。この意味で、『夏目漱石事典』の記述には手続きの上でも重大な瑕疵が残るのではないか。

## 3　『文学論』における「暗示」

そもそも「C」（または「F」）が「二個以上のSに選択の自由」を有しないのは、どういう場合なのだろうか。『文学論』「第五編第二章　意識推移の原則」によれば、それは、「F」が「依然として焦点を動かざるに、F'は徐々と識域下より識末に出で、識末より漸次に焦点に向つて上り（傍点塚本）」、遂に「F」の「根拠を領」する場合である。これも分かりにくい説明かもしれないが、これをよりよく理解するには、謂わば『文学論』における意識理論の原点に立ち戻らなければならない。

漱石は「意識推移の原則」を六項目に「一括」する前に、「暗示の方法によつて想像世界に事実を創造せしむる特別の場合」を離れて、「吾人をして暗示の意義を少しく布衍するを得せしむれば、日常の場合に於ける日常人も亦不断に暗示を受けて、其意識を変化しつゝ、ありと云ふを妨げざるに似たり」と述べている。ここに言う「特別の場合」とは、例えば、催眠術者が「被催眠者に向つて水を熱しと云へば、氷甌を抱いて、沸湯を盛るが如くに苦悶」するような場合である。漱石は、そういう「特別の場合」ばかりでなく、「日常の場合」でも我々は「不断に暗示を受けて、其意識を変化しつゝあ」る、と言うのだ(64)。かくして、漱石は「暗示」の意味を大幅に拡大した後、「之を説明するに吾人は再び焦点波動の弁に帰つてFのF'に推移するの状を考へざるべからず（傍点塚本）」と続ける。

これは、読者が「再び」『文学論』冒頭に戻って、そこで言及したるロイド・モーガン（一八五二〜一九三六）の意識理論を想起してほしい、という要請でもある。『文学論』が「識域」とか「識末」とかいう用語を初めて用いたのは、「第一編 第一章 文学的内容の形式」においてであって、このとき漱石は図版を併用してロイド・モーガンの言う「意識の波」を説明しているのだ。

そこで『文学論』「第一篇 第一章」に戻ると、「意識の説明は『意識の波』を以て始むるを至便なりとす。此点に関しては Lloyd Morgan が其著『比較心理学』に説くところ最も明快なるを以て此処には重に同氏の説を採れり」いう記述が眼に入る。モーガンはスペンサーにもジェイムズにも影響を受けた心理学者で、特にジェイムズについては、私は「ウィリアム・ジェイムズ教授」の「意識の波という着想を踏襲した（...Professor William James, whose conception of a wave of consciousness I have adopted;）」と明言している。[65] しかも、モーガンの『比較心理学』*An Introduction to Comparative Psychology* (1894) は、「第一章 意識の波」から始まっているのである。そうだとすると、読者もまた『文学論』冒頭に立ち戻って、「モーガン氏式」に「意識の波」を示した箇所の前後を参照する労を厭ってはなるまい。モーガンは意識の構造を示すために様々な図形を描いてみせたが、ここでは漱石の趣旨をよりよく理解するために、それ等の中で最も単純な図形を借りてみよう[66]（図1参照）。

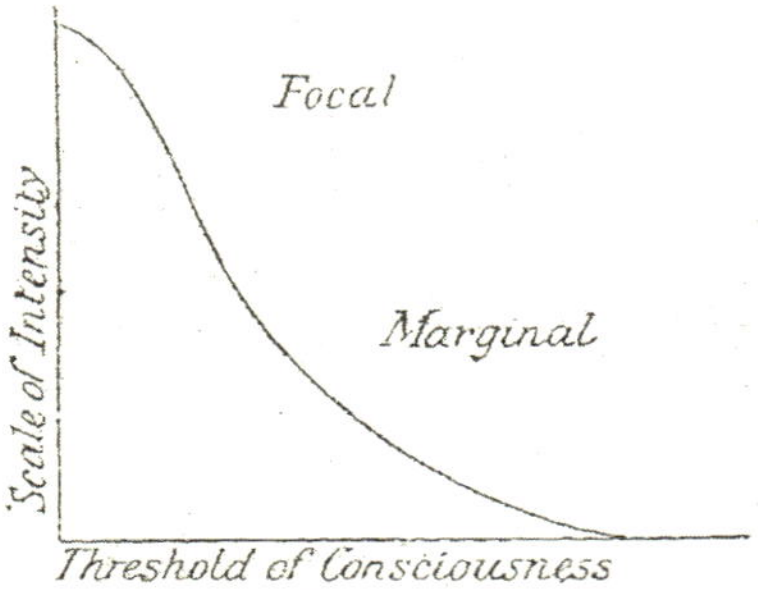


図1　モーガンが「意識」と「無意識」との関係を示した図形。***An Introduction to Comparative Psychology*** **(1894), p.18.** より。

縦軸すなわち "Scale of Intensity" は意識を構成する要素の強弱を示し、横軸は「識域（Threshold of Consciousness）」を示す。「識域」より上にある領域での脳の活動は本人に意識されるが、「識域」より下の領域における活動は本人に意識されることはない。「識域」は、いわば「意識」と「無意識」、あるいは、潜在意識とを分ける境界線である。ある時点における意識は複数の要素から構成されているが、それらの要素は縦軸から横軸へ引かれた曲線上のさまざまな点に分布している。「F」すなわち「焦点的印象又は観念」は、縦軸と曲線とが交わる位置（曲線上では最も高い位置）を占め、他の諸要素のなかで「F」に近いもの（＝Focal）は曲線上の相対的に高い位置を、また、「F」からは遠く「識域」に近いものは横軸に近い位置、すなわち「所謂識末（Marginal）なる部分」を占める。

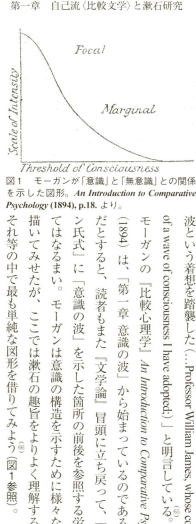

例えば、ある時点で目は活字を追いながらぼんやりと晩酌のことを考えているといった場合、活字を追うという意識は「焦点」あるいは「焦点」に近い点に位置し、晩酌の意識は「識末」に位置しているだろう。同じ時点で、「識域」下にはそれらとは別の多くの要素が存在しているはずである。ところが、そのうちの一つ、例えば週末に予定されたゴルフ・コンペが、本人も気づかない間に「識末」、すなわち「識域」を僅かに超えた位置に移り、「漸次に焦点に向つて上り」、遂に「F」の「根拠を領」することがあり得る。本人が意識しないうちにゴルフ大会のことが気になり始め、遂には目を通している活字の内容がまったく頭に入らなくなるといった場合である。『文学論』「第五編 第二章」で、「F」が「依然として焦点を動かざるに、F'は徐々と識域下より識末に出で、識末より漸次に焦点に向つて上」るとは、このような過程である。[67]『文学論』は、その典型例として「禅」における「頓悟なるもの」を挙げ、これは「自から悟に近《ちかづ》きつゝ自から知らず、多年修養の功、一朝機縁の熟するに逢ふて、俄然として乾坤を新たにす」るものだと言う。『文学論』はさらに、「此種の現象は禅に限るにあらず。吾人の日常生活に於て多く遭遇し得るの状態」でもある、と付け加える。我々は、「只変化の至る迄内に昂騰しつゝある新意識を自覚する能はざるが故に此種の推移に逢へば之を突然と云ふ」が、これは「表面は突然」に見えるが「内実は次第」であり、「徐々の推移」なのだ、と漱石は説くのである。

この部分は、先に『文学論』から長々と引用した部分の最後、すなわち傍線(4)の説明にもなるだろう。ここで「Ⓕ」とは、後に「幾多のⒻ」と言い換えていることから明らかなように、「F'」、「F''」、「F'''」等々を一括した表現である。また、「Ⓕとは(中略)識末もしくは識域下にあるものをかね称す」とは、「Ⓕ」は新しく意識の「焦点」に上って来るかもしれない候補として、「識末」、すなわち意識の「辺端」にある「F'」や「識域下」(現代の用語では無意識、または潜在意識)に存在する「F"」等々の凡てを含むということである。このような「Ⓕ」は、それぞれ「吾人が明瞭に之を意識する前既に幽かに暗示せらるゝ」のである。逆に言えば、かかる「Ⓕ」が「幽かに暗示せらるゝ」のは「吾人が明瞭に之を意識する前」のことなのだ。漱石が「意識推移の法則」を六項目に纏めた際の第一項、「吾人意識の推移は暗示法に因つて支配せらる」とは、このような場合をも想定している。この場合、我々は当然複数の「Ⓕ」からどれを選ぶかという「選択の自由」を有しないだろう。この時点で我々は「明瞭に之(＝Ⓕ)を意識」していないから、換言すれば、複数の「Ⓕ」は潜在意識に働きかけているだけで、普通の意味における「意識」には上っていないからである。したがって、我々が「選択の自由」をもち得るのは「吾人が明瞭に之を意識」する場合に限定されることになる。そこで、一般論としては、我々が有するのは、「ある程度の自由」あるいは「幾分か選択の余裕」に過ぎないことになる。かくして、「文芸の哲学的基礎」における「ある程度の自由」ないし「幾分か選択の余裕」という表現もまた、『文学論』冒頭における意識理論に戻ることで、初めてその意味をよりよく理解することができるのである。

以上のように見てくれば、漱石の真意ばかりでなく、島田氏が重大な過失を犯した背景が浮かび上がってくる。氏はおそらく、漱石が「意識」と呼ぶものが基本的にはモーガンの意識理論に基づいていることに気づかなかったのであろう。換言すれば、氏は『文学論』冒頭に戻って、「Lloyd Morgan が其著『比較心理学』に説くところ」を充分検討するという手続きを怠ったのであろう。『夏目漱石事典』の記述についても、おそらく同様なことが言えるのではなかろうか。いずれにせよ、「吾人意識の推移は暗示法に因つて支配せらる」とする「法則」において、「暗示」は「スペンサーやベインの進化論的連合心理学の説く原則の決定論」なるものとは、まったく無関係なのである。

既に述べたとおり、モーガンの意識理論の背後にはジェイムズが隠れている。特に『宗教的経験の諸相』（一九〇二）は、「F」が「依然として焦点を動かざるにF'は徐々と識域下より識末に出で、識末より漸次に焦点に向つて上り」、遂に「F」の「根拠を領」するといった過程を経て、「回心(Conversion)」に至った様々な実例の症例研究だとさえ言えるだろう。この問題については深入りする余裕がないが、「意識推移」の原理をよりよく理解するには、『宗教的経験の諸相』第八講「分裂した自己とその統合」、第九講「回心」および第十講「回心――結び」が有益であろう。

ここで再び『文学論』「第五編　第二章」からの引用に戻る。傍線（1）は「断然たる特殊の傾向を有するC」が「二個以上のSに選択の自由を有するときは、第一に尤も其傾向に都合よきSを迎へて、之と抱合してC'を構成」するとしている。既述のとおり、これは明らかに、我々には「ある程度の自由」ないし「幾分か選択の余裕」があることを意味している。では、この認識は、漱石が「一括」した六項目の「推移の法則」では完全に無視ないし否定されてしまったのだろうか。否、これは第二項「吾人意識の推移は普通の場合に於て数多のⒻの競争を経」の中に含まれている、と解釈しなければならないのだ。

この第二項で「普通の場合に於て」とは、「日常の場合に於ける日常人」の場合、換言すれば、「被催眠者」やヒステリー患者が催眠術者の意のままに操られる場合等を除けば、ということである。

この場合、前記引用文中の傍線（2）によれば、「Sは外部より内部より種々なる形を以て刻々にCを冒さんとする」が、「C」はその凡てを受け容れるわけにはいかないから、「幾多のSを却下」せざるを得ず、「幾多のSが却下」された後、「尤もCの傾向に適したる幸福なるSはCを抱いてC'を生ず」ると言う。これは、「C」および「C'」をそれぞれある時点および別の時点における脳の状態とし、「S」を「C」に加えられる刺激とした場合の仮説である。換言すれば、生物学的あるいは生理学的なアプローチである。そこで傍線（3）では、「此過程を意識に関したる語に翻訳」しようとする。すなわち、同一の過程を心理学的に説明しようとするのである。脳の状態「C」は「意識」すなわち「F」と表裏の関係にあるから、「C」が「C'」に推移するとは「FのF'に推移する」のと同義である。かくして、この「過程」で「F」は「幾多のS」を「却下」し、最も「F」の「傾向に適したる幸福なるS」は「F」を「抱いて」「F'」を生ずることになる。

以上は「F」の立場から見た説明だが、逆にこの過程を「S」の側から見ればどういう表現になるのか。この場合には、「S」を主語として、「幾多のS」の中から最も「F」の「傾向に適したる幸福なるS」だけが選ばれて、その他の「S」は「却下」される、とならざるを得ない。この過程を漱石は「Sの競争」と表現し、「FのF'に推移する場合には普通Sの競争を経ざるべからず（傍点塚本）」と述べたのである。さらに「此Sさへも意識的内容を有する方面より見るを得る」、すなわち、心理学的には複数の「Ⓕ」と見ることができるから、「上の命題」（FのF'に推移する場合には普通Sの競争を経ざるべからず）は、「FのF'に推移する場合には普通幾多のⒻの競争を経ざるべからずと変ずるを得（○点原文）」となるのである。

かくして最後に得られた命題、すなわち「FのF'に推移する場合には普通幾多のⒻの競争を経ざるべからず」を、六項目中の第二項、「吾人意識の推移は普通の場合に於て数多のⒻの競争を経」と比べてみると、両者は完全に重なり合うことが分かる。「FのF'に推移する場合」とは「吾人」の「意識」が「推移する場合」であり、「幾多のⒻの競争を経ざるべからず」とは「数多のⒻの競争を経」とほぼ同義だと言うことができるからである。

ここで、「競争」なるものの具体的内容を検討しなければならない。この「競争」には、普通の意味における「競争」とは違って、勝敗あるいは優劣を判断する際に必要な客観的基準がない。そればかりか、この「競争」で勝者になるのは、最も「F」の「傾向に適したる幸福なるS」だけであって、その他の「S」はすべて敗者になる。これは、例えば、一人の女性をめぐって多くの求婚者が現われた場合における状況に似ている。ここで複数の求婚者が渇仰する一人の女性（すなわち「F」）は、「C」と同じく「断然たる特殊の傾向を有」しているはずだから、最も彼女（＝「F」）の「傾向に適したる幸福なるS」とは、論理的には、複数の求婚者（「S」）の中から彼女自身が「断然たる特殊の傾向」によって選択した求婚者（「S」）ということになろう。

この過程は、傍線(4)の一部、すなわち、「FのF'に移るには幾多のⒻより申し込を得て、其のうちより最も優勢なるものもしくはFの傾向に適したるものを採用するが故に、此意味に於て吾人の意識焦点の推移は暗示法に支配せらると云ふべきに似たり（傍点塚本）」に酷似している。ここで「幾多のⒻ」とは、縷々述べたとおり、「幾多のS」と同義であるが、「F」が「幾多のⒻより申し込を得」るとは一人の女性に複数の求婚者が現われるという状況を彷彿させる表現である。続けて、「F」

はそれらのうちから「最も優勢なるものもしくはFの傾向に適したるものを採用する」という部分では、「採用する」を「選択する」と言い換えても、文脈上はほとんど差異があるまい。「F」が複数の対象のなかからあるものを「選択」するという含意は、ここにも認められるのである。

では、ここで漱石が「選択」ではなく「採用」という用語を用いたのは何故か。これが漱石の不注意からではないとすれば、その理由は、おそらく、「採用」が「吾人が明瞭に之を意識する前既に幽かに暗示せらるゝ」段階、すなわち、潜在意識における過程だからであろう。漱石は既に『英文学形式論』の段階で「ジェームズの提出した独創的な意見」、すなわち、「思考は（中略）選択する」という「意見」を知り、これに基づいて考察を進めてきたはずである。ここでジェイムズが用いた「選択する」という表現は、無論、潜在意識における作用について述べたのではない。繰り返しになるが、ジェイムズによれば、意識は「思考しながら常に、対象の一部に対しては他の部分に対するよりも大きな関心をもち、それらを歓迎したり拒否したりする。すなわち、選択するのである（傍点塚本）」[68]。ジェイムズは、四人の男がヨーロッパ旅行をしても彼らの語る経験談はそれぞれに違っている、という例を挙げ、それは一人ひとりの関心が異なっているからであり、それぞれが自己の関心に従って「選択」するからだと考える。それどころではない。ジェイムズによれば、「推論（Reasoning）」とは一種の選択作業であり、芸術や倫理でさえも「選択」なしては成立し得ず、さらに倫理の次元では「選択」が最高の意味をもつのである。如何なる行為にせよ、それが複数の選択肢の中から選ばれた行為でなければ、倫理的意味を認めることはできないのだ[69]。「選択」がこのような意識的作業だとすれば、潜在意識のなかで行われると推定される作業を記述するのに、「選択」という用語を用いるのは妥当と言えるのだろうか。漱石が「採用」という言葉を用いたのは、このような配慮が働いたからではないか。

このように考えざるを得ない手掛かりは、『文学論』「第五編 第五章 原則の応用（三）」の中に見出される。ここで漱石は、「吾人意識の推移は次第なるを便とす」の例外として、「愛の何等の源因なく突然として憎に変じ、憎の寸毫の理由なきに愛に変ずる場合」を挙げている。『文学論』にある通り、前者はジェイムズ『宗教的経験の諸相』一七九頁からの引用で、「曰く某なるものあり、二年間一女子を愛したるに、一日忽然として其愛を失却して遂に回復するを得ず。女より寄贈せる手翰及び物品を悉く火中に投じて已めり」というものである。また後者はスターバック（一八六六～一九四七）が挙げた例で、「曰く某あり。知る所の女教師某を厭ふ事甚し。一日両人廊下にて、はたと出会す。女教師に特異の挙止動作あるにあらざりしも、其時より不図之を慕ふに至れり」というものである。[70]

この種の現象について、ジェイムズはこう述べる。「スターバックによれば、かかる急激な変化はすべて、大脳の特殊な機能が無意識のうちに発達して、まさに意識を支配しようとするに至り、次いで意識的な生活に乱入した結果だというものである。氏のこのような考えは正しい、と私は思う。私は、以下、急激な『回心』を論じるに際して、潜在意識には卵が孵化するような過程が潜伏しているというこの仮説を、できるだけ利用することにしたい（He seems right in conceiving all such sudden changes as results of special cerebral functions unconsciously developing until they are ready to play a controlling part when they make irruption into the conscious life. When we treat of sudden 'conversion,' I shall make as much use as I can this hypothesis of subconscious incubation.）」と。[71]

漱石は、「James の解釈によれば此現象を以て意識下の胚胎となすに似たり。是漸移論を識域下に応用せると異なるなし」と続ける。「漸移論」とは、漱石が「一括」した「推移の法則」のうち、「(五)推移は順次にして急激ならざるを便宜とす」を指す。だがこの第五項を支えているのは、本稿で繰り返し言及した一節、すなわち、「断然たる特殊の傾向を有するC」が「二個以上のSに選択の自由を有するときは、第一に尤も其傾向に都合よきSを迎へて、之と抱合してC'を構成」することによって、「意識」が「推移」するという理論である。この場合、「断然たる特殊の傾向を有するC」が「二個以上のSに選択の自由を有する」場合、我々は意識的に「ある程度の自由」ないし「幾分か選択の余裕」を行使することになる。同時に、この場合には「断然たる特殊の傾向を有するC」が「尤も其傾向に都合よきS(すなわち、Cと最大の親和性をもつS)を迎へて、之と抱合してC'を構成」することになるから、その結果「構成」された「C'」は必然的に「C」に近い性質をもつことになろう。このようにして「吾人意識」が「推移」するとすれば、その「推移」は当然「次第」になるはずである。ところがジェイムズは、その「例外」として、漱石が提出した命題とは正反対の例、すなわち、「愛」が「突然として憎に変じ」、「憎」が何の「理由」もないのに「愛に変ずる」例をも挙げたのだ。漱石は、両者は一見したところでは正反対に見えるが、これは自分が提出した「漸移論」を「識域下」すなわち潜在意識のレベルに適用しただけで、両者の間には矛盾があるわけではない、と説いているのである.

では、意識のレベルで成立する「漸移論」をそのまま潜在意識のレベルに適用するのは妥当なのだろうか。漱石の立場は、「只意識下の事に関しては漸移を立すると共に何事をも立し得べくして、而して遂に之を験するの期なきが故に余は此説の余に近きにも関はらず、賛否を表する能はず」というものである。要するに、「意識下の事」については、自分が提出した「漸移論」ばかりでなく、如何なる説を主張することも可能だが、それを検証することは不可能だから、自分の考えはジェイムズのそれに近いものの、明確な賛成も反対も表明することはできない、という趣旨であろう。

　この部分についても様々な論評を加えることができようが、ここでは「此説の余に近きにも関はらず、賛否を表する能はず」という一節に焦点を絞りたい。縷々述べてきたように、漱石の立場はジェイムズのそれに近いというよりは、両者はほとんど同一と言っていいほどである。にもかかわらず、漱石がジェイムズに賛意を表さなかったのは何故か。漱石の出発点は、「C」が「選択の自由」を「有するとき」も「有しないとき」もある、という立場だったはずである。「選択の自由」を「有するとき」は意識のレベルにおいてであり、「有しないとき」とは無意識ないし潜在意識のレベルにおいてだったはずである。にもかかわらず、潜在意識の中で生起していると想定される事態を記述するのに「選択」という表現を用いれば、それは漱石自身が構築してきた理論の前提と矛盾することになりはしないか。何故なら、「選択」とは本来意識のレベルにおける作用だったはずだからである。漱石はこういう危惧をいだいたのではないか。これが、ジェイムズの「説」が「余に近きにも関はらず、賛否を表する能はず」と述べた理由ではないか。そしてまた、これこそが、「FのF'に移るには幾多のⒻより申し込を得て、其のうちより最も優勢なるものもしくはFの傾向に適したるものを採用する（傍点塚本）」とした理由ではないか。

　これが私の誤解でなければ、漱石が「一括」した「推移の法則」第二項、「吾人意識の推移は普通の場合に於て数多のⒻの競争を経」において、「競争」の勝敗を判定する主体（F）をあえて明示せず、「数多のⒻの競争を経」としたのも、同じ理由によると考えられるのではないか。つまり、「選択」する、あるいは「採用」する主体を明示することを避けて、「選択」、あるいは「採用」される立場にある「数多のⒻの競争」に焦点を当てることで、漱石は重要な論点を回避したのではあるまいか。後年、漱石が「私の個人主義」において、『文学論』を「失敗の亡骸」と評したことは周知である。具体的にはそれが何を意味するのかは明らかではないが、この言葉の中には、『文学論』の大黒柱とも言うべき意識理論にはやはり不完全なところがあったという反省が含まれているのではないか。

いずれにせよ、どのような表現を用いようとも、「吾人意識の推移は普通の場合に於て数多のⒻの競争を経」という命題において、「数多のⒻの競争」とは、どのⒻ（＝S）が「F」の「傾向に適した」ものとして「F」に「選択」あるいは「採用」してもらえるかという「競争」である。この「競争」が成立するには、「F」（または「C」）が「ある程度の自由」ないし「幾分か選択の余裕」をもつことが前提になる。そうだとすれば、「意識推移の法則」第二項における「競争」とは、その裏面に「選択」を含意していることだけは明らかなのである。この点に関する限りは、『文学論』および「文芸の哲学的基礎」を通して、漱石の立場にはいささかの「矛盾」もないと言わなければならないのだ。

以上、繰り返しが多く、はなはだ回りくどい記述になったが、かく面倒な思考を読者に強いる漱石の記述は不親切かつ不完全であり、まったくの舌足らずだという批判は、当然成立し得るだろう。それればかりでなく、頭脳明晰な漱石自身もおそらくこのことを意識していたであろう。漱石はこの問題を論ずるに先立って、「専門家ならざる余の、かかる問題に入るは、好んで水際を離れて轍下に喚喁する鮒魚に似たりと雖も、全章の主意に関係あるを以て、門外漢の理論として、卑見を述ぶるの必要を認む」と述べた。「意識推移の法則」を完璧に論ずるには自分は力不足だが、必要上やむを得ずこの大問題に取り組むのだ、と言っているのである。

だが漱石に対する批判は、同時に読者に跳ね返ってもくる。『文学論』「第五篇 第二章」の結末に載せられた六項目は、第二章で「吾人の得たる推移の法則」を「一括」したものに過ぎない。換言すれば、これは第二章全体の要約であり、この「一括」を読む読者は当然第二章全体に眼を通していなければなるまい。忠実な読者なら、『文学論』冒頭の解説に戻って、漱石が考える「意識」なるものの構造を一応は確認するはずでもある。したがって、もし「一括」の叙述に疑問があれば、読者は比較的容易にその疑問を解く手掛かりを見出すことができるはずである。その手続きを怠ったのは読者自身だ、ということにもなるのではないか。

最後に一言付け加えておきたい。漱石が「ある程度の自由」および「幾分か選択の余裕」という表現を用いたのは、漱石がギリシア以来の大問題である「決定論」あるいは「自由意志」の問題に深入りしようとしたのではない、という証左でもあるのだ。「意識」は「選択」するという命題がこの大問題とまったく無関係だとは言えないだろうが、さればと言って両者が密接不可分の関係にあるということはできないのである。ジェイムズ自身が、「私自身は、自由意志の問題は厳密に心理学的根拠だけに基づいて解決することはできない、と信じている (My own belief is that the question of free-will is insoluble on strictly psychologic grounds)」と述べてもいるのである。[72]

私もまた、ここで「自由意志」という大問題について論じる用意はないし、その能力もない。本稿の目的は「事実主義」の重要性を確認することに過ぎず、島田論文および『夏目漱石事典』を採り上げたのは、「思想」を論じる前に「事実」の綿密な検証が不可欠なことを示すために過ぎない。言うまでもないことながら、「事実」を検証する場合に不可欠なのは原典の精読であり、次いで原点と深い関係にあると思われる文献の精読である。逆に言えば、いかなる場合にも論者の主張ないし理論が先行してはならず、数多くある「事実」のうちから恣意的に取り出した部分的「事実」から全体像を構成しようとすることがあってはならない。これは自戒をこめて言うのだが、一斑を見て全豹をトするのは無謀であり、燕が一羽飛んで来ただけでは夏が来たことにはならないのだ。

「作品内部の分析は（中略）多くの場合、作品が生み出された条件についての外部的研究によって（中略）完全になる[73]」ことは、ほとんど自明であろう。ここで「作品が生み出された条件」には、無論、作者が熟読し、精通している文献が含まれている。特に漱石の初期の作品では、この面で従来の研究が見逃してきた重要な「事実」が未だに少なからず埋もれているのではなかろうか。ウェレック以降、いわゆる「事実主義」がともすれば軽視される傾向が見られたについては、それなりの根拠があったはずである。だが、少なくとも初期の漱石に関するかぎり、事実発掘の重要性はいささかも減じていない、と私には思われる。それ故私は、「鈍重な勤勉さで小動物を追[74]」うとも評される自己流の事実主義にこだわり続けるのである。

# 第二章　食材としての孔雀――漱石における想像力の一面

## 1　迷亭の「年始状」

『吾輩は猫である』(二)は、「吾輩は新年来多少有名になつたので、猫ながら一寸鼻が高く感ぜらる、のは難有い」という言葉で始まる。主人苦沙弥先生宛の「年始状」に「吾輩」の「絵」が描かれていたり、「かの猫へも宜しく御伝声奉願上候」といった言葉が書かれていたりしたからである。他方、偏屈で外出嫌いの主人は、「文芸家」越智東風の訪問をうけ、「トチメンボー(傍点原文)」を「種に使つて」迷亭にかつがれた話を聞かされる。ところが、東風が辞去した後、その迷亭の「年始状」が主人の書斎の机に置かれていたのだ。この「年始状」は、「新年の御慶目出度申納候」と「いつになく真面目な挨拶で始まるが、そのうちに「東風子にトチメンボーの御馳走を致さんと存じ候処、生憎材料払底の為め其意を果さず、遺憾千万に存候」といつもの迷亭らしい調子に変わっていく。次いで、「今度御光来の節は」せめて「トチメンボー」でもご馳走したいが、「然しトチメンボーは近頃材料払底の為め」間に合わないかもしれないので「其節は孔雀の舌でも御風味に入れ可申候」と、いかにも気をもたせるような言い方に移っていくのである。

迷亭によれば、「此孔雀の舌の料理は往昔羅馬全盛の砌り、一時非常に流行致し」たものである。「降って十六七世紀の頃迄は全欧を通じて孔雀は宴席に欠くべからざる好味と相成」り、「レスター伯がエリザベス女皇をケニルウオースに招待致し候節も慥か孔雀を使用致し候様記憶致候。有名なるレンブラントが画き候饗宴の図にも孔雀が尾を広げたる儘卓上に横はり居り候」と、迷亭は続ける。ところで、「歴史家の説によれば羅馬人は日に二度も三度も宴会を開」いたが、「日に二度も三度も方丈の食饌に就」けば「如何なる健胃の人」でも「消化機能に不調を醸す」にきまっている。そこで彼らは「贅沢と衛生とを両立せしめんと研究を尽し」た結果、「不相応に多量の滋味を貪ると同時に胃腸を常態に保持する」ための「秘法を案出」した。それは、「食後必ず入浴」し、「入浴後一種の方法によりて浴前に嚥下せるものを悉く嘔吐し、胃内を掃除」した後「又食卓に就き、飽く迄珍味を風好し、風好し了れば又湯に入りて之を吐出」するという方法である。「此際吾人西洋の事情に通ずる者が古史伝説を考究し、既に廃絶せる秘法を発見し、之を明治の社会に応用致」したら、「所謂禍を未萌に防ぐの功徳にも相成る」だろう。よって「此間中よりギボン、モンセン、スミス等諸家の著述を渉猟」しているが、「未だに発見の端緒をも見出し得ざる」状態である。「就てはさきに申上げ候トチメンボー及び孔雀の舌の御馳走も可相成は右発見後に致し度、左すれば小生の都合は勿論、既に胃弱に悩み居らる丶大兄の為にも御便宜かと存候」と、迷亭の「年始状」は終わる。つまり、越智東風が「トチメンボー」で見事にかつがれたと同じく、苦沙弥先生は「孔雀の舌」でまんまと一杯くわされたのである。

この「年始状」を出した迷亭は、「アンドレア、デル、サルト」が写生の大家だったという話を「捏造」して苦沙弥先生をからかうといった具合に、「好加減な事を吹き散らして人を担ぐのを唯一の楽にして居る男」である。そうだとすれば、「孔雀の舌」の話も同じように迷亭の「捏造」ではあるまいか。私は、長い間そう思いこんでいた。ところがその後、仮に「捏造」だとしてもそれなりの根拠があるのではないか、という考えが脳裏を去来するようになった。どんな冗談にもせよ、まったくのゼロからこんな奇抜な話を作り出すことはきわめて困難だからである。そうだとすれば、この「年始状」の材源は何か。

## 2 「孔雀の舌」の周辺

「孔雀の舌の料理は往昔羅馬全盛の砌り、一時非常に流行致し」たという説に近い記述は、比較的容易に見つけることができる。一例をあげれば、ローマ皇帝ウィテリウス（在位六九年一月～十二月）は「べらの肝臓、雉と孔雀の脳みそ、フラミンゴの舌、やつめうなぎの白子（傍点原文）」を混ぜあわせて食べたという。[1] またペトロニウス（?～六六）の作といわれる『サテュリコン』では、饗宴の主催者トリマルキオンが「鶏の下に孔雀の卵を」置かせて、会食者たちを驚かせている。[2] しかし、「孔雀の舌」に関するかぎり、それが「一時非常に流行」したという資料はまったく見出すことができなかった。

本当に「孔雀の舌」を食べた皇帝がいたのだ、と知ったのは、二〇〇六年に「西洋古典叢書」の一冊として出版された『ローマ皇帝群像 2』に目を通したときである。ここに収録された「アントニヌス・ヘリオガバルスの生涯」の中で、「この者（＝ヘリオガバルス）は（中略）しばしば、アピキウスをまねして、ラクダのかかとや生きている鶏から切り取った鶏冠、孔雀やナイチンゲールの舌を食べていた。というのも、これらを食べた者は、疫病から免れるといわれていたからである[3]」という一節を目にしたとき、私はこれが「孔雀の舌」のタネに違いない、と思った。ところがその後、これより十五年も前に出た塚田孝雄著『シーザーの晩餐』（一九九一）が右の部分と同じ所を引用していることを知って、一種の驚きと落胆とを覚えた[4]。特に吃驚したのは、この書物が『猫』との関係で孔雀の舌に触れている、ということだった。すなわち塚田氏は次のように述べていたのだ。

ローマ人の宴会といえば、たいていの人がクジャクの舌と入浴嘔吐の術を脳裏に浮かべる。そうして昔読んだ漱石先生の『吾輩は猫である』の一節をなつかしく思い出すことであろう。／あの小説には苦沙弥先生、迷亭、東風などという喰い意地の張った連中が登場し、トチメンボー、ナマコ、フグ、タコなどの話が交わされるが、迷亭さんがのどかな新年の賀状に、クジャクの舌でもご馳走したいと書き出して、胃弱でしかも健啖な苦沙弥先生に一杯喰わす件は、とりわけ印象深いものであった。／ところでローマ人は本当にクジャクの舌を食べたのだろうか。これまで日本で出版されたローマの食事についての書物には、食べたとは述べていないようである。／しかし、『後期皇帝伝』を読んでゆくと、アエリウス・ランプリディウスの撰になるという『ヘリオガバルス伝』の中に、／彼はアピキウスを真似て、しばしばラクダのかかと、生きている雄鶏から切り取ったとさか、クジャクと夜鶯の舌を食べたが、これはこのようなものを食べると疫病にかからない、と言われていたからであった。／とあり、さらにボラのはらわた、オウムとキジとクジャクの頭をたくさんの大皿に盛って廷臣に振る舞ったとか、飼い犬をフォアグラで養った、といった話が続く。／(中略)ところで漱石の種本は何であったろうか。恐らくスミスの『古代学人名辞典』もしくは、ボーンズ叢書に収められたプリニウスの『博物誌』の訳注によったものであろう。(5)

両者を比べてみると、『ローマ皇帝群像 2』が「この者はしばしば、アピキウスをまねして(以下略)」としている部分は、塚田氏が「彼はアピキウスを真似て(以下略)」とした部分とほとんど同一である。というのも、「西洋古典叢書」が『ローマ皇帝群像』とした書物は、塚田氏のいう『後期皇帝伝』と同じものであり、普通 *Historia Augusta* といわれる伝記集だからである。(6) すると、塚田氏のいう『ヘリオガバルス伝』とは『ローマ皇帝群像 2』で「アントニヌス・ヘリオガバルスの生涯」と訳されているものと同一ということになる。「漱石の種本」は「恐らくスミスの『古代学人名辞典』もしくはボーンズ叢書に収められたプリニウス『博物誌』の訳注によったものであろう」という塚田氏の記述を見たとき、私はこれで「孔雀の舌」の出典は間違いなく解決した、と思った。ところが、その後『シーザーの晩餐』に載せられた「参照引用文献」に目を通しているうちに、いくつかの疑問が出てきたのである。

まず、塚田氏のいう「スミスの『古代学人名辞典』」とは、正確には何を意味するのか。この「スミス」とは、『猫』(二)の本文中、「この間中よりギボン、モンセン、スミス等諸家の著述を渉猟致し居り候へども」とある所で言及される「スミス」である。この人物について、『漱石全集』第一巻(一九九三)「注解」は、「イギリスの古典学者、聖書学者、辞書編纂者。『ギリシア・ローマ故事辞典』(一八四二)『ギリシア・ローマ伝記辞典』(一八四九)など多数の辞典を編纂した。漱石の蔵書中にはスミスの編纂した『古代ギリシア・ローマ伝記神話地理辞典』がある」とする。[7] スミスはたしかに「多数の辞典を編纂した」のだが、スミス編の辞典類があまりに「多数」なので、塚田氏のいう『古代学人名辞典』とはその中のどれを指すのか、理解に苦しんだのである。

『シーザーの晩餐』は驚嘆すべき博識に支えられた興味深い書物だが、いわゆる学術書とは一風違った体裁をとっているので、そこに述べられた出典を確認するのにかなり手間取ることがある。『古代学人名辞典』との関連では、先に触れた「参照引用文献」は、「一般参考書」中にスミスの *Dictionary of Greek and Roman Antiquities* (1856) と *Dictionary of Greek and Roman Geography* (1854) とを挙げており、[8] また「各章参照引用文献」では、「第一章ローマの繁栄と市民生活」の項でこれらの二冊のうち前者のみを挙げているが、いずれも『古代学人名辞典』という訳語にはふさわしくないように思われる。また、漱石の蔵書にはこのどちらも残されておらず、スミスの辞典類で漱石文庫に残されているのは、『漱石全集』第一巻「注解」が挙げた *A Classical Dictionary of Greek and Roman Biography, Mythology, and Geography* (1899) だけである。

念のため塚田氏が挙げた *Dictionary of Greek and Roman Antiquities* (1845) を見ると、"PAVO" すなわち

「孔雀」の項に“In the feasts of Emperors Vitellius and Heliogabalus, enormous dishes were frequently served up, composed of ragouts of the *tongues and brains of peacocks*.”（イタリックは塚本）という記述がある。[9] 引用文中「ラグー（ragouts）」とは、要するに香辛料を効かせたごった煮で、この記述によれば、ウィテリウス帝とヘリオガバルス帝との宴席では「孔雀の舌と脳味噌とを煮込んだラグー」がしばしば供されたことになる。もし漱石がこの辞典に目を通していたら、たしかにこれを「種本」にした可能性は充分あると言えよう。

次に塚田氏が指摘した「ボーンズ叢書に収められたプリニウス『博物誌』の訳注」とは、正確には *The Natural History of Pliny* (Bohn's Classical Library) の訳注である。この本の Book XXIX, Chap. 38. “Remedies for Diseases of the Eyes” には、次のような箇所がある。

> Hen's dung, too, but only the white part of it, is kept with old oil in boxes made of horn, for the cure of white specks upon the pupil of the eye. While mentioning this subject, it is worthy of remark, that *peacocks* swallow their dung, it is said, as though they envied man the various uses of it .[10]（イタリックは塚本）

ここでプリニウス（二三〜七九）は、ある種の処理をしたメンドリの糞の白い部分は瞳孔に現われた白斑の治療に用いられるとした後、孔雀は自分の糞が人間に利用されるのを嫌うかのように、糞を嚥下してしまう、と述べる。この「孔雀」には英訳者の訳注が付けられており、“The tongues of peacocks and larks are recommended for epilepsy, by Lampridius, in his Life of the Emperor Elagabalus. The statement is, of course, a fiction.[11]（ランプリディウスの「エラガバルス帝の生涯」では、孔雀と雲雀との舌は癲癇に効くとして推奨されている。この言葉は、無論作り話である）とされている。もし漱石がこの部分を読んでいたら、これを「種本」にした可能性もまた否定できない。

だが問題は、このいずれもが漱石文庫には残されておらず、しかも、現存する資料によるかぎり、漱石が目を通した痕跡も見いだせないことである。さらにこれら二冊は、いずれもローマ人の「入浴嘔吐の術」に触れておらず、また、孔雀の舌は一種の医学的あるいは呪術的意味をもつとしているのであって、「羅馬全盛の砌り、一時非常に流行」した料理だと述べているわけではないのだ。

では、漱石文庫に残されている *A Classical Dictionary of Greek and Roman Biography, Mythology, and Geography* ではどうであろうか。この辞典が『猫』における奇妙な知識のいくつかを提供していることは疑いない。例えば、『猫』（八）には、「希臘」の「イスキラスと云ふ作家」が「学者作家に共通なる頭」すなわち「禿」頭をもっていたという話が紹介されている。「彼はつる〳〵然たる金柑頭を有して居つた」が、この男がある日「例の頭（中略）を振り立て〳〵、太陽に照らしつけて往来をあるいて居た」。その時、「イスキラス」に、次のような椿事が起った。

> 此時イスキラスの頭の上に一羽の鷲が舞つて居たが、見るとどこかで生捕つた一匹の亀を爪の先に攫んだ儘である。亀、スッポン抔は美味に相違ないが、（中略）いくら美味でも甲羅つきではどうすることも出来ん。（中略）さすがの鷲も少々持て余した折柄、遥かの下界にぴかと光つた者がある。その時鷲はしめたと思つた。あの光つたものゝ上へ亀の子を落したなら、甲羅は正し

く砕けるに極はまつた。砕けたあとから舞ひ下りて中味を頂戴すれば訳はない。さうだ〳〵と覗を定めて、かの亀の子を高い所から挨拶もなく頭の上へ落した。生憎作家の頭の方が亀の甲より軟らかであつたものだから、禿はめちや〳〵に砕けて有名なるイスキラスはこゝに無残の最後を遂げた。

前記『漱石全集』「注解」は、「この逸話は、漱石の蔵書中にある『古代ギリシア・ローマ伝記神話地理辞典』のアイスキュロスの項に一説として簡単に紹介されている」とする。さらに看過することができないのは、「アイスキュロスの項」に鷲がアイスキュロスの頭を目がけて亀を落とそうとしているイラストが載せられていることである（図2参照）。視覚に訴えるこの効果はきわめて大きく、漱石はこの図版をいわば敷衍して、上述の挿話を『猫』に載せたのではあるまいか。

ところが「孔雀の舌」に関するかぎり、この『古代ギリシア・ローマ伝記神話地理辞典』は何も語っていないのだ。そもそも塚田氏が挙げた*Dictionary of Greek and Roman Antiquities* が事項主義をとっているのに対し、漱石文庫に残されている*A Classical Dictionary of Greek and Roman Biography, Mythology, and Geography* は人名主義をとっている。したがって、'PAVO' という項目そのものが見当たらないのである。

図２　アイスキュロスの頭。
***A Classical Dictionary of Greek and Roman Biography, Mythology, and Geography* (1894), p.28.** より。

では、「ヘリオガバルス」についてはどう述べているのか。この辞典で“Heliogabalus”の項を見ると、“[Elagabalus]”とあるに過ぎない。これは「エラガバルス」の項を見よ、という意味で、両者はもともと同一の人物なのである。[12]そこで「エラガバルス」を見ると、彼の生涯が淡々と書かれているだけで孔雀の舌を食べたといった記述は一切見出せない。[13]漱石の蔵書には、その他にもエラガバルスを載せた参考書が含まれているが、[14]これらにも「孔雀の舌」に関連する記述は見当たらないのだ。

既述のとおり、塚田氏が挙げた *Dictionary of Greek and Roman Antiquities*（1845）では、ウィテリウス帝とヘリオガバルス帝との宴席では「孔雀の舌と脳味噌とを煮込んだラグー」がしばしば供されたと記されているが、その典拠は明示されていない。ところが、前記『ローマ皇帝伝』（下）では、「ウィテリウス」の項目にこの記述を疑わせるような部分が見出される。すなわち、ウィテリウスの帰還を祝って催された饗宴では、「べらの肝臓、雉と孔雀の脳みそ、フラミンゴの舌、やつめうなぎ（傍点原文）の白子」が、「町の防御者ミネルヴァの盾」と呼ばれる「大皿」に「混ぜ合わされていた」というのである。[15]つまり『ローマ皇帝伝』（下）では、ウィテリウスは「孔雀の脳みそ」や「フラミンゴの舌」を食べたとされているのであって、「孔雀の舌」を食べたという記述は見当たらないのだ。とすると、*Dictionary of Greek and Roman Antiquities* が「孔雀の舌」とした部分は誤りではないか、という疑念が浮かび上がって来ざるを得まい。

このように見てくると、「スミスの『古代学人名辞典』もしくはボーンズ叢書に収められたプリニウス『博物誌』の訳注」のいずれかが「漱石の種本」ではないかとする塚田説は、そのまま受け容れることはできない、と考えざるを得なくなった。「孔雀の舌」の源泉は、究極的には、おそらく塚田氏の言う『後期皇帝伝』中に収録されている「ヘリオガバルス伝」なのであろう。『後期皇帝伝』の信憑性については、従来少なからず疑義が提出されているが、それにしても、エドワード・ギボン、テオドール・モムゼン（迷亭の年賀状では「モンセン」）、ウィリアム・スミス等古代ローマ史の専門家なら、一応はこれに眼を通しているに違いない。そうだとすれば、漱石が何らかの歴史書等を通して「孔雀の舌」を知った可能性も捨てきれないだろう。だが、管見に入った限りでは、古代ローマを扱った研究書は、普通、愚かな皇帝の奇行等には詳しく触れていないようである。[16] こうして、私は堂々巡りを繰り返すことになった。要するに、「孔雀の舌」の出典は「ヘリオガバルス伝」以外にはあり得ないと思われるのだが、それがどんな経路を辿って漱石の知見に入ったのかという問題になると、皆目見当がつかなくなるのである。そこで、この問題については一応この程度で棚上げすることにして、第二の問題に移ることにしたい。

## 3　「孔雀の料理史」

「降つて十六七世紀の頃迄は全欧を通じて孔雀は宴席に欠くべからざる好味と相成」った云々というくだりを見て、苦沙弥先生は「孔雀の料理史をかく位なら、そんなに多忙でもなさゝうだ」と愚痴をこぼす。「料理史」は、さらに「レスター伯がエリザベス女皇をケニルウオースに招待致し候節も慥か孔雀を使用致し候様記憶致候」と続くが、このあたりは果たして本当なのだろうか。

孔雀がローマ時代から貴重な食材とされていたことは、事実である。プリニウスによれば、初めて孔雀を食卓に供したのは雄弁家ホルテンシウス(前一一四～四五)で、それは彼が祭司に任じられた際の祝宴においてだったという。[17] また中川芳太郎は、「Peacock (*Pavo muticus*) は南部亜細亜の産であるが、既に古羅馬時代に欧洲に移入せられ、食卓の佳肴として定評があった」と述べる。[18] そうだとすれば、「十六七世紀の頃迄は全欧を通じて孔雀は宴席に欠くべからざる好味」となったというあたりは、一般論としては常識的な線だということになろう。

では、「レスター伯がエリザベス女皇をケニルウオースに招待致し候節」に「孔雀を使用致」した云々については、どうであろうか。「ケニルウオース」について、『漱石全集』第一巻(一九九三)「注解」は、「(略)レスター伯は一五七五年にエリザベス女王をここに招き、豪華な宴をはって歓待した。その様は漱石蔵書にもあるウォルター・スコットの小説『ケニルワース』(一八二一)に詳しく描かれている」と言う。この記述は無論正しいのだが、スコットの『ケニルワース』では本当に孔雀料理が出されたのか否かについて触れていないのが、少々物足りない。「注解」がこれに触れなかったのは、この作品には孔雀料理そのものに関する記述が見当たらないからでもあろうか。

そもそもスコットは、波瀾万丈の筋立て、つまりプロットの面白さで読者を惹きつける作家で、宴会の献立といった細部にこだわる作家ではない。スコット自身が、『ケニルワース』第三十一章で、"It is by no means our purpose to describe minutely all the princely festivities of Kenilworth…(ケニルワース城の贅を尽した祝賀行事の様子をすべて克明に描くのは作者の目的ではない…)" と述べているのである。[19] すなわち、「レスター伯」がケニルワース城での大宴会に孔雀を使ったというのは、スコットの記述ではなく、漱石自身の推定なのである。ただし、この時「孔雀を使用」したという漱石の推定が妥当であることは、言うまでもない。孔雀が「既に（中略）食卓の佳肴として定評があつた」以上、「エリザベス女皇」を主賓とする贅をつくした饗宴で、「孔雀を使用致」さなかったはずがないのである。

それにしても、漱石はどのようにして孔雀が貴重な食材として珍重されたことを知ったのだろうか。孔雀が「食卓の佳肴として定評があつた」とすると、しかもそれが紀元前二世紀のホルテンシウス以来の長い歴史をもっているとすると、漱石と孔雀料理との接点を一つに絞りこむのは無理かもしれない、と思ったこともあった。だが、漱石文庫に残されている資料に駆け足で目を通しているうちに、孔雀が「食卓の佳肴」だということを初めて漱石に教えたのはテニソンらしい、ということが分かった。より限定すれば、それはテニソンの『国王物語詩集』（*The Idylls of the King*）』中の一篇、『ギャレスとリネット（*Gareth and Lynette*）』（一八七二）である。

ここで、この作品の梗概を記しておこう。主人公ギャレスはオークニーの王ロトと妃ベリセントとの子で、アーサー王の宮廷で一年の間厨房の使用人として働くことを母に許される。彼は身分を隠して王の執事ケイの下で働くことになるが、その時たまたまリネットという若い女性が宮廷に現われ、自分にとって実の姉妹にあたるライオノーズが四人の騎士に監禁されているので、宮廷随一の騎士ランスロットを遣わして彼女を救い出していただきたい、とアーサー王に願い出る。ギャレスはこれを知って、自分がその役目を引き受けたいと申し出て王の許可を得る。ところがリネットは、彼が賤しい下男にすぎないと思いこみ、激しい嫌悪を覚える。二人してライオノーズ救出に向かう途次、彼女は絶えずギャレスを口汚く罵るが、彼が様々な場面で武勇を発揮するのを見て次第に彼を信頼するようになった。ギャレスは、ライオノーズを監禁した悪逆無道な騎士たちのうち三人を倒し、四人の中で最強と思われた最後の騎士と対決することになる。この時彼女はギャレスの安全を願うあまり、この役目をランスロットに替わってほしいとさえ思った。彼は最後まで自らの義務を遂行したいと彼女に言うが、実はこのとき既に決着がついていたのである。というのは、第四の騎士は、見るからに恐ろしい甲冑を身に着けていたとはいえ、実は年端もいかぬ少年だったからである。かくしてこの作品は、"And he that told the tale in older times / Says that Sir Gareth wedded Lyonors, / But he, that told it later, says Lynette.（昔この話を語った人は／ギャレスがライオノーズと結婚したと言ったが、／後にこの話を語った人は、ギャレスはリネットと結婚したのだ、と言った）" という言葉で終る。ギャレスが自ら救出したライオノーズと結婚したか、それとも彼女の救出をアーサー王に願い出たリネットと結婚したのかについての判断は読者に任せる、といった書きかたである。この物語詩の素材は、基本的にはマロリーの『アーサーの死（*Le Morte Darthur*）』第七巻から得たが、テニソン自身も多くのものを付け加えたとされている。

漱石は、この詩を先ずマックミラン版の作品集の一冊、*Gareth and Lynette*. With Introduction and Notes by G.C. Macaulay (1893) で読んだと思われる。この版は、綿密な注解が付けられていて、初学者には読み易い版である。ここで漱石は、"And there they placed *a peacock in his pride* / Before the damsel."（イタリックは塚本。八二九～三〇行）という表現に遭遇したのである。この前後の文脈は、おおよそ以下のようである。

GARETH AND LYNETTE. 27

So she spake. A league beyond the wood,
All in a full-fair manor and a rich,
His towers where that day a feast had been
Held in high hall, and many a viand left,
And many a costly cate, received the three.
And there they placed a peacock in his pride
Before the damsel, and the Baron set
Gareth beside her, but at once she rose.

図3　***Gareth and Lynette* (1893), p.27.** より。

ギャレスとリネットとがアーサー王の宮廷を出てライオノーズ救出の旅に向かい、深い森の中で道に迷いかかった際、ギャレスは盗賊に殺されそうになったその地の領主(Baron)の命を救った。領主はその返礼として二人を自分の館に招くが、その日は盛大な宴会が催されたので大量のご馳走が残されており、帰宅した領主を含めて三人は多くの高価な珍味に迎えられた。このとき、「リネットの前には尾羽を広げたままの孔雀が置かれ、／領主はリネットの隣にギャレスを坐らせた(And there they placed a peacock in his pride / Before the damsel, and the Baron set / Gareth beside her,)」と、テニソンは詠ったのである。

　この二行は、漱石にかなりの衝撃を与えたに違いない。というのは、漱石文庫に残されている前記『ギャレスとリネット』では、"placed a peacock in his pride"という部分に漱石が引いた下線が残されているからである(図3参照)。さらにこの数行後、つまり八四九行にも"the peacock in his pride"という表現が繰り返され、この部分にも漱石は下線を引いている[20]。それだけではなく、この頁の下の余白には漱石自身が簡単な書き込みを残しているのだ。この書き込みはやや不鮮明であるが、"to place a peacock in

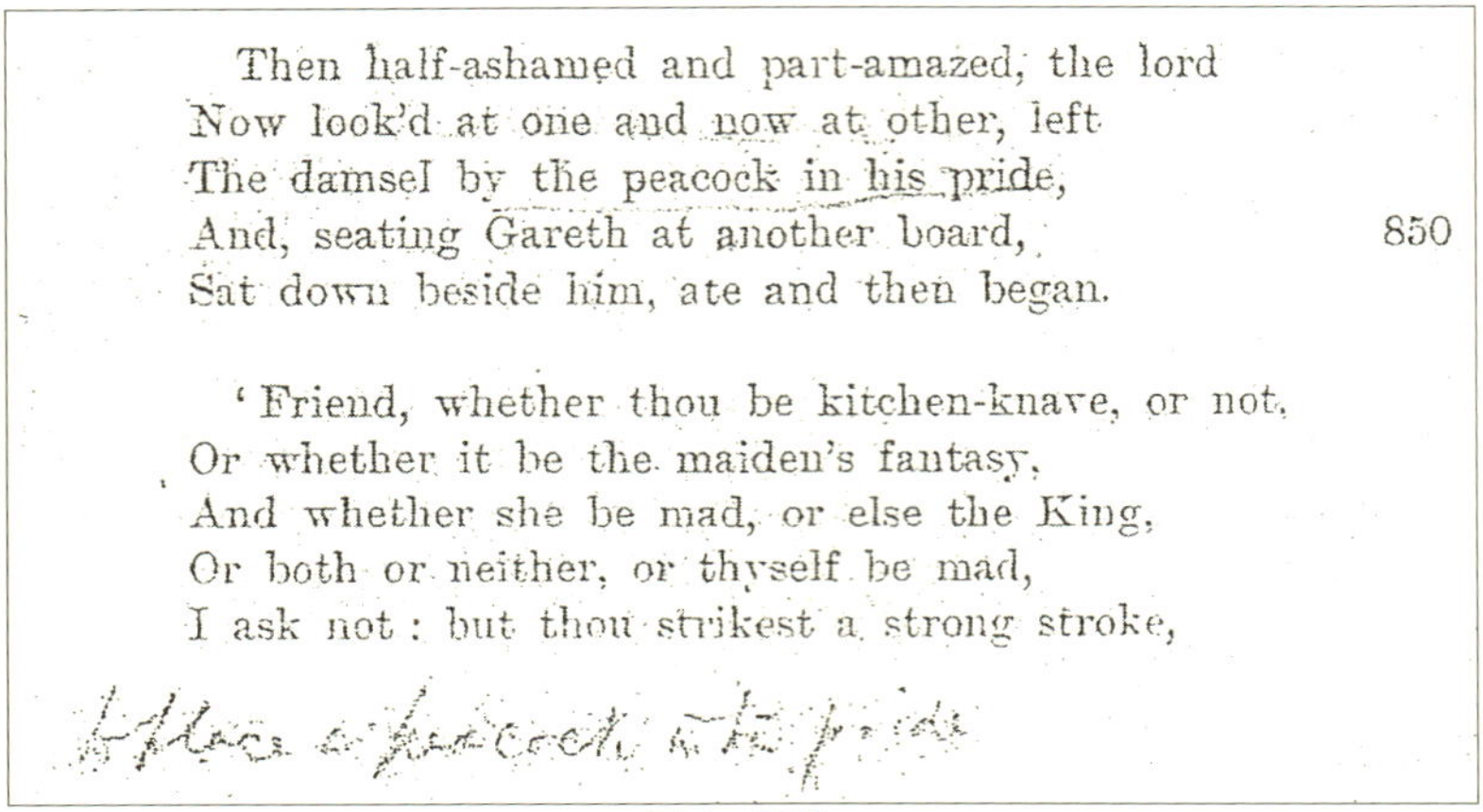
Then half-ashamed and part-amazed, the lord
Now look'd at one and now at other, left
The damsel by the peacock in his pride,
And, seating Gareth at another board,
Sat down beside him, ate and then began.

'Friend, whether thou be kitchen-knave, or not,
Or whether it be the maiden's fantasy,
And whether she be mad, or else the King,
Or both or neither, or thyself be mad,
I ask not: but thou strikest a strong stroke,

図４　同書。

his pride” と読める（図４参照）。つまり、“placed a peacock in his pride” という過去形を “to place a peacock in his pride” という不定詞（つまり一般的な表現）に書き換えているのである。漱石はおそらく、八二九行の表現を言わば反芻していたのであろう。「尾羽を広げたままの孔雀を〔食卓に〕置く」という表現は、当時の漱石にとっては新鮮な驚きだったに違いないのだ。

この版ではまた、八二九行の “in his pride” の部分に、“829. **in his pride**, *i.e.* decked with his gay plumage, as was the custom in serving such birds at banquets.（太字は原文）” という注がついている。[21] つまりこの注は、“in his pride” を「華やかな長い羽毛で飾り立てられたそのままの姿で」と言い換えているのである。この部分は、あるいは必ずしも必要ではないかもしれない。“pride” には「（クジャクなどの翼を下げて）十分に広げた尾」という語義があるからである。[22] だが当面の問題との関連に於いて看過し得ないのは、これに続く部分、すなわち「この種の鳥を宴席に供する場合、このような姿で出すのが仕来たりだったが、その仕来たりに倣って（as was the custom in serving such birds at banquets）」という部分である。これが「仕来たり」だったとすれば、孔雀をこのような姿で食卓に出すのはアーサー王伝説に類するロマンスの中ばかりでなく、王侯貴族の実生活の中でもしばしば行なわれたということになるからである。

そうだとすれば、「レスター伯がエリザベス女皇をケニルウオースに招待」した時にも、孔雀が同じような姿で食卓にのぼったと想像するのは不自然ではあるまい。とすると、このとき「孔雀を使用致し」たという言葉の背後には、"And there they placed a peacock in his pride"というテニソンの句、あるいは、この句が触発したイメージ——孔雀が尾を広げたままテーブルに置かれているイメージ——が潜んでいるはずである。換言すれば、「レスター伯」云々の背後にはテニソンが隠れていることになるのだ。

迷亭の手紙では、「ケニルウオース」城云々の後に「有名なるレンブラントが画き候饗宴の図にも孔雀が尾を広げたる儘卓上に横はり居り候」と続く。『漱石全集』はこの部分にも図版入りの注をつけ、「皿にのせられた孔雀が美食を示すものとして卓上に描かれている」としている。[23] かつては王侯貴族の食卓を飾った孔雀も、十七世紀にもなると同じような姿で豊かな市民の食卓に現われるようになったのである。ただ、この図版では孔雀の頭部ははっきりと画かれているが、この孔雀が「尾羽を広げたる儘」横たわっているのかどうかは、判然としない。

漱石がこの「饗宴の図」に接した経緯は分からない。だが、現在ドレスデン国立美術館に所蔵されているこの作品を漱石が直接眼にした可能性は低く、おそらく漱石の知識は美術書等に載せられた図版によっているのであろう。図版が不鮮明な場合には、鑑賞者は孔雀が「尾羽を広げ」ていると認識しない場合もあり得るはずである。だが、孔雀はたしかに尾を広げている。レンブラント自身とされている人物の帽子と、彼が高く上げたグラスとに囲まれた空間に、中心が濃く画かれた複数の丸い模様が微かに浮び上っているのである（口絵参照）。これは、孔雀が一杯に広げた尾羽に現われる紋様（eye）に違いあるまい。この紋様に気づいた漱石は、やはり注意深い観察者だったのだろう。

ただ漱石は、既に述べたとおり、「この種の鳥を宴席に供する場合、このような姿で出すのが仕来たりだった」ことを知っていたはずである。孔雀の傍らに添えられているナイフは、この孔雀が食用であることを示唆している。人は自分の知識に従って対象を判断し、理解するものだとすれば、「レンブラントが画き候饗宴の図」を見た漱石は、テニソンの記述にも示唆を得て、ここに孔雀が「尾羽を広げ」ている姿を見出したとも言えるのではないか。そうだとすれば、漱石はこの画面をテニソンの“a peacock in his pride”の延長線上において理解したことになる。逆に、「レンブラント」の「饗宴の図」が、“a peacock in his pride”の具体的イメージを初めて提供した、とも言えるだろう。いずれにせよ、レンブラントの背後にもテニソンが潜んでいることは確実である。

このように見てくると、迷亭の年賀状に記された「孔雀の料理史」は、基本的に漱石がマックミラン版 *Gareth and Lynette* から得た知識の上に成立していると考えざるを得なくなる。この意味で、この物語詩の作者テニソンは、『猫』では全く姿を見せないとはいえ、「料理史」で言及されるスコットやレンブラントよりもはるかに重要な役割を果たしているのである。

## 4 「羅馬人」の「秘法」(その一)――「入浴」について

ここで迷亭の言う「羅馬人」の「秘法」に移りたい。すなわち、ローマ人は満腹するまで食べた後「必ず入浴」し、食べたものを「一種の方法」によって「悉く嘔吐」してから、再び「飽く迄珍味を風好した」というあたりの材源は何か、という問題である。

古代ローマ人といえば、入浴の風習と切り離すことはできない。『猫』との関連では、(七)に「十八世紀の頃大英国バスの温泉場」への言及があり、また『文学評論』では、「第二編 十八世紀の状況一般 七、娯楽(5)ヘルス、リゾーツ」中に、「バス」についてのかなり詳しい解説がある。「バス」の大浴場は、紀元前一世紀にブリタニアを占領したローマ人が建設したことを、漱石が知らなかったはずがあるまい[24]。

だが、漱石がローマ人の風習をより具体的に知る契機になったのは、漱石文庫に残されている資料を参照する限りでは、シェンケヴィッチ(一八四六~一九一六)の『クォ・ヴァディス』(一八九六)ではなかろうか。漱石が通読したこの歴史小説には、*A TALE OF THE TIME OF NERO* という副題が付けられている。漱石は、この作品を通して「ネロの時代」についてかなり広範な知識を得たのである。『クォ・ヴァディス』が言及されるのは、『文学論』「第二編 文学的内容の数量的変化 第三章 fに伴ふ幻惑〔読者の作品に対する場合〕(2)善悪の抽出」においてである。ここで『文学論』は、「普通文学を賞美する」場合、「直接経験の場合と間接経験の際と其間に感情の量的差異」と「性質上」の「差異」があることを指摘し、それは「読者が文学賞翫に際し」てある種の「除去法」を実行するからだ、とする。その「除去法」の第二が「善悪の抽出」である。この言葉はやや分かりにくいが、大学の講義では漱石はおそらく「moral element ノ elimination」といった表現を用いたのであろう。(25) これは、文学作品を鑑賞する場合、読者は実生活における道徳観念を一時「除去」(= eliminate)することができる、ということである。例えば、シャーロット・ブロンテ(一八一六〜五五)の『ジェイン・エア』(一八四七)では、ジェインとロチェスターとの愛が高まって二人がまさに華燭の典を挙げようとした時、ジェインはロチェスターには実は妻がいるのだと知る。妻が「狂人」であるとはいえ、生きている以上、ジェインにはロチェスターと訣別する以外の選択肢がなくなったのである。ところが、狂った妻は家に火を放って屋上に上り、救い出そうとする夫から逃れ、身を躍らせて敷石の上に墜死する。読者は「これに対して凄然の感」をもつだろうが、同時に、ジェインとロチェスターとの愛を達成するための「唯一の障害」がなくなったことを「喜ぶ」だろう、と『文学論』は述べる。この時読者は、「作者の筆に迷はされて同情を値するものに同情を傾くること能はず、批難すべきものを批難する能は」ず、という心理に導かれたのである。換言すれば、読者は「moral element」を一時「除去」してしまったのである。我々は「文学を賞翫するにあたり、常に此意味に於ける不道徳を犯す」ものなのだ、と『文学論』は説くのだ。これは一面では「芸術のための芸術」や「非人情」に通じる問題ではあるが、ここではこれらの側面には深入りしないことにする。

ただし、「moral element」ないし「徳義心」は「人に因つて其強弱の度を異にするが故に其抽出も亦人によりて幾分の差異あるを免れ」ない。「かの Nero は到底尋常一様の心理を以て論ずべからざる程極端に馳せたるの好例」である。ネロ（在位五四～六八）は「常に Priam を羨」んでいたが、その理由は彼が「Troy 落城の折、壮麗なる宮殿の跡も残さず烏有に帰したる偉観に逢ひ得たりと云ふに過ぎず、かくの如くして彼は遂に其都羅馬を一炬に付して宿願を現実にせり」と伝えられている。『文学論』は、これを「斯様の大美術家に至りては誠に論外の例とするの外なし」と評する。この言葉の真意には理解し難いところがあるが、大学の講義では、漱石は「Nero ハ Homer ノ書キシ Priam ノ人物ヲ慕ヒ（中略）遂ニ Rome ヲ焼キテ之ニ模セシト云フ之レ moral sentiment ヲ eliminate セシ好例」といった、比較的平易な言葉遣いをしたのではなかろうか。(26)『文学論』は次いで、ルナン（一八二三～九二）は『アンティクライスト』（一八七三）で「これを否定しこれを誇大の伝説に過ぎず」としたと述べ、さらに「尚小説 *Quo Vadis* を参照せよ」と付け加えた。とすると、『クォ・ヴァディス』は暴君ネロのイメージを漱石に提供した源泉の重要な一つだった、と考えてよかろう。事実この作品は、第二部第十三章以降、『文学論』が一言で要約したネロの蛮行を繰り返し語っている。(27)

この作品の時代的背景は、紀元一世紀、ローマ皇帝ネロの下でキリスト教徒が激しい迫害を受けながら着々と信者を獲得していったころである。シェンケヴィッチが、ネロに迫害されるキリスト教徒をロマノフ王朝下で弾圧されている彼の祖国ポーランドの民衆と重ね合わせたこともあって、この作品は大きな反響を呼び、一九〇五年にノーベル文学賞を受賞、世界的ベストセラーになった。ただし、漱石の蔵書に残されている英訳は一九〇一年版、すなわち、ノーベル文学賞を受賞する以前の版である。

『クォ・ヴァディス』の最終章、すなわち第三部第三十一章は、主人公ペトロニウスがネロの命により、静脈を開いて死を迎える印象的な場面を扱っているが、その過程で彼の入浴に言及している。ネロの不興を買って死を命じられたペトロニウスは、死ぬ直前に親しい友人たちを招き、最後の晩餐を楽しむ計画をたてた。その日の午後、彼は「書斎で長時間書き物をして過ごした。それから彼は入浴し、次いで数名の衣装係に命じて自分が正装するのを手伝わせた。ペトロニウスは、まるで神のように立派に着飾って大食堂に赴き、趣味の審判者の眼付で饗宴の準備を見渡し、次いで庭園に向かった(Petronius spent the afternoon hours writing in his library. Afterwards he took a bath, and then commanded the robe-folders to dress him. Splendid and adorned like a god, he went to the dining-hall to cast a connoisseur's eye upon the preparations, and then went to the gardens...)」[28]のである。

この一節は「入浴」の詳細については何も述べていないが、ペトロニウスの「入浴」が「大食堂」に赴く前だったことだけは明らかである。おそらく漱石は、何の違和感もなくこの部分を読んだであろう。念のため、ペテロニウスの作とされる『トリマルキオン』を参照すると、主人公エンコルピオスは、「公衆浴場へ入っ」てから「発汗室で熱く」なり、「冷水室へ入った」後、宴席に連なったとされている。[29]トリマルキオンもエンコルピオスもペトロニウスよりもはるかに低い身分であるとはいえ、入浴後に食事をするという順序は、ペトロニウスの場合と同じである。

さらに『トリマルキオン』では、宴会が終わってトリマルキオンが「第二の食卓」を持ってこいと命じてから、彼は「さあ浴場へ飛びこもう。太鼓判をおすさ。きっと後悔はせん。風呂は竈のように熱くなっとるぞ」と言う。これは一見食後であるかのように見えるが、そうではない。この直後に招待客の一人ハビンナスが「そうだ。たしかにそうだ。一日を二日にするんだ。これほどいい考えはないぞ」と応じる。[30]これは、この入浴後に二日目の宴会が始まる、と言うに等しい。この場面でも、ローマ人は入浴してから宴席に就くという順序は遵守されているのだ。

ただ、ヘリオガバルスは次のような宴会をもったとも言われる。すなわち、二十二枚の大皿に料理を盛り付け、彼自身と「友人たちは快楽を行なうと誓って、一皿［食べる］ごとに入浴し、女と関係をもった」と。[31]これは「食後」に入浴したとも読めるが、『トリマルキオン』におけるハビンナスの言葉を参照すると、次の食事の前に入浴したともとれるのではなかろうか。いずれにせよ、これは度を超えた放蕩と愚行との末に「近衛兵によって殺され、街路中を引きずられ、（中略）下水道に入れられて、ティベル川に投げ込まれた」途方もない皇帝の話である。[32]少なくとも、ローマ人が「食後必ず入浴」したことを示しているわけではない。

とすると、「彼等は食後必ず入浴致候」というのは、漱石の改変ないし創作ということになろう。この改変の目的は判然としないが、あるいは、風呂を浴びてから一杯やるといった日本人の習慣を逆転させ、「羅馬人」の宴会の特異性を強調することだったのでもあろうか。

## 5　「羅馬人」の「秘法」（その二）——「嘔吐」について

では、「「入浴後一種の方法によりて浴前に嚥下せるものを悉く嘔吐し、胃内を掃除致し」た後再び食卓についたという部分はどうか。「食後」に「必ず入浴」したという順序に関する限りは根拠が薄弱であることは前述の通りである。だが、一度胃の中に入ったものを「悉く嘔吐」し、「胃内廓清の功を奏したる後又食卓に就き、飽く迄珍味を風好し」たというのは、事実に近い。これに類する話はかなり広く知られており、例えば既に触れたスエトニウスの『ローマ皇帝伝』（下）は、クラウディウス、ネロ、ウィテリウスについて、それぞれ次のように述べている。

クラウディウスは、食物や酒をいつでもどこでもしきりと欲しがった。（中略）彼は酩酊しない限り、なかなか食堂から退出しなかった。この後すぐ寝台に仰向けになり、口をあけ喉の奥に羽毛をつっこみ、胃の負担を軽くしてもらっていた。(33)（傍点塚本）

ネロは（中略）音楽の素養も身につけていたので、統治権を手に入れるとさっそく、その当時抜群の名声を馳せていた竪琴奏者テルプヌスを招き、夕食後何日も続けて、夜ふけまでうたわせ、その側に坐っていて次第に自分も思い立ち練習を始めた、そしてこの種の芸人が声を美しく保ち、声量をあげるために、ふだん実行していることを自分も一切省かなかった。たとえば仰向けになって、鉛板を胸の上で支えたり、浣腸や嘔吐によって胃腸を浄化し、発声に有害な果物や食物を断っていた。(34)（傍点塚本）

ウィテリウスは、とりわけ栄耀栄華と残忍非道に溺れ、食事は常に三度、ときには四度にもわたって、朝食と昼食と夕食と夜ふけの酒盛りを摂り、いつも嘔吐によって、どの食事も難なく

こなしていた。[35]（傍点塚本）

かかる愚かしい贅沢に苦々しい思いを禁じ得なかった哲人の一人に、セネカ（紀元前四～六五）がいる。彼は若かりし日のネロの師だったが、後にネロに疎んじられ、遂には死を命じられた。セネカは、ローマ人が世界の隅々からさえ途方もなく大量の食べ物を集めてそれを貪り食い、また吐き出すのを批判して、「彼らは喰うために吐き、吐くために食う（vomunt ut edant, edunt ut vomant）」[36]と述べた。これは、もともと彼が義母ヘルヴィアに送った書簡の中にある言葉だが、簡潔な表現とも相俟って各種の文献にしばしば引用される。もし漱石がこの種の文献を目にしていれば、この言葉によって一度胃の中に入った食物を「悉く嘔吐」するというローマ人の風習を知った可能性は充分あるだろう。

ところが、『クォ・ヴァディス』では、より直截簡明な場面、ローマ人が「嚥下せるものを悉く嘔吐」するための「秘法」という着想を漱石に示唆したと思われる場面が、早くも冒頭近く第一部第二章に見られるのである。

"When you read it pay attention to the description of the feast of Trimalchion. As for verses, they disgust me since Nero began to write them. When Vitelius *wants to ease his stomach he uses little ivory sticks which he thrusts down his throat ; others for the same purpose use flamingo feathers steeped either in oil or in a decoction of some sort of grass possessing the same properties. . . .* "[37]（下線およびイタリックは塚本）

この前後関係を、簡単に述べてみよう。作品の主人公ウィニティウス (Marcus Vinitius) は海外勤務からローマに帰ったばかりの高級軍人だが、ある日親しい叔父ペトロニウス (Petronius) を訪れ、自分は先日アウルス・プラウティウス (Aulus Plautius) の家で美しい女性を見て、たちまち激しい恋愛感情に捉えられてしまった、と告白する。甥の訴えを聞いたペトロニウスが彼を連れてプラウティウスの邸宅に向かう途中、ある書肆に立ち寄り、自分が書いた「彩色手写本 (illuminated manuscript)」を求めてウィニティウスに与える。右の引用は、このときペトロニウスがウィニティウスに語る言葉である。ペトロニウスは、自分が書いた『サテュリコン (*The Satiricon*)』の中の「トリマルキオンの饗宴」をよく読んでくれと言った後、皇帝ネロに話題を移す。ネロは、ホメロスを超える大詩人だという名声を得たいという執念に取り憑かれており、特に、「趣味の審判者」として名声が高いペトロニウスに自分の力量を認めてもらいたい、と切に望んでいる。ところがペトロニウスは、ネロの詩は吐き気を催させる、と痛烈な言葉を口にするのである。ペトロニウスは続ける。ウィテリウス[38] (Vitelius) は、苦しいほど胃袋に詰め込んだ食べ物を吐くために、「象牙の細い棒 (little ivory sticks)」を咽喉の奥へ突っ込む。食べ過ぎたものを吐くために「オリーヴ油に浸したフラミンゴの羽毛 (flamingo feathers steeped … in oil)」を使う連中も居り、「オリーヴ油に類する性質の植物を煮つめたエキスに浸したフラミンゴの羽毛 (flamingo feathers steeped… in a decoction of some sort of grass possessing the same properties)」を使う連中もいるが、自分はネロの作品を考えるだけで吐き気を催すのだ、と。以上が、ここに引用した英文の要旨だが、こういう言葉が反権威主義者だった漱石の注目を惹かなかったはずがあるまい。

これが、迷亭の言う「羅馬人」の「秘法」の源泉、少なくとも源泉の一つであることは、明らかだろう。

この場面は、第二部第十八章で再び言及される。このとき、ペトロニウスはウィニティウスに向かって、「ブロンズ色の髯の男（Bronzebeard）」すなわちネロが詩と音楽とを深く愛していることを認め、先に自分が言った言葉を一部修正する。

“Not worse than many others. Lucan had more talent in his little finger. Yet Bronzebeard is not entirely lacking. He has, first, a great love for poetry and music….As to the verse, it is not true, *as I once said*, that I use them after feasting for the same purpose to which Vitelius devotes *flamingo feathers*. They are sometimes eloquent….”[39]（イタリックは塚本）

すなわちペトロニウスは、ネロの詩が他の多くの詩よりも下手なわけではないとし、ルカヌス（Marcus Annaeus Lucanus：39-65）にははるかに及ばないとはいえ、ネロもまったく才能がないわけではない、と言う。ペトロニウスは続ける。自分はかつて、ウィテリウスが「フラミンゴの羽毛（flamingo feathers）」を使うのと同じ目的で、ネロの詩を宴会の後に使うと言ったが、それは本当ではない、と。引用文中、ペトロニウスの言葉にある“*as I once said*”とは、第一部第二章の一部、すなわちこの直前に引用した英文中で、“As for verses, they disgust me since Nero began to write them.（ネロの詩と言ったら、彼がそんなものを書くようになってからずっと、自分は吐き気を催したくなるのだ）”以下を指している。

なお、この引用部分には、原作者シェンケヴィッチの思い違いがある。第一部第二章では、「苦しいほど胃袋に詰め込んだ食べ物を吐くため」にウィテリウスが用いたのは「象牙の細い棒」であって「フラミンゴの羽毛」ではなく、また、同じ目的で「フラミンゴの羽毛」を使うのは「他の連中(others)」、すなわち、ウィテリウス以外の人物とされている。だが、ここではウィテリウスが「宴会の後」にもっぱら「フラミンゴの羽毛」を用いるとなっているのである。これは明らかにシェンケヴィッチの記憶違いだが、ペトロニウスが「自分はネロの作品を考えるだけで吐き気を催す」と言ったのは事実である。ここで、原作者の一寸した錯誤に気がついた読者のなかには、第一部第二章に戻って自分の記憶を確かめようとする者も少なくないのではないか。そういう読者は、この確認作業によって、「羅馬人」の「嘔吐方」を一層強く意識にとどめることになるのではないか。いずれにせよ古代ローマでは、「象牙の細い棒」、「フラミンゴの羽毛」、あるいはそれに類するものが「嚥下せるものを悉く嘔吐」するために用いられたことだけは明白で、ここまでは疑問を挟む余地はまったくあるまい。

ここで、これまでの問題を簡単に整理しておく。第一に、迷亭が苦沙弥先生に宛てた年賀状の中で語った「孔雀の舌」の材源は、究極的には塚田氏の言う『後期皇帝伝』中に収録された「ヘリオガバルス伝」に溯る可能性は残るものの、現時点では漱石と「ヘリオガバルス伝」とを結ぶ経路、または両者の接点を確認することはできない。そうだとすると、漱石は本当に「ヘリオガバルス伝」を知っていたのかという点については、合理的な疑問を挟む余地が残されている。これは、漱石が「孔雀の舌」という卓抜な着想を得たについては、「ヘリオガバルス伝」以外の材源を検討する必要がある、ということでもある。

第二に、「孔雀の料理史」で最も重要なのは、作者が素知らぬ顔をして利用したテニソンの『ギャレスとリネット』であり、これについては漱石手沢本に残された書き入れ等によって疑問を挟む余地もない程度に立証することができる。

第三に、「贅沢と衛生とを両立」させるための「羅馬人」の「秘法」を漱石に示唆したのは、主としてはシェンケヴィッチの『クォ・ヴァディス』であることも、おそらく異論の余地があるまい。とすると、迷亭の年賀状では、少なくともこれら二つの素材、すなわち、テニソンの『ギャレスとリネット』およびシェンケヴィッチの『クォ・ヴァディス』から得た素材が、モンタージュされていることは確実だと言えよう。ただ、以上の論点のうち、現時点では第一点については残念ながら確証を提出することができないので、これに関する一つの仮説を提出してみたい。

## 6　フラミンゴの舌と孔雀の舌

古代ローマでは、フラミンゴは、その羽毛が嘔吐のために用いられたばかりではなく、その舌も珍味として食用に供せられたのである。このこと自体は、既に述べたように、『ローマ皇帝伝』（下）が、ウィテリウスの宴席に供せられた珍味佳肴の中に「フラミンゴの舌」を挙げていることからも、明らかだろう。ただ、漱石がフラミンゴの舌を知ったのは、『クォ・ヴァディス』第一部第七章でネロが豪勢な宴会を催す場面に接したときではなかろうか。ここでは献立そのものは詳しくは描かれていないが、この大宴会で、ローマ滅亡の予感と強力な軍事力への信頼との間で動揺しているドミティウス（Domitius）という老人が、泥酔して次のような醜態を演じる。

At last he rolled under the table and was soon engaged in heaving up *flamingo tongues*, roast mushrooms, locusts in honey, fish, meat, and everything that he had eaten or drunk.(40)（イタリックは塚本）

酔っ払ったドミティウスがテーブルの下に転がって、「食べたり飲んだりしたものをすべて吐き出」した場面である。これはかなり生々しい場面だが、最も効果的なのは「フラミンゴの舌」ではあるまいか。ドミティウスが「吐く（heaving up）」のが、まず「フラミンゴの舌（flamingo tongues）」なのである。現代では用いられなくなったこの奇妙な食材は、それだけで読者の興味をそそるだろう。さらに、それが“flamingo tongues”と複数形になっている以上、「フラミンゴの舌」はほとんど原形をとどめているに違いない。以下、「焼いたマッシュルーム（roast mushrooms）」、「蜂蜜に漬けたイナゴ（locusts in honey）」、と次々に実例をあげた後、「魚」、「肉」と次第に具体性を薄め、最後に「食べたり飲んだりしたものすべて（everything that he had eaten or drunk）」といった一般的な描写で終わる。この順序は、ドミティウスが胃の腑に詰め込んだ順序の逆になっているのである。つまり、最初に詰め込んだものはある程度消化されて正体が分らない流動物状のものになっているが、次に食べたものは「肉」あるいは「魚」だという程度には識別可能であり、次の「マッシュルーム」、「イナゴ」は明らかにそれと分かる姿を残しているのであろう。ところが、「フラミンゴの舌」はまだ胃の腑に詰め込んだばかりなので、さまざまな食材と胃液とにまみれながら明確な原形をとどめており、しかもそれが複数個あることまでもが明らかに認められるのである。ドミティウスは、既に張り裂けんばかりに膨らんでいた胃の腑をさすりながら、フラミンゴの舌の誘惑に抵抗できなかったのである。ここで読者の印象に最も強く残るのは、冒頭で提示された最も具体的なイメージ、すなわち、ほとんど原形のままで吐き出された複数の「フラミンゴの舌」である。漱石の脳裏にもまた、このような「フラミンゴの舌」が彷彿としたに違いあるまい。

この場面は、先に引用したペトロニウスの言葉、苦しいほど胃袋に詰め込んだ食べ物を吐くために「象牙の細い棒」を咽喉の奥へ突っ込む等々という言葉の効果を、何倍にも増幅している。『文学論』は、「文学的内容」、すなわち文学に用いられる素材は、「(F＋f)」という構造、換言すれば、「感覚的要素」＋「これに附着する情緒」という構造をもつとした。漱石もまたこの場面で、ドミティウスがテーブルの下に転がりながら、胃液や半ば消化したさまざまな食材にまみれながら原型を保っている複数の「フラミンゴの舌」という「F」から、ある種の強い「f」を――この場合は負の情緒、すなわち嫌悪感を――もっただろう。そうだとすれば、この「f」は、漱石の記憶にドミティウスが吐き出した「フラミンゴの舌」のイメージをいっそう強く刻み込んだはずである。

ここで一歩を進めてみよう。この印象的な場面における「フラミンゴ」を、漱石が「孔雀」に置き換えた可能性は考えられないだろうか。漱石が『猫』(二)、すなわち「孔雀の舌」の話を含む迷亭の年賀状を『ホトトギス』に載せたのは明治三十八年二月である。その二年前の明治三十六年二月に、漱石は「薔薇ちるや天似孫の詩見厭きたり」の句を詠んでいた。そうだとすれば、ドミティウスが嘔吐したフラミンゴの舌、あるいは、それに伴なう強烈な「f」は、漱石が「見厭き」るほどに親しんでいたテニソンの一場面、すなわち、「尾羽を広げたままの孔雀」が食卓にのぼっている場面を連想させた可能性があるのではないか。古代ローマ人がフラミンゴの舌を賞味したことが漱石にとっての驚くべき新発見だったとすれば、この驚きは孔雀が食材として用いられたと知った時の驚きに匹敵したのではないか。漱石は、この新発見から"a peacock in his pride"という一句を想起し、次いで、「フラミンゴの舌」を無理なく「孔雀の料理史」の文脈に組み込んだ――つまり、「フラミンゴの舌」を「孔雀の舌」に置き換えた――とは考えられないだろうか。この可能性を否定できないとすれば、「トチメンボー」が「材料払底」のため「間に合ひ」難い場合には「孔雀の舌でも御風味に入れ可申候」云々の部分は、直接的資料に基づいているのではなくて、むしろ漱石の想像力が生み出した奇想だという可能性が高いのではないか。そうだとすれば、これは「レスター伯がエリザベス女皇をケニルウオースに招待致し候節も慥か孔雀を使用致し候様記憶致候」と漱石が書いたのと、ほとんど同工だということになるのではないか。

これはあくまでも仮説であって、実証的な根拠があるわけではない。しかし、「ケニルウオース」や「レンブラント」の場合と同じく、「孔雀の舌」もまた「孔雀の料理史」に繋がるとすれば、これがテニソンと無関係ではあり得ないことだけは、認めざるを得ないのではないか。

この可能性をめぐって、いくつかの事実を指摘しておきたい。繰り返しになるが、第一に、ヘリオガバルスが「孔雀の舌」を食べたのは「疫病から免れる」ためであって、この食材そのものを賞味するためではなく、また、塚田氏が挙げた文献による限りでは、「孔雀の舌の料理は往昔羅馬全盛の砌り、一時非常に流行」したという記録を見出すことができないのである。つまり、もし漱石が何らかの手段によってランプリディウスの「ヘリオガバルス伝」を知っていたとしても、「孔雀の舌」が「羅馬全盛の砌り、一時非常に流行致し」たとする部分は、漱石の改変、あるいは創作だと考えざるを得ないのである。他方、「フラミンゴの舌」が「羅馬全盛の砌り、一時非常に流行致し」たこと、しかもこれが「豪奢風流の極度」であることは、この食材がネロ主催の大宴会でも食卓に供せられたことから容易に想像することができる。そうだとすれば、「孔雀の舌」をめぐる迷亭の賀状は、資料そのままの利用ではなく、資料の改変なしには成り立たないのだ。くどいようだが、「孔雀の舌」をめぐる迷亭の冗談がどのような資料に拠っているにせよ、漱石独自の想像力による改変がなければ、現在我々が見るかたちにはなり得なかったのである。

第二に、『クォ・ヴァディス』には、当時はフラミンゴと孔雀とがほぼ等価だったろうと思わせる記述がある。第二部第五章で、ウィニティウスは、恋人リギア (Lygia) に贈物を持参したユダヤ人ナザリウスに強い嫉妬心を抱くが、リギアの言葉を聞いて反省し、「自分が田舎の家に戻ったら、庭にたくさんいる孔雀かフラミンゴかを雄雌一羽ずつ (a pair of peacocks, or of flamingoes)」このユダヤ人にやろうと約束する。(41) これは、孔雀とフラミンゴとが家禽としてほぼ同じ価値をもっていたと思わせる記述である。

第三に、第三部第六章では、ローマの大火の後焼け出された貧民が皇帝や貴族たちの庭園に仮住まいをし、そこに飼われていた「孔雀やフラミンゴや白鳥や駝鳥（中略）はこの連中に料理されてしまった（Peacocks, flamingoes, swans, and ostriches ... fell under the knives of the mob.）」[42]とされている。つまり、孔雀、フラミンゴ、白鳥、駝鳥は同じような家禽ないし食材として並列されているのだ。要するに、『クォ・ヴァディス』を通読すればフラミンゴから孔雀を連想するのは決して不自然ではない、と思われてくるのである。

第四に、漱石が「フラミンゴ」ないし「ベニヅル」という単語を使わなかったのは、もしかしたら、日本語の問題にも関わっているのかもしれない。管見に入った限りでは、「紅鶴《フラミンゴー》」の最も早い用例の一つは寺田寅彦が『旅日記から』で用いたものである。その（七）「四月二十九日」の日記を見ると、「ポートセイドからイタリアへ」の航海中に見た夢について、「昨夜遅く床にはいったが蒸暑くて安眠が出来なかった……際限もなく広い浅い泥沼のような処に紅鶴《フラミンゴー》の群がいっぱい居ると思ったら、それは夢であった」と記されている[43]。この日記は、明治四十二年に寅彦が渡欧した際の経験を記したもので、これから判断すると、『猫』（二）が発表された四年後には、少なくとも我が国の一部には、「フラミンゴー」ないし「紅鶴」についての知識をもつ人々がいたようである。ただし、これが掲載されたのが大正九年十二月号『渋柿』の誌上だから、寅彦が発表に際して原文に多少手を加えた可能性もなしとしない。ここから確言することができるのは、明治四十二年にこの語が広く通用していたか否かについては疑問が残るにせよ、大正九年ともなればこれらの語はかなり一般化していたといった程度のことではあるまいか。『言海』（明治三七）も縮刷版『辞林』（大正七）も、見出し語としては「フラミンゴ」も「ベニヅル」をも載せていないのである。平凡社『大辞典』（昭和一〇）

は「フラミンゴ」を載せているが、語義では「紅鶴」を見よとしており、「紅鶴」については「紅鶴目ベニヅル科」以下、その外観および生息地について概説し、最後に「本邦には稀に輸入され動物園等に於て飼育さる。別名フラミンゴ」とする。一般に辞書に採録される言葉は常に実生活で使われる時期よりも遅れるとはいえ、昭和になってからでさえ、フラミンゴは「動物園等」において「稀に」見られる程度だったようである。『猫』(二)が発表された明治三十八年には、「フラミンゴ」も「紅鶴」もおそらく一般読者の知識には含まれていなかったのではないか。[44] もし漱石が「フラミンゴの舌」を「孔雀の舌」に変えたのだとすれば、その背景にはこのような事情も潜んでいたはずである。

ここで、ローマ人の食生活との関連でしばしば言及されるアピキウス(紀元一世紀)の『料理書』について触れておきたい。『料理書』で鳥料理を扱っているのは、第六篇である。第六篇の目次を見た限りでは、第一章「ダチョウのためのソース」から第八章「若鶏のためのソース」までは、一章ごとに複数のソースの製法について述べているように読める。[45] つまりアピキウスは、様々な鳥そのものの料理法についてではなく、主として各種の鳥料理に用いるソースの製法を語っていると読めるのである。ところが本文の内容は、必ずしも目次の通りにはなっていないのだ。例えば、第六篇第五章の目次では「クジャクのためのソース(Sauces pour le paon)」とあるのに、[46] それに対応する本文第五章の表題は「様々な鳥のためのソース(Sauces pour divers oiseaux)」となっており、しかも本文では「クジャク」はまったく姿を見せないのである。[47] ジャック・アンドレ(Jacques André, 1910-94)による「注釈」は、「本文第三章から第六章まで」、すなわち、ツグミ、イチジク食イ(becfigues)、クジャク、キジそれぞれの為のソースを扱うはずの四章は、「目次とまったく一致していない（傍点塚本）」と明言し、また、「第六篇では多くの重要な章が失われてしまっている」と述べるにとどまっている。[48] そうだとすれば、「アントニヌス・ヘリオガバルスの生涯」における「孔雀の舌」に関する記述の根拠、すなわち、ヘリオガバルスは「アピキウスをまねして」クジャクの舌を食べていたという記述の根拠も、「多くの重要な章」と共に「失われて」しまったのかもしれない（本章「注3」参照）。

さらに、プリニウス『博物誌』の記述も、アピキウス『料理書』のそれと甚だしく整合性を欠く部分がある。『博物誌』は、「すべての放蕩者のなかでいちばん食いしんぼうであったアピキウスは、ベニヅルの舌はとくべつよい風味があるという見解を確立した」と述べる。[49] この部分を読むと、『博物誌』が「ベニヅルの舌」を「とくべつよい風味がある」とした根拠はアピキウスの『料理書』だと思うだろう。だが、この部分が正しいか否かは、現存する『料理書』では確認することができない。繰り返しになるが、アピキウスの『料理書』で鳥料理を扱っているのは第六篇であり、その中でベニヅル＝フラミンゴ（le flamant）を扱っているのは、第六章である。ところが、第六章はベニヅルの料理法二種類について解説してはいるものの、「ベニヅルの舌はとくべつよい風味がある」という言葉はどこにも見出すことができないのである。[50] なお、『料理書』全体の目次では、第六章は「キジのためのソース」とされており、目次が本文の内容と一致しないのは前述の通りである。

ただ、この第六章に付けられた「注釈」には、私にはきわめて興味深い言葉が含まれている。「フラミンゴはローマ帝国以前には食卓に上らなかったが、ローマ時代には家禽飼育場で育てられるようになった。アピキウスはフラミンゴの舌の料理法を教えたが、それが有名になって大流行した」というのである。[51] とすると、『クォ・ヴァディス』の冒頭近く、ドミティウスが泥酔して「フラミンゴの舌」を吐き出す場面は、かなり正確に史実を踏まえているのであろう。繰り返しになるが、前記『ローマ皇帝伝』（下）にも、ウィテリウス帝は「孔雀の脳みそ」や「フラミンゴの舌」を食べたという記述がある。[52] フラミンゴの舌が、ローマ帝国では一時食材として珍重されていたことは、疑うべくもない。

以上は、漱石が「フラミンゴの舌」から「孔雀の舌」を連想したのではないかという仮説と、この仮説を支える状況証拠についての考察である。私があえてこの仮説を提出したのは、ローマ時代の食材に関しては相互に矛盾する文献が少なくなく、[53] また、漱石が「ヘリオガバルス伝」の記述に接した経路が明らかではない現段階では、この種の仮説も一考に価するのではないか、と考えるからである。

## 7　『猫』と『漾虚集』とを繋ぐもの（その一）――テニソン

ここで、「孔雀の舌」ないし「孔雀の料理史」の扱い方を通して、『猫』と『漾虚集』との関係について一言しておきたい。『猫』が『ホトトギス』に載ったのは明治三十八年一月から三十九年八月までだが、これと平行して、後に『漾虚集』としてまとめられた短編も『ホトトギス』その他の雑誌に相次いで発表されている。ところが通説は、『猫』の世界と『漾虚集』のそれとは、同一の作家が同一の時期に書いたとは到底思われないほどに異質だとする。

小宮豊隆は、「『猫』の一系列」と「『倫敦塔』以下の、美しい短篇の一系列」、すなわち『漾虚集』の世界とは対照的な位置を占めるとした。その根底にあるのは、「現実を軽蔑し現実を憎むが故に、現実の顔を歪めて見せ、その歪んだところを笑つて楽しむやうな態度」と、「到底現実には見ることのできない、さまざまに美しい夢の世界を創造し、それを鏤心彫骨して描き上げ、ここに美しいものがあると、世間に向かつて高高と掲揚する」姿勢との大差である。[54]江藤淳は、小宮の漱石像が「作家漱石の非常に精巧な剥製」だという中村光夫の言葉を引用して小宮を批判したが、[55]「『吾輩は猫である』と、『漾虚集』の諸短編の間にはある種の対立関係」があるとする点では、小宮に近い。[56]その他にも、『猫』と『漾虚集』との懸隔ないし異質性に注目する論考にはこと欠かず、漱石自身もまた同様な趣旨の発言をしている。「ある人云ふ漱石は幻影の盾や薤露行になると余程苦心をするさうだが猫は自由自在に出来るさうだそれだから漱石は喜劇が性に合つているのだと。詩を作る方が手紙をかくより手間のかゝるのは無論ぢやありませんか。（中略）薤露行の一頁は猫の五頁位と同じ労力がかゝるのは当然です」（明治三十八年十二月三日付高浜虚子宛書簡）という言葉は、「手紙」と「詩」との対照というかたちを借りて、両者の異質性を強調しているとも解釈することができよう。

しかし、同一の作者がほぼ同じ時期に執筆した作品相互の間に、まったく通底するところがないといったことがあり得るのだろうか。実は、両者をつなぐチャンネルがどこかに隠れている可能性があるのではないか。その目に見えないチャンネルの一つは、漱石が「見厭」きるほどに一時は愛読したテニソンだったのではないか。「孔雀の料理史」がテニソンの *Gareth and Lynette* なくして成立し得なかったことは、縷々述べた通りである。他方、『漾虚集』中の白眉とも言うべき「幻影の盾」や

「薤露行」もまた、テニソンの *Lancelot and Elaine* (1859) あるいは *Guinevere* (1859) なしには成立し得なかったことについては、贅言を要しない。つまり漱石は、一方で *Gareth and Lynette* をタネにして読者を笑わせながら、他方では *Lancelot and Elaine* や *Guinevere* を換骨奪胎し、「苦心」を重ね「手間」をかけて「詩を作る」という作業に専心したのだ。テニソンが後にこれらの作品をそれぞれ *Idylls of the King* の一編として収録したことは周知の通りで、この点に着目すれば、テニソンを通して『猫』が「幻影の盾」や「薤露行」と一部通底していることが明白になるはずである。一見「対立関係」にあるかに見える作品群は、同根から生じたとさえ言い得るのだ。漱石が「薔薇ちるや天似孫の詩見厭たり」の一句を詠んだのは、明治三十六年である。漱石が「見厭た」と言いきったテニソンの詩は、その後も漱石の中で静かに醗酵し続け、彼が作家として出発するにあたっては、それぞれに異なった文脈において漱石の想像力を強く支えたのである。

## 8　『猫』と『漾虚集』とを繋ぐもの（その二）――モンタージュ的手法

だが、問題はテニソン一個人だけに関わっているわけではない。それは、少なくとも初期の漱石全体を通しての創作手法にも関わっているのではないか。それらに共通する手法は、基本的にはモンタージュ的な手法だったと言えるのではないか。

「孔雀の舌」そのものは別として、「降つて十六七世紀の頃迄は全欧を通じて孔雀は宴席に欠くべからざる好味と相成居候」以下では、「孔雀」は明らかにその「舌」ではなくてその肉を意味しており、これがテニソンから得た知識であることは縷々述べた通りである。だが漱石は、これに続く部分でもテニソンの名はおくびにも出さず、レスター伯が『ケニルウオース』城にエリザベス一世を迎えた際の大宴会、レンブラントの名画に描かれた「孔雀が尾を広げたる儘卓上に横」たわる姿、といった叙述を重ねていく。読者は「エリザベス女皇」を主賓とする大宴会や「有名なるレンブラントが画き候饗宴の図」を語る作者の言葉に幻惑されて、その背後にテニソンが隠れていることには少しも気がつかない。これは様々な要素を合成して新たな全体的効果を生み出そうとする手法であり、後にモンタージュと呼ばれる技法と同じ原理に基づいていると言えるのではあるまいか。

迷亭の年賀状は、時候の挨拶の後、「トチメンボー」を御馳走したいが「近頃材料払底の為め、ことに依ると間に合ひ兼ね候も計りがたきにつき、其節は孔雀の舌でも御風味に入れ可申候」と述べる。この言葉で苦沙弥先生に充分に気を持たせてから、長々と珍味「孔雀の料理史」を述べ、更に、古代ローマ人は一日に二度も三度も宴会を開いたという「歴史家の説」を紹介する。しかし、これでは「如何なる健胃の人」も「消化機能に不調を醸す」のは避け難く、そこで彼らは「多量の滋味を貪ると同時に胃腸を常態に保持する」べく「一の秘法を案出致し」たと続ける。それは、「食後（中略）一種の方法によりて嚥下せるものを悉く嘔吐」し、その後再び「飽く迄珍味を風好」し、更にこれを繰り返すという方法である。自分は「既に廃絶せる秘法」を「明治の社会に応用」するべく、ローマ史の諸大家の「著述を渉猟」しているが「未だに発見の端緒をも見出」し得ないのは「残念の至」であり、「就ては先に申上候トチメンボー及び孔雀の舌の御馳走も可相成は右発見後に致し度」と終わる(引用文中、傍点原文)。見事などんでん返しであり、アンティクライマックスである。迷亭はさらに、「左すれば小生の都合は勿論、既に胃弱に悩み居らる丶大兄の為にも御便宜かと存候」と追い打ちをかける。半信半疑で迷亭の賀状を読んできた読者は、ここに至って爆笑を抑えられなくなるだろう。ただ、この結末も、それに先立って入念なモンタージュ的手法による孔雀料理の叙述がなされていることで、初めてその効果を充分に発揮することができるのである。

こういう手法が見られるのは、迷亭の賀状に限ったことではない。漱石は、『漾虚集』に収められた短編でも、主題に応じて同様な手法を見事に駆使しているのだ。その典型は、「幻影の盾」における「盾」のイメージである。この奇怪な「盾」の材源が漱石旧蔵本の一冊、*Lacombe, Arms and Armour* (1876) に載せられた "Medusa Shield" の図版であることを初めて指摘したのは、岡 三郎「『幻影の盾』のヨーロッパ中世文学的材源」(昭和五二)である[57](図5参照)。

図5　***Arms and Armour*** **(1876), p.264.** より。

しかし、「盾」に関わる問題はこれで解決したわけではない。漱石は、この盾がホメロスやギリシア神話で語られるアイギス(英語ではaegis)であること、すなわち、怪物メドゥサの首を取り付けた女神アテーネーの盾であることを知っていたに違いないのだ。[58] 漱石がホメロスやギリシア神話に通暁していたのは、明らかな事実だからである。[59] ギリシア神話では、ペルセウスが怪物メドゥサを退治しようとした際、神々はペルセウスに貴重なものを貸し与えたが、中でもアテーネーは父ゼウスから譲られた貴重な盾を彼に提供したという。ペルセウスは、この怪物の視線に直接射すくめられて石に化することがないよう、アテーネーの盾を鏡とし、眠っているメドゥサの姿をこの盾に映しつつ怪物に近づき、その首を刎ねた。その後ペルセウスはこの首をアテーネーに贈り、彼女はこれを自分の盾に付けたとされている。「幻影の盾」の内側が「鏡の如く輝やいて面にあたるものは必ず写す」のは、この挿話がモンタージュされているからである。

岡氏は、「この盾のもつ不思議な機能がこの作品においてそもそも話の発端になるわけ」であり、「そうした超自然的な機能をもつ具象的なものとしてのこの盾の外形もまた、その呪術的な役割に適した独特のものでなければならない」と言う。(60) 氏はここで、「この盾の外形」が「独得」つまり他に類を見ないと示唆しているのだが、古代ギリシアやローマにおいては、アイギスが各種のデザインに用いられることは少なくなかったのである。既に述べたように、ウィテリウス帝が「無事帰還」した時、これを「祝して弟の催した饗宴」では、入念に吟味された「二千匹の魚と七千羽の鳥が食卓に出された」(61)。この直後に、この時ウィテリウス帝自身が「町の防御者ミネルヴァの楯（the "Shield of Minerva, Defender of the City"）」と呼ばれる巨大な皿を奉納したとする記述が続く。(62) ローマ神話のミネルヴァはギリシア神話のアテーネーに相当するから、「ミネルヴァの楯」とは女神アテーネーの盾であり、したがってこの大皿はアイギスを模してデザインされていたに違いあるまい。そうだとすれば、この皿にはメドゥサの怖ろしい首が描かれていたはずである。「幻影の盾」の「外形」は、少なくとも古代ローマにおいては、それほど「独得のもの」ではなかったのではないか。

漱石は、この「盾」に「怖ろしき夜叉の顔が隙間もなく鋳出されて居る」とした後、さりげなく

「盾には創がある」と付け加えた。ところが、岡氏が指摘した "Medusa Shield" にはどこにも「創」らしきものを認めることができない。それも当然で、この盾が制作された年代は十六世紀から十七世紀にかけて、すなわち『ドン・キホーテ』（第一部一六〇五、第二部一六一五）が書かれた前後だと考えられるからである。[63]この時代には所謂騎士道物語は既に時代遅れになり、火器の発達によって甲冑は防御的機能を喪失し、武具師たちは次第に防御能力の向上よりも華美な装飾に意を注ぐようになった。[64]このようにして甲冑が武具から装飾品ないし工芸品に変わっていったとすれば、盾も同様な変化を蒙ったに違いない。これは、この盾が実戦で用いられたことはなかった、ということでもある。漱石がそれを知った上で「盾には創がある」としたのは、漱石がある意図をもっていたからである。

その意図がほの見えてくるのは、ヰリアムが「幻影の盾の由来」と記された「書付」に眼を通した時である。「書付」は、「汝が祖ヰリアムは此盾を北方の巨人に得たり」と始まり、ヰリアムの先祖がこの「盾」を巨人から奪った事情を記している。「書付」によれば、この「創」は、ヰリアムの「四世の祖が打ち込んだ刀痕」である。その時巨人は、倒れながら、「ワルハラの国オヂンの座に近く、火に溶けぬ黒鉄を、氷の如き白炎に鋳たるが幻影の盾なり」と語った、という。ここで明らかなのは、漱石が「北方の巨人」を介在させることによって、ギリシア神話に由来するイメージに北欧神話をモンタージュするという力業をやってのけた、ということである。

ここで、漱石が北欧神話の知識を得た過程について触れておきたい。両者を結び付ける契機となったのは、マシュー・アーノルド（一八二二～八八）の物語詩 *Balder Dead* (1855) であろう。この物語詩は『文学論』第四編第三章「自己と隔離せる聯想」で言及されるが、主人公バルデル（英語では Balder）は北欧神話の最高神「オヂン」（英語ではOdin）の息子であり、ここで語られる内容を理解するには北欧神話の知識が不可欠である。そこで漱石は、Gayley, *The Classic Myths in English Literature* (1903)、特に、その第二十七章「古代スカンジナヴィアの神々の話（Myths of the Norse Gods）」を参照して、その基本的知識を得たと考えられる。

北欧神話では、ユグドラシルと呼ばれる巨大なトネリコの木が宇宙全体を支えており、この木はそれぞれ人間の住む世界、巨人の住む世界、死者の住む世界に延びる三本の大きな根をもっている。人間界に拡がった根にはノルンと総称される三人の女神が水を与えているが、彼女たち（過去を司るUrd、現在を司るVerdandi、未来を司るSkuld）は「金属製の盾」に「運命の掟」を彫り込むことで、神々や人々の過去、現在、未来を決定する務めをも担っているとされる。[65] 彼女たちのこうした役割分担は、「幻影の盾の由来」という「書付」の内容に一部反映されているのではないか。

普通、「由来」とは「物事の由って来る所。来歴」（『広辞苑』昭和五〇）、すなわち、過去に関わるものである。ところが「幻影の盾の由来」は、一見過去への遡行という形式をとりながら、その中に未来を紡ぎ出す契機を隠している。「汝が祖ヰリアムは此盾を北の国の巨人に得たり」という冒頭は、「由来」としては常識的な書き出しである。次いで、「黒雲の地を渡る日なり。北の国の巨人は雲の内より振り落されたる鬼の如くに寄せ来る」と、いかにも「由来」らしい叙述が続く。ところが、しばらくすると巨人の言葉には、予言めいた表現が見えてくるのだ。「汝盾を執つて戦に臨めば四囲の鬼神汝を呪ふことあり。呪はれて後蓋天蓋地の大歓喜に逢ふべし」といった言葉がそれである。さらに、「百年の後南方に赤衣の美人あるべし、其歌の此盾の面に触るゝとき、汝の児孫盾を抱いて抃舞するものあらん」に至ると、これはまさしく「百年の後」すなわち未来の事象を予告した言葉であり、予言そのものである。このような機能は、「アイギス」にまつわる挿話には全く見ることができない。これは、北欧神話で「金属製の盾」に「運命の掟」を彫り込む三人の「ノルン」たち、特に過去を司る「ウルド」と未来を司る「スクルド」とに示唆を得た着想ではあるまいか。言い換えれば、漱石は先ずウルドの司る過去に戻り、次いでスクルドの司る未来に進むという構想を抱いたのではないか。そうだとすれば、ここで漱石は「アイギス」のイメージに「ノルン」の機能をモンタージュしたということになろう。

これは、この短編にとって決定的に重要である。「創」の由来を述べた「書付」によって先ず過去に遡り、次いで、過去の記録の中に一種の予言を潜ませておくことで未来への展開を図ることができるからである。この着想によって、空間的イメージとしての「盾」を時間軸の中に導入し、次いで時間軸に沿って展開する「盾」の物語を紡ぎ出すことが可能だからである。「盾には創がある」という一言を導入することで、漱石は先ずギリシア神話に北欧神話をモンタージュし、次いでモンタージュした北欧神話を通して「盾」のイメージを「盾」の物語に転化したのである。

## 9　『猫』と『漾虚集』とを繋ぐもの（その三）——借用と改変

「幻影の盾」の読者は、この短編がどことなく「薤露行」に似ているという感じを抱かないだろうか。

前者は、「只アーサー大王の御世とのみ言ひ伝へたる世」の物語である。後者は、「マロリーのアーサー物語」を「作者の随意」に書き直して「可成小説に近いものに改め」た作品である。そうだとすれば、両者の間には、ある種の親近性ないし類似性が見られるのは当然だろう。この類似性に着目することで、「盾には創がある」という言葉の材源が浮かび上がってくる。

「幻影の盾」の主人公ヰリアムは、主君への忠誠と恋人クララへの愛情との相克に悩みつつ「盾」を凝視している。いよいよクララの父との戦いは避けられないと覚ったとき、ヰリアムは「独り吾室に帰り」、「内側から締り」をして、「幻影の盾の由来」と書かれた「書付」を取り出して、奇怪な「盾」を見詰めつつ、「盾には創がある」ことを確認する。つまり、物語は事実上「盾」を凝視するヰリアムの姿から始まると言うこともできるのである。

漱石は、「盾」を凝視するヰリアムという構図をどのようにして得たのか。漱石は、「アーサー大王」の時代を背景とする作品から、盾を凝視する人物のイメージを示唆されたのではないのか。そうだとすれば、その人物とは、テニソンの物語詩 *Lancelot and Elaine* の冒頭でランスロットの盾を見詰めるエレーンである。「ランスロットとエレーン」は、「薤露行」の材源のうちで最も重要と目されている作品だが、この作品は「薤露行」に先立って「幻影の盾」で利用されているのではないか。

この物語詩は、“Elaine the fair, Elaine the lovable, /Elaine the lily maid of Astolat, /High in her chamber up a tower to the east /Guarded the sacred shield of Lancelot;”と始まる。[66]「美しきエレーン」、アストラットの「百合の乙女」エレーンは、東向きの塔の中にしつらえられた自分の部屋の中で、ランスロットの「聖なる盾 (the sacred shield of Lancelot)」を護っていたのである。エレーンは、この盾に錆や汚れがつか

ないように、「絹の覆い (a case of silk)」を作ったが、毎日「部屋を閉めきって (barr'd her door)」この「覆い」をとり除き、「むき出しにした盾を読んだ (read the naked shield)」。彼女は、ある時はこの騎士の紋章に隠された意味を推し量り、また、ある時は「盾に刻まれた剣や槍の創痕ひとつ一つ (every dint a sword had beaten in it, /And every scratch a lance had made on it)」について、さまざまな空想を廻らせたのである。(67)

四百行に近いこの作品は、言わば、このようにして盾を見詰めるエレーンの場面から始まる。ここでエレーンが見つめる「盾に刻まれた剣や槍の創痕ひとつ一つ」は、ヰリアムが凝視する「盾」に残された「刀痕」に対応するのではないか。エレーンが「部屋を閉めきって」、「むき出しにした盾を読」む姿は、ヰリアムが「独り吾室に帰り」、「内側から締り」をして、「盾」の「刀痕」を見詰める姿に対応するのではないか。このような細部の対応関係のみならず、「盾」を見詰める人物のイメージから物語が展開するという構造においても、エレーンの物語とヰリアムの物語とは相似形をなしていると言えるのではないか。

無論、テニソンでは盾を見詰めるのは「女」であり、漱石ではそれが「男」に変わっている。だがこれは、ギリシア神話ではアイギスの所有者が「女」神であるのに、「幻影の盾」では「盾」の持主が「身の丈六尺一寸」の大男に変わったのと同工であろう。ロイド・モーガンが言うように、「巨人は小人を、美は醜を、美徳は悪徳を連想させる」(68)。そうだとすれば、「女」が「男」を連想させるのはあまりにも自然ではないか。漱石が「女」を「男」に変えたのは、ごく自然な心の働きであろう。

この関係に注目すれば、「幻影の盾」における「呪ひ」のモティーフの源泉も自ずから明らかになる。「盾」に鋳出された「夜叉」は「長しへに天と地と中間にある人とを呪」い、「右から盾を見るときは右に向つて呪ひ、左から盾を覗くときは左に向つて呪ひ、正面から盾に対ふ敵には固より正面を見て呪ふ」。「盾」の主人たるヰリアムさえ、「盾を執つて戦に臨」み、「四囲の鬼神」に「呪はれて後蓋天蓋地の大歓喜に逢ふ」のである。かく重要な「呪ひ」のモティーフを漱石に示唆したのは、*Lancelot and Elaine* と共に「薤露行」の重要な材源にもなっているテニソンの物語詩、*The Lady of Shalott* (1824) に違いあるまい。そもそもこの物語詩の主人公シャロット姫は、エレーンの前身なのである。[69]

ヰリアムは、クララの父が立て籠もる「夜鴉の城」の攻城戦に際し、混乱に乗じて彼女を救出するという計画を立てるが、残念ながら失敗する。彼が、燃えさかる城から「宙を飛んで」来た馬に飛び乗って「呪ひの尽くる所迄」走り続け、無我夢中で太古の水を湛えた池のほとりに辿り着くと、池の中の岩に「紅衣の女」が現われ、「只懸命に盾の面を見給へ」と言う。この女の言葉に従って「盾」を凝視しているうちに、「黒き幕」に覆われた「盾」に「一点白玉の光が点」じられ、それが「見るうちに大きく」なって「四面空蕩万里の層氷を建て連らねたる如く」になり、その中にクララを乗せた舟が出現する。つまり、ヰリアムが見詰める「盾」は「層氷を建て連らねた」かの如き巨大な鏡に変わり、盾＝鏡を見詰めるヰリアムは「玲瓏虚無」の世界に没入して、ただ一瞬の間に「長しへ」の"Druerie"を経験するのだ。

ヰリアムが盾＝鏡を見詰める男になったとすれば、ひたすら鏡を見詰める女はシャロット姫（The Lady of Shalott）に他ならない。彼女は、川の真中に位置するシャロット島に建てられた塔中に、ただ一人住んでいる。彼女の姿を見た者は誰一人としてなく、近くに住む農夫たちは彼女の歌声を耳にするばかりである。彼女は、日夜妖しいまでに美しい織物を織りつつ、目の前の鏡にこの世の影が現われては消えていくのを眺め、鏡に映った様々なものの姿を織り上げていく。彼女は、キャメロットの方に目をやるとわが身に「呪い（a curse）」が降りかかると聞いているが、(70)その呪いがどのようなものかは知らない。ある日、盾を構えたランスロットが颯爽と馬に乗って進んでくる姿が、「水晶のような鏡（the crystal mirror）」に映る。(71)彼女は思わず機《はた》を捨てて窓際に駆け寄り、キャメロットの方を見渡す。この時突然織物が宙を舞って糸がふつふつと切れ、機は倒れて、彼女は呪いがわが身に降りかかったことを知る。彼女は自分に死が迫ったことを覚り、岸辺に繋がれていた舟に横たわり、流れに従ってキャメロットに向かう。キャメロットではランスロット以外には誰も彼女を知るものがなく、ランスロットだけが死んだシャロット姫の平安を祈る。以上が『シャロット姫』の梗概である。

無論、漱石はこの梗概をそのまま借りたわけではない。だが、他方でシャロット姫が常に眺めている鏡や、彼女にかけられた呪いのモティーフを利用したことは明らかである。彼女が眺める「鏡」がヰリアムの「盾」と重なり合うのは自明であろう。ヰリアムの「盾」は、「内側」が「鏡の如く輝やいて面にあたるものは必ず写す」とされているのである。しかし、重なり合うのは外形ばかりではない。彼女にかけられた「呪い」が、「汝盾を執つて戦に臨めば周囲の鬼神汝を呪ふことあり」という予言と重なり合うことも歴然としているのだ。『文学論』「第一編 第三章」は、「文学的内容たり得べき一切のもの」を「（一）感覚Ｆ（二）人事Ｆ（三）超自然Ｆ（四）知識Ｆ」の「四種」に分類し、

「超自然的事物」を扱った作品の一例として「Tennyson の *Lady of Shalott*」を挙げている。「シャロット姫」が「超自然」を「文学的内容」にしているという認識は、漱石がシャロット姫にかけられた呪いを“*Lady of Shalott*”の最も重要なモティーフだと認識していたという証しである。

ただテニソンでは、呪いのモティーフは終始曖昧さに包まれている。シャロット姫は、キャメロットの方に目をやるとわが身に呪いが降りかかると聞いているだけで、彼女はそれがどれほど恐ろしいのかを知らされていないのである。だが漱石は、これを「ゴーゴン、メヂューサとも較ぶべき顔」によって視覚的に具象化した。この怪物の頭髪がそれぞれ「丸く平たい蛇の頭となつて其裂目から消えんとしては燃ゆる如き舌を出して居る」のも、視覚的具象化である。その蛇が「悉く首を擡げて舌を吐いて縺るゝのも、捻ぢ合うのも、にじり出る」のも、視覚的具象化である。さらに、「盾」に鋳出された「恐ろしき夜叉の顔」は、「長しへに天と地と中間にある人とを呪」うとされているのである。かくして、「盾」そのものだけに限っても、漱石はギリシア神話の上に北欧神話を重ね、さらにテニソンの作品二点をその上にモンタージュするという作業を行なっているのだ。

これをより一般化すれば、漱石は様々な作品から多くの要素を借用し、それらを大幅に改変して自己の文脈に取り入れるという手法を自在に駆使しているということになろう。多くの読者がそれに気付かないのは、その改変があまりにも巧妙に行なわれているからである。これが初期の漱石の手法だとすれば、「孔雀の舌」とは漱石の想像力が「フラミンゴの舌」から生み出した産物ではないかという仮説も、それなりの説得力をもち得るのではあるまいか。これをモンタージュ的手法と言おうと、あるいは重層的構成と言おうと、これこそが『猫』と『漾虚集』とに共通する重要な手法である。

『猫』と『漾虚集』とは、やはり容易には見出し難い深層で繋がっているのである。

## 10　結語に代えて——漱石の想像力の一面

これが初期の漱石の作品における一つの著しい特徴であるとすれば、漱石をしてこのような手法に赴かせた主たる要因は何か。それは何よりも彼が創作家である以前に文学研究者だったという事実であろう。しかも漱石の研究たるや、凡百の学者・研究者が生涯をかけても容易には達成し得ないほどの成果を挙げている。漱石は「私の個人主義」の中で、『文学論』を「失敗の亡骸」と呼び、「立派に建設されないうちに地震で倒された未成市街の廃墟のやうなもの」とも言った。『文学論』は、「文藝に対する自己の立脚地を堅めるため、(中略)文学とは全く縁のない書物を読」んだり、「科学的な研究やら哲学的の思索に耽」ったりした上での、言わば中間報告だった。さらにそれは、本来の研究対象だった「文藝」に限っても、ギリシア文学以降の西欧文学全般を視野に入れていたばかりでなく、漱石の教養の重要な一部になっていた「漢籍」から、わが国の古典文学、例えば「太平記」や謡曲までをも含んでいた。『文学論』は、かく広大な知見に基づいて講じられた大著であり、その中で言及された英文学の作品に目を通すだけですら、不可能に近い難事である。漱石が留学中に「蒐めた」という「ノート」、「蠅頭の細字にて五六寸の高さに達した」という「ノート」に蓄積された資料がどれほどの量だったのかは、ほとんど想像を絶している。『文学論』は、このように厖大な知見の上に構築されているのである。このような知見、文学研究者としての知見が、創作家としての活動と無関係なはずがあるまい。

漱石は留学中の自分を振り返って、こう述べる。「英国人は余を目して神経衰弱と云へり。ある日本人は書を本国に致して余を狂気なりと云へる由」と。また漱石は帰国後の自分についても、次のように述べる。「帰朝後の余も依然として神経衰弱にして兼狂人のよしなり。（中略）たゞ神経衰弱にして兼狂人なるが為め、『猫』を草し『漾虚集』を出し、又『鶉籠』を公にするを得たりと思へば、余は此神経衰弱と狂気とに対して深く感謝の意を表するの至当なるを信ず」と。かくして「此神経衰弱と狂気と」が「否応なく」漱石を「駆つて創作の方面に向はし」めたとすれば、「此神経衰弱と狂気と」を代償として漱石が獲得したもの、すなわち、猛烈な勉強によって獲得した厖大な知見が漱石の想像力を刺激して「創作の方面に向はし」めたと言い換えることもできるのではないか。別の視点からすれば、漱石の脳裏に蓄積されていた大量の知識そのものが、言わば、理論的著作の枠組みを超えて一斉に創作の中に溢れ出ようとしていたかに見えるのである。それが奔流となって流れ出るにまかせたにせよ、あるいは、その知識に丹念に手を加えて原資料とはまったく違う様相を呈するまでに改変したにせよ、この時期の漱石は、有り余るほどの知識を半ばもてあましながら自由奔放に想像力を行使するという試みに没頭していたのではないか。

これが初期の漱石における想像力の一面だとすれば、漱石文学の源泉を見極めるのはきわめて困難な作業であろう。だがそれは困難であるが故に、漱石研究に携わる者にとっては類いない醍醐味の一つだとも言えるのである。

# 第三章　『吾輩は猫である』とその周辺

## 1　『吾輩は猫である』と「カーテル、ムル」

『吾輩は猫である』（以下、『猫』と略す）の背後にスターン（一七一三～六八）やスウィフト（一六六七～一七四五）の文学を想定することには、誰も異論はあるまい。だが『猫』の執筆に際して、漱石がE・T・A・ホフマン（一七七六～一八二二）の『牡猫ムルの人生観』（一八二〇～二二）（以下、『ムル』と略す）に着想を得たのか否かについては、未だに問題が残されているのではなかろうか。『猫』の最終章（十一）で、[1]『吾輩』なる無名の猫が「自分では是程の見識家はまたとあるまいと思ふて居たが、先達てカーテル、ムルと云ふ見ず知らずの同族が突然大気焔を揚げたので、一寸吃驚した」と告白している以上、この時点で作者が『ムル』を強く意識したことは明らかである。漱石がこの言葉を記したのは、これが『ホトトギス』に発表される三ヶ月前、藤代素人（一八六八～一九二七）が「カーテル、ムル口述素人筆記」の筆名で『新小説』に「猫文士気燄録」を発表したからである。[2]ここで素人は、「独逸文学を少しでも噛つて居る人間ならカーテル、ムルの名を知らぬものはない筈である。

（中略）〔夏目の猫は〕文章を以て世に立つのは同族中己れが元祖だと云はぬばかりの顔附きをして、百年も前に吾輩と云ふ大天才が独逸文壇の相場を狂はした事を、おくびにも出さない。若し知つて居るなら、先輩に対して甚だ礼を欠いて居る訳だ」と述べた。[3]「先達てカーテル、ムルと云ふ見ず知らずの同族が」云々の部分は、漱石が素人の批判に直接応えた言葉である。

「此猫〔＝ムル〕は母と対面をするとき、挨拶のしるしとして、一匹の肴を啣へて出掛けた所、途中でとう〳〵我慢がし切れなくなつて、自分で食つて仕舞つた」と、漱石の猫は言う。この一節は、『ムル』「第一節　存在感　青春時代」の一部を踏まえているのである。ここでムルが「思いもかけずに再会した」母親ミナは、「かなり困った暮しをしていて、飢えをしのぐことがしば〳〵むつかしい」という状況だったので、ムルの胸には「子供としての愛」が強く目覚めたのである。「Pius Aeneas〔孝心の深いアエネアス〕のような」ムルは、「昨日の食事から残してあった、おいしそうな鯡の頭」を思い出し、それをくわえて「屋根へのぼ」り、「屋根裏の窓へ入ろうとした」。ところが、「おお、食欲よ、汝の名前は牡猫である！」と、ムルは嘆じる。「快と不快とで織りあわせられた不思議な感情」がムルの「感覚を麻痺」させ、彼の「感情を征服」し、遂にムルは「抵抗」できなくなって、「鯡の頭を食ってしまった」のだ。[4]

漱石の猫は、ムルが「才気も中々人間に負けぬ程で、ある時抔は詩を作つて主人を驚かした事もあるさうだ」とも述べる。この部分は、次の挿話に拠っていると思われる。ある日、隣に住む「ジーグハルツヴイレルの高等学校の美学教授であるロタリオ氏」が、ムルの主人アブラハム先生を訪問した。ロタリオ氏はムルの友である尨犬ポントーの飼い主だが、アブラハム先生がムルに「読み書きを教え、学問をつぎこんだ」ことに注意を喚起するべく、アブラハム先生に面会を求めたのである。アブラハム先生の教育の結果、「あれ〔＝ムル〕はもうすでに大胆にも著作者の真似事をしたり、のみならず、詩を作ったりしている」と、ロタリオ氏は警告したのだ。氏は、その証拠として「ポケットから手帳をとり出した」。それはポントーがムルから「盗み出した原稿」で、ムルが「完成した最初のものの一つ」だった。そこにはムルが「素晴らしいソネット」と信じている作品と、「注解」と題されるもう一編の詩とが書かれていたのである。

アブラハム先生は、それらの作品が「猫が作ったもの」だとは信じなかったが、ロタリオ氏は更に続けた。氏が「屋根裏の部屋」へ上がって「屋根の瓦を二三枚とりはずし」、そこからアブラハム家の「明りとり窓」を覗いたところ、「屋根裏の一等ひっそりした隅っこであなたの猫が腰かけて」おり、「ペンとインクと紙とがおかれてある小卓を前に」して、「前脚で額と頚とをこすったり、頭をなでたりするかと思うと、ペンをインク壺へつけて書き、それをやめ、又改めて書き出し、書いたものをくり返して読み、うなる」という動作をしていた。そしてその猫の「周囲には、その装幀から見ると、あなた〔＝アブラハム先生〕の蔵書の中から失敬して来た色々な書物がおかれて」いたと言うのだ。

これを聞いて、アブラハム先生は「驚嘆にみちた眼」でムルを見つめた。だが実は、アブラハム先生はムルの「学問的教養に反対」だった。それ以後、アブラハム先生はムルの「行くところへはどこでも跡をつけて来て、書棚を丁寧にしめ」、ムルに自分の「蔵書を利用することをことわって」しまったばかりか、「これまで通りに彼の机の上の原稿の間へ〔ムルが〕坐るのを、もはや全く許してくれようとはしなく」なったのである。[5]

これらの挿話に関する限り、漱石の『ムル』理解はかなり正確である。漱石がこれらの知識を何処から得たのかは明らかではないが、漱石が素人の指摘を読んで、『ムル』に関する情報を急遽蒐集したという推定は、無理なく成立し得るだろう。[6] そうだとすれば、『猫』の最終場面には『ムル』の反響があるという可能性は否定できない。「吾輩」は、「こんな豪傑が既に一世紀も前に出現して居るなら、吾輩の様な碌でなしは、とうに御暇を頂戴して無何有郷に起臥してもいゝ筈であつた」と観じ、「勝手へ廻」って人間が飲み残した「茶色の水」に「勢よく舌を入れてぴちやぴちややつて見」た。「我慢に我慢を重ねて漸く一杯のビールを飲み干」すと、「妙な現象」が起った。「飲むに従つて漸く楽に」なったばかりか、「からだが暖かに」なり、「歌がうたひ度」なり、「起つたらよたよたあるき度」なった。要するに、「愉快」になってきたのである。そこで「しまりのない足をいゝ加減に運ばせてゆく」と、「前足をぐにやりと前へ出したと思ふ途端、ぽちやんと音が」した。気がついた時は、「水の上に浮いて」いたのである。

他方ムルは、自分が生れたのが「穴蔵」なのか「物置」なのか、あるいは「木小屋」なのか分からないが、「大変窮屈な桶の中にとじ込められて」いたことだけは覚えている。「ほとんど呼吸も出来ず、困りはて」、「哀れっぽい悲鳴をあげた」ところ、誰かが「その桶の中へ手をつっこんで」彼の「身体を大変乱暴につかんだ」。驚いたムルは、「素早くむくむくと毛でおおわれた前脚から尖った、曲折自在な爪を出し」、ムルの身体を掴んだ人間の手に「その爪をさし込んだ」。その手はムルを「桶の中から引きずり出して投げつけた」が、その直後、その手はムルの頭を「ある液体の中」につっこんだ。

ムルは「その液体を不思議な、心からの快感をおぼえながら舐め始めた」。それは、「おいしいミルク」であって、ムルは「ミルクを飲んで満腹した」のである。(7) 「吾輩」が「飲み干」した「一杯のビール」は、ムルが「舐め始めた」「おいしいミルク」の陰画ではあるまいか。「吾輩」もムルもそれぞれに味わったこともない液体を口にし、それぞれに不思議な快感を味わうという点では、共通の経験を持ったと言えよう。ただ、一方は死への道を、他方は生への道を歩むことになったという点では、両者は正反対の結果を招いた。だが、陽画を陰画に転換する程度のことは、漱石にとってごく自然の作用にすぎない。『文学論』は、「ある共通性の助に由り意外の二物を連結して、其差異を対照する」方法を「対置法」と呼んでいる。「類似の連鎖を通して非類似のものを聯想する」のは、連合心理学の三原則を援用するまでもなく、(8) きわめて自然な精神の働きなのである。このように見てくると、漱石は素人の指摘によって一面では『猫』を書き続ける意欲を殺がれたと同時に、他面では「吾輩」の最期を描くのにムル出生の場面を一部借用した可能性も、あながち否定することはできないだろう。

## 2　漱石とホフマンとの接点

しかし、以上に指摘したのはきわめて部分的な事実であり、かつ『猫』最終章だけに関わる事柄である。これだけの類似点から、漱石が『猫』を書き始めた時点で、『ムル』の全体像を知っていたと考えていいのだろうか。

漱石の『猫』は初めから『ムル』に示唆されるところがあったとする論者のうち、[9]『ムル』の影響を最も強硬に主張したのは板垣直子である。板垣は、『漱石文学の背景』において「『ムル』と『吾輩は猫である』の類似点十二の分析」を行なった上で、「漱石が要するに『ムル』を知っていたことが、以上で立証された」とした。[10]これらの「類似点」なるものの中には首を傾げざるを得ないものもあるが、それらについては詳しくは論評しない。ただ、板垣説がかなりの程度の影響力をもったことは事実で、例えば吉田六郎『「吾輩は猫である」論』は、板垣が「若干の見当ちがい」を「犯している」としながらも、基本的には板垣説に与しているようである。[11]

板垣の論法は、主として『猫』と『ムル』との内容を比較してその類似点を列挙し、いわば「内的証拠（internal evidence）」を積み重ねるという手続きによって、両者間に影響関係があることを証明しようとするものである。「内的証拠」そのものの重要性は当然重視しなければならないが、一般的に言えば、それを補強するためには両者の接点を明らかにする必要がある。この問題については、ギュイヤール原著、福田陸太郎訳『比較文学』が以下のような例を挙げている。すなわち、二十世紀のイギリス作家チャールズ・モーガン（一八九四〜一九五八）は小説『旅』の中で「バルベという名前の獄吏が番をしている大変奇妙な牢屋」を描いている。他方、フランスの文豪ヴィクトル・ユゴー（一八〇二〜八五）の「『海に働く人々』および『見聞録』には、同じ型の牢があり、獄吏の名前は同じくバルベである」。ところが、「ジャン・ベルトラン・バレールの調査」によれば、モーガンはユゴーのこれらの作品を読んでいないという。[12]この事例を一般化すれば、内容的に著しい類似点があっても、実は全く接点がない場合もあり得るということになろう。

　では、板垣説は漱石とホフマンとの接点を、どのように想定しているのか。板垣は、様々な事例を挙げて「漱石が要するに『ムル』を知っていたことが、以上で立証された」と述べた直後に、「その媒介物」は「人の口か、本によるセコ・ハン知識」だとし、「仮想的媒体」として畔柳芥舟を挙げた。その論拠は、『新小説』臨時号（大正六）に掲載された芥舟の言葉、「あの話（＝『猫』）の中には私が他から聞いて来て、夏目さんに供給した材料もあり、私が望んで書いて貰つた場面もある。（篇中の猫が鼠をとる処がそれである）」という言葉である。板垣は、ここに「ホフマンとの関係をつける鍵があるようにも思う」と言う。「芥舟自身も原語の『ムル』をよめたらしくはない」が、「その頃の芥舟は、世界の猫文芸をしらべて」おり、それも「『猫』の発表された翌月（＝明治三八年二月）の『時代思潮』」に「エヂプトから、十七世紀のシェークスピアまで」を含む「文学上の猫の話」を載せているからである。[13]

　しかし、この説には重大な瑕疵がある。第一に、芥舟が『猫』について漱石と初めて話したのは、『猫』が『ホトトギス』に発表されて以後のことなのである。板垣が引用した芥舟の言葉、すなわち「あの話の中には（云々）」の直前には、次のような記述がある。

> 初めて「猫」がホト、ギスに出た翌日、私は学校で「昨夜面白く読みました」と云つたら、夏目さんは例の笑顔をして「さうか」と云つただけであつた。その中に「猫」の好評が続々出て来て、大に呼物となつたため、自分では一二回でやめるつもりだつたのを、求めてホト、ギス

の方から続稿を強請され、あゝ云ふ風に延びて行つたものらしい。[14]

つまり、芥舟が「夏目さんに提供した材料」とは、『猫』第二回以後に関わる発言なのだ。そうだとすれば、芥舟が提供した素材は、猫をして語らしめるという基本的構想と何らかの関係があるはずがないのである。

第二に、当時芥舟が論じたのが「十七世紀のシェークスピアまで」だった以上、十九世紀に活躍したホフマンには当然触れてはいないからである。したがって、芥舟が「世界の猫文芸をしらべて」いたからといって、芥舟がホフマンと漱石との接点になったという結論にはならないのだ。

板垣は、さらに、「芥舟による伝達とは別に、少なくとも漱石自身が、ホフマンの『牡猫ムル』の存在を知る機会があったろうと思う」とした。「ホフマンのこの作品は非常に有名であって、美学の本、芸術論、文学史(ドイツ文学史は漱石がよまなかったとしても世界文学史)などに、かんたんな紹介や名前だけでもあがっている可能性が多い」からである。[15] 後述するように、漱石がG・ブランデス(一八四二〜一九二七)の好著『ドイツにおけるロマン派』(一九〇二)でホフマンの *Kater Murr* の名に接していることは確実である。同様の例が他にもないとも言い切れまい。しかしながら、ホフマンの漱石に対する影響を強調する板垣の論法は、全体として一種の自己撞着に陥っているのだ。板垣が試みた「『ムル』と『吾輩は猫である』の類似点十二の分析」が正しければ、『ムル』に関する漱石の知識は並々ならぬものだったはずである。ところが板垣は、『猫』(十一)から『ムル』について「いい及んでいる」部分を引用し、いくつかの理由を挙げて「漱石の『ムル』についての知識が、あいまい、不確実であることがわかる」と断じてもいる。[16] さらに、漱石のムル理解が「あいまい、不確実」なのは、漱石とホフマンとの「媒介物が人の口か、本によるセコ・ハン的知識」だったからだとも言う。[17] だが板垣は、漱石の知識が「あいまい、不確実」であるとした直後に、「が、ぼんやりはしていても、内容全体にわたり詳しく知っていた」と続けているのだ。[18] 漱石が「あいまい、不確実」で「ぼんやり」とした知識しか持っていなかったとすれば、同一人物がどうして「内容全体にわたり詳しく知っていた」と言えるのだろうか。かかる不可解な論理しか組み立てられないところに、板垣説の根本的弱点が潜んでいるのである。

要するに板垣は、漱石とホフマンとの間に確実な接点を見いだすことができないのだ。そこで板垣は、両者の間に密接な影響関係があると主張するために、作品自体に内在する「内的証拠」を強調せざるを得なくなる。[19] ところがその「内的証拠」が明白かつ多数にのぼれば上るほど、漱石の『ムル』理解が「あいまい、不確実」だという断定は妥当性を欠くという批判を招かざるを得ない。それは同時に、両者の接点が「人の口か、本によるセコ・ハン的知識」に過ぎないという板垣の主張は不合理ではないか、という疑念をも生むはずである。ところがこの疑念を封じ込めるためには、いわゆる「内的証拠（inner evidence）」を強引と思われるほどに強調しなければならなくなるのだ。この論法は、悪循環というよりも、自己矛盾の典型であろう。

## 3　『猫』と『ムル』との接点としてのブランデス

漱石とホフマンとの接点を考察する際に看過し得ないものの一つが、大村喜吉「漱石と Romantic Irony」である[20]。大村論文は、「人の口か、本によるセコ・ハン的知識」といった漠然たる接点ではなく、文献的に検証可能な接点を示唆しているからである。大村は先ず、「ホフマンの『猫』と漱石の『猫』の比較は、日本では早くから論ぜられているうるさい問題だが、現在一番信頼できる平井正氏の論文によれば、漱石はホフマンの『猫』は直接には読んでいないという結論になる」と述べる。しかしこの直後、大村は「漱石が講師をしていた帝国大学の文科大学」には「ラファエル・フォン・ケーベルが哲学の教授として」在職しており、ケーベルが「ポーもホフマンも好き」だと漱石に語っていたことから、漱石は「ケーベルの大好きなホフマンについて、あるいはさらに（中略）そのホフマンの『牡猫ムル』について、ケーベルと話し合ったか否か」と「想像を stretch」していく。すなわち大村論文は、ケーベルを通して漱石が『ムル』を知った可能性が強いと示唆しているのである。

だが、これは誰も確証することができない問題である。そこで大村は、より確実な手掛かりとして、「George Brandes の *Main Currents in XIXth Century Literature Vol. II. The Romantic School in Germany* (1902)」を挙げる。「この本は漱石が『吾輩は猫である』を出す前に読んだということが証明できる本で、（中略）その中には Hoffmann に関する記事があり、ことにその『牡猫ムル』からの抜粋もかかげてある本」だからである。この本は「漱石山房蔵書目録に出ているし、また『英文学形式論』（一九〇三）

にも引用されている」。以上の事実を踏まえて、大村は提言する。「この本の中でドイツローマン派のRomantische Ironieの説明の箇所、とくにHoffmannの*Kater Murr*からの引用文その他の箇所に対する漱石の書き込み、横線、下線、○印、×印、etc.を見れば、ドイツローマン派の漱石に対するあらゆる意味におけるinfluence、さらには漱石の『猫』発想始動へのHoffmannのinfluenceを証明できるのではなかろうか」と。(21)

大村が挙げたブランデスの著書は、たしかに「漱石山房蔵書目録」に載せられている。ところが、『漱石全集』第二十七巻(一九九七)所収の「蔵書に書き込まれた短評・雑感」は、この本について「実物未見。書き込みは旧全集に、原文は同一版の他本による」という注をつけている。つまり、「旧全集」編纂当時は「実物」によって「書き込み」を調査したはずなのだが、その後何らかの事情によって「実物」が行方不明になってしまったのだ。そこで、一九九七年版の編集にあたってはこの「実物」を見ることができなかったので、「書き込み」そのものは「旧全集」により、また、「書き込み」があったはずの本文は「同一版の他本」によって復元したというのである。

このことを念頭において、『漱石全集』第二十七巻に記録されている*Main Currents in XIXth Century Literature Vol. II. The Romantic School in Germany* (1902)への「書き込み」を見てみよう。書き込みはわずか三ヶ所で、その一は「Schlegel ノ婦人論」について、その二はホフマンについて、その三はノヴァーリスについてだが、ここではホフマンに関する部分に限って検討する。意外なことに、ホフマンについて書かれているのはたった二語、「○ no nature !」のみである。編集部の注を参照すれば、これは一六四頁三一行におけるブランデスのホフマン評、"It was inevitable that this painstaking observer of his own moods and of the external peculiarities, more especially the oddities, of other men, should care little about nature.（ホフマンのように、自己の様々な気分や他者に見られる風変わりな行為、および他者の奇行といったものを丹念に観察する作家が、自然に対してほとんど関心をもたないのは当然だった）」に対する漱石の反応である。

　では、この「○ no nature !」とはどういう意味か。漱石は「英国詩人の天地山川に対する観念」で「十八世紀の末より十九世紀の始めへ掛けて、英国に現れ出でたる新詩人にして、夫の自然主義（naturalism）と申す運動を鼓舞せる面々」について詳しく論じた。その代表は「クーパー」、「ゴールドスミス」、「バーンス」、「ウォーヅウォース」といった詩人であり、漱石が「自然主義」と呼んだ運動は、現在では普通「ロマン主義」と言われている。他方漱石は、「ローマンチシズム」という用語によって「マクファーソン」、「チャタートン」および「パーシー」等に始まる「歴史的研究」を一括し、これと「自然主義」との間に一応の区別を設けた。とはいえ、漱石は両者に共通の特徴を認めてもいる。それは、「目を自然界に注ぐ」ことなく「俗氛塵気の裏に生息して得々たりし」十八世紀の文壇に「不満を抱き、人巧世界を解脱して、転捩一番直ちに人情の源頭に帰着せん」としたということである。この意味では、両者共に「新象」なのである。さらに、「此自然主義と『ローマンチシズム』を区別」しない「文学者」も多く、「『ローマンチシズム』の勃興と共に、山川を咏出する詩人（＝「自然主義」の詩人）漸く輩出するに至り、遂にポープ一派の詩風を杜絶せんとするの勢を生」じたとも述べている。とすると、漱石は少なくとも「自然主義」と「ローマンチシズム」とは同根だと理解していたはずである。換言すれば、「ローマンチシズム」の文学者も「自然主義」の文学者と同じく「目を自然界に注」いだ、と理解していたはずである。

ところがブランデスは、ホフマンを「ドイツローマン派」の一人としながら、ホフマンが「自然に対してほとんど関心をもたないのは当然だった」と言うのだ。「自然主義」と「ローマンチシズム」との間に一応の区別を設けた漱石にとっても、これは意外だったに違いない。その驚きが、「○ no nature !」という書き込みとなって残されたのである。この書き込みが表わしているのは、「ドイツローマン派」の一翼を担っているホフマンには自然に対する関心が全くなかったのか、という驚きである。ブランデスの著書に残されているホフマン関係の書き込みは、この二語しか見いだせないのだ。

ここで、大村の提言に関する一応の結論を出しておこう。大村は、「Hoffmann の *Kater Murr* からの引用文その他の箇所に対する漱石の書き込み、横線、下線、○印、×印、etc.」と述べたが、現存する資料では、「Hoffmann の *Kater Murr*」に関する限り「漱石の書き込み、横線、下線、○印、×印、etc.」はまったく残されていない。つまり、漱石と『ムル』との接点を示す手掛かりは事実上ゼロなのである。では、「横線、下線」等々の有無を離れて、ブランデスはホフマンをどのように扱っているのか。

ブランデス著『十九世紀文学主潮』第二巻は、「序論」および「第一章 ロマン主義の先駆者」に始まり、「第十七章 ロマン主義の政治家たち」に終わる。その中には「第二章 ヘルダーリン」のように一章全体を一人の詩人に充てたところもあれば、「第四章 ティークとジャン・パウル」のように二人の作家を並行的に論じたところもある。あるいはまた、「第十五章 ロマン派の演劇におけるミスティシズム」のように、一つの主題の下に複数の劇作家をまとめて論じたところもある。ホフマンを主として論じているのは、「第十一章 ロマン派における二重性と心理（ROMANTIC DUPLICATION AND PSYCHOLOGY）」においてである。"Duplication"とは扱いにくい言葉だが、『ムル』を例としてブランデスの説明を聴こう。

ブランデスは言う。ホフマンの *Kater Murr* において、牡猫ムルは、教会の楽長クライスラーが用いていたメモランダムの裏側に自分の生涯を記録する。[22] ところがこのメモ用紙の両側が続けて印刷されてしまったので、読者は全く関係のない二つの記録が混ぜこぜになった印刷物を読むことになる。読者は、当然、文章が途中で途切れたり、単語さえもが途中で切れたりする場面に遭遇することがある。自らの著作をこれ以上に断片化し、傷つけるといった行為は想像し難いだろうが、実はロマン派の作家による既存の文学形式の解体は、この程度では止まらなかった。「ドイツローマン派」の文学は、芸術の伝統を破壊しただけでは満足せず、さらに進んで「人格（human personality）」をも解体してしまった――しかも、実に多様なやり方で解体してしまったのだ、と。

この流れの先頭に立ったのはノヴァーリス（一七七二～一八〇一）であるが、彼の代表作『ハインリヒ・フォン・オフターディンゲン』（第一部一八〇〇、第二部は未完）では、過去と未来とは記憶や予言的直感というかたちをとって現在の一部になっている。一般にロマン派は、「自己（Ego）」を複数の断片に分割し、それを時間の中に引き延ばすばかりか、空間にも拡張するのである。これはある種の自意識、あるいは自己の凝視という過程から生まれるのだが、この過程に深入りし過ぎると、人は絶えず観察者の眼で自己を見詰めるようになる。この過程がさらに深刻化すれば、人は、常に自分を監視している看守を絶えず意識する独房の囚人のような恐怖感を味わうに至る。さらにこのような状況が続くと、人は狂気の瀬戸際にまで追い詰められてしまうのだ。ところが、ロマン派が固執するのはまさにこのような状況なのであって、これが“Doppelgänger”というロマン派特有の観念を生むのである。[23] ホフマンの場合、この観念はほとんど全ての作品に見いだされるが、これが頂点に達するのは、恐怖に満ちた長編『悪魔の霊液（*Die Elixire des Teufels*）』（第一部一八一四、第二部一八一六）においてである。

以上は、言わばブランデスのホフマン論における序論である。ブランデスはこう述べた後、ホフマンの出生から説き起こし、かなり詳しく彼の生涯と作品とを辿り、最終的には、愛欲と血とに狂ったメダルドゥス神父を主人公とする『悪魔の霊液』を、“Doppelgänger”という視点から綿密に分析する。「ホフマンは、彼自身のイメージの中に主要作中人物のほとんどを造型したのだ[24]」というのが、ブランデスの最終的評価である。このようにしてホフマンの全体像を描いた後、ブランデスは同じ傾向をもつシャミッソー（一七八一～一八三八）に移っていく。[25]

以上のように、ブランデスのホフマン論では、『ムル』は言わば序論的な部分で僅かに言及されるに過ぎない。この他にも、「第九章　ヴァッケンローダー――ロマン主義と音楽」にはホフマンないし『ムル』に関する二、三の言及があるが、これもまた、詳しい解説といったものではない。大村が想定した「Hoffmann の *Kater Murr* からの引用文」などは、どこにも見当たらないのだ。漱石の「カーテル、ムル」という言葉は、おそらく素人ばかりではなく、ブランデスの“Kater Murr”という表記にも拠っているのである。だが『ムル』についてブランデスが強調しているのは、第一に『ムル』が牡猫の自伝と楽長クライスラーのメモとから成る二重の構造を持っていること、第二に、この二重性がホフマンにおいて病的と言えるほどに顕著に認められるが、これは「ドイツローマン派」に共通する重要な特徴でもあること、この二点に尽きるだろう。これら二つの特徴は、『猫』にも見いだすことができるだろうか。

このように見てくると、残念ながら大村の想定は当っていないと言わざるを得ない。たしかに、ブランデスの『十九世紀文学主潮』第二巻は、漱石に「Kater Murr」の名を教えたに違いない。このこと自体が「漱石の『猫』発想始動への（中略）influence」を与えたのだと考えることは不可能ではないが、それ以外には「『猫』発想始動」への示唆を与えたと思われる記述がまったく見出せないのである。

なお板垣は、『ムル』のもつ二重構造との関連で、漱石の『猫』もまた「平行線的構成（交互的な叙述法）」をもつ、と主張する。板垣は更に、「ホフマンは二つの別々な物語を作って後にそれらを一緒に組合せた」のだが、「漱石はちょうどこのホフマン的な方法をとった」のであり、「おそらくホフマンをまねたとよりほか考えられない」とも述べる。(26) しかも、「漱石作がかかるプロットをもつことだけからも、それはホフマンにまねたのだと断定しうるほどの重要な、基本的な一致点であろう」と主張するのである。(27)

この主張は、どの程度の説得力をもつのだろうか。ホフマンの研究家、ハンス・フォン・ミュラー（Hans von Müller: 1875-1944）は、『ムル』における混沌たる構造を整理して一般の理解を容易ならしめるため、これを明確に二つの部分に分離するという試みを実行した。すなわち彼は、クライスラーに関する部分をムルの部分から分離し、先ず前者は *Das Kreislerbuch, Texte, Compositionen und Bilder von E.T.A. Hoffmann, zusammengestellt von Hans von Müller* (1903) として、また後者は *Lebens-Ansichten des*

*Katers Murr*, nach E.T.A. Hoffmanns Ausgabe neu hrsg. von Hans von Müller (1916) として、別々に出版したのである。[(28)] これは無論『ムル』の本質を見誤った試みと言う他ないのであろうが、多少視点を変えて言えば、『ムル』はこれほど相互に異質と感じられる部分から成立しているという証左でもあろう。

翻って、『猫』にも『ムル』と同様な「平行線的構成（交互的な叙述法）」が認められるだろうか。管見に入った限りでは、『猫』を二つの部分に分離することで読者の理解を深めようといった解釈は、示唆されたことすらなかった。それどころか、「吾輩」が苦沙弥や迷亭との接触を失えば『猫』の世界そのものが成立し得ないのは明白である。清水孝純『漱石　そのユートピア的世界』は、漱石においては「猫族の世界は、人間社会を異化する異社会というよりは、むしろ人間と連続して、むしろ人間が微笑をもって眺める底の、飄飄たるユーモアの世界といえる」とする。[(29)] 妥当な見解というべきだろう。少なくともこの点においては、「漱石は（中略）ホフマン的な方法をとった」という主張は、牽強付会の誹りを免れることができまい。

## 4　ホフマンとスターン

『猫』と『ムル』との関係に関する限り、「内的証拠」に頼りすぎる論法には別の陥穽も待ち受けている。漱石の『猫』にスターンの影響がある以上、ホフマン自身がスターンの影響を強く受けているとすれば、漱石の『猫』とホフマンの『ムル』との間には当然いくつかの類似点が見出されるはずだからである。この問題との関連で看過することができないのは、Steven P. Scher (1936-2004) の論文 "Hoffmann and Sterne: Unmediated Parallels In Narrative Method" である。この論文は、アメリカ比較文学会 (the American Comparative Literature Association) の機関誌『比較文学 (*Comparative Literature*)』一九七六年秋期号に載ったもので、表題の示す通り、ホフマンとスターンとの類似点について、特に両者の語り口を手掛かりとして詳しく論じている。

著者シェアによれば、ホフマン研究者は過去百六十年にわたって、ホフマンにはスターンの「痕跡 (traces)」がいくつか認められるといった程度のことについては同意してきたが、ホフマンにおけるスターンの「重要な感化 (considerable impact)」の意味を解明するという課題を事実上避けてきた。シェアは、自分の論文は、部分的にもせよこの欠落を補おうとするものだと言う。より具体的には、シェアは、「影響とか模倣とかいう比較研究」に走らず、「ホフマンがスターンに負うところを批判的に探究すること」を通して、それぞれの作家における語りの技法、別してホフマンのそれに新しい光を当てようと試みた、と述べる。シェアによれば、このような場合に重要なのは、哲学的影響の場合と同じく、影響を与える側ではなくむしろ受容する側なのである。[30]ここでシェア論文を細大漏らさず紹介する余裕はないが、シェアは様々な事例を綿密に検討した上で、「スターンの精神と方法とから得られたインスピレーションが、紛れもなくホフマンその人の刻印が刻まれたユニークな叙事詩的作品を生み出すことに貢献した」と結論する。[31]このような結論を導き出す上でシェアが主として検討するのは、『トリストラム・シャンディ』と『ムル』とから採られた実例である。換言すれば、ホフマンにおけるスターンの影響を明らかにするために、シェアは『トリストラム・シャンディ』と『ムル』との間に共通する多くの方法的・構造的特徴を比較対照するのが最も便利だと考えたのである。

ここで、シェアが論文の題名に用いた“Unmediated”という言葉について、一言しておく。通説では、ホフマンはジャン・パウル（一七六三〜一八二五）を通してスターンの影響を受けたとされてきたが、シェアはこれに反論しているのだ。すなわちシェアは、ホフマンはジャン・パウルという「仲介者を通すことなく（unmediated）」、スターンの技法を摂取したのだ、と主張するのである。ホフマンには確かにジャン・パウルへの言及を多く見いだすことができるが、それにはむしろパロディ的意味がこめられており、決してジャン・パウルへの傾倒を示すものではない、とシェアは考えるのだ。

ジャン・パウルとホフマンとの関係は暫く措くとして、大筋においてシェア論文の内容を認めれば、『猫』と『ムル』とはそれぞれ『トリストラム・シャンディ』という共通の材源を多くもつことになる。そうだとすれば、『猫』と『ムル』との「類似点」をかなりの程度に亘って指摘し得るとしても、それは必ずしも『ムル』が『猫』に示唆ないし影響を与えたことの証左にはならないということになろう。一般論としては、このような主張を視野に入れることなく『猫』における『ムル』の影響を過度に強調するのは、視野狭窄の誹りを免れないのではないか。

このように見てくれば、『猫』と『ムル』との「類似点」は、両者共に「牡猫の系列にたつこと」に限られているのではあるまいか。[32]だがこの点についても、ホフマンとの関係を強調し過ぎるのは誤りである。明治三十七年の「夏の始め頃」、「生まれてゝいくらもたゝない小猫」が「どこからともなく」夏目家に入り込み、「いくらつまみ出しても、いつかしらん又家の中に上がつて」来たのである。この小猫は、「泥足」のまま「御飯の御櫃」の上に坐りこんだりして夏目家の人々を困らせた挙句、漱石の「お声がかり」で夏目家に居着くことになる。その後、「お婆さんの按摩」がこの小猫は「珍らしい福猫」だと断言してから、「大分待遇が違つて」きた。猫は「益々いい気になつて」、「子供の寝床に入り込」み、子供が「猫が入つた、猫が入つた」と「キイ〳〵声を立て」ると、漱石が「物尺をもつて追つかけ」るといった「時ならぬ活劇を演じたこと」もあったという。[33] このような体験は、「写生文」の作家が採り上げるのに実に相応しい主題ではなかろうか。

　漱石の自伝的小説と目されている『道草』では、「首の廻らない程高い襟《カラ》を掛けて外国から帰つて来た健三」は「惨澹《みじめ》な境遇に置かれた」妻子を見て「アイロニーの為に手非道《てひど》く打ち据ゑられた」。だが、漱石が「アイロニー」を見いだしたのは一家の経済状態の中だけだったはずがあるまい。そうだとすれば、彼が至るところで苦しめられたアイロニーの総和は、『猫』を生み出す強い原動力の少なくとも一部になっているはずである。そもそもアイロニーの成立には複数の視点が不可欠である以上、人間界から一定の距離を保っている猫の視点を借りて自己の生活を描くという発想は、当時の漱石にとってきわめて自然だったはずだと考えなければなるまい。すなわち、「猫をして語らせる」という点に漱石とホフマンとの共通点を認めたとしても、そこから直ちに漱石がホフマンの影響を受けたと断定するのは、論理の飛躍と言わざるを得ないだろう。

## 5　不調和の創出
## ――「アンドレア、デル、サルト」と「ウイルヒヨウ、ワイスマン」

それにも拘わらず、従来『猫』と『ムル』との関係にこだわらざるを得なかった理由の一つは、『猫』の構造そのものにある。漱石自身、「此書は趣向もなく、構造もなく、尾頭の心元なき海鼠の様な文章である」と言う。換言すれば、『猫』全体がエピソードの集積とも言えるほどで、その中からどのエピソードを削除しても、この作品は多少とも異なったかたちで成立し得るだろう。だが、猫をして語らしめるという発想がなければ、この作品そのものが存在し得ないのである。すなわち、猫の視点ないし発言は、作品中に展開するいかなる場面よりも遥かに重要なのである。読者は、猫の視点に立ちさえすれば、どれほど意外な事件が起ろうとも呵々大笑することができる。この際、個々の場面ないしその背景について充分な知識をもつ必要はまったくないのだ。

例えば、『猫』（一）では、苦沙弥先生が初めて「水彩絵具と毛筆とワットマンといふ紙」とを買ってきて下手な絵を描き始めたころ、金縁の眼鏡をかけた美学者がやってきて、次のように述べる。「第一、室内の想像ばかりで画がかける訳のものではない。昔し以太利の大家アンドレア、デル、サルトが言つた事がある。画をかくなら何でも自然そのものを写せ。天に星辰あり。地に露華あり。飛ぶに禽あり。走るに獣あり。池に金魚あり。枯木に寒鴉あり。自然は是一幅の大活画なり。どうだ君も画らしい画をかゝうと思ふならちと写生をしたら」と。ここで猫は、「金縁の裏には嘲ける様な笑が見えた」と付け加える。すなわち猫は、「池に金魚あり」の一句は美学者の言葉の信憑性を疑わしめるに充分ではないか、とそれとなく読者に告げているのである。そう言われてみれば、大小の星が一面に鏤められた壮大な夜空、きらきらと輝く美しい露に覆われた大地等々と並置するにしては、狭苦しい池の中で泳ぎ回る小さな金魚は、いかにも均衡を失しているではないか。この一言は、後に登場する金田夫人の「偉大なる鼻」が彼女の「顔」との調和を欠いていると強調されるのと、同じ効果を狙っているのである。

　登場人物もまた、様々な意味で、同じような不調和の感覚をいやが上にも増幅させている。美学者迷亭の言葉によれば、金田夫人の「鼻」は、「三坪ほどの小庭に招魂社の石灯籠を移」したかの如く、また、「シーザーの鼻を鋏でちよん切つて」苦沙弥家の「猫の顔へ安置」したかの如くで、「鼻」以外の造作とは明らかに「比例を失」している。より原理的には、彼女の鼻は「ツアイシングの黄金律を失して居る」（傍点原文）のである。金田夫人の「鼻」が普通の鼻に比べてどれほど巨大であろうとも、その程度のことを述べるために仰々しくドイツの美学者ツァイジング（一八一〇～七六）の説を引き合いに出すのは、不調和に輪をかけるためである。大方の読者は、繰り返し強調されるこの種の不調和のために、ある時は微笑を洩らし、またある時は哄笑せざるを得なくなるのだ。

　ところが苦沙弥先生の反応は、猫あるいは読者のそれとは著しく異なっている。猫の主人苦沙弥先生は、美学者の言葉に「無暗に感心し」た挙句、猫をモデルにして「アンドレア、デル、サルトを極め込」むことになる。つまり、先生は猫が示唆した「嘲ける様な笑」にまったく気が付かないのである。その後、「金縁眼鏡の美学者が久し振りで主人を訪問した」時、主人がアンドレア、デル、サルトに大いに感心して見せると、この美学者は笑いながら「実は君あれは出鱈目だよ」と「頭を掻く」。「あれは僕の一寸捏造した話だ。君がそんなに真面目に信じ様とは思はなかつた。ハ、、、」と「大喜悦の体」だった。さらに彼は、「アンドレア、デル、サルト事件が主人の情線に如何なる響を伝へたかを毫も顧慮せざるもの、如く得意になつて下の様な事を饒舌つた」。すなわち、「いや時々冗談を言ふと人が真に受けるので大いに滑稽的美感を挑発するのは面白い」と言い、同じようにして人を担いだ話を得々として披露したのである。先に微笑を洩らした読者は、ここに至って呵々大笑するだろう。迷亭の人間像と苦沙弥のそれとは対照的であり、この二人がある種の友情で結ばれているのも不調和に近い。

ただ、ここで大笑いをするには、「アンドレア、デル、サルト」が何者であるかを知っている必要はまったくない。『猫』が明治三十九年一月から『ホトトギス』に連載されるようになったとき、平均的読者はこの作品に頻出する西洋種の固有名詞をどれだけ知っていただろうか。「アンドレア、デル、サルト」について言えば、その出典が「イギリス詩人ブラウニング（中略）の『アンドレア・デル・サルト』と題する有名な傑作」だと初めて指摘したのは、「日本近代文学大系」第二十四巻『夏目漱石集I』の「補注」である。[34] 漱石文庫所蔵の *The Poetical Works of Robert Browning* (2v.) (Smith, 1900) の「第一巻目次」を見ると、"ANDREA DEL SARTO (CALLED THE FAULTLESS PAINTER)" というタイトルの前にかなり大きい×印が付けられていて、漱石がこの作品に注目したことは確実である。ただ、この場面が触発する「滑稽的美感」を愉しむには、「アンドレア、デル、サルト」の出典を知る必要はなく、彼が何者であるかを知っている必要もない。彼がかなり有名な西洋の画家らしいという漠然たる感覚があれば充分なのである。そうだとすれば、ここで引き合いに出すには、誰でも知っている超一流の大画家よりも、「アンドレア、デル、サルト」のように日本人にはやや耳慣れない人物の方が効果的だったのかもしれない。作者にとって重要なのは、苦沙弥先生が生息する空間に大小様々な不調和を創出するという手法だったのである。

『猫』(三)では、先に触れた「偉大」な「鉤鼻」を所有する女性が苦沙弥先生の「臥龍窟」を訪れる。大実業家金田氏の令夫人である。彼女は娘の縁談の候補者の一人に擬せられている理学者、水島寒月についての情報を聞き出すため、寒月の旧師苦沙弥先生を訪れたのだ。そこにはたまたま美学者迷亭が居合わせたが、この二人は彼女の尊大な態度やあまりにも無遠慮な質問にすっかり辟易してしまう。ようやく彼女が辞去して、二人が鼻をめぐる談義に鬱憤を晴らしているところに、当の寒月がひょっこり姿を見せる。迷亭は早速、寒月のことを「譫言にまで言つた婦人」、すなわち金田家の令嬢を話題にして、寒月をからかい始め、そのうちに金田の娘との縁談は断ったほうが「安全」だと言い出す。「ウイルヒヨウ、ワイスマン諸家の説を参酌」して考えると、金田の娘は「身分に不似合なる鼻の持主の生んだ子」だから、現在は異常を認めないとしても「いつ何時気候の激変と共に、急に発達して御母堂のそれの如く、咄嗟の間に膨張するかも知れ」ないからである。

読者はここでも一笑するのだが、だからといって、迷亭が言及した「ウイルヒヨウ」や「ワイスマン」なる人物を必ずしも正しく理解しているわけではない。この「ワイスマン」とは、『趣味の遺伝』でも言及されているドイツの遺伝学者アウグスト・ヴァイスマン(一八三四～一九一四)である。だが、『漱石全集』に初めて「注解」が付けられた「新書判」(昭和三一)では、この人物を「Wiseman,

Richard (1622頃-1676) イギリスの外科医」と注していた。以来二十年近くにわたって、大方の読者はこの注を信じてきたのではないか。[35] そうだとすると、この場面が触発する笑いは、「ワイスマン」に関する正確な知識とはほとんど無関係だ、ということになろう。ここでは、「ウイルヒヨウ」も「ワイスマン」も、欧米で最先端をいく遺伝学の大家らしいという漠然たる感覚だけで充分なのである。迷亭がこれらの大学者を「参酌」すると言い出すことによって、この場の状況や下世話な話題とは極度に「不似合」ないし不調和な状況が創出される。ここで笑いを触発するのに不可欠なのは、かかる不調和あるいは不均衡に鋭敏に反応する感覚だけなのである。

無論、「アンドレア、デル、サルト」なり「ワイスマン」なりの背景や典拠を追究するのは、それなりの意味をもつだろう。いかに些細な事実の指摘でも、何らかの意味で作品全体の解明に資することは自明だからである。だが、このような個々の事実に固執するだけでは、より本質的な問題を見失うことになるのではなかろうか。ここで最も重要なのは、これらの挿話に共通する滑稽感の源泉、すなわち、著しい不調和ないし不均衡の感覚だからである。「何をかいたものやら誰にも鑑定がつかない」ような「水彩画」を描いている苦沙弥先生と「以太利の大家」たる「アンドレア、デル、サルト」を並置するだけで、著しい不均衡が生まれる。また、子供は親に似るだろうという程度の予測、俚諺にも蛙の子は蛙という程度の予測をするのに、「ウイルヒヨウ、ワイスマン諸家の説を参酌」するというのは、それにも増して著しい不均衡を生む。しかもこれらの挿話には、その他大小のさまざまな不均衡が組み込まれている。金田鼻子の「鼻」が「無暗に大き」く、「人の鼻を盗んで来て顔の真中へ据ゑ付けた様に見える」のも、「三坪程の小庭へ招魂社の石燈籠を移した時の如く、独りで幅を利かして居る」のも、不均衡である。鼻子の鼻がいかに「異彩」を放っているとはいえ、それを評するのに「年来美学上の見地から此鼻に就て研究した」ので「其一斑を披瀝」するという「演説」の形式をとるのも不均衡である。この場合、迷亭の「演説」という形式自体が、寒月が「理学協会」で行なうはずの「演説」のパロディになっている。ところが、寒月の演説もまた、「首縊りの力学」という演題から分かるように、力学そのもののパロディという側面をもつ。かくして『猫』には多くの場面にさまざまな不調和が組み込まれており、これらの不調和ないし不均衡の感覚が至るところで様々な笑いを生むのである。

## 6　「吾輩」と"we"

かくして、『猫』の読者において最も重要なのは、全編を通して絶えず響いてくる不均衡ないし不調和に鋭敏に反応する感覚である。この作品に不可欠な不調和の基調は、「吾輩は猫である」という冒頭の一行で確立される。たかが一匹の雄猫が、まるで政治家か壮士のように自ら「吾輩」と号するだけで、奇妙な不調和の感覚が生まれる。続けて、「名前はまだ無い」という一句が、この感覚を増幅する。「吾輩」とは「古風で尊大な言い方」[36]であるが、「吾輩」という一人称によって登場するみすぼらしい雄猫は、名前すらもたないほど粗末に扱われていることが分かるのだ。さらにこの猫は、「どこで生れたか頓と見当がつかぬ」と続ける。こういう境遇の猫には、「吾輩」という尊大な響きをもつ一人称代名詞はまったく相応しくあるまい。だが、ここから生まれる不均衡の感覚こそが『猫』を理解する鍵であり、この言語感覚が欠如していれば『猫』の理解は不可能に近いのだ。この状況は、『坊っちゃん』のそれとはまったく違う。「親譲りの無鉄砲で子供の時から損ばかりして居る」という『坊っちゃん』の主人公は、「おれ」という人称代名詞を使い、「是でも元は旗本だ。旗本の元は清和源氏で、多田の満仲の後裔だ」と自分の出自を自慢するのである。

漱石が『猫』執筆当初にこの効果を意図していたか否かは、よく分らない。「処女作追懐談」（明治四二）では、「たゞ偶然あゝいふものが出来たので、私がさういふ時期に達して居たといふまでである」と述べている。この回想で語られているのは事実ではあろうが、同時に事実の一面に過ぎないとも言えるのではないか。そう言い切れる根拠が、「処女作追懐談」とほぼ同じ時期に書かれた「ヤング」なる人物に宛てた英文書簡（一九〇八〔明治四一〕年五月十七日付）の中に残されているのだ。これを初めて収録したのは『漱石全集』第十六巻（昭和四二）で、この書簡は、第十六巻「補遺」の冒頭に「『自著を贈る言葉』――ヤングへ贈れる『吾輩は猫である』の上巻見返しに――」として載せられている。この「ヤング」については、『漱石全集』第二十六巻（一九九六）「注解」は、明治四十二年三月十二日の日記で「『ヤング』なるもの手紙をよこす。『ヤング』とは何者なるや知らず。亜米利加のひま人なるべし」と記されていることを指摘し、「ヤング」とは「この人物であろう」と述べる。[37] 両者を同一人物とする確証はないが、漱石が自著を贈ったヤングなる人物は、おそらくその前に漱石宛に英文の手紙を出したのであろう。そうでなければ、漱石が「自著を贈る言葉」を英文で書いたはずがないからである。ヤングの手紙に応えて漱石が「自著」を贈り、かつ簡単な「言葉」を添えたのだとすれば、漱石には日本語に疎い英米人に自著の内容を分かりやすく説明しようという配慮がある程度働いたに違いない。つまり、「自著を贈る言葉」は、漱石自身による『猫』の解説という側面をもつ、と考えられるのである。ここで、漱石がヤング宛に記した「言葉」全文を引用しておこう。

Herein, a cat speaks in the first person plural, we. Whether regal or editorial, it is beyond the ken of the author to see. Gargantua, Quixote and Tristram Shandy, each has had his day. It is high time this feline King lay in peace upon the shelf in Mr Young's library. And may all his catspaw-philosophy as well as his quaint language, ever remain hieroglyphic in the eyes of the occidentals!

この「言葉」は、"Herein, a cat speaks in the first person plural, we.（この作品では、猫が一人称複数の"we"で語るのです）"と始まる。無論、"we"とは「吾輩」のことである。これを裏返せば、先ず、「吾輩」とは一人称単数の"I"ではない、とヤングの注意を喚起したことになる。これは、漱石が「吾輩」という表現にどれほどこだわったかを示しているのである。

漱石は何故「吾輩」の英訳にこだわったのか。いくつかの理由が考えられるが、看過することができないのは、安藤貫一（一八七八〜一九二五）による英訳 *I am a Cat* (1906) を漱石が意識していたことであろう。『猫』が発表されると同時に爆発的な人気を博したことは周知だが、安藤は他に類を見ないこの作品の英訳に手を染めたのである。明治三十九（一九〇六）年七月二日付高浜虚子宛ての漱石の書簡に、「猫を英訳したものがあります。見てくれと云ふて郵便で百ページ許りよこしました。難有い

図６　安藤貫一訳『吾輩は猫である』の表紙（東北大学図書館蔵）

事であります」という一節がある。ここで「猫を英訳したもの」とは、安藤貫一に違いない。(38) この英訳は完訳には至らなかったが、東北大学図書館編『漱石文庫蔵書目録』および『漱石文庫マイクロフィルム目録』には、"**Natsume** (K) I am a Cat; Chap.1-2: tr. by K.Ando. Tokyo, Hattori, 1906. 133p." として記載されている。(39) 漱石文庫に残されているこのささやかな英訳本は、おそらく安藤自身が原著者たる漱石に献呈したものであろう（図６参照）。この本の表紙には "Translated by K.Ando/ Revised by **K.Natsume**" とあり、また "Preface" には "My thanks are to Miss Hart and **Mr. Natsume**, the original writer, whose suggestions and revisions have most to do with the making of this little book."(40) とある（太字は塚本）。漱石が安藤の訳文についてどの程度の「示唆」を与えたかは不明だが、漱石がこの翻訳を知っていたこと自体は疑いない。

漱石は、『方丈記』を英訳するにあたって、次のような言葉を記している。

In rendering this little piece into English, I have taken some pains to preserve the Japanese construction as far as possible. But owing to *the radical difference both of the nature of language and the mode of expression*, I was obliged, now and then, to take liberties and to make slight omissions and insertions. Some annotations have also been inserted where it seemed necessary. . . .After all, my claim as regards this translation is fully vindicated, if it proves itself readable. For its literary finish and elegance, I leave it to others to satisfy you.[41]（イタリックは塚本）

要するに、日本語と英語との間には「言語の質と表現様式との両方に根本的な違い」があるので、自分はできる限り「日本語の構造(the Japanese construction)」を留めるよう苦心した、というのである。この「構造」が狭義の「構文」をはるかに超えた意味内容を含んでいることは、言うまでもあるまい。漱石は、安藤の英訳『猫』に接したときにも、日本語と英語との「根本的な違い(the radical difference)」をあらためて意識したのではなかろうか。

『猫』の英訳には、想像を絶する困難を伴ったに違いない。安藤貫一は、後に『英語青年』の執筆者として活躍するようになるほどの英語の達人だった。とはいえ、安藤にとっても『猫』の英訳は決して容易な作業ではなかったはずである。「難有い事であります」という漱石の言葉は、単なる外交辞令とは思われない。だが他方で、漱石は *I am a Cat* というタイトルに対しては、かなりの程度の違和感を抱いていたのではないか。少なくともヤングへの返事を書こうとした時点では、この違和感が顕在化したのではないか。*I am a Cat* では、『吾輩は猫である』という日本語の語感をほとんど伝達することができないからである。もしヤングが安藤訳の『猫』を通して漱石を知り、漱石宛ての「手紙」でこのことに触れていたとすれば、漱石は『吾輩は猫である』と *I am a Cat* との落差、特に「吾輩」と“I”との落差を一層強く感じたに違いない。

ここで私は、“traduttori traditori（翻訳者は反逆者なり）”というイタリア語の諺を想起せずにはいられない。[42] 如何なる言語も独自の歴史的・文化的背景をもつ以上、ある言語で書かれた作品を他の言語に移しかえれば、原語がもつ歴史的・文化的背景の一部が失われてしまうのは不可避である。この意味で、翻訳者は多少とも原典を裏切っているのではなかろうか。一人称の代名詞に限っても、日本語では「吾輩」、「余」、「麿」、「拙」、「俺」、「私」、「僕」、「自分」、「不肖」、「乃公」、「妾」等々、多くのものを挙げることができる。通常、これらの代名詞は時代や状況に応じてそれぞれに独自の意味ないしニュアンスを籠めて用いられる。ところが、『吾輩は猫である』の「吾輩」は、通常の用法とは違って、「吾輩」とこの言葉を発する卑小な猫との甚だしい不調和を強調するという特別の機能を担わされているのである。換言すれば、この尊大な人称代名詞は、普通それが用いられるべき状況で用いられているのでは全くないという印象と、それに伴なう違和感と、そこから生じる滑稽感とを、読者に与えなければならないのだ。英訳でこの複雑な効果を発揮するには、どのような訳語を用いるべきか。英語には一人称の代名詞は “I” と “we” との二種類しかないから、どちらを選んでも原文のニュアンスを過不足なく伝えるのは困難なのかもしれない。だが、この「吾輩」を言わば無色透明の “I” で置き換えれば、右に指摘した「吾輩」の機能を完全に無力化し、結果として、原文を完全に裏切ってしまうことになるのではないか。これが翻訳における限界の一つである。

この限界が、特に文学作品では、致命的な結果をもたらす場合がある。『文学論』は、冒頭で「凡そ文学的内容の形式は（F＋f）なることを要す。Fは焦点的印象又は観念を意味し、fはこれに附着する情緒を意味す」と述べる。この陳述は全体として様々な問題を含んでいるが、ここでは「（F＋f）」のもつ一つの側面についてだけ一瞥しておきたい。『文学論』は、漱石が留学中に「彼等英人の自然観は到底我国に於るが如く熱情的にあらず、（中略）否多数の人は殆んど自然に対して何等の興味をも認めざるがごとし」という認識をもつに至ったことを記している。その具体例は、「嘗て彼地にありし頃雪見に人を誘ひて笑を招きし事あり。月は憐れ深きものと説いて驚ろかれたる折もあり。或時は知人に何故庭中に石を据ゑざるやと問ふて『据ゑてくるる人があるとも、直ちに庭外に運び棄てる覚悟なり』との返答を承はつたる事あり」といったものである。あるいは、「蘇国に招待を受け」て「広壮なる屋敷」に「逗留」したとき、「主人と果園を散歩して、樹間の径路悉く苔蒸せるを看て、よき具合に時代が着きて結構なりと賞めたるに、主人は近きうちに園丁に申し付けて此苔を悉く掻き拂ふ積なりと答へたるを記憶す」といったものである。「（F＋f）」の公式を用いてこれらの事例を説明すれば、漱石は日本語の「雪」、「月」、「石」または「苔」における「F」すなわち「焦点的印象」を伝達することは容易にできたが、「f」すなわち日本文学において「これに附着する情緒」を伝えることができなかった、ということになろう。

これと全く同じことが、「吾輩」という人称代名詞についても言えるのではなかろうか。「吾輩」における「F」すなわち「焦点的印象又は観念」を英語に移すのは容易である。ところが、「吾輩」における「f」すなわち「これに附着する情緒」を英語に移すのはきわめて困難なのである。一般に、英訳することによって、「F」はそのまま残っても「Fに附着」する「f」は消失してしまうことが少なくないのだ。日本語の人称代名詞はその典型かもしれない。そもそも、「吾輩」に「附着」する「f」はどのような訳語を選択すれば伝達することができるのだろうか。「文学的内容の形式は（F＋f）なることを要す」とすれば、「f」を伴わない訳語は「文学的内容」、すなわち、文学作品を構成する材料の一部たり得ないことになろう。これは、『文学論』冒頭に置かれた「文学的内容の形式」の定義から導かれる論理的結論である。そうだとすれば、「吾輩」の訳語としての “I” もまた、「文学的内容」たり得ないと言わざるを得まい。『文学論』の言葉を借りれば、「吾輩」の訳語としての “I” は、「吾人が有する三角形の観念の如く、それに伴ふ情緒さらにあることなきもの」になっているからである。換言すれば、“I am a cat.” という英文は、「Newton の運動法則」、すなわち、「物体は外より力の作用するにあらざれば静止せるものは終始其位置に静止し、運動しつゝあるものは等速度を以て一直線に進行す」という法則と同じく、「単に吾人の知力にのみ作用」するにとどまり、「其際毫も何等の情緒を喚起」しないからである。

高浜虚子（一八七四～一九五五）の回想によれば、漱石が「この一篇の標題がまだきめてなかつた」とき、「『猫伝』としやうか或は冒頭の一句の『吾輩は猫である』といふのをとつて其まゝ標題としやうかどうしたものであらう」と虚子に相談した。おそらく漱石には、主語と動詞とを含む文章をそのまま作品の標題にしてもいいのか、という迷いがあったのではないか。虚子は「無論『吾輩は猫である』の方を取ると云つた」と述べるが、[43] それは虚子が「冒頭の一句」に「附着する情緒」が「この一篇」の特徴を余すところなく表していると感じたからに違いない。おこがましい言い方だが、虚子の言語感覚はさすがである。漱石が虚子の言葉に従ったのは、無論、漱石自身の中にも同様な判断があったからであろう。だが、*I am a Cat* という英訳では、「吾輩は猫である」という日本語と同じ効果を期待するのは、到底不可能なのである。海外で『吾輩は猫である』が正当に理解されないのは、何よりもこのような理由によるのではないか。やや先走るようだが、ヤングなる人物に宛てた文書のなかで、漱石は猫が語る言葉を "his quaint language" と記している。かかる「風変わりな」[44]文体においても、「F」を伝達することはそれほど困難ではないかもしれない。ただ、「F」に「附着」する「f」を外国語に移すのは、右に述べた理由から絶望的に困難だと考えざるを得ないだろう。「趣味と云ふ者は一部分は普遍であるにもせよ、全体から云ふと地方的《ローカル》なものである」（『文學評論』「第一編　序言」）とは、このような側面をも含んでいるはずである。

このこと自体はやむを得ないとして、ヤング宛の書簡は、漱石が "I" よりは "we" の方が「吾輩」に近いと考えたことを明確に示している。では、漱石はこの "we" をどのように説明するのか。漱石は、猫が「一人称複数の "we"」で語るのだと述べた直後に、"Whether regal or editorial, it is beyond the ken of the author to see.（この "we" が "regal" なのか "editorial" なのかは、著者の理解を超えております）" と続ける。念のため一言解説を加えれば、"regal we" とは、「国王が公式に自己を表示して」用いる "we" であり、また、"editorial we" とは「新聞雑誌の社説などで著者および同僚の意見を代表させ、あるいは著者・講演者が自己の意見に読者・聴衆の意見を含めさせて」用いる "we" である。[45] 漱石はここで、猫が用いる "we" とはこれら両者のうちのどちらなのかは、作者ですらも分からない、とおどけて見せたのである。

漱石は続ける。「ガルガンチュアも、ドン・キホーテも、トリストラム・シャンディもそれぞれに時を得て名声を博したことがありました」と。これは、裏を返せば、かつて文学界に名を馳せたこれらの作中人物も現在では既に顧みられなくなっている、ということでもあろう。[46] 無論これらの人物は、それぞれの作品で独特の滑稽を生み出したことで知られている。それと同じように、一時は日本における滑稽文学の旗手として洛陽の紙価を高めたこの作品の語り手、すなわち「この“feline King”も、今やヤング氏の書棚に安らかに横たわるべき時になりました」と、漱石の言葉は続く。ヤング宛のこの「献辞」は一九〇八年五月付であるが、『猫』の主人公はその二年前、すなわち、一九〇六年八月、『ホトトギス』に連載されていた『吾輩は猫である』が完結した際に、人間が飲み残したビールを舐め、酔って「大きな甕」に落ち、死んで「太平を得た」ことになっている。これを踏まえて、漱石は「安らかに横たわる」云々という言葉を記したのである。全体として、『猫』の特徴をユーモアでふんわりと包みこんだ、簡単ながら見事な作品紹介になっていると言えよう。

　ここで看過することができないのは、“this feline King（この猫の王者）”という表現である。この言葉によって、漱石は猫が用いる“we”が“regal”であることをようやく認めたからである。つい先ほど漱石は、これが“regal”なのか“editorial”なのかは著者と雖も分からないと述べた。だがここで“this feline King”という言葉を用いたことで、漱石の真意が明らかになるのだ。

「近辺で知らぬ者なき乱暴猫」の黒は、自分を「己《お》れ」と言う。「二弦琴の師匠の所の三毛」は、女らしく「あたし」と言う。苦沙弥や迷亭はほとんどの場合「僕」を用い、寒月は旧師の前ではややかしこまって「私」を使う。これらの一人称にはそれぞれに異なったニュアンスがあるが、それぞれに妥当かつ常識的な用法である。しかし、「吾輩」はそうではない。この尊大な一人称は、痩せこけた名も無き牡猫には最も相応しからぬものである。ところが、英訳すればこれらは全て“I”になってしまうだろう。英訳『吾輩は猫である』の読者は、翻訳に伴うこのような限界を超えられない以上、原文を充分に味わうことができるはずがないのだ。そうだとすれば、この作品の著者に擬せられた猫は「ヤング氏の書棚に安らかに横たわる」しかあるまい。漱石は、英訳で読んでいただいても充分に理解していただくのは無理でしょう、と冗談を交えて示唆しているようでもある。見方によっては、「漢学に所謂文学と英語に所謂文学とは到底同定義の下に一括し得べからざる異種類のものたらざる可からず」と断じた『文学論』の言葉を、裏返した表現だとも言えよう。

いずれにせよ、漱石がこの猫を王者に擬していることだけは疑いない。そうだとすれば、猫が使う“we”はさしずめ「朕」に当たるだろう。大割引をしても、「余」以下ではあり得まい。ところが実体としては、彼は名も無き野良猫に過ぎないのだ。この実態と彼の言葉遣いとの乖離は、甚だしい不調和ないし不均衡の感覚を生む。この感覚こそがこの作品の基調であり、様々な滑稽を生ぜしめる母胎なのである。これこそ、漱石がヤングに理解させようとしたことの本質である。換言すれば、「吾輩」という仰々しい一人称こそが、文学作品としての『猫』そのものの成立に不可欠なのだ。この意味で、やはり *I am a Cat* という標題は、漱石の意に副わなかったのである。

最後の文章、すなわち“And”以下の部分は、「猫の風変わりな(quaint)言葉遣いのみならず、猫の手にある哲学の全体が、西欧人の眼には象形文字同様永遠に不可解であり続けますように！」といった意味である。「猫の風変わりな言葉遣い」の頂点に立つのは、繰り返し述べたように、「国王の“we”」すなわち「吾輩」である。しかし「猫の風変わりな言葉遣い」は、「吾輩」という一人称代名詞に見られるばかりではない。作品中随所に鏤《ちりば》められた猫の発言も、きわめて「風変わり」である。例えば、猫の「大王」にも比すべき「偉大な体格」をもつ「黒」と「吾輩」との最初の邂逅は、「大王はくわつと其真丸の眼を開いた。（中略）其眼は人間の珍重する琥珀といふものよりも遥かに美しく輝いて居た。彼は身動きもしない。双眸の奥から射るが如き光を吾輩の矮小なる額の上にあつめて、御めへは一体何だと云つた」（傍点塚本）と描写される。いかに「偉大なる体格」の持主とはいえ、たかが一匹の乱暴猫を「大王」に擬するのがそもそも「風変わり」である。いかに猫の「大王」とはいえ、彼が「人間の珍重する琥珀」よりも「美しく輝」く「双眸の奥から射るが如き光を吾輩の矮小なる額の上にあつめ」たという文語的表現も、大袈裟に過ぎて「風変わり」である。「大王」の「偉大なる体格」と「吾輩の矮小なる額[47]」との対照も「風変わり」である。一見したところ格調の高いこういう文章を連ねた挙句に、「御めへは一体何だ」という「大王」の言葉を導く手法、換言すれば、ここで突然「スピーチ・レベル」すなわち言語の位相を変えて一種の「アンティクライマックス」を生むやり方も、「風変わり」である。読み進むにつれて、「吾輩」の言葉遣いが「風変わり」だという印象は、ますます強まってくる。猫が駆使する表現が、古今東西にわたる知識を鏤めた、漢文脈に基づく華麗な文体であればあるほど、描写の対象となる具体的状況との間に奇妙な不調和が生じ、猫の言葉は一層「風変わり」に響く。『猫』の笑いは、何よりもこの「風変わりな」言語の効果から成立している。極言すれば、「風変わりな」とはさまざまな「不調和を生む」という意味であり、要するに「滑稽な」ということに等しいのだ。

『猫』におけるどのようなエピソードを抹消しても、『猫』は多少とも異なったかたちで成立し得るだろう。『猫』に現れるどのような固有名詞を知らなくても、『猫』に用いられた難解な表現が理解できなくても、あるいは、『猫』で言及される様々な挿話の材源に気が付かなくても、読者は『猫』の滑稽を充分に味わうことができるだろう。だが、『猫』全体を通して響いてくる著しい不調和の感覚、すなわち、内容と表現との乖離から生じる独特の滑稽を感知することができなければ、『猫』を楽しむことはできないのである。これは前節、すなわち「(五) 不調和の創出――『アンドレア、デル、サルト』と『ウイルヒヨウ、ワイスマン』」において縷々述べた通りであり、これこそが、後述する「不対法」の効果なのである。

ヤングに宛てた「献辞」は、漱石が外国人に対して『猫』の特徴を解説した唯一のものである。漱石の表現では、「猫の風変わりな言葉遣い (his quaint language)」と「猫の手にある哲学の全体 (all his catspaw-philosophy)」とが、"as well as" で結ばれている。すなわち、両者はほぼ等しい重みを与えられているのだ。猫の語り口は、作品の効果を高める上でそれ程に重要なのである。そしてその効果とは、つまるところ、奇妙な不均衡の感覚ないし不調和の感覚が生む滑稽感に他ならないのだ。どのような人物が登場し、どのような場面が展開しようとも、「猫の風変わりな言葉遣い」がそれぞれの場面に応じて不調和の感覚を増幅し、遂には作品全体を不調和から生ずる笑いの渦に捲き込んでしまう。そして、読者を否応なくこの不調和の感覚に目覚めさせるのが、冒頭の一行、すなわち「吾輩は猫である。名前はまだ無い」という一行なのである。

念のため付け加えれば、この「献辞」には「名前はまだ無い」の部分に関する言及は一切ない。この事実が示唆するのは、「吾輩は猫である。名前はまだ無い」という冒頭の一行において、漱石が不可欠だと考えたのが「吾輩」を含む前者だったということである。つまり、「名前はまだ無い」の部分は、「吾輩は猫である」の効果を補強ないし駄目押しする二次的な意味しかもたない、と漱石は思っていたのだ。

「たゞ偶然あゝいふものが出来たので、私がさういふ時期に達して居たといふまでである」という「処女作追懐談」の言葉は、それなりに真実なのだろう。だが、ヤング宛の英文書簡を認《したた》めたとき、漱石が「吾輩」という表現の効果を十二分に意識していたことは、疑う余地がない。繰り返しになるが、明治三十八年一月、この傑作を初めて『ホトトギス』に掲載するにさいして、虚子は作品の標題について漱石に意見を求められ、「無論『吾輩は猫である』の方を取ると云つた」という。漱石が、ヤング宛の「献辞」を“Herein, a cat speaks in the first person plural, we.”という「吾輩」の講釈から始めた背景には、おそらくこの時の虚子との話し合いが隠れているのではなかろうか。

## 7　“regal we”とシェイクスピアの歴史劇と

ここで、猫が用いる“regal we”について再確認しておこう。『新英和大辞典』第五版（研究社）で“we”の項を見ると、「2 a［国王が公式に自己を表示して］★ royal “we”といわれる（cf. ourself）: We are not amused. 朕は面白うない（誰かが真面目な席上でしゃれを飛ばしたとき Queen Victoria が不興気に言った言葉として有名）/ Know that we have divided in three our kingdom. わしが王国を三分したことを知ってもらいたい（Shak., *Lear* I, 1.38-39）」とある。すなわち、この意味での“we”の再帰代名詞は“ourselves”ではなく“ourself”であり、用例に示したように、“we”は日本語では「朕」または「わし」に相当する、というのである。この特殊用法を指すのに漱石は“regal”を用いたが、『新英和大辞典』にあるように、“royal”

を用いるのが一般的である。

『オックスフォード英語辞典』（一九八八）では、この意味における "we" の最も古い用例は一四二五年ごろであり、最も新しい用例は一八七二年である。後者はテニソン作 *Gareth and Lynette* の三六二行、"But Arthur, 'We sit King, to help the wrong'd / Thro' all our realm.（だがアーサー王は〔言った〕、「わしは、わが王国のどこであれ、虐げられた者に救いの手を差し伸べるために王座に坐っておるのじゃ」と。）" であり、既に述べたように、漱石はこの作品から得た知識を『猫』（二）における「孔雀の料理史」で利用している。

また、『新英和大辞典』第五版が言及した "We are not amused." の出典は、*Bartlett's Familiar Quotations* (Sixteenth Edition, 1992) によれば、*Notebooks of a Spinster Lady* (1900) で、これは『オックスフォード英語辞典』における最新の用例よりも三十年ほど新しい。なおこの言葉は、「女王奉仕官 (groom-in-waiting)」だったアレグザンダー・グランサム・ヨーク（一八四七～一九一二）が女王の真似をしたのを女王が見咎めた際の言葉だという。[48] そうだとすると、"royal we" は「国王が公式に自己を表示して」述べる場合ばかりでなく、より私的な場面で国王の威厳を示すために用いることもあったと考えるのが妥当かもしれない。

また、漱石文庫に残されている Schmidt, *Shakespeare-Lexicon* には、"We for I in the royal style（国王の言葉で "I" の代わりに用いる "we"）" として、*Measure for Measure* 以下多くの例がシェイクスピアから採られている。[49] だが、煩雑を避けるためにここでは引用を差し控えたい。

漱石がこの種の "we" を最も多く眼にしたのは、シェイクスピアの歴史劇においてであろう。その全てをここに挙げることはできないが、日本人読者の記憶に残されるものの一つは、『リチャード二世』の冒頭ではなかろうか。ここでは、“royal we” と普通の一人称単数の “I” とが交錯しているからである。場面はウインザー城で、リチャード二世（一三六七～一四〇〇）がランカスターの公爵ガントのジョン、その他の貴族や従者を従えて登場する。ここで交わされる会話は、以下の通りである。

K. Rich. Old John of Gaunt, time-honour’d Lancaster,
Hast thou, according to thy oath and band,
Brought hither Henry Hereford, thy bold son,
Here to make good the boisterous late appeal,
Which then ***our*** leisure would not let ***us*** hear,
Against the Duke of Norfolk, Thomas Mowbray?
Gaunt. I have, my liege.
K. Rich. Tell ***me***, moreover, hast thou sounded him,
If he appeal the duke on an ancient malice;
Or worthily, as a good subject should,
On some known ground of treachery in him?
Gaunt. As near as I could sift him on that argument,
On some apparent danger seen in him
Aim’d at your highness, no inveterate malice.

K. Rich. Then call them to ***our*** presence.;(50)

以上の部分で、太字のイタリックで示した部分、すなわち、“Which then ***our*** leisure would not let ***us*** hear,” における “***our***” と “***us***”、および “Then call them to ***our*** presence;” における “***our***” とが、それぞれ “royal we” の属格および目的格である。“Tell **me**, moreover, hast thou sounded him, . . .” における “me” が一般の一人称単数であることは、言うまでもない。

冒頭のリチャード二世の台詞から、この場面の背景が分かる。すなわち、この場面以前に、ガントのジョンの息子、ヘンリー・ハーフォードが、最近ノーフォークの公爵トマス・モーブリーを激しく弾劾するという事件があったのだ。リチャードは、その時には余裕がなくてその訴えを聴くことができなかったという言い訳をした後、(51)これからその件についての審理を行おうとしている。そこでリチャードは、ガントのジョンに対し、かつてモーブリーを弾劾した貴下の息子を連れて来たか、と訊ねているのである。

ジョンが、確かに連れて参りましたと答えると、リチャードは更に問いかける。ヘンリー・ハーフォードの弾劾は私怨ではなく、トマス・モーブリーに反逆の意思ありとの証拠を掴んだ上で、臣下の義務としての訴えであることを確認したか、と念を押す。

ジョンは、自分が知り得た限りでは、それは私怨ではなく、モーブリーには王に対する明白な反逆の意図があったのです、と断言する。これを聞いてリチャードは、それでは二人を我が前に呼び出せと命じる。なお、ここでジョンが用いる “your highness” は、「陛下」の意である。国王に対する敬称として“your (his) majesty”が用いられるのは、ヘンリー八世（一四九一～一五四七）以降とされている。

ここで、この場面の歴史的背景を一瞥しておく。リチャード二世は、プランタジェネット家（一一五四～一三九九）最後の王である。リチャードの父「黒太子」エドワード（一三三〇～七六）の死により、彼はプランタジェネット家の正系として一三七七年わずか十一歳で王位に即いた。この時から、リチャードの叔父にあたるガントのジョン（一三四〇～九九）とヨーク公エドマンド（一三四一～一四〇二）とが二十年以上にわたって幼い国王の後見として政権を運営する。その後、リチャードが実権を握ってから八年間ほどは見事な名君ぶりを見せたが、やはり少年時代に叔父から受けた厳しい仕打ちが忘れられず、また、従弟ヘンリー・ハーフォードが王位をめぐって自分の強力なライヴァルとなるかもしれないという恐れを抱きつつも、次第に奢侈におぼれて人心の離反を招くことになった。

このような状況の中で、ジョンの弟（リチャードにとっては叔父の一人）グロスター公（一三五五～九七）等を指導者とする反乱が起ったが、最終的にはグロスターは敗北、トマス・モーブリー（一三六六～九九）の監視下でカレーに幽閉されて、間もなく死んだ。ところが、グロスターの死がリチャードの指令による暗殺だという噂がひろがり、ヘンリー・ハーフォード（一三六七～一四一三。後のヘンリー四世）は、噂を流した責任者としてモーブリーを告発した、という設定である。

この告発を受けて、リチャードは実の叔父でありかつての後見人でもあったジョンに対し、“the boisterous late appeal, / Which then ***our*** leisure would not let ***us*** hear, / Against the Duke of Norfolk, Thomas Mowbray（ノーフォークの公爵トマス・モーブリーに対する先日の激しい弾劾については、**わし**は当時公務多端のため審理することができなかったが)」と語りかける。引用部分中、“***our***”と“***us***”とは“royal we”、すなわち国王の威厳を示す表現である。これは、リチャードが既にあらゆる権力を掌握した国王であることと、換言すれば、かつて後見の立場にあって自分を支配したジョンも今は一人の臣下に過ぎないことを、ことさら誇示しているように見える。

ところが、ジョンが“I have, my liege.”と応えると、リチャードは“Tell **me** moreover…”という言葉遣いに変わる。すなわち“royal we”ではなく、“me”という普通の人称代名詞を用いるのである。これは、リチャードの気持は微妙に変化したことを示すのではなかろうか。国王の立場からではなく、親族の一人として親しい叔父に語りかけるかのような口調である。あるいは、徒に権威を振りまわすのは得策ではない、という政治的判断が働いたのでもあろうか。

この叔父が、自分が知る限りでは息子はモーブリーの逆心を知って告発したのだと述べると、リチャードは「では二人を**わし**の面前に呼び出せ。(Then call them to ***our*** presence.)」と命じる。ここで再び“our”を用いたのは、彼がここで国王としての権威を示さなければならないと意識したことを示唆している。

右の引用はこの場面で終わるが、次いで舞台上では、リチャードの命令によってヘンリー・ハーフォードとトマス・モーブリーとが呼び出され、二人は丁重にリチャードに挨拶する。これを受けてリチャードは、“**We** thank you both.”と正式に応える。[52] この“We”は、典型的な“royal we”であるが、ここでリチャードはある種の虚勢を張っているようでもある。リチャードには、ハーフォードにもモーブリーにも自分の弱みを握られているという意識があるのではないか、と思われるからである。[53]

以上の解釈には、異論があるかもしれない。しかし、『リチャード二世』の冒頭に“royal we”が頻出し、しかも、“we”と“I”とが交錯しているのは事実である。そうだとすれば、作者はこれらの代名詞を使い分けることで、行為の主体を指示する以上の何かを示唆しているはずであり、特に文学作品ではこの「何か」がきわめて重要なのである。その微妙な意味合いは、外国語の壁に阻まれて日本人には容易には実感することができないが、それ故に、この種の事例は日本人読者の気にかかるところでもある。漱石はシェイクスピアの作品をほとんど読破したようであり、以上に紹介した『リチャード二世』の冒頭における“I”と“we”との効果にもそれなりの関心をもったに違いない。ヤング宛書簡の冒頭で“Herein, a cat speaks in the first person plural, we.”と述べたとき、漱石は少なくともシェイクスピアを読んでいる程度の教養があれば、この“we”の意味や効果、ひいては、“this feline King（この猫の王者）”が用いる“we”独特の文学的効果[54]を比較的容易に理解できるはずだ、と考えたのではなかろうか。

いずれにせよ、漱石がヤングに対して猫は「一人称複数の“we”」で語るのだと言い、次いでこの猫は“this feline King”なのだと示唆した時、漱石は行為の主体を指示する以上の「何か」を強調したのである。漱石は先ず、「吾輩」という代名詞が『文学論』の冒頭に言う（F）だけでなく、それに伴なう（f）をも表わすことを――要するに、痩せこけた牡猫と彼が駆使する尊大な語法との奇抜な対照から生じる独特の効果を――明らかにしようとしたのである。同時に、この対照こそが作品の基本構造を理解する鍵だということを教養ある西欧の読者に理解させようともしたのである。この意味で、ヤングに宛てた「自著を贈る言葉」は、漱石自身による『猫』の解説として、日本人の読者にとっても看過し得ない側面をもっているはずなのだ。

## 8　「吾輩」と「不対法」——猫の“quaint language”を媒介として

既に示唆したとおり、猫の“quaint language”の頂点に立つのは「王者の“we”」すなわち「吾輩」である。言い換えれば、「吾輩」とは、猫の“quaint language”における典型的な事例に他ならない。ところが漱石は、理論的著作においても、間接的ながらこの種の語法に言及しているのである。漱石は、『猫』の執筆とほぼ並行して、大学で「英文学概説」を講じていた。その主要部分が後に『文学論』として刊行されたのは、周知のとおりである。その『文学論』を通読すると、この種の語法が生む効果をとりあげ、実例を挙げて詳しく分析している箇所を見出すことができる。『猫』における笑いが「不均衡」ないし「不調和」の感覚から生じることは既に述べたが、一般に「不調和」を認識するには、先ず二つの要素を対比する作業が必要である。素性も知れない牡猫が「吾輩」と号する時、読者は半ば無意識にもせよ、猫そのものの卑小な存在と彼の尊大な言葉遣いとを比較・対照しているのだ。このような作業の文学的効果を論じているのが、「第四編第六章 対置法」である。

しかし、「対照」ないし「対置」のすべてが滑稽を生むわけではない。『文学論』は「対置法」を基本的に三種類に分類する。その第一は「緩勢法」である。「人事天然両界」において「緩勢の必要は何人も疑ふ能はざるところ」で、「例へば醒覚に対する睡眠の如」くである。すなわち、「意識の活動激しき醒覚の状態は二六時中にわたつて堪へ難きを以て、自然はこれに睡眠を配して外界の刺激を緩く」する。これは「蒲焼に対する漬物」のようなものである。「鰻魚は最も脂肪に富む濃厚なる食物」なので、「之を和ぐるに清新なる漬物」を用いる。「鰻店の漬物程工夫を凝らせるは稀」であって、これに類する文学的手法が「緩勢法」に他ならない。『文学論』はその例として、先ずスコット（一七七一～一八三二）の『ラマムアの花嫁』（一八一九）を挙げる。これは「男女の相思」、「恋愛の不成立」、「無残の最期」を述べたもので、「大体に於て極めて酸鼻の悲劇」である。そこで「作者は一個の滑稽的人物を拉し来つて所々に之を点出す」るが、「此の一人物を得て全編の緩和的分子は成る」のである。

「対置法」の第二が「強勢法」である。前記「緩勢法」は「aを緩和せしむるにbを以てするもの」であるが、これに対して「強勢法」とは「新たにbなる材料を加へて、aの効果を大ならしむるもの」である。「之を食物に喩」えれば、「食の美」たる「魚」に同じく「食の美」たる「熊掌」を添えて、「両者の相乗より来る快味を貪る」ようなものなのである。続けて『文学論』はいくつかの例を挙げているが、ここではディケンズ（一八一二～七〇）の『骨董屋』（一八四〇～四一）第一章における "Little Nell" の描写を示すにとどめたい。『文学論』は、この少女が陰気で不気味な部屋に眠っている情景を引用し、「古き室と、古き器と、塵と、虫と、五彩剥落の暗き中に美くしき Nell と美くしき Nell の夢とを置く。地上に金を点ずるが如し」と評する。この解説はやや不明瞭かと思われるので、漱石の講義を聴いた金子健二（一八八〇～一九六二）の記録を補っておこう。金子はこの部分について、「古道具屋ノ老爺ガ一人ノ幼キ愛女ヲ見テ居ル所ナリ即チ古道具ノ中ニ汚キ老人ガアリテ其中ニ美シキ小女ガ居ル所ヲ記セルナリ故ニ contrast ハ極メテ intensive ナリ」と記述している。[55]「古道具ノ中」の「汚キ老人」と美少女との「対照」が、彼女の美しさを一層強めているというのである。

「対置法」の第三が「不対法」である。これは、二つの要素が「縁なきに対立して、しかく対立するも毫も感応を生ぜざるもの」である。「此等の両素は相乗ずる能はず又相除する能はず、又加減する能はず」という関係なので、「吾人は此両素を点撿し審議し拈定して遂に之を打して一丸となすの術なきに困ずる」が、「かく縁故なき両素の、しかく卒然と結びつけられたるを驚ろきて、不調和の感を生ぜんとする刹那に、此縁故なき両素が如何にも自若として其不調和に留意せざるもの丶如く突兀として長へに対立するの度胸に打たれて、急に不調和の着眼点を去つて矛盾滑稽の平面に立つて窮屈なる規律の拘束を免かれたるを喜こぶ」ものだと言う。その「結果は哄笑となり、微笑となる」のであって、「是を不対法の特性とす」としている。

「不対法」とは耳慣れない言葉だが、これは『文学論』「第四編第六章」までの原稿を「整理」した中川芳太郎の造語ではなかろうか。[56]金子の『ノート』によれば、大学の講義では漱石は"Incongruous contrast"という英語を用いたらしく、ここでは先ずこの英語表現に留意しておきたい。これは、「不調和な（辻褄の合わない）対照」あるいは「不調和を生む対照」といったほどの意味で、金子はこれを「二ツノ factors ガ結合サレテ其結果ガ全ク dissimilar トナル所ニ面白味ヲ生スルモノヲ云フ其帰着スルハ滑稽ナリ」と記している。[57]なお『文学論』で「かく縁故なき両素」とされている部分は、金子の『ノート』では、「二ツノ contradictory factors」となっている。[58]つまり、「不対法」とは「不調和を生む対照」であり、これは「相矛盾する要素」を強引に結びつけることによって「面白味」ないし滑稽を生む手法なのである。金子の『ノート』には、少なくとも『文学論』を理解するためのいわば補助線として、参考とするべき記述が随所に含まれている。

中川が “Incongruous contrast” を「不対法」としたのは、どういう理由からなのだろうか。中川はおそらく、形式は「対置」だが実質はそうではないという意味をこめて、「対置」の「対」と打ち消しを表わす「不」とを組み合わせ、「不対」としたのではないか。『文学論』は、「不対法」の効果と、「強勢法」および「緩和法」における効果との差異を、以下のように解説する。すなわち、「強勢の対置はfに添ふるにf'を以てして、fの一時的価値を高度に変ずる」ことを目的とするもので、これは「f本位」である。また、「緩和の対置は同じくfに添ふるにf'を以てして、fの一時的価値を低度に変ずる」ことを目的とするもので、「是亦f本位」である。ところが「不対法」においては「fとf'」という「両素の本位を定むる」ことができないばかりか、「両素の抱合して一団となる形迹」がないから、通常の「対置法」すなわち「強勢法」、「緩勢法」に共通する特色をもたないことになる。「換言すれば此際に於るff'の両素は縁なきに対立して、しかく対立するも毫も感応を生ぜざるもの」なのである。中川が「不対法」という表現を択んだのは、この最後の点、すなわち、この表現法は他の「対置法」と違って、対立が「f」を用いた一個の「公式」で表し得る綜合的効果の中に解消されることがないという点、つまり形式は「対置」だが内容的には「対置」とは言えないという点に着目し、これが漱石の言う “Incongruous contrast” の本質だ、と理解したからであろう。この点については異論があり得るだろうが、漱石の意を充分に酌んだ上での造語であることは否定し得ない。

なお『文学論』は、「世間」が「尋常一種の対置」と認めるが、「其実」は「然」らずして「其喚起する結果」は「調和法の場合」に等しいものがあるとし、これを「仮対法」と名づける。その「適例」は、「かの *Macbeth* の門衛の場」である。『趣味の遺伝』における解説を借りれば、「マクベス夫婦が共謀して主君のダンカンを寝室の中で殺す。殺して仕舞ふや否や門の戸を続け様に敲くものがある。すると門番が敲くは〳〵と云ひながら出て来て酔漢の管を捲く様なたわいもない事を呂律の廻らぬ調子で述べ立てる」場面である。これも「対照」であり、「人殺しの傍で都々逸を歌ふ位の対照」である。「ところが妙な事は此滑稽を挿んだ為めに今までの凄愴たる光景が多少和らげられて、此に至つて一段とくつろぎが付いた感じ」がない。換言すれば、「緩勢法」の効果をもたらさない。また、「滑稽が事件の配列の具合から平生より一倍の可笑味を与へると云ふ訳でもない」。つまり、「強勢法」にもなっていない。では「何等の効果もないかと云ふと」、「大変」な効果があるのだ。「劇全体を通じての物凄さ、怖しさは此一段の諧謔の為めに白熱度に引き上げらるゝ」のである。さらに言えば、「此場合に於ては諧謔そのものが畏怖」であり、「恐懼」であり、「悚然として粟を肌に吹く要素になる」。これが「仮対法」である。これは「fとf' と相待つて始めて新しきf''を生ずる」語法だから、「f」は主ではなく、「f'」も主ではなくて、新しく生まれた「f''」が主だということになる。「公式」を用いれば、「仮対法はfとf'合して纏まりたる一種のf''を生ずる」から「f+f'=f''」となり、「f」と「f'」という「両素の共有するところ」が「仮対法」の目的になる。

　これを「不対法」と比べると、「不対法」は「fとf'の間に於て本位を定め難き点に於て仮対に似」ているが、既述のように「不対法」では「両素の抱合して一団となる形迹」がないから、「仮対法の性質を帯ぶる」こともできないのである。

『文学論』が「不対法」の例として先ず挙げているのは、「正成泣いて正行を誡めて曰く」という一句である。[59] この例では、「泣くの一字を点じ得て人をして其妥当なるを首肯せしむるに足る」と言えるが、もし「正成鼻糞を丸めて正行を誡めて曰く（傍点原文）」としたらどうか。「正成の遺誡と鼻糞を丸めるの行為は対立すべき予期以外に超然として対立するの傍若無人なるにあきる、の結果は不調和の悪感を透過して解脱の天地に入るに似たり」という効果を生む。

ここで注意すべきは、「不対法」における「対立」の意味である。この文例では、「正成の遺誡」と「鼻糞を丸めるの行為」はなるほど「対立」しているとも言えよう。だがこの「対立」は、例えば「東」と「西」、あるいは「明」と「暗」の「対立」とは全く別の次元に属している。後者は、言わば自然発生的な「対立」である。ところが前者は、作者が特定の文脈において「縁故なき」二つの要素、あるいは「矛盾する」二つの要素を強引に結合することによって生じる「対立」である。この意味で、「不対法」における「対立」とは、作者の個性を通して初めて成立する「対立」に他ならない。逆に言えば、作者独自の視点ないし作者の介入なくしては、「不対法」的な「対立」は成立し得ないのである。[60] 後述するフィールディング（一七〇七～五四）は、「人生は精密な観察者には至るところで滑稽なるものを提供している」と述べたが、[61] 特に「不対法」の場合、フィールディング的な意味での「精密な観察者（an accurate observer）」の視点が不可欠になるのだ。

『猫』では、先ず冒頭で名も無き猫が「吾輩（＝regal we）」と号することで、以下の叙述がいわば「不対法」の原理に拠っていることを予告する。この段階で、作者は痩せこけた牡猫と尊大な一人称代名詞とを強引に結びつけることによって、既に作品の中に大きく介入したのである。猫の眼に映る人間界の忠実な「写生」とも言える叙述が、同時に、作者独自の個性に基づく様々な主張や社会批判にもなっているという逆説は、ここから生まれるのだ。

『文学論』は「不対法」の「作例」として、先ずフィールディングの『捨て子トム・ジョウンズの物語』（一七四九）からの一場面を挙げる。「賤しき家の娘」モリーが、「分外に盛装して寺に賽したるが為め、四隣の嫉妬を買ひて遂に一場の活劇を醸せる状」である。ここでフィールディングは、「匹夫匹婦の争」を描くのに、ミューズの「詩神」を「九天に呼び起こして神来の興趣を人間に伝ふる荘重典雅の筆」を用いた、と『文学論』は言う。『文学論』は、更にモリーが教会付属の墓地で多数の参会者を相手に奮戦する場面を原文で引用し、次いで以下のように評する。

> 良家の令嬢に扮し得て刻意に風格を揚げんとするもの、卒然と怒を作して、本来の面目を拳闘裏に露出し来るさへ一種の不対法なり。然れども作者の技巧は単に是にとゞまらず。此悍婦を置くに神聖なる寺院を借る、これ不対法なり。紛糅喧騒を叙するの序附記して当夜葬儀ありて新に墓をうがてりと云ふ、これ不対法なり。Molly 奮然として地上の髑髏をとつて敵に擲つ、これ不対法なり。妙齢の女子死人の枯骨を振つて、勇躍敵中に入る、是不対法なり。而して全章を貫くに荘厳なる Homer の文体を用ゐて些かの遅疑なし是不対の尤も甚しきものなり。（傍点塚本）

引用部分の結語とも言うべき部分、すなわち、「而して全章を貫くに荘厳なる Homer の文体を用ゐて些かの遅疑なし是不対の尤も甚しきものなり」とする部分は、言うまでもなく、内容と語法との著しい乖離がもたらす滑稽感を強調している。この効果は、卑小な牡猫が「吾輩」と称する効果、さらには、漱石が“his quaint language”という表現を用いてヤングの注意を喚起した語法の効果に等しい。[62]『猫』の笑いは、基本的には「不対法」的な語法が生み出す笑いなのである。

「アンドレア、デル、サルト事件」との関連で、「吾輩」は次のように述べる。「此美学者はこんな好加減な事を吹き散らして人を担ぐのを唯一の楽にして居る男」で、「いや時々冗談を言ふと人が真に受けるので大に滑稽的美感を挑撥するのは面白い（傍点塚本）」と語った、と。『猫』では「此美学者」すなわち迷亭は「滑稽的美感」というやや奇妙な表現を用いるが、『文学論』では「不対法」の解説中これとほとんど重なり合う「滑稽的快感」という言葉が繰り返し用いられている。「不対法」の具体例として『トム・ジョウンズ』の次に挙げられる『トリストラム・シャンディ』（一七六〇～六七）の一場面では、「厳粛なるべき学者」[63]の大きく開いた「股間」に「熱したる焼栗」が垂直に「転墜」したという記述が引用される。当初この「学者」は焼栗のほのかな暖かさを快く感じたが、たちまちその快感は「劇性の苦痛」に変じ、彼の頭脳から一切の知識、思考、注意、想像力等々を追い出してしまったので、彼の頭は空の財布同然になってしまうという場面である。『文学論』は、「此種の不対法を個人の上に認むる時」我々は「滑稽的快感を禁じ得」なくなる、と言うのである。

『文学論』は、さらに続ける。そのような場合、我々は「此滑稽的快感を自然の供給以上に貪らんとするの念よりして人工的に此不対法を製造して快を取る事あり」と。これが「人工的不対法」で、これは「二種の形式によりて実世界に出現」する。「其一は悪戯にして、他は虚言」である。『猫』における美学者の「冗談」は、無論「実世界に出現」したものではない。だがそれは、「人を担ぐ」ことを目的としている点で「悪戯」の側面をもつと同時に、「捏造した話し」だという意味では「虚言」だと言えるだろう。いずれにせよ、迷亭が「人工的に此不対法を製造して快を取」ろうとしたことは、否定すべくもない。つまり、「アンドレア、デル、サルト事件」は、疑いもなく「不対法」的効果を狙ったものなのである。

『文学論』はまた、「不対法」の否定的側面をも指摘している。「不対法」を用いる時、作者は「他を矛盾の境に置くの責任者たるの点に於て多少の不徳義を遂行せざるを得」ない。そこで、「一たび此形式を濫用して憚からざる時吾人は目的物の矛盾より生ずる滑稽感を味ふの暇なきうちに却つて此不徳義を犯したる無頼漢を嫉《にく》むに至る[64]」のである。『文学論』の趣旨は、「矛盾の境に苦しむべからざる温厚篤実の人を強ひて窮境に誘致して顧み」ない時、読者は「不対法」を「濫用」する作者を「無頼漢」と見なしてこれを憎み、かえって「不快の念を起す」ということに他ならないのだ。

では、「美学者」の「冗談」を描いた漱石は、「不対法」を「濫用」したのだろうか。この回答もまた、『文学論』に用意されている。第一に、読者が「不快の念を起す」のを避けるためには、笑いの「目的物」となった人物が、自分が笑われているのを知って、「〔笑いの対象となった〕自己の矛盾を興ありと見る程の洒落なるもの」でなければならない。美学者にからかわれる苦沙弥先生の場合、まさにこの原則が当てはまる。苦沙弥先生とは戯画化された漱石自身である以上、漱石は「他を矛盾の境に置く」のではなく、自分自身を笑いの「目的物」として「自己の矛盾を興あり」と見ていることになる。漱石は、帰国後の現実の中で様々な「矛盾」に苦しむ自分自身を「興ありと見る」ことによって現実の苦渋から逃れる方法を見いだし、それを客体化することによって『猫』の世界を創造したのだ。そうだとすれば、これは「不対法」の「濫用」にはあたらないだろう。

『文学論』はまた、「不対法」を用いる作者が読者の批判を免れるための第二の条件を提示する。すなわち、笑いの対象になる「目的物」は、「ある事情よりして此矛盾の不便と不面目とを受くる価値あるもの」でなければならない、とする。約言すれば、笑いの中にはある種の倫理性ないし正当性がなければならない、ということになろう。では、「アンドレア、デル、サルト事件」にはこの種の正当性が潜んでいるのだろうか。「私の個人主義」にある通り、漱石は、「西洋人のいふ事だと云へば何でも蚊でも盲従して威張」り、「無暗に片仮名を竝べて人に吹聴して得意」がるという風潮には、きわめて批判的だった。[65] いや、漱石自身にもそういう側面があったことは、「斯ういふ私が現にそれだつた」という言葉からも明らかである。だがこれは、「独立した一個の日本人」として、また「世界に共通な正直といふ徳義を重んずる点から見て」、決して許されることではない。こう考えれば、漱石自身を含めて、「到底わが所有とも血とも肉とも云はれない」ものを「我物顔に喋舌つて歩く」連中は、笑いの対象としてまさに「不便と不面目とを受くる価値あるもの」でなければならない。「アンドレア、デル、サルト」なる「西洋人のいふ事だと云へば何でも蚊でも盲従」し、唯々諾々と受け容れる苦沙弥先生もまた、同罪である。この意味で、彼らは嘲笑という「不面目」を「受くる価値あるもの」だと言わざるを得ないだろう。

かくして、「アンドレア、デル、サルト事件」を描く作者は、二重の意味で「不対法」に付随しがちな「不徳義」を免れている。「かかる不徳義を敢てして憚らざる作者は軽佻の作者なり」と『文学論』は述べる。だが我々は、『猫』の作者と「不対法」を「濫用して憚らざる」作家との間には、厳密な一線を画さなければなるまい。「尾頭の心元なき海鼠の様」な『猫』を根底で支えているのは、ある種の潔癖さと倫理性とを蔵した「不対法」なのである。既述の通り、『猫』は様々なエピソードの連続とも言うべき作品であって、ここからどの事件が欠落しても、多少とも異なったかたちで成立し得るだろう。だが、ここから「不対法」的手法を除去してしまえば、『猫』の世界そのものの成立が危ぶまれるのだ。

## 9　「不対法」の文学的伝統

『文学論』が「不対法」の例として挙げているのは、『トム・ジョウンズ』および『トリストラム・シャンディ』の二作品に過ぎない。だが大学の講義では、漱石はこの他にセルヴァンテス（一五四七～一六一六）の『ドン・キホーテ』（第一部一六〇五、第二部一六一五）、シェイクスピアの『十二夜』（一六〇一）、『空騒ぎ』（一五九九）、『ウインザーの陽気な女房たち』（一五九八）、『ヘンリー四世』（第一部一五九八以前、第二部一六〇〇）を挙げ、なお『オセロ』（一六〇四）や風俗画家ホガース（一六九七～一七六四）にも言及したと思われる。[66] すなわち漱石は、「不対法」の起源をおよそ十七世紀にまで溯らせている。他方で『文学論』は、「彼の外国の喜劇と称するもの」が「不対法」を「濫用」しているとし、「此種の作物は開化の産物なり」と述べてもいる。とすると漱石の視野には、少なくとも十七世紀以降ほぼ十九世紀末に至るまでの「不対法」を用いた作品が入っていたと考えられる。では「不対法」的な手法は、十七世紀以前に溯ることができるのだろうか。

ここで、再び『文学論』が『トム・ジョウンズ』を論じた際の結語、「而して全章を貫くに荘厳なるHomerの文体を用ゐて些かの遅疑なし是不対の尤も甚しきものなり」という言葉に注目したい。[67]「荘厳なるHomerの文体」という言葉は、同じくホメロスの連想で笑いを誘おうとしたとされる最古の作品、*Batrachomyomachia* を想起させるからである。『英米文学辞典』はこれを、「ギリシア語で"battle of the frogs and the mice"の意。誤ってHomerの作と伝えられていたギリシアの叙事詩。ネズミとカエルの合戦に神々が双方に別れて加勢する次第を、*Iliad* 風の parody としたもの」とする。[68] ここで「*Iliad* 風」とは、「ホメロスの文体(Homeric style)」とほぼ同義だと思われるから、[69]「荘厳なるHomerの文体を用ゐて」笑いを触発するという方法は、遠くギリシア文学に端を発しているということになろう。換言すれば、「不対法」は *Batrachomyomachia* 以来、すなわち、ギリシア以来の古い伝統をもつことになるのだ。

では、*Batrachomyomachia* は文学史上どのように扱われているのか。上記『英米文学辞典』の引用では、この作品は"parody"とされている。再び『英米文学辞典』によれば、「パロディ」とは「まじめな作品あるいは作家の思想やスタイルを模倣・戯画化してこれを嘲笑した文学作品」で、「古くは *Batrachomyomachia (Battle of the Frogs and the Mice)* がその例」である。[70]

ところが同じ『英米文学辞典』は、この作品を"mock-heroic poetry"すなわち「擬英雄詩」としても扱っている。"mock-heroic poetry"とは、「本来は、英雄の功業を歌う叙事詩"heroic poetry"の style を用いて平凡些細な対象を歌うparody風の詩」であって、「Homer の *Iliad* に対する *The Battle of the Frogs and the Mice* はその好例である」とするのである。[71] ここで *The Battle of the Frogs and the Mice* とは、先に述べた *Batrachomyomachia* に他ならない。とすると、*Batrachomyomachia* は “mock-heroic poetry” の最古の例ということにもなる。すなわち「不対法」とは “parody” の一面をもつと同時に “mock-heroic poetry” の側面をももつことになる。

だが、「不対法」を無条件で “mock-heroic poetry” に等しいと考えることはできない。『英米文学辞典』は、「擬英雄詩」とは「一七・一八世紀に最も流行」したとし、「同じ精神の産物」としては「Sheridan の *The Critic* などの喜劇」までしか挙げていない。[72] ところが『文学論』は、「不対法」を利用した作品として「彼の外国の喜劇と称するもの」を挙げており、これは明らかに漱石と同時代の軽演劇を指しているのである。また別の視点から見れば、「不対法」が無条件で「パロディ」の範疇に含まれるとも言えまい。少なくとも「不対法」を濫用する「彼の外国の喜劇と称するもの」が、「まじめな作品あるいは作家の思想やスタイルを模倣・戯画化してこれを嘲笑」しているとは言えないからである。

このように見てくると、「不対法」に最も近いのは、「バーレスク」だと考えられるのではなかろうか。前記『英米文学辞典』は、これを「まじめな主題や人物や事件、または作品を戯画化したこっけいな作品。（中略）Parody や caricature なども burlesque の概念に含まれ、その特殊な性格を強調するものと考えられる」とする。[73] つまり、「バーレスク」は、「パロディ」や「戯画」を含み、しかもそれらよりも広い範疇をもつ、とするのである。

*Merriam-Webster's Encyclopedia of Literature* によれば、“burlesque” は「文学においては厳粛なる文学

的または芸術的形式の喜劇的模倣」であり、この模倣は「主題とその扱い方との間の途方もない不調和（incongruity）を利用する」とする。一般に「バーレスク」は「パロディ」よりも広義に用いられるが、この両者には密接な関係がある。「バーレスクの長い歴史」の具体例としては、古代ギリシアに「ホメロスを戯画化した作者不明の *Batrachomyomachia* やアリストファネス（紀元前五〜四世紀）の喜劇」があり、中世騎士道物語の風刺としてチョーサー（一三四〇頃〜一四〇〇）の『サー・トーパス物語（*The Tale of Sir Thopas*, c.1387-1400）』がある。十五世紀のイタリアでは、新興中産階級が常識に欠ける貴族階級を攻撃するのに「バーレスク」を利用したが、これはセルヴァンテスの『ドン・キホーテ』の先駆となった。ポール・スカロン（一六一〇〜六〇）の『戯作ウェルギリウス』（*Virgile travesti*, 1648〜53）は、英雄叙事詩を戯画化した作品中最も有名なものの一つである。イギリスでは「バーレスク」は演劇に多く見られるが、風刺詩としてはサミュエル・バトラー（一六一二〜八〇）が清教徒の偽善を嘲った『ヒューディブラス（*Hudibras*, 1663-78）』もよく知られており、散文作家としては、既に挙げたフィールディングやスウィフトが名高い。更にこの文学辞典は、「ヴィクトリア時代のバーレスク」に至る多くの例を挙げているが、十九世紀末になると「バーレスク」は人気を失って他の形式に屈したという。これが、*Merriam-Webster's Encyclopedia of Literature* における「バーレスク」の解説である。(74)

ここで注目したいのは、第一に、十六世紀以降の例として挙げられたセルヴァンテス、フィールディング、および「ヴィクトリア時代のバーレスク」等は、漱石が「不対法」的な笑いの具体例として言及したものとほぼ一致することである。つまり、この文学辞典の解説は『文学論』よりはるかに広い視野をもってはいるが、十六世紀以降に関する限り両者はほぼ同一の作品を視野に入れている。第二に、この文学辞典は「バーレスク」の特徴として、途方もない「不調和（incongruity）」を指摘しているが、この語は、「英文学概説」の講義で漱石が滑稽を生む手段として述べた“Incongruous contrast（不調和な対照）”とほとんど重なり合う。[75] 約言すれば、この文学辞典は『文学論』と同じく、「不調和」を生む手法が「バーレスク」の特徴だとしているのだ。

念のため、ここでM. Gray著 *A Dictionary of Literary Terms* を一瞥しておく。ここでは、「バーレスク」を「特別な種類の喜劇的作品」とし、「作品の主題を故意に不調和なやり方（a deliberately incongruous manner）で扱うことによって厳粛なる内容や文体を笑いものにするもの」と定義する。ここでもまた、「バーレスク」の特徴として「不調和な（incongruous）」という語が用いられているのである。著者は更に「バーレスク」に三種類の下位区分を設け、（一）PARODY、（二）the mock-heroic poem、（三）TRAVESTY とする。（一）の代表例に、フィールディングがサミュエル・リチャードソン（一六八九～一七六一）の *Pamela* (1740) を嗤った *Shamela* (1741) があり、（二）の例に『文学評論』で漱石が論じたポープの『髪盗人』（一七一二～一四）があり、（三）の例にはバイロン（一七八八～一八二四）がロバート・サウジー（一七四四～一八四三）の *A Vision of Judgement* (1821) を戯画化した *The Vision of Judgement* (1822) がある。ジェイムズ・ジョイス、フロイト、トロツキーを滑稽化したトム・ストッパード（一九三七～）の *Travesties* (1974) は、第三の区分に属するという。なおこの辞典は、アメリカでは音楽、コメディアン、ストリップを呼び物にする「バラエティショー」をも「バーレスク」という、と述べる。[76]

これらの辞典類の解説には、いくつかの問題があるかもしれない。特に、「バーレスク」の語源がイタリア語の“burla ( = ridicule, mockery )”とされていることを考えれば、古代ギリシアの時代にまで遡って当時の作品を「バーレスク」に含めるについては、ある種の留保条件が必要であろう。しかし内容的に見る限り、これらの作品もまた「バーレスク」の先駆だと考えても、決して不合理だとは言えまい。

なお、ある作品を「バーレスク」と見るか、これに類似したジャンルに含めるかについては、論者によって必ずしも一致しない。*The New Princeton Encyclopedia of Poetry and Poetics* は『ドン・キホーテ』を例に挙げて、これを「バーレスク」とする説、「パロディ」とする説、「擬似叙事詩（mock-epic）」とする説、「メニッポス的風刺（Menippean satire）[77]」とする説を紹介し、「バーレスク」という用語の理解については「驚くほどの不一致」があると述べている。[78]

以上のような側面はあるものの、「バーレスク」が「長い歴史」をもつこと、換言すれば、一つの文学的伝統を形成していること自体は、否定し難い。右に引用した文学辞典類では、「バーレスク」の解説に "incongruity" ないし "incongruous" という語が多く使われているが、漱石も大学の講義では「不対法」を "Incongruous contrast" として論じたと考えられることは既述の通りである。「創作家の態度」で、漱石は文学の「歴史の発展に論拠を置かず、（中略）単に心理現象から〔文学の〕説明に取りかゝらう」としたと言うが、これは『文学論』以来の姿勢である。おそらく漱石は、古代ギリシアにまで遡って「不対法」ないし "Incongruous contrast" という手法の淵源を明らかにすることには関心をもたなかっただろう。とはいえ、一応は漱石の立場から離れて、漱石が論じた「不対法」とは文学史的には「バーレスク」の伝統につながる手法であることを確認しておくのは、それなりに重要だと考えられるのである。

この系列に属する文学者の中でも、漱石は、スウィフト、フィールディング、スターン、ポープといった十八世紀イギリスの作家・詩人に深い造詣をもっていたことは周知である。「狆野苦沙弥」、「金田鼻子」、「立町老梅」、「理野陶然」、「(牧山)迷亭」、「八木独仙」といった「類型名(type-name)」も、ある程度まではこれらの作家との関係で説明することができる。だが、これらの中でも特に留意すべきは、やはりスターンであろう。スターンと『猫』との関係については従来多くの論考があるが、ここで先に引用したヤング宛の書簡に戻ってみたい。すなわち、"Gargantua, Quixote and Tristram Shandy, each has had his day." という一節である。『ガルガンチュア』も『ドン・キホーテ』も共に世界文学史上突出した地位を占めており、知名度の点でも文学的評価においても、『トリストラム・シャンディ』はこれらの大作と到底比肩することはできない。『トリストラム・シャンディ』はおそらく英文学の枠組みを超えて広く知られた作品ではなく、英文学においても二十世紀初頭に「意識の流れ」の文学が台頭してからようやく注目されるようになった程度の作品である。ところがヤング宛の書簡で、漱石はこれを『ガルガンチュア』や『ドン・キホーテ』とほぼ同列に置いているのだ。これは、『トリストラム・シャンディ』が漱石にとって特別な意味を持っていたことを示唆していないだろうか。おそらく漱石の意識では、『猫』に最も近い「不対法」的な作品は『トリストラム・シャンディ』だったのである。「此頃トリストラム、シヤンデーの中に鼻論があるのを発見した」云々と書いたとき、漱石はこの作品の「第三巻第三十一章」以降および「第四巻」ばかりでなく、作者スターンの肖像画までをも想起していたかもしれない[79](図7参照)。

付言すれば、「草枕」でその一節が引用されている *The Shaving of Shagpat* (1856) もまた、「バーレス

図7　漱石文庫所蔵のテンプル・クラシックス版 ***A Sentimental Journey***（1899）より。原画は、ロイヤル・アカデミー初代会長ジョシュア・レイルズ（1723-92）によるもので、スターンの鼻の長さが強調されている。

ク」の系列に属していると言えよう。いずれにせよ、『猫』は「不対法」を駆使した傑作である。さらに、『猫』における笑いの本質は「不対法」にあると認めることによって、我が国にはほとんど類のないこの作品を広大な文学的伝統の中に位置づけることが可能となるのである。

最後に、『漱石全集』第一巻（一九九三）で『猫』（二）の一節に付けられた注、すなわち、「吾輩も此頃では普通一般の猫ではない。先づ桃川如燕以後の猫か、クーパーの金魚を偸んだ猫位の資格は充分あると思ふ」という一節に付けられた注に触れておきたい。「校異表」によれば、この部分の「クーパー」は単行本第六版（明治三九）で「グレー」と改められ、以後「グレー」が踏襲されて来たようである。この間の事情について、「注解」は以下のように述べる。「この箇所は単行本以降『グレー』に直されている。クーパー（中略）もグレイ（中略）も共に十八世紀イギリスの代表的詩人であるために、漱石が混同したものと思われる。グレイは友人であるホレス・ウォルポールの飼い猫が金魚を追って金魚鉢で溺死したのを悼んで『金魚鉢で溺死した愛猫の死を弔う詩』（一七四七）を書いた。クーパーには『金魚を偸んだ』猫の詩はない」と。

この「注解」はすべて正しい。だがここで、この「注解」にささやかな事実を付け加えておく。

漱石は、大学入学直後に英詩の教科書として用いられたJ・M・ディクソン（一八五六～一九三三）編 *Simpler English Poems* (Hakubunsha, 1890) によってこの詩を知り、さらに、この詩が既に触れた「擬英雄詩」のジャンルに属することを知ったはずだ、ということである。これと同じ教科書で、漱石はミルトン（一六〇八～七四）の *On his Blindness* (1655?) やポー（一八〇九～四九）の *The Raven* (1845) をも知り、これらの詩人をよく理解して時にはその一部を自己のエッセイにさり気なく採り入れている[80]。漱石文庫に残されているこの教科書を見ると、ディクソンはトマス・グレイ（一七一六～七一）のこの作品を *On the Death of a Favourite Cat, Drowned in a Tub of Gold Fishes* (1747) と題して教科書に採録したことが分かる。だが、この詩の題名は正式には ***Ode** on the Death of a Favourite Cat, Drowned in a Tub of Gold Fishes* である（太字は塚本）。先に触れた『漱石全集』第一巻「注解」が「金魚鉢で溺死した愛猫の死を弔う詩」とした部分で、「詩」とは"ode"を意味すると考えられる。ところが、ディクソン編の教科書では、この"Ode"の語が脱落しているのだ。このことについて、ディクソンは講義の中で触れなかったのだろうか。さらにディクソンは、"Ode"なる形式について、何らかの説明を試みなかったであろうか。漱石文庫に残されたこの教科書を見ると、ディクソンはこれらの二点について、彼が少なくとも必要最小限と考える程度の解説を加えたと判断せざるを得なくなるのだ。

その根拠は何か。それは、この作品が載せられている漱石手沢本五十二頁の欄外に、"*Mock-heroic poem* / most finished poet, professor of history / in Cambridge, man of learning & true / poetic nature, very careful（イタリックは塚本）"という書き込みが残されていることである（図8参照）。「擬英雄詩 (mock-heroic poem)」については既に略述したが、そもそも近代英文学では、"ode（頌、賦）"とは普通「有韻（中略）

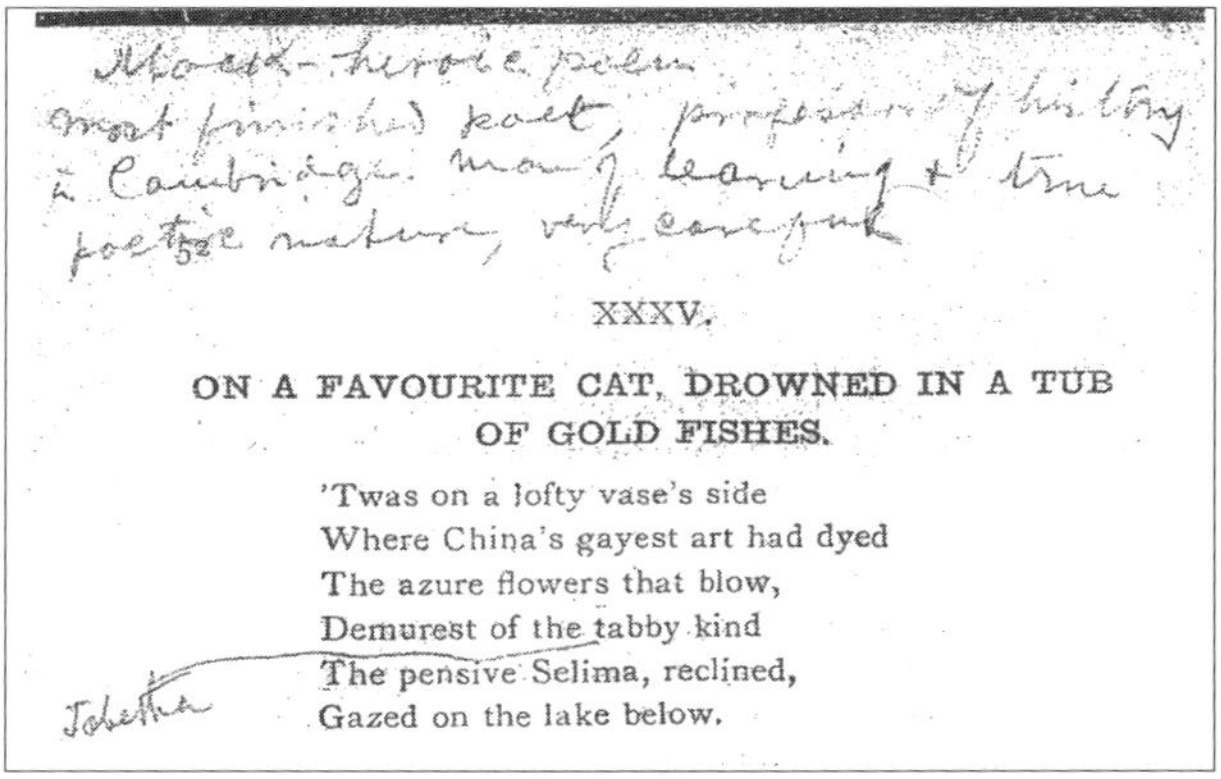

Mock-heroic poem
XXXV.
ON A FAVOURITE CAT, DROWNED IN A TUB OF GOLD FISHES.
'Twas on a lofty vase's side
Where China's gayest art had dyed
The azure flowers that blow,
Demurest of the tabby kind
The pensive Selima, reclined,
Gazed on the lake below.

図８　ディクソン編 ***Simpler English Poems* (1890), p.52.** より。

の長い抒情詩で（中略）、荘厳な主題・感情・文体の作」とされている。[81] 例えば、テニソン（一八〇九～九二）の代表作のひとつに、*Ode on the Death of the Duke of Wellington* (1852) があるが、ワーテルローの戦いでナポレオンに勝利した英雄ウェリントン（一七六九～一八五二）の死を悼むには、まさに「オード」の形式がふさわしいであろう。

だが、グレイが採り上げたのは Selima という名前の雌猫で、"of the tabby kind" とあるからトラかブチの類である。もともと "tabby" とは、バグダットで縞模様のある絹のタフタ織を生産した地域の名を語源とし、ここから絹のような光沢のある毛並みをもったトラネコを指すようになったとされている。[82] ここからさらにお喋りな女という意味が派生したが、Selima は "Demurest（この上なく慎み深い）" とされているのだから、決して派手な色の毛並をもった猫ではあるまい。常識的には、そういう雌猫が「オード」の主題にふさわしいと感じられるだろうか。その雌猫は、豪華な陶製の金魚鉢の縁によじ登り、水に映った己の姿をみて、満足げに喉を鳴らす。そこに現われたのは、華麗な姿で水中を舞い泳ぐ金魚である。この美味そうな小魚に食欲をそそられたのでもあろうか、彼女は手をのばして金魚を捕まえようとする。ところが彼女は、不運にも足を滑らして真っ逆さまに水中に転落してしまうのだ。それでも彼女は八回も浮き上がって助けを求める。だが誰一人として助けの手を差し伸べる者はなく、彼女は遂に溺れ死んでしまうのである。作者グレイは、雌猫の最期をこう語った後、世の美人たちに教訓を垂れる。たった一度の過ちが取り返しのつかない結果を生むこともありますし、あちこち見回しているうちに強く惹き付けられるものがあっても、それが当然あなた方の手に入るというわけではないのですよ、と。

ここには、「オード」の主題たるべき「荘厳な主題・感情」といったものを認めることはできまい。英雄ウェリントンの死と雌猫セリマの死との間には、雲泥の差がある。そうだとすれば、猫の溺死といった卑小な主題を「オード」という形式で詠うのは甚だしく均衡を失することになろう(83)。だが、そこに生まれるのが「擬英雄詩」的効果、すなわち、故意に主題とは不均衡な形式を用いて読者の笑いを誘う効果なのである。この作品についてディクソンは、大略以上のような解説を加えたに違いない。そうでなければ、漱石が“Mock-heroic poem”という書き込みを残したはずがないのである。既に述べたように、『文学論』における「不対法」の原理は、“mock-heroic poem”の原理をより一般化したものである。そして、漱石に初めてその“mock-heroic poem”なるものを教えたのは、ディクソンの英詩講義なのである。『文学評論』でポープの『ダンシアッド』を評した言葉、「『モック、ヒロイック』といふぢやう、何だか滑稽である」という言葉もまたこの延長線上にあることは、言うまでもあるまい。

要するに、漱石は学生時代からグレイの『金魚鉢で溺死した愛猫の死を弔う詩』を知っていたのだ。ところが何時の間にか漱石は作者グレイをクーパーと混同し、明治三十八年二月に『猫』（二）を『ホトトギス』に載せた際には「クーパーの金魚を偸んだ猫」と書いてしまったに違いない。その後漱石はこの間違いに気づき、明治三十九年六月の単行本第六版で「クーパー」を「グレー」に訂正したのであろう。

一言付け加えれば、「グレー」の猫は、「吾輩」の臨終に微妙な影響を与えたのかもしれない。「金魚を偸」もうとした雌猫が豪華な花瓶に落ちて死んだのに対し、ビールを舐めた「吾輩」は「大きな甕」に落ちて「不可思議の太平に入」ったから――すなわち、両者ともに水甕に落ちて水死したとされているからである。

## 10 「アンドレア、デル、サルト」の材源

「アンドレア、デル、サルト」の材源を最も早く指摘したのは、先に触れた「日本近代文学大系」第二十四巻『夏目漱石集 I』(角川書店、昭和四六)の「補注」であろう。この「補注」は、「イギリスの詩人ブラウニング(中略)の作品に『アンドレア・デル・サルト』(中略)と題する有名な作品があり、この画家が劇的独白の形式で、自らの妻に自分の画家としての欠点などを沈痛に語りかける。漱石はこの詩を読んでいて、その連想もあって、この画家の名をここに持ちだしたのであろう」としている。[84]『漱石全集』(一九九四)「注解」は何故かこの指摘に触れていないが、漱石が「この詩を読んでい」ることと自体は疑問を挟む余地がない。この作品は、漱石文庫所蔵の *The Poetical Works of Robert Browning* (2v.) (Smith, 1900) に収録されており、その「第一巻目次」を見ると、"ANDREA DEL SARTO

(CALLED 'THE FAULTLESS PAINTER')"というタイトルの前にかなり大きな×印が付けられているのである。[85]ところが漱石は、「この画家の名をここに持ちだした」にとどめて、作品の具体的内容を直接『猫』に採り入れてはいない。その理由は、この作品を検討することで自ずから明らかになろう。ブラウニングには難解な作品が多いので、[86]漱石自身も利用したと思われる *The Browning Cyclopedia* (1898)を参照しつつ、[87]『アンドレア・デル・サルト』の内容を簡単に見ておきたい。

この詩は、詩集 *Men and Women* (1885)の一編として発表されたもので、所謂「劇的独白(dramatic monologue)」の形式によって、フィレンツェ派の画家アンドレア・デル・サルト(一四八六〜一五三一)の内面を描いたものである。ブラウニングは、この題材をヴァザーリ(一五一一〜七四)の『イタリア有名画家・彫刻家・建築家伝(*Vite de' più eccellenti pittori, scultori e architettori*)』(一五五〇)から得たという。「デル・サルト」とは「洋服屋の」という意味の渾名で、彼の父が洋服屋だったことに由来する。アンドレアは幼くして画才を発揮し、一流の画家として認められるに至ったころ、ある帽子屋の妻ルクレツィアと恋に落ちる。間もなく彼女の夫が死んだので、アンドレアは彼女と結婚した。彼女は非常な美人で、アンドレアは彼女をモデルとして聖母マリアを多く描いたばかりでなく、他の女性を描くに際してもどことなく妻ルクレツィアに似せて描いたという。だが彼女は不実で嫉妬深く、また横柄な女で、夫の芸術をまったく理解しようとはしなかった。一五一六年、アンドレアの描いた「ピエタ」と「聖母マリア」とがフランスの宮廷で高い評価を得、彼はレオナルド・ダ・ヴィンチのパトロンでもあったフランソワ一世(一四九四〜一五四七)に招かれて、単身パリに赴いた。ここでアンドレアは大歓迎を受けた上に、生涯で初めて多額の報酬を得る。彼が妻の求めに応じてフィレンツェに帰った時、フランソワ一世はアンドレアが遠からずフランスに戻るという諒解の上で、多額の美術品購入資金を彼に託した。ところがアンドレアは、この金を自宅の建築に注ぎこんでしまったのである。当然彼はフランスへ戻ることができなくなって、フィレンツェで仕事を再開し、相変わらず技巧的には非の打ち所がない多くの画を描いた。ところがその後フィレンツェ共和国はドイツとスペインとの連合軍に包囲され、一五三〇年に降伏する。この包囲戦の後フィレンツェには疫病が流行し、アンドレアは妻の看護をほとんど受けることもなく、翌三一年に病死した。しかし妻ルクレツィアは、夫の死後四十年間も生き長らえたらしい。アンドレアは非常に優れた絵画的技量に恵まれていたが、高貴なるものを求めようとする内的衝動を持たなかった。ミケランジェロは、もしアンドレアがより偉大な挑戦を試みたならラファエロにも比肩し得ただろう、と述べたという。

ブラウニングは、おおよそ以上のような歴史的事実に基づき、彼自身の解釈を加えてこの画家の内面的自画像を描いたとされている。

『(欠点なき画家と呼ばれた)アンドレア・デル・サルト』というブラウニングの詩は、ある夕刻彼が妻と口論をした後、妻を宥めすかそうとしている場面から始まる。彼は、妻の手をとりつつ、彼女の「友人の友人」に代わって自分が絵筆を執り、作品の代金は君に与えよう、と悲しげに彼女に申し出る。これから五枚の絵を描くのだが、君がモデルになってくれ、とアンドレアは言う。つまりアンドレアは、金銭によって妻の歓心を買おうとしているのである。この時妻に呼びかける言葉、「幾重にもとぐろを巻いた蛇のように美しいものよ(My serpentine beauty, rounds on rounds!)」という言葉は、異様である。彼は美しい妻をうっとりと眺め、妻が自分の芸術を理解しようとしないことを憾みながら、物思いに沈んでいく――自分は、他の画家が一生をかけても出来ないような仕事でも出来るのだが、それにも拘わらず、彼らの作品には自分の作品以上に神の光が燃えている、と。また、もし妻が自分に魂を与えてくれたら、自分はラファエロの高みに上ることもできたのだが、と。また、もし妻がミケランジェロやラファエロと競い合ってほしいと自分を励ましてくれたら、彼女のためにそうすることも出来たのだが、と。だが、「動機というものは魂そのものから生まれるのだ」とアンドレアは自らを省みる。ラファエロには妻がいなかったし、ミケランジェロも独身なのである。ところが自分は、フランス王フランソワに託された資金を妻の望み通りわが家の装飾に費消してしまったので、パリから来た貴族たちと出会うのが怖ろしく、外出もできない有様なのだ。このような独白が綿々と続くうちに、アンドレアは突然妻に「君は出掛けなければならないのか」と訊ねる。家の外に、彼女の「友人」が来ているらしい気配を感じたのである。この「友人」は、また賭け事に負けて借金をしてしまったらしい。アンドレアは、この「友人」と妻との関係に薄々気づいている。それにも拘わらず、彼は妻の笑顔を見たいばかりに、気に入らない仕事でも引き受けて「友人」の借金を払ってやろうとする。ところがアンドレアの実の父母が陋巷に窮死した時、彼は援助の手を差し伸べる余裕もなかったのだ。彼がこういう思いを噛みしめていると、外で口笛が聞こえる。それを耳にしたアンドレアは言う。「またお前の従兄弟の口笛だ。行くがいい、愛する妻よ」と。主人公のこの言葉で、『アンドレア・デル・サルト』は終わる。

アンドレアの作品が「欠点もないが魂もない（faultless but soulless）」と言われたのは何故か。それは彼が「不道徳（immoral）」だったからだ、とブラウニングは示唆する。彼は情愛も知性もないルクレツィアに夢中になって、自己の魂も芸術も彼女のために放棄してしまったのだ。彼はルクレツィアが人妻だったときに彼女を恋し、結婚後は彼女が他の男を愛してもこれを咎めることもできなかった。フランソワ一世が彼に託した美術品購入資金をこの妻のために使ってしまったのは、泥棒に等しい行為である。彼は、年老いて窮乏した両親を放置した。このようなアンドレアの人間性の中に、彼が真の芸術家たり得なかった秘密がある、とブラウニングは考える。ルクレツィアは見下げはてた女ではあるが、アンドレアが大成しなかったのは彼女が原因なのではない。彼の結婚も、フランソワ一世に対する忘恩も、妻の情夫が賭け事で背負い込んだ借金を支払ってやりながら窮乏した両親を見殺しにしたのも、全てがアンドレアの人間性を語り尽くしている。アンドレアの魂を堕落させたのは彼女ではない。そもそもアンドレア自身が魂を持っていなかったのだ。『アンドレア・デル・サルト』の粗筋は、ほぼ以上のようである。[88] 一面では、いかにもヴィクトリア時代の古めかしい道徳観を反映したプロットにも見えるが、さればと言ってここに含まれる作者の思想を全面的に否定し去ることは何時の時代でも不可能だろう。

このように見れば、ブラウニングが『アンドレア・デル・サルト』に付記した「欠点なき画家」という副題は苦いアイロニーを含んでおり、従って、「不対法」に不可欠なある種の「対照」を内包してはいる。とはいえ、作品の主題そのものは、「不対法」を用いて処理するにはあまりにも深刻である。「不対法」において「対置に用ゐらるべき」要素は「其性質上非常に悲酸」あるいは「非常に厳粛」であってはならず、「少なくとも滑稽趣味に要する道徳観念の拍出を許すもの」でなければならない。ところが、『アンドレア・デル・サルト』から「道徳観念」を「抽出」してしまえば、作品そのものの意味が失われてしまう。つまりこの作品の主題は、深刻に過ぎて『猫』に採り入れる余地がないのである。そこで漱石は、作品の内容に立ち入るのを意識的に避け、技巧的には「欠点なき画家」と言われたアンドレアの一面と、「何をかいたものやら誰にも鑑定がつかない」ような画を描いている苦沙弥先生とを「対置」するにとどめて、『猫』ではこの画家にブラウニングの原作とは全く違った機能を与えたのである。無論、アンドレアが「画をかくなら何でも自然そのものを写せ」云々と言ったなどということは、ブラウニングの作品には一行も書かれていない。

　これは、漱石が『漾虚集』で多用したモンタージュの手法に比べると、はるかに単純な手法である。例えば短編『幻影の盾』では、盾そのものの原型はギリシア神話におけるアテーネーの「アイギス」であるが、この盾に北欧的雰囲気を与えて材源をカムフラージュするために、アーノルドの『バルデルの死』を利用した。次いでイメージとしての「盾」を「盾」の物語に転換する契機として、盾＝鏡を見詰める「ヰリアム」を導入したが、これはテニソンの物語詩『ランスロットとエレーン』に示唆を得ている。さらに物語を展開してそのクライマックスに導く場面では、再びアーノルドを利用した。アーノルドの『トリストラムとイスールト』から、トリストラム伝説の最も有名な場面を借りたのである。この他にも、中世的背景についてはラザフォードの『トウルバドゥール』を多く利用しているのは、岡三郎氏が指摘している通りである。この過程で漱石は、素材の痕跡をほとんどとどめないほど巧妙に全てをモンタージュし、どの材源とも異なった全く新しい作品を創りあげたのである。[89]

　ところが『アンドレア、デル、サルト』の場合、漱石はこの作品の深刻な内容に一歩たりとも立ち入ることなく、ただ「欠点なき画家」というタイトルの一部に示唆を得て、この画家の名前を利用するにとどまった。それは、欠点だらけの画を描いている苦沙弥先生と「対置」して「不対法」的効果を発揮させるためである。これに加えて、「写生」文を唱道する『ホトトギス』派を側面から揶揄するという悪戯心もあったのかもしれない。いずれにせよ、『猫』においては『アンドレア、デル、サルト』はブラウニングの原作とは全く別の機能を与えられているのだ。このようなやり方は、漱石が西欧文学を利用する際に間々見られる特徴である。これもまた「影響」の一形式には違いないが、それは外国文学の素朴な輸入ないし模倣とは程遠く、かえって漱石の独自性を際立たせることが少なくないのである。

## 11　『猫』におけるウィリアム・ジェイムズ（その一）

物語が進行するにつれて、苦沙弥先生の「臥龍窟」には様々な人物が登場するようになる。彼らはそれぞれに独自の世界に住んでいるから、「吾輩」は彼らを通して様々な世界に眼を開かれていく。金田鼻子を通しては大実業家のもつ一種の権力を、水島寒月を通しては学問の世界にしか関心がない物理学者の奇妙な生活を、「落雲館」に学ぶ生徒を通しては中学校教育における成果の一面を、八木独仙を通しては消極主義哲学の効能とそこに潜む危険とを、次々に学んでいく。無論その中には、「街鉄」の「株」が「年々高くなる許り」だとか、東郷大将が「バルチック艦隊」を迎え撃つ際の「心配」だとかいった時事的な話題も含まれている。つまり、猫の眼には、当時の社会におけるほとんどの事件が飛びこんでくるのである。それらは無論「不対法」的な手法で処理されていくのだが、それらが醸し出す笑いの質は次第に変化していくように思われる。一言で言えば、それは単純で無責任な笑いから、人間ないし社会に対する深刻な疑念を含む笑いへの変化である。『猫』において漱石がジェイムズに言及した場面や、明らかにジェイムズを利用したと思われる場面を一つの指標として、この間の事情を辿ってみよう。

その一は、『猫』(二)で登場人物がジェイムズに言及する場面と、それに続く二つの挿話である。「アンドレア、デル、サルト」事件のしばらく後、苦沙弥先生を訪れた迷亭は「去年の暮」の「不思議な経験」を語る。越智東風から「文芸上の御高話を伺ひたい」という連絡があって「朝から心待ちに待つて」いるのに、東風は中々来ない。そのうちに夕方になってしまったので、「東風が来たら待たせて置け」という気になって散歩に出かけたら、知らず識らずのうちに「土手三番町」の方に出てしまった。人通りもなく「大変淋しい感じ」がして、「暮、戦死、老衰、無常迅速」などという言葉が頭の中を「ぐるぐる駆け廻」る。ふと「首を上げて土手の上を見ると」、いつの間にか「首懸けの松」の下に来ていた。こんな名前がついたのは、「誰でも此松の下へ来ると首が縊り度なる」からである。「土手の上に松は何十本となくあるが、そら首縊りだと来て見ると必ず此松へぶら下がつて」おり、「年に二三回は屹度ぶら下がつて居る」のである。迷亭は、「うまい具合」に「往来の方へ横に出て居る」枝を見て、「ああ好い枝振りだ。あの儘にして置くのは惜しいものだ。どうかしてあすこの所へ人間を下げて見たい」と思うが、「生憎誰も来ない」。「仕方がない自分でさがらう」か、「いやく〱自分が下がつては命がない。危ないからよさう」と心の中で葛藤を繰り返すが、ここで迷亭は「昔希臘人は宴会の席で首縊りの真似をして余興を添へたと云ふ話し」を想い出す。迷亭によれば、これは、「一人が台の上へ登つて縄の結び目へ首を入れる途端に他のものが台を蹴返す。首を入れた当人は台を引かれると同時に縄をゆるめて飛び下りるといふ趣向」である。迷亭は、「果してそれが事実なら別段恐る、にも及ばん、僕も一つ試み様」と思って「枝へ手を懸け」たら、まことに「好い具合に撓」った。「撓り按排が実に美的で首がかゝってふわ〳〵する所を想像して見る」と「嬉しくて堪ら」なくなったが、「もし東風が来て待つて居」たらと考えると、「気の毒」になった。そこで、一旦家に帰り、「東風に逢つて約束通り話しをして、それから出直さう」と決めた。

ところが、迷亭が帰宅してみると東風は来ていない。その代りに、今日はよんどころない差し支えが生じて伺えなくなったので、「何れ《いず》永日御面晤《ごめんご》を期すといふ端書」がきている。迷亭は「やつと安心」し、「急ぎ足で元の所へ引き返し」てみると、「もう誰か来てぶら下つて居」たのである。「たつた一足違ひ」で「残念な事をした」というのが、迷亭の述懐である。これは、洋の東西を問わず、笑いを誘うのにしばしば用いられるアンティクライマックスの見事な応用である。

ここで、「昔希臘人は宴会の席で首縊りの真似をして余興を添へたと云ふ話し」の材源に触れておきたい。それは、トマス・ブラウン(一六〇五~八二)の『ハイドリオタフィア』(一六五八)第三章におけるごく短い文章、「……目の前で首吊りが演じられても、人々は吐き気も催さず平気で坐っていることができたのだ(…, and men could sit with quiet stomachs, while hanging was played before them.)」という文章である。(90) ここには下線その他の書き込みは一切残されておらず、漱石がこれに注目したというのは、あるいは牽強付会の説に思えるかもしれない。だが、何の変哲もないようにも見えるこの一節を漱石が看過したはずはあり得ない、と私は考える。というのは、第一に、この一節は常識を超えて残酷な内容を語っているからである。少なくとも近代においては、かかる危険な遊戯、時折死を招く遊戯が眼前で「演じられ」るとき、いかなる酔漢といえどもこれを楽しむことができるはずがあるまい。第二に、かく信じ難い内容をさらりと言ってのけたこの一節には、簡単ながら驚くべき注がつけられているからである。それは、宴席で演じられた「首縊り」とはどのようなものだったかを、具体的に解説した注である。しかもその注は、「もしこの遊戯に失敗すれば、演者は命を失って観客の嘲笑を買った（...if they failed, they lost their lives, to the laughter of their spectators.）」という残酷な内容を含んでいる。さらに念の入ったことに、その注はこの記述の典拠がアテナイオス（二世紀後半〜三世紀前半）の *Deipnosophistae* (3rd century AD) にあることまでを明らかにしているのである。[91] ここでは、ブラウンの注をそのまま和訳する代わりに、この挿話の出典として挙げられているアテナイオスの邦訳を引用しておこう。

ホメロス学者のセレウコスによると、トラキア人の中には宴会の時に「首吊り」なる遊びに興じている連中がいるという。高い所から引き結びの縄を下げ、その下に、それに乗ろうとすると転がってしまうような石を置く。それから籤を引いて、当たった者は、葡萄の枝の刈り込みに使うナイフを持って、石に乗って首を輪の中に入れる。別の者が出てきて石を動かす。石が転がって、乗っていた者がぶら下がる。この時素早くナイフで縄を切らなければ、彼は死んでしまう。ほかの者たちは、遊びの果てに死人が出たことをうち笑った。[92]

ブラウンの記述と迷亭の言葉とを比べると、ブラウンが "a rolling globe（乗ろうとすると転がってしまう球体）" と表現した部分を、迷亭が「台」と変えた等々の改変が眼につく。だが、このような細部の詮索は別としても、迷亭の趣旨はブラウンのそれとは正反対であることは一見して分かるだろう。迷亭の口ぶりでは、「希臘人」の「宴会」での「首縊りの真似」は、「別段恐る、にも及ばん」程度の「余興」だったように聞こえる。だが、『ハイドリオタフィア』の注釈もアテナイオスの記述も、この「野蛮な余興」は時に死を招くことを明らかにしている。しかも、この「余興」を楽しんだ連中は、首をロープの中に突っ込んだ者が不運にも脱出に失敗して落命するのを見て、これを嘲笑ったとまで述べるのだ。そもそもブラウンがこの「余興」に言及したのは、キリスト教以前の異教徒は人間の死を厳粛に受け止めることがなかったという実例を挙げるためである。こういう文脈からしても、漱石がブラウンの意図を誤解したはずはあり得ない。つまり漱石は、ブラウンの一節を利用するにあたって、これを原作から切り離し、悲惨かつ残酷な要素を完全に除去して、自らの文脈に取り込んだのだ。何故なら、『文学論』にある通り、「非常に悲酸なる」ものや「非常に厳粛なる」ものは「不対法」の大敵だからである。

寺田寅彦は、『フィロソフィカル・マガジン』に掲載された「絞首を力学的に論ぜるPaper」を漱石に紹介したとき、「漱石先生も大変興味を持たれて、是非読んでみたいから君の名前で借りてきてくれとご依頼になつた」という。(93) だが、この際に寅彦も気付かなかったことがあったのではないか。それは、この「Paper」の話を聞いて漱石が「大変興味を持」った理由の一つである。すなわち、このとき漱石の記憶には「希臘人」の「宴会」での「余興」について語った『ハイドリオタフィア』の一節が残されていたからだ、ということである。もし漱石がこの挿話を忘れ去っていなかったとすれば、『猫』（三）で寒月が練習する「首縊りの力学といふ脱俗超凡な（傍点原文）」演説は、『猫』（二）で迷亭が語る「昔希臘人は宴会の席で首縊りの真似をして余興を添へたと云ふ話し」の延長線上に位置していると想定せざるを得ない。逆に言えば、もし漱石が『ハイドリオタフィア』の一節に注目しなかったら、「首縊りの力学といふ脱俗超凡な」演説は現在我々が読むようなかたちでは『猫』に登場しなかったかもしれないのだ。

ここで『猫』そのものに戻ると、迷亭は死に損なった体験を自ら分析する。「今考へると（中略）其時は死神に取り着かれた」ので、「ゼームス抔に云はせると副意識下の幽冥界と僕が存在して居る現実界が一種の因果法によつて互に感応したんだらう」というわけである。

前記『漱石全集』「注解」は、ここで用いられた「副意識」について、「subconsciousness の訳語。現在では潜在意識と訳される事が多い。自覚されることなく、行動や考え方に影響を与える意識。『副意識下の幽冥界……』以下は、『宗教的経験の諸相』に述べられている」とする。ジェイムズが「副意識下」の諸問題を論じたのは『心理学大綱』においてではなく[94]、主として『宗教的経験の諸相』においてであり、この点では、「注解」の解説は妥当である。しかし、この解説にはいささか気になる点もないではない。第一に、ジェイムズが『宗教的経験の諸相』のどの部分で「subconsciousness」を用いているかを明示していないことである。少なくとも現代の用法では、この語を用いるのはきわめて稀であり、"the subconscious" とするのが普通なのである。

第二に、「幽冥界」について、「ここでは無意識の領域のことをいう」と断定したことである。語義的には、「幽冥界」とは本来死者の世界を意味するのではあるまいか。『大辞林』(三省堂)は、これを「くらやみの世界。冥土。あの世。黄泉」とのみ解している。「何でも其時は死神に取り着かれたんだね」(傍点塚本)という迷亭の言葉を手掛かりにしても、ここで「幽冥界」が「僕が存在して居る現実界」と対照的に用いられていることから考えても、この「幽冥界」は死者の世界を意味すると解するのが妥当であろう。では、「注解」は何故この場合には死者の世界ではなくて「無意識の領域のこ とをいう」としたのだろうか。それはおそらく、「注解」が『宗教的経験の諸相』は死者の世界ではなくて「無意識の領域」を扱っていることにこだわりすぎたからではあるまいか。

だが、この言葉を発したのは『宗教的経験の諸相』に強い影響をうけた漱石自身ではなく、登場人物の一人、迷亭である。この人物に作者漱石の一面が投影されているとはいえ、迷亭は「好加減な事を吹き散らして人を担ぐのを唯一の楽にして居る男」とされている。その迷亭が「ゼームス」の理論を充分に理解し、それによって自己の経験を正確に分析したのだろうか。それとも、迷亭は例によって「好加減な事を吹き散らして人を担」ごうとしたのだろうか。いずれにせよ、ここでは『宗教的経験の諸相』は普通の意味での「幽冥界」、すなわち、死者の世界を扱ってはいないことを確認するにとどめて、『宗教的経験の諸相』を一瞥することにしよう。

この大著の主題を敢えて一言で要約すれば、それは「回心(conversion)」の問題である。ジェイムズは、「宗教と神経病学」との関係から出発し[95]、この講義で扱う最広義の「宗教的な生き方」について次のように述べる。すなわち、この世界には「見えざる秩序があり、我々にとっての最高善とはその秩序と調和し、それに一致するよう自らを順応させていくことにある」と信じることの中に、最広義の「宗教的な生き方」があるのだ、と。[96]

やや脇道に逸れるが、漱石手沢本ではこの部分に漱石自身のものと思われる下線が引かれている。漱石がこの一節に注目したことは明白である。ここでジェイムズの言う「宗教的な」生き方は、漱石の考える「倫理的」生き方と無縁ではあるまい。それればかりか、ここでジェイムズが提出した「宗教的な生き方」の概念は、いわゆる「即天去私」の思想が形成されていく過程でも大きな意味をもったのではなかろうか。ジェイムズの言う「見えざる秩序（an unseen order）」とは「天」に近く、そのような「秩序と調和し、それに一致するよう自らを順応させる（harmoniously adjusting ourselves thereto）」というのは、「私」に囚われず「天」に「即する」、すなわち、「天」に「つき従う」[97]ということと、ほぼ同義ではないか。もとより「即天去私」とは、漱石が生涯をかけて獲得した知見、体験、思索等々から到達した境地を、最も簡潔に表現した言葉であろう。この表現そのものは、漱石の教養の根幹をなす「漢文学」に由来するに違いない。だが他方では、この境地に至る過程で、漱石が東西の文学書や哲学書等々から得た広大な知識がこの思想の形成に貢献した可能性を排除することは到底できないはずである。そうだとすれば、『宗教的経験の諸相』はそれらの文献の中でも最も重要なものの一つだと考えなければならないのだ。[98]

ジェイムズは、人々が世界を認識するやり方に応じて、人間の類型を大きく二種類に分類する。その一は、「健康な精神をもつ人々（the healthy-minded）」であり、その二は「病める魂をもつ人々（the sick souls）」である。前者は、幸福になるためには一度生まれるだけでよいが、後者は二度生まれなければ――つまり、生まれ変わらなければ――ならない。前者の宗教では、世界はいわば一次元的であり、そこでは人々はプラスとマイナスだけを考えて生きればよい。彼らにとっては、幸福も宗教的平安もそういう人生の「計算書（the accounts）」でプラスの中に生きることのなかにある。

これに対して、後者にとっては世界とは言わば「二階建ての神秘（a double-storied mystery）」なのである。彼らは、人生の計算書でプラスを蓄積しマイナスを減少させるだけでは、決して平安を得ることが出来ないのだ。生まれながらの善が備わっているとしても、それはきわめて不十分かつ移ろいやすいものに過ぎず、しかも、生まれながらの善が存在するとすること自体のなかに、ある種の虚偽が潜んでいる、と彼らは考える。それら全てが死によって帳消しになるとしても、だからといって最終的に善悪の平衡を回復したことにはならず、それが価値ある人生の目標となることはあり得ない。生まれながらの善をもつという意識は、むしろ我々を真の意味での善から遠ざけている。そうだとすれば、それを否定しそれに絶望することが真実に近づく第一歩となろう。そのような人々にとっては、二つの生、すなわち、生まれながらの生と「霊的な（spiritual）生」とがあるのだ。我々が霊的な生に入るためには、先ず生まれながらの生を棄てなければならない、と「病める魂をもつ人々」は考えるのである。(99)

以上はジェイムズが論じた内容の粗雑な要約に過ぎないが、かくして「病める魂をもつ人々」は「分裂した自己（the divided self）」をもつ人々でもある。ジェイムズは、「自己を断罪し罪の意識をもつというかたちで憂鬱に捉えられた」典型として、初期キリスト教における最も重要な教父、聖アウグスティヌス（三五四～四三〇）を挙げる。彼は「半ば異教徒、半ばキリスト教徒」としてカルタゴに育ち、[100] 後ローマに移り、次いで弁論術の教師としてミラノに移った。彼はまた一時マニ教を受け容れて懐疑論に傾いたが、他方ではそのような生き方に関する不安から逃れることができず、真実かつ清らかな人生を真剣に求めていた。つまり、彼の「自己」は「分裂」していたのである。

かくして彼が胸中に住む二つの心の争いに悩まされ、己の意志薄弱を恥じていたとき、彼が直接または間接に知っている多くの人々は、官能の拘束を脱して、純潔とより高き生き方とに一身を捧げようとしていた。こういう状況下で彼の苦悩は極限に達し、彼は《ひどく苦しい悔恨のうちに泣いていた》。すると《隣りの家から、男の子か女の子かは知らないが、子供の声が聞こえた。そして歌うように『取って読め、取って読め』[101] と何度も繰り返していた》。彼は《顔色を変えて、子供が何かの遊戯に、このようなことを歌うのだろうかと一生懸命に考えてみた。しかしそのような歌はどこでも聞いた覚えはなかった》。そこで彼は《溢れ出る涙を抑えて立ち上り》、これは《聖書を開いて最初に目にとまった章を読めという神の命令に他ならないと解釈した》。そこで彼は、先ほど、立ち去った場所に立ち戻り、そこに置いておいた『使徒の書』を手にとって、《最初に目に触れた章をだまって読んだ》。すると、「酒宴と酩酊、淫乱と好色、争いとねたみを捨て、主イエス・キリストを身にまといなさい」[102] という一節が目に入った。彼は《それから先は読もうとはせず、また読むにはおよばなかった。この節を読み終わると、たちまち平安の光ともいうべきもの》が彼の《心の中に満ち溢れて、疑惑の闇はすっかり消え失せたからである》。このようにして、聖アウグスティヌスにおいて、「分裂」していた「自己」は再び「統合」されたのである。[103]

分裂から統合へという変化は、アウグスティヌスの場合のように急激に起ることもあれば、トルストイの場合のように二年という期間を要することもある。[104] では、この時当人の心の中では何が起こっていたのだろうか。当人自身の意識に上らない領域、すなわち「潜在意識」の中で徐々に変化が起こり初め、それが次第に「意識」の領域に侵入し、ある時点で当人に明確に知覚されるようになったのだ、とジェイムズは考える。再びごく簡単に要約すれば、この作用の解明が第八講「分裂した自己とその統合過程」、第九講「回心」、第十講「回心——結び」の核心である。この作用を解明する過程で、ジェイムズは「潜在意識」およびそれに類する用語——すなわち、subconscious, subliminal, ultra-marginal 等——を多く用いているのである。

それらの用例の全てをここに挙げることはできないが、先ず注目したいのは、"We shall ere long hear still more remarkable illustrations of **subconsciously** maturing processes eventuating in results of which we suddenly grow conscious. ... Dr. Carpenter first, unless I am mistaken, introduced the term 'unconscious cerebration,' which has since then been a popular phrase of explanation. The facts are now known to us far more extensively than he could know them, and the adjective 'unconscious,' being for many of them almost certainly a misnomer, is better replaced by the vaguer term '**subconscious**' or '**subliminal**.'"[105] という一節である（太字は塚本）。この大意は、おおよそ、以下のようになろう。すなわち、「潜在意識の中での様々な変化が次第に大きくなって、あるとき我々が突然それを意識するという結果を生むことがあるが、そのような場合の比較的注目すべき実例をこれから紹介することにしよう。……もし私の間違いでなければ、『無意識の大脳思考作用（unconscious cerebration）』という言葉を初めて使ったのはカーペンター博士[106]だが、それ以来この言葉は様々なことを説明するのにあちこちで多用されるようになった。現在、この言葉で説明される事

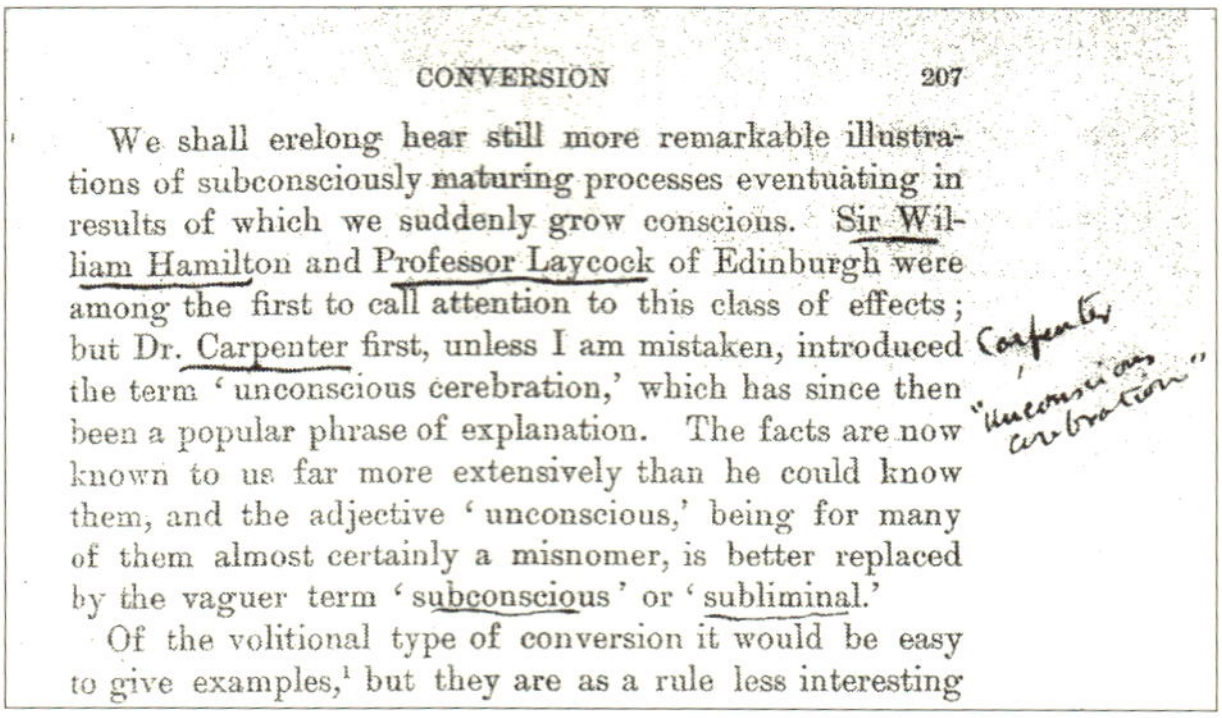
CONVERSION　　207

We shall erelong hear still more remarkable illustrations of subconsciously maturing processes eventuating in results of which we suddenly grow conscious. Sir William Hamilton and Professor Laycock of Edinburgh were among the first to call attention to this class of effects; but Dr. Carpenter first, unless I am mistaken, introduced the term 'unconscious cerebration,' which has since then been a popular phrase of explanation. The facts are now known to us far more extensively than he could know them, and the adjective 'unconscious,' being for many of them almost certainly a misnomer, is better replaced by the vaguer term 'subconscious' or 'subliminal.'

Of the volitional type of conversion it would be easy to give examples,[1] but they are as a rule less interesting



図９　*The Varieties of Religious Experience* (1902), p.207. より。

実はかつて博士が知り得なかったほどに広範囲にわたっており、『無意識の』という言葉が厳密には誤りである場合が確実に増えてきている。そこで、この言葉の代りに、より緩やかな言葉、すなわち、『潜在意識の』とか『意識下の』とかいう言葉を用いたほうがいいだろう」、といった意味である。

以上の部分を引用したのは、第一に、ジェイムズが「潜在意識」という言葉が用いられるようになった背景に触れているからであり、第二に、漱石自身手択本では、この部分の欄外に"Carpenter ノ 'Unconscious cerebration'"という書き込みが残されているからである（図９参照）。換言すれば、漱石は、ここでジェイムズが"subconscious"という用語を提案するに至った背景を垣間見たはずだからである。

ここで、この前後における"subconscious"の用例をいくつか挙げておきたい。例えば、"…all these influences may work **subconsciously** or **half unconsciously.** (p. 199.)"、"…,in which the **subconscious** effects are more abundant and often startling. (Ibid.)"、"When the new centre of personal energy has been **subconsciously** incubated… (p. 210.)"、"…**subconscious** ripening of the one and exhaustion of the other…(p. 214)"、"…what I said in my last lecture about the **subconscious** life. (p. 232.)"、"The most important consequence of having a strongly developed **ultra-marginal** life of this sort is that one's ordinary fields of consciousness are liable to incursions from it of which the subject does not guess the source, and which, therefore, take for him the form of unaccountable impulses to act or inhibitions of action,...or even of hallucinations of sight or hearing. (p.234.)"

等々が、それである（引用文中下線は漱石、太字は塚本）。

以上から明らかなように、ジェイムズでは「副意識」ないし「潜在意識」が名詞形で用いられることはほとんどなく、形容詞形あるいは副詞形で用いられる例が圧倒的に多い。その理由は、「潜在意識のなかで成熟する過程（**subconsciously** maturing processes）」とか「潜在意識が生む結果（the **subconscious** effects）」とかいうように、ジェイムズは潜在意識そのものよりも、主として潜在意識の具体的機能に注目したからであろう。

以上の実例中、最後の英文（二三四頁からの引用）がどのような文脈で語られるかについてのみ、簡単なコメントを加えておきたい。ジェイムズは、通常の「識域」を超えたところに存在する意識、すなわち、マイヤーズ（F. W. H. Myers, 1843-1901）[107]が「意識下に（subliminally）」存在するとした意識は、「催眠術に対して異常に強い被暗示性を示す被験者（unusually suggestible hypnotic subjects）」や「ヒステリー患者」において明らかに存在することが証明されたと述べ、次いで、この傾向は多かれ少なかれ普通の人々にも存在するはずだと考える。[108]それに続くのがこの引用部分で、以上の想定から導かれる最も重要な結論は、普通の人々の意識にもこのような潜在意識の侵入を受け入れようとする傾向があることだ、と続けるのである。その場合、当人はその源泉（＝潜在意識）を推測することができず、したがって、それはある行動をしたいという不可解な衝動、あるいは、ある行動を止めよという不可解な禁止令だと考え、さらには、それが幻視だとか幻聴だとか思いこむことさえある、と言う。以上が、ジェイムズの理解である。

ジェイムズにとってこれが重要なのは、聖パウロや聖アウグスティヌスの場合をはじめ、多くの宗教的体験や回心は、本質的にこれと同様な心理的機制によって説明することができると考えるからである。『宗教的経験の諸相』で採り上げられる多くの「経験」は、端的に言えば、この原理を個別的事例に応用することで解明されるのである。

ここで漱石に戻る。以上に略述したジェイムズの考えには、『文学論』第五編第二章「意識推移の原則」を想起させるものがある。例えば「吾人意識の推移は暗示法に因つて支配せらる」といった表現には、ロイド・モーガンを通してだとは言え、潜在意識による人格の支配、すなわち、右に略述したジェイムズの主張が見え隠れしているのである。

同じく『文学論』第五編第二章には、「禅に頓悟なるもの」に触れた一節がある。「其説をきくに自から悟に近《ちか》づきつゝ、自から知らず、多年修養の功、一朝機縁の熟するに逢ふて、俄然として乾坤を新たにすと。此種の現象は禅に限るにあらず。吾人の日常生活に於て多く遭遇し得るの状態ならざるべからず。（中略）只変化の至る迄内に昂騰しつゝある新意識を自覚する能はざるが故に此種の推移に逢へば之を突然と云ふ。表面は突然なり。去れど内実は次第なり。徐々の推移なり」という一節である。この説明は、「潜在意識の中での様々な変化が次第に大きくなって、あるとき我々が突然それを意識するという結果を生むことがある」というジェイムズの言葉とほとんど重なり合う。つまり漱石は、禅における悟りの過程をもジェイムズによって説明するのである。漱石は、ジェイムズの「潜在意識」理論を完全に自家薬籠中のものにしていたようである。

以上は、ジェイムズの粗雑な要約に過ぎないが、これだけでも、迷亭が述べる首吊り未遂事件の自己分析が全くのでたらめであることが分かるだろう。これもまた、迷亭が「吹き散らして」いる「好加減な事」の一例に過ぎない。つまり、迷亭の「ゼームス」への言及は、苦沙弥先生を「担」ぐために「アンドレア、デル、サルト」に関わる故事らしきものを尤もらしく語ったのと同工なのである。

だが、迷亭の首吊り未遂事件に続いて語られる寒月の入水未遂事件は、「ゼームス」の理論により忠実に構成されている。寒月は、「昨年の暮」、しかも迷亭が首を縊りそこなった事件と「同日同刻」に「不思議」な経験をした、と語る。寒月が向島のある会合に出席して帰ろうとしたとき、「某博士の夫人」に「あなたは〇〇子さんの御病気を御承知ですか」と、声をかけられた。「驚ろいて精しく様子を聞いて」みると、先日自分が彼女に「逢つた其晩」から、彼女は「急に発熱」し、「色々な譫言を絶間なく口走る」ようになったが、「其譫言のうちに」自分の名前が「時々出て来る」というのだ。医者は、「病名はわからんが、熱が劇しいので脳を犯して居るから、もし睡眠剤が思ふ様に功を奏しないと危険である」と診断したらしい。寒月はこの話を聞くや、「夢でうなされる時の様な重くるしい感じ」に捉えられ、「帰り道にも其事ばかり」考えながら、「只蹌々にして踉々といふ形ちで吾妻橋へ」来かかった。「欄干に倚つて下を見る」と、「黒い水がたまつて只動いて居る様に」みえる。そのうちに「遥かの川上の方で」自分の「名を呼ぶ声が聞える」。「気のせいに違ひない早々帰らうと思つて一足二足あるき出すと、又微かな声で遠くから」自分を呼ぶ。「三度目に呼ばれた時には欄干に捕まつて居ながら膝頭ががく〲悸へ出し」た。それが「紛れもない○○子の声」だったからである。寒月は「覚えず『はーい』と返事をした」が、そのとき寒月は「此『夜』の中に巻き込まれて、あの声の出る所へ行きたいと云ふ気がむら〲と起」こり、「とう〲欄干の上に乗」ってしまった。「今度呼んだら飛び込まうと決心して流を見詰めて居ると又憐れな声が糸の様に浮いて来」た。寒月は、「こゝだと思つて力を込めて一反飛び上がつて置いて、（中略）未練なく落ち」た、と言う。

　気がついてみると、「寒くはあるがどこにも濡れた所」はなく、「水を飲んだ様な感じもしない」。寒月は「水の中へ飛び込んだ積り」だったが、「つい間違つて橋の真中へ飛び下りた」のであり、「前と後ろの間違丈であの声の出る所へ行く事が出来なかつた」と告白するのである。

　迷亭はこの経験を評して、「ハヽヽ、是は面白い。僕の経験と善く似て居る所が奇だ。矢張りゼームス教授の材料になるね」と言う。この場合はまさしく迷亭の言う通りで、寒月の経験はジェイムズの理論によって過不足なく説明することができるのではなかろうか。「○○子」とは、寒月が「ヴィオリンが三挺とピヤノの伴奏」から成る「合奏会」で知りあった妙齢の女性らしい。少なくとも、寒月が彼女に少なからぬ関心を寄せていたことは確実である。その女性が重症になったという「某博士の夫人」の言葉は、強力な暗示となって寒月の行動を完全に支配してしまったのだ。先ほど引用したジェイムズの言葉を借りれば、「通常の『識域』を超えたところに存在する意識、すなわち、マイヤーズが『意識下に』存在するとした意識」は、「催眠術に対して異常に強い被暗示性を示す被験者」や「ヒステリー患者」において明らかに存在するばかりでなく、物理学者寒月にも確かに存在した、ということになろう。ところが、当の寒月は「その源泉を推測することができず」、「ある行動をしたいという不可解な衝動」、すなわち、「微かな声で遠くから」自分を呼んでいる人のところに行きたいという衝動に突き動かされて、吾妻橋の「欄干の上」に上ってしまったのである。

幸いにも飛び込む方向を間違えたおかげで寒月は一命をとりとめたが、ここには「副意識下の幽冥界」と寒月が「存在して居る現実界が一種の因果法によつて互に感応した」などという説明が入り込む余地はあるまい。「某博士の夫人」が話した「○○子」の病気とはまったくの作り話だったという後日談からも、このことは明白である。この挿話が「宗教的経験」とはほど遠いことは言うまでもないが、にも関わらず、ジェイムズの理論をそのまま寒月が実演してみせたかのような側面を示してもいるのだ。ただこの挿話でも、迷亭の首吊り未遂事件の場合と同じく、最後のアンティクライマックスが漱石独自の手法であることは言うまでもあるまい。

これに続く苦沙弥先生の体験談はどうか。これも「去年の暮」のことだが、苦沙弥は「細君」に「御歳暮の代りに摂津大掾を聞かして呉れろ」とせがまれたのに、いろいろな理由をもち出して「今日はよさう」と「やめにした」。翌日も同様な場面が繰り返されて、「細君は不平な顔をして引き下がつた」。そのまた「翌日」にも同じ問答が繰り返されると、「細君」は「あなたは（中略）御嫌ひかも知らないが、私に聞かせるのだから一所に行つて下すつても宜いでせう」と、「手詰の談判」に及んだ。苦沙弥は、「お前がそんなに行きたいなら行つても宜ろしい」が、「然し一世一代と云ふので大変な大入だから到底突懸けに行つたつて這入れる気遣はない」から、「残念だが今日はやめ様」、と戦法を変えた。すると「細君は凄い目付をして」夫を睨み、「あなたはあんまりだと泣く様な声を出す」。苦沙弥は遂に、「それぢや駄目でもまあ行く事に仕様。晩飯をくつて電車で行かう」と「降参」した。とたんに「細君」は、「行くなら四時迄に向へ着く様にしなくつちや行けません、そんなぐづ〳〵しては居られません」と急に元気になる。先生が、「それぢや四時を過ぎればもう駄目なんだね」と「念を押」すと、「え、駄目ですとも」と「細君」は明快に答えた。すると苦沙弥は、「不思議な事には（中略）急に悪寒がし出し」、「何だか穴の明いた風船玉の様に一度に委縮する感じが起ると思ふと、もう眼がぐら〳〵して動けなくなつた」のである。

苦沙弥は、「あ、困つた事になつた。細君が年に一度の願だから是非叶へてやりたい。（中略）是非連れて行つてやりたいがかう悪寒がして眼がくらんでは電車へ乗る所か、靴脱へ降りる事も出来ない。あ、気の毒だ〳〵と思ふと猶悪寒がして猶眼がくらんでくる」。「細君は恨めしい顔付をして、到底入らつしやれませんか」と訊く。かかりつけの「甘木先生」の往診を乞い、「一ぷくふかして居るうちに、ようやく甘木先生がやって来た。先生は患者の「舌を眺めて、手を握つて、胸を敲いて背を撫で、、目縁を引つ繰り返して、頭骸骨をさすつて」考え込んだが、「いえ格別の事も御座いますまい」と言って、「頓服と水薬」を出してくれた。

そうこうしているうちに、三時半を過ぎて四時十五分前になった。すると、それまで「何とも無かつたのに、急に嘔気を催ふして来た」。「細君」が茶碗に注いでくれた「水薬」を飲もうとすると、「胃の中からげーと云ふ者が吶喊して出てくる」。「細君」が「早く御飲みになつたら宜いでせう」と「逼る」と、「又ゲーが執念深く」邪魔をする。こういうことを繰り返しているうちに、「茶の間の柱時計がチン〳〵チン〳〵と四時を打つた」。すると、不思議なことに苦沙弥先生の「吐き気がすつかり留まつて水薬が何の苦なしに飲めた」のである。四時十分頃になると、「甘木先生」が名医であることが初めて分かった。「背中がぞく〳〵するのも、眼がぐら〳〵するのも夢の様に消えて、当分立つ事も出来まいと思つた病気が忽ち全快した」のである。

「それから歌舞伎座へ一所に行つたのかい」と迷亭が聞く。「行きたかつたが四時を過ぎちや這入れないと云ふ細君の意見なんだから仕方がないやめにしたさ。もう十五分許り早く甘木先生が来て呉れたら僕も義理が立つし、妻も満足したらうに、僅か十五分の差でね、実に残念な事をした。考へ出すとあぶない所だつたと今でも思ふのさ」というのが、苦沙弥の回答である。

ここで、「あぶない所だつた」というのは、どういう意味か。「悪寒がして猶眼がくらんでくる」のに無理に外出して、転倒し骨折するといった大事故を起こすところだった、ということなのだろうか。それとも、あぶなく「細君」のお供をして歌舞伎座まで連れ出されるところだった、ということなのだろうか。もし後者の解釈を採れば、この挿話もまたジェイムズの理論を借用したと考えざるを得ないのではないか。

苦沙弥先生が細君を歌舞伎座に連れて行ってやりたいと思ったのは、嘘ではあるまい。「細君が年に一度の願だから是非叶へてやりたい」、「細君も行きたいだらう、僕も連れて行つてやりたい」、「どうしても其希望を満足させて出掛けてやらうと云ふ気になる」等々の苦沙弥の言葉は、それなりに本心から出た言葉だろう。ただ、これは苦沙弥の「通常の『識域』」における思考から出た言葉に過ぎない。他方、苦沙弥の「意識下」にはどのような感情が蟠踞していたのか。

この場面は「征露の第二年目」、すなわち明治三十八年の正月のこととして描かれているが、「吾輩」は主人苦沙弥先生を「性の悪い牡蠣の如く書斎に吸ひ付いて、嘗て外界に向つて口を開いた事がない」と評している。「主人は門の格子がチリン、チリンチリ、、、ン」と鳴っただけで、「高利貸にでも飛び込まれた様に不安な顔付をして玄関の方を見る」。「年賀の客を受けて酒の相手をするのが厭」なのである。それなら「早くから外出でもすればよいのに夫程の勇気もない」。つまり、苦沙弥には徹底的に「牡蠣の根性」が染みついているのだ。それほどに「牡蠣的」な苦沙弥先生が、年末の公演で「大変な大入」だという歌舞伎座に足が向くはずがあろうか。先生は、「細君」に「御歳暮の代りに摂津大掾を聞かして呉れろ」とせがまれたとき、「意識下」で強い不安、いや、むしろ恐怖をさえ感じたはずである。先生が理由にならない理由を次々にもち出して一寸逃れに歌舞伎座行きを延ばしてきたのは、この故であろう。この間、先生の「意識」と「意識下」とでは壮絶な葛藤が行なわれていたに違いない。

だが、ついに先生にとって絶体絶命の時がきた。「細君」が「凄い目付をして」夫を睨みつけ、「あなたはあんまりだと泣く様な声を出」した時である。先生はとうとう「四時迄に向へ着」かなければならないことになった。先生の身体に異変が起こったのは、まさにこの時である。「急に悪寒がし出し」、さらに「眼がぐらぐらして動けなくなつた」のだ。「意識下」に蟠っていた不安が、身体的変調というかたちをとって反撃を開始したのである。ジェイムズの言葉を借りれば、それでも当人は「その源泉（＝潜在意識）を推測することができず」、甘木医師の「水薬」を飲んで出かけるつもりである。すると、「意識下」の不安がさらに追い打ちをかけた。「細君」が茶碗に注いでくれた薬を飲もうとすると、「胃の中からげーと云ふ者が吶喊して」きたのだ。先生はこの強力な拒否反応に阻まれて、「不得已茶碗を下へ置く」と、令夫人は益々いきり立って早く飲めと逼る。思い切って飲もうとすると、また「ゲー」が出てくる。ということを繰り返しているうちに、柱時計が四時を報じた。とたんに先生の吐き気は嘘のように収まり、なんの苦もなく水薬を飲むことができたのである。

これは無論、時計の音とともに先生の内面における激しい葛藤が解消したからである。そもそも、「行くなら四時迄に向へ着く様に」行かなければならないと強く主張したのは、「細君」だった。既に四時を過ぎた以上、先生がどれほど「細君」に「摂津大掾」を聞かせてやりたいと願おうとも、歌舞伎座に這入ること自体が不可能な状況になったのだ。かくして先生は「細君」への「義理」から全面的に解放されるとともに、先生の「意識下」に潜んでいた大いなる不安は雲散霧消したのである。

迷亭がこの話を聞いて、「君の様な親切な夫を持った妻君は実に仕合せだな」と言ったのは、このことを見通した上での皮肉ではなかろうか。これを聞いて、「障子の陰」で「細君」が「エヘン」と「咳払ひ」をしたのは、疑いもなく夫の心底を見透かしていたからであろう。

この挿話もまたジェイムズを利用しているのは、確実である。無論、潜在意識が人間の行動を支配するとする説を唱えたのは、ジェイムズだけではない。また、この場面と正確に対応する事例がジェイムズに見出されるわけでもない。だが他面では、迷亭の首吊り未遂事件に関してジェイムズに言及し、次いでジェイムズの理論を借用して寒月の入水未遂事件を語った漱石が、その延長線上に同じくジェイムズを利用した挿話を構想するのは、この上なく自然ではないか。さらにジェイムズも、以下に述べるように、ヒステリー患者が「潜在意識に潜む記憶」から解放される瞬間に、ヒステリー特有の兆候が消失することに注目していたのである。

ジェイムズは、「ビネー（一八五七〜一九一一）、ジャネ（一八五九〜一九四七）、ブロイアー（一八四二

〜一九二五)、フロイト(一八五六〜一九三九)」等々による「ヒステリー患者の識域下に潜む意識(the subliminal consciousness of patients with hysteria)の驚くべき研究によって、目に見えない生命(underground life)の統一的体系のすべてが解明された」と言う。これらの体系は、「意識の一次的領域(the primary fields of consciousness)の外部に隠れながら、苦痛に満ちた記憶として寄生虫のように生き続けており、様々な幻覚、肉体的苦痛、痙攣、感情や運動能力の麻痺、ヒステリー患者特有の身体的・精神的兆候の全てを次々に伴なって、一次的意識の領域に侵入してくる」のである。ところが、「暗示によって潜在意識に潜むこれらの記憶を変えてやるか、あるいは消失させてやれば、患者はたちまち全快する」とジェイムズは述べているのだ。[109]無論、苦沙弥先生はヒステリーの患者だと言うわけではない。だが、「おそらくわれわれの生命の基本的メカニズムは、人によって異なることがない(uniform)ので、ある一部の人々において著しく真実であると証明されたものは、すべての人々にある程度妥当する可能性が高く、また、少数の人々おいては異常に高い程度に妥当するのであろう」とジェイムズは考える。[110]そうだとすると、ヒステリー患者において「著しく真実である」と認められる症状が苦沙弥先生にも「ある程度」見られるのは、少しも不思議ではあるまい。苦沙弥先生の場合は、「チン〳〵チン〳〵と四時を打つ」柱時計の音が一種の「暗示」になって、「潜在意識に潜む」不安を一瞬のうちに消失させてくれたに違いないのである。

このように見てくると、『猫』(二)の半ば近くは、ジェイムズの理論、あるいは、ジェイムズを通して知った最新の心理学の知見をみごとに利用した構成になっていると考えざるを得なくなる。漱石が「ゼームス」から得た新知識は、雨水のように『猫』(二)の中に浸みこんでいるようである。

漱石は先ず、迷亭の首吊り未遂事件で『ハイドリオタフヒア』の一節から示唆を得た法螺話を迷亭に語らせ、次いで迷亭が「ゼームス」の名前を出して自己の深層心理をいい加減に分析するという場面をつけ加えた。続けて寒月の身投げ未遂体験においてもジェイムズの理論を引き合いに出したが、苦沙弥先生の告白に関してはこれがジェイムズの応用であることには一言も触れていない。だが、ジェイムズの理論に最も忠実に構成されているのは、ジェイムズの名をおくびにも出さなかった第三の挿話、すなわち、苦沙弥先生が「細君」に「御歳暮の代りに摂津大掾を聞かして呉れろ」とせがまれたことに始まる先生の不思議な体験を描いた挿話においてである。かくして『猫』（二）では、漱石は様々なやり方でジェイムズを利用し、読者を煙に巻くと同時に、それぞれに独特の滑稽感を醸し出すことによって、読者を十二分に楽しませてくれたのである。

## 12 『猫』におけるウィリアム・ジェイムズ（その二）

前記第三の挿話の場合と同じく、ジェイムズの名をまったく出すことなくジェイムズを利用した場面は、『猫』（五）にも指摘することができる。冒頭近く、ある春の夜、苦沙弥先生宅に泥棒が入った場面の一部がそれである。

迷亭と鈴木藤十郎とが苦沙弥先生宅を辞した後は、「木枯しのはたと吹き息んでしん〳〵と降る雪の夜の如く」静かになった。「吾輩」は「のそ〳〵と小供の布団の裾へ廻つて心地快く」眠りに入る。ふと気がつくと、主人はいつの間にか寝室へ来て「細君の隣に延べてある布団の中」に「潜り込んで」いる。「四隣はしんとして只聞えるものは柱時計と細君のいびきと遠方で下女の歯軋りをする音のみ」である。このとき台所の雨戸を「トン〳〵と二返許り」軽く叩く音がした。次に、「ギーと雨戸を下から上へ持ち上げる音」がした。この深夜に「案内も乞はず戸締りを外づして御光来になる」とすれば、それは「御高名丈はかねて承はつて居る泥棒陰士」にきまっている。「吾輩」はようやく主人夫婦を起してやりたいと気が付いたが、「布団の裾を啣へて振つて」みても、「冷たい鼻を頬に擦り付け」てみても、「にやー〳〵と二返許り鳴いて」みても、何の効果もない。「肝心の主人は覚める気色もないのに突然陰士の足音がし出した」のである。

以上の場面について、『漱石全集』第一巻（一九九三）「注解」は、この「盗難事件は、『漱石の思ひ出』「有難い泥棒」に詳しい証言がある」とする。『猫』（五）と夏目鏡子述『漱石の思ひ出』（以下、『思ひ出』）とを比べてみると、たしかに苦沙弥先生宅に泥棒が入った場面と鏡子が述べた言葉とが一致する場合が多い。では、両者には注目すべき差異はまったく認められないのだろうか。

鏡子は述べる。明治三十八年四月、夏目家に泥棒が入った翌朝、鏡子は添い寝をしていた「赤ちゃん」が目覚めて乳を呑むので目をさまし、周囲の異変に気がついた。「子供部屋の箪笥の抽斗があいて、中から子供の着物の赤いのがふしだらにこぼれて」いる。「おやつと思つて見ると、座敷との間が四五尺開いて」いるが、これは「寝る時たしかに閉めておいた筈」である。そこで「隣に眠つている」漱石を「揺り起し」て泥棒が入ったらしいと告げると、漱石も「びつくりして」目を覚ます。調べてみると、漱石の「シャツ」も「ヅボン下」も「帯」も、漱石のものは「一切合財ない」ことが分かった。鏡子の「普段着」も「姿を見せ」ず、「箪笥をしらべれば子供の着物があら方ない始末」である。家中を見て歩くと、「玄関」も「台所口」も開いており、「どこから入つてどこから逃げた」のかもわからなかった。「廊下の障子に舌でなめてあけた」ような「大きな穴があいて」いて、「まだ逃げて間もなかつたものと見えて、そこがぬれて」いた。

　鏡子が、泥棒は「どこから入ってどこから逃げた」のかも分らないと言うのに対し、『猫』では、泥棒は雨戸を外して侵入したことになっている等々、鏡子の『思い出』は作品中の記述と細部にいたるまで厳密に一致するわけではない。鏡子は、「郁文館中学の隣りの畑の中に、ズボン下の両方の足にいやといふ程子供の着物をつめて荷ごしらへをしたのが、丁度蛙をのんだ蛇のやうな恰好をして捨て丶」あったと述べる。これに対し、「吾輩」の眼に映ったのは、泥棒が「子供のちやん〳〵を二枚、主人のメリヤスの股引の中に押し込むと、股のあたりが丸く膨れて——青大将が蛙を飲んだ様な——或は青大将の臨月」のような「変な格好」である。

　だが、大体において鏡子の『思ひ出』は「盗難事件」の「詳しい証言」と言っていいのだろう。鏡子によれば、ほぼ一週間後、「警察の方が玄関先へ」来て、「此の間の泥棒がつかまつたから明日の朝浅草の日本堤警察署へ出頭しろ」と言った。そのとき警察官の「傍」に「若いいやにやさ男」が「懐手をして立つて」いたので、漱石も鏡子も「多分そのやさ男を刑事だらうと考へ」て、「丁寧にお時儀を致し」たという。ところが、その男は「当の泥棒君」で、「懐手をしてゐ」たのは「縛られてゐる手が出よう筈」がなかったからだ、と鏡子は回想している。[11] この部分もまた、作品中の描写とほぼ重なりあっている。『猫』（九）では、「警視庁刑事巡査吉田虎蔵」氏が「盗難品」を確認するため、逮捕した泥棒を同道して苦沙弥家を訪れた際、苦沙弥先生は「頭をさげて泥棒の方を向いて鄭寧に御辞儀をした」のである。

だが、両者の間には見逃がせない相違点もある。それは先ず、鏡子の話が漱石生前の事件を振り返って過去形で語るというかたちをとるのに対し、『猫』の叙述はいわば現在進行形で、作者が「吾輩」の眼を借りて事件の発端から時間軸に沿って刻々と変化する場面を描いていく、ということである。その典型が「廊下の障子」の話で、鏡子は「廊下の障子に舌でなめてあけた」ような「大きな穴があいて」いて、「まだ逃げて間もなかったものと見えて、そこがぬれて」いたと述べる。それに対し、『猫』では「障子の桟の三つ目が雨に濡れた様に真中丈色が変」わり、「それを透して薄紅なものが漸々濃く写つたと思ふと、紙はいつか破れて、赤い舌がぺろりと見えた」。「舌はしばしの間に暗い中に消え」、「入れ代つて何だか恐しく光るものが一つ、破れた穴の向側にあらはれる」のである。つまり「吾輩」は、映画のクローズアップを連想させるような生々しい描写を交えつつ、なるほどこれが彼の「鼓吹」する「写生文」か、と読者を唸らせる雄弁を発揮するのである。

だが読者は、「寝室の障子がスーと明いて待ち兼ねた陰士がついに眼前にあらはれた」直後に、「吾輩」が写生文から離れてやや横道に逸れたことに気づく。「吾輩は叙述の順序として、不時の珍客なる泥棒陰士其人をこの際諸君に御紹介するの栄誉を有する訳であるが、其前一寸卑見を開陳して御高慮を煩はしたい事がある」と続くからである。ここで読者は、一種の違和感を抱かざるを得ないだろう。客観的であるべき「写生文」から「卑見」の「開陳」、すなわち、「吾輩」自身の主張に移るからである。当然ながら、鏡子の『思ひ出』には如何なる意味でも「吾輩」の「卑見」に対応する部分を見いだすことはできない。

「吾輩」の意見は、少なくとも出発点では、きわめて単純である。それは第一に、「古来の神は全知全能と崇められて」おり、ことに「耶蘇教の神は二十世紀の今日迄」も「全知全能の面を被つて居る」が、「俗人の考ふる全知全能は、時によると無智無能とも解釈」できる、ということである。第二に、「かう云ふのは明かにパラドックス」だが、「此パラドックスを道破した者は天地開闢以来吾輩のみであらう」ということである。

「吾輩」によれば、人間は人間自身について「数千年来の観察を積んで大に玄妙不思議がると同時に、益々神の全知全能を承認する様に傾いた事実がある」。人間はそこら中に「うぢやうぢや居るが同じ顔をして居る者は世界中に一人も居ない。顔の道具は無論極つて居る、大さも大概は似たり寄つたりである。換言すれば彼等は皆同じ材料から作り上げられて居る」、それなのに「一人も同じ結果に出来上つて居らん」のだ。「余程独創的な想像力がないとこんな変化は出来ん」のである。とすると、「人間の製造を一手で受負つた神の手際は格別なものと驚嘆せざるを得ない」。これは「到底人間社会に於て目撃し得ざる底の技倆である」から、「是を全能的技倆と云つても差し支ないだらう」。そこで、「人間は此点に於て大に神に恐入つて居る様である」、と「吾輩」は見る。

かくして「吾輩」は、人間の顔が千差万別であることは認める。だが同時に、これを神が全能たることの証明だとする人間どもの見解に、異議を提出するのだ。「猫の立場から云ふと同一の事実が却つて無能力を証明して居る共解釈が出来る」からである。少なくとも「人間以上の能力は決してない者」だとも考えられるからである。「神が人間の数だけ其丈多くの顔を製造した」のは、「当初から胸中に成算があつて斯程の変化を示したものか、又は猫も杓子も同じ顔に作らうと思つてやりかけて見たが、到底旨く行かなくて（中略）此乱雑な状態に陥つたものか、分らんではないか」と、「吾輩」は問いかける。「ラファエルに寸分違はぬ聖母の像を二枚かけと注文するのは、全然似寄らぬマドンナを双幅に見ろと逼ると同じく、ラファエルに取つては迷惑であらう」、と「吾輩」は言うのだ。

これは、「寝室の障子をあけて敷居の上にぬつと現はれた泥棒陰子を瞥見した」とき、「自然と胸中に湧き出た」「感想」である。ところが、「吾輩の眼前に悠然とあらはれた陰子の顔」は、「吾輩」の先入主を一挙に打ち砕いてしまう。「彼の眉目」が主人苦沙弥先生の愛弟子寒月に「瓜二つ」の「好男子」だったからである。「吾輩」はそれまで、泥棒とは「小鼻の左右に展開した、一銭銅貨位の眼をつけた、毬栗頭にきまつている」と思い込んでいたが、この泥棒は「脊のすらりとした、色の浅黒い一の字眉の意気で立派な泥棒」だったのだ。「年は二十六七歳」、それすら寒月の「写生」である。その寒月に大実業家金田氏の娘富子嬢が恋着していると「吾輩」は聞いていたが、この泥棒も、「人相」に関する限り、富子嬢に対する「引力上の作用に於て決して寒月君に一歩も譲らない」はずである。万一、寒月が迷亭の「説法に動かされて、此千古の良縁が破れる」といった事態になっても、「此陰子が健在であるうちは大丈夫」と「吾輩」は考えて、「やつと安心」した。そこで「吾輩」は、再び独特の「写生文」を駆使して泥棒の一挙手一投足を追い続けることになる。

繰り返すが、鏡子の『思ひ出』と『猫』の叙述との最も重要な相違点は、前者には右に述べた「吾輩」の「卑見」に類する言葉が皆無だ、ということである。これを逆に言えば、「吾輩」の意見は漱石と鏡子とが共有した体験ではなく、漱石個人の知見から紡ぎ出されたものに違いない、ということになろう。では、人間の顔が無限の多様性をもつことが神の全能の証左であるというのは、漱石独自の考えなのだろうか。それとも、漱石はどこかでこのような主張に接していたのだろうか。

　漱石は、ジェイムズを通してその種の論法に接していたのである。ジェイムズは、『宗教的経験の諸相』第二十講「いくつかの結論」で、そのような論法を展開した神学者を批判しているのだ。この最終講で、ジェイムズは先ず、『宗教的経験の諸相』で扱ってきた最広義の宗教的生活の特徴は次

Summing up in the broadest possible way the characteristics of the religious life, as we have found them, it includes the following beliefs: —

1. That the visible world is part of a more spiritual universe from which it draws its chief significance;

2. That union or harmonious relation with that higher universe is our true end;

3. That prayer or inner communion with the spirit thereof — be that spirit 'God' or 'law' — is a process wherein work is really done, and spiritual energy flows in and produces effects, psychological or material, within the phenomenal world.

Religion includes also the following psychological characteristics: —

4. A new zest which adds itself like a gift to life, and takes the form either of lyrical enchantment or of appeal to earnestness and heroism.

5. An assurance of safety and a temper of peace, and, in relation to others, a preponderance of loving affections.

図10　***The Varieties of Religious Experience* (1902), pp.485-486.** より。原文は２ページにわたっているが、ここでは便宜上１ページにまとめた。

のような信念を含んでいるとし、それらを五項目に整理する。漱石手沢本ではこの部分の欄外に縦線が引かれている[112](図10参照)。この五項目は、『諸相』全体の「結論」だから、当然既に述べたことと重複するわけだが、漱石との関連で看過し得ない第一項および第二項についてのみ、簡単に再説しておきたい。

　その一は、「我々の眼に見える世界(the visible world)」は「より霊的な宇宙の一部(part of a more spiritual universe)」であって、この霊的な宇宙から可視的な宇宙は主たる意義(its chief significance)を得ている、ということである。その二は、「より高きこの宇宙との合一、あるいはこの宇宙と調和的な関係をもつこと(union or harmonious relation with that higher universe)」が、「われわれの真の目的(our true end)」だということである。このような出発点から、ジェイムズは驚くべき立場に進んでいく。それは、「神は実在するのか、神はどのようなかたちで存在するのか、神とは何かといった問いかけ」は、宗教とは「無関係(irrelevant)」だとする立場である。[113] かくしてジェイムズは、「結局、宗教の目的は神ではなくて生き方であり、より多くの生命であり、より広大で、より豊かで、より多くの満足を得る人生なのだ(Not God, but life; more life, a larger, richer, more satisfying life, is in the last analysis, the end of religion.)」と断言するのだ。[114] 繰り返しになるが、「より霊的」で「より高き宇宙」との「合一」、あるいは、その「宇宙と調和的な関係をもつ」ことが「われわれの真の目的」だとするジェイムズの思想は、漱石における「則天去私」の形成と無関係ではあり得ないのではないか。

ジェイムズは、このような思想に到達する過程で、「宗教の科学(the science of religion)[115]」といったものを求めようとする客観主義的な傾向をはじめ、従来の「自然神学」的な主張を悉く退ける。これらの反論の多くは脚注のなかに記されているが、それはおそらくジェイムズが本文に組み入れるだけの意味を認めなかったからであろう。とはいえ、この脚注で批判の対象になっている様々な学説なるものに眼を通していくと、漱石の読者には少なからず興味をそそられる部分がある。一例を挙げれば、フランスの心理学者リボー(一八三九〜一九一六)に対する批判である。リボーは「『文学論』の理論的基礎を決定するのに重要な役割を果たした」とされているが、[116] 進化論的な立場に立つ彼の宗教観、すなわち、「合理的・知的要素(the rational intellectual element)」の影響力が増大するにつれて「宗教の蒸発(the evaporation of religion)」が起るだろうとする説は、ジェイムズの批判の対象となった。[117] いわんや、

「われわれの祖父たちの知性を満足させた自然神学(natural theology)の書物は、われわれには全くグロテスク(grotesque)だと思われる」とジェイムズは明言する。[118] ここで「グロテスク」とは、無論、「荒唐無稽な」といった意味である。その「グロテスク」なるものの一つが、「十八世紀には非常に人気があった Derham's Physico-theology」である。[119] そしてこの「デラムの神学」が、「吾輩」が初めて「泥棒陰子を瞥見した」ときに抱いた「感想」、少なくともその主要部分に重要な示唆を与えたと思われるのである。

ここで、神学者「デラム」および彼の "Physico-theology" なるものを一瞥しておこう。「デラム博士」すなわち William Derham (1657-1735) は、イギリス国教会の聖職者で、一六七九年にオックスフォード大学を卒業、一七一四年に皇太子(後のジョージ二世)付き牧師に任じられ、一七三〇年には母校オックスフォード大学から神学博士(D. D.)の学位を授与された。その他の彼の経歴からしても、デラムの思想は同時代における中道派に属すると思われる。[120] 大衆の人気を博する思想は、後世にはいかに「グロテスク」に見えようとも、同時代においては中道派に属する場合が多いのであろうか。

では、デラム博士の "Physico-theology" とはどのような「神学」なのか。現在わが国で利用されているほとんどの英和辞典は、この語を見出し語に採っていないようである。[121] ただ『オックスフォード英語辞典』(一九八九)は、この語を「自然界における様々な事実、および自然界に見いだされる神の計画のさまざまな形跡を根拠とする神学。自然神学(A theology founded upon the facts of nature, and the evidences of design there found; natural theology)」としている。この語の初出は一七一二年、最後の用例は一八五五年で、現在ではこの語はおそらく死語になっているのであろう。また、初出の用例は、"Derham (title) Physico-Theology: or, a Demonstration of the Being and Attributes of God from His Works of Creation." となっている。つまり、デラムが一七一二年に出版した『天地創造の業から神の存在および属性を証明する書』という副題をもつ出版物の「書名」として "Physico-Theology" を用いた、ということであろう。これがこの語の初出だとすれば、これはデラムの造語なのであろうか。

　そうだとすれば、"Physico-theology" をそのまま "natural theology" と言い換えてしまうと、多少の問題が残るかもしれない。何故なら、「自然神学」とは「啓示によることなく、人間の理性のみによって得ることができるところの、神に関する知識の総体 (The body of knowledge about God which may be obtained by human reason alone without the aid of Revelation)」であり、この意味で「啓示神学（'Revealed Theology'）」と対立する立場にある神学の総称だからである。[122]「自然神学」の基本的根拠は、「ローマの信徒への手紙」第一章第一八節以下、すなわち、「不義によって真理の働きを妨げる人間のあらゆる不信心と不義に対して、神は天から怒りを現されます。なぜなら、神について知り得る事柄は、彼らにも明らかだからです。神がそれを示されたのです。世界が造られたときから、目に見えない神の性質、つまり神の永遠の力と神性は被造物に現れており、これを通して神を知ることができます（傍点塚本）」以下にあるとされる。[123] "Physico-theology" が長く複雑な歴史をもつ「自然神学」の系列に属することは明らかであり、そうだとすれば、"Physico-theology" は「自然神学」のいわばデラム博士版と考えるのが妥当ではないか。

　桝田啓三郎訳『宗教的経験の諸相』（下）（岩波文庫）はこれを『物理神学』と訳したが（三四九頁）、この訳語にはやはりある種の違和感をもたざるを得ない。ジェイムズのデラム批判は、人間の多様な身体的特徴は神の全能の証明だという主張に向けられているからである。そもそも"physico-"とは"physical"の「連結形(combining form)」で、「自然の、身体の、物理の」等々といった意味の全てを含む。これらの語義は、日本人の感覚からすれば相互に無関係に近いと思われるかもしれないが、キリスト教徒の立場からすればそうではない。天地山川をはじめ人間や動植物等々の一切はいずれも神の被造物(the Creature)であるという意味で、一括して造物主(the Creator)と対立的に捉えられるのである。デラム博士は、「被造物としての自然の一部である人間の身体を根拠とした(神学)」といった意味で、"physico-"を用いたのであろう。だが「人間神学」または「身体神学」とすれば日本語としてはほとんど意味不明になる。そうだとすれば、訳語としてはやはり「自然神学」あたりが無難なのではないか。

デラムはアマチュア科学者でもあり哲学者でもあって、ニュートン(一六四二~一七二七)やハレー彗星の発見者エドマンド・ハレー(一六五六~一七四二)等とも交流があり、一七〇三年には英国学士院の会員に選出された。デラムはまた、一七一一年から一二年にかけて、「ボイル講義」を担当する。この講義は、「ボイルの法則」の発見者として有名なロバート・W・ボイル(一六二七~一六九一)が拠出した基金によって彼の死後一六九二年に始まり、以後毎年のように連続して行われた一種の公開講義である。二十世紀に入ってからは何回か長期にわたって中断されたものの、二〇〇四年には復活して現在に至っているようである。デラムが講師に選ばれたのは、この有名な講義を担当するにふさわしい有識者だと評価されたからであろう。彼の目的は、次第に影響力を増していた「様々な反キリスト教的哲学(anti-Christian philosophies)」に対し、自然科学を利用してこれを論駁することだった。この講義をまとめたのが、彼の主著 *Physico-Theology, or A Demonstration of the Being and Attributes of God, from His Works of Creation.* である。[124] これは、初版後イギリスで数版を重ねたばかりでなく、イタリア語、フランス語、オランダ語にも翻訳されて、一時はヨーロッパ大陸の一部でも広く読まれたという。[125]

ジェイムズがデラムから引用した文章はかなりの長文だが、「吾輩」の「卑見」と直接重なり合うのは以下の部分である。すなわち、「もし人間の身体が神不在の計画によって造られていたら、あるいは、無限の能力をもつこの世界の造物主の大計画以外のやり方によって造られていたら、かかる賢明な多様性は決して存在しなかったであろう。人間の顔は同一の鋳型か、せいぜい大した違いのない鋳型で鋳造されたようになっていたであろう。人間の言語器官も同じような音を出すか、あるいは、これほど多様な音声を発することはなかったであろう。筋肉や神経は誰でも同じ構造になっていて、人間の手は同じような筆跡しか残せなかったであろう。かかる事態になっていたら、この世界はいかなる混乱の中に、いかなる紛争の中に、いかなる災害の中に、置かれていただろうか――しかもそれが無限に続いていくのである」といった部分である。同様な論理は、一身の「安全」、「所有物」の確実性、「正義」、「善悪」、「敵味方」、「父子」、「夫婦」、「男女」等々についても延々と繰り返され、「明るいところでは誰の顔でも見分けられ、暗いところでは誰の声でも聞き分けられ、本人が不在であってもその筆跡が本人を立証する」という事態が、すべての社会秩序の基礎になるのだ、とデラムは力説する。かくして彼は、人間の多様性こそ、「神が高きに在ってこの世界を主宰し、管理し給うことの証拠であり、驚嘆すべき、明白なる証拠である」と結論するのである。[126]

漱石は、ジェイムズの「デラム博士」批判を通してデラムの主張を知り、これを一部「吾輩」の「卑見」で利用したのだ。人間は「皆同じ材料から作り上げられて居る、同じ材料で出来て居るにも関らず一人も同じ結果に出来上がつては居らん。よくまああれ丈の簡単な材料でかく迄異様な顔を思ひ就いた者だ思ふと、製造家の技倆に感服せざるを得ない」と「吾輩」は言い、「人間は此点に於て大に恐れ入つて居る様である」と付け加える。神の「技倆に感服」し「大に恐れ入つて居る」人間の代表者が、まさにデラム博士なのである。「吾輩」は「同一の事実が却つて神の無能力を証明している」という解釈に傾いていたのだが、苦沙弥先生宅に侵入した「泥棒陰士」が先生の愛弟子寒月に瓜二つであるのを目の当りにして、己の不明を恥じたのだ。

ここで「吾輩」は、デラム博士の学説を裏付ける現実を目の当りにして、蒙を啓かれたのであろう。とすると、苦沙弥先生の周辺に限られていた『猫』の世界は、それだけ拡大したかに見えるかもしれない。そうだとしても、漱石が「吾輩」と同じ意見を持ったはずはない。漱石は、鏡子が「若いやにやさ男」と見た泥棒を寒月と「瓜二つ」とすることで、ジェイムズが批判した事例に大胆な「不対法」的な捻りを加えて読者の笑いを誘ったが、その際あえてジェイムズに言及しなかっただけなのである。

付言すれば、漱石手沢本では、この部分に下線や書き込みはまったく残されていない。漱石手沢本に残された下線の意味は、一様ではないようである。小説、特に長編小説では登場人物に下線が引かれていることが多いが、これは多くの登場人物を混同しないようにするための一手段だったのであろう。また、ジェイムズその他の理論的著作における下線は、漱石独自の「心理的」あるいは

「社会的」文学研究、すなわち、「根本的に文学とは如何なるものぞと云へる問題を解釈」するに資すると考えられた部分に、主として引かれたようである。右に挙げたデラム博士の主張や、トラキア人の首吊りに言及した『ハイドリオタフヒア』の一節に下線・傍線等々が残されていないのは、漱石の目指した文学研究に関する限り、それらの部分には積極的意義を見出さなかったからではないか。だがその種の記述にも、漱石の好奇心を著しく刺激したり、あるいは強い関心を惹いたりしたものが多々あったに違いない。それらの知識は、『文学論』その他で活用する機会もないままに、漱石の記憶に蓄えられていたはずである。そして、この種のおびただしい知見は、『猫』のように奇想天外な言説が自由に飛び交う言語空間で、連想の糸につながって次々に姿を顕わしたのではないか。また例えば、『漾虚集』における夢幻的な世界でも、堰を切ったように溢れ出てきたのではないか。そして、それらの源泉の解明は、未だに充分に行われていないところが多いのではないか。

## 13　『猫』におけるウィリアム・ジェイムズ（その三）

前節で挙げた例は、疑いもなく、ジェイムズの名を出さずにジェイムズの記述を利用したものである。だが、厳密に言えば、これはジェイムズが批判した自然神学の一派を利用したに過ぎず、ジェイムズその人の考えを利用したわけではない。しかし、以下に挙げる例は、ジェイムズの主張そのものに示唆を得たと思われる。

『猫』(九)では、「痘痕面《あばた》」の「主人」が鏡を見ながら「満腔の熱誠を以て髯を調練して」いるところに、「御三」が「郵便」をもってくる。いずれも封書で、その一は「活版ずり」で、「日露の戦役」はわが国の勝利に終わり、「軍隊の凱旋は本月を以て殆んど終了」するので、「本区民一般を代表し以て一大凱旋祝賀会を開催し兼て軍人遺族を慰藉せんが為め」に「義捐あらんことを只管《ひたすら》希望」するという趣旨である。「差し出し人は華族様」なのに、「主人は黙読一過の後直ちに封の中へ巻き納めて知らん顔」をしている。

その二も「活版」で、「本校」では「二三野心家の為め」に様々な混乱が生じたが、自分は「臥薪嘗胆」の結果「漸く茲に独力以て我が理想に適するだけの校舎新築費を得る」方策を「講じ」た、と始まる。その方策とは、「不肖針作」が「真に肉を裂き血を絞るの思を為して著述」した「別冊裁縫秘術綱要」を「普く一般の家庭へ製本実費に些少の利潤を附して御購求を願ひ一面斯道発達の一助となすと同時に又一面には僅少の利潤を蓄積して校舎建築費に当」てることであり、ついては新著「一部を御購求」の上「御侍女の方へなりとも御分与」していただきたいという「鄭重なる書面」である。差出人は「大日本女子裁縫最高等大学院／校長　縫田針作　九拝」となっているが、主人はこれも「冷淡に丸めてぽんと屑籠の中へ抛り込」む。

以上の二通は、言うまでもなく「不対法」的な筆法で処理されている。漱石は明治二十六年七月帝国大学文科大学を卒業して直ちに帝国大学大学院に入ったが、「縫田針作」先生が校長をつとめるのは「最高等大学院」だから、これは普通の「大学院」をはるかに超えた高度な内容を誇っているのであろう。

第三の手紙は、封筒からして「頗る風変りの光彩を放つて居る」。「状袋が紅白のだんだら」で、その「真中に珍野苦沙弥先生虎皮下と八分体で肉太に認めてある」。その本文は以下の通りで、「華族様」や「縫田針作」氏の書簡とは違って、容易には要約することができない。


若し我を以て天地を律すれば一口にして西江の水を吸ひつくすべく、若し天地を以て我を律すれば我は即ち陌上の塵のみ。すべからく道へ、天地と我と偬麼の交渉かある。……始めて海鼠を食ひ出せる人は其胆力に於て敬すべく、始めて河豚を喫せる漢は其勇気に於て重んずべし。海鼠を食へるものは親鸞の再来にして、河豚を喫せるものは日蓮の分身なり。苦沙弥先生の如きに至つては只干瓢の酢味噌を知るのみ。干瓢の酢味噌を食つて天下の士たるものは、われ未だ之を見ず。……

親友も汝を売るべし。父母も汝に私あるべし。愛人も汝を棄つべし。富貴は固より頼み難かるべし。爵禄は一朝にして失ふべし。汝の頭中に秘蔵する学問には黴が生えるべし。汝何を恃まんとするか。天地の裡に何をたのまんとするか。神？　神は人間が苦しまぎれに捏造せる土偶のみ。人間のせつな糞の凝結せる臭骸のみ。恃むまじきを恃んで安しと云ふ。咄々、酔漢漫りに胡乱の言辞を弄して、蹣跚として墓に向ふ。油尽きて燈自ら滅す。業尽きて何をか遺す。苦沙弥先生よろしく御茶でも上がれ。……

人を人と思はざれば畏る、所なし。人を人と思はざるものが、吾を吾と思はざる世を憤るは如何。

権貴栄達の士は人を人と思はざるに於て得たるが如し。只他の吾を吾と思はぬ時に於て怫然として色を作す。任意に色を作し来れ。馬鹿野郎。……
吾の人を人と思ふとき、他の吾を吾と思はぬ時、不平家は発作的に天降る。此発作的活動を名づけて革命といふ。革命は不平家の所為にあらず。権貴栄達の士が好んで産する所なり。朝鮮に人参多し先生何が故に服せざる。

在巣鴨　天道公平　再拝

「吾輩」は、この手紙を「寄附金の依頼ではないが其代り頗る分りにくく」いと断じ、「どこの雑誌へ出しても没書になる価値は充分あるのだから、頭脳の不透明」な主人は「必ず寸断々々に引き裂いて仕舞ふだらう」と思う。ところが主人は「打ち返しく〵読み直した」あげく、「中々意味深長だ。何でも余程哲理を研究した人に違ない。天晴な見識だ」と絶賛したのだ。この手紙に対する「吾輩」の評価と主人のそれとは著しい対照をなしているが、「吾輩」は自分の評価によほど自信があるらしく、「凡そ天地の間にわからんものは沢山あるが意味をつけてつかないものは一つもない」とか、「烏が白くて小町が醜婦で苦沙弥先生が君子でも通らん事はない」等々と、主人の反応を散々に貶しまくる。

一読した限りでは、どうやら「吾輩」に分があるように思える。例えば、「始めて海鼠を食ひ出せる人は其胆力に於て敬す」べきだとしても、「海鼠を食へるものは親鸞の再来」だという断定は如何なものであろうか。親鸞以前には、人類は海鼠を口にしなかったのであろうか。細部を検討していくと疑問が生じるところが少なくない。全体として、「意味深長」というよりは、意味不明に近いとも言えそうである。

だがその後、「翻つて考へて見ると聊か尤もな点もある」と「吾輩」は思い直す。「主人は何に寄らずわからぬものを難有がる癖を有して居る」が、「是はあながち主人に限つた事でもなからう」と、「主人」に対してもいささかの同情を示す。そもそも「分らぬ所には馬鹿にできないものが潜伏して、測るべからざる辺には何だか気高い心持が起るもの」なのである。だから「俗人はわからぬことをわかつた様に吹聴するにも係らず、学者はわかつたことをわからぬ様に講釈する」。それは「道家で道徳経を尊敬し、儒家で易経を尊敬し、禅家で臨済録を尊敬する」ようなものである。「わからんものをわかつた積りで尊敬するのは昔から愉快なもの」なのだ。これはかなり激しい八つ当たりのようにも見えるが、まったくの見当違いとも言えまい。いずれにせよ、一応は尊敬の対象になっている「学者」、「道家」、「儒家」、「禅家」等々を一挙に高みから引きずり下ろしてしまうという点で、このあたりも「不対法」的な手法の応用と言えるだろう。

だが、誰が読んでもこの手紙は「頗る分りにくく」いと言わざるを得まい。冒頭に禅語らしき表現を交えた難解な文章が出現すると、その直後に「海鼠」とか「河豚」とかいった食材、それも思慮深い人間なら軽々しくは口にしないような食材に移り、このような珍味を味わう気概に欠ける苦沙弥先生は「天下の士」ではない、と決めつけているようである。続けて、「親友も汝を売るべし」以下は人間の世界がいかに不安定なものかを述べているかの如くだが、特に「汝の頭中に秘蔵する学問には黴が生えるべし」という恐るべき警告は、「サントブーヴだつて俺だつて同じ位な学者だ」と自認する先生に少なからぬ不安を与えたに違いない。この手紙は、さらに「人を人と思はざる」「権貴栄達の士」が「吾を吾と思はぬ時に於て怫然として」怒りを発する事態が、「発作的」に「革命」が起こる契機なのだと言っているらしい。だが、そのような「権貴栄達の士」と「発作的に天降る」「不平家」とはどんな関係にあるのか。文脈から判断すれば両者は同じものを指すとも読めるが、他方では「革命は不平家の所為にあらず」とも述べている。このような迷路に読者を誘い込んだまま、この手紙は一転して、苦沙弥先生に朝鮮人参の服用を薦めて終わる。朝鮮人参は古来強壮剤として、また健胃薬として著効ありとされているのだから、天道公平なる人物は「年来の胃弱」に悩む苦沙弥先生によき忠告を試みたのだと解することさえ、不可能ではないかもしれない。要するに、部分的には尤もだと思われる箇所も多いが、全体としては雲を掴むようにとりとめのない文章だと言わざるを得ないのである。

私は、この書簡を初めて読んだとき、心の底から大笑いをしたが、同時に、これは一種の名文ではないかとも思い、また、支離滅裂な名文ともいうべきこの不思議な文章を草することができるのは、漱石を措いて他に誰もいないだろう、とも思った。約言すれば、「天道公平」の書簡は、他に類を見ない漱石独自の才能の所産だと思った。だがその後『英文学形式論』を再読した際に、その一部がこの書簡と密接不可分な関わりがあるのではないか、と考え直したのである。

『英文学形式論』は、漱石が帝国大学文科大学講師として初めて行なった講義を皆川正禧(一八七八〜一九五五)が整理・復元したもので、『英文学形式論』という表題も皆川の命名とされている。皆川がこの表題を撰んだ理由は、この講義が「文学」を「形式(Form)」と「内容(Matter)」とに大別し、「形式」について論じただけで終わっているからである。内容的には、「ＩのＡ　智力的要求を満足さする形式」、「ＩのＢ　雑のもの」、「ＩのＣ　歴史的趣味より来る形式」という具合に進んでいくが、読者は早くも「ＩのＡ　智力的要求を満足さする形式」のなかで「形式があつて思想はない」という奇妙な文章に遭遇する。『英文学形式論』は、「此種の文例は至つて稀である」とことわった上で、「心理学者のジェームス（James）の見出した例（傍線原文）」をあげる。その英文は、以下の通りである。

The flow of the efferent fluids of all these vessels from their outlets at the terminal loop of each culminate link on the surface of the nuclear organism is continuous as their respective atmospheric fruitage up to the altitudinal limit of their expansibility, whence, when atmosphered by like but coalescing essences from higher altitudes, — those sensibly expressed as the essential qualities of external forms, — they descend, and become assimilated by the afferents of nuclear organism.

『英文学形式論』は、これを「全く無意味の文である。形式があつて思想はない。その形式ある為めに、幾分智力《インテレクト》に満足を与へるのみである」と評している。何となくもの足りない解説だという感じもするので、漱石の講筵に列した金子健二（一八八〇〜一九六二）の『聴講ノート』を参照すると、この部分は「此文ヲ読ムニ form ハ充分ナル満足ヲ与フレドモ idea ガ毫モ満足ヲ与ヘズ何トナレバ idea 其物ガ既ニ不明ナレバナリ」となっている。[127] 皆川の解説と金子の記録とを比べてみると、「form」に関する限り、両者の間に少なからぬ距離がある。だが、この「文」の内容に関しては、両者はほとんど同一のことを述べていると考えてよかろう。皆川は「全く無意味」あるいは「思想はない」とし、金子は「idea 其物ガ既ニ不明」だと述べているからである。ここで、なるほど、と私は思った。天道公平の書簡が「頗る分りにく」いのは、これがまさしく「全く無意味の文」だからであり、「idea 其物ガ既ニ不明」だからではないのか、と。

では漱石は、ジェイムズの挙げた例文の「form」については、皆川が述べたとおり、「その形式ある為めに、幾分智力に満足を与へるのみ」だと評したのだろうか。それとも、金子が記しているように、「此文ヲ読ムニ form ハ充分ナル満足ヲ与」えると述べたのだろうか。これについて正確な判断を下す手掛かりは見出すことができないが、私にはジェイムズが引用した英文は難解な術語らしきものを連ねただけの無味乾燥な文章に過ぎないように見える。

ところが、公平の書簡は全体として意味不明であるにも関わらず、不思議な魅力を発散していることは否定し難いのである。それは、この書簡が深遠な禅語らしきものを自由に駆使し、中国の故事とも思われる事例にも言及しつつ、全体を通して朗々誦すべきものがあると思われるから、要するに、ある種の「form」を具えているからである。そうだとすると、ジェイムズの挙げた「文例」を漱石がどのように評価したかには関わりなく、天道公平の書簡そのものは、「idea 其物ガ既ニ不明」であるにも関わらず「form ハ充分ナル満足ヲ与」えるという条件をも具備した「至つて稀」な「文例」なのではあるまいか。

おそらく苦沙弥先生は、その「form」に「充分ナル満足ヲ」を与えられたので、軽率にもそこに「idea」もあるはずだと思い込んだのであろう。さらに先生は、もともと無いものを無理に見つけ出そうと努めた挙句、そこに深い「哲理」と「天晴な見識」とが潜んでいると錯覚したのであろう。つまり苦沙弥先生は、公平の書簡がもつ見事な「form」に誑かされて、二重の錯誤を冒したのであろう。そう考えると、「凡そ天地の間にわからんものは沢山あるが意味をつけてつかないものは一つもない」という「吾輩」の批評は、疑いもなく肯綮に当たっているようである。

そうだとすれば漱石は、彼独自の視点から、「form ハ充分ナル満足ヲ与フレドモ idea ガ毫モ満足ヲ与ヘズ」という世にも珍しい文章を創りあげたことになる。そればかりでなく、その文章を活用して、苦沙弥先生の錯誤に続く珍妙な場面を描きあげるという困難な作業に成功したことにもなる。それは無論、漱石の稀に見る奇才がもたらした成果ではあるが、他面では「心理学者のジェームス（中略）の見出した例」に触発された結果でもある。もし漱石がこの「至つて稀」な「文例」に一種の感銘を受けなかったら、『猫』の中でも最も滑稽かつ重要なこの挿話が語られることはなかったのではなかろうか。

だが、普通の読者なら苦笑してさらりと通り過ぎてしまうような「文例」にこだわるのが、漱石の漱石たる所以なのであろう。ジェイムズが見出したこの文章は、『文学論』でも再び言及されているのだ。「第四編 文学的内容の相互関係 第三章 自己と隔離せる聯想」で、「心理学者 Prof. James 曰く『同一の国語より成立し、文法上の誤りなき時は、全然無意味の文字の集合も咎められずに受け取らる〻こと屡なり』」（傍点塚本）と述べる部分がそれである。ただ『文学論』では、「全然無意味の文字の集合」そのものは紹介されていない。それは、この「無意味の文字」が既に前年度の講義で引用されているから、換言すれば、『文学論』で同一の引用をあらためて繰り返す必要を認めなかったからであろう。

なお、前記金子健二の『聴講ノート』には、『文学論』で言及された部分に続く一節までもが記録されている。金子の『聴講ノート』にある次の部分、すなわち、"If words do belong to the same vocabulary, and if grammatical structure is correct, sentences with absolutely no meaning may be uttered in good faith and pass unchallenged. Discourses at prayer-meetings, reshuffles(sic) of the same collection of cant phrases, the whole genius(sic) of penny-a-line-ism, and newspaper-reporters(sic)' flashes(sic) give illustrations of this. "The birds filled the tree-tops with their morning song, making the air moist, cool, and pleasant," is a sentence I remember reading once in a report of some athletic exercises in Jerome Park. It was probably written unconsciously by the hurried reporter, and read uncritically by many readers." という部分のうち、下線を施した箇所がそれである。[128]

天道公平の書簡と「心理学者のジェームス（中略）の見出した例」との関連は、以上でほぼ確認することができただろう。だが念のため、ここでもう一つの傍証を提出しておきたい。『文学論』は、「自己と隔離せる聯想」を利用した多くの例を挙げた後、「凡そ以上述べ来りし各種聯想語法は文学的技巧の一部に過ぎざること勿論なれども、もし之を委却すれば文学は決して存在し得るべからず」と言う。しかしながら、「聯想には時に頗る常識を離れたる種類のもの」もあるので、これが「極端に走れば殆ど狂人の囈語と相撰ぶなきに至る」とも述べるのである。さらに『文学論』は、「狂人の囈語」に近い意味不明の言葉であっても、場合によっては人を「瞞着」することができる、とも述べるのだ。その実例は以下のようなものである。昔、「某」なる人物が「時の碩学某科学者に戯れて、Bunsen の近著 *Malleability of Light* を知れりや」と訊ねたら、その人は「恥かしげに未だし」と答えたという。だが、「light とは日光」であり、「malleability とは金属を打つて延金にする意」だから、「此両者の間に何等の合理的連結」があるはずがなく、したがってブンゼンが「かゝる著述をなすべき筈」がない。しかし、「人間の聯想は頗る放逸なる性質を有する」ので、こういう「大胆」なことを言って「斯道の大家を瞞着」することもできるのだ、と『文学論』は言うのである。かくして「斯道の大家を瞞着」した実例に続くのが、「心理学者 Prof. James 曰く」云々という先に挙げた一節である。漱石がこの挿話から示唆を得て、ジェイムズが引用した「狂人の囈語」に類する天道公平の書簡を草し、これによって善良で単純な苦沙弥先生を「瞞着」するという構想を得た可能性は、充分に考えられるのではないか。

ここで、この書簡を読み終わった苦沙弥先生が、「恭しく八分体の名筆を巻き納めて、之を机上に置いた儘懐手をして瞑想に沈んで居る」場面に戻る。そこに、「フロックコート」に威儀を正し「チヨン髷」を戴いた「一個の老人」が迷亭に伴なわれて苦沙弥宅を訪れた。これは静岡に住む迷亭の伯父で、「もとはこちらに屋敷も在つて、永らく御膝元でくらした」「侍」である。「瓦解の折にあちらへ参つてから頓と出て」こなくなったが、久しぶりで上京し、赤十字の総会に出席して「宮様の御顔を拝」んだついでに、苦沙弥宅へ立ち寄ったのである。

苦沙弥先生はこの古風な老人への応対に苦しむが、この老人は甥に向って儒家や仏家の言葉を引きつつ、「いざと云ふ時に狼狽せぬ」ための「心の修行」の重要性を諄々と諭し、次いで、旧友「すい原」宅を訪れるべく「車を雇つて」苦沙弥宅を辞去した。後に残った迷亭に対し、苦沙弥が「あの伯父さんは中々えらい所がある様だ。精神の修行を主張する所なぞは大いに敬服していゝ」と感想を述べると、迷亭はそんなことに「敬服」していると君も「あの伯父見た様に時候おくれになるかも知れないぜ」と苦沙弥を冷やかす。苦沙弥は、「時と場合によると時候おくれの方がえらいんだぜ（傍点原文）。第一今の学問」は「先へ先へと行く丈で、どこ迄行つたつて際限はありやしない。（中略）そこへ行くと東洋流の学問は消極的で大に味がある。心其のもの丶修行をするのだから」と反論する。ここで迷亭が「えらい事になつて来たぜ。何だか八木独仙君の様な事を云つてるね」と評したとたん、苦沙弥は「はつと驚」く。

というのは、苦沙弥が「鹿爪らしく述べ立て丶いる」説は「先達て臥龍窟を訪問して主人を説服に及んで悠然と立ち帰つた」八木独仙の「受売」だからである。苦沙弥は、隣にある「落雲館」中学校の生徒が自分の庭に続けざまに打ち込む「一種のダムダム弾」、すなわち「ベースボール」の球に「逆上」し、甘木医師の催眠術で神経の興奮を鎮めようとしたが効果がなく、次に来訪した八木独仙が「消極的の修養で安心を得ろ」と縷々説法をして帰ったのである。つまり、迷亭が独仙の名を持ち出したのは、苦沙弥先生の「一夜作りの仮鼻を挫いた」ことになるのだ。

迷亭は続ける。「あんまり人の言ふ事を真に受けると馬鹿をみるぜ。（中略）独仙も口丈は立派なものだがね、いざとなると御互と同じものだよ。君九年前の大地震を知つてるだらう。あの時寄宿の二階から飛び居りて怪我をしたものは独仙君だけなんだからな。（中略）当人に云はせると（中略）禅の機鋒は峻峭なもので、所謂石火の機となると怖い位早く物に応ずる事が出来る。ほかのものが地震だと云つて狼狽へて居る所を自分丈は二階の窓から飛び下りた所に修行の効があらはれて嬉しいと云つて、跛を引きながらうれしがつて居た。（中略）一体禅とか仏とか云つて騒ぎ立てる連中程あやしいのはないぜ」と。

迷亭はさらに、「東洋流の学問」を吹聴する苦沙弥の心胆を寒からしめる事例をもち出す。「独仙も一人で悟つて居ればいゝのだが、稍ともすると人を誘ひ出すから悪い。現に独仙の御蔭で二人ばかり気狂にされてゐるからな」と言うのである。その一人が「同窓中の立町老梅」で、この男は「全く独仙にそゝのかされて鰻が天上する様な事ばかり云つて居たが、とう〳〵（中略）本物になつて仕舞つた」のである。「あの位食ひ意地のきたない男はなかつたが、あの食意地と禅坊主のわる意地が併発して、「しきりに警句を吐」くようになり、挙句の果てに「巣鴨へ収容されて仕舞つた」のだ。彼は今でも「巣鴨」に在って「自大狂で大気焔を吐いて」おり、「近頃は立町老梅なんて名はつまらないと云ふので、自ら天道公平と号して、天道の権化を以て任じて居る」という。ここで初めて、苦沙弥先生は「在巣鴨」の意味と「紅白のだんだら」の「状袋」の差出人の正体とを知る。迷亭によれば、「真中が赤くて左右が白い」状袋は、「わざ〳〵支那から取り寄せる」ので、「天の道は白なり、地の道は白なり、人は中間に在つて赤し」という老梅の「格言を示して居」るという。何やら仔細ありげな状袋だが、その意味は迷亭にも分からないらしい。しかも老梅は、「何でも世人が迷つてるから是非救つてやりたいと云ふので、無暗に友人や何かへ手紙を出す」という。かくして、苦沙弥先生は、旧友立町老梅が自分を「迷つてる」「世人」の一人と見て、救いの手を差し伸べてくれたらしい、と気がつくのである。

天道公平の正体を知ったその日、苦沙弥先生は夕食後書斎へ引き上げると、こう考え始めた。「自分が感服して、大に見習はうとした八木独仙君も（中略）別段見習ふにも及ばない人間の様である。のみならず彼の唱道する所の説は何だか非常識で、迷亭の云ふ通り多少瘋癲的系統に属して居りさうだ。況んや彼は歴乎とした二人の気狂の子分を有して居る。甚だ危険である。（中略）自分が文章の上に於て驚嘆の余、是こそ大見識を有して居る偉人に相違ないと思ひ込んだ天道公平事実名立町老梅は純然たる狂人であつて、現に巣鴨の病院に起居してゐる。迷亭の記述が棒大のざれ言にもせよ、彼が瘋癲院[129]中に盛名を擅まゝにして天道の主宰を以て自ら任ずるは恐らく事実であらう。かう云ふ自分もことに因ると少々御座つて居るかも知れない。同気相求め、同類相集まると云ふから、気狂の説に感服する以上は——少なくとも其文章言辞に同情を表する以上は——自分も亦気狂に縁の近い者であるだらう」と。

これは、苦沙弥先生の自己認識における大転換だと言ってよかろう。だが、「自分も亦気狂に縁の近い者である」とすれば、事態は深刻である。先生は考え続ける。「よし〔自分が〕同型中に鋳化せられんでも軒を比べて狂人と隣り合せに居を卜するとすれば、境の壁を一重打ち抜いていつの間にか同室内に膝を突き合せて談笑することがないとも限らん。こいつは大変だ。成程考へて見ると此程中から自分の脳の作用は我ながら驚く位奇上に妙を点じ変傍に珍を添へて居る。脳漿一勺の化学的変化は兎に角意志の動いて行為となる所、発して言辞と化する辺には不思議にも中庸を失した点が多い。舌上に龍泉なく腋下に清風を生ぜざるも歯根に狂臭あり、筋頭に瘋味あるを奈何せん。愈大変だ。ことによるともう既に立派な患者になつて居るのではないかしらん」と。

あらためて確認するまでもないが、苦沙弥先生が自分も「立派な患者」かもしれないという不安を抱くに至った契機は、天道公平こと立町老梅の書簡である。そして、この書簡に示唆を与えたのは「心理学者のジェームス（中略）の見出した例」、すなわち、「idea 其物ガ既ニ不明」であるという奇妙な文章である。迷亭の話を聞いた苦沙弥先生は、天道公平の手紙を「気狂の説」と断定するに至ったが、ジェイムズは、自分が発見した「至つて稀」な「文例」を「気狂」の文章だと決めつけたのだろうか。それとも、老梅の手紙を「気狂の説」だとしたのは、苦沙弥先生独自の判断なのだろうか。

　ジェイムズがこの種の文章、すなわち、「全然無意味の文字の集合」に触れたのは、『心理学大綱』「第九章 思考の流れ（The Stream of Thought）」においてである。ここでジェイムズの述べた内容は、以下のように要約することができよう。もし我々がフランス語と英語とを知っていて、フランス語の文章を書き始めたとすれば、それに続く単語は全てフランス語になる。こうして同一言語を使い続けるのは、特に頭で考えるからではなく、その時の感覚によるのである。また、自分が聞いている単語はすべて同じ言語に属するというぼんやりした感じ、その単語は話題をめぐる特定の語彙に属しているというぼんやりした感じ、さらには、単語の続き方は自分が知っている通りだというぼんやりした感じを持てば、我々は自分が聞いている言葉には意味があると思いこんでしまう。しかしながら、フランス語の本に突然自分が知らない異様な外国の言葉が出てきたり、文法が間違っていたりすると、あるいはまた、哲学論文を読んでいるのに哲学とは何の関係もない「ネズミ取り器」とか「配管工の請求書」のような単語が突然出てきたりすると、その文章がいわば「起爆剤になる（detonate）」。すなわち、我々はそういう一貫性の欠如（incongruity）に衝撃を受け、それまで著者の言葉をよく吟味もせずに受け入れてきた気持ちが消滅してしまうのである。だが、逆に、「同一の国語より成立し、文法上の誤りなき時」は、「全然無意味の文字の集合（sentences with absolutely no meaning）も咎められずに受け取らるゝこと屡」なのだ、とジェイムズは説くのである。ジェイムズは、このような事態を「思考の流れ」が生む副作用、極言すれば、病的な現象だと見ていたのではなかろうか。

では、そのような例は実際に見られるのだろうか。実は、先ほど引用した金子の『ノート』の一部、すなわち、下線を施した部分がその実例の一部なのである。[130] それは、いかにも信心深そうな、代わり映えのしない言葉を集めて、それらを混ぜこぜにした祈祷会の講話であり、また、三文文士の安っぽい文章や、新聞記者があまり考えもせずに書き流した仰々しい表現といったものの全てである、とジェイムズは述べる。そういう文章を書くについては、おそらくは締切時間に追われているといった事情もあるのかもしれない、とジェイムズはいささかの理解を示した後、一転して堂々たる哲学書を採りあげる。「以下に挙げる例は、最近ボストンで出版された七八四頁の大著から無作為に取り出したものだが、この書物は徹頭徹尾このような内容から出来あがっている」、と言い出すのだ。ここでジェイムズが採りあげた文章が、『英文学形式論』で「全く無意味の文」として紹介されたものなのである。[131]

ジェイムズの見るところでは、こういう大著の出版は決して例外的な現象ではない。「毎年、内容から見て、著者は本物の狂人（real lunatics）だとはっきり分かるような書物が何点も出版されているのだ」と、ジェイムズは明言する。さらにジェイムズは、「ここで一部を引用した哲学書は、読者には徹頭徹尾まったくのたわごと（pure nonsense）だと思われるだろう」と追い打ちをかけ、最後に、「こういう文章の場合でも、筆者は次々に出てくる単語と単語との間には合理的な関連があるという感覚をもちながら書いたのだろうが、それが一体どういう感覚だったのかを推測するのは不可能である」と、止めを刺す(132)。

繰り返すが、先に触れた「心理学者 Prof. James 曰く」云々という一節は『文学論』「第四編 第三章 自己と隔離せる聯想」の一部であり、この一節のほとんど直前では「聯想には時に頗る常識を離れたる種類のものなきにあらず、極端に走れば殆ど狂人の囈語と相撰ぶなきに至る」とも述べている。ここで「殆ど狂人の囈語と相撰ぶなき」という表現は、『心理学大綱』における "pure nonsense" に触発されたとは考えられないだろうか。要するにジェイムズは、『英文学形式論』で引用され、かつ『文学論』でも言及されている文章を「本物の狂人」が書いた「まったくのたわごと」だと言い切っているのだ。そうだとすると、苦沙弥先生が「文章の上に於て驚嘆の余、是こそ大見識を有して居る偉人に相違ないと思ひ込んだ天道公平」が実は「純然たる狂人」だったという設定は、ジェイムズが『心理学大綱』で「一部を引用した七八四頁の大著」の著者を「本物の狂人」だと決めつけた事例と無関係だとは考えられない。つまり、苦沙弥先生が用いた「純然たる狂人」という表現は、ジェイムズの "real lunatics" をそのまま転用したものなのである。

かくして、「心理学者 Prof. James」の挙げた実例が天道公平の「大気焔」という構想を生んだのではないかという推定は、ますます確実性を増していく。では、漱石がこの無内容な（「idea 其物ガ既ニ不明」な）書簡を草するのに一種の名調子（「form」）を以てしたのも、ジェイムズの影響なのだろうか。前述の通り、『英文学形式論』で皆川正禧はジェイムズからの引用を「その形式ある為めに、幾分智力に満足を与へるのみ」と述べるにとどめた。これに対し、金子健二の『聴講ノート』には「此文ヲ読ムニ form ハ充分ナル満足ヲ与」えるという文字が記されている。

これは、金子の聞き違いだろうか。私には、必ずしもそうだとは思われない。第一に、金子の『聴講ノート』には少なからぬ誤記が見いだされるものの、内容そのものは漱石の講義のほぼ忠実な記録と思われるものが多いからである。第二に、「此文ヲ読ムニ form ハ充分ナル満足ヲ与」えるという一節は、「（1）Form ハ吾人ニ satisfaction ヲ与フルモ idea ノ然ラザルモノアリ換言スレバ form ハ流暢ニシテ吾人ニ快感ヲ与フレドモ内容全ク不明ナルモノアリ米国心理学者 James ハ（以下略）」と始まる一節に含まれているからである。[133] つまり、金子の「此文ヲ読ムニ form ハ充分ナル満足ヲ与」えるという言葉は、多少表現を変えて、「Form」が「吾人ニ satisfaction」を与えるとか、「流暢ニシテ吾人ニ快感ヲ与」えるとかいうふうに繰り返されるからであり、しかも、全体の文脈からしても少しも違和感を生まないからである。

他方、明治三十六年漱石が初めて文科大学講師として英文科の学生に行なった講義を『英文学形式論』として復元した皆川は、漱石がハーンに代わって「英文科の教壇に立」ったとき、「好感を以て迎へた学生は決して多数ではなく」、「或者はペンを執ることさへなくて居眠りに最初の数時間を過した」と言う。さらに皆川自身が、「自分」の「ノート」および「自分」が参照した小松武治、吉松武通、野間真綱の「ノート」が、「同じ程度に粗略」であったことを認めている。[134] つまり、『英文学形式論』も一字一句漱石の言葉を正確に伝えているという保証はないのだ。もし漱石が、金子の記述した通り、「此文」を読んで「満足」、「快感」あるいはそれに近い感覚を覚えると述べたとすれば、「思想」が完全に欠如した天道公平の書簡を、美辞麗句を鏤めて一見見事な文体（「form」）に包みこむという漱石の発想は、遡れば「心理学者のジェームス（中略）の見出した例」に胚胎していると考えざるを得なくなるのではないか。もしかしたら、漱石はあまりにも整った「形式」とまったく意味不明な「思想」との対照を見て、「不調和」という「着眼点を去つて矛盾滑稽の平面に立つ」ことにより、「窮屈なる規律の拘束を免れたるを喜こぶ」といった感覚をもったのかもしれない。

ここでジェイムズに戻る。ジェイムズは、「内容から見て、著者は本物の狂人だとはっきり分かるような書物が何点も出版されている」と述べた後、続けて「客観的意味（objective sense）と無意味（nonsense）との間に一線を画すのは困難であり、主観的意味と無意味との間に一線を画すのは不可能である」と説き、さらに、連想によって心に浮かぶ言葉が普通の文法通りの順序に並んでいれば、どんな文章でも意味があり、統一的思考を表しているという印象を与えがちなのだ、と警告する。このようにして出来上がった曖昧模糊たる文章に対し、ジェイムズは強い嫌悪を感じていたらしく、大哲学者ヘーゲルの文章でもこれと同様に意味不明の言葉を連ねた表現が見られるとして、遠慮なく批判を浴びせている。だがここでは、ジェイムズが"real lunatics"とか"pure nonsense"とかいった激しい表現を用いて「全然無意味の文字の集合」を断罪した後も、続けて「思考の流れ」に伴う負の側面に対して警戒するよう、繰り返し促していることを付け加えるにとどめておく。本稿では、ジェイムズのヘーゲル批判が妥当か否かについて述べる必要はなく、また、その判断は私の能力を遥かに超えているからでもある。[135]

他方、「吾輩は猫である。名前はまだ無い」という冒頭の一行に始まって、「不対法」的な手法を縦横に駆使してきた漱石の眼には、「idea 其物ガ既ニ不明」な文章がどれほど貴重な素材たり得るかが徐々に見えてきたのではないか。「idea」不明の文章に「充分ナル満足ヲ与」え得るような文体（「form」）を「対置」すれば、「全然無意味の文字の集合」は一変して、大いなる「滑稽的美感」を触発し得るはずだからである。かくして、「思想」が「ない」文章に見事な「形式」を与えることで創出されたのが、「不対法」による傑作とも言うべき天道公平の書簡なのではあるまいか。

このように見てくると、ジェイムズと漱石との間には一種の逆説的関係も認められることに気がつく。先ほど私は、天道公平の書簡はジェイムズの見出した「文例」に示唆を得たに違いない、と繰り返した。ところが、あらためてこの両者を比べてみると、それぞれから与えられる印象には少しも似たところが無いとも言えるのである。ジェイムズの「文例」について一言すると、これは難解な哲学用語らしきものの一見整然たる羅列（「form」）と意味不明な「idea」らしきものとが混在しているだけで、面白くも可笑しくもなく、まことに砂を噛むような印象を与えるに過ぎない。ところが天道公平の支離滅裂の名文は、読者の哄笑を触発するだけでなく、ある種の愛嬌に溢れていて、しかも、「親友も汝を売るべし。父母も汝に私あるべし。愛人も汝を棄つべし。富貴は固より頼み難かるべし」等々の、人の肺腑をえぐるような言葉をも含んでいる。天道公平の書簡とジェイムズの「文例」とは、両者ともに全体として意味不明だという一点では共通しているものの、質的には雲泥の差があると言わざるを得ないのだ。つまり漱石は、ジェイムズに貴重な示唆を得たとはいえ、そこからジェイムズとはまったく違う世界を創り出したということになる。別の言い方をすれば、天道公平の書簡がジェイムズの見出した「文例」に示唆を得たことを解明することによって、かえって漱石の独自性が明らかになるのである。このような関係も影響の一形式ではあろうが、これは単なる模倣とか、安易な着想の借用といった単純な関係とは厳密な一線を画さなければなるまい。

いずれにせよ、ジェイムズと『猫』(九)との対応関係はここまでである。ここで苦沙弥先生に戻ると、先生は自分が「気狂の説に感服」したことに気づき、「少なくとも其文章言辞に同情を表する以上は——自分も亦気狂に縁の近い者であるだらう」という大きな不安に襲われる。これはおそらく正確な認識であり、いかなる場合でも正確な認識が不安を生むのは当然なのである。だが、人間は不安を抱いたままの状態に留まることができないのも事実であって、不安に襲われた先生は思考の方向転換を図る。「かう自分と気狂ばかりを比較して類似の点ばかり勘定して居ては、どうしても気狂の領分を脱する事は出来さうにもない。是は方法がわるかつた。気狂を標準にして自分を其方へ引きつけて解釈するからこんな結論が出るのである。もし健康な人を本位にして其傍へ自分を置いて考へて見たら或は反対の結果が出るかも知れない。夫には先づ手近から始めなくてはいかん。第一に今日来たフロツクコートの伯父さんはどうだ。心をどこに置かうぞ……あれも少々怪しい様だ。第二は寒月はどうだ。朝から晩迄弁当持参で球ばかり磨いて居る。これも棒組だ。第三にと……迷亭？あれはふざけ廻るのを天職の様に心得て居る。全く陽性の気狂に相違ない。第四はと……金田の細君。あの毒悪な根性は全く常識をはづれて居る。純然たる気じるしに極つてる。第五は金田君の番だ。金田君には御目に懸つた事はないが、先づあの細君を恭しくおつ立て、、琴瑟調和して居る所を以て見ると非凡の人間と見立て、差支あるまい。非凡は気狂の異名であるから、先づ是も同類にして置いて構はない(以下略)」と。

この論法によって、苦沙弥先生には「大抵のものは同類の様」に思えてきた。ここで先生は、ようやく「案外心丈夫」になる。「健康な人を本位にして其傍へ自分を置いて考へて」みても、「大抵のものは同類の様」だからである。だが、先生はここで重大な仮説に辿り着く。それは、「ことによると社会はみんな気狂の寄り合かもしれない」という恐るべき仮説である。「気狂が集合して鎬を削つてつかみ合ひ、いがみ合ひ、罵り合ひ、奪い合つて、其全体が団体として細胞の様に崩れたり、持ち上つたり、持ち上つたり、崩れたりして暮して行くのを社会と云ふのではないか知らん」という仮説である。

では、そのような「社会」において「気狂」ならざる常人はどのような処遇を受けるのか。苦沙弥先生の暫定的仮説は以下の通りである。「其中で多少理屈がわかつて、分別のある奴は却つて邪魔になるから、瘋癲院といふものを作つて、こゝへ押し込めて出られない様にするのではないかしらん。すると瘋癲院に幽閉されて居るものは普通の人で、院外にあばれて居るものは却つて気狂である。気狂も孤立している間はどこ迄も気狂にされて仕舞ふが、団体となつて勢力が出ると、健全の人間になつて仕舞ふのかもしれない。大きな気狂が金力や威力を濫用して多くの小気狂を使役して乱暴を働いて、人から立派な男だと云はれて居る例は少なくない」と。これを、「量は質に転化する」という命題と単純に同一視するのは誤りかもしれない。とはいえ、かくして陰画と陽画とは完全に逆転するのだ。

ここで苦沙弥先生の思考は停止する。「何が何だか分らなくなつた」というのが、先生の到達した結論だからである。だが、先生の論理の到達点、つまり、「瘋癲院に幽閉されて居るものは普通の人で、院外にあばれて居るものは却つて気狂である」という結論は、無視するにはあまりにも強い説得力をもつのではあるまいか。そればかりか、この結論は有名な『文学論』「序」の一部と響きあっているようにさえ聞こえる。「英国人は余を目して神経衰弱と云へり。ある日本人は書を本国に致して余を狂気なりと云へる由。（中略）帰朝後の余も依然として神経衰弱にして兼狂人のよしなり。（中略）親戚のものすら、之を是認する以上は本人たる余の弁解を費やす余地なきを知る。たゞ神経衰弱にして兼狂人なるが為め、『猫』を草し『漾虚集』を出し、又『鶉籠』を公けにするを得たりと思へば、余は此神経衰弱と狂気とに対して深く感謝の意を表するの至当なるを信ず」という一節である。さらに、「余が身辺の状況にして変化せざる限りは、余の神経衰弱と狂気とは命のあらん程永続すべし。永続する以上は幾多の『猫』と、幾多の『漾虚集』と、幾多の『鶉籠』を出版するの希望を有するが為めに、余は長しへに此神経衰弱と狂気の余を見棄てざるを祈念す」という一節である。これは、いわば漱石の「狂気」宣言、あるいは「狂人」宣言である。ただし漱石は、このとき自らを「（瘋癲）院外にあばれている（中略）気狂」としたのではなく、「孤立」しているが故に「気狂にされて仕舞ふ」類の一人としたのであることは、言うまでもあるまい。

　このような価値の転換は、「不対法」的な手法と不即不離の関係にある。『文学論』は、「不対法」の特徴を「強勢法」、「緩勢法」、および「仮対法」のそれと比べて、次のように述べる。「強勢の対置（＝「強勢法」）はｆに添ふるにｆ'を以てして、ｆの一時的価値を高度に変ずるを主意とするが故にｆ本位なり。緩和の対置（＝「緩勢法」）は同じくｆに添ふるにｆ'を以てして、ｆの一時的価値を低度に変ずるを主意とするが故に是亦ｆ本位なり。（中略）仮対法にあつてはｆとｆ'と相待つて始めて新しきｆ''を生ずるを目的とするが故に本位は独りｆに存するにあらず、又独りｆ'に存するにあらずして両素の共有する所なるは疑なきが如し。この節に於いて述べんとする不対法はｆとｆ'の間に於て本位を定め難き点に於て仮対法に似たり。但し公式を以てすれば仮対法はｆとｆ'と合して纏りたる一種のｆ''を生ずるが故にｆ＋ｆ'＝ｆ''を以てあらはし得ると雖も不対法に在つては両素の本位を定むる能はざるのみならず、両素の抱合して一団となるの形迹なきが故に強勢、緩和の二法に通ずる特色を失へる上、又仮対法の性質を帯ぶる能はず」（傍点塚本）と。

やや分かりにくい表現だが、この前提にあるのは、無論「凡そ文学的内容の形式は（Ｆ＋ｆ）なることを要す」という『文学論』冒頭の言葉である。右の引用を多少分かりやすく言い換えれば、「強勢法」とは「ａ」なる素材（Ｆ）に「附着せる情緒」（ｆ）を強調するため、「新たにｂなる材料を加へて」、「ｂ」に「附着」した（ｆ'）との相互作用により、（ｆ＋ｆ'）の効果を得る方法である。これを食物に喩えれば、「魚に加ふるに熊掌を以てして、両者の相乗より来る快味を貪る」ようなものである。また「緩勢法」とは、これと反対の手続きによって（ｆ－ｆ'）の効果を得る方法であり、「例へば蒲焼（ｆ）に対して漬物（ｆ）」を配するように、「濃厚なる食物」を「和らぐるに清新なる漬物を用」いるようなものである。これらの場合、「本位」すなわち基本となるのは（ｆ）であって、（ｆ'）は何らかの意味でこれを援ける機能を持つに過ぎない。

ところが「不対法」においては、「ｆとｆ'の間に於て本位を定め難」い、というのだ。敷衍すれば、文学において用いられた二個の対立する要素、すなわち、「ａ」なる素材（Ｆ）に「附着せる情緒」（ｆ）と、新しく「ｂなる材料」（Ｆ'）に「附着」した（ｆ'）とのどちらが「本位」なのかは「定め難」い、つまり、どちらが主でどちらが従なのかを判断し難い、というのである。それは「両素」

が「抱合して一団となる形迹」を見出すことができないから、つまり、「両素」の間には何らの「縁（すなわち関連性）」もなく、一つの要素が他の要素を援けるという関係を見出すことができないから――つまり、両者がどこまでも対立したまま不調和を強調することによって「矛盾滑稽」の笑いを誘うという構造になるから――である。かくして、「fとf'の間に於て本位を定め難」いのが「不対法」的方法の特徴だとすれば、「不対法」を自由に駆使した作品では陰画と陽画との逆転は容易に起こり得ることになろう。[136] 苦沙弥先生が「何が何だか分らなくなつた」と言う結論に至ったのは、一度逆転した陰画と陽画との関係は容易に以前の状態に戻り得るからである。

以上のように見てくると、『猫』（九）の核心的部分がジェイムズ、特に彼が唱えた「思考の流れ」の副作用に示唆を得、この実例を「不対法」によって処理することで構築された漱石独自の世界であることは、疑いようもあるまい。「本物の狂人」が書いたとしか思われない書物が毎年「何点も」出版されているというジェイムズの記述が漱石の興味を喚起しなかったら、「瘋癲院」に収容された「自大狂」がわけの分からない「大気焔」を旧友に送りつける、という着想は生まれなかっただろう。同時に、この卓抜な着想を展開するにあたって漱石独自の強烈な問題意識がなかったら、常識的な価値観の逆転という結論を導き出すことは不可能だっただろう。かくして『猫』（九）は、漱石が文学の「根本的」研究のために収集・蓄積した厖大な知識を、如何に奔放なやり方で変形し、創作に生かしたのかを示している貴重な一例である。

さらに一言すれば、ジェイムズが『心理学大綱』「第九章」で「形式があつて思想はない」文章を論じたあたりには、何の書き込みも見いだすことができないのだ。この事情は、前節で採りあげたデラム博士の“Physico-theology”の場合とまったく同じだが、ここでもあらためてこの事実を強調しておきたい。というのは、「第九章」は漱石の意識理論を理解するには必読の文献であり、『心理学大綱』全体の中で最も多くの書き込みが集中しているところだからである。それにも関わらず、ジェイムズがこの文章を論じた前後には何らの書き込みも残されていないという事実は、何を意味するのか。それは、漱石の蔵書に残された多くの書き込みは漱石研究における貴重な手掛かりだとはいえ、それらの書き込みを辿るだけでは漱石と外国の文学や哲学との関係全般を解明することは不可能だということであろう。漱石は『文学論』執筆の準備として厖大な資料を渉猟してきたが、その中には文学理論の構築には直ちには利用できないものも多々含まれていたはずである。その種の資料は、あるいはそのままのかたちで、あるいは様々にかたちを変えて、各種の創作で利用されている場合が少なくないのではないか。換言すれば、漱石の創作と外国文学との関係は、おそらく一般に考えられている以上に広大かつ複雑なのではないか。この種の関係をさらに追究することによって、漱石独自の想像力の質をより明らかにする余地は未だ充分に残されているのではないか。

いずれにせよ、「瘋癲院に幽閉されて居るものは普通の人で、院外にあばれて居るものは却つて気狂である」というのは、もはやジェイムズの世界ではない。これは、漱石以外には誰にも描けない戯画なのである。ただし、戯画といえども、十八世紀の「諷刺家」スウィフトの場合のように、忠実な描写より遥かに深い真実を暴く場合がないわけではない。「人間は馬にも劣ると云ふことを広告した」スウィフトの言葉を、誰が全面的に否定できようか。「大きな気狂が金力や威力を濫用して多くの小気狂を使役して乱暴を働いて」いるのが「社会」なのだという苦沙弥先生の言葉も、それなりに苦い真実を暴き出しているのである。これは、『猫』の舞台になった「社会」、苦沙弥先生をめぐる小さな「社会」についてのみ言えることではない。二十世紀、特にその前半に世界中に破滅的な災厄をもたらした大国の指導者たちは、明らかに「普通の人」ではなかった。しかも、少なくとも彼らの全盛時代、彼らが「金力や威力を濫用」して憚らなかった全盛時代には、彼らが「人から立派な男だと云はれて」いたことは否定しようもあるまい。二十一世紀に入った今日、「立派な男だと云はれて」いたかつての指導者たちは全て歴史の中に退場したが、彼らと交替した「立派な男」たちは、「金力や威力を濫用して多くの小気狂を使役して乱暴を働」くことを止めただろうか。「多少理屈がわかつて、分別のある奴は却つて邪魔になるから、瘋癲院といふものを作つて、こゝへ押し込めて出られない様にするのではないかしらん」という一節で、もし「瘋癲院」を「強制収容所」と読み替えたら、読者は背筋が薄ら寒くなるのではないか。これは、笑いの中に不気味さを秘めた戯画である。

漱石は、『猫』は「趣向もなく、構造もなく、尾頭の心元なき海鼠の様な文章」だと書いた（『吾輩ハ猫デアル』〔上編〕自序）。確かに、隅から隅まで綿密な計算に基づいて整然と構成された作品と比べたら、『猫』は全く掴みどころがない「文章」に見えるかもしれない。だが、『猫』には誰の目にも明らかな著しい特徴がある。それは、至る所に組み込まれている滑稽な場面、換言すれば、状況に応じて微笑、失笑、あるいは哄笑を自在に触発する装置である。そして、この装置を作動させる原理は、縷々述べてきた「不対法」なのである。このことを漱石が意識していたことは、既に引用したヤング宛ての「自著を贈る言葉」からも明らかであろう。そうだとすれば、『猫』は、無条件で「趣向もなく、構造もな」いと見做すことができるのだろうか。「構造」をもつ文学作品が平野に聳え立つ高山に喩えられるとすれば、『猫』は複数の峰々をもつ連山に似ていると言えるのではないか。

この連山の最高峰の一つは第九章、特にその掉尾を飾る天道公平の書簡から、それに触発されて苦沙弥先生が「煢々たる孤燈の下で沈思熟慮」するあたりではないか、と私には思われる。繰り返しになるが、漱石はジェイムズの意識理論に重要な示唆を得、その一部を自己の文脈に取り込んで読者を爆笑させたにも関わらず、この場面の材源をほぼ完全に消し去ったのである。そればかりか、「心理学者 Prof. James 曰く」云々という言葉を手掛かりにしてジェイムズと『猫』（九）との関係を辿っていくと、究極的に浮かび上がってくるのはまさしく漱石自身の独自な思考様式なのである。別の言い方をすれば、漱石の場合、作品における様々な「影響」を解明することで、かえって作者の独自性が明らかになることが多いのである。この意味で、少なくとも初期の漱石における西欧文学の影響は、ある種の逆説を秘めた影響である。このような作品を次々に世に問うた作者の手腕は、誰が見ても尋常のものではあるまい。『漾虚集』に収められた作品でも同様な特徴を指摘することができるとはいえ、かかる逆説的特徴を最も鮮明かつ典型的に示しているのは、やはり『猫』第九章の後半であろう。このような意味を含めて、『猫』の最高峰は第九章だと考えざるを得ないのではあるまいか。

# 第四章　『猫』における「自殺」と「結婚の不可能」
## ――G・ブランデスを手掛かりとして

### 1　「寒天」的半透明感から自殺談義へ

『猫』（十一）すなわち最終章は、「床の間の前に碁盤を中に据ゑて迷亭君と独仙君が対座」している場面から始まる。「座敷の入口」には寒月と東風とが並び、その傍らに「主人が黄色い顔をして坐つて」いて、東風は寒月がヴァイオリンを「独習」し始めた「顚末」を「聞いて」いる、という設定である。

自分が在学した田舎の高等学校では、ヴァイオリンを手にしただけでも「柔弱」だと見做され、「他県の生徒に外聞がわるい」として「鉄拳制裁」を加えられる惧れがあった、と寒月は語り始める。それでも寒月はこの楽器の「霊異な音」が忘れ難く、ある日「仮病をつかつて」学校を休み、日が暮れるのを待って家を出、町の中をあちこち歩き回ってさんざん逡巡した挙句、夜の十時ごろ「思ひ切つて」「金善」、すなわち「店頭」にヴァイオリンを「吊して」ある「金子善兵衛」の店に飛び込んだ。「頭巾を被つた儘」「蝦蟇口」から「五円二十銭」を取り出してヴァイオリンを買い、直ちにこれを「用意の大風呂敷」に包み、大急ぎで下宿へ帰って、「古つゞら」の中に隠した、と言う。これを弾いてみたいという思いは次第に募ってくるが、弾けば音が出るから「剣呑」でなかなか実行できない。だが、遂にある晩、密かにヴァイオリンを抱えて誰もいない「庚申山」に登り、「漸く一枚岩の上へ来て、毛布を敷いて、ともかくも其上へ坐つた」。このとき寒月は、「心も魂も悉く寒天か何かで製造された如く不思議に透き徹つて仕舞つて、自分が水晶の御殿の中に居るのだか、自分の腹の中に水晶の御殿があるのだかわからなくなつて来た」のである。

この一節は、「幻影の盾」において主人公ヰリアムが経験した境地を想起させずにはおくまい。この短編の結末近く、主人公ヰリアムは、「眩ゆしと見ゆる迄紅なる衣」を着た女が「太古の池」の真中にある「岩」に坐って「知らぬ世の楽器を弾くともなしに弾いている」姿を見る。「只懸命に盾の面を見給へ」という女の言葉に従って「盾の中」を凝視すると、「暗き中に一点白玉の光が点ぜ」られ、それが「見るうちに大きく」なると、「ヰリアムの眼の及ぶ限りは、四面空蕩万里の層氷を建て連ねたる如く豁かにな」って、ヰリアムは、「頭を蔽ふ天もなく、足を乗する地もなく玲瓏虚無の真中に一人立つ」という感覚に包まれるのである。この感覚は、寒月が「庚申山」の頂上で経験した神秘的な境地、すなわち、「皎々冽々たる空霊の気」に包まれて、「心も魂も（中略）不思議に透き徹つて仕舞つて、自分が水晶の御殿の中に居るのだか、自分の腹の中に水晶の御殿があるのだかわからなくなつて来た」という境地に、相通じるところがあるのではないか。ただ、ヰリアムが「四面空蕩万里の層氷を建て連ねたる如」き「玲瓏虚無の真中に一人立」ったのに対し、寒月は「心も魂も悉く寒天か何かで製造された如く不思議に透き徹つて仕舞」った、と述べる。両者の差は、要するに、「万里の層氷」と「寒天か何か」との差である。換言すれば、澄み切った透明感と白濁した半透明感との差である。「寒天か何かで製造された如く」という一節には、明らかに「不対法」的な語り口が感じられるはずである。かくして寒月の言葉は、以下の叙述が「不対法」の筆法を以て語られることを予告している。

この手法は、次の場面で再び繰り返される。寒月が「寒天か何かで製造された如く不思議に透き徹」った「境界」に入ったとき、突然、「後ろの古沼の奥でギヤーと云ふ声」を聞く。あたりを見回すと、「しんとして、雨垂れ程の音もしない」。これは何だろうと考えているうちに、「心臓が肋骨の下でステ、コを踊り出」し、「両足が紙鳶のうなりの様に振動をはじめ」たので、慌ててヴァイオリンを「小脇に掻い込んでひよろ〱と」逃げ帰り、「宿へ帰つて布団へくるまつて寐てしまつた」、と寒月は告白する。これは、漱石が愛用するアンティクライマックスの一例である。この言葉を聞いて、迷亭は直ちに「サンドラ、ベロニが月下に竪琴をひいて以太利亜風の歌を森の中でうたつてる所は、君の庚申山へヴイオリンをかゝへて上る所と同曲にして異巧なるものだ」が、「惜い事に向ふは月中の嫦娥を驚ろかし、君は古沼の怪狸におどろかされたので、際どい所で滑稽と崇高の大差を来たした。嘸《さぞ》遺憾だらう」と評する。

しばしば指摘されているように、これはメレディス（一八二八～一九〇九）の *Sandra Belloni* をふまえた言葉である。ここにメレディスの影響を指摘することは、無論、漱石研究にとって必要な手続きであろう。だが、より重要なのは、この場面が典型的な「不対法」を駆使していることである。その効果については、「際どい所で滑稽と崇高の大差を来たした」という迷亭の簡潔な批評がすべてを言い尽している。ここで、漱石は迷亭の言葉を通して『猫』で繰り返し用いてきた自己の手法を開示したのである。

ここから、話題は寒月が「学校へ行つて球許り磨」く生活を「暫時中止」したことに移る。寒月が「球許り磨」くのを止めたのは、寒月はもはや「博士に（中略）ならなくてもいゝ」ことになったからである。寒月は「国」、つまり、故郷で結婚してきたので、「只の学士」から「博士」に昇格して大実業家金田氏の令嬢と華燭の典を挙げる必要がなくなったのである。

苦沙弥先生は金田家のことを「気にして」、「金田の方へは断つたかい」と訊く。だが寒月は、「いゝえ、断はる訳がありません。私の方でくれとも、貰ひたいとも、先方へ申し込んだ事はありませんから、黙つて居れば沢山です。――なあに黙つてゝも沢山ですよ。今時分は探偵が十人も二十人もかゝつて、一部始終残らず先方へは知れて居ますよ」と平気である。

次いで独仙が、「探偵と云へば二十世紀の人間は大抵探偵の様になる傾向があるが、どう云ふ訳だらう」と言い出す。「物価が高いせゐ」だとか、「芸術趣味を解しないから」だとか、「人間に文明の角が生えて、金平糖の様にいらくへするから」だとかいった名論が続出するが、苦沙弥先生は「僕の解釈によると当世人の探偵的傾向は全く個人の自覚心の強過ぎるのが源因になつて居る」と断言する。

この延長線上で、独仙が一歩を進める。「苦沙弥君の説明はよく吾意を得て居る。（中略）文明が進むに従つて殺伐の気がなくなる、個人と個人の交際がおだやかになる抔と普通云ふが大間違ひさ。

こんなに自覚心が強くてどうしておだやかになれるものか。成程一寸見ると極しづかで無事な様だが御互の間は非常に苦しいのさ。丁度相撲が土俵の真中で四つに組んで動かない様なものだらう。傍から見ると平穏至極だが当人の腹は波を打つて居るぢやないか」というわけである。

そのうちに議論が白熱してきて、遂に先生は「とにかく此勢で文明が進んで行つた日にや僕は生きてるのはいやだ」と言い出す。「遠慮はいらないから死ぬさ」と、迷亭が「言下に道破する」。「死ぬのは猶いやだ」と、先生は「わからん強情を張る」。「生れる時には誰も熟考して生れるものは有りませんが、死ぬ時には誰も苦にすると見えますね」と、寒月が「よそ〳〵しい格言」を述べる。「金を借りる時には何の気なしに借りるが、返す時にはみんな心配するのと同じ事さ」と、迷亭は即座に応じる。「借りた金を返す事を考へないものは幸福である如く、死ぬ事を苦にせんものは幸福さ」と、独仙はあくまでも「出世間的」である。

迷亭と独仙とがこのような「妙な掛合」を始めるが、他方、先生は寒月と東風とを相手に「しきりに文明の不平」を述べ立てる。「どうして借りた金を返さずに済ますかゞ問題である如く、どうしたら死なずに済むかが問題である。否問題であつた。錬金術は是である。凡ての錬金術は失敗した。人間はどうしても死なゝければならん事が分明になつた時に第二の問題が起る。（中略）どうせ死ぬなら、どうして死んだらよからう是が第二の問題である。自殺倶楽部は此第二の問題と共に起るべき運命を有して居る」というわけである。(1)

## 2　「自殺を主張する哲学者」

苦沙弥先生は、自らが提出した新しい難問に、こう答える。「死ぬことは苦しい、然し死ぬ事が出来なければ猶苦しい。神経衰弱の国民には生きて居る事が死よりも甚しき苦痛である。従つて死を苦にする。死ぬのが厭だから苦にするのではない、どうして死ぬのが一番よからうと心配するのである。只大抵のものは智慧が足りないから自然の儘に放擲して置くうちに、世間がいぢめ殺してくれる」。だが、「一と癖あるもの」は「必ずや死に方に付いて種々考究の結果嶄新な名案を呈出するに違ない」。「だからして世界向後の趨勢は自殺者が増加して、其自殺者が皆独創的な方法を以て世を去るに違ない」と。

この新説を拝聴していた弟子の一人が、「大分物騒な事になりますね」と茶々を入れると、先生は「なるよ。慥かになるよ。アーサー、ジヨーンスと云ふ人のかいた脚本のなかにしきりに自殺を主張する哲学者があつて……」と続ける。「自殺するんですか」という更なる質問に応えて、先生は「所が惜しい事にしないのだがね。然し今から千年も立てばみんな実行するに相違な」く、「万年の後には死と云へば自殺より外に存在しないもの、様に考へられる様になる」と答える。さらに先生は、「さうなると自殺も大分研究が積んで立派な科学になつて、落雲館の様な中学校で倫理の代りに自殺学を正課として授ける様になる」と続けるのである。

ここで迷亭が口を出す。「其時分になると落雲館の倫理の先生はかう云ふね。諸君公徳抔と云ふ野蛮の遺風を墨守してはなりません。世界の青年として諸君が第一に注意すべき義務は自殺である。しかして己れの好む所は之を人に施して可なる訳だから、自殺を一歩展開して他殺にしてもよろしい。ことに表の窮措大珍野苦沙弥氏の如きものは生きて御座るのが大分苦痛の様に見受けらるゝから、一刻も早く殺して進ぜるのが諸君の義務である。尤も昔と違つて今は開明の時節であるから槍、薙刀もしくは飛道具の類を用ゐる様な卑怯な振舞をしてはなりません。只あてっこすりの高尚なる技術によつて、からかひ殺すのが本人の為め功徳にもなり、又諸君の名誉にもなるのであります……」と。こういう物騒な話を寒月は「成程面白い講義をしますね」と褒めるが、こういった展開の契機になるのは、苦沙弥が口にする「アーサー、ジョーンス」の「脚本」と「自殺を主張する哲学者」とである。この「脚本」とは、どういう作品なのか。

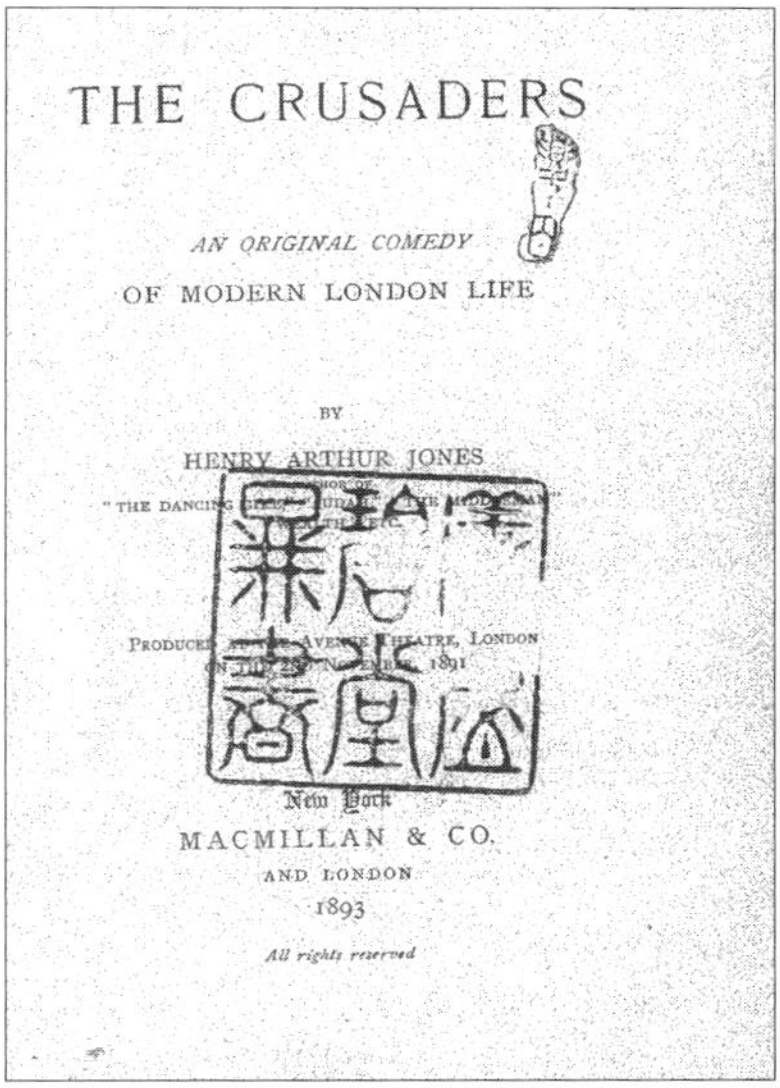

図 11　***The Crusaders* (1893)** の中表紙。

これは、一八九三年にロンドンのマックミラン社から出た *The Crusaders : An Original Comedy of Modern London Life* である（図11参照）。表題を直訳すれば『十字軍の戦士たち』だが、内容に即して言えば、“The London Reformation League” すなわち「ロンドン改革連盟」と称する社会運動を企画・推進している登場人物を『十字軍の戦士たち』になぞらえたものである。この作品は、ロンドンから酔っ払いを

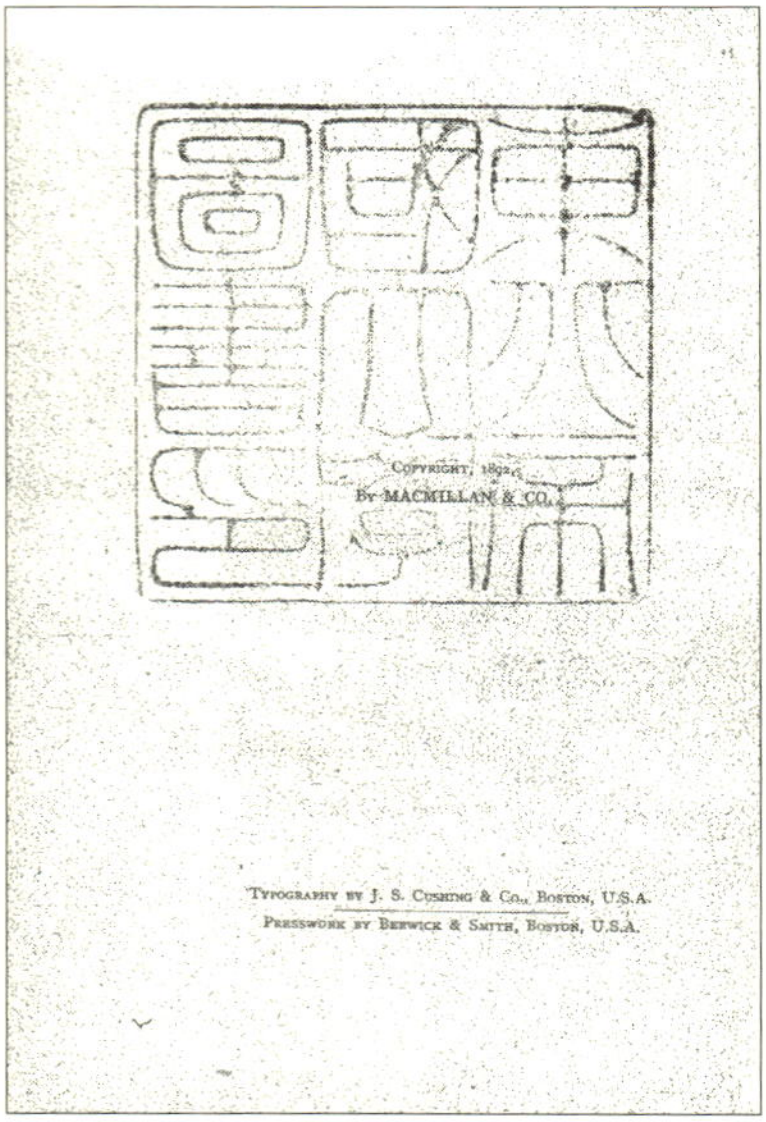


図12　前ページ中表紙の裏面。『東北帝国大学図書館』の印と重なって、**“COPYRIGHT, 1892, BY MACMILLAN & CO.”** いう文字が見える。

なくし、ロンドンを「清潔」で「正直」な都市に変えようとする運動に邁進している上流社会の偽善と実態とを暴露する三幕ものの喜劇で、初演は一八九一年十一月二日、ロンドンの“the Avenue Theatre”で行なわれた(2)。『漱石全集』第一巻（二〇一六）「注解」では、『十字軍』は「一八九一」年に出版されたように読めるが、マックミラン社がこの作品の版権を取得したのは翌九二年だから、初版は九二年以後であろう(3)（図12参照）。またこの「注解」では、「『十字軍』（一八九一）」に漱石が「感想を書き入れている」とするが、実際に漱石の書き込みが残されているのは、マックミラン社から出た一八九三年版である。

この脚本で「自殺を主張する哲学者」とは、『十字軍の戦士たち』に登場する“Mr. Burge Jawle, the Great Pessimist Philosopher”である(4)。第一幕の場面は、ロンドンの高級住宅街メイフェアにあるグリーンスレイド夫人の応接室で、ここでジョールは、「肥えていて、黄疸に罹っているみたいで、鈍重で、不活発で、青黒い顔色をした五十歳ばかりの男（a fat, jaundiced, heavy, torpid, olive-complexioned man of fifty）」として登場する(5)。この哲学者が唱道する「社会哲学（social philosophy）」によって、「ロンドン改革連盟」は所期の目的を達成しようとしている、という設定である。

この哲学者が「自殺を主張」していることは、彼を紹介する「ジョール協会（Jawle Guild）」創設者フィッグの台詞によって示唆される。「ジョールは、場合によっては、彼自身の生命をも含めて人類の生命を強制的かつ急速に絶滅させるべきだと主張しています（Jawle advocates the forcible and abrupt extinction of human life in certain cases — including his own.）」という台詞である。(6) やや持って回った言い方だが、登場人物の一人シンシアは驚いて、「まさか自殺するというわけではないでしょうね」と質問する。フィッグは、「あの方は、自分の社会哲学が未完成のうちは、自殺しようとはお考えにならないでしょう。我々はそう信じております（We trust he won't consider it necessary till he has completed his social philosophy.）」と応え、当面は大丈夫だと保証する。(7)

しかし第二幕になると、フィッグは「あの人は最後には身投げをするだろう、と私はいつも考えていました（I've always thought that the end would come by drowning.）」という言葉を洩らす。(8) ここで読者は半信半疑ながら、もしかしたらジョールはそのうちに投身自殺をするかもしれない、という予想を抱くことになる。

第三幕はその十五ヶ月後で、場面はウィンブルドンにある「薔薇荘（the Rose Cottage）」に移る。ある日フィッグは、朝食の席にジョールが姿を見せないのに気づき、「では、偉大なる行為が実行されたのだ！　ジョールはこの敷地の端にある大きな池で彼の哲学を完成したのだ！（Then the great deed is done! Jawle has set the seal on his philosophy in the large pond at the end of the grounds!）」と叫ぶ。(9) 池の周辺に、ジョール特有の巨大な深靴の痕が残されていたのを思い出したからである。フィッグが、この池を浚えば「ほんの数時間前にはジョールだったもの（what, only a few hours ago, was Jawle）」が

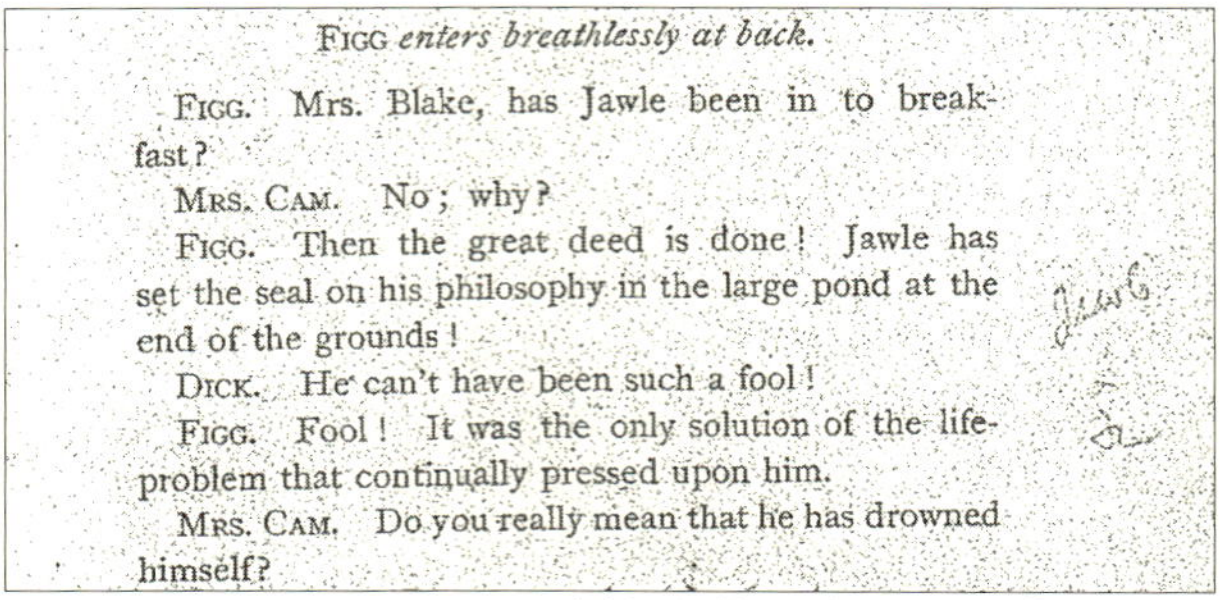

FIGG *enters breathlessly at back.*
FIGG. Mrs. Blake, has Jawle been in to breakfast?
MRS. CAM. No; why?
FIGG. Then the great deed is done! Jawle has set the seal on his philosophy in the large pond at the end of the grounds!
DICK. He can't have been such a fool!
FIGG. Fool! It was the only solution of the life-problem that continually pressed upon him.
MRS. CAM. Do you really mean that he has drowned himself?

図13　***The Crusaders*, p.93.** より。右側の欄外に不鮮明ながら「**Jawle** ノ入水」という書き込みが残されている。

見つかるだろうと続けると、[10] ロンドン改革連盟名誉幹事キャンピョン＝ブレイク夫人が驚いて、ジョールが本当に身投げをしたのならあなたも同罪よ、と叫ぶ[11]。その場にいる登場人物の間にも動揺が拡がり、場面は大騒ぎになる。ところが、その大騒動の最中に、ジョールがひょっこり姿を見せる。ジョールは朝食に遅れた理由をくどくど説明するが、読者は高まってきた緊張感が一気に裏切られた感じに襲われるのである。

ここで『猫』に戻れば、「自殺を主張する哲学者」は本当に「自殺するんですか」と寒月が訊ねたとき、苦沙弥は「惜しい事にしないのだね」と応える。「惜しい事に」とはやや不穏当な言葉ではあるが、これは先に述べたアンティクライマックスの効果をみごとに捉えた表現である。漱石手沢本では、この部分の欄外に「Jawle ノ入水」という書き込みが残されており[12]（図13参照）、この効果に漱石が注目したことは疑いない。『猫』の最終章で、猫が甕に落ちて溺死するという結末には、おそらく「Jawle ノ入水」からの連想もあるのではなかろうか。ただ、「日月を切り落し、天地を粉韲して不可思議の太平に入」った「吾輩」の死が、「入水」しそこなって弁解を繰り返す「哲学者」の生よりもはるかに哲学的であるかに見えるのは、已むを得ない。

ここで一言すれば、『猫』最終章が「ホトトギス」に載った明治三十九年八月には、夏目家の猫はまだ健在だった。この猫が死んだとき、漱石は墨で黒枠を描いたはがきで猫の死亡を小宮豊隆以下四名の弟子たちに報じている。例えば、野上豊一郎宛の本文は、「辱知猫義久しく病気の処療養不相叶昨夜いつの間にか裏の物置のヘッツイの上にて逝去致候埋葬の義は車屋をたのみ蜜柑箱に入れて裏の庭先にて執行仕候。但し主人『三四郎』執筆中につき御会葬には及び不申候　以上／九月十四日」となっている。[13] この「九月十四日」とは、明治四十一年九月十四日である。

だがジョールは、「自殺」の主張以外にも興味深い思想を披瀝する。その一は、人類が現状のような生活を続ければ六世代の後には生存に必要なあらゆる資源を消費し尽くしてしまうという予測である。[14] ここには、おそらくマルサス（一七六四〜一八三四）の影響があるのではないか。T. R. Malthus, *An Essay on the Principle of Population* は、一七九八年の出版である。また、ローマクラブの最初のレポート『人類の危機』が発表されたのは一九七二年であって、この点ではジョールの危機感は現代から見ても正鵠を射ている部分がある、と言えるのではないか。

その二は、どのような生き方をしようとも悲惨と苦痛とが圧倒的に大きいのが人間の宿命であり、結婚はそのような不幸と苦痛とを反復・増加させる主要な手段であるが故に、結婚は必然的に犯罪的・反社会的行為であり、[15] 従って背徳的だという考えである。この考えを一言で表した台詞、すなわち「ジョールの基本的主張は結婚が道徳に反するというものです（Jawle's fundamental doctrine is the immorality of marriage.）」という台詞には下線が引かれ、[16] 欄外に「結婚ハ不徳なり」という漱石の書き込みが残されている（図14参照）。「明治三十七、八年頃」「断片二五」に残されたメモの一部に「◯迷亭の著⑴結婚ノ不徳⑵独身ノ害⑶野合ノ弊」という言葉があるが、[17] これはおそらく、この三点を

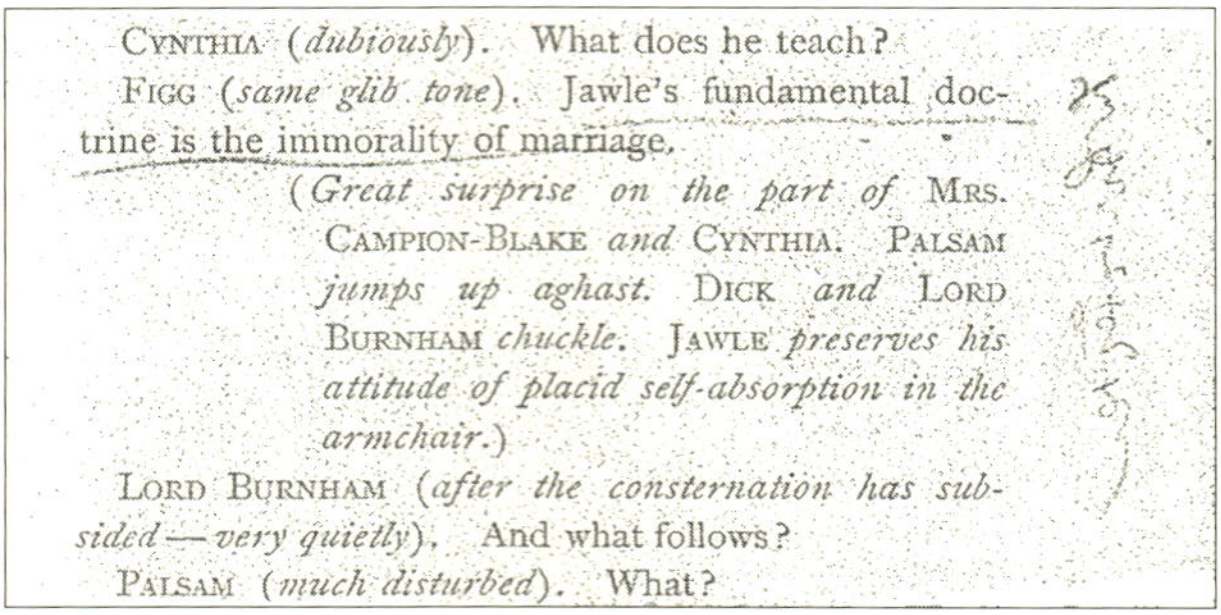
CYNTHIA (*dubiously*). What does he teach?
FIGG (*same glib tone*). Jawle's fundamental doctrine is the immorality of marriage.
(*Great surprise on the part of* MRS. CAMPION-BLAKE *and* CYNTHIA. PALSAM *jumps up aghast.* DICK *and* LORD BURNHAM *chuckle.* JAWLE *preserves his attitude of placid self-absorption in the armchair.*)
LORD BURNHAM (*after the consternation has subsided—very quietly*). And what follows?
PALSAM (*much disturbed*). What?

図 14　**The Crusaders, p.31.** より。右側の欄外に「結婚ハ不徳なり」の書き込みが残されている。

骨子とする迷亭の著書を『猫』で紹介するという構想を一時漱石がもったことを示しているのであろう。この三点のうち、「結婚ノ不徳」とは"the immorality of marriage"そのままである。また、「結婚ノ不徳」というジョールの思想は、「結婚の不可能」という迷亭の主張にも伏在している。迷亭は「無教育の青年男女が一時の劣情に駆られて、漫に合衾の式を挙ぐるは悖徳没倫の甚しき行為である」と主張するが、この「悖徳没倫」とはジョールの言う"immorality"に他ならない。なお漱石が、「(3)野合ノ弊」に続くべき第四の選択肢、すなわち同性婚に言及しなかったのは、時代的制約と言うほかあるまい。

　その三は、ジョールが徹底的に女性を蔑視していることである。「女の本性は本質的に卑劣で、狭量で、偏狭で、意地悪で、不誠実じゃ(...the feminine nature is essentially vile, small, narrow, malignant, treacherous)」と、彼は公言する。[18] この部分の欄外には「Jawle ノ婦人観」という書き込みがあるが(図15参照)、これは『猫』(十一)における独仙の女性批判を想起させる。独仙は、「スペインのコルドヴ」では、「日暮れの鐘」が鳴ると「家々の女が悉く出て来て河へ這入つて水泳をやる」という風習があったが、ある時「御寺の鐘つき番に賄賂を使つて、日没を合図に撞く鐘を一時間前に鳴らした」と語り始める。すると彼女たちは、「半襦袢、半股引の服装

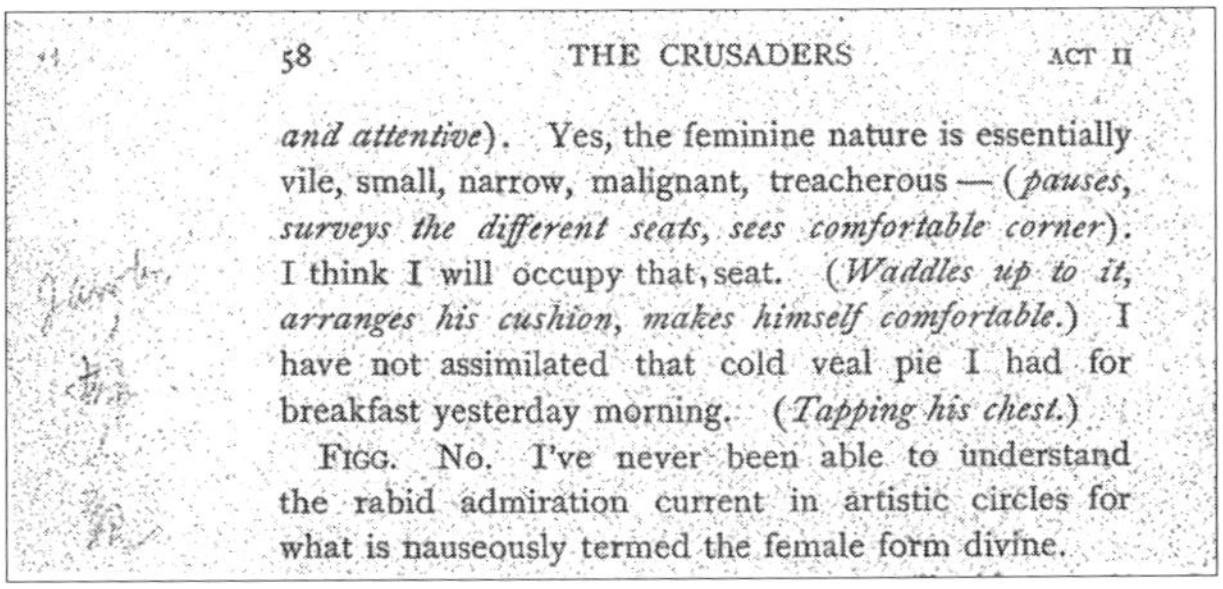

58　THE CRUSADERS　ACT II

*and attentive*). Yes, the feminine nature is essentially vile, small, narrow, malignant, treacherous — (*pauses, surveys the different seats, sees comfortable corner*). I think I will occupy that seat. (*Waddles up to it, arranges his cushion, makes himself comfortable.*) I have not assimilated that cold veal pie I had for breakfast yesterday morning. (*Tapping his chest.*)

FIGG. No. I've never been able to understand the rabid admiration current in artistic circles for what is nauseously termed the female form divine.

図15　***The Crusaders*, p.58.** より。左側欄外に「Jawle ノ婦人観」の書き込みが残されている。

でざぶりざぶりと水の中に飛び込んだ」が、「いつもと違つて」日が暮れず、橋の上では「男が大勢立つて、眺めて」いるので、「大いに赤面したさうだ」と言うのである。この挿話がメリメの『カルメン』から採られたことを初めて指摘したのは、柏木隆雄氏である。[19]だが、独仙がこの事件について女性に加えた酷評、すなわち「女抔は浅墓なものだから」という酷評は、まぎれもなく「Jawle ノ婦人観」の延長線上にある。独仙が「コルドヴ」の挿話を語るのは、苦沙弥が「自殺を主張する哲学者」すなわちジョールに言及した直後なのである。独仙が「コルドヴ」の椿事を語り終わると、苦沙弥は突然、「妻を持つて女はいゝものだ抔と思ふと飛んだ間違になる。参考の為めだから、おれが面白い本を読んで聞かせる。よく聴くがいい」と「云ひ出す」のだ。

その「面白い本」とは、苦沙弥が「最前書斎から持つて来た」古い本である。それは「十六世紀の著者」「タマス、ナッシ」の著書で、苦沙弥は「此時代から女のわるい事は歴然と分かつてる」と言い、「古来の賢哲が女性観」を紹介すると称して「アリストートル」以来の「女の悪口」を並べ立てる。この「古い本」とは、既に明らかにされている通り、トマス・ナッシの *Anatomie of Absurditie* (1589) であるが、漱石が「十六世紀のナッシ君の説」を連想したのは、ジョールの「婦人観」に触発されたからである。この点についても、疑問を差し挟む余地があるまい。このあたりの文脈では、独仙が「女抔は浅墓なもの」であることを強調するために『カルメン』の一挿話を引用し、それに続けて苦沙弥が昔から「女のわるい事」を証明するために「タマス、ナッシ」の本を読み上げる、という順序になっているのだ。

再び「明治三十七、八年頃」の「断片」に戻れば、その「三二E」には「○夫婦。結婚は云々。独身は云々。アーサー、ジョーンスの劇。ナッシのアブサーヂチー」というメモが見いだされる[20]（傍点塚本）。このメモは、無論右に紹介した場面の心覚えである。「アーサー、ジョーンスの劇」とは『十字軍の戦士たち』に他ならず、より限定すれば「Jawle ノ婦人観」と考えてもよい。つまりこのメモでは、ジョールの「婦人観」と「ナッシのアブサーヂチー」とが直結しており、『カルメン』への言及はない。この事実は、後にこのメモから『猫』が生まれる過程で両者の間に『カルメン』の一節が挿入されたことを示唆しており、この意味で『カルメン』は言わば二次的な意味をもつに過ぎないのではないか。かくして、苦沙弥の自殺談義がいくつもの話題に展開していく過程で、『十字軍の戦士たち』がそれなりに重要な役割を果たしていることは明白であろう。

この喜劇が上演されたイギリスでは、十九世紀末にもなると「至る所で人々は以前より生きることを重荷に感じるように」なったという[21]。『十字軍の戦士たち』もそういう時代的閉塞感の中で書かれたものではあろうが、この作品からは、少なくとも逃げ場のない重苦しさは伝わってこない。漱石自身も、「此一篇ニ伏在セル主意ハ開化ニ厭キナガラ開化ヲ廃スル能ハザル十九世紀末の人心の不安とアキラメト希望トヲヨク示セリ」という読後感を残している[22]。漱石は、この作品に僅かながらも「希望」を見出したのである。そうだとすれば、「吾輩」の認識、「人間の運命は所詮自殺に帰する」という「恐るべき」認識が、この作品から直接導かれたとは到底考えられないだろう。

## 3　「今世紀のヱルテル」としての寒月

そもそも「ジョーンス」の「脚本」は、苦沙弥の自殺談義が展開していく過程で言及されるのであって、この「脚本」が自殺談義を触発したわけではない。そうだとすると、この自殺談義を触発した契機はこの「脚本」以外にあるはずなのだ。それは、苦沙弥が「ジョーンス」に言及するはるか以前に迷亭が口にする「ヱルテル」ではなかろうか。

迷亭が「ヱルテル」に言及する状況は、以下の通りである。苦沙弥の教え子寒月は、「四日許り前に国から帰つて来た」のだが、今日は「国の名産」たる「鰹節」を「献上」するべく、苦沙弥宅を訪れたのだった。ところが、「一番大きな奴」の先端が「欠けてる」のに苦沙弥が気づき、その理由を訊くと、寒月は「船の中」で「鼠が食つた」のだと答える。「ヴイオリンと一緒に袋のなかへ入れて、船へ乗つたら、其晩にやられ」たのである。寒月はさらに、「鰹節だけなら、い丶のですけれども、大切なヴイオリンの胴を鰹節と間違へて矢張り少々噛」ったと付け加える。

これを契機として迷亭も「ヴイオリンの御仲間」に加わる。寒月が、自分が出た学校は「田舎中の田舎で麻裏草履さへないと云ふ位な質朴な所」で、ヴァイオリンは先生にもつかず「独習」したのだと昔を振り返ると、迷亭は「そんな所でヴイオリンを独習したのは見上げたものだ。惸独にして不群なりと楚辞にあるが寒月君は全く明治の屈原だよ」と、むやみに寒月を褒めあげる。

寒月が「屈原はいやですよ」と応えると、迷亭は「それぢや今世紀のヱルテルさ」と言い直す。『漱石全集』第一巻（一九九三）「注解」にある通り、屈原とは「楚の王族」に生まれ、「懐王・襄王をたすけたが讒言にあって追放され、憂憤して汨羅の淵に身を投じて死んだ」人物である。「ヱルテル」は「屈原」と違って実在の人物ではなく、この「注解」にある通り、「ゲーテの書簡体小説『若きヴェルテルの悩み』の主人公」で、「人妻に失恋し、破れた後に自殺する」ことになっている。つまり、この両者は共に自殺によって生涯を閉じたのである。とすると、迷亭がこの二人に言及した時点で、自殺談義への路線がそれとなく敷かれたと考えてよかろう。

迷亭が寒月を「今世紀の」ヴェルテルだと言い直したのは、ヴェルテルが新時代の人間として旧来の因習に敢然と反抗したように、寒月は田舎の高等学校の野蛮な風習に逆らって断然ヴァイオリンを習おうとしたからであろう。これも、あえて均衡を失した比較を提出することで滑稽感を触発しようとする試みで、『猫』の根底を流れる「不対法」の応用例の一つである。[23] 既に述べた通り、深夜寒月が「庚申山へヴイオリンをかゝへて上る」場面を迷亭が「サンドラ、ベロニが月下に竪琴をひいて以太利亜風の歌を」うたう場面に擬し、「向ふは月中の嫦娥を驚ろかし、君は古沼の怪狸におどろかされたので、際どい所で滑稽と崇高の大差を来たした」と評する一節がある。寒月と「ヱルテル」との比較は、言うまでもなくこれと同工である。

ところがヴェルテルの反抗は、前記「注解」にもある通り、「人妻」との恋に破れて「自殺」するに至るのだ。しかも「西欧ではヴェルテルを模倣して自殺するものまで現れた」のである。[24] 迷亭に

「今世紀のヱルテル」と言わせたとき、漱石は「ヱルテル」の自殺を意識していなかったのだろうか。

漱石が何処で『ヴェルテル』(一七七四)に接したかをすべて検証することは不可能に近いが、当面の問題との関係で決定的に重要なのは、G・ブランデスの大著『十九世紀文学主潮』第一巻である。ブランデス(一八四二〜一九二七)はデンマークの文学史家で、コペンハーゲン大学で十九世紀ヨーロッパ文学に関する連続講義を行ない、その成果を一八七一年から九〇年にかけて全六巻に纏めた。一九〇一年から〇五年にかけて英訳(*Main Currents in Nineteenth Century Literature*)が刊行されたが、漱石は英訳本のうち四巻を購入している。だがそのうち一冊は行方不明になり、漱石文庫には現在三冊しか残されていない。その第一巻が *The Emigrant Literature* (1901) で、その第三章が『ヴェルテル』論に充てられているのである。

「エミグラント」[25]とは一般には政治上の迫害を逃れて海外に移住した人を意味するが、特にフランス革命に際して外国に逃れたフランス人を指すことが多い。ブランデスも基本的には後者の意味で「エミグラント」を用いているのだが、『エミグラントの文学』は『ヴェルテル』ばかりでなく、第二章でルソー(一七一二〜七八)の『新エロイーズ』(一七六一)をも論じている。ルソーはスイス人で、一七七八年すなわち革命が勃発する十年以上も前に他界した。またゲーテ(一七四九〜一八三二)は、言うまでもなくドイツ人で、『ヴェルテル』を発表したのは一七七四年、これもまた革命が勃発する十五年も前である。それなのに、何故ブランデスはこの二人を『エミグラントの文学』に収録したのか。この疑問は、『エミグラントの文学』を読み進むにつれて徐々に氷解する。一言でいえば、ブランデスは、ロマン主義の先駆者ルソーの『新エロイーズ』と、ルソーに次いで一世を風靡した

『ヴェルテル』とを結んだ延長線上に、「エミグラント」の文学を位置づけようとしたのである。

このことはまた、『十九世紀文学主潮』の基本的構想がどのようなものだったかを端的に示してもいる。この大著は無論一種の文学研究ではあるが、狭義の作品論や作家論を目指すものではなく、文字通り十九世紀文学の「主たる潮流（Main Currents）」を形成する上で決定的に重要な作家や作品を、論じようとするものなのである。逆に言えば、一個の作品としてはどれほどの傑作であっても、それが十九世紀の文学的潮流との関連で不可欠な意味をもたないと判断されれば、採り上げられていないのだ。例えばゲーテについては、『ヴィルヘルム・マイスター』（第一部一七九五～九六、第二部一八二一～二九）や『ファウスト』（第一部一八〇八、第二部一八三二）ではなく、『ヴェルテル』だけが論じられているのは、このような理由によると考えられる。

ブランデスによれば、『ヴェルテル』がドイツで出版された二年後、すなわち一七七六年には早くも最初の仏訳が現われ、フランスでは以後二十年の間に再版を含めて十八種の翻訳が出た。批評家には酷評されたが一般読者には大好評で、シャトーブリアン（一七六九～一八四九）、セナンクール（一七七〇～一八四六）、コンスタン（一七六七～一八三〇）、スタール夫人（一七六六～一八一七）等は、何らかの意味で『ヴェルテル』の影響を受けている、とブランデスは考える。「エミグラント」の文学そのものを論じるに先立って、ブランデスが『新エロイーズ』と『ヴェルテル』とを取り上げた所以である。

『エミグラントの文学』「第三章『ヴェルテル』」は、「『新エロイーズ』は一七六一年に出た」という短い言葉で始まる。(26) 直後に、「その十三年後、（中略）フランスとは全く違った環境で、ルソーとはほとんど共通するところはないが、しかしルソーのロマンスや彼の思想の影響を受けた若き天才が、ささやかな本を出版した」という言葉が続く。それは「『新エロイーズ』の全ての長所をもち、しかもその欠陥は一つとしてもたない」ものだった。[27] それは「何千何万という人々の心を揺り動かし、一世代の長きに亙って激烈な感情と死への病的な渇望(a morbid longing for death)とを目覚めさせ、また多くの場合ヒステリックな感傷、倦怠、絶望、そして自殺(suicide)への想いを」誘ったのである。この「ささやかな本」こそ『ヴェルテル』に他ならない。『新エロイーズ』の主人公サン・プルーは衣服を替えて、青の上着に黄のチョッキを着用した。これがヴェルテルであり、ルソーの“*belle âme*”は、“*die schöne Seele*”としてドイツ文学に入り込んだのだ、とブランデスは述べるのである。[28]

第二のパラグラフでブランデスは、『ヴェルテル』は「一個人の孤独な情熱や苦悩を表現したばかりでなく、一時代全体の情熱、渇望、および苦悩を表現しているのだ(…it〔= *Werther*〕gives expression not merely to the isolated passion and suffering of a single individual, but to the passions, longings, and sufferings of a whole age.)」と述べるが、右の引用文中に示したように、漱石はこの部分に下線を引いている。[29] このことは、第一パラグラフで強調された「死への病的な渇望」や「自殺」という言葉と共に、当面の問題との関連で看過し得ないところであろう。漱石はここで、『ヴェルテル』が「一時代全体」の趨勢としての自殺を生む契機になったことを、明確に認識したはずだからである。

さらにブランデスは、ヴェルテルが「新時代の人間(the spirit of the new era)」であるばかりか「新時代の天才(its genius)」[30] であるが故に社会と対立せざるを得ない、と続ける。「新時代」の人間、すなわち、従来の規範に囚われず自己の信念を貫こうとする人間は、社会にとって必然的に「目障りなもの（an offence）」になるのである。[31] この関係は、あえてハイカラなヴァイオリンを「独習」しようとする寒月と、「少しでも柔弱なもの」には「無暗に制裁を厳重にする」という「土地柄」との関係に正確に対応する。迷亭が寒月を二十世紀の「ヱルテル」だと評するのは、寒月が断然「目障りなもの」になろうとする覚悟を決めたからでもあろう。

そういう寒月を評するのに、東風はしきりに「天才」という言葉を繰り返す。ヴァイオリンの「稽古」はどうしたのかという質問に答えて、寒月が「なあに先生も何もありやしない。独習さ」と言うと、東風は「全く天才だね」と口を挟む。寒月が「渇仰の極致」であるヴァイオリンになかなか手が出せない理由を説明して、「狭い土地ですから買つて帰ればすぐ見付かります。見付かればすぐ生意気だと云ふので、制裁を加へられます」と述べると、東風は直ちに「天才は昔から迫害を加へられるものだからね」と、「同情を表」わすのである。

これは、ブランデスが「天才（genius）」という用語を繰り返し用いることに対応しているのではないか。例えば、"Goethe ...has endowed him［＝Werther］with all his own rich and brilliant *genius*,[32]（ゲーテは、彼自身がもっている豊かで眩しい程の天才的能力をヴェルテルがもつかのように描いた）", "...he［＝Werther］is more than the spirit of the new era, he is its *genius*.[33]（ヴェルテルは新時代の精神を持った人以上の存在である。彼は新時代の天才なのだ）[34]", "He is not only the child of nature in his passion, he is nature in one of its highest developments, *genius*.（ヴェルテルは感情の激しさにおいて自然の子であるばかりか、ある意味で最高度に発達した自然そのもの、すなわち、天才である）" 等々といった具合である（引用文中イタリックは塚本）。東風が頻発する「天才」にも、ブランデスの反響が明らかに感じられるであろう。ただし、ここで東風が繰り返す「天才」には、ブランデスの言う“genius”とは全く違うニュアンスが籠められている。ブランデスが、ヴェルテルは文字通り「天才」だと述べているのに対し、『猫』の作者は東風が些細なことに馬鹿々々しいほどに誇大な表現を用いることで、読者の笑いを誘っているのである。かくして、実態と表現との著しい落差から生まれる滑稽感が「不対法」による効果であることは、言うまでもない。

かくして、漱石はヴェルテルに二重の機能を与えたと思われる。その一は、寒月をこの新時代の「天才」になぞらえることによって読者の笑いを触発することである。その二は、「一世代の長きに亙って激烈な感情と死への病的な渇望とを目覚めさせ」、また、「ヒステリックな感傷、倦怠、絶望、そして自殺への想いを」誘った「天才」を登場させて、それとなくこの場面に続く自殺談義への路線を敷いたことである。

これらは、『猫』における自殺談義との関係において、どうしても看過し得ない側面である。死そのものは、ギリシア以来、文学なるものの重要な主題の一つだった。漱石の作品に限っても、『倫敦塔』、『幻影の盾』、『薤露行』以下、『漾虚集』に収められた作品のほとんどは、死の影に覆われている。自殺もまた、文学史上決して新しい主題ではない。『オセロ』にせよ、『アントニーとクレオパトラ』にせよ、登場人物の自殺がなければ、作品そのものが成立し得ないのである。しかし、「世界向後の趨勢は自殺者が増加」し、「千年も立てばみんな〔自殺を〕実行するに相違なく」、「万年の後には死と云へば自殺より外に存在しないもの丶様に考へられる様になる」といった事態は、誰が想像しただろうか。苦沙弥先生のこの発言は、『ヴェルテル』が「何千何万という人々の心を揺り動かし、一世代の長きに亙って激烈な感情と死への病的な渇望とを目覚めさせ、また多くの場合ヒステリックな感傷、倦怠、絶望、そして自殺への想いを」誘ったというブランデスの記述を、「不対法」的手法によって滑稽の次元に転位させたものではあるまいか。

## 4　『オーベルマン』と「文学における自殺の病的な流行」

フランスにおいて『ヴェルテル』の影響を強く受けた典型的な例が、第五章で論じられるセナンクール Etienne Pierre de Sénancour（1770-1846）の『オーベルマン』*Obermann*（1804）である。セナンクールはパリの裕福な家庭に生まれたが、革命によって家運が傾いたため、聖職者になるよう父に強く勧められた。しかし彼は父の指示に従わず、スイスに移住する。だが彼はこの地での結婚に失敗し、貧窮のうちに不幸な生活を送ることになった。彼は同時代の風潮にまったく馴染むことが出来ず、例えば、当時あらゆる学問のなかで最も尊重されていた数学は、彼が心底から嫌う科目だったと言われる。また、彼には少年時代から孤独を好み、漠然とした憂愁に囚われる傾向があったとも言われている。このような性癖は、彼の代表作『オーベルマン』にも強く顕れていると考えてよかろう。「ドイツで多くの自殺者が『ヴェルテル』を手にしていたように、フランスでは多くの自殺者が『オーベルマン』を手にしていた」と、ブランデスは述べる。[35] この作品は、『新エロイーズ』や『ヴェルテル』と同じく書簡体小説だが、取りたててプロットと言うべきものを持たない。主人公オーベルマンは二十歳にして既に人生に幻滅を抱き、革命のトラウマに苦しみつつフランスやスイスを放浪し、ようやくスイスの自然の中でルソー風の農耕生活をすることになる。その過程で彼が感じた倦怠、虚無感、絶望等々を切々と書き綴った長短百通ほどの書簡が、この作品を形成しているのである。[36]冒頭には、「以下の書簡には、行動する精神ではなく、感応する精神の言葉が見出されるであろう」という文字が記されている。[37]「彼はなぜ行動しないのか。彼が不幸だからである。彼はなぜ不幸なのか。あまりに感じやすく、あまりに感受性が鋭いからである」とブランデスは言う。[38]要するに、『オーベルマン』は、病的に鋭い感受性に悩まされるセナンクール自身の精神的遍歴の記録だとブランデスは考えるのである。[39]

オーベルマンに相応しいのは沈黙する砂漠と物言わぬ山岳だ、とブランデスは述べる。彼が安らぎを覚えるのは、人間の生活が存在しないところだからである。[40]そのような人間が「人生に堪えることができるのだろうか。それともヴェルテルのように何時の日にか生を捨て去るのだろうか」とブランデスは問いかける。[41]それほどにオーベルマンは人間を嫌悪するのだ。

だがオーベルマンは、長期に亙る激しい精神的葛藤を経て、結局自殺を思い止まることになる。彼は、一切の快楽や幸福への希求を放棄し、次のように決意する。「過ぎ去り滅びゆくものは全てつまらぬものだと見なすことにしよう。（中略）人間は滅びるために創造されたのかもしれない。たとえそうだとしても、抵抗しつつ滅びようではないか。消滅することが我々の宿命だとしても、少なくともそういう宿命には一切手を貸すまい」と。[42]

しかしオーベルマンは、このような決意をもつに至るまでの間、激越な口調で自殺は正当だと繰り返すのだ。それも驚くべきことではない、とブランデスは述べる。何故なら、「文学における

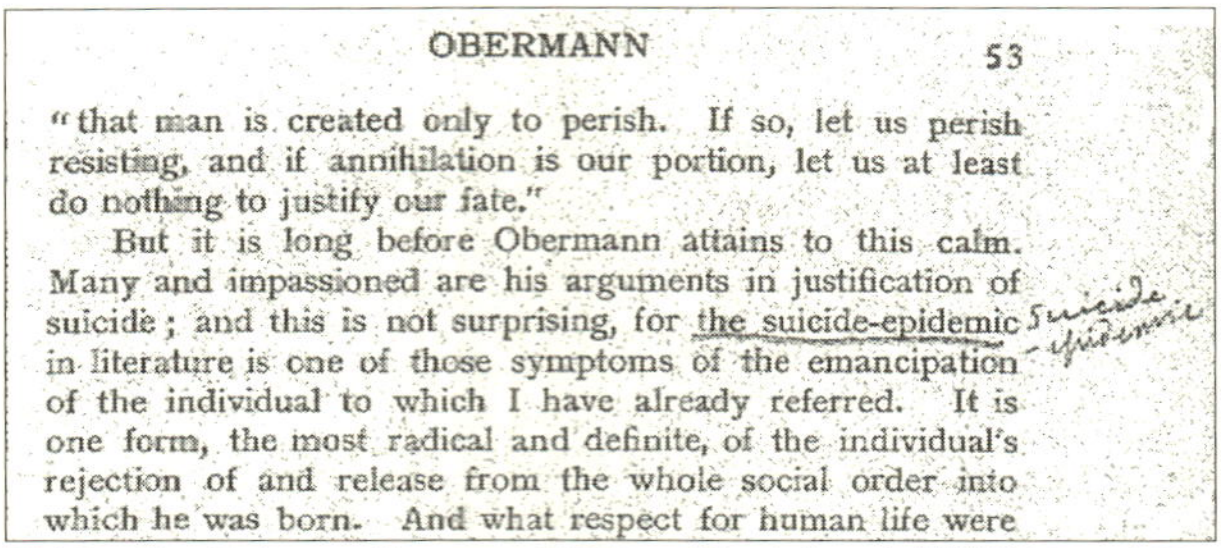
OBERMANN　53

"that man is created only to perish. If so, let us perish resisting, and if annihilation is our portion, let us at least do nothing to justify our fate."

But it is long before Obermann attains to this calm. Many and impassioned are his arguments in justification of suicide; and this is not surprising, for the suicide-epidemic in literature is one of those symptoms of the emancipation of the individual to which I have already referred. It is one form, the most radical and definite, of the individual's rejection of and release from the whole social order into which he was born. And what respect for human life were



図16　***The Emigrant Literature* (1901), p.53**. より。右側欄外に **"suicide-epidemic"** の書き込みが残されている。

自殺の病的な流行（the suicide-epidemic in literature）は、既に述べた個人の解放に伴う病的徴候の一つなのだから」というのである。(43)「既に述べた個人の解放」とは具体的には何を意味するかについては後述するが、漱石手沢本では、カッコ内に示したように、"the suicide-epidemic" に下線が引かれ、なお欄外に "suicide-epidemic" という書き込みが残されている（図16参照）。これは、漱石がこの言葉に強く反応した証左にほかならない。ここで漱石は、ブランデスがヴェルテルについて述べた言葉、例えば、ヴェルテルは「激烈な感情と死への病的な渇望とを目覚めさせた」といった言葉を想起しなかったはずがあるまい。

そもそも「自殺とは、個人がその中に生れてきた社会秩序全体を拒否し、そこから自分自身を解放するための最も根源的かつ最も決定的形式の一つ」なのだ、とブランデスは言う。(44)では、オーベルマンがそこから自己を「解放」しようとした「社会秩序全体」、彼が「その中に生れてきた社会秩序全体」とは、どのようなものだったのか。ブランデスは、それはナポレオン一世（一七六九～一八二一）時代の社会秩序だった、と示唆し、次いで、ナポレオンが自己の野心のため年々何千人もの血を流した時代に人命の尊重などがあるはずはない、と続けるのである。一方では、何としても生きていたいと願いながら祖国のために戦死するのが名誉とされ、他方では、絶対に死にたくないと思っているはずの敵兵を殺すのが正しいとされるのに——要するに、生きたいと願う人間の生命を奪うことが称揚されるのに——自ら死を求め、死を達成するのが罪だとする論理は成立し得ない、とブランデスは言う。(45)これに呼応するように、オーベルマンは述べる。「様々な口実を設けて——時には尤もらしく、また時には馬鹿々々しい口実を設けて——あなた方は私の人生をもてあそぶ。私だけが自分の生き方に対する権利を持たない、というのだ。私は生命を愛しているのに、生命を軽んじなければならない。私は幸福なのに、あなたは私に死ねと言う。それでいて、私が死のうとすると、あなたは死んではならぬと言い、私が嫌悪する人生という重荷を無理に私に押し付けるのだ」と。(46)

ブランデスは、自殺を擁護していると誤解されるのを恐れるかの如く、「自分は現在検討中の文学的現象の一つ、すなわち、当時の精神的状況における一つの事実を、純粋に歴史的視点から描いているに過ぎない」と弁解する。その上で彼は、『ヴェルテル』や『オーベルマン』だけが当時自殺を描いたり論じたりしたわけではない、と付け加える。シャトーブリアン『アタラ』（一八〇一）の女主人公も自殺を遂げ、同じく『ルネ』（一八〇二）の主人公は、後述するように、姉アメリーの説得によってようやく自殺を思い止まるのである。しかもルネは、ショーペンハウアー（一七八八～一八六〇）のように激越な口調で生を軽蔑し、生への愛着を「狂気（mania）」だと冷笑するのだ。シャトーブリアンとセナンクールほどに異なった作家に共通してみられる自殺への態度は、彼らの作品が疑いもなく時代の刻印を帯びていることを示している、とブランデスは考える。(47)

繰り返しになるが、ここで二つのことを確認しておきたい。その一は、『オーベルマン』の結末が『ヴェルテル』のそれとは正反対であるにも拘わらず、『オーベルマン』は『ヴェルテル』の系譜に属している、とブランデスが主張していることである。その二は、ブランデスが用いた「自殺の病的な流行(the suicide-epidemic)」に漱石が下線を引いたばかりか、欄外にも"suicide-epidemic"という書き込みを残したことである。これが重要な意味をもつのは、「自殺を主張する哲学者」(すなわち、『十字軍の戦士たち』に登場する"Mr. Burge Jawle, the Great Pessimist Philosopher")の言行が、孤立した個人の問題にとどまるのに対し、『ヴェルテル』から『オーベルマン』に続く「自殺」の「流行」は、個人をはるかに超えた社会的現象だからである。『猫』に即して言えば、寒月を「今世紀のヱルテル」とする迷亭の戯言に始まり、「万年の後には死と云へば自殺より外に存在しないもの、様に考へられるようになる」という苦沙弥の言葉や、「其時分になると巡査が犬殺しの様な棍棒を以て天下の公民を撲殺してあるく」と続く迷亭の「予言」は、要するに社会現象としての「自殺」が行き着く果ての形態を戯画化しているからである。そうだとすれば、苦沙弥の書斎で繰り広げられる一連の自殺談義は、一世代を風靡した「死への病的な渇望(a morbid longing for death)」ないし「自殺の病的な流行("the suicide-epidemic")」といった異様な現象と無関係ではあり得ないのではないか。端的に言えば、『猫』における饒舌な自殺談義の根底には『ヴェルテル』から『オーベルマン』に続く「自殺の流行」が隠れているのではないか。そして漱石は、この流れを未来に投影した上で、「不対法」によって極端に戯画化したのではないか。

付言すれば、『オーベルマン』はイギリスではあまり注目されることがなかった。だが、厭世的傾向が強かったマシュー・アーノルド(一八二二〜八八)の詩には、*Stanza in Memory of the Author of*

*Obermann*（1849）と *Obermann Once More*（制作年不詳）とがある。前者は『オーベルマン』の作者セナンクールを、後者はこの小説の主人公を主題とした作品だが、漱石文庫に残されている『アーノルド詩選（*Selected Poems of Matthew Arnold*）』にはこのいずれも収録されていない。漱石と『オーベルマン』との接点は、『エミグラントの文学』に限られていたようである。

## 5 「自殺」と「解放」

そもそもキリスト教世界では、自殺は最大のタブーだったはずである。それにも拘らず、十九世紀初頭に自殺が流行するようになったのは何故か。この疑問にブランデスは直接応えてはいない。だがこの問題については、シャトーブリアン François René de Chateaubrian（1768-1848）の『ルネ』*René*（1802）を扱った第四章で、一般論の形式をとりながら明快に論じているのである。前節では「既に述べた個人の解放」というブランデスの言葉を引用したが、「既に述べた」とは、「第四章」で『ルネ』を論じたさいに「述べた」ということなのだ。『文学論』「第五編 第一章 一代に於る三種の集合的F」は、この第四章について次のように述べる——「Georg Brandes 曰く『十九世紀の始めに起れる**厭世観**は一種の病患の性質を帯ぶ。而して此病患は一国民中の一個人を冒すべき性質のものにあらずして、中世紀に於て、全欧に伝播せる宗教狂の如くなる**流行病**なり。René は此病症の天稟の英才を冒せる尤も早くして尤も著るしき例に過ぎず』と（太字は塚本）」。これは、*The Emigrant Literature*,

But this undercurrent, however impure and diluted it may be in the individual writer, springs from a spiritual condition which is the result of the great revolution in men's minds. All the spiritual maladies which make their appearance at this time may be regarded as products of two great events—the emancipation of the individual, and the emancipation of thought.

The individual has been emancipated. No longer satisfied with the place assigned to him, no longer content to follow the plough across his father's field, the young man released from serfdom, freed from villenage, for the first

図17　***The Emigrant Literature*, p.39**. より。右側欄外に「原因 **Emancipation**」の書き込みが残されている。

(IV) RENÉ（『エミグラントの文学』第四章『ルネ』）からの引用で、[48] ここで漱石が「十九世紀の始めに起れる厭世観（melancholy）」を「流行病（an epidemic）」として捉えていることは重要である。『猫』（十一）においてもまた、「流行病」としての「厭世観」こそが、自殺談義の母胎だと考えられるからである。そしてこの自殺談義は、「とにかく此勢で文明が進んで行つた日にや僕は生きてるのはいやだ」という苦沙弥先生の言葉を契機として始まるのだ。

ブランデスによれば、『ルネ』の著者シャトーブリアンは十九世紀においてキリスト教に最初に叛旗を掲げたばかりでなく、まったく信仰を持たず、また、いかなる信念にも心から傾倒することがなかった人である。十九世紀初頭ともなれば、「十八世紀の諸思想は権威を失墜しかけて」おり、また、「十九世紀の大思想は未だに科学としての形態をとるに至らなかった」のである。[49] この思想的空白は「大革命が人間の心にもたらした結果」であって、「この時代に出現した精神の病の一切は二つの重要な事象、すなわち個人の解放と思想の解放との所産」だ、とブランデスは考える。[50] 右の引用の一部、すなわち"the emancipation of the individual, and the emancipation of thought"の部分では、ここに示したように漱石は下線を引き、さらに欄外に「原因 Emancipation」と書き入れてもいる（図17参照）。「個人」が「解放」されたとき、どのようなことが起こったのか。人々は、与えられた状況に満足することができなくなって、人類史上初めて全世界が目の前に開かれているのを見たのだ、とブランデスは言う。「一兵卒の手にあった太鼓の撥(drumstick)が、一連の変化によって元帥の指令杖(baton)に、いや、国王の王笏(sceptre)にさえなり得るようになった時、『不可能』なる語は意味を失った」のである。(51) 旧秩序が崩壊して個人が社会的強制力から解放されたとき、突如として一切のことが許容され、一切のことが可能になったという幻想をもったのである。例えば、一介の砲兵士官に過ぎなかったナポレオンは、短時日のうちに皇帝にまで成り上がったではないか。だが現実には、その可能性を実現することができるのはきわめて例外的な少数者に過ぎないのだ。逆に、途方もなく大きな欲望は、それが満たされなかったとき、必然的に深い失望ないし憂鬱を生むことになるのである。このようにして、ブランデスは先ず「個人の解放」に内在する二面性を指摘する。(52)

ブランデスは続ける。この時代にはさらに旧来の禁制に対して「何故?」という恐るべき質問が突きつけられるようになった。「何故?」という疑問は人類の知識の起源ではあるが、同時に、恐ろしい質問でもある。何故なら、如何なる問題についてもこの質問に究極的回答を与えるのは不可能だからである。この質問に対してどのような回答を与えたとしても、その回答に対して重ねて「何故?」と問い返すことが可能であり、この応答は無限に繰り返すことができるからである。かくして、絶対に究極的回答を与えることができないこの質問は、旧体制を支えていた理論的根拠を徐々に蝕み、従来自明とされてきた社会的慣習を否定するに至ったばかりか、遂には人間にはあらゆることが許されているという主張を生むことになった。その結果、人間は「異常な情熱や異常な犯罪(unnatural passions and unnatural crimes)の領域に踏み込んでしまった」のである。(53) それらは、「個人が自己を主張するという壮大かつ画期的な闘争において犯された過ちの一つなのだ（they are one of the mistakes made in the great, momentous struggle of the individual to assert himself. 下線は漱石）」と、ブランデスは強調する。[54]つまりブランデスは、「個人の解放と思想の解放と」が無限の自己主張へと肥大していくという近代特有の負の側面に注目するのだ。漱石がこの部分にも下線を引いているのは、ここでも彼がブランデスに共感した証左であろう。このような時代思潮のなかで、自殺もまたタブーではなくなっていく。「自殺の病的な流行」が猖獗をきわめたのは、このような社会的風土においてだったのである。

ブランデスの言う「異常な情熱や異常な犯罪」の典型は近親相姦であり、ブランデスがその萌芽を見出すのは、シャトーブリアンの『ルネ』においてである。ルネはフランスの田舎で少年時代を過ごしたが、当時彼の唯一の喜びは姉アメリーと心ゆくまで語り合うことだった。その後彼は未知の幸福を求めて様々な生き方を模索したが心は満たされず、悲しみのあまり自殺を考えるようになる。しかし、アメリーの熱心な説得によってルネはようやく自殺だけは思い止まった。彼にとって、アメリーは人生における唯一の慰めだったのである。

ところがアメリーは、自分は弟に対してあまりにも強すぎる愛情を抱いているのではないかという恐怖を感じはじめ、遂に修道院に入ろうとする。既に弟は、姉が自分を避けようとするようになったことに気づいていたが、姉が修道院に入ろうとしていることを知って愕然とし、姉の許に駆けつける。弟が到着したのは、姉の頭髪を鋏で切り落とそうとする儀式の最中だった。姉が祈りの中で、「弟に対して抱いた罪深い愛情（the criminal passion she has felt for her brother）をお赦し下さい」と呟くのを耳にして、弟は失神してしまう。[55]ブランデスはこのような点を捉えて、アメリーのルネに対する愛は「罪深い愛情（guilty passion）」であり、弟は「肉親の姉が自分に対して異常な情熱をもつように仕向けたのだ（…he has inspired his own sister with an unnatural love for him.）」と述べて、二人の愛は「罪深い愛（criminal attachment）」だとするのである。(56)

続けてブランデスは、『ルネ』以前にも、ゲーテが『ヴィルヘルム・マイスター』で「ミニオンを兄妹の不吉な結合から生まれた娘（Goethe, in his *Wilhelm Meister*, had made Mignon the fruit of a sinister union of brother and sister）」として描いていることを指摘する。(57) さらにブランデスは、同様な主題をもつ作品として、イギリスロマン派の詩人シェリー（一七九二～一八二二）の『ロザリンドとヘレン（*Rosalind and Helen*）』（一八一九）、『イスラムの反逆（*The Revolt of Islam*）』（一八一八）や、バイロン（一七八八～一八二四）の『カイン（*Cain*）』（一八二一）、および『マンフレッド（*Manfred*）』（一八一七）を挙げる。これらの作品は、「若き革命派（the young revolutionary school）」の主張の顕われ、すなわち、「兄弟姉妹間の近親相姦への恐怖は偏見に基づいたものに過ぎない」とする彼らの持論の顕われだった、とブランデスは考えるのである。(58) このあたりには断続的に下線が引かれており、このあたりにも漱石が大きな関心をもったことは否定し難い（図18参照）。

> Thus powerfully was the dissonance first sounded which was afterwards repeated with so many variations by the authors of the "Satanic" school. Not satisfied with depicting, with a sure hand and in the grand style, a self-idolatry bordering upon insanity, Chateaubriand throws it into relief on the dark background of a sister's guilty passion. So impelled is he to make René irresistibly seductive, that he does not rest until he has inspired his own sister with an unnatural love for him. This criminal attachment between brother and sister was a subject which occupied men's minds considerably at that time. Not many years previously, Goethe, in his *Wilhelm Meister*, had made Mignon the fruit of a sinister union between brother and sister; and both Shelley and Byron treated the same subject in *Rosalind and Helen*, *The Revolt of Islam*, *Cain*, and *Manfred*. It was a favourite theory with the young revolutionary school that the horror of incest between brother and sister was merely based upon prejudice.

図18　***The Emigrant Literature*, p.38.** より。ブランデスの言う「若き革命派」の代表的な作品に、漱石は下線を引いている。

そればかりではない。『漱石全集』第二十一巻『ノート』は、『エミグラントの文学』におけるこの部分のメモを収録している。「○ *René, Wilhelm Meister, Rosalind and Helen*, — ***Cenci***, / *The Revolt of Islam, Cain, Manfred*, Goethe ***Die Geschwister*** / 兄弟ノ恋 unnatural love」というメモである[59]（太字は塚本）。このメモとブランデスとの差異は、太字の部分にある。すなわち、『ノート』には、ブランデスが触れなかったシェリーの［*The*］*Cenci*（『チェンチ家の人々』一八一九）とゲーテの *Die Geschwister*（『兄妹』）とが加えられていることである。これらの二点は、漱石がブランデスの記述を反芻しているうちに脳裏に甦った作品ではなかろうか。おそらく漱石は、ブランデスの記述に衝撃を受け、近親相姦を扱った他の作品を自らの記憶の中から掘り起こしたのであろう。

ブランデスの言う「若き革命派」は、漱石の眼にはどのように映ったのか。このことについての漱石の直接的発言は見当たらない。ただし漱石の発言には、西欧の文学を必ずしも是としないものが多い。「(1)西洋ヲ紹介スルハ善事（中略）(7)只アル established science ノ外ニハ妄リニ西洋ノ intellect ヲ信ズベカラズ（中略）(8) intellect 以外ノ faculty ヲ用ユル取捨ハ猶厳重ニ慎マザル可カラズ (9)文ハ feeling ノ faculty ナリ (10) feeling ノ faculty ハ一致シ難シ (11)故ニ西洋ノ文学ハ必ズシモ善イト思ヘヌ（以下略）」（明治三十四年断片一四）とか、「西洋の文学にあらはれた態度が、必ず日本の態度の模範になる理由は認められません」（「創作家の態度」）等々といったものである。これはことさら「若き革命派」を対象にした発言ではないが、漱石がこのように述べたとき、彼らの主張が漱石の視野に入っていなかったはずがあるまい。

たしかに、近親相姦の問題には『猫』は一切触れていない。だがその理由は、これが当時の日本では顕在化しておらず、したがって、「写生文を鼓吹する吾輩」の眼に映りようがなかった、ということだけなのだろうか。文学が「feeling ノ faculty」であり、「established science ノ外ニ」あるのは自明である。そうだとすると、近親相姦の文学を是とする「若き革命派」の主張は、当然、漱石にとって「妄リニ」「信ズベカラ」ざるものだったはずである。『草枕』の語り手は言う。「世に住むこと(中略)二十五年にして明暗は表裏の如く、日のあたる所には屹度影がさすと悟つた。三十の今日はかう思ふて居る。——喜びの深きとき憂愈《いよいよ》深く、楽みの大いなる程苦しみも大きい」と。また、パリ滞在中の漱石の日記、明治三十三年十月二十三日の日記には、久しぶりで「日本食ノ晩餐ヲ喫」してから「Music House ニ至リ又 Underground Hall」に立ち寄って、「午前三時」に「帰宅」したという記述に続けて、「巴里ノ繁華ト堕落ハ驚クベキモノナリ」という感想が記されている。輝かしいヨーロッパ近代文明の影にはそれだけ恐ろしい闇が潜んでいることを、漱石が見逃したはずがあるまい。

ブランデスは言う。「思想の解放」以前には、人間は明確で疑問の余地もない「信条(creed)」[61]、すなわち、神の言葉による慰めと約束とで満ち満ちたキリスト教的信条の中に生まれてきた。十八世紀になるとこの信条は失われたが、これとほとんど同様に独断的で勇気を与えてくれる信念、「文明と啓蒙と(civilization and enlightenment)[62]」が人間を救うだろうという信念がこれに替わった。つまり人間は、新時代の哲学者たちの主張があまねく受け容れられて、地上には幸福と調和とが行き渡るはずだという約束を信じて生きてきたのである。ところが十九世紀初頭になると、この確信もまた揺らいできた。歴史は、この道もまた行き上まりだということを示しているようである。人々は、戦闘のさなかに矛盾する命令を受けとった軍隊さながらに、混乱を極めているのだ、と。以上

が、ブランデスの提示する当時の思想的状況である。(63)

『猫』は、ブランデスが提出したこういう大問題に深く立ち入ってはいない。自殺談義では様々な登場人物がそれぞれに勝手な言葉を差し挟むので議論が錯綜するが、『猫』最終章で読者が先ず気づくのは、「昔しの人」と「今の人」との対比であろう。独仙は、「昔しの人は己れを忘れろと教へたものだ」が、「今の人は己れを忘れるなと教へるから丸で違ふ」と言う。苦沙弥先生は、「当世人の探偵的傾向は全く個人の自覚心の強過ぎるのが源因」だと述べる。後者では「当世人」と対比されるべきものが明示されてはいないが、それは「昔しの人」以外には考えられないだろう。

つまり、ここでは時代の流れによって「人」そのものが変化したことに着目し、変化以前の人（＝「昔しの人」）と変化以後の人（＝「今の人」）との対比（あるいは対照）が提示されているのだ。これは、やはり看過してはならない側面ではないか。というのは、従来の漱石研究では、漱石における東洋と西洋との問題、すなわち、地域または文化圏の差異から生じる東西の異質性が採りあげられることが圧倒的に多かったからである。これはあまりにも当然なアプローチであろう。例えば『猫』（八）では、独仙が「西洋の文明は積極的、進取的かも知れないがつまり不満足で一生をくらす人の作った文明」であり、「日本の文明」は「自分以外の状態を変化させて満足を求める」のではなく、「根本的に周囲の境遇は動かすべからざるものといふ一大仮定の下に発達」したのだと言う。こういう発言から導かれるのは、先ず東西文明の対比という視点の導入になるのは当然なのである。ところが、『猫』（十一）になると、文化圏による対比とは無関係ではないにせよ、それとは別の視点からの対比が導入される。時代または歴史がもたらした変化に着目した対比が顕在化するのである。それはいか。

「昔しの人」と「今の人」といった曖昧な対照ではあるが、その背後には、ブランデスの『エミグラントの文学』、とりわけ、「第四章　『ルネ』」におけるブランデスの歴史観が伏在しているのではないか。

念のために繰り返せば、ブランデスが描いた近代思想の展開、すなわち、フランス革命後に実現した「個人の解放と思想の解放」、それに続く「文明と啓蒙と」に託された希望、その後に出現した楽天的幻想の消滅、そこから生まれた閉塞感といった展開に、漱石は少なからぬ不安を触発されたのである。しかも、この思想的潮流は、明治初期以降、先進的科学技術とともに怒濤のように日本にも流れ込み、日本人もまた多少ともかかる潮流の洗礼を受けていたのだ。漱石が、比較的単純な東西文明の対比に代わって、「個人の解放」以前の人とそれ以後の人との対比という視点を導入した契機は、まさにここにある。その背景には、やはりブランデスが隠れていたとしか考えられないのだ。そして、ブランデスが提示した近代思想の流れをそのまま延長すれば、迷亭の言う「文明の未来記」に描かれるような世界が我々を待っているのではないか。

前述のとおり、苦沙弥先生は「この自覚心なるものは文明が進むに従つて一日〳〵と鋭敏になつて行くから、仕舞には一挙手一投足も自然天然とは出来ない様になる」と言い、さらに、「今の人の自覚心と云ふのは自己と他人の間に截然たる利害の鴻溝があると云ふ事を知り過ぎて居るといふこと」だと言う。もし「自覚心」が「自己と他人の間に截然たる利害の鴻溝がある」という強い意識だとすれば、それが生まれたのはブランデスの言う「個人の解放」以後においてであり、また、「個人が自己を主張するという壮大かつ画期的な闘争」に突入した時代以降でしかあり得まい。迷亭は、

「一家を主人が代表し、一郡を代官が代表し、一国を領主が代表した時分には、代表者以外の人間には人格は丸でなかつた。（中略）其れががらりと変るとあらゆる生存者が悉く個性を主張し出した」と言う。「個性を主張し出した」時代とは、「個人の解放」が進み、「個人が自己を主張するという壮大かつ画期的な闘争」に突入し、かつ「個人がもはや自分を全体の一部と感じなくなって、自分は小規模ながら巨大な世界全体を反映する一つの小世界だと感じるようになった[64]」時代に他ならない。

ここで苦沙弥の見解と迷亭のそれとを通分すれば、「あらゆる生存者が悉く個性を主張し出」すのに比例して「此自覚心なるものは（中略）一日〳〵と鋭敏になつて行」き、かくして「強過ぎる」ようになった「自覚心」が「当世人の探偵的傾向」を生むということになるはずである。これはあまりにも図式的な解釈かも知れない。だが、おおよそこのような解釈が成り立ち得るとすれば、自殺談義の根底には、洋の東西を問わず、フランス革命以降の近代化という歴史的潮流への不安が潜んでいたことになる。要するに、『猫』における自殺談義は、東西文明の対照という側面を超えて、不可逆的に進行していく人類史の未来に対する恐怖の表明なのである。

これを裏書きするように、迷亭は「つらつら目下文明の傾向を達観して、遠き将来の趨勢を卜すると結婚が不可能になる」と言い始め、その論拠を「あらゆる生存者が悉く個性を主張し出」すことに求めた。ブランデスは、「個人が自己を主張するという（中略）闘争において犯された過ち」の典型に近親相姦を挙げたが、迷亭はこの「闘争」の延長線上に「結婚の不可能」を予想したのである。その理由の一つは、近親相姦といった主題は「不対法」によって戯画化するにはあまりにも重く、また、おぞまし過ぎるが、同時に、「結婚の不可能」は少なくとも「遠き未来の趨勢」に属する現象であり、それだけ当時の生活実感とはかけ離れた予測であるが故に、それを戯画化するだけの余裕が充分感じられたからであろう。[65]

「結婚の不可能」については次章で考察することにして、ここで本来の自殺談義に戻ることにしたい。苦沙弥先生は、ブランデスが強調した「自殺の病的な流行」から一歩を踏み出して、「文明の未来記」を描いた。それは、「生きて居ることが死よりも甚しき苦痛」になるがゆえに、「自殺」の「流行」が不可避になるという世界の予測である。これを受けて迷亭は、「己れの好む所は之を人に施こして可なる訳だから、自殺を一歩展開して他殺にしてもよろしい」と応じる。

迷亭が提出したこの新説については、『漱石全集』第一巻「注解」は、「『論語』『顔淵篇』」および同「『衛霊公篇』」に「己の欲せざる所は、人に施すこと勿れ」という記述があると述べる。この「注解」が指摘した迷亭の所説と『論語』との関わりは、無論重要である。だが同時に、迷亭の暴論は常識的な西欧的道徳観念のパロディになっていることをも看過してはなるまい。例えば「ルカによる福音書」には、「人にしてもらいたいと思うことを、人にもしなさい（And as you would that men should do to you, do ye also to them likewise.）」（六章三十一節）とあり、また「マタイによる福音書」には、「だから、人にしてもらいたいと思うことは何でも、あなたがたも人にしなさい。これこそ律法と預言者である（Therefore all things whatsoever ye would that men should do to you, do ye even to them: for this is the law and prophets.）」（七章十二節）という一節が見いだされるのだ。これがより一般的な行動規範になると、"Do as you would be done by." あるいは "Do unto others as you would have others do unto you." となる。[66] 少なくとも表現上では、これらの行動規範は「己れの好む所は之を人に施こせ」ということになろう。つまり漱石は、わが国では人口に膾炙した「己所不欲、勿施於人」という「消極的」表現、あるいは否定的表現を、その対極にある「……人にもしなさい（"do ye also to them likewise." または "do ye even to them."）」といった「積極的」表現、あるいは肯定文による表現に切り替えることで、言語道断とも言うべき暴論を導き出したのである。これは無論、「消極の極に達する」のを理想とする東洋の文化と、どこまでも「積極的、進取的」な西欧文明との対比でもあって、ここにもまた、「不対法」的な手法の片鱗が見て取れるはずである。

では、そういう状況下で「自殺の能力のない」ものはどうしたらいいのか。迷亭の考えは明快である。「殺されたい人間は門口へ張札をして置くのだね。なに只、殺されたい男ありとか女ありとかはりつけて置けば巡査が都合のいゝ時に巡つてきて、すぐ志望通り取計つてくれるのさ」というのだ。だが、如何に「未来」の社会においてであっても、その種の「志望」を簡単に叶えてやることが許されるようになるのだろうか。迷亭の予測はこうである。「今の人間は生命が大事だから警察で保護するんだが、其時分の国民は生てるのが苦痛だから、巡査が慈悲の為めに打ち殺して呉れる」のである。かくして、国家による「他殺」は「慈悲」の行為となる。別の視点から見れば、「自殺」と「他殺」とが表裏一体になったかの如き異様な様相を呈するのである。東風は「先生の冗談は際限がありませんね」と感心するが、独仙は「冗談と云へば冗談だが、予言と云へば予言かもしれない」という曖昧な評価を下す。

『猫』出版からほぼ半世紀後、イギリスの諷刺作家イーヴリン・ウォー（一九〇三～六六）は短篇『廃墟の恋（*Love among the Ruins*）』（一九五三）において、生きる意欲を失った老人のために「安楽死センター」を設立した福祉国家という不気味な戯画を描いた(67)。生よりも死を望む人々のために国家が介入して彼らの要望に応えるという発想に関する限り、迷亭の「冗談」はウォーの構想と通底するところがある。そればかりか、現在、一部先進国では、回復の見込みがない病者は合法的に安楽死を選択することができるのである。苦沙弥先生の「自殺」論も迷亭の「冗談」も、「予言」とまでは言えないにしても、少なくとも一世紀を超える長い射程をもっていたことは否定できないだろう。

## 6 「個性の発達」と「結婚の不可能」

以上のような自殺談義のなかで、迷亭は「未来記の続き」だと断わった上、「つらつら目下文明の傾向を達観して、遠き将来の趨勢を卜すると結婚が不可能の事となる。驚ろくなかれ、結婚の不可能」と言い出す。迷亭によれば、文明の進歩につれて「個性」は際限なく発達し、それぞれの個人は「人から一毫も犯されまい」とし、「強い点をあく迄も固守すると同時に、(中略)(相手の)弱い所は無理にも拡げたくなる」。こうなると、「人と人との間に空間がなくなつて、生きてるのが窮屈に」なり、「出来るだけ自分を張りつめて、はち切れる許りにふくれ返つて苦しがつて生存」するようになる。つまり、日常生活の隅々まで極度のエゴイズムを発揮しようとするので、誰もが窒息するような圧迫感に苦しみつつ生きていくようになるのである。「かくの如く人間が自業自得で苦しんで、其苦し紛れに案出した第一の方案は親子別居の制」である。「文明の民」は、「たとひ親子の間でも御互に我儘を張れる丈張らなければ損になるから勢ひ両者の安全を保持する為めには別居しなければならない」ことになった。「欧洲は文明が進んでゐるから、日本より早く此制度が行はれて居る」ので、「此風は早晩日本へも是非輸入しなければならん」と迷亭は述べる。さらに、迷亭によれば、明治の御代では「親類はとくに離れ、親子は今日に離れて、やつと我慢してゐる」程度だが、その後も「個性の発展と、発展につれて此に対する尊敬の念は無制限にのびて行く」から、「まだ離れなくては楽が出来ない」。そこで、「つらつら目下文明の傾向を達観して、遠き将来の趨勢を卜する」と、「最後の方案として夫婦が分れる事になる」のである。

「今の人」は「一所に居るから夫婦だと思つてる」が、それは「大きな了見違ひ」である。「一所に居る為めには一所に居るに充分なる丈個性が合はなければならない」が、「今はさうは行かない」ようになった。「夫は飽迄も夫で妻はどうしたつて妻だから」である。「其妻が女学校で（中略）牢固たる個性を鍛え上げて（中略）乗り込んでくる」以上、「とても夫の思ふ通りになる訳がない」。「賢婦人になればなる程個性は凄い程発達」し、「賢妻と名がつく以上は朝から晩まで夫と衝突」するようになって「双方共苦しみの程度が増してくる」ばかりである。したがって、「天下の夫婦はみんな分れる」ことになるのだ。「今迄は一所に居たのが夫婦であつたが、是からは同棲して居るものは夫婦の資格がない様に世間から目されてくる」はずだ、と迷亭は主張する。

そのとき「一人の哲学者が天降つて破天荒の真理を唱道する」、と迷亭は続ける。それは、「人間は個性の動物である。個性を滅すれば人間を滅すると同結果に陥る。苟も人間の意義を完からしめん為めには、如何なる価を払ふとも（中略）此個性を保持すると同時に発達せしめなければならん」

と説くのだ。では、「個性の発達」のために「払」うべき「価」はどのようなものか。「哲学者」は続ける。「開化の高潮度に達せる今代に於て二個の個性が普通以上に親密の程度を以て連結され得べき理由のあるべき筈がない。此覯易き理由あるにも関らず無教育の男女が一時の劣情に駆られて、漫に合衾の式を挙ぐるは悖徳没倫の甚しき行為である。吾人は人道の為め、彼等青年男女の個性保護の為め、全力を挙げて此蛮風に抵抗せざる可からず」と。つまり、人類にとって最も重要な「個性」を「保護」しこれを「発達」させるために、結婚を禁止しなければならない、ということになる。これが迷亭の「未来記」である。

この「哲学者」、特に彼の結婚禁止論には、本章「2」で触れた「自殺を主張する哲学者」、すなわち、『十字軍の戦士たち』に登場する"Mr. Burge Jawle, the Great Pessimist Philosopher"の面影が見え隠れすることは、既に指摘した。だが、それは事実の一部に過ぎない。迷亭の言う「個性の発達」は、縷々述べた通り、ブランデスが強調した「個人が自己を主張するという壮大かつ画期的な闘争」の延長線上に位置している。そうだとすれば、早晩そこに「青年男女の個性保護」のため結婚という「蛮風」に「抵抗」せよと説く学者が出現するのは不可避だ、と考えざるを得ないからである。つまり、このあたりには、アーサー・ジョーンズとブランデスとの複合的影響が感じられるのだ。

迷亭の言う「個性の発達」は、言うまでもなく、苦沙弥の考える「自覚心」に通底している。苦沙弥の「自覚心」とは、「寝てもおれ、覚めてもおれ、此おれが至る所につけまつはつて居るから、（中略）自分で窮屈になる許り、世の中が苦しくなる許り」といった心のあり方だからである。これもまた、個人の過度の自意識ないし自己主張から生まれる「文明の呪詛」であって、「個人が自己を主張するという壮大かつ画期的な闘争」の一形態に他ならない。両者の差は、迷亭が個性の極端な主張から生じる夫婦関係の崩壊を予想するのに対し、苦沙弥は「おれ」すなわち病的に肥大した自我の意識が自分自身を苦しめるという心理的機構に着目する点に過ぎない。換言すれば、前者は「個性」の主張が外部に向けられることで生ずる極限的人間関係の危機を強調するのに対し、後者は「個性」の意識が内向きにとぐろを巻き込む場合に生じる耐えがたい精神的苦痛に着目するのである。つまり、「結婚の不可能」と「自殺者の増加」とは同根から生じ、かつ、表裏一体の関係にあるのだ。両者の関係をみごとに表わしているのは、「世界向後の趨勢は自殺者が増加して、其自殺者が皆独創的な方法を以て此世を去るに違ない」という苦沙弥の言葉である。ここには、生の苦痛に耐えかねて自己の存在を抹殺しようとする際にさえ、未来の人類は「独創的な方法」に固執するだろう、換言すれば、「個性」を主張するようになるだろう、という含意がある。これこそ、「個人が自己を主張するという壮大かつ画期的な闘争」の究極的形態の一つだと言うべきだろう。この心理的機制が一転して男女両性の関係に向けられるとき、不可避的に「結婚の不可能」という事態がもたらされるのである。

少なくとも以上の部分に関する限り、それなりに論理的一貫性が保持されていると認めることができるだろう。だが他面では、誰もが自殺するようになるという「未来記の続き」として「結婚の不可能」が語られるという構成には、少なからず違和感を覚えるはずである。なぜなら、「みんな〔自殺を〕実行する」ようになれば、あるいは「巡査」に「撲殺」されてしまうようになれば人類は絶滅し、一切はそこで終わるはずだからである。したがって、その「続き」を述べること自体が無意味だからである。こう考えると、一般的には、「結婚の不可能」が先行し、その「続き」として誰もが自殺を試みるようになるといった展開がより無理のない順序になるはずなのだ。ところが、『猫』ではこの常識的な順序が逆転している。この背後には、どういう事情があるのか。

## 7　「結婚の不可能」と『アドルフ』

この逆転の理由を考える手掛かりもまた、ブランデスにある、と私は考える。『エミグラントの文学』は、「自殺の病的な流行」を論じた後に、「個性」が「凄い程発達」した女との関係でもがき苦しむ男に話題を移すからである。漱石は、『猫』最終章を執筆していたとき、『エミグラントの文学』におけるこのような展開に引きずられたのではなかろうか。ブランデスは第三章で『ヴェルテル』を取り上げ、第四章で『ルネ』を、第五章で『オーベルマン』を、そして第六章で『ヴェルテル』風の感傷小説『ザルツブルグの画家（*Le Peintre de Saltzbourg, journal des émotions d'un coeur souffrant*）』（一八〇三）の著者ノディエ Charles Nodier (1780-1844) を論じた後、第七章では『アドルフ（*Adolphe*）』（一八一六）の作者コンスタン Benjamin Constant (1767-1830) を、それに続く第八章では『デルフィーヌ（*Delphine*）』（一八〇二）を著わしたスタール夫人 Mme de Staël (1766-1817) を論じている。つまりブランデスは、『ヴェルテル』の系列につながる複数の作者ないし作品を扱った直後に、あまりにも強い個性をもった女とその女に翻弄される男とを描いたのだ。ブランデスはこの二人の特異な関係を辿りつつ、彼女の強烈な個性がどれほどコンスタンを苦しめ、かつ彼女自身をも傷つけたかを詳しく語っている。しかもブランデスは、コンスタンおよびスタール夫人を扱ったこの二章を、『新エロイーズ』から『ヴェルテル』へと引いた補助線の延長線上に位置づけているのである。もし漱石が多少ともブランデスの敷いた路線を辿ったとすれば、『猫』最終章が「自殺の流行」から「個性の発展」がもたらす「結婚の不可能」へ移っていくという展開もそれなりに自然なのだ、と納得することができるだろう。

『エミグラントの文学』第七章は「コンスタンと『宗教論』および『アドルフ』」と題されているが、先ず『アドルフ』の背景にあるコンスタンとスタール夫人との関係について一言述べておきたい[68]。二人がパリで知り合ったのは革命後の一七九四年、コンスタンが二十七歳、スタール夫人が二十八歳のときである[69]。二人は政見においても感性においても忽ち共鳴し、相互の必要性を強く感じると共に、彼は彼女に対して熱烈な愛情を抱くようになった。翌九五年、革命後の混乱を避けてスイスのコペに移っていたスタール夫人はコンスタンをコペに招待し、翌九六年には十七歳年上の夫と別居した。

いわゆる恐怖政治が終わると、二人はパリへ戻った。一七九九年、ナポレオンが執政政府を樹立するとコンスタンは護民官に選ばれたが、間もなくナポレオンの専制政治に反対し、一八〇二年同志とともに追放される。ナポレオンを容赦なく批判したスタール夫人もフランスからの退去を命じられ、コンスタンは彼女に従って再びコペに移る。この年、彼女の夫は世を去った。

一八〇三年から〇四年にかけて夫人はコンスタンを伴なってドイツを旅行するが、このころ彼女は明らかにコンスタンとの結婚を期待していた、とブランデスは述べる。しかしこの時、コンスタンにはそれに応える気持がなかった。彼は最初の妻と離婚していたとはいえ、既にシャルロッテ・フォン・ハルデンベルク(Charlotte von Hardenberg, 1769 -1845)という新しい恋人がいたからである。[70] スタール夫人にこれを明かさなかったのは、彼の気の弱さと夫人に対する同情とからだったらしく、その後彼は口実を設けて夫人から離れ、ワイマールに移ってシラー(一七五九〜一八〇五)の『ヴァレンシュタイン』(一七九八〜九九)を仏訳する。一八〇四年から〇五年にかけて、夫人のイタリア旅行の際に子供たちの家庭教師として夫人に同行したのは、コンスタンではなくアウグスト・シュレーゲル(一七六七〜一八四五)だった。一八〇八年の夏、コンスタンはスタール夫人に内緒でシャルロッテと結婚した。これを知った夫人は彼の「背信」を赦すことができず、その後ジュネーヴ付近で偶然新婚の二人に会ったときには見るも恐ろしい光景が出現した。シャルロッテは、スタール夫人が嫉妬に駆られて怒り狂うのを見て、絶望のあまり服毒自殺を図ったという。[71] 他方コンスタンは、スタール夫人の強力な支配力に抵抗することができないままに、妻をジュネーヴに残して夫人とコペに同行し、しばらくコペに滞在するに至った。[72]

ブランデスは凡そこのように述べた後、『アドルフ』に移る。この作品の出版は一八一六年だが脱稿は一八〇六年で、この作品はその前後、すなわち、コンスタンのコペ滞在中におけるスタール夫人との関係を色濃く反映していると考えられるからである。ブランデスは『アドルフ』そのものの解説に先立って、この作品中にある次の一節に注目する。

私が驚嘆するのは、人類が宗教の必要を感じていることではなく、いつの時代にあっても、自分は如何なる宗教をもあえて拒否するほどに強いと思い込み、また、自分は不幸に襲われることがないから宗教は要らないと思い込んでいることである。だが私には、人間はあまりにも弱いので、あらゆる宗教の援けを求めようとする傾向があるはずだと思われるのだ。われわれを取り囲む暗黒はあまりにも深いので、どんな光が射し込んできても、それを拒否するだけの余裕はないのではないか。われわれを押し流しつつ渦巻いていく激流にどんな木片が浮かんでいても、われわれは敢えてそれに手を延ばさずにはいられないのではないか。(73)

このようなやり方で宗教の必要を説くコンスタンの言葉は、要するに彼自身が宗教をもたず深い憂愁に囚われていることを暴露している、とブランデスは考える。この背景には、無論、当時の時代思潮があった。既にヴォルテール（一六九四～一七七八）等の精力的な活動により、目に見えるかたちでの旧き「権威」、すなわち「外的」な権威は打倒されていた。だが、「旧き家は焼け落ちたが、新しき家の建設には着手されてもいなかった」のであり、人々はその空白を満たすために「内的かつ精神的」権威を求め始めていた。(74)つまり、フランス革命をもたらした啓蒙主義の時代が終わって、それに対する反動が起こりつつあった。『アドルフ』はそういう時代の産物だ、とブランデスは説くのである。

ブランデスによれば、『アドルフ』は、ある意味で『ヴェルテル』と対極的な作品である。『ヴェルテル』では「外的・内的」障碍が愛しあう男女の結婚を妨げるが、『アドルフ』では「外的・内的」な原因が既に結び付けられている男女の仲を割く。『ヴェルテル』が、希望に満ちてはいるが成就するはずがない愛の目覚めを描いているのに対し、『アドルフ』は愛の目覚めから消滅までの全過程、特に愛の幻想から醒めて絶望の淵に転落する男の苦悩を描いている。前者が革命以前の昂揚した世代の感情を描いているのに対し、後者は革命の幻想から醒めた時代の冷ややかな感情を描いている。青の上着に黄のチョッキというヴェルテルの服装は、今や「くすんだ黒の喪服」に替わった、とブランデスは述べる。(75)

『アドルフ』の梗概はきわめて単純である。ドイツの田舎町で無聊と倦怠とに苦しんでいるアドルフは、ある男の囲い者になっている「エレオノーレ（Eléonore）(76)」というポーランド人の美女を征服してみたいという動機から、彼女に近づこうとする。その過程で様々な障碍に阻まれると、彼はかえって強い恋愛感情に捉えられてしまう。だが、多くの困難を乗りこえてようやく彼女を手に入れるや、彼女への愛情は忽ち消え失せ、彼女は堪え難い重荷になってしまうのだ。ところが、彼女はアドルフに益々夢中になるばかりで、気の弱いアドルフはどうしても彼女から離れられず、泥沼のような関係に引き込まれていく。アドルフは、「エレオノーレ」の死によって、ようやくこういう絶望的な状況から逃れることができるのである。

ブランデスによれば、この女主人公のモデルはスタール夫人、すなわち「当時の最も強い女性」であり、「ナポレオンその人にさえ敢えて反抗した女性」である。(77)「エレオノーレ」とアドルフとの恐ろしい諍いの場面は、コンスタンがスタール夫人との間で幾度となく経験した場面に他ならない、とブランデスは述べる。(78) エレオノーレの激情的性格は二人の日常生活を「絶えざる暴風雨」にしてしまうが、(79) それはコンスタンの実生活でも同様だったろう、とブランデスは推測する。その傍証と

> But the flame which is extinguished in the man's breast now burns in the woman's. *Adolphe* is woman's *Werther*. The passion and melancholy of the new age have advanced another step ; they have spread to the other sex. In *Werther* it was the man who loved, suffered, stormed, and despaired ; in comparison with him the woman was sound, strong, and unharmed—perhaps a trifle cold and insignificant. But now it is her turn, now it is she who loves and despairs. In *Werther* it was the woman who submitted to the laws of society, in *Adolphe* it is the man who does so. The self-same war waged by Werther in the name of his love is now waged by Eléonore, and with equally tragic result.

図19　***The Emigrant Literature*, p.74**. より。「『アドルフ』は女性の『ヴェルテル』である」の部分に、漱石は下線を引いている。

してブランデスは、「この年、コンスタンは幸せだった。スタール夫人がロシアに滞在していたからである」という一節をコンスタンの伝記から引用しているのである。[80] 迷亭が述べる「未来記」の一節、すなわち、「賢婦人になればなる程個性は凄い程発達する。発達すればする程夫と合はなくなる。合はなければ自然の勢夫と衝突する。だから賢妻と名がつく以上は朝から晩迄夫と衝突して居る。(中略)賢妻を迎へれば迎へる程双方共苦しみの程度が増してくる。(中略)是に於て夫婦雑居は御互の損だと云ふ事が次第に人間に分つてくる」という状況は、「エレオノーレ」とアドルフとの関係、あるいはブランデスが描くスタール夫人とコンスタンとの関係の戯画という側面をもつのではないか。

『アドルフ』では、「男の胸から消えてしまった情熱が、今や女の胸に燃えさかる」のである。[81]「『アドルフ』は女性の『ヴェルテル』である(*Adolphe* is woman's *Werther.*)」と、ブランデスは断じる。[82] この部分に、漱石が下線を引いていることにも注目しておきたい(図19参照)。『ヴェルテル』では、愛し、苦しみ、荒れ狂い、絶望するのは男性だったが、『アドルフ』ではそれが女性になったのである。『ヴェルテル』では、社会の法則に従うのは女性だったが、『アドルフ』ではそれが男性になった。ヴェルテルが愛の名において行なったと同じ戦いを、今や「エレオノーレ」が戦っており、それはヴェルテルの場合と同じように悲劇的な結末を迎えるのである。この意味において、『ヴェルテル』が形象化した「新時代の情熱と憂愁とは一歩を進めて、女性にまで広がった」のだ。[83] かくして、ヴェルテルに端を発した「自殺の病的な流行」は、遂にアドルフとエレオノーレとが互いに深く傷つけあう不幸な関係に変形するに至ったのである。その背後にブランデスは、コンスタンとスタール夫人との悲惨な実生活、すなわち「絶えざる暴風雨」に翻弄され続ける二人の姿を見る。この認識から迷亭の言う「結婚の不可能」までの距離は僅かに一歩に過ぎない。

このような意味で、ブランデスの視点では、『ヴェルテル』の系譜は『オーベルマン』を経て少なくとも『アドルフ』にまで続いていくのである。[84] 漱石が "*Adolphe* is woman's *Werther*." の部分に下線を引いている以上、漱石はブランデスの視点を充分理解していたに違いない。そうだとすれば、迷亭が挙げた「ヱルテル」という人名の射程は、「自殺の病的な流行」を超えて、少なくとも『アドルフ』にまで及んでいたはずである。

それればかりではない。さらにその先には、スタール夫人の『デルフィーヌ』が浮かんでいた可能性が大きい。その証左は、漱石の『ノート』に残されたメモ、すなわち、「〔IV-32〕Love」と分類されている部分には、「*Nouvelle Héloïse, Werther* love not successful / Nodier Le *Peinture de Saltzbourg*. Brandes 61」[85] というメモに続けて、「***—Delphine Mme de Staël* 非結婚論** Brandes 99 114」という文字が記されていることである[86]（太字は塚本）。このメモは、ルソーの『新エロイーズ』からゲーテの『ヴェルテル』に引かれた補助線が、ノディエの『ザルツブルグの画家』を経て、スタール夫人の『デルフィーヌ』に至っていることを示しているのだ。さらに、このメモにある「非結婚論」とは、明らかに、『エミグラントの文学』九九頁にある"what has been called Mme Staël's attack upon marriage(スタール夫人の結婚攻撃と言われてきたもの)"を指している。「非結婚論」の具体的内容については後に述べるが、このように見てくれれば、『猫』における「自殺者の増加」から「結婚の不可能」へという展開は、基本的には『エミグラントの文学』における『ヴェルテル』から『アドルフ』、さらには『デルフィーヌ』における「非結婚論」へという流れに沿っていることが分かるだろう。

なおブランデスは、『アドルフ』は「専ら心理分析を扱う小説の「原型」であり、この小説が斬新なのは「愛の取り扱い方」においてだ、と言う。[87] かつて「愛の神(Amor)」は可愛らしい小児の姿、すなわち、キューピッドに描かれていた。ヴォルテールにとってそれは「快楽の神(the god of pleasure)」であり、ルソーにとっては「情熱の神(the god of passion)」だった。ゲーテにおいては「愛」は「宿命(fate)」と分かち難く結びついていた。だが、『アドルフ』における愛の「分析」とともに、「愛はその超自然的性格を失い、愛の崇拝は終わった」のだ。「愛」の「詩」に代わって、「愛」の「心理」が読者に提供されるようになったのである。[88] 漱石が後にさまざまな「愛」の「心理」を描くようになるのも、このあたりと全く無関係とは言えないのではないか。

バイロンは、「『アドルフ』は憂鬱な真実を含んでいる」と述べたという。[89]「憂鬱な真実」とは、あるいは、作品そのものばかりでなく、スタール夫人とコンスタンとの壮絶かつ悲惨な葛藤までをも視野に入れた発言ではないか。この「憂鬱な真実」は、漱石自身の体験とも一部重なり合って、彼の記憶に刻み込まれたはずである。

# 8　スタール夫人とコンスタン

以上は、主としてコンスタンから見たスタール夫人との関係である。では、スタール夫人の側から見れば、コンスタンとの関係はどのようなものだったのか。また、『デルフィーヌ』における「非結婚論」は、『猫』における「結婚の不可能」に近い意味をもつのだろうか。『エミグラントの文学』「第八章　スタール夫人と『デルフィーヌ』」は、これらの疑問に部分的にせよ光をあててくれる。スタール夫人は、「すべての男性がアドルフに似ているのではなくて、アドルフに似ているのは虚栄心の強い男性だけだ」と語ったというが、ブランデスはこれを彼女の自己弁護だと考える。換言すれば、『アドルフ』は彼女の深奥に秘められた激しい痛みを暴露している、と解釈するのである。(90)

後のスタール夫人、すなわち Anne Marie Germaine Necker は、一七六六年パリで生まれた。父はスイスの有名な財政家で、大革命直前にフランス政府に招かれて財政再建担当の大臣になった。母はきわめて才能に恵まれた謹厳なプロテスタントで、ルソーの教育理論には終始批判的だった。ところがその反動で、娘は自然を尊重し人間の生得的美徳を信じるルソーを理想にするようになる。彼女は非常に聡明で、十五歳にして論文や小説を書き始め、母の「サロン」に出入する人々を驚かせた。彼女はその後アメリカ独立戦争で名を挙げたモンモランシー子爵（一七六六～一八二六）に思いを寄せるが、彼がカトリック教徒であるという理由から結婚を許されず、一七八六年、母の希望を容れて在仏スウェーデン公使スタール・ホルスタイン男爵（Baron de Staël Holstein, 1749-1802）と結婚、以降

Mme de Staël と称した。[91] この時夫は三十七歳、妻は二十歳である。男爵はマリー・アントワネット（一七五五〜九三）のお気に入りで、時のスウェーデン国王グスタフ三世（一七四六〜一七九二）もこの結婚に好意を示し、男爵のパリにおける公使の地位を長く維持させると保証した。男爵自身は、彼女の意思に反して彼女をスウェーデンに伴うことはしない、と約束したともいう。

二人の結婚後間もなく、フランス革命が勃発した。彼女は初め革命を支持していたが、やがて予測を超えて事態が暴走し始めるのを見て考えを変える。彼女は夫の外交官特権を利用し、愛人だった前軍事大臣ナルボンヌ（一七五五〜一八一三）を始め、恐怖政治の犠牲者になりそうな人々の国外逃亡を助けて、革命指導者の怒りを買うことになった。そこで彼女は、旧友モンモランシー子爵を伴って父の所有地だったスイスのコペに逃れる。コンスタンをコペに招待したのも、この頃である。一七九五年に総裁政府が成立しても彼女は引き続き監視下に置かれたが、スウェーデンがフランス共和国を承認するとパリに戻ることができた。以後、「サロン」を再開、議会による憲法制定や、フランスとヨーロッパ諸国との平和条約締結を目指して積極的に政治運動にかかわった。例えば、タレーラン（一七五四〜一八三八）が外務大臣に任じられたのは、専らスタール夫人の尽力によるという。[92]

一七九七年末、ナポレオンがイタリアから凱旋したとき、彼女は彼に強く惹かれると共に、圧倒されるような異様な印象を受けた。彼女はあらゆる機会を捉えてナポレオンに近づこうとしたが、それが不可能と分かると激しい失望を感じて彼の政敵に転じ、遂にナポレオンに対して人間的憎悪を抱くに至る。だが、ここに至る過程では、彼女がナポレオンに「一種の媚態（a sort of coquetry）」を示したことさえもあった、とブランデスは推測する。[93]

一八〇〇年、彼女は大著『社会制度との関連において考察した文学について』を発表したが、ここでは、彼女が『ヴェルテル』を「真に偉大な作品」としていることに留意するにとどめたい。(94) また彼女の名声が高まるにつれて様々な反響が現われるようになったが、これについても詳細は割愛することにしたい。ただ、彼女のナポレオンに対する憎悪は深まるばかりで、彼女はコンスタンと協力して「サロン」からナポレオンに対して倦むことなき戦いを続けた。ブランデスは、彼女がナポレオンを批判した辛辣な言葉を多々引用しているが、これについても省略する。

ただ漱石は、彼女のこうした側面には抑え難い嫌悪を抱いたらしく、漱石手沢本ではこのあたりを論じた部分の欄外に「此女ハ馬鹿ナリ生意気ナリ不品行ナリ」という書き込みが見られる。(95) この感想が書かれたのは、「第八章 スタール夫人――『デルフィーヌ』」の一部で、そのあたりの本文を引用すれば、以下の通りである。

She entered into all sorts of intrigues with the generals who were opposed to Bonaparte, either from principle like Moreau, or from envy, like Bernadette. So far did she carry her hatred, that she was beside herself with rage when she heard of the humiliation of England by the peace of Amiens, and kept away from Paris at the time of the festivities held in honour of the peace.(96)（ナポレオンの麾下には、モロー〔一七六三～一八一三〕のように信条的に彼と対立する将軍もおり、またベルナドット〔一七六四～一八四四〕のようにもっぱら嫉妬の念から彼と対立する将軍もいたが、スタール夫人はこれらの将軍と共にナポレオンに反対するあらゆる種類の陰謀を企てるようになった。ナポレオンに対する彼女の憎悪が嵩じた挙句、一八〇二年にイングランドが屈辱

的なアミアン講和条約を結んだと彼女が聞いたときは、憤怒のあまりこの平和条約の祝典で賑わうパリから逃げ出したほどだった。）

漱石がスタール夫人を「馬鹿ナリ生意気ナリ」と評したのは、彼女の政治活動、すなわち飽くなき反ナポレオン運動に関してであろう。だが、「不品行ナリ」の言葉は、上記の部分とは直接の関連を認め難い。この評言は、彼女のナルボンヌとの関係を始め、奔放な男性遍歴、特に、反ナポレオン運動の主要な協力者だったコンスタンとの関係を漱石が想起したことを示しているのではないか。既に漱石は、第七章「コンスタンと『宗教論』および『アドルフ』」によって、二人の関係、例えば、彼女は夫の死後一八〇三年から〇四年にかけて、コンスタンとドイツを旅行したといった事実を知っていたはずである。第八章を読み進むにつれて、漱石は彼女のさらなる「不品行」を知ることになる。既述のとおり、彼女は一七九六年には既に夫と別居し、翌九七年に第三子アルベルティーヌを生んだ(97)が、この女児の父は疑いもなくコンスタンであり、この時夫人はコンスタンが間もなく自分と結婚して娘を認知するだろうと考えていた、とブランデスは述べるのだ。(98)彼女の夫が死去したのはその五年後の一八〇二年で、『デルフィーヌ』が出版されたのもこの年である。(99)

## 9　『デルフィーヌ』とスタール夫人の「非結婚論」

『デルフィーヌ』は『新エロイーズ』風の書簡体小説で、[100]巻頭には「男性は世論と対決することができなければならないが、女性は世論に従うことができなければならない」というモットーが掲げられている。物語は一応このモットーに従って進行するが、この作品の精神（the spirit of the book）は明白にこれを否定している、とブランデスは考える。何故なら、これは社会の因習によって不幸な結婚生活を強いられた女性が、「世論」に反抗して「離婚の正当性を主張する書（a justification of divorce）」だからである。[101]

物語の主人公デルフィーヌ・ダルブマール（Delphine d'Albemar）は、善良で才色兼備の女性であり、社交界の花形である。不幸にも若くして夫と死別するが、その後彼女はスペインの貴族レオンス・ド・モンドヴィル（Léonce de Mondeville）と相思相愛の仲になる。ところが、彼女の友人デルヴァン夫人（Madame d'Ervin）が、デルフィーヌの邸宅を利用して恋人ド・セルベラン氏（Monsieur de Serbellane）と密会を繰り返すうちに、ド・セルベランのお目当てはデルフィーヌだという噂がたってしまう。他方、デルフィーヌの夫の友人だったド・ヴァロルブ氏（Monsieur de Valorbe）は、デルフィーヌとの結婚を求めて彼女につきまとい、この事件もデルフィーヌにとってはスキャンダルになる。旧来の社会的慣習に囚われない生き方をしているデルフィーヌは、こういう悪い噂に対してほとんど無防備なのである。こういった状況は、娘マチルド（Matilde）をレオンス・ド・モンドヴィルと結婚させようとしているド・ヴェルノン夫人（Madame de Vernon）にとって、願ってもない展開だった。夫人は、こういう悪評が本当ではないことを知りながら、これを利用してデルフィーヌとレオンスとの仲を裂くことに成功する。かくしてド・ヴェルノン夫人は、みごとに娘マチルドをレオンスと結婚させるのである。しかもこの結婚にさいして、マチルドは従姉にあたるデルフィーヌから莫大な結婚資金を贈与される。他方デルフィーヌは、うち続く逆境に耐えかねて、遂にスイスの修道院に入ることにする。

だがマチルドは、デルフィーヌとは正反対に冷たく正統的なカトリック教徒であって、レオンスとの幸せな結婚生活に入ることができず、不幸な日々を送るままに、病を得てこの世を去る。またド・ヴェルノン夫人は、自らの死の直前に真実を告白し、デルフィーヌが巷間で噂されているような女性ではないことを明らかにする。

革命後デルフィーヌは修道院を出ることになり、レオンスも妻の死によって不幸な結婚から解放される。二人は何の問題もなく会うことができるようになったが、社交界における誤解やわだかまりは解消されない。デルフィーヌは、このような状況でレオンスと結婚すれば彼を惨めにするだけだと考えて、二人がかつての関係に戻ることを拒否する。遂にレオンスは、貴族の一人として王党派に身を投じ、共和国政府の捕虜になって、死刑の判決を受ける。デルフィーヌはこれを知って処刑場に駆け付け、服毒自殺を遂げる。この場面を目の当たりにした兵士たちは発砲を躊躇するが、レオンスの叱咤に応えて遂に引金を引く。生きて結婚することができなかった二人は、並んで埋葬される。(102)

ブランデスによれば、この小説の真の主題は「愛に目覚めた女性の社会に対する闘争」であり、「幸福を求めようとする個人を社会が冷酷にも破滅させること」である。[103]この主題をいっそう明らかにするために、スタール夫人はアンリ・ド・レベンシ(Henri de Lebensei)という人物を登場させる。彼はある女性を愛しているが、その女性は不幸な結婚のために惨めな日々を送っているにも関わらず、どうしても離婚することができないでいる。[104]彼女もまた、「社会の因習によって不幸な結婚生活を強いられた女性」の一人なのである。さらにレベンシは、デルフィーヌのよき友人として、彼女に忠告する――「あなたが愛しているレオンス氏はあなたに相応しい立派な方です。しかし、レオンス氏やあなたがどんな感情をもたれても、あなたが不幸にも置かれてしまった現状を変えることはできません。あなたの声価を回復し、倖せを取り戻すことができる方法は唯一つしかないのです。渾身の勇気を出して、私の言うことを聴いて下さい。レオンス氏とマチルドさんとの結婚は、絶対に解消できないというわけではありません。レオンス氏はあなたの夫になることができるのです。あと一か月もすれば、立法議会で離婚が合法化されるのですから」と。[105]要するに、レオンスとマチルドとの離婚が成立し、デルフィーヌがレオンスと結婚する可能性は充分に残されている、というのである。

デルフィーヌは、言うまでもなくスタール夫人その人の一面であり、また、レオンスにも書簡を送って離婚の正当性を説くアンリ・ド・レベンシは、スタール夫人の代弁者である。[106]スタール夫人は、デルフィーヌの運命がいかに不当であり、純真で善意にあふれた女性にかかる不幸を強いる社会制度がいかに不合理であるかを、厳しく問い糺しているのだ、とブランデスは主張するのである。

それだけではない。この作品が出版された一八〇二年には離婚が認められておらず、ナポレオンとローマ教皇との政教協約(Concordat)によって離婚法が一層厳格化されようとしていたのである。[107]ブランデスが「離婚の正当性を主張する書」と呼ぶ『デルフィーヌ』が出版されたのは、かかる状況においてだった。『デルフィーヌ』のモットーは、「女性は世論に従うことができなければならない」という言葉を含んでいるが、作品の「精神は明白にこれを否定している」とブランデスが主張するのは、以上のような根拠からである。付言すれば、ナポレオンが『デルフィーヌ』に激怒し、彼女をフランスから追放した背景には、このような状況もあったという。

一般には、この作品の素材は若き日のスタール夫人が宗教上の問題からモンモランシー子爵との結婚を断念した体験だとされている。ブランデスも一応はこの解釈を受け入れてはいるものの、『デルフィーヌ』に独特の語気を与えているのは、執筆中の夫人にとってはるかに切実な問題、すなわち、彼女と、別居中の夫と、コンスタンとの三角関係だった、と考える。当時彼女が夫と別居し、コンスタンと深い関係にあったこと、および、一七九七年に生まれたアルベルティーヌの父親がコンスタンであることは、もはや公然の秘密だった。スタール夫人は陰湿な陰口や中傷に傷つきながら、コンスタンが自分と結婚し、アルベルティーヌを認知してくれるだろうと信じていた。そのような状況の中で、彼女が自ら選択した生き方の正当性を強く主張したのが『デルフィーヌ』なのだ、とブランデスは想像するのだ。[108]

そうだとすると、本章「7　『結婚の不可能』と『アドルフ』」で触れたスタール夫人の「結婚攻撃」ないし「非結婚論」とは、結婚そのものに対する「攻撃」、もしくは、結婚そのものを「非」とするものではない。それは、不幸な結婚に苦しむ女性の離婚を認めない硬直した社会制度、あるいは、カトリック教会に支えられた因習的な制度としての結婚に対する批判である。これは、それなりに尤もであって、一見したところでは、『猫』における「結婚の不可能」とは全く無関係のように見えるかもしれない。だが問題は、この「結婚攻撃」が、そのような不合理な因習を廃しさえすれば、相互に理解し合い相思相愛の関係にある男女は幸福な結婚生活に入ることができるという信念、つまり、あまりにも単純かつ楽天的な信念に支えられているということである。

そもそもスタール夫人は、実生活においてこのような夢を実現することができたのだろうか。ブランデスの読者は、夫人のかかる素朴な信念が彼女自身の現実において惨めに裏切られたことを既に知っている。直前の第七章が、ある意味では『デルフィーヌ』の後日譚ともいうべき『アドルフ』を仔細に分析しているのである。漱石もまた、強烈な個性の所有者だったスタール夫人とコンスタンとの同棲生活がどれほど悲惨だったかを熟知していた以上、彼女の手放しに楽天的な主張には痛ましいアイロニーを感じたに違いない。彼女は強烈な個性によって一時はコンスタンを支配下に置いたが、激しい衝突の繰り返しに終始した同棲生活の果てに、結局はコンスタンを失ったのである。(109) このような結末に終わった二人の関係は、「結婚の不可能」を予測する迷亭の論理に、そのまま反映されているのではなかろうか。

ここで迷亭が口にした結婚への不安は、『三四郎』にも影を落としているようである。『三四郎』(十)で、原口さんは三四郎と美禰子とを前にして、奇妙なこじれ方をした友人の離婚問題を例に挙げ、「だから結婚は考へ物だよ。離合聚散、共に自由にならない」と言う。「離合聚散、共に自由にならない」関係の典型は、コンスタンとスタール夫人との関係でもある。さらに原口さんは続ける。「広田先生を見給へ、野々宮さんを見給へ、里見恭介君を見給へ、序に僕を見給へ。みんな結婚をしてゐない。女が偉くなると、かう云ふ独身ものが沢山出来て来る。だから社会の原則は、独身ものが出来得ない程度内に於て、女が偉くならなくつちや駄目だね」と。「偉く」なりすぎた「女」の典型は、まさにスタール夫人ではないのか。

以上の推定を裏書きするのは、漱石手択本の *The Emigrant Literature* (Heinemann, 1901) に残されているおびただしい書き込みである。もし、『ヴェルテル』から『オーベルマン』を経て『デルフィーヌ』に至る一連の流れ、換言すれば、「文学における自殺の病的な流行」から「スタール夫人の結婚攻撃と言われてきたもの」に至る展開が、『猫』最終章に影を落としているとすれば、スティーヴンソンの『自殺クラブ』や「アーサー、ジヨーンス」の「脚本」に登場する「自殺を主張する哲学者」等々は、この見えざる底流に注ぎこむ小さな支流に過ぎないということになろう。

## 10　「吾輩」の水死と「不対法」の終焉

ここで、『猫』（十一）に戻る。苦沙弥先生が「タマス、ナツシ」の「本」を開いて「女の悪口」を読み続けているうちに、「奥方」が「御帰り」になる。迷亭が「今のはね、御主人の御考ではないですよ。十六世紀のナツシ君の説ですから御安心なさい」と執り成すが、令夫人は「存じません」

とひどくご立腹の様子である。ところへ、多丶良三平が「いつに似ず、真白なシヤツに卸し立てのフロツク」を着て、重そうに「四本の麦酒」を下げて登場する。三平は、寒月が博士にならないので、寒月の代わりに「金田家の令嬢」を「貰ふ」ことになった。その報告かたがた、旧師苦沙弥先生や友人に披露宴への出席を依頼すべく、先生の臥龍窟を訪れたのである。三平は、先ず「義理がわるい」と思っていた寒月に謝り、次いで文学者越智東風に、「活版にして方々へくば」るから「結婚のとき」に鴛鴦歌のようなものを「作つて」くれないかと頼み、「其代り」に「披露のとき呼んで御馳走」し「シヤンパンを飲ませる」、と提案する。苦沙弥先生以下一同は唖然とするが、三平持参のビールの栓を抜き、「恭しくコップを捧げて、三平君の艶福を祝した」。

「短かい秋の日が暮れて」一同が辞去すると、「寄席がはねたあとの様に座敷は淋しく」なり、「吾輩」は、「呑気と見える人々も、心の底を叩いて見ると、どこか悲しい音がする」と、心細くなる。さらに「吾輩」は、「先達てカーテル、ムルと云ふ見ず知らずの同族が突然大気焔を揚げた」ことを思い出し、「こんな豪傑が既に一世紀も前に出現して居るなら、吾輩の様な碌でなしは、とうに御暇を頂戴して無何有の郷に起臥してもい丶筈であつた」と、弱気になる。「死ぬのが万物の定業で、生きてゐてもあんまり役に立たないなら、早く死ぬ丈が賢こいのかもしれない。諸先生の説に従へば人間の運命は自殺に帰するさうだ。油断をすると猫もそんな窮屈な世に生まれなくてはならなくなる」等々と思いを巡らせているうちに、「気がくさ〳〵して」きて、「三平君のビールでも飲んでちと景気をつけてやらう」という気持ちになった。

台所へまわって、飲み残しのコップに「勢よく舌をいれてぴちや〳〵やつて見る」と、「舌の先が針でさゝれた様」である。「一度は出した舌を引込め」たが、これで「三平の様に前後を忘れる程愉快になれば空前の儲け者」だと思って、ようやく「一杯のビールを飲み干し」、続けて「二杯目は何なく遣付けた」。しばらくすると、「からだが暖かに」なり、「眼のふちがぼうつと」し、「耳がほて」り、「主人も迷亭も独仙も糞を食へと云ふ気」になった。外へ出ると、何となく「愉快」になって、「御月様今晩はと挨拶したく」なる。「陶然とはこんな事を云ふのだらう」と思いながら「しまりのない足をいゝ加減に運ばせて」行く。こうなれば「海だらうが、山だらうが驚ろかないんだと、前足をぐにやりと前へ出したと思ふ途端、ぼちやんと音がし」た。気が付いたら、「吾輩」は「大きな甕の中に落ちて」いたのである。

初めは「苦しいから爪でもつて矢鱈に掻いたが、掻けるものは水ばかりで、掻くとすぐもぐつて仕舞ふ」。水面から「縁迄は五寸余」もあって、「足をのばしても届かない。飛び上がつても出られない。呑気にして居れば沈むばかりだ。（中略）もぐれば苦しいからすぐがり〳〵をやる。（中略）遂にはもぐる為めに甕を掻くのか、掻く為めにもぐるのか」分からなくなった。「吾輩」は「苦しいながら」考える。「こんな呵責に逢ふのはつまり甕から上へあがりたい許りの願である。（中略）出られないと分りきつてゐるものを出様とする、のは無理だ。無理を通さうとするから苦しいのだ。つまらない。自ら求めて苦しんで、自ら好んで拷問に罹つてゐるのは馬鹿げてゐる」と。

かくして「吾輩」は無駄な「抵抗」をやめる。すると、「次第に楽になつて」きて、「苦しいのだか難有いのだか見当が」つかなくなり、遂には「楽そのものすらも感じ得な」くなる。「日月を切り落し、天地を粉虀して不可思議の太平に入る」のである。最後に「吾輩」は、「太平は死なゝければ得られぬ」と観じ、「南無阿弥陀仏、々々々々々々」と念仏を唱える。「難有い々々々」というのが最後の言葉だから、おそらく「吾輩」は寂滅為楽の境地に入り、極楽浄土に旅立ったのであろう。「吾輩」の死によって、「ホトトギス」への『吾輩は猫である』の連載は終わる。既述のとおり、『猫』最終章を載せた「ホトトギス」は、明治三十九年八月一日発行の第九巻第十一号である。だがこの時、「吾輩」のモデルになった猫はまだ元気だった。その一年後の明治四十年九月、漱石は本郷から早稲田に転居した。夏目鏡子によれば、早稲田に移ってからこの猫は「妙に元気がなく、殊に死ぬ前などにはたべたものをもどすやらもらすやら、（中略）子供の蒲団といはず、客用の座布団といはず、随分汚したもの」だったが、「いつの間に見えなくなつたかと思つてゐるうちに物置の古いへつついの上で固くなつて」（傍点原文）いた。「俥屋に頼んで蜜柑箱に入れて、それを書斎裏の桜の樹の下に埋め」、漱石が「小さい墓標」に「此下に稲妻起る宵あらん」と「句を題し」た。以後、明治四十一年「九月十三日を命日」として、毎年「この日はお祭りを」した、という。[110]

つまり漱石は、猫の存命中に、猫の目を通して世の中を見渡すという作業を中止したのである。その理由は単純ではあるまいが、当面の課題との関連では、次のような事情が考えられるだろう。第一に、『猫』で採りあげられる話題が苦沙弥先生周辺の瑣事から次第に拡大し、人類の未来に係わる大問題にまで発展したことで、「不対法」が有効に機能しなくなりかけたのである。夫の金力をちらつかせ、苦沙弥先生宅で威張り散らす金田鼻子を笑っているうちは、天下泰平だった。だが、「社会はみんな気狂の寄り合いかも知れない」とか、「瘋癲院に幽閉されて居るものは普通の人で、院外にあばれて居るものは却つて気狂である」とかいう問題になったとき、『猫』の笑いは危険水域に近づいたのではないか。何故なら、「不対法」に「用ゐらるべき両素は其性質上非常に悲酸」であってはならず、「又非常に厳粛」であってはならず、「少なくとも滑稽趣味に要する道徳観念の抽出[11]を許すもの」でなければならないからである。「沈黙なるもの忽ち豹変して饒舌底止する所を知らざるは不対法として興味を惹くに足ると雖も、温順なるもの急変して他を殺すに至つては之を不対として滑稽視し」難いからである。そうだとすれば、「瘋癲院」に収容されているのは「普通の人」であって、「院外にあばれて居るもの」こそが「気狂」ではないかという発想を突き詰めていけば、『猫』は危険水域に突入せざるを得なくなったかもしれない。幸いに苦沙弥先生が「何が何だか分らなくなつ」て「其あとはぐう〳〵寐てしまつた」ので、『猫』は辛くも危険水域の周辺にとどまることができたのである。

　ところが、最終章になると、かく「不透明」な「頭脳」をもっているはずの苦沙弥先生が、議論を先導するようになる。「今の人」に特有の「自覚心」は「文明が進むにつれて（中略）鋭敏になつて行く」から、「自分で窮屈になる許り、世の中が苦しくなる許り」だと口火を切り、「とにかく此勢で文明が進んで行つた日にや僕は生きてるのはいやだ」と言い出すのだ。先生はさらに問題を拡大する。「神経衰弱の国民には生きて居る事が死よりも甚しき苦痛」だから「死を苦にする」が、それは「どうして死ぬのが一番よからうと心配する」のである。「只大抵のものは智慧が足りないから自然の儘に放擲して置くうちに世間がいぢめ殺してくれる。然し一と癖あるものは世間からなし崩しにいぢめ殺されて満足するものではない。必ずや死に方に付いて種々考案の結果嶄新な名案を呈出するに違ない。だからして世界向後の趨勢は自殺者が増加して、其自殺者が皆独創的な方法を以て此世を去るに違ない」と続ける。「今から千年も立てば」みんな自殺を「実行するに相違」なく、「万年の後には死と云へば自殺より外に存在しないもの、様に考へられる様になる」、と先生は予測する。「さうなると自殺も大分研究が積んで立派な科学になつて、落雲館の様な中学校で倫理の代りに自殺学を正課として授ける様になる」というのだ。

これは恐ろしい状況である。だが迷亭は苦沙弥の尻馬に乗って、さらに一歩を進める。「まだ面白い事があるよ。現代では警察が人民の生命財産を保護するのを第一の目的として居る」が、「其時分になると巡査が犬殺しの様な棍棒を以て天下の公民を撲殺してあるく」と言うのである。「なぜつて今の人間は生命が大事だから警察で保護するんだが、其時分の国民は生きてるのが苦痛だから巡査が慈悲の為めに打ち殺して呉れるのさ。（中略）夫で殺されたい人間は門口へ貼札をして置くのだね。なに只、殺されたい男ありとか女ありとかはりつけて置けば巡査が都合のい、時に巡つてきて、すぐ志望通り取り計つてくれるのさ。死骸かね。死骸はやつぱり巡査が車を引いて拾つてあるくのさ。まだ面白い事が出来てくる。……」

これは、生きることに苦しむ人間を「慈悲」のために「撲殺」するという極端な戯画である。この戯画は「千年」も「万年」も後の未来図とされており、あまりにも現代との乖離が甚だしいので、それだけ切実感に乏しい。だが、かかるグロテスクな未来図では、切実さの欠如の故にこの戯画は辛うじて安全圏にとどまることができたのであろう。迷亭に「面白い」という表現をあえて用いるだけの余裕があったのも、同じ理由からに違いない。とは言え、このような予測には、読者によっては不快感を抱くかもしれず、場合によっては、吐き気を催すことさえあり得るだろう。その不快感が嵩じて「面白」さないし滑稽を圧倒するようになれば、「不対法」の機能は著しく害われることになる。つまり、「滑稽趣味に要する道徳観念の抽出」が不可能になるのである。作者の批判が肯綮に当たれば当たるほど、また、作者の舌鋒が辛辣かつ苛烈になればなるほど、「不対法」は効果を減じることになろう。『文学論』は、「不対法」において「冥想遐思して泥溝に顛墜するは不対として成功せざるにあらずと雖も深井に陥つて非業に死せりとせば諧謔の趣は頓に消する」（傍点塚本）とも述べる。ところが『猫』最終章では、「巡査」が「犬殺し」と同じく「天下の公民を撲殺」するばかりか、「車を引いて」死体を「拾つてあるく」とまで断言するのだ。これは、「深井に陥つて非業に死」ぬよりもはるかに悲惨な光景ではないか。「不対法」は明らかに危険水域に入りかけている。換言すれば、「不対法」はもはや作者の問題意識を処理する手段としての有効性を失おうとしているのである。

第二に、「不対法」すなわち、“Incongruous Contrast”は本来「対置法」に含まれているにも拘わらず、『猫』最終章では「不対法」の上位概念たる「対置」そのものの成立が危ぶまれるに至っている。『猫』（一）の「アンドレア、デル、サルト」事件で笑いを生むのは、「以太利の大家アンドレア、デル、サルト」と「到底物にならん」水彩画に挑戦している苦沙弥先生との「不調和な対照」である。同時に、「冗談」を言って「人が真にうける」のを見て「大に滑稽的美感を挑撥する」のを生き甲斐とする迷亭と、迷亭の「冗談」を真に受けて「写生」に勤しむ苦沙弥先生との「不調和な対照」も笑いを生む。『猫』（八）では、中学校の生徒が苦沙弥宅の庭に打ち込む「一種のダムダム弾」こと「通称ボール」に悩まされて「逆上」する先生と、「心の修行」を積んで「消極の極」に達することで

「安心」を得よと「説法」する独仙との「不調和な対照」が、滑稽を生む。また『猫』(九)では、禅の奥義を極めたかの如き独仙の口吻と、咄嗟の場合における独仙の慌てぶりとの「不調和な対照」が、笑いを誘う。すなわち、「九年前の大地震」の際、慌てて「二階から飛び居りて怪我をしたのは独仙だけ」であるのに、当人はそれを少しも恥じることなく、「ほかのものが地震だと云つて狼狽へて居る所を自分丈は二階の窓から飛び下りたところに修行の効があらはれて嬉しいと云つて、跛を引きながらうれしがつて居た」というのである。この種の場面は無数にあるが、これらの場面ではいずれも「不調和な対照」による効果が十二分に発揮されている。

ところが最終章になると、これらの人物は相互に明確な「対照」を示さなくなる。少なくとも、「現代の文明に対する不平」から「目下文明の傾向を達観して、遠き将来の趨勢を卜する」場面になると、苦沙弥、迷亭、および独仙相互の「対照」は著しく不明確になる。苦沙弥は、「今の人」は寝ても覚めても自己の利害だけを考えているから、「探偵泥棒と同じく自覚心が強くならざるを得ない」と言い、これは「文明の呪詛だ」と述べる。すると独仙が、直ちに「苦沙弥君の説明はよく吾意を得て居る」と賛同する。先には苦沙弥に説教を垂れた独仙が今度は苦沙弥に同調しているのだ。この二人は対照をなしているどころか、互いに相手の主張を支えあっているのである。

迷亭と独仙の間にも、同じような関係が成立する。自殺談義が進むにつれて、迷亭は「其時分になると巡査が犬殺しの様な棒を以て天下の公民を撲殺してあるく」と言う。これを聞いて独仙は、「冗談と云へば冗談だが、予言と云へば予言かも知れない」と半ば迷亭を支持するような口吻をもらす。「真理に徹底しないものは、とかく眼前の現象世界に束縛せられて泡沫の夢幻を永久の事実と認定したがるものだから、少し飛び離れた事を云ふとすぐ冗談にしてしまふ」と、迷亭の主張に近づいたのである。迷亭はこの言葉に力を得て、「さう云ふ知己が出てくると是非未来記の続きが述べたくなるね」と調子づく。ここでも、二人の登場人物は対照的な言辞を弄するどころか、次第に意気投合し始めたかに見える。『猫』（九）では、「独仙の御蔭で二人ばかり気狂にされてゐる」のだから気を付けろ、と苦沙弥に警告した迷亭が、ここでは一変して独仙を「知己」と呼ぶのだ。かくして、彼ら三人は相互に「対照」を示すどころか、其本的に同一の見解を共有するようになってしまったようである。

これらの登場人物から一定の距離をおき、独自の視点から人類や社会百般を自在に批判してきた「吾輩」でさえ、存在理由が薄らいでくる。「吾輩」は苦沙弥先生の書斎で取り交わされた悲観的な「未来記」を耳にして、「諸先生の説に従へば人間の運命は自殺に帰するさうだ。油断をすると猫もそんな窮屈な世に生まれなくてはならなくなる。恐るべき事だ。何だか気がくさ〳〵して来た」と思う。この思考は、「とにかく、此勢で文明が進んで行つた日にや僕は生きてるのはいやだ」という苦沙弥先生の発言のまさに延長線上にある。つまり、様々な言葉で苦沙弥先生を批判して来た猫でさえもが、「対照」に基づいた構造を創り出す力を失おうとしているのだ。これもまた、「不対法」の根本を揺るがす由々しい事態だと言わなければならない。

かくして、漱石は「不対法」と決別せざるを得なくなる。これは無論、「不対法」を構成原理とする『猫』も終焉を迎えなければならないことを意味する。「吾輩は猫である。名前はまだ無い」という「不対法」の筆法を以て幕を開けたこの作品は、「不対法」が本来の力を失おうとする事態に立ち至ったとき、幕を閉じざるを得ないことになるのである。

だが、これは漱石が「自殺」あるいは「結婚の不可能」といった問題に対する関心を失ってしまったことを意味するわけではない。その後の漱石の作品にも、数多く「自殺」が採り上げられているのである。一見したところ明るい雰囲気に包まれているかに見える『三四郎』においてでさえ、その(三)では「若い女」の「轢死」事件が語られている。三四郎が大久保にある野々宮宅の留守番を頼まれた夜、まだ宵のうちに虫の音に混じって、「あゝあゝ、もう少しの間だ」という声が聞こえてくる。「三四郎の耳」には、「此一句が、凡てに捨てられた人の、凡てから返事を予期しない、真実の独白と聞こえ」、「三四郎は気味が悪くなつた」。そこに、「又汽車が遠くから響いて来」て、その音が庭先の「孟宗藪の下を通る時には、前の列車よりも倍も高い音を立て、過ぎ去つた」。しばらくすると、「停車場の方から提灯を点けた男が鉄軌の上を伝つて此方へ」来る。三四郎は庭先から「一間余の土手を這ひ下りて」「提灯のあと」を追った。「半町ほどくると提灯が留つてゐる」。三四郎が「灯の下」を見ると、「死骸が半分」あった。「汽車は右の肩から乳の下を腰の上まで美事に引き千切つて、斜掛の胴を置き去りにして行つた」のだった。おそらくこの女にとっても、「生きて居ること が死よりも甚しき苦痛」だったのである。

『三四郎』(四)になると、三四郎は「三つの世界」を意識する。第一の世界は、「凡てが平穏である代りに凡てが寝坊気てゐる」世界、「与次郎の所謂明治十五年以前の香がする世界」である。第二の世界は、「苔の生えた煉瓦造り」の図書館によって象徴される学問の世界である。第三の世界は、「燦として春の如く盪いてゐる」世界、「電燈」、「銀匙」、「歓声」、「泡立つ三鞭酒の盃」があり、就中「美しい女性」がいる世界である。ところが、これら全ての対極に、ある意味ではこれら全てを囲繞するように、「生きて居ることが死よりも甚しき苦痛」であるような、暗く重い世界の存在が示唆されている。三四郎は「轢死」の現場を目にした時、「欲も得も入らない程怖かつた」はずなのだが、いつの間にかこの思いを忘れ去ったようである。「二十三の青年が到底人生に疲れてゐる事が出来ない」のは当然だろう。ただ、作者の眼が三四郎の視界を超えた世界を見つめていることは、看過してはなるまい。かくして、『猫』における自殺談義は様々にかたちを変えて、漱石文学に出没し続ける。その最も深刻なものは『こゝろ』であろうが、その「下」が「先生の遺書」となっているのは、『ヴェルテル』以来の書簡体小説とはまったく無関係なのだろうか。

より深いレベルでは、『猫』における自殺談義を触発したブランデスの指摘は、漱石の文明批評に看過し得ない影響を与え続けている。ブランデスが提出し、かつ、漱石が共鳴した見解の核心は、フランス革命後に「出現した精神の病の一切は二つの重要な事象、すなわち個人の解放と思想の解放との所産」だというものである。その結果出現した「個人が自己を主張するという壮大かつ画期的な闘争」は漱石を終生悩まし続けた近代の病弊であり、同時に、漱石の文明批評の底流となった重要な問題意識だったと言わなければなるまい。

ここで看過してはならないのは、「この画期的な闘争」が時間の経過とともに文化圏を超えて我が国に「輸入」されるだろう、という予感である。「文明の民はたとひ親子の間でも御互に我儘を張るだけ張らなければ損になるから勢ひ両者の安全を保持する為めには別居しなければならない。欧洲は文明が進んでゐるから、日本より早くこの制度が行はれて居る。たま〳〵親子同居するものがあつても、息子がおやぢから利息のつく金を借りたり、他人の様に下宿料を払つたりする。親が息子の個性を認めて之に尊敬を払へばこそ、こんな美風が成立するのだ。此風は早晩日本へも是非輸入しなければならん」と、迷亭は述べる。この時点で、東西文明の比較とか対立とかいった問題は既に後景に退こうとしている。迷亭が語る「未来記」は、「人間全体の運命に関する社会的現象」（傍点塚本）なのである。かくして、歴史ないし時間の進行に伴なう変遷が前景化されることで、文化圏ないし地域的文化の差異のみに着目する視座は半ば意味を失うのである。

「結婚の不可能」といった問題についてもまた、同様な論理が成立する。「親類はとくに離れ、親子は今日に離れて」も、「個性の発展と、発展につれて此に対する尊敬の念は無制限にのびて行く」から、「最後の方案として夫婦が分れる」ことになるのである。換言すれば、十八世紀末にスタール夫人とコンスタンという例外的な男女の間に生起した現象は、「個性の発展」とともに遠からず普遍的になり、その結果、「天下の夫婦はみんな分れ」、「是からは同棲して居るものは夫婦の資格がない様に世間から目される」ようになる、というのだ。

では、「個性」の発達は、芸術や哲学の世界では、どのような結果を生むのか。「芸術だつて夫婦と同じ運命に帰着する」、と迷亭は言う。「個性の発展と云ふのは個性の自由と云ふ意味であり、「おれはおれ、人は人と云ふ意味」だから、「芸術なんか存在出来る訳がない」のである。「芸術が繁盛するのは芸術家と享受者の間に個性の一致があるから」であり、「人文の発達した未来になると、「人々個々各特別の個性をもつているから人の作つた詩文抔は一向面白くない」ということになる。「現今英国の小説家中で尤も個性のいちゞるしく作品にあらはれた、メレヂス」や「ジエームス」の「読み手は極めて少ない」が、「此傾向が段々発達して婚姻が不道徳になる時分には」――つまり、「結婚が道徳に反する（the immorality of marriage）」という「偉大なる哲学者ジョールの基本的主張」が常識化するころになれば――「芸術も全く滅亡」するのである。

ここに独仙が割って入る。「とにかく人間に個性の自由を許せば許す程御互の間が窮屈になるに相違ないよ。ニーチエが超人なんか担ぎ出すのも全く此窮屈のやり所がなくなつて仕方なしにあんな哲学に変形したものだね。一寸見るとあれがあの男の理想の様に見えるが、ありや理想ぢやない、不平さ。個性の発達した十九世紀にすくんで、隣りの人には心置きなく滅多に寝返りも打てないから、大将少しやけになつてあんな乱暴を書きちらしたのだね。（中略）あの声は勇猛精進の声ぢやない、どうしても怨恨痛憤の音だ。（以下略）」と。つまり、ニーチェもまたこの「精神の病」の犠牲者だ、というのだ。「人間に個性の自由を許せば許す程御互いの間が窮屈に」なった挙句、「個性の発達した十九世紀にすくんで」しまって「怨恨痛憤の音」を発したのがニーチェだ、というのである。

後に『文学論』として上梓された大学での講義「英文学概説」では、漱石はこれとはかなり違ったニーチェ観を披歴している。「彼〔＝ニーチェ〕ハ自ラ originality ノ人ナリト云ヘドモ Max Nordau ノ言ニ由レバ Max Stirner ノ言ヲ其侭ニ模倣セリト又彼ノ意思ノ哲学ハ Schopenhauer ヨリ剽窃セシモノナリト（中略）Pure originality ナルモノナシ」と述べた、という。[112] この発言は、『文学論』第五編第五章に言う「吾人意識の推移は次第なるを便とす」という「原則」の一例を示すためだったらしいが、現行の『文学論』にこれに対応する言葉が載っていないのは、漱石自身が『文学論』上梓にあたってこれを削除したからであろう。いずれにせよ、ニーチェが「オリジナリティ」を主張するために「模倣」や「剽窃」を行なったとすれば、それもまた悲惨な逆説的事象である。多少飛躍するが、「此響き、此群衆の中に二年住んで居たら吾が神経の繊維も遂には鍋の中の麩海苔の如くべとべとになるだらう」というロンドンの印象も、漱石の読書体験を補強したであろう。漱石は、進歩、開化、近代ないし文明の未来等々について安易な幻想を持つことができなかったのだ。『猫』の最終章は、このことを明確に示している。

『猫』における自殺談義から「結婚の不可能」に至る展開のなかには、例えば「現代日本の開化」(一九一一)における文明批評の萌芽を明らかに認めることができる。この講演で、「一般的の開化」について漱石はこう言っている。「吾々は長い日時のうちに種々様々の工夫を凝し智恵を絞つて漸く今日迄発展して来たやうなもの丶、生活の吾人の内生に与へる心理的苦痛から論ずれば今も五十年前も又は百年前も苦しさ加減の程度は別に変りない」ばかりか、「今日でも生存の苦痛は存外切なもので或は非常といふ形容詞を冠らしても然るべき程度かも知れない」と。この言葉は、「神経衰弱の国民には生きて居る事が死よりも甚しき苦痛である」という苦沙弥の発言と同じ認識に基づいている。『猫』最終章が、漱石独自の文明批評との関連でも看過し得ない側面をもっているというのは、このような意味においてである。

## 11　結びに代えて

「結婚の不可能」との関連で漱石が意識していたのは、ブランデスばかりではあるまい。『猫』最終章でも、「夫の思ひ通りになる様な妻なら妻ぢやない人形だからね」という迷亭の言葉は、イプセン（一八二八～一九〇六）の『人形の家』（一八七九）を想起させる。また漱石は、「グラント、アレン」の小説『立派なる罪業』（原題は *A Splendid Sin*）にも、未来における結婚の一形態を見ている。これは「己の意志に背いて見込の立たぬ夫に嫁いだ婦人が離婚する事の出来ぬ場合には、才識ある男子に情を通じて其子孫を世に遺すのが女子たるもの、義務本分である」という「驚くべき小説」だが、「進化主義から論ずると、『アレン』の考は不理屈とは云へぬ」と漱石は書く。[113] アレン Charles Grant Allen（1848-99）は、ダーウィンやスペンサーの影響をうけた進化論の信奉者であり、もしアレン流の「進化主義」が世界を席捲するような事態になれば、結婚の形態は予測すべからざる変化を遂げるだろう。[114]

文学以外で看過し得ないのが、フランスの社会学者ルトゥルノー Charles J. M. Letourneau（1831-1902）の *The Evolution of Marriage and of Family* である。ルトゥルノーは、ロイド・モーガン（一八五二～一九三六）の進化論を踏まえて「結婚の生物学的起源（The Biological Origin of Marriage）」から説き起こし、その「未来」に至る婚姻制度の「進化」を論じたが、前記『ノート』には「○現今ノ moral direction ハ individual—Letourneau 243／○離婚ノ増加、是自然ナリ 358―360」というメモが残されている。[115]「現今ノ moral direction」が「individual」であり、「離婚ノ増加」が「自然」だとすれば、[116]ブランデスの言う「個人の解放と思想の解放と」は今なお進行中だと考えざるを得ない。こういう認識が、「自殺の病的な流行」やスタール夫人とコンスタンとの不幸な関係を未来に投影する一つの有力な契機になったのであろう。

ここで「自殺」の問題に戻る。「明治三十八、九年」の「断片三三E」には、「金の返し方。死に方。ペトロニアス。ソクラテス。耶蘇。エムペドクリス。大燈国師等」という言葉が記されている。[117]この前後が『吾輩は猫である』最終章に使われていることは、「注解」が指摘する通りだろう。[118]だが彼らの「死に方」のうち、疑問の余地もなく自殺だと言い切れるのは「エムペドクリス」の場合のみである。それればかりか、それぞれの死はいずれも孤立した事象である。そのような「死に方」が世界の「趨勢」としての「自殺者の増加」に転じるには、何らかの契機がなければならない。そこに浮かび上がってくるのが、『ヴェルテル』から『オーベルマン』へと続く「自殺の病的な流行」に注目した『エミグラントの文学』なのである。

漱石が第五高等学校教授だった明治三十（一八九七）年、自殺に関する画期的研究とも言うべきエミール・デュルケーム（一八五八〜一九一七）の『自殺論』*Le suicide: Étude de sociologie* が発表された。十九世紀後半のヨーロッパでは自殺者の増加が大きな問題になっていたが、デュルケーム以前にはそれは自殺者個人の問題と考えられており、主として医師や精神病理学者の研究対象だった。ところがデュルケームは、これを初めて「社会学」の対象とし、自殺者の傾向を社会または集団がもつ諸条件との関連において解明しようとしたのである。欧米諸国では自殺者はカトリックよりもプロテスタントに多く、また農村よりも都会に多い等々、多くの統計を駆使しつつ自殺の様々な側面を論じていくこの大著の内容を簡単に要約することは不可能なので、ここでは彼が導いた重要な「命題」の一つを引用するにとどめたい。すなわち、「自殺は宗教社会の統合の強さに反比例して増減し、「家族社会の統合の強さに反比例して増減」し、「政治社会の統合の強さに反比例して増減する」という命題である。より一般化すれば、「自殺は個人の属している社会集団の統合の強さに反比例して増減する」という命題である。[119] これは要するに、「個人の属している社会集団」の結びつきが強ければ自殺者は減り、それが弱ければ増える、ということに他ならない。[120] デュルケームによれば、「常軌を逸した個人主義」すなわち人間的結びつきの喪失は、「たんに自殺の原因についてその作用を促進させるというだけではなく、それ自体が自殺の原因」なのである。それは「人間を自殺へ追いやる傾向を効果的に抑制している障壁をとりのぞくだけではなく、自殺への傾向をまったく新たに創造し、個人主義の刻印をおびた独特の自殺を生じさせる」のだ。[121]

ブランデスは、フランス革命による「個人の解放と思想の解放と」が無限の自己主張に肥大していく可能性を指摘したが、それは当然デュルケームの言う「個人の属している社会集団」の弱体化を生む。「家族社会の統合」が弱体化すれば、「親類はとくに離れ、親子は今日に離れ」て、遂には「天下の夫婦はみんな分れる」といった状況を生むはずである。それは、デュルケームの言う「常軌を逸した個人主義」の出現であり、それ自体が「自殺の原因」になる。そうだとすると、デュルケームを多少敷衍すれば、「家族社会の統合」が崩壊するような状況、すなわち「結婚の不可能」を導き出すような状況は、必然的に「自殺の流行」を生むことになるのではないか。漱石がデュルケームを読んだ形跡は見いだし得ないが、漱石が描いた戯画はこの卓越した社会学者の分析と奇妙に通底しているかに見える。『猫』最終章で語られる人間の「未来記」は、決して無責任な放言だと言い捨ててしまうことができないのである。

漱石がこのような認識をもつに至った経緯のすべてをここで解明することは、無論不可能である。ただ、漱石が自己の苦渋に満ちた直接体験と東西にわたる広大な知見とを充分に醗酵させ、それを登場人物の発言に託してこの不気味な戯画を描いたことだけは、明らかだろう。そして、漱石の読書体験のなかで最も重要な影響を与えたのは、ブランデスの『エミグラントの文学』、就中、その「第三章　ヴェルテル」から「第八章　スタール夫人――『デルフィーヌ』」あたりであることも、看過してはならないのである。

# 第五章　漱石とレズリー・スティーヴン——*Hours in a Library* を中心に

## 1　はじめに

漱石とレズリー・スティーヴン（一八三二～一九〇四）との関係は、従来しばしば指摘されてきた。比較的最近では、平岡・山形・影山編『夏目漱石事典』（勉誠出版、平成一二）が、スティーヴンの名著『十八世紀の英国思想』（一八七六）と『十八世紀における英国文学および社会』（一九〇四）とを挙げ、「十八世紀英文学や『文学評論』の輪郭はスティーヴンを通してすでに描かれていたと言える」と述べる。これはおそらく、『文学評論』「第二編十八世紀の状況一般」および「第三編アヂソンおよびスチールと常識文学」（傍線原文。以下、『文学評論』引用文中では同じ）を踏まえた言葉であろう。前者には「レスリー、スチーヴンの所見引用」および「スチーヴンの解釈」というセクションが、また後者には「スチーヴンの説明」というセクションが含まれているからであり、また、これらのセクションでは、『十八世紀の英国思想』や『十八世紀における英国文学および社会』からの引用ないしこれらへの言及がかなりの紙幅を占めているからである。同じ『文学評論』では、これとは別に

「第六編 ダニエル、デフォーと小説の組立」の中でデフォーの「大変綿密な書き方」を論じた一節に、「これはレスリー、スチーヴンが *Hours in a Library* 中に既に注意した事で」として、スティーヴンの好著『書斎のひととき』に触れている。本稿では、既に定説化した観がある『十八世紀の英国思想』や『十八世紀における英国文学および社会』との関連についてではなく、スティーヴンに関して従来注目されることが少なかった問題、すなわち *Hours in a Library*（3 Vols. 1874-79）と漱石との関係について、いくつかの事実を指摘しておきたい。

漱石が初めてスティーヴンに触れたのは、「文壇に於ける平等主義の代表者『ウォルト、ホイットマン』Walt Whitman の詩について」（明治二五）においてである。この論文の結語を、漱石は以下のように始める。

> 「レスリー、スチーヴン」嘗て「ウォーヅウォース」の道徳を論じて思らく詩人は哲学者なり哲学者に在つて考ふる所のものは詩人之を感じ哲学者に在つて論ずる所のものは詩人之を悟る一は論理に因つて系統を立て一は記号を用ひて世界を説明す帰着する所は同じくして採る所の法は異なり（以下略）（マル点原文）

漱石の言葉は、既に指摘されているように、*Hours in a Library*（Vol.II）——以下、『書斎のひととき』——所収の論文、"Wordsworth's Ethics" の冒頭部分を要約したものである。[1] この事実は、漱石がスティーヴンの著書に目を通した順序を物語ってもいる。漱石は大学在学中に既に『書斎のひととき』に目を通していたのだ。漱石はその後、『十八世紀の英国思想』と『十八世紀における英国文学および社会』とを読んで、これらの一部を、明治三十八（一九〇五）年に大学で開講した「十八世紀英文学」の講義に採り入れたのである。では、漱石が最初に眼を通した『書斎のひととき』は、その後の著作活動の中にも何らかの痕跡を残しているのだろうか。

本論に入る前に、レズリー・スティーヴンの華麗な一族について一瞥しておきたい。レズリーの父、Sir James Stephen（1789-1859）は高級官吏を経てケンブリッジの近代史教授を務め、兄 Sir James Fitzjames Stephen（1829-94）は弁護士等を経て高等裁判所の判事を務めた。また、レズリーの最初の夫人 Harriet Marian（1840-75）は、ヴィクトリア時代の大作家サッカレイ（一八一一〜六三）の娘である。二番目の夫人 Julia Duckworth（1846-1895）は、ラファエル前派の画家たちのモデルとして知られている。レズリーと彼女の間に生まれた長女 Vanessa（1879-1961）は、一流の批評家 Clive Bell（1881-1962）と結婚したが、彼女自身も画家としてそれなりの名声を得ている。スティーヴンの末娘は、第二次大戦中に自殺した有名な小説家 Virginia Woolf（1882-1941）である。スティーヴンの甥 James Kenneth Stephen（1859-92）はジャーナリストであり詩人でもあったが、後に事故に遭って精神に異常を来たした。十九世紀末のロンドンを震撼させた「切り裂きジャック」の正体は、この男だとされたこともある。スティーヴン自身については、前記『夏目漱石事典』にも、また『漱石全集』（第十五巻）の注解その他にも、かなり詳しい解説があるので、彼が有名な登山家でもあり、『アルパイン・ジャーナル』誌の編集に携わったこともあることを付け加えるにとどめておく。

## 2　漱石のデフォー論とスティーヴン——漱石の記憶違い

漱石が『文学評論』で『書斎のひととき』に直接言及しているのは、「第六編ダニエル、デフォーと小説の組立」においてである。ここで漱石は、「モール、フランダースといふ堕落女」が「レッツンホール街の薬屋の店で包みを盗」んだ際に、彼女が「包み」の中にあった様々な「盗品を一つ残らず書き付ける所、ことに銭を十八志《シリング》としないでわざと六片《ペンス》を加へた所」に触れ、これをデフォーの「大変綿密な書き方」の一例として、以下のように述べている（傍線および二重線は原文）。

序だから云ふが、此盗品を一つ残らず書き付ける所、ことに銭を十八志としないでわざと六片を加へた所なぞは全くデフオー流なのである。これはレスリー、スチーヴンが *Hours in a Library* 中に既に注意した事で、彼はこれと同様の例を『カーネル、ジヤツク』の中から挙げてゐる。私がずつと前にスチーヴンを読んだ時には、彼の例丈が著るしいのかと思つてゐたが決して左様ではない。無数に散点する中から拾ひ出した一つに過ぎないのである。この写実的価値或は粧実的価値に就ては或は後に述べるかも知れないが、デフオーは此所迄書かないと気が済まない男なのである。

この部分はきわめて平易な叙述で何も問題がないように思えるかもしれないが、実は必ずしもそうではない。問題は「これはレスリー、スチーヴンが*Hours in a Library* 中に既に注意した事で……」という部分で、「これ」とは何を指すのかが必ずしも明白だとは言えないのだ。一見したところ、「これ」とはその直前にある言葉、すなわち、「此盗品を一つ残らず書き付ける所、ことに銭を十八志としないでわざと六片を加へた所なぞ」という部分を指しているように読める。だが、実は、それが問題なのである。因みに、『漱石全集』第十五巻（一九九五）「注解」は、この部分、すなわち「これはレスリー、スチーヴンが……」の部分を抜き出し、「スティーヴン（中略）の『書斎のひととき』*Hours in a Library*（中略）の第一巻所載の論文"Defoe's Novels"（以下、「デフォーの小説」）に見える」としている。[(2)]だが、この「注解」が挙げているスティーヴンの論文、すなわちレズリー・スティーヴンの「デフォーの小説」を見ると、『モール・フランダースの運不運』との関連に関する限り、『文学評論』が指摘したようなことは一切述べられていないのだ。では、「これ」は何を指すのか。漱石は、何かの記憶違いをしていたのだろうか。

第一の可能性は、漱石に事実誤認があったということである。スティーヴンの評論「デフォーの小説」に、『モール・フランダース』の中に「盗品を一つ残らず書き付ける所」があるといった指摘が一切見られない以上、このように判断するのが最も自然だろう。後述するように、スティーヴンが『カーネル・ジャック』との関連でこれに近い描写を採り上げ、その意味と効果とを論じていることは、『文学評論』が指摘する通りなのである。そうだとすると、漱石が『カーネル・ジャック』論と『モール・フランダース』論とを一部混同し、スティーヴンが『カーネル・ジャック』論で指摘したデフォーの特徴を、『モール・フランダース』論における指摘だと思い込んでしまった可能性が最も大きいと考えるのが自然である。漱石が大学でデフォーを論じたとき、「ずつと前」に「読んだ」スティーヴンの論文に関する記憶は、既に薄れかかっていたのでもあろうか。

だが、これとは別に、第二の可能性も捨て切れない。すなわち、引用部分の文章そのものが充分に整理されていないのではないかという疑念である。繰り返すが、スティーヴンの「デフォーの小説」で、スティーヴンが具体例を挙げて漱石の言う「デフォー流」の書き方に「注意」を促しているところは、『カーネル、ジヤツク』論における指摘だけであって、それ以外には見当たらないのだ。とすると、「これはレスリー、スチーヴンが *Hours in a Library* 中に既に注意した事で」と漱石が述べたとき、「これ」は直前の文（すなわち『モール・フランダース』で「盗品を一つ残らず書き付け」、「ことに銭を十八志としないでわざと六片を加」えたこと）だけを指すのではなく、この部分の大まかな趣旨（すなわち、「このようにして『盗品を一つ残らず書き付ける所、ことに銭を十八志としないでわざと六片を加へた所など』に見られるような描写）を指している、と解釈することも可能である。

そうだとすれば、ここは漱石の舌足らずか、あるいは、漱石の「講義」を「訂正」し「書き直し」て出版した際の不手際、すなわち、森田草平あるいは滝田樗蔭の不手際だということになろう。私には、後者である可能性も高い、と思われる。というのは、一般に「受講者」が「講義録」を正確に「浄書」するのは必ずしも容易ではなく、また、『モール・フランダース』から引用された英文の和訳にも、疑問があるからである。具体的には、上記引用文（「序だから云ふが」以下）の直前にある英文の一部、すなわち、“a suit of childbed-linen in it〔= the bundle〕, very good, almost new, the lace very fine;” の訳文、「其中には小供の寝床用リネン一揃、是は品もよし又殆ど新らしい。極上等のレース、（其外三合入りの銀の皿……）」である。この訳文では、「包」の中にあった「小供の寝床用リネン一揃」と「極上等のレース」とは別の品物であるように読める。これは、この訳文が“almost new, the lace very fine”とある部分で、“almost new”の直後に置かれたコンマを見逃してしまったからではないか。このコンマを考慮すれば、“the lace very fine”とは“the lace being very fine”（または“with the lace very fine”）の意であり、とりあえずは「……小供の寝床用リネン一揃、是は品もよし又殆ど新らしくて、極上等のレースがついていた」としなければなるまい。つまり、“a suit of childbed”から“the lace very fine”までは、二品ではなく一品なのではないか。さらに厄介なのは、“childbed-linen”である。通常“bed linen”とは「シーツと枕カバー」の意味だが、“childbed”とは「お産の状態、産褥中、分娩中」の意である（『新英和大辞典』、研究社、一九八〇）。したがって、ここは「産褥用リネン一揃い、是は品もよし又殆ど新らしくて、極上等のレースがついていた」といった意味なのではないか。

ついでながら、“a suit of childbed-linen in it〔= the bundle〕, very good, almost new, the lace very fine;”に続く“there was a silver porringer of a pint, a small silver mug,”の部分で、訳文は“porringer”を「皿」とし、“mug”を「盃」とする。詳しくは述べないが、この訳語にも違和感が残る。

いずれにせよ、もしここで漱石が記憶違いをしているのでなければ、「これはレスリー、スチーヴンが *Hours in a Library* 中に既に注意した事で」以下、引用文全体における漱石の趣旨は次のようになろう。すなわち、スティーヴンはかつて『カーネル、ジヤツク』についてデフォー独特の描き方を指摘したが、これと同様な特徴は、『モール・フランダース』の中にも見出されるのだ、と。

以上は、漱石の記憶違いなのか、それともこの文章が充分に整理されていないのかが、判断し難いところである。だがこれとは別に、「第六編ダニエル、デフオーと小説の組立」には、スティーヴンのものとして紹介された言葉が、紛れもなくスティーヴンの趣旨に反している例がある。これが、スティーヴンとの関係におけるより重要な問題である。

漱石は、先に引用した部分の最後で、「この写実的価値或は粧実的価値に就ては或は後に述べるかも知れないが」と述べた。この「写実的価値或は粧実的価値」について触れたのが、同じ「ダニエル、デフオーと小説の組立」の最後に近く、次のように論じた部分である。

前にも一寸述べたがレスリー、スチーヴンは彼が写実的であると云ふ証拠に、カーネル、ジヤツクの偸んだ品物の目録を引用してゐる。其目録には何の特色もない。たゞ精密な丈である。実際警察へ行つて調べでもしなければ、書けさうに無い程残りなく挙げてゐる。例へば箇条書きにして一つ何、一つ何と順々に竝べるうちに、一つ又小刀一挺抔とわざと小刀を二ヶ所抔に出してゐる。つまり実際でなければまさか、こんな瑣末な事を繰返すこともあるまいと思はせるから写実的だと云ふのである。成程さう云へばさうかも知れないが、私の考では少し寸法を間違へた写実だと思ふ。（傍点塚本）

ここで漱石が強調しているのは、「一つ又小刀一挺抔とわざと小刀を二ヶ所抔に出」すといった描写、すなわち、「実際でなければまさか、こんな瑣末な事を繰返すこともあるまいと思はせる」書き方である。これは確かに、デフォー独特の書き方と言うべきであろう。しかし、デフォーが「写実的であると云ふ証拠」として、スティーヴンがこの種の盗品を載せた「目録を引用している」という漱石の説明は、明白な誤りではないかと思われる。スティーヴンの論文、「デフォーの小説」中には、漱石の言葉に正確に対応する例は見出せないのである。漱石の言葉に最も近いと思われるのは、以下の部分である。

Colonel Jack, at the end of a long career, tells us how one of his boyish companions stole certain articles at a fair, and gives us the list, of which this is a part: '5thly, a silver box, with 7s. in small silver; 6, a pocket-handkerchief; 7, *another*; 8, a jointed baby, and a little looking-glass.' The affectation of extreme precision, especially in the charming item 'another,' destroys the perspective of the story. We are listening to a contemporary, not to an old man giving us his fading recollections of a disreputable childhood.(3)(イタリックは原文)

これは、晩年のカーネル・ジャックが、かつての不良少年時代を思い出し、当時の仲間の一人がある縁日に盗んだ品物を数え上げていった場面について、語った言葉である。ここで、漱石が「一つ又小刀一挺抔とわざと小刀を二ヶ所抔に出」すとした部分にほぼ対応するのは、スティーヴンがイタリックで強調した"7, *another*;"とある部分以外には考えられない。ところが、この"*another*;"はその直前の名詞、すなわち"a pocket-handkerchief"を受けて「もう一つのもの」を意味する語である。とすると、漱石が「又小刀一挺」としたところは、正しくは「ハンカチがもう一枚」としなければならないことになる。

これは一寸した記憶違いにすぎないとしても、この背後には、少なくともスティーヴンとの関係では、重大な誤解が潜んでいる。引用部分でスティーヴンが述べている趣旨は、次のようなことだからである。すなわちデフォーは、特に *"another"* つまり「ハンカチがもう一枚」と書くことで、極めて正確な話であるように見せかけようとしているが、それは逆効果だ、というのだ。これが、上記引用文の趣旨である。何故なら、これほど正確を装った書き方をすると、犯人が最近犯したばかりの罪を告白しているかのように読めてしまうからである。だが実際は、これはそういう場面ではなく、「老人が恥ずべき少年時代の記憶、薄れゆく過去の記憶を思い出しながら喋っている (an old man giving us his fading recollections of a disreputable childhood)」場面なのである。スティーヴンは、デフォーが過度に精密な書き方をしたが故に、そういう状況をかえって台無しにしてしまった、と言いたいのだ。

ここで、「レスリー、スチーヴンは彼が写実的であると云ふ証拠に、カーネル、ジヤツクの偸んだ品物の目録を引用してゐる」という漱石の言葉に戻りたい。これが漱石の記憶違いであることは右に述べた通りだが、漱石はこれに続けて、スティーヴンへの批判を口にする。「成程さう云へばさうかも知れないが、私の考では少し寸法を間違へた写実だと思ふ」という一節は、スティーヴンを批判し、同時にスティーヴンとは違う「私」の判断を提出したと受け取らざるを得まい。そうだとすれば、漱石は誤解に基づいてスティーヴンを批判したことになろう。スティーヴンは、むしろデフォーが「写実の大家」として過度に高く評価されていることに、警鐘を鳴らしているのである。例えばスティーヴンは、"The praise which has been lavished upon De Foe for the verisimilitude of his novels seem to be rather extravagant.（デフォーの小説は真実そのものに見えるということについては惜しみない称賛の言葉が注がれてきたが、それは度を越しているように思われる）」と述べており、[4] この点に関するかぎりは漱石と全く同じ立場なのである。

また、このあたりの漱石の記述には、他にもスティーヴンに示唆されたと思われるところがある。漱石は、「カーネル、ジヤツクの偸んだ品物の目録」を、「警察へ行つて調べでもしなければ書けさうにない」と評した。ところが、スティーヴンもまた、『ロクサナ』、『モル・フランダース』、『カーネル・ジャック』、および『キアピテン・シングルトン』といった作品が「ありふれた警察関係の報道」以上の興味を喚起するとは思われない、と述べているのである。[5] このあたりに関する漱石の記憶がいつの間にか変形されて、『文学評論』では「警察へ行つて調べでもしなければ」云々という表現になった可能性が高いのではあるまいか。いずれにせよ、スティーヴンが「カーネル、ジヤツクの偸んだ品物の目録を引用」して、デフォーが「写実的である」ことを肯定的に評価したという事実は見出せない。スティーヴンに関する漱石の誤解には、おそらく、漱石のデフォー嫌いが投影されているのであろう。

漱石のデフォー嫌いは、自然主義者に対する漱石の批判と無縁ではあるまい。鴎外が「エミル・ゾラが没理想」を発表したのは明治二十五年であり、三十年代半ばには、ゾラの模倣ないし自然主義への追随を表明する作家が次々と現われたのは周知である。漱石のデフォー論は、無論、こういう傾向への直接的批判ではない。とはいえ、漱石が同時代の文壇的動向にまったく無関心だったわけでもあるまい。デフォーに対する漱石の態度は、文壇の主流を占めていた自然主義文学に対する漱石のそれと、微妙に重なりあっているようである。

漱石の誤解が生まれた一因は、「スチーヴンを読んだ」のが「ずつと前」だったということにあるのだろう。そのため、デフォーを論じたときには、漱石の記憶は既に曖昧になっていたのである。しかもこの時、*Hours in a Library* は既に漱石の手許になく、直接原文にあたって曖昧な記憶を確認することができなかったに違いない。東北大学所蔵の漱石文庫に『書斎のひととき』が含まれていないという事実は、このことを裏書きするのではないか。

『文学評論』は、『文学論』とは違って、はるかに平易で読み易い文章で書かれている。これは主として、『文学評論』が成立した事情に拠るのであろう。『文学評論』の基になった大学での講義、「十八世紀英文学」の講義では、漱石はあらかじめ綿密な講義ノートを作り、教室ではそれを朗読するといったものだったようである。この原稿を森田草平と瀧田樗蔭とが浄書したのだとすれば、これが平易な口語体に近いのは、当然であろう。しかし、その平易さの裏側には、思わぬ陥穽が潜んでいることがある。文章が必ずしも充分に整理されておらず、論理性あるいは正確さを欠く表現も絶無ではないからである。右の引用に限らず、『文学評論』には、漱石の真意を把握するのが必ずしも容易でない部分もある。このことは、『文学評論』を論ずる場合、忘れてはならない条件の一つであろう。

なお、スティーヴンとの関連で以下に三点を付け加えたい。第一に、漱石がデフォーの「大変綿密な書き方」を評する際に用いた「粧実的」という語についてである。「粧実」とは、「実」を「粧《よそお》う」といった意味を持たせた漱石の造語であろう。これはおそらく、スティーヴンがデフォーを論じたときに多用した“verisimilitude”に示唆を得た造語ではなかろうか。(6) この語は、語源的には“veri（真実の）”＋“similis（類似）”といった意味で、英語としては幾つかの語義をもつが、これを「粧実」とするのは不自然ではあるまい。漱石は、「粧実的」という語を用いることで、デフォーのリアリズムと言われるものが実は本格的なリアリズムではないことを示唆したのである。そうだとすれば、漱石は、スティーヴンを一部明らかに誤解したにも拘わらず、デフォーについては基本的にはスティーヴンに近い評価をしていたことになろう。両者の関係は、かなり微妙である。

付言すれば、Ian Watt（1917-1997）は *The Rise of the Novel: Studies in Defoe, Richardson and Fielding*（1957）で、デフォーのリアリズムは十九世紀以後の本格的リアリズムとは異質であることを明らかにし、これを“formal realism”と呼んだ。ワットの発言は当時かなり新鮮な響きをもっていたが、現時点から振り返れば、スティーヴンや漱石のデフォー評価の延長線上に位置しているに過ぎないとも思われる。デフォーが「粧実的」な描写に終始したのは、彼が「人間を時計の機関の如く心得て、此機関の運転を（中略）無遠慮に写して行く」からだ、と漱石は述べる。さらに漱石は、デフォーばかりではなく、「十八世紀の作家の書いたものが冷淡に見えるのは多く是が為めである」、と考える。スティーヴンの言う“verisimilitude”および漱石の用いた「粧実的」という評価は、かなり長い射程をもっていたと言ってよかろう。

第二に、スティーヴンは究極的にデフォーを小説家としてではなく、アレゴリー作家として評価したのだということである。スティーヴンは、「デフォーの小説」を、大略以下のような言葉で終えている。

デフォーは偶然に、つまり、自分はフィクションを書こうという意識もなく小説を書き始めたのである。換言すれば、彼は本当にあった話を書こうとしたのに、彼が書いた話はそうはならなかったのだ。デフォーは、『ロビンソン・クルーソー』は一種のアレゴリーであると述べたが、この言葉は彼自身が考えていた以上に真実性をもっている。そして、そのアレゴリーに描かれているのは、デフォー自身であり、彼と多くのものを共有していた同時代の典型的イギリス人である。頑丈な体格をもち、十八世紀以降、どんな環境にも屈服することなく、逆にどんな環境をも屈服させながら、世界中を闊歩してきたイギリス人である。世界中の人々は、そのようなイギリス人を見て、不愉快ながら偉大さを認めざるを得ないだろうし、来るべき時代には、『ロビンソン・クルーソー』の英語が、あらゆる地域の住民にとって、自国語になるだろう、と。(7)

少なくとも二十一世紀初頭に至るまでの世界の潮流を見れば、スティーヴンの見通しはほぼ当たっていたようである。この点に関する限り、スティーヴンの慧眼には脱帽せざるをえないだろう。

第三に、漱石はスティーヴンのこのような評価を基本的に受け容れながら、同時に、これに対する微妙な違和感を抱いていたらしい、ということである。漱石は、デフォー論の最後でテニソンの『イノック・アーデン』（一八六四）から、主人公が「孤島に打上げられた時の有様」を二十八行にわたって引用し、これを『ロビンソン・クルーソー』と比べて、次のように述べる。

> イノック、アーデンが孤島に打上げられた時の有様をテニソンは斯う書いてゐる。茲に人間がある。活きた人間がある。是から見るとロビンソン、クルーソーの如きは山羊を食ふ事や、椅

子を作る事許り考へてゐる。全くの実用的器械である。此クルーソーを作つたデフォーも矢張り実用的器械である。彼の作物にはどれを見てもクルーソーの様な男許り出て来る。さうして是が英吉利国民一般の性質である。彼等は頑強である。神経遅鈍である。彼等の仕事は皆クルーソー流に成功してゐる。南亜を開拓した手際は正にクルーソーである。香港をあれ丈に蒼くしたのは正にクルーソーである。彼等はクルーソーを以て生れ、クルーソーを以て死する国民である。

「クルーソーの様な男」の性質が「英吉利国民一般の性質」であり、「彼等の仕事は皆クルーソー流に成功してゐる」というのは、そのままスティーヴンの趣旨に合致すると言っていい。これが「英吉利国民一般の性質」だというのも、『ロビンソン・クルーソー』はアレゴリーだというスティーヴンの趣旨とほぼ同一である。ただ、テニソンが描いたのは「活きた人間」であるのに対し、デフォーが描いたのは「実用的器械」であるという発言には、「器械」を主人公にした文学作品などがあり得るのか、といった批判が籠められているようである。だが、このような批判めいた口調は、スティーヴンには見いだすことができないのである。つまり、漱石はデフォーの作品については多くの点でスティーヴンと共通する認識をもちながら、その文学性とも言うべきものに関する限り、スティーヴンの評価には飽き足りないものを感じていた、と考えざるを得ないのだ。

漱石は、「クルーソー流」の「成功」をどのように考えていたのか。イギリスの植民地経営と言えば、その典型的な事例はインドの支配である。東インド会社の統治行政がイギリス政府の監督下に置かれたのは十八世紀後半であるが、一八七六年以降ヴィクトリア女王(一八一九〜一九〇一)がインド女帝(Empress of India)を兼ねたことを、漱石が熟知していなかったはずがない。それなのに、漱石が「クルーソー流」の「成功」例に、インドを挙げず、「南亞」と「香港」とを挙げたのは何故か。それはおそらく、これらの植民地が彼自身の洋行体験と微妙な関わりをもっていたからであろう。

明治三十三年九月十九日(水)、漱石を乗せたプロイセン号は香港に寄港した。漱石はこのとき上陸して「鶴屋ト云フ日本宿ニ至」ったが、「汚穢居ル可ラズ」という感に襲われた。ところが、「帰船」して「船ヨリ香港ヲ望メバ万燈水ヲ照シ空ニ映ズル様綺羅星ノ如クト云ハンヨリ満山ニ宝石ヲ鏤メタルガ如」くであり、「diamond 及ビ ruby ノ頸飾リヲ満山満港満遍ナクナシタルガ如」くに美しかったのである。同じく香港に進出しながら、「汚穢居ル可ラ」ざる「日本宿」とイギリス人が築き上げた「満山ニ宝石ヲ鏤メタ」ような高層建築との圧倒的な大差は、漱石の記憶に強い印象を残したに違いない。漱石は渡英の途次、香港において、「クルーソー流」の「成功」が如何なるものかということを身に沁みて実感したのである。

同年十月二十九日(月)、すなわち漱石が「方角モ何モ分ラズ」初めてロンドン市街を「歩行」したときには、「南亞ヨリ帰ル義勇兵歓迎ノ為メ非常ノ雑沓ニテ困却」した、と日記に記されている。この記憶は漱石にとっては忘れがたい体験だったらしく、『永日小品』中の「印象」でも利用されている。[8] この時漱石は「五色の雲」に包まれ、「人の海に溺れた」ように「背の高い群衆に押されて、仕方なしに」前に進んで行きながら、ただただ「云ふべからざる孤独」を感じたようである。この一節は、たった一人で、頼るべき知己もいない大都会ロンドンに投げ出されたときの漱石の気持ちを如実に表わしている。

だが半年後の三十四年四月に書かれた「倫敦消息」には、「英国はトランスヴールの金剛石を掘り出して軍費の穴を填めんとしつ、ある」という言葉が記されている。この時漱石は、世界最初の帝国主義戦争とも言われるボーア戦争を非常に醒めた眼で眺めていたのだ。もしかしたら漱石の眼には、「魯西亜」と「争はん」としている「日本」がボーア戦争でイギリスと戦ったトランスヴァール共和国やオレンジ自由国と重なって見えたのかもしれない。いずれにせよ漱石は、イギリス人が「南亜を開拓した手際」や、イギリス人が香港に築き上げた壮大な高層建築の背後に、「頑健」で「神経遅鈍」な「クルーソー」を見たのである。

このような意味で、「第六編ダニエル、デフオー（中略）と小説の組立」における漱石の態度は、「第五編アレキサンダー、ポープ（中略）と所謂人工派の詩」におけるそれとは、ある意味で対照的だとさえ言えよう。後者では、十八世紀の代表的詩人だったポープの立場に即して、彼の作品を理解し評価しようと努めているのに対し、前者では、時にデフォー論の背後に漱石の個人的意見や体験がかなりはっきりと顕われていると思われるからである。

最後に、漱石の個人的体験との関連で、滞英中の日記の一部を引用しておこう。明治三十四年一月十二日の日記には、「余ガ下宿ノ爺ハ一所ニ芝居ニ行キシ処Robinson Crusoeヲ演ゼシガ是ハ一体真ニアツタ事ナリヤ小説ナリヤト余ニ向ツテ問ヒタリシ」という記述がある。これは「英国人ナレバトテ文学上ノ智識ニ於テ必ズシモ我ヨリ上ナリト思フナカレ、彼等ノ大部分ハ家業ニ忙ガシクテ文学抔ヲ繙ク余裕ハナキナリrespectableナ新聞サヘ読ム閑日月ハナキナリ、少シ談シヲシテ見レバ直チ二分ルナリ」という観察の一例である。『ロビンソン・クルーソー』は実話なのかという「下宿ノ爺」の質問に、漱石は「無論小説ナリト答ヘ」、さらに「18th cent. ニ出来タ有名ナ小説ナリ」と言った。すると、彼は「左様カト云フテ直ニ話頭ヲ転ジタ」と、日記は続く。漱石の言う「英吉利国民一般」とは、このような人々だった。彼らは「神経遅鈍」であるとはいえ「頑強」であって、彼らが「クルーソー流」に「成功」するとは具体的にはどういうことなのかを、漱石は十二分に体験していたのである。

## 3　漱石のポープ論とスティーヴン――姿を見せないスティーヴン

「第六編　ダニエル、デフォーと小説の組立」では、漱石はスティーヴンに言及しつつデフォーの特徴を論じているが、『文学評論』には、スティーヴンの名を明示せずにスティーヴンを利用しているところがある。「第五編　アレキサンダー、ポープ（中略）と所謂人工派の詩」の一部がそれである。ポープ（一六八八〜一七四四）はおそらく十八世紀最大の詩人であり、死後においてもほぼ半世紀の間は絶大な影響力をもっていた。ところが十八世紀末にロマン主義運動が起こると、ポープは古典派の総帥として激しい批判の対象になり、詩人としての評価は急激に低下する。それからほぼ一世紀後の一九二〇年代の末から三〇年代にかけて、ポープの評価は再び劇的に変化するが、漱石が『文学評論』でポープを採りあげたのは再評価の機運が生まれる以前、すなわち、ロマン主義の立場からのポープ批判が一世を風靡していた時代である。だが本稿は、そういう変遷を視野に入れて漱石のポープ論全体の意義を検討する試みではなく、[9] 漱石のポープ論を支える重要な一部に論点を絞り、その背後にスティーヴンが潜んでいることを明らかにしようとするものに過ぎない。

ポープを論ずるにあたって、漱石は、ロマン主義以降におけるポープ評価の通説から出発する。先ず漱石は、ポープは「立派な修辞家である、練句家である、然し真正の意味に於ける詩人とは申されぬ」と述べる。「是は十九世紀の初め浪漫派の運動（中略）が盛になつて以後、今日に至る迄最も広く人の唱導する所で、日本の英学者なども大抵此説を聞かされてゐる」のである。

次いで漱石は、この通説の当否を確かめるべく、ポープの主要作品十二点の内容を要約し、ポープの詩には「知的要素」が優位を占めるものが多いことを指摘する。漱石は既に『文学論』第一編第三章で、「文学的内容たりうべき一切のもの」を「感覚F」、「人事F」、[10]「超自然F」、「知識F」の四種に分類しているが、ここで漱石が指摘した「知的要素」は第四番目に挙げられた「知識F」に対応する。漱石の指摘は、要するに、ポープの詩には理屈が多いということであるが、ここで漱石は『文学論』の理論をそのまま応用しているのである。ポープの代表作『批評論』（*An Essay on Criticism*, 1711）や『人間論』（*An Essay on Man*, 1733-34）を見ると、「全体が議論である如く、局部々々も理屈である」と漱石は述べる。「カントが講義の中へ『人間論』を引用した」と言われているが、日本人の立場からすれば、こういう「議論」をするのに「詩」という形式をとらなければならない理由は、全く理解できない。ところがポープ自身は、この問題について次のように述べているのだ。

本論は寧ろこれを散文にて物すべかりしが如し。されど余は二個の理由のために却つて諧調ある文字を採り、且つ脚韻を踏むことをも敢てしたり。其理由の一つは明白なるものにして、韻文を以て書かれたる原理、格言、訓語は、第一に読者を感ぜしむること一層深かるべきと同時に、其後も一層容易に記憶せらるべしと云ふにあり。他の理由は稍奇に失する嫌あれど而も事実なり。即ち余は散文よりも韻文を以てする方簡短に是等のものを表現し得ることを経験せり。而して論証又は教訓の力あり風韻ある所以のもの、一に懸つて行文の簡潔なりや否やに存することは亦言はずして明かなるべし。

これはつまり、「詩は章句を作る上の技巧であつて、（中略）如何なる材料でも旨く言ひ表はしさへしたら夫れが立派な詩に成ると云ふことに帰着する」と、漱石は解釈する。要するに、詩の内容は議論でも教訓でもいいので、それに見事な表現を与えれば優れた詩になる、というのがポープの立場なのである。ここで漱石は、ポープの立場を一応受け容れることにする。「詩に対する考への違つた日本人の立場から見て、ポープの詩は詩に非ずと云つた所で議論には成らない」から、「暫らく吾々もポープの立場に立つて、（中略）彼の作物を評し」てみよう、と漱石は考えるのである。当時支配的だったロマン派の立場に囚われない漱石の姿勢は、きわめて柔軟だというべきであろう。では、ポープの立場に立てば、ポープは詩人として成功したと言えるのだろうか。

ここで漱石は、「或批評家の話に、ポープ程人口に膾炙する詩句の多量を後世に残した者は無いと云つてある」ことを思い出し、「この批評家の語の正しいか正しくないか」を知るために「引用句の辞書を調べて見」ることにする。これは、漱石のポープ論において決定的に重要な手続きである。「この批評家の語が正しいか正しくないか」が、漱石のポープ評価の鍵、すなわち、ポープ自身の立場に立てばポープは詩人として成功したのか否かを判断する鍵になるからである。では、「或批評家」とはいったい誰か。それは、紛れもなくレズリー・スティーヴンなのである。漱石が、スティーヴンの好著『書斎のひととき』第一巻に収められた「デフォーの小説」に再三言及していることは既に述べた。ところが、同じ第一巻には、"Pope as a Moralist" が収録されており、漱石がこの論文に目を通したのはほぼ確実である。この論文の冒頭で、スティーヴンは次のように言っているのだ。

THE vitality of Pope's writings, or at least of certain fragments of them, is remarkable.... Though much of his poetry has ceased to interest us, so many of his brilliant couplets still survive that probably no dead writer, with the solitary exception of Shakespeare, is more frequently *quoted* at the present day. It is in vain that he is abused, ridiculed, and often declared to be no poet at all.[11]（イタリックは塚本）

つまりスティーヴンは、「ポープの著作中、少なくとも幾つかの断片がもっている生命力は注目に値する」と評し、さらに、「ポープの詩作品の多くは今日では読者の興味をそそることがなくなったが、彼の素晴らしい対句（his brilliant couplets）は未だに非常に多く生き残っているので、今は亡き文筆家の中でポープほど数多く引用される作家は、シェイクスピアを唯一の例外として、現在はいないだろう」と述べる。この部分は、「ポープ程人口に膾炙する詩句の多量を後世に残した者は無い」

という漱石の言葉とほとんど一致している。さらに、この英文の最後の部分、すなわち、「ポープは非難され、嘲笑され、到底詩人ではないとしばしば断言される（he〔＝Pope〕is abused, ridiculed, and often declared to be no poet at all）」とするスティーヴンの言葉も、「〔ポープは〕真正の意味に於ける詩人とは申されぬといふ（今日最も多く学者間に認められて居る）断案」という漱石の言葉と、響きあっているようである。

そこで漱石は、「この批評家の語が正しいか正しくないか」を「検べ」るために「引用句の辞書」すなわち手許にある *Familiar Quotations*（1869）を検討するという作業に移る。これは無論スティーヴンの言葉、すなわち、「ポープほど数多く引用されている者はいないだろう」というスティーヴンの言葉を検証するためである。すると、確かにポープの句はシェイクスピアに次いで「数多き英国文学者の中で第二位を占めてゐて、ミルトンと伯仲の間にある」のだ[12]。これは「実に奇妙の現象」である。たしかに、「ポープの詩人としての位置は左程に高くは無いけれども、其詩句の後世に伝はるものゝ数は遥に其位置以上に出でゝ居る」ことになるからである。これを「概言」すると、「詩人としての価値は劣つても其句は後世に残るものだと云ふ妙なパラドックス」が成立する。漱石は、この逆説の中にポープの本質を解明する鍵があると考え、この逆説の解明を通して、「彼の特色の一端」を明らかにしようとするのである。

漱石の手続きは、スティーヴンのそれとはかなり違っている。碩学スティーヴンにとっては、ポープが未だに数多く引用されていること自体はいわば常識に過ぎず、あらためてこれを検証する必要もないからである。既述の通りポープは古典主義の代表的詩人だったが、古典主義者の言わば代表者であるが故に、古典主義に対する反動として勃興したロマン主義によって、それだけ激しい批判の矢を浴びせられるようになる。だが、戦闘的ロマン主義運動が終焉を迎えた以上、詩人としてのポープについては党派性を離れてより健全な判断を下さなければならない、とスティーヴンは考える[13]。しかもロマン派の一人であるバイロン（一七八八〜一八二四）は、「ポープはすべての時代を通して、またすべての地域を見渡しても（中略）偉大な道徳的詩人」であると明言しているのだ[14]。そこでスティーヴンは、バイロンの評価を手掛かりとして、「芸術と道徳との関係」に考察を進めていく。この過程についてはここでは触れないが、スティーヴンの結論は、「トウィックナムに住んでいたこの小柄な身体障碍者〔＝ポープ〕が礼節や道徳律の原則に反した罪は重大だとはいえ[15]、彼は深い宗教的感情を雄弁に物語る高貴な気質をもっていた」というものであり、ここに「モラリストとしてのポープ」の意義を認めたのである[16]。

　他方漱石は、自らが提出した逆説を慎重かつ丹念に解明し、「彼の立場に身を置いて考へて見ると、彼は彼独特の領分に於て充分なる成功を収めてゐる」という結論に達する。したがって、漱石のポープ論は全面的にスティーヴンに拠っているわけではない。ただ、このような漱石の評価が、スティーヴンと同じくロマン派の党派性を脱していることだけは明らかなのである。この基本的姿勢の故に、漱石のポープ論は当時の通説から離れて驚くべく斬新なものになっているのだ[17]。このような独創的評価を導くに際して不可欠な手掛かりを提供した「批評家」が、ほかならぬスティーヴンだったのである。漱石のデフォー論は、スティーヴンなくしても成立し得ただろうが、彼のポープ論は、スティーヴンなくしては、少なくとも現在のかたちでは存在しなかったはずである。この意味で、スティーヴンは漱石のポープ論を支えるのに不可欠な支柱の一つになっている。漱石のポープ論におけるスティーヴンの意義は、第一にここにある。

第二に、漱石がポープの代表作の一つ、『髪盗人』との関連で展開した「超自然」の理論もまた、スティーヴンから少なからず示唆を得たことは確実である。漱石によれば、『髪盗人』に登場する「土水火風の四精」は「可憐、麗明、綺彩の諸質を帯びて、普通の自然界」では「見る可からざる超自然」の世界に属しており、彼らなりに独特の「詩趣」を伴なっている。この「詩趣」を論じる過程で、漱石は文学における「超自然」の理論を展開する。

漱石は先ず、「超自然とは字の示す如く自然を超越したものである」が、「自然（大きな意味でいふ）を借りなければ描写できないもの」だとする。ただし、「描写の手段から云へば借りるに違いないが、世界観から云へば、自然其ものが超自然の表現と断ずることも出来る」。すると「名は超自然でも実は自然に過ぎない」から、「自然の活動を描写すれば直ちに超自然の描写」になるが、こうしてしまえば「別に超自然といふ類別を設ける必要はない」ことになる。次に、「自然界には超自然の要素を含んでいないと見る立場もある」。此の種の「超自然」を表わすのに「自然を借りるのは、借りなければ表はせないから借りる丈」なのである。

これらの「超自然」のうちで「吾々人間に関した超自然は、要するに心理上の問題に帰着する」から、「真偽の判定を下しがたい（中略）不可思議になる」。そこで、「もし真の意義に於ての神秘主義を求めたら是より外にあるまい」と漱石は考える。

これに対し、「超自然界は自然界と独立して存在してゐる」と考えれば、「神を建立」するにせよ、「幽霊を建立」するにせよ、「何でも建立して不可思議にするが好いが、「遂に神秘にはならない」。「いくら旨く建立しても」結局はその場かぎりの効果に終わってしまうからである。そればかりか、「超自然」とは「元来の性質から云つて、壮厳、畏怖、其他類似の感を起すべき筈であるのに、却つて外的特性の為めに滑稽の念を生ぜしむる」ことも多い。「滑稽に堕在する第一の源因」は、「描写の精細、印象の明瞭といふ特性」である。「超自然」は「自然(中略)を借りなければ描写出来ない」が、この場合は「超自然」を描くのに「已を得ず自然を借りる」のだから、「自然其侭を精細に叙述する必要はな」く、「超自然をあらはし得る程度に於て自然を借りればい丶」。ところが、「其程度を踰《こ》えて自然其侭を有る通りに書き立て」ると、「出来上がつたものは予期の如き超自然ではなく、「矢張り自然である」、「だから可笑しくなる」、と言うのだ。要するに漱石は、「自然界」に存在しないはずの「超自然」を表わす場合には、「描写の精細」を避けて曖昧模糊たる描き方にとどめなければならない、と主張するのである。

このような一般論に続けて、漱石は、「ホーマーの『イリヤッド』」、「ミルトンの『失楽園』」、さらにシェイクスピアの『あらし』等々の具体例を挙げ、右の原理を応用しつつそれぞれにおける「超自然」の特徴を論じる。次いでポープの『髪盗人』に進んでいくつかの実例を分析し、ポープの「創造した超自然」は「沙翁に比すると野趣のないのは事実であるけれども、都会的に云へば充分な成功である」という結論に達する。

ところがその直後、漱石は、「序だから一言する」と断った上で、「デフオーの書いた『ギール夫人の幽霊』」に鉾先を向ける。これは「真昼間丁度十二時」に「友達」の家に出た女の幽霊の話である。彼女は「長い旅をするから暇乞に来たと云つて、二時間余りも話して帰つた」が、後に「段々詮議をして見ると」、彼女は「訪問の当日恰も十二時に死去した」というだけである。この短編には少しも「物凄い」ところがなく、「あつけない程平凡」で、「たゞ普通の女が、友達の家を尋ねて、普通の話をしたと毫も異なる所がな」い。つまりデフォーは、せっかく「幽霊」を題材に採り上げながら、「これ程の材料に犬死をさ」せてしまったのだ、と漱石は批判する。ポープの「超自然」もデフォーの「超自然」もいかにも十八世紀らしく「明々地白々地」たることは共通しているが、ポープは「之を美化し得た」のに対し、デフォーは「之を事実化」してしまったというのが、漱石の評価である。

ここで、漱石が『髪盗人』に続けて『ギール夫人の幽霊』を採り上げたことに、読者はある種の違和感を覚えないだろうか。たしかにデフォーは、当時のヨーロッパ人が知らなかった絶海の孤島やアフリカの奥地ばかりでなく、悪魔や幽霊といった不可思議な主題をも好んで採りあげている。とはいえ、「超自然」との関係で漱石が既に論評した『イリヤッド』、『失楽園』、『あらし』といった大作と、多くの日本人読者が耳にしたこともない短編『ギール夫人の幽霊』とを並べてみると、やはり両者の間には不自然なほどに甚だしい懸隔があると感じるのが普通ではないか。漱石がここで取るに足りないデフォーの小品にあえて言及した背後には、どういう事情があるのだろうか。

実は、漱石が「序だから」と断って『ギール夫人の幽霊』に言及したのは、スティーヴンの「デフォーの小説」に触発されたからである。スティーヴンはこの評論において、デフォーが関心を示した神秘的な世界についても詳しく論じ、その過程で興味深い挿話を紹介しているのだ。それは、スティーヴンと同時代の大批評家ジョン・ラスキン（一八一九～一九〇〇）が、ミルトン（一六〇八～七四）の描いたサタンと、ダンテ（一二六五～一三二一）が描いたサタンとを比較したという挿話である。スティーヴンによれば、ラスキンはこの両者を比べて、ダンテがサタンを描くに際して正確な計測値を挙げたのに対し、ミルトンの描くサタンは曖昧模糊としていることを指摘して、これはミルトンの想像力がそれだけ不活発だという証拠だ、と語ったという。[18] スティーヴンは、この言葉に対して直接賛否を表明してはいないが、彼の口調には、明らかにラスキンへの批判がこめられている。

ところで漱石は、既述のとおり、「超自然」を描くにも「自然（中略）を借りなければ」ならない場合は、「已を得ず自然を借りる」のだから、「自然其侭を精細に叙述する必要はな」く、「超自然をあらはし得る程度に於て自然を借りればい丶」と述べた。もしこの限度を超えて、「自然其侭を有る通りに書き立て」れば、「出来上がつたものは予期の如き超自然ではな」く、「矢張り自然」になってしまうから、「壮厳、畏怖、其他類似の感」を与えることができず、「却つて滑稽の念を生ぜしむる」ことになる、というのである。逆に言えば、「超自然」を描くのに「正確な計測値」を挙げるといった方法を採るのは、愚の骨頂ということになろう。漱石の「超自然」論には、明らかにラスキンに対する反論が隠れている。漱石によれば、『失楽園』の叙述が「幾分か人を離れた壮厳の念を起し得る」のは「ミルトンの作つた性格は常に人間を飛び離れ様飛び離れ様としてゐる」からである。また、「ミルトンが描いたセータンもガブリエルも等しく地面の上に顔出しをした事がないものどもである」が故に、「彼等は比較的成功して居る」のである。換言すれば、「ミルトンの作つた性格」は「自然其侭」の「精細」な「描写」を避けているから「比較的成功して居る」ということになろう。

それればかりではない。「本体が人間」である幽霊ですら、文学作品に現われるときは「通例ぼんやりしてゐる」。「幽霊のうちでハムレットの親爺は比較的明瞭」だが、「其代り声丈になつたり、又は他の人に見えなかつたり」する。「バンコーの幽霊は宴会の席に御馳走を食ひに出る」が、「是もマクベス以外には見えない仕掛にして、どこか不明瞭な点を残してゐる」。つまり、少なくとも人間が「建立」した「超自然」は、どこかに「不明瞭な点」、すなわち、合理的に説明することができない部分を残していなければ文学的効果を発揮することができない、と漱石は説くのだ。

ところで、スティーヴンは『ギール夫人の幽霊』をどのように評価したのか。スティーヴンは、ラスキンによるダンテとミルトンとの比較に触れた後、より日常的ではあっても恐怖感を与える幽霊の描写を論じ、次いで『ギール夫人の幽霊』に移るのだが、この幽霊は「最も幽霊らしからざる幽霊（the least ethereal spirit）」だと述べているに過ぎない。[19] だがこの評価は、『ギール夫人の幽霊』は「あつけない程平凡」だという漱石の批評と明らかに響き合っている。漱石がポープの『髪盗人』を論じた「序」に『ギール夫人の幽霊』を採り上げたのは、先に触れたスティーヴンの「デフォーの小説」を想起したからに違いあるまい。

デフォーは悪魔や幽霊といった「神秘」の世界にも関心を示し、その種の題材を扱った作品を多く残している。スティーヴンがラスキンに言及したのも、デフォーにおけるかかる側面を論じる過程においてである。その際スティーヴンは、やや論点を一般化して、デフォーの描く「神秘」は「畏怖といったものを全く含まないような種類の卑俗な神秘（that vulgar kind of mystery which implies nothing of reverential awe）」なのだと言う。[20] この言葉も、漱石のデフォー評にきわめて近い。「超自然」は「壮厳、畏怖、其他類似の感を起すべき筈である」という漱石の立場は、「畏怖といったものを全く含まない」とか「卑俗な神秘」というスティーヴンのデフォー評を裏返しにしたようにさえ見えるのである。

かくして、漱石の言う「超自然」の背後にもスティーヴンが潜んでいるとすれば、スティーヴンは『文学評論』だけにではなく、『文学論』における「超自然」、さらには、漱石の創作面にも看過し得ない影響を及ぼしていると考えざるを得なくなる。『漾虚集』に収録された短編、特に『幻影の盾』や『薤露行』では、全編が深く謎めいた雰囲気に包まれているが、これはスティーヴンの影響をうけた漱石の「超自然」理論と無関係ではあるまい。むしろ、これらの短編は、漱石がスティーヴンに示唆を得て構築した「超自然」理論が、意識的に創作に生かされた実例だと考えてもいいのではなかろうか。

そうだとすれば、漱石の創作における「超自然」ないし「曖昧」なるものを論ずるに際しては、充分に慎重なアプローチが必要になる。江藤淳は、『漱石とアーサー王伝説』最終章で、「漱石がこの作品（＝『薤露行』）によってなにをいおうとしたのかは、依然として曖昧である」と述べ、「かくも意図的に曖昧な作品に託されなければならなかったメッセージ」は、「本来禁忌に抵触するようなメッセージであったはず」だと論じた。[21] 江藤はまた、この「曖昧」さを生むのは、主として、「テニソンが『シャロットの女』に新しくつけ加えた要素」[22]、すなわち、「超自然的要素」だとも示唆しているように思われる。[23] だが、「かくも意図的に曖昧な作品」に託された「メッセージ」は「本来禁忌に抵触するようなメッセージであったはず」だと断定するのは、性急に過ぎるのではないか。このように断定する前に、多少視野を拡げて、この「曖昧」さと、英文学者としての漱石が提出した「超自然」の理論との関係を検証する手続きが不可欠だったのではないか。少なくとも、『文学評論』のポープ論、特に『ギール夫人の幽霊』から『文学論』における「超自然F」あたりまで立ち戻って、漱石が「超自然」についてどのように論じているのかを検証する必要があったのではないか。『文学評論』に収録されたポープ論を精読するだけでも、漱石が「超自然」を描くには「描写の精細」を避けなければならないと――換言すれば、「意図的に曖昧な」描写でなければならないと――と考えていたことが、明らかになるはずなのである。

『薤露行』における漱石の「意図」は、すでに「（一）夢」に見て取れる。江藤は「ギニギア」が見た奇怪な「夢」の材源には触れていない。だがこの「夢」は、疑いもなく、テニソンの *The Idylls of the King* 中の一篇、*Guinevere*（1859）の冒頭で語られる予言的な夢に示唆を得た漱石の創作である[24]。この夢の要点は次の二点である。その一は、「ギニギア」の「冠の底を二重にめぐる蛇」が動き出して二人は「腥さき繩にて、断つべくもあらぬ迄に纏は」れたというあたりである。その二は、「薔薇の花の紅なるが、めら〳〵と燃え出し」、二人の「間にあまれる一尋余り」は「あやしき臭いを立て、ふすと切れた」というあたりである。この夢が登場人物の運命を予告すると解するかぎり、前者がランスロットとギニヴィアとは「そのまま相擁して永劫まで地獄の業火に焼かれ[25]」なければならないという運命を暗示するとすれば、後者は二人を繋いだ絆は最後に焼き切られて、「断つべくもあらぬ迄に纏は」れていた二人は、遂には離ればなれになるという運命を示唆しているようである。だが、これら二つの解釈は明らかに両立し得ない。換言すれば、全編の序曲ともいうべき「（一）夢」

が、すでに「意図的に曖昧な」描き方になっている。そうだとすれば、「意図的に曖昧な」描写は、『薤露行』の冒頭に始まり、「(二) 鏡」の章に引き継がれ、「(三) 袖」の章を経て、「(五) 舟」の章に続くのである。そして、それぞれに「曖昧」な描写が、この短編全体を包みこむ「超自然」を醸成しつつ、結末を導くのである。

『薤露行』が「中央公論」に載せられたのは明治三十八年十一月であり、『文学評論』の原型になった「十八世紀英文学」が大学で開講されたのは同年九月である。だが、この講義を開講するに先立って、漱石は「前学期にあたる六月中旬に、すでに『序論』に相当する講義を数回試みていた」という[26]。つまり、漱石が『薤露行』の構想を練っていた時期と、「十八世紀英文学」の腹案を準備していた時期とは、ほぼ重なり合うのである。そうだとすれば、漱石の中で創作と講義とがまったく無関係に同時進行したといったことはあり得ないのではないか。

漱石が「十八世紀英文学」を講ずるに際して、記憶に残されているスティーヴンの『書斎のひととき』を利用したことは歴然としている。その中には、無論、ダンテのサタンとミルトンのサタンとの比較に始まる「超自然」ないし「神秘」等々に関する様々な問題を扱った「デフォーの小説」が含まれている。さらに漱石自身が、そこで紹介された諸見解を踏まえ、またスティーヴンの見解をも参照して、ポープにおける「超自然」を論じていることは既に述べた通りである。漱石におけるこのような側面、つまり、英文学者としての漱石から創作家としての漱石を截然と切り離すことは可能だろうか。それが不可能だとすれば、『薤露行』における「超自然」の意味を理解するには、同時に『文学評論』をも視野に入れなければならないのだ。「超自然」によって「壮厳、畏怖、其他類似の感」を喚起する手段としての「曖昧」さという側面を一切考慮することなく、そこには「本来禁忌に抵触するようなメッセージ」が託されていた「はず」だという論理にのみ頼って、性急にその「メッセージ」を解読しようとするのは、危うい論法ではないか。ある「はず」だという論理は、「ある」ことと同義ではなく、もともと存在しない「メッセージ」を解読しようとする試みに終わる可能性もなしとしないからである。

## 4　『吾輩は猫である』におけるスティーヴン
### ――スティーヴンとバルザックの「贅沢」と

漱石が創作の面でスティーヴンを利用した最も明らかな例は、『吾輩は猫である』(二) で語られる挿話、すなわち、「主人の話しによると仏蘭西にバルザックといふ小説家があつたさうだ」に始まって、バルザックは「小説家丈に文章の贅沢を尽した」と続く挿話である。バルザックは、「或日自分の書いて居る小説中の人間の名をつけ様と思つて色々つけて見た」が「どうしても気に入ら」ず、たまたま「遊びに来た」友人を誘って散歩に出かけた。友人は「固より何も知らずに連れ出された」のだが、バルザックは「自分の苦心して居る名を」見つけるのが唯一の目的なので、「往来へ出ると何もしないで店先の看板ばかり見て」歩いた。「友人は訳がわからずに」バルザックに付いて歩き、「彼等は遂に朝から晩迄巴里を探検し」た。「其帰りがけにバルザックは、不図ある裁縫屋の看板」にマーカスという名前があるのを見つけた。するとバルザックは、「手を拍つて『是だく〳〵是に限る。マーカスは好い名ぢやないか。マーカスの上へZといふ頭文字をつける、すると申し分のない名前が出来る。Zでなくてはいかん。Z. Marcus は実にうまい。どうも自分で作つた名はうまくつけた積りでも何となく故意とらしい所があつて面白くない。漸くの事で気に入つた名前が出来た』」と、「友人の迷惑は丸で忘れて、一人嬉しがつた」という。

ここで、「自分の書いて居る小説」とある部分については、『漱石全集』第一巻（一九九三）が、次のような注を付けている。「一八四〇年にかかれた『Z・マルカス』Z. Marcas を指す。漱石は 'Marcus' と書いているが、原文では 'Marcas' である。この作品は、このZ（ephirin）Marcas という名前そのものについての記述から始まっている」と。この注解は無論正しいのだが、『Z・マルカス』という作品そのものが、漱石が述べた挿話を含んでいるわけではない。換言すれば、『Z・マルカス』そのものは、この挿話の材源ではあり得ない。この点で、この注にはややもの足りないところが残る。では、漱石はこの挿話をどこから知ったのだろうか。

漱石が利用した挿話は、バルザックに関する幾多の逸話と同じく、彼と親交があったレオン・ゴズラン（Léon Gozlan. 1803-66）の回想記『スリッパを履いたバルザック』（*Balzac en pantoufles*. 1856）第九章に端を発し、バルザックを扱ったいくつかの評伝を通して巷間に流布したと考えられる。そこで、この挿話の素材を一応はゴズランに求めたくなるのだが、当時漱石がゴズランを直接読んでいたとは考えにくい。ところが、『書斎のひととき』第一巻には "Balzac's Novels" というエッセイが収められており、ここにこの挿話がかなり詳しく紹介されているのである。しかもこの逸話、つまりバルザックが登場人物の名前に如何にこだわったかということが、ロレンス・スターン（一七一三～六八）との関連において語られているのである。

スターンの主著『トリストラム・シャンディ』（一七六〇～六七）が『吾輩は猫である』に少なからざる影響を与えていることについては、既に多くの論考がある。『猫』以外にも、漱石が明治三十年にこの作品の紹介、『トリストラム、シヤンデー』を『江湖文学』に寄稿していることも周知である。スターンとの関係で語られるバルザックの奇癖は、漱石の関心を惹かなかったはずがあるまい。漱石が初めてバルザックに関するこの逸話を知ったのは、スティーヴンの論文を通してだと考えるのはきわめて自然だろう。スティーヴンは以下のような言葉で「Z・マルカス」を紹介している（ただし、以下の引用では、便宜上一連の叙述を四部分に分かち、それぞれの部分に番号をつけた）。

（1） Balzac, however, ventures into still more whimsical extremes.  He accepts, in all apparent seriousness, the theory of his favourite, Mr. Shandy, that a man's name influences his character.

（2） Thus, for example, … the occult meaning of Z. Marcas requires a long and elaborate commentary.  Repeat the word Marcas, dwelling on the first syllable, and dropping abruptly on the second, and you will see that the man who bears it must be a martyr.  The zigzag of the initial implies a life of torment. What ill wind, he asks, has blown upon this letter, which in no language （Balzac's acquaintance with German was probably limited） commands more than fifty words?  The name is composed of seven letters, and seven is most characteristic of cabalistic numbers.

(3) If *M. Gozlan's narrative be authentic, Balzac was right to value this name highly, for he had spent many hours in seeking for it by a systematic perambulation of the streets of Paris*. He was rather vexed at the discovery that the Marcas of real life was a tailor. "He deserved a better life!" said Balzac pathetically; "but it shall be my business to commemorate him. . ."

(4) Perhaps he was the one and genuine disciple of Mr. Shandy and Slawkenbergius, and believed sincerely in the occult influence of names and noses.[27]（イタリックは塚本）

この英文をそのまま直訳しても、おそらく理解し難いところが残るだろう。そこで、引用文の文脈を多少補いつつ、簡単な説明を加えてみたい。スティーヴンは、ここに引用した部分に入る前に、バルザックが「奇抜で異端的な思想（fanciful heresies）」で頭が一杯だったとした後、その具体例として、彼が一種の「人相学（physiognomy）」を信じていたと述べ、さらにそれに続く実例を彼の作品中から挙げる。[28]それが、右に引用した部分である。

前記の引用では、先ず（1）で、バルザックは「人相学」以上に「奇妙で極端な考え」に入り込んでいくが、その例が姓名判断に対する態度だ、とスティーヴンは述べる。つまり、バルザックは、「名前はそれを持つ当人の性格に影響を与えるという（中略）シャンディ氏の理論」を「一見したところ大真面目に」受け容れているというのである。ここで言及される「シャンディ氏」とは、ロレンス・スターンの主著『トリストラム・シャンディの生活と意見』で主人公になるはずだったトリストラムの父である。「主人公になるはずだった」とはやや可笑しな表現だが、この作品では主人公が生まれる前に作者が死去したため、トリストラムの「生活と意見」は一行も書かれておらず、作品中で描かれているのは主としてトリストラムの父「シャンディ氏」や「トービ叔父」の生活や意見なのである。

漱石は、『江湖文学』に発表した「トリストラム、シヤンデー」の中で、トリストラムの父、すなわち、「ウオルター、シヤンデー」を以下のように描いている。すなわち、「ウオルター」は「人の姓氏を以て吾人の品性行為に大関係あるものとせり」と述べ、次いで具体的に「其説」を紹介する。それは、「『ジヤック』と『ヂック』と『トム』とは可もなし不可もなし、中性なり、『アンドリユ』に至つては代数に於る『マイナス』的性質を有す、０よりも不善なり、『ウイリアム』は中々善き名なり、『ナムプス』は云ふに足らず、『ニック』は悪魔なり、然れどもあらゆる名字中にて最も嫌ふべく賤しむべきは、『トリストラム』なり（以下略）」という説である。

それなのに「ウオルター」は何故わが子に「トリストラム（Tristram）」という最低・最悪の名前をつけたのか。実は、父は子のために「トリスメジスタス（Trismegistus）」という最高の名前を用意していた。[29]ところが出産時の混乱と行き違いとのため、牧師が誤って「トリストラム」と命名してしまったのである。それればかりではない。「ウオルター」は、「姓氏」と共に鼻の形状が人の運命を支配すると信じていた。ところがこの子の出生に際しては、難産のため鉗子分娩によらざるを得なくなり、しかもスロップ医師の不手際によって、生まれた時には鉗子の圧力によって惨めにも鼻が潰れていたのだ。かくして「ウオルター」は、二重の打撃に打ちのめされてしまう。[30]

鼻の問題については後述することにして、バルザックが作品の登場人物の名前にこだわったのは、

「ウオルター」が奉じていた「奇想」、すなわち、「人の姓氏」は「吾人の品性行為に大関係」があるという「奇想」の延長線上にある、とスティーヴンは言う。これが（1）の内容である。このような解説に、漱石は興味をそそられなかったはずがあろうか。

次いで（2）の部分、“Thus, for example” から “a long and elaborate commentary” の部分に移る。バルザックはかくして「ウオルター」の奇想を受け継いだわけだが、「Z・マルカス」という名前がもつ神秘的な意味を明らかにするには、長く懇切な注釈を必要とする、とスティーヴンは言う。次に来る長い一節、“Repeat the word Marcas,” から “more characteristic of cabalistic numbers” に至る部分が、その注釈、すなわち、バルザック自身による “a long and elaborate commentary（長く懇切な注釈）” である。「マルカス」という名前の「マル」という部分の発音を引き延ばし、次いで「カス」で急に声を落とすようにして、この名前を繰り返してみると、この名前をもつ男は殉教者だと分かるだろう、とバルザックは言う。また、「Z」という頭文字はジグザグ型をしているが、これはこの男が苦難の生涯を送ることを意味する、と続ける。さらに、この字は何という不幸な風に見舞われた字なのだろう。というのも、どの国の言葉でも「Z」が先頭に立つ単語は五十を超えることはないのだから[31]、とバルザックは続ける。その上、“Z. Marcas” は七文字で出来ている。七というのは[32]カバラの中でも最も神秘な数なのだ。スティーヴンは、ほぼ以上のような言葉でバルザック自身による「注釈」を紹介している。なお、カッコ内の言葉（Balzac's acquaintance with German...）はスティーヴン自身の言葉で、ドイツ語では「Z」で始まる単語が少なくないことを暗示しつつ、バルザックはドイツ語をあまり知らないのだろう、とこの大作家をやんわりと皮肉っているのである。

この部分は、バルザックの短編「Z・マルカス」の冒頭にあるバルザックの言葉、正確には、その第二パラグラフから第四パラグラフまでをスティーヴンが要約したものだが、ゴズランの『スリッパを履いたバルザック』にも、これと同じような記述がある。[33]

ここで(3)を飛ばして、(4)、すなわち引用の最後の部分に進む。これは、「おそらくバルザックは、シャンディ氏とスラウケンベルギウスとを心から信奉している唯一の人物（the one and genuine disciple）だろう。そして、名前と鼻とがもつ神秘的な影響力を心から信じていたのだろう」といった意味である。これもまた、『トリストラム・シャンディ』への言及であることは、言うまでもない。ここで「スラウケンベルギウス」とは、第四巻冒頭、すなわち、第四巻第一章の直前に語られる挿話「『スラウケンベルギウス』の話」に登場する人物で、漱石は「『スラウケンベルギウス』の話」を「此累々たる雑談の中にて、尤も著明なる」ものの一つに数え、「個々別々のものとして読む時は頗る興味多」いとしている。

残念なことに、漱石は「『スラウケンベルギウス』の話」については具体的に何も述べていないので、ここで簡単に補っておこう。トリストラムの父「ウオルター」は、人間の運命は「人の姓氏」ばかりでなく鼻によっても支配されると信じている。その実例の一つが、長大な鼻を持つスラウケンベルギウスに関わる物語だが、「ウオルター」は、この話は世に知られていないのでこれを紹介すると称して、この人物の奇妙な物語を語る。

八月のある夕暮れ、黒い騾馬に跨ってシュトラスブルク[34]に入ろうとする男がいた。市の入口で番兵（centinel）の尋問を受けると、自分は「鼻が岬（the Promontory of Noses）」から来てこれからフランクフルトに行くのだが、一ヶ月後の今日、クリミアに行く途中にまたこのシュトラスブルクを通る、と応えた。番兵は彼の顔を見て目を剝く。長大な鼻が顔の真中からぶら下がっていたからである。番兵はこんな鼻は見たことがなかったのだ。この男が「鼻の」ハーフェン・スラウケンベルギウス(Hafen Slawkenbergius *de Nasis.*(イタリックは塚本)である。彼は番兵に一フロリンの金貨[35](a florin)を渡して無事に市内に入るが、この時番兵は彼が抜身のままの「偃月刀(scymetar)」をぶら下げているのに気が付く。番兵は、傍らにいる小人じみた軍楽隊の鼓手に、お気の毒なことだ、こんな思いやりのある方が、鞘をなくしたとは、と語りかける。すると、スラウケンベルギウスは騾馬に乗ったまま振り返り、「鞘は初めからなかったのです」と言い、「この刀を持っているのは私の鼻を守るためなのです」と付け加える。番兵は、いやご尤も、あなたの鼻ならそれだけの価値はありますな、と応じる。この言葉を聞いた鼓手は、あんなものは一文(a stiver)の値打もあるものか、あれは羊皮紙で出来ているんだから、と応える。番兵は、確かに普通の鼻の六倍はあるが――おれの鼻と同じで本物の鼻だ、と反論する。鼓手は、いや、あの鼻は確かに羊皮紙だ、鼻がパチパチと乾いた音を出しているのが聞こえたんだから、と反論する。番兵は、いや、本物だ、鼻血が出ていたんだぞ、と強調するが、二人ともあの鼻に触ってみなかったことを残念がる。

この論争が続いていたとき、喇叭手とその女房との間でも同じようなやりとりが行われていた。なんという鼻だろう！　トランペットと同じくらい長いんだから、と女房。それに、あの鼻がクシャミをするのを聞くと、材料もトランペットと同じ金属だ(And of the same mettle, …as you hear by its *sneezing.*)、と喇叭手[36](イタリックは塚本)。では、今夜寝る前にきっとあの鼻に触って確かめてみるからね、と女房。番兵と鼓手との論争も、喇叭手と女房との言い合いも、すべてスラウケンベルギウスの耳に入っており、自分はこの鼻には絶対に触らせない、と繰り返し呟くのだった。この巨大な鼻が粛々と街の中を進んでいくのを見たシュトラスブルクの市民たちは、何とかしてこの鼻に手を触れ、その真贋を見極めたいという欲望を抑えられなくなるが、誰一人としてこの鼻に手を触れることはできなかった。この偉大なる鼻の持ち主は、騾馬の上で時々独り言を洩らしたが、それは時にジューリアなる謎の女性に話しかける言葉のようであり、また時には自分自身に、また時には人影に驚いた様子を見せる騾馬に話しかける言葉のようだったりした。このようにして、彼はようやく目的の旅館に着いた。

それからシュトラスブルクでは、この鼻の真贋をめぐって大論争がおこった。一部の庶民に発した真贋論争は市の隅々にまで拡がって、遂に混乱と無秩序とがシュトラスブルクを支配するに至る。修道女も、法律家も、聖職者も、医師も、伝統ある大学までもがこの論争に捲きこまれ、その論争は果てしなく続いたのである。いかなる人物が、いかに深遠な学識を披露して、いかなる理論を展開したかといった詳細は、スターンではきわめて興味深く描かれているが、本稿ではこの問題については割愛したい。

このような大騒ぎが続いているうちに、この長大な鼻の持主が再びシュトラスブルクに戻ると言っていたその日が近づいてきた。すると、元老院議員、顧問官、地方長官等々のお偉方を乗せた四頭立ての馬車七千台を初め、一頭立ての馬車一万五千台、多くの老若男女を乗せた荷馬車二万台等々の大群衆が、続々とシュトラスブルクに集まってきた。大評判になっていた長大な鼻を一目見ておこうと思ったのである。

同じころ、シュトラスブルクに向かって急ぐ男がいたが、市街に着く前に日が暮れてしまった。男は、暗くなってからアルザス地方の首都でもあるこの大都市に入るには、一ダカット(ducat)や一ダカット半のチップでは到底無理だと気がつき、今来た道を取って返して小さな旅館に宿をとる。すると、先ほど、大きな鼻をもった男、折り畳み式のベッドではとても鼻に寝返りをさせる余地もないほどに大きな鼻をもった男が同じ宿に泊まったことを知って、驚きかつ大いに喜んだ。この男は、スラウケンベルギウスが半ば独り言のようにして呼びかけていたジューリアの兄だったのである。

実は、スラウケンベルギウスとジューリアとは互いに憎からず思っていたのだった。だが一寸した誤解がもとで、スラウケンベルギウスは独り旅に出てしまったのである。残されたジューリアはひどく悲しみ、兄と共にスラウケンベルギウスの後を追ったが、途中病に倒れ、兄は妹をリヨンに残したまま、彼を探して旅を続けていたのだった。同じ宿でジューリアの兄に巡りあったスラウケンベルギウスは、彼からこの事情を聞いて、もはやシュトラスブルクに戻る必要がなくなった。二人はすぐさま出発、途中でジューリアと合流して、シュトラスブルクの市民や貴顕紳士たちが馬車に乗ってフランクフルト街道に押し出す前に、ピレネー山脈を越えていたのである。

巨大な鼻を一目見ようとしてシュトラスブルクで右往左往していた人々は、さすがに三日三晩の後やっと諦めて家に帰ろうとした。ところが、その時、自由都市に起り得る最も痛ましい事件が起こっていた。シュトラスブルクが、フランス王ルイ十四世の手に落ちていたのである。(37) 歴史家たちは、この原因について様々な説を唱えている。すなわち、シュトラスブルクの市民は、自由都市に皇帝の守備隊を駐屯させれば市民の自由が損なわれると考え、皇帝の守備隊を拒否していたので、シュトラスブルクはフランス軍の餌食になってしまったのだとか、あるいは、シュトラスブルク市は歳入以上の歳出を続けていたために城門をしっかり閉ざしておくだけの財力もなくなって、フランス軍に門をこじ開けられてしまったのだとかいう説である。だが、残念ながら、真相は門をこじ開けたのは好奇心だったのだ、とスラウケンベルギウスは言う。市民たちが全て、見知らぬ男の鼻を追いかけるために城門の外へ出て行ったのを見て、フランス兵は如何なる抵抗に会うこともなく、続々と市街に入ってきたのである、と。

それ以来、シュトラスブルクは商業・工業共に不振に悩むようになったが、その原因はただ一つ、すなわち、市民たちの頭の中では絶えず巨大な鼻が駆け回っていて、商売のことなどは考えられなくなった、ということなのである。このように語り終わって、スラウケンベルギウスは最後に嘆声をあげる。「あゝ、鼻によって獲得されたり、また鼻によって失われたりする城郭都市（fortress）はこれが最初ではなく、また最後でもないであろう」と。[38] かくしてスラウケンベルギウスの物語は鼻によって始まり、鼻によって終わる。これは、言わば、鼻が如何に広大な影響力をもっているかを物語る挿話である。作者スターンは、もしかしたらこの話を語りながらパスカル（一六二三～六二）の有名な警句を思い浮かべていたかもしれない。

スターンは、この物語の原文はラテン語だと称して、冒頭の部分では左側にラテン語を載せ、右側にその英訳と称する英語を載せて、対訳の形式にしている（図20参照）。この部分は、『トリストラム・シャンディ』中でも、最も異色あるものの一つであり、読者にとって最も印象に残る箇所の一

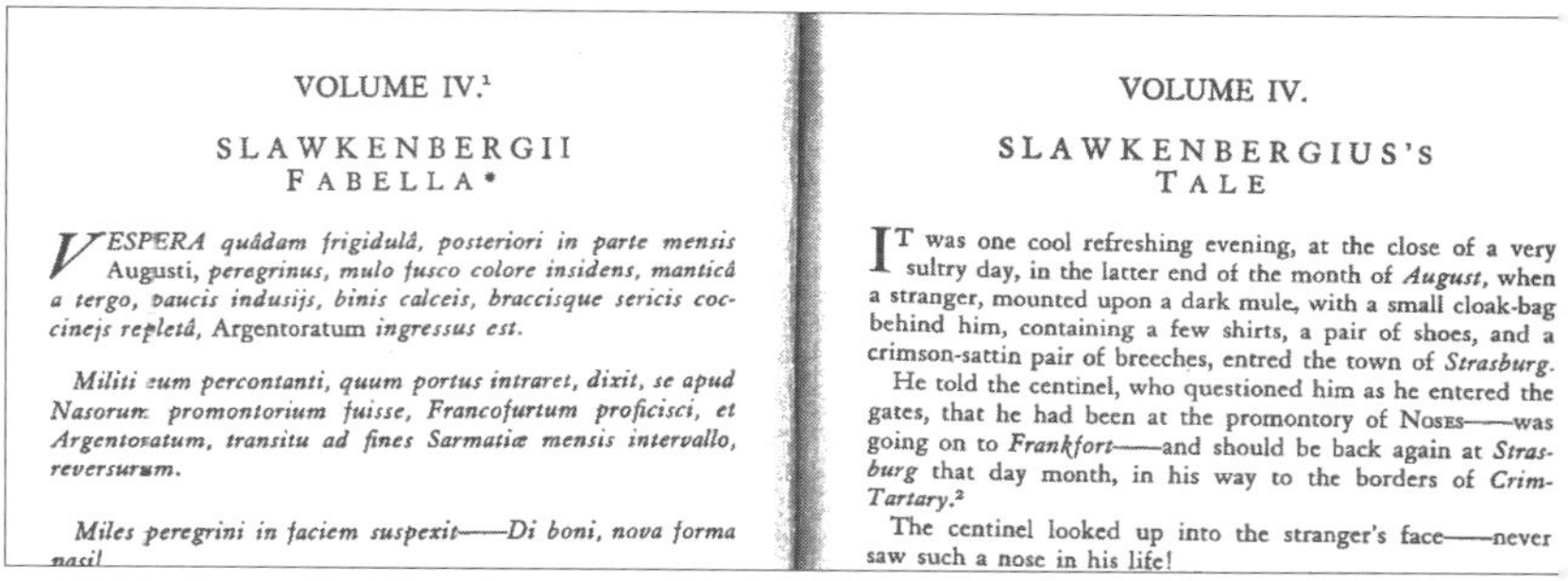

VOLUME IV.[1]

SLAWKENBERGII
FABELLA*

*VESPERA quâdam frigidulâ, posteriori in parte mensis Augusti, peregrinus, mulo fusco colore insidens, manticâ a tergo, paucis indusijs, binis calceis, braccisque sericis coccineis repletâ,* Argentoratum *ingressus est.*

*Militi eum percontanti, quum portus intraret, dixit, se apud Nasorum promontorium fuisse, Francofurtum proficisci, et Argentoratum, transitu ad fines Sarmatiæ mensis intervallo, reversurum.*

*Miles peregrini in faciem suspexit——Di boni, nova forma nasi!*

VOLUME IV.

SLAWKENBERGIUS'S
TALE

IT was one cool refreshing evening, at the close of a very sultry day, in the latter end of the month of *August*, when a stranger, mounted upon a dark mule, with a small cloak-bag behind him, containing a few shirts, a pair of shoes, and a crimson-sattin pair of breeches, entred the town of *Strasburg*.

He told the centinel, who questioned him as he entered the gates, that he had been at the promontory of NOSES——was going on to *Frankfort*——and should be back again at *Strasburg* that day month, in his way to the borders of *Crim-Tartary*.[2]

The centinel looked up into the stranger's face——never saw such a nose in his life!

図 20　**Sterne. *The Life and Opinions of Tristram Shandy, Gentleman.* Ed. by James A. Work (The Odyssey Press, 1960), pp.244-245** より。なお、漱石文庫に残されている ***The Life and Opinions of Tristram Shandy* (1858)** では、ラテン語のページが省略されている。

つでもある。

『吾輩は猫である』（四）で、迷亭は「其後鼻に就て又研究したが、此頃トリストラム、シヤンデーの中に鼻論があるのを発見した。金田の鼻抔もスターンに見せたら善い材料になつたらうに残念な事だ。鼻名を千載に垂れる資格は充分ありながら、あのまゝで朽ち果つるとは不憫千万だ」と述べる。「鼻論」とは、ほぼ以上に紹介した挿話である。「鼻名を千載に垂れる」とは、無論、「美名を千載に残す」という日本語の慣用表現を踏まえた洒落である。また、「（鼻名を千載に）垂れる」という表現は、直接には金田夫人の鼻、すなわち「ひと度は精一杯高くなつて見たが、是では余りだと中途から謙遜して、先の方へ行くと、初めの勢に似ず垂れかゝつて、下にある唇を覗き込んで居る」（傍点塚本）鈎鼻を髣髴させる表現でもある。言うまでもなく、この背後には、作り物のように長大な鼻をぶら下げているスラウケンベルギウスも隠れている。いや、『猫』（三）、（四）で展開される鼻談義の全体が、この人物にまつわる物語、さらには『トリストラム・シャンディ』全編に負うところが少なくないはずである。スティーヴンのスターンに対する言及は短いが、漱石はスティーヴンの言葉を辿りながら、そこに述べられた僅かな事実を超えて様々な場面や挿話を想起していたに違いあるまい。以上が、引用(4)と『トリストラム・シャンディ』および『猫』との関係の概略である。

『猫』(二)で紹介されるバルザックの逸話の源泉と思われるのは、以上に解説した(2)と(4)との中間、すなわち、引用文(3)の中でイタリックで示した部分である。すなわち、「もしゴズラン氏の話が本当なら、バルザックが“Z. Marcas”という名前を高く評価したのは間違いない。というのは、バルザックはこの名前を見つけるために、パリ中の看板を一つも見落とすことがないような計画をたてて、何時間もパリの街路を歩き回ったのだから(If M. Gozlan's narrative be authentic, Balzac was right to value this name highly, *for he had spent many hours in seeking for it by a systematic perambulation of the streets of Paris*)」という部分である。

この部分を漱石の叙述と比べると、両者の間には看過することができない違いがある。前者ではバルザックの友人に対する言及が一切見られないのに対し、後者はバルザックが「友人を連れて」パリ中を歩き回ったと述べていることである。では、どちらが事実に近いのか。この挿話の源泉になったゴズランによれば、一八四〇年六月のある日、彼はバルザックから手紙でシャンゼリゼ通りに呼び出され、作中人物に付けるべき適切な名前が思いつかなくて困っていると打ち明けられて、何かいい考えはないか、と意見を求められたという。二人はいろいろ話し合ったが、その挙句にパリ中の「看板」を見て歩くという方法を提案したのは、バルザックではなくてゴズランだったのである[39]。したがって、この挿話では当然友人が登場しなければならず、しかも、その友人とはゴズランに他ならないということになる。

　スティーヴンにはバルザックの「友人」への言及がなく、『猫』の挿話にはこの「友人」が登場している以上、漱石がスティーヴン以外の回路によってゴズランの回想を知った可能性はないか、という疑問が浮かぶ。これは興味をそそる問題だが、私にはその可能性はきわめて低いと思われる。それは、『猫』におけるバルザックと「友人」との関係は、ゴズランにおけるそれと決定的な違いがあるからである。『猫』では、バルザックが作中人物の名前をつけるのに困り果てていたところへ「友人が遊びに来たので一所に散歩に出掛け」、「友人は訳がわからずにくつ付いて行」ったとされている。そうだとすれば、バルザックは、この「散歩」の目的を「友人」に明かさないままに、彼をパリ中引き回したことになる。ところがゴズランは、自分はバルザックに手紙で呼び出されたものの、パリ中の看板を見て歩けば作中人物にふさわしい名前が見つかるだろうという提案をしたのは（バルザックの「友人」たる）自分だ、と述べる。つまり、この「散歩」の主導権をとったのはバルザックではなくて、「自分（＝友人）」だと述べていることになる。そうだとすると、もし漱石がゴズランの語った内容をある程度正確に知っていたら、『猫』におけるバルザックの挿話は、現在我々が見るものとはかなり違ったものになっていただろう、と考えられるからである。

　既に述べたとおり、『文学評論』の一部、「第六編ダニエル、デフオーと小説の組立」には、スティーヴンのデフォー論に関する漱石の記憶が薄れかけていたことに起因すると思われる誤りが散見される。『猫』におけるバルザックの挿話の背景にも、それに近い事情があったと推定しても、それは決して不自然ではあるまい。漱石は、このとき「ずつと前に読んだ」*Hours in a Library* をもはや手許に持たなかったはずである。とすれば、漱石は薄れかかった“Balzac's Novels”の記憶を辿ると同時に、記憶に欠落している部分を自由に補いながらバルザックの挿話を『猫』に取り入れたに違いないのである。スティーヴンが‘Marcas’と書いたのに漱石が‘Marcus’としているのも、以上の推定を支える一つの傍証になり得るのではないか。

最後に、バルザックの挿話に関して、スティーヴンの立場と漱石のそれとの基本的な相違について一言しておきたい。スティーヴンが、ゴズランが語った回想の一部始終を知らなかったはずがあるまい。それにも関わらずバルザックの「友人」について全く触れていないのは何故か。スティーヴンにとっては、バルザックの奇癖、すなわち、「名前はそれを持つ当人の性格に影響を与える」という考えと、作中人物の命名に際してバルザックがどれほどのこだわりをみせたかという実例を示せば充分だったからで、「友人」の件はほとんど問題にならなかったからではあるまいか。したがってスティーヴンは、“He was rather vexed at the discovery that the Marcas of real life was a tailor. 'He deserved a better life!' said Balzac pathetically; 'but it shall be my business to commemorate him'.”の部分、すなわち、バルザックが足を棒にして発見した「マルカス」が、「実生活では（中略）仕立屋だった」という事実に注目するのである。「マルカス」がバルザックの創造した高貴な作中人物に相応しい名前だとすれば、その名を持つ者は実人生においても卓越した才能を持っていなければならない。そうでなければ、名前とそれを持つ者との間には密接な相関関係があるというバルザックの「理論」は、成立しないからである。マルカスが仕立屋だと知った時、バルザックは困惑したが、すぐに昂然として「俺がこの名前を不滅にしてやろう」と叫んだという。(40) バルザックの奇癖を主題とするスティーヴンにとっては、この部分は不可欠だったはずである。

他方、漱石にはこの部分を採り上げる必要が全くなかった。『猫』で、「吾輩」が「主人の食剰した雑煮」を食いたくなったのは一種の「贅沢」ではあっても、バルザックの場合のように「手数のかゝる」「贅沢」ではない、と述べさえすれば充分だからであろう。漱石の目的は、大作家バルザックの「贅沢」と、主人が食べ残した雑煮の餅を味わってみたいという「吾輩」のささやかな「贅沢」との対比によって、「不対法」的滑稽感を触発することにあったに過ぎないからである。ひとつには、バルザックが仕立屋を低く見ていたことに、漱石はあまり抵抗を感じなかったからではあるまいか。英語には、"Nine tailors make a man."（仕立屋九人で男一人前）という諺があって、仕立て屋は弱虫だとされていたのである。

要するに、スティーヴンも漱石も、それぞれに資料の中から必要な一部を自己の文脈に取り込んで利用したということなのである。ただ、ここで漱石が利用した一節を分析してみると、意外なことにバルザックの背後にスターンが浮かび上がってくる。漱石にとってスターンは特別な関心の対象だっただけに、スターンとの関連で語られたバルザックの逸話を、漱石が完全に忘れ去ったはずがあるまい。このことは、漱石の作品とその材源との関係は必ずしも一対一の単純な関係に還元されるものではなく、一つの挿話の背後で複数の作家ないし評論家が複雑に絡みあって、漱石の想像力を刺激した場合もあることを示している。本稿に即して言えば、「文章の贅沢を尽した」という「バルザック」の挿話の背景を探るには、漱石とバルザックとの関係だけではなく、その中間にいわゆる「伝達者（transmetteur）」としてのスティーヴンをも視野に入れなければならないのである。

## 5　おわりに

以上、『文学評論』および『猫』(二)におけるスティーヴンの痕跡を辿ってきたが、漱石と『書斎のひととき』との関係は意外に複雑なのかもしれない。『猫』(三)には、「縮緬の二枚重ねを畳へ擦り付けながら這入て来る」「女客」が登場する。これが「偉大なる鼻」の持主金田鼻子であり、究極的にはその源泉が『トリストラム・シャンディ』におけるスラウケンベルギウスの物語であることは疑うべくもない。ただ、漱石の心理に立ち入ってみれば、漱石がここで「鼻子」という特異な人物を登場させる契機になったのは、直前の『猫』(二)でスティーヴンが紹介したバルザックの逸話ではあるまいか。「おそらくバルザックは、シャンディ氏とスラウケンベルギウスとを心から信奉している唯一の人物だろう」云々というスティーヴンの言葉から、漱石がトリストラムのひしゃげた鼻や、「鼻のハーフェン・スラウケンベルギウス」の挿話を連想した可能性は、きわめて高い。さらにこの連想は、『猫』(四)における迷亭の言葉、「其後鼻に就いて又研究をしたが、此頃トリストラム、シヤンデーの中に鼻論があるのを発見した」という迷亭の言葉にも繋がっていくのである。つまり、名前の問題に関するバルザックのこだわりが、「鼻論」を触発したのである。このようにして、作品中に残されている手掛かりの背景を探っていくと、初めに一つの点にしか見えなかったものが、実は太い線で結ばれていることが判明する場合もある。このような関係の追究もまた、比較文学研究の醍醐味である。

なお、『定本・漱石全集』第一巻（二〇一六）「注解」は、バルザックが「自分の書いている小説中の人間の名をつけ様」としたが「どうしても気に入ら」ず、「所へ友人が遊びに来たので一所に散歩に出掛」けたという部分について、次のように述べる。「この逸話はバルザックの友人で作家であったレオン・ゴズラン（中略）の回想 *Balzac en pantoufles*（1856）に書かれているが、漱石の購読した *Academy and Literature* 誌の一九〇四年九月号にはその内容を紹介した記事があり、この部分もその要約に沿って書かれている」と。この「注解」は、バルザックに関する逸話が究極的にはレオン・ゴズランに由来するという点では、本稿の趣旨と一致する。漱石がこの記事を読んだとすれば、おそらく一種の感慨をもって、かつて熟読したスティーヴンの『書斎のひととき』を思い出しただろう。ただ、漱石が初めてこの逸話を知ったのはスティーヴンを通してであり、それは本稿冒頭で述べたとおり一八九二（明治二五）年前後のことであって、これには疑問を差しはさむ余地がない。また、*Academy and Literature* 誌に載った「要約」によって、漱石がスティーヴンから得た薄れかかった記憶を補強した痕跡が認められるのだろうか。これもまた、私にとって興味深い問題である。

ここで私は、かつてギュイヤールが指摘した問題、正確な源泉の特定と偶然の一致とを区別することが如何に困難かという問題を想起せざるを得ない。ギュイヤールによれば、「チャールズ・モーガンは『旅』の中でバルベという名前の獄吏が番をしている大変奇妙な牢獄を描いているが、ヴィクトール・ユゴーの『海に働く人々』、および『見聞録』の中に、同じ型の牢があり、獄吏の名前が同じくバルベである」。それにも関わらず、モーガンとユゴーとの間には影響関係が認められない、と言うのである。(41)

細かく入り組んだこういった関係は、案外重要な意味をもつのではなかろうか。バルザックに対する関心ばかりでなく、ポープに対する見方ばかりでなく、デフォーに対する批判ばかりでなく、『書斎のひととき』は、漱石が主として十八世紀および十九世紀の様々な詩人や小説家の世界に参入する一つの有力な入り口を提供してくれたはずである。ここで得られた知識はその後に漱石が獲得した知見と相俟って、漱石の作品により複雑な陰影を与えた可能性もあるはずである。例えば、『三四郎』で言及される『ハイドリオタフヒア』に対する漱石の関心は、どのようにして触発されたのか。私は、漱石がサー・トマス・ブラウンを初めて知ったのはテーヌの *History of English Literature* からではないかと推測するのだが、その後漱石が『書斎のひととき』に収録された"Sir Thomas Browne"にも目を通していた可能性もきわめて高いと思われるのである。そうだとすれば、スティーヴンのブラウン論は漱石にどのような影響を与えたのだろうか。同じことは、『書斎のひととき』(全三巻)で論じられているド・クインシー(一七八五〜一八五九)、シャーロット・ブロンテ(一八一六〜五五)、ジョージ・エリオット(一八一九〜八〇)等々についても言えるだろう。このような意味で、『書斎のひととき』は、漱石の英文学研究を理解する上での貴重な手掛かりの一つなのである。漱石が手にした *Hours in a Library* が現在漱石文庫に残されていないのは残念だが、この評論集と初期の漱石との関係については、今後解明するべき多くの問題が少なからず残されているはずである。

# 第六章　『ハイドリオタフヒア』とその周辺

## 1　三四郎と『ハイドリオタフヒア』との出会い

『三四郎』(十)で、三四郎が広田先生の病気見舞いに広田宅を訪れると、先生は既に回復しており、しかも先客があった。この男は地方の中学で学科以外に柔術の教師をしたことがあるらしいが、事情があって辞職し、生活に困って広田に就職口の斡旋を頼みに来たらしい。この男が「もう一遍学生生活がして見たい。学生生活程気楽なものはない」という言葉を繰り返すのを聞いているうちに、三四郎は「自分の寿命も僅か二三年の間なのか知らん」と「気が冴えな」くなった。このとき広田先生は立ち上がって書斎に入り、「表紙が赤黒くつて、切り口の埃で汚れた」本を持ってきた。「是が此間話したハイドリオタフヒア。退屈なら見てゐ玉へ」と先生は言う。三四郎は礼を述べて本を開くと、「寂寞の罌粟花《けし》を散らすや頻なり。人の記念に対しては、永劫に価すると否とを問ふ事なし」という「句」が眼についた。

この男がなかなか腰をあげないので、三四郎は広田先生の家を辞した。美禰子に会って借りた金を返すつもりだが、その美禰子は肖像画を描いてもらうために原口画伯のアトリエに居るはずである。三四郎は「ぶら〳〵白山の方へ歩きながら」、『ハイドリオタフヒア』の「末節」に眼を通した。「朽ちざる墓に眠り、伝はる事に生き、知らる、名に残り、しからずば滄桑の変に任せて、後の世に存せんと思ふ事、昔より人の願なり。此願のかなへるとき、人は天国にあり。去れども真なる信仰の教法より視れば、此願も此満足も無きが如くに果敢なきものなり。生きるとは、再《ふたたび》の我に帰るの意にして、再の我に帰るとは、願にもあらず、望にもあらず、気高き信者の見たる明白なる事実なれば、聖徒イノセントの墓地に横はるは猶埃及の砂中に埋まるが如し。常住の吾身を観じ悦べば、六尺の狭きもアドリエーナスの大廟と異なる所あらず。成るが儘に成るとのみ覚悟せよ」とある。何だか「判然とはしない」が、三四郎が苦労して理解した「末節」の大意である。広田によれば、「此一篇は名文家の書いたうちの名文であるさうだ」が、三四郎にはどこが名文だかよく分からない。「字遣が異様で、言葉の運び方が重苦しくつて、丸で古い御寺を見る様な心持がした丈」だった。

ある朝三四郎は、登校する学生の間に紛れ込んで歩いている「霜降の外套を着た広田先生の長い影」を見た（『三四郎』十一）。左右前後にくらべて「頗る緩慢」に歩いている先生は、「歩調に於て既に時代錯誤《アナクロニズム》」に見える。先生の影が門の中に消えた後、「門内を一寸覗込んだ三四郎は、口の中で『ハイドリオタフヒア』という字を二度繰返した」。意味はまだ分からないが、与次郎に尋ねたら「恐らくダーターフアブラの類だらう」と言う。しかし三四郎には、両者には「大変な違」があるように思える。「ダーターフアブラは躍るべき性質のもの」に思えるが、「ハイドリオタフヒアは覚えるのにさへ暇が入る」し、「二返繰り返すと歩調が自から緩慢になる」のである。「ハイドリオタフヒア」は「広田先生の使ふために古人が作つて置いた様な音がする」、と三四郎には思えた。

講義が終って三四郎が先生の家に寄ったら、先生は昼寝をしていた。「返さうと思つて、持つて来たハイドリオタフヒアを出して読み始めた」が「中々解らない」。「墓の中に花を投げる事が書いてある。羅馬人は薔薇を affect すると書いてある。何の意味だか能く知らないが、大方好むとでも訳するんだらうと思つた。希臘人は Amaranth を用ひると書いてある。是も明瞭でない。然し花の名には違ない」。それでも先へ進んでいるうちに、「丸で解らなくなつた」。先生は「何で斯んな六づかしい書物を自分に貸したものだらう」と思い、また、「此六づかしい書物が、何故解らないながらも、自分の興味を惹くのだらう」とも思った。「最後に広田先生は畢竟ハイドリオタフヒアだと思つた」。

そのうちに先生が眼を覚ましたので、三四郎は礼を言ってこの書物を返し、読んだがよく分らなかったと正直に述べた後、『ハイドリオタフヒア』の意味を尋ねた。広田は「何の事か僕にも分らない。兎に角希臘語らしいね」と答えたが、「三四郎は後を尋ねる勇気が抜けてしまつた」。

『三四郎』全十三章のうち、『ハイドリオタフヒア』が出てくるのは以上の二章だけである。作品全体から見れば、『ハイドリオタフヒア』への言及はごく僅かな比重をもつに過ぎないようにも思われる。にも拘わらず、『三四郎』の読者はこの不可解な書物に惹きつけられるらしく、『ハイドリオタフヒア』を扱った論考は少なくないのである。以下、主要な先行研究を参照しつつ、『ハイドリオタフヒア』をめぐるいくつかの問題について考察してみたい。

## 2　「寂寞の罌粟花を散らすや……」の出典──研究史概観

『三四郎』刊行当時、この聞き慣れないタイトルをもつ書物についての知識をもつ読者は、きわめて少数だったに違いない。木村 毅は、漱石が「世間の耳に熟さぬ文句や、人名をもち出して、読者をまごつかせ」たことに触れた後、「ことに（中略）『三四郎』では、この弊というか特色というかが一層ひど」かったとし、「ハイドリオタフィヤに到っては何のこととも見当がつかなかった」と述懐した(1)。第二次大戦後になっても、碩学福原麟太郎は次のように言っている。「三四郎が〈広田〉先生から借りて、むずかしくて閉口した本に『ハイドリオタフィア』という論文がある。サー・トマス・ブラウンの著で、この本が読めれば大学の英文科などへ行く必要はないのである。どうも漱石は、ひねった趣味の本ばかり持ち出している。漱石の方がわれわれ英語教師に挑戦していたのではないか。そう思うとすこし気の安まるところもある(2)」と。

『三四郎』発表からほぼ一世紀を経た現在では、既に二種類の邦訳がある。小池 銈訳『壺葬論』（富士川義之解説『脱線の箱』所収。筑摩書房、一九九一）と、生田省悟・宮本正秀訳『医師の信仰・壺葬論』（松柏社、一九九八）とである。それぞれに著者ブラウンの略歴その他についての解説も行き届いており、訳注も丁寧で信頼し得る訳である。また、河村民部『漱石を比較文学的に読む』（近代文芸社、二〇〇〇）は、「トマス・ブラウン卿著『ハイドリオタフィア・壺葬論──ノーフォーク州にて近頃発見されし骨壺に関する短き論述』概略」を「付録」として載せている。これもまた、『ハイドリオタフヒア』（一六五八）の大要を理解するには便利かつ有益だと言えよう。

だが福原が右のエッセイを発表する五年前に、英語学者中島文雄教授が漱石の「挑戦」に応えていたのだ。中島教授がこの問題に触れたのは、『近代英語とその文体』（研究社出版、昭和二八）においてである。これは、本来、「近代英語発達の文化史的背景や社会的基盤を叙述すると同時に、英文学における散文の文体を歴史的に通観しようとしたもの」である。[3] その第五章「V．文芸復興末期と清教時代」で、中島教授はこの時代の代表的文人の一人としてトマス・ブラウンをとり上げ、彼の生涯について簡潔ながら要を得た解説を加えた上で、彼の散文の実例として *Hydriotaphia, or Urn Burial* から数ヶ所を引用したのである。

中島教授によれば、ブラウン（一六〇五～八二）はミルトン（一六〇八～七四）に「劣らない堂々たる散文を書いた」。ブラウンの「文章は文芸復興期の散文に連るものではあるが、ここでは昔の生気や情熱は失われ瞑想的思索的な雰囲気が支配している。そして著者の小宇宙を表現する英語は異様な名文なのである。それは決して科学者の文章ではなくて喚情的なもので修辞に富む。[4] 朗々たる名文ではあるけれども決して解りよいものではない。それは彼の文章がまだ前代のもので近代的な明晰性を知らないことと、それから彼の好事家的博識や古典語系の凝つた用語や奇抜な着想によるものであろう。（中略）文のリズムには配慮が行届いており、三人称現在の動詞語尾が -eth か -s かはリズムによつて決定されているようである。音楽的な散文ということができよう」という。

中島教授は続けて「五章から成る」ブラウンの小篇、すなわち『ハイドリオタフィア』そのものについて短い解題を加える。次いで「開巻第一の献辞」を引用して、「このような詠嘆的な凝った文章で末尾の一文まで行くのであるが、特に最後の部分は著者の雄弁を遺憾なく発揮した力作として有名である」と述べる。(5) 以下、中島教授は『ハイドリオタフィア』の数ヶ所から例文を引きつつ注釈を施していくが、この過程で、"But the iniquity of oblivion blindly scattereth her poppy, and deals with the memory of men without distinction to merit of perpetuity," という一節を引いているのである。この部分の脚注が「夏目漱石『三四郎』」に言及している以上、(7) 中島教授には漱石の作品で言及される部分、「寂寞《じゃくまく》の罌粟花《けし》を散らすや頻なり」以下の部分の出典とその意味とを明らかにしようとする意図があったことは疑いない。中島教授はこの脚注で、"the iniquity of oblivion blindly scattereth her poppy" の部分を「忘却は不公平にもそのけしの実（阿片の材料、麻酔の効力をもつ）を盲目的に蒔き散らす」と正確な和訳を添えている。(8) ここには、「寂寞の罌粟花を散らすや頻なり」という訳文が原文とはあまりにもかけ離れている、という気持が籠められているはずである。ただ、中島教授があえてこれ以上に踏み込まなかったのは、英語学者として文芸評論の類からは一定の距離をおきたいという自己規制が働いたからであろう。

さらに中島教授は、「朽ちざる墓に眠り、伝はる事に生き、知らるゝ名に残り（以下略）」に対応する原文が『ハイドリオタフィア』の最後の部分、すなわち "To subsist in lasting monuments, to live in their productions, to exist in their names," 以下であることを明らかにしている。(9) これを見れば、懇切な脚注とも相俟って、(10) 中島教授が読者として想定した英文科の学生なら、『三四郎』に引用されているブラウンの名文を一応は理解することができるはずである。『近代英語とその文体』が漱石研究者の注目を惹かなかったのは、これが本来英語史の分野に属する研究だからであろうが、それにしても残念という他はない。

中島教授の指摘を国文学界に紹介したのは、管見に入った限りでは、近代文学研究家の大島田人ただ一人である。大島は「『三四郎の注釈』―『ダーターファブラ』と『ハイドリオタフヒア』」において、中島教授の研究を引用した後、「漱石が三四郎にこの書物を読ませたねらいは、それが名文と云うのではなくThomas Browneの説く諸行無常の世界がまた漱石の所謂『非人情』のそれに通じているからではないか」とし、さらに『三四郎』の作品論にまで踏み込んでいる。[11]だが、大島論文もまた漱石研究者の関心をほとんど喚起しなかったらしいのも、不思議である。

次にこの問題を採り上げたのは、英文学者海老池俊治である。海老池によれば、漱石が『ハイドリオタフヒア』に言及したのは、サザーン（一六六〇～一七四六）の『オルノーコ』（一六九六）への言及と並んで「広田先生の博学」を「強調」するためである。[12]海老池もまた、「寂寞の罌粟花を散らすや頻りなり」以下、三四郎が「解らない」ながらも目を通したブラウンの原文を正確に指摘したが、「朽ちざる墓に眠り」以下の訳文については、「みごとな名訳だといってよいであろう」と述べるにとどまった。[13]一応は首肯することができる評であるが、海老池が中島教授や大島論文に触れなかったのは、これらの先行論文を知らなかったからであろうか。

その他の点でも、海老池の研究には不満も残る。「寂寞の罌粟花を散らすや頻りなり」以下の出典が“But the iniquity of oblivion blindely scattereth her poppy;……”だとしながら、[14]訳文と原文との間に見られる落差については何も述べていないのである。両者を比べると、どう考えても訳文の「寂寞」

に対応するのは原文の“the iniquity of oblivion”だということになるのではないか。中島教授は、“the iniquity of oblivion”を「忘却は不公平にも……」と意を汲んで訳されたが、直訳しても「忘却の不公正」、あるいは「不公正なる忘却」と考える以外の解釈はあり得まい。「忘却」が含意するのは「喧噪」ではなくて「寂寞」であるとしても、“the iniquity of oblivion”を「寂寞」と訳すのは論外であろう。『三四郎』執筆当時の漱石が、この程度のことに気付かなかったはずがあるまい。文学研究者として海老池は、この点についての何らかの発言があって然るべきだったのではないか。

木村　毅は、いかにも彼らしいやり方でこの問題を採り上げた。木村は、坪内逍遥の『英文学史』でトマス・ブラウンの記述にぶつかって「愉快」を覚え、さらにハーン（一八五〇〜一九〇四）の *Interpretations of Literature* 中に「トマス・ブラウンに関する講義があったのを喜んだ」という。木村は「寂寞の罌粟花を散らすや」以下の部分を「字義通りに」訳し、「『不公正なる忘却はむやみにそのけしの花を散らして、人の記憶を取りあつこうて、永久の価値あるものに対しても、区別をつけない』とでもなるであろうか」とした。「そのけしの花（her poppy）」についてはやや舌足らずの感もあるが、全体として正鵠を射た訳文であろう。木村は続けて、「なにしろ音にきこえたスタイリストの難文だから、真意を捕捉しかぬるが、しかし漱石のを名訳と思いながら、又あのように思い切って訳していいのかという疑念は今も去らない」と、正直な感想を付け加えている。(15) これもまことに尤もで、大方の読者もまた、木村と同じ「疑念」をもつのではなかろうか。

## 3　飛ヶ谷美穂子「『ハイドリオタフヒア』、あるいは偉大なる暗闇――サー・トマス・ブラウンと漱石」

漱石とブラウンとの研究に新しい次元を拓いたのは、飛ヶ谷美穂子「『ハイドリオタフヒア』、あるいは偉大なる暗闇――サー・トマス・ブラウンと漱石」であろう。[16]至るところに創見が鏤められたこの論文は、『ハイドリオタフヒア』そのものの簡にして要を得た要約から、著者ブラウンの生涯と彼の主要な著作の解説、漱石が読んだ「ボーン叢書」出版の経緯、ブラウンに関する坪内逍遥およびラフカディオ・ハーンの講義等々までをも視野に入れつつ、『ハイドリオタフヒア』のみならずブラウンと漱石との関係を余すところなく論じ尽くそうとしたものである。

飛ヶ谷氏もまた、「寂寞の罌粟花を散らすや頻なり」から出発する。だが氏はこの部分の出典等には一切こだわらず、[17]「広田先生は畢竟ハイドリオタフヒアだと思つた」という三四郎の感慨に注目する。氏によれば、「これをすなおに読むかぎり、『ハイドリオタフヒア』とは広田先生その人の暗喩であり、作者がこの不思議な魅力を持つ人物につけた索引にほかならない」。そこで氏は「その索引の導くままに（中略）この書物を繙」き、綿密な検証を経て「『偉大なる暗闇』の呼称」は『ハイドリオタフヒア』第二章にある「〈a great obscurity〉に由来する」と「想像」する。[18]

この過程で特に興味深いのは、広田先生が語る「面白い夢」に関する氏の発言である。夢の中で先生は「凡て宇宙の法則は変らないが法則に支配される凡て宇宙のものは必ず変る。すると其法則は物の外に存在してゐなくてはならない」という「六づかしい事」を考える。「これは『ハイドリオタフヒア』終章」の一節、「『不滅なる存在』をおいて真に不滅なるものはない。始まりなき者はまた終わりなき者となり得るであろう。（中略）それこそが不滅にして欠くべからざる本質の徴しである」という一節を「連想」させる、と氏は述べる。[19]

次いで氏は、ブラウンの生涯と彼の著作とを概観し、漱石とブラウンとの接点を以下のように推測する。すなわち、漱石が「熊本五高教授時代」すなわち「明治三十年頃」に、現在漱石文庫に残されている『ブラウン全集』三巻を「東京の丸善」から「取り寄せて読み、さらに『三四郎』執筆のころほぼ十年ぶりにあらためて『ハイドリオタフヒア』を熟読したと思われる」と。[20]

さらに氏は、ブラウンの「文体の特異さ」や、漱石が東京専門学校での英語講師時代に「学生の間に伍して」傾聴した坪内逍遥の講義が「ブラウンに関心を抱く一つのきっかけとなった可能性」を指摘し、また、「広田先生があえて自分の説ではないと断った上で『ハイドリオタフヒア』を『名文家の書いたうちの名文』と説明する背景」には、「教え子たちを通じて相当な知識を得ていたらしい」ハーンの講義が「あったかも知れない」と考える。だがより重要なのは、『英文学形式論』で言及されている『或医師の宗教』（一六四二）には「広田先生の面影が――しかも『ハイドリオタフヒア』以上に生のかたちで――見いだされる」という指摘である。その延長線上で、氏はブラウンが「いつも外套や長靴を身に着けていた」というジョンソン（一六四九～一七〇三）の伝記を引用し、「霜降の外套」を着て「大きな松と時計台のかげに歩み去る」広田先生は、「はるか時空を隔てて明治の日本にあらわれたブラウンであったのかも知れない」と論を結ぶのである。[21]これが、漱石が「この不思議な魅力を持つ人物〔＝ブラウン〕につけた索引」を手掛かりにして到達した、飛ヶ谷氏の結論である。

この過程で飛ヶ谷氏はほとんど断定的な言葉を用いず、「想像」する、「連想」させる、「一つのきっかけとなった可能性もある」、「かも知れない」といった表現を多用している。それにも拘わらず氏の論考が圧倒的な説得力をもっているのは、該博な知識、鋭い読み、そして何よりも透徹した洞察力に支えられているからであろう。

## 4　テーヌ『英文学史』と漱石

ここで、漱石がブラウンに初めて接した時期に関してのみ、ささやかな異論を提出しておきたい。飛ケ谷氏はその時期を「明治三十年頃」としたが、それを数年溯らせて漱石の大学生時代、すなわち明治二十三年から二十五年あたりと考えたいのである。この時期漱石は、J・M・ディクソン（一八五六〜一九三三）を師として初めて本格的に英文学を学び始めていた。後に漱石がディクソンの授業を酷評したことは周知であるが、少なくとも初期の漱石にはディクソンの隠れた影響を認めなければならないのではないか。より具体的に言えば、最初期の短篇「倫敦塔」や『永日小品』中の「昔」は、ディクソンの講義がなかったら現存するかたちでは書かれなかったに違いないのだ。(22) 当面の問題との関連では、漱石の大学時代の友人立花政樹がディクソンの講義について回想した言葉が重要である。立花はディクソンについて、「英文学史の講義は無かつたが、Taine の英文学史や Gosse の出来立ての第十八世紀英文学を自修させられました」と述べているのである。[23] 漱石がディクソンの指示によって読んだと思われる「Taine の英文学史」は漱石文庫に保存されており、それには多くの下線や書き込みが残されている。漱石は、ディクソンの指示に従って「Taine の英文学史」を忠実かつ熱心に「自習」したのだ。その過程で、漱石は初めてブラウンに接したと思われる。

テーヌ（一八二八〜九三）の『英文学史』にサー・トマス・ブラウンが登場するのは、「第二巻 ルネサンス 第一章 異教的ルネサンス 第三節 散文」においてである。テーヌの言う「異教的ルネサンス（The Pagan Renaissance）」とは、「一時キリスト教が衰え、物質的幸福が突然増進し、人間が自らを賛美し、心には古代ローマ・ギリシア的な生き方しか考えられなかった」時代で、[24] テーヌはこの時代を「第五章 キリスト教的ルネサンス」、すなわち清教徒ミルトンによって代表される時代と対照的に扱っている。[25]「異教的ルネサンス」の時代になると、「ベーコンやブラウンのように信仰をもった人々、つまり真摯なクリスチャンでさえ、キリスト教における苛酷なほどの厳格さを放棄し、キリスト教を一種の道徳的詩歌に貶め、宗教という表面の下には自然主義的倫理が存在すると認めたのだ、とテーヌは述べる。[26] ブラウンの名が「Taine の英文学史」に初めて現れるのはこの一節においてであるが、ここでブラウンがベーコンと並んで言及されていることにも注目しておきたい。

テーヌは続けてこの時代の様々な特徴を詳説し、一部の散文作家は「彼等の文体を華やかな比喩で飾り、その比喩が新たな比喩を生み、重なり合ってくるので、遂には意味が消滅して文飾だけが目に映るようになる」と言う。[27] しかし、かかる「過剰なほどの華麗さ」から「永続的かつ偉大なるもの」が生まれてくるのであり、[28] かくして出現する新しい作品を検討するために、テーヌはロバート・バートン（一五七七〜一六四〇）の『憂鬱の解剖』（一六二一）とサー・トマス・ブラウンの『ハイドリオタフィア』とを採り上げるのである。[29]

テーヌは、ブラウンはある意味でシェイクスピア（一五六四〜一六一六）に似ている、と言う。シェイクスピアが俳優であり詩人であったのに対し、ブラウンは学者であり観察者だった。シェイクスピアが創造した人であったのに対し、ブラウンは理解しようとした人だった。だがブラウンはシェイクスピアと同じく、生命をもつ事物の研究に専念した人であり、それらの内的構造までを洞察した人であり、それらを支配する法則を理解した人であり、それらの外的様相の細部までをも強烈かつ綿密に自らの中に刻印した人なのである。他方、ブラウンはナチュラリストであり、哲学者であり、古典学者であり、医師であり、モラリストであり、ジェレミー・テイラー（一六一三〜六七）やシェイクスピアを産んだ世代に属するほとんど最後の人である。死、すなわち忘却という巨大な暗黒について、一切を呑み尽くすこの深淵について、また、賞賛や記念碑によって束の間の栄光を作りだそうとする人間の空しさについて、ブラウンほど感動的な雄弁をふるった人はいない。「当時の凡ての人々の精神に流れていた詩的生命力を、ブラウンほど熱く独創的な表現で示した人はいないのだ（No one has revealed, in more glowing and original expressions, the poetic sap which flows through all the minds of the age.）」。テーヌは大略以上のように述べて、『ハイドリオタフィア』の一節を引用するのである。[30]

テーヌはこれを Wilkin 編 *The Works of Sir Thomas Browne* (1852) 第三巻 四四頁以降からの引用としている。[31] 漱石文庫に残されているウィルキン編『サー・トマス・ブラウン作品集』第三巻（一八九三）

を参照すると、この作品集からのテーヌの引用は、*Hydriotaphia* 最終章（第五章）の半ば近く、"But the iniquity of oblivion blindly scattereth her poppy, ... " に始まる。ところが、これは三四郎が「寂寞の罌粟花を散らすや頻なり」と解釈する部分そのものなのである。以下、引用は中略を交えて全体として九段落（九パラグラフ）に及ぶことが分かる。[32] その最後の文章は "Pyramids, arches, obelisks, were but the irregularities of vain glory, and wild enormities of ancient magnanimity.（ピラミッドも、巨大なアーチ型の門も、オベリスクも、強烈な虚栄心が生んだ型破りの建築に過ぎず、古代人の度外れな名誉心に発した突飛な巨大建築物に過ぎない）" である。ウィルキン編『サー・トマス・ブラウン作品集』第三巻を参照すると、テーヌの引用は四四頁から四八頁に含まれている。だが、これに続く四九頁には、"To subsist in lasting monuments, to live in their productions, to exist in their names and predicament of chimeras, was large satisfaction unto old expectations, and made one part of their Elysiums. But all this is nothing in the metaphysicks of true belief. To live indeed, is to be again ourselves, which being not only an hope, but an evidence in noble believers, 'tis all one to lie in St. Innocent's churchyard, as in the sands of Egypt. Ready to be anything, in the ecstasy of being ever, and as content with six foot as the moles of Adrianus." というやや長い一節がある。これが三四郎の言う『ハイドリオタフヒア』の「末節」、すなわち、三四郎が「朽ちざる墓に眠り、伝はる事に生き、知らるゝ名に残り（以下略）」と解釈する部分に対応する原文なのである。さらに、この部分の欄外には漱石のものと思われる傍線が残されている[33]（図21参照）。このように見てくると、三四郎が口にするブラウンの言葉のほとんどは、テーヌがブラウンから引用した部分の一部と、その引用部分の次のページ（四九ページ）に記された *Hydriotaphia* の「末節」だけに過ぎないのだ。

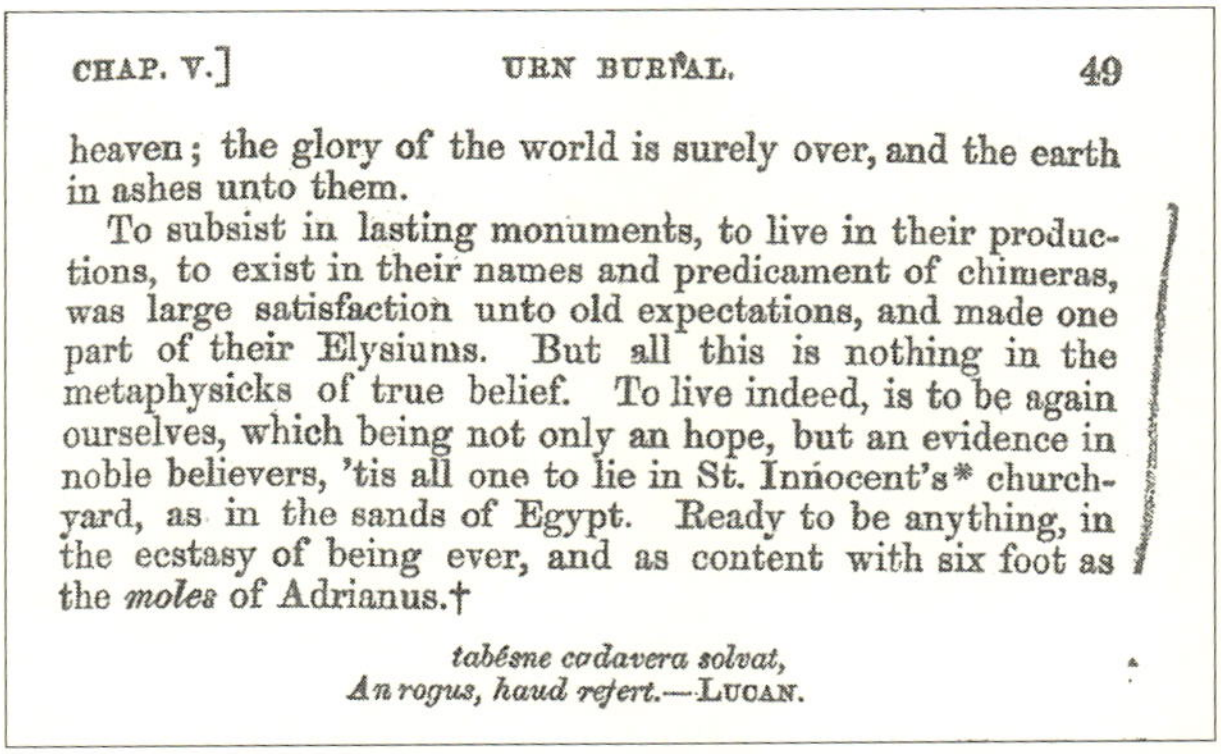
CHAP. V.]　　URN BURIAL.　　49

heaven; the glory of the world is surely over, and the earth in ashes unto them.

To subsist in lasting monuments, to live in their productions, to exist in their names and predicament of chimeras, was large satisfaction unto old expectations, and made one part of their Elysiums. But all this is nothing in the metaphysicks of true belief. To live indeed, is to be again ourselves, which being not only an hope, but an evidence in noble believers, 'tis all one to lie in St. Innocent's* churchyard, as in the sands of Egypt. Ready to be anything, in the ecstasy of being ever, and as content with six foot as the *moles* of Adrianus.†

*tabésne cadavera solvat,*
*An rogus, haud refert.*—LUCAN.

図 21　***The Works of Sir Thomas Browne* (Bohn's Standard Library). vol. III., p.49.** より。右欄外の傍線は漱石のもの。

これは、単なる偶然だろうか。それとも、漱石がテーヌによって初めてブラウンの散文に接したときの記憶が漱石の記憶に刻み付けられていて、後にウィルキン編の『作品集』を手にしたときも先ず *Hydriotaphia* に、それも漱石の記憶に残されていたテーヌによる引用部分の前後に、注意を惹かれたといった事情を示唆しているのだろうか。

テーヌはこの引用に続けて、「これはほとんど詩人の言葉であり、ブラウンをして科学に駆りたてるのも、この詩人的想像力に他ならない」と評し[34]、次いで、科学者としてのブラウンに移る。この部分については割愛するが、その最後をテーヌは以下のように結ぶ。「彼〔＝ブラウン〕は大体において疑問を提起し、解釈を示唆し、判断を留保し、そこで終わる。だが、これで充分なのだ。探究がそれほど真剣であり、探究が行なわれる方法がそれほど多様であり、探究の手掛かりがそれほど周到に確保されている以上、研究の結果には疑念が浮かばないのだ。つまり我々は、真理から程遠くない地点に到達しているのである」と。かくしてブラウンを論じ終えると、テーヌはフランシス・ベーコンに話題を転じるのである[35]。

ここで再び『三四郎』に戻りたい。注目したいのは既に触れた一節、すなわち、広田先生が「是が此間話したハイドリオタフヒア。退屈なら見てゐ玉へ」と言ったので、「三四郎は礼を述べて書物を受け取」ったとする一節である。ここで三四郎の「眼に付いた」のが、「寂寞の罌粟花を散らすや頻なり」云々という「句」である。この「句」は、上述のとおり、『英文学史』でテーヌがブラウンから引用した部分の冒頭そのもの、換言すれば、学生時代に漱石が初めて接したブラウンの英語（"But the iniquity of oblivion blindly scattereth her poppy, ....."）である。漱石はこの時、三四郎と同じくこの英文の真意を理解するのに少なからず戸惑ったのではなかろうか。そうだとすれば、後に漱石が『三四郎』を執筆したとき、自分がブラウンの散文に初めて接した時の困惑を想い出したのではなかろうか。その記憶が、作中人物三四郎の訳文に反映されているのではなかろうか。

図 22　**Dixon.** ***Simpler English Poems*** **(Hakubunsha, 1890)** 見返しより。

漱石の学生時代における経験が『三四郎』に反映している例は、他にも指摘することができる。『三四郎』（三）には、三四郎が入学して初めて「大教室」で講義を聴いた場面の描写がある。先生が「砲声一発浦賀の夢を破つて」という「演説口調」で話を始めたので、三四郎は面白がって聴いていたが、そのうちに「独逸の哲学者の名前が沢山出て来て甚だ解しにくゝな」り、いささか退屈を覚えて周囲を見回してみた。すると、「隣の男は感心に根気よく筆記をつゞけてゐる」。三四郎が隣を「覗いて見ると、筆記ではな」く、「遠くから先生の似顔をポンチにかいてゐた」のである。この男が後に三四郎と様々な交渉をもつ佐々木与次郎である。与次郎のモデルについては諸説があるが、この場面に限っては漱石自身の経験が投影されているのは疑いない。文科大学で漱石が用いた英詩の教科書、J・M・ディクソンが編集した *Simpler English Poems* (1890) の見返しには、漱石自身が描いたと思われる髭を蓄えた人物像が描かれているのである[36](図22参照)。

また、漱石が「『熊本五高教授時代』」に、「現在漱石文庫に残されている『ブラウン全集』三巻」を「東京の丸善」から「取り寄せ」たとすれば、それは、かつて不思議な魅力を感じながら充分には理解できなかったブラウンをあらためて読み直してみようという思いが蘇ってきたからではなかろうか。こう見てくると、もし漱石が学生時代にテーヌの『英文学史』と格闘していなかったら、現在我々が持つかたちでの『三四郎』は存在しなかったかもしれない、とすら思えてくるのである。

## 5 「メメント・モリ」と漱石の関心

漱石とブラウンとの接点にはこだわらず、独自の視点から『ハイドリオタフヒア』を扱った論文がある。川崎寿彦「夏目漱石『三四郎』(絵に還った美禰子)」である。川崎はもともと英文学者であるが、この論文を含む『分析批評入門』(昭和四二)は、一時アメリカの批評界を席巻した「新批評」の手法を導入して、日本近代文学の代表的作品を手際よく論じ去った名著だと言ってもよかろう。

この論文は、副題からも明らかなように『三四郎』を一種の絵画小説として扱った論文だが、ここで注目したいのは、『三四郎』では『ハイドリオタフヒア』が「メメント・モリ」として「重要な役割をはたす」としたことである。川崎によれば、『ハイドリオタフヒア』は「全編これ文字どおりのメメント・モリであり、古今の骨葬の諸形態を論じる体裁をとりつつ、現世にとらわれる愚をいましめたものである」[37]。当時の読者にとっては、川崎の用いた「メメント・モリ」という用語そのものがきわめて斬新な響きをもっていたであろう。ただ川崎の論考は、〈老いたるアダム〉、〈若きアダム〉、〈古態形〉等々、「新批評」独特の用語らしきものをそのまま用いており、そういうところに一種の新鮮さと同時に、一部馴染みにくいものを感じさせたという側面もあったのではないか。普通の用法では、例えば "the old Adam" とは悔い改める前のアダム、すなわち、人間の罪深い本性であり、「古きアダム」なのである。

川崎は、「メメント・モリ」とは「人間は死ぬべきものであることを記憶させるための、頭蓋骨など。転じて、忘れてはならない危険に注意を喚起するもの」だとした[38]。『新英和大辞典（第五版）』（研究社、一九八〇）によれば、この言葉（memento mori）は本来ラテン語で "remember that you have to die" の意であり、「死の警告、死の表徴（頭蓋骨その他の装飾または装身具）」である。他の英和辞典における解説も、大同小異と言っていい。また文学辞典の一例として J. A. Cudden の *A Dictionary of Literary Terms* (1977) を見ると、これは "Lat. 'remember you must die（ラテン語。お前は死ななければならないことを忘れるな）'" の意だとした後、"An emblem of death, such as a skull, to remind us of the shortness or uncertainty of human life. Common especially in Elizabethan and Jacobean art and literature.（人生の短さや不確実さを忘れさせないための死の表象で、頭蓋骨の類。特に、エリザベス一世やジェイムズ一世の時代の美術や文学にはよく見られる)"とある。[39] 要するに「メメント・モリ」は、必ず訪れてくる死、それに対する現世的快楽の空しさ、さらに死後における最後の審判や霊魂の救済等々を強く意識させるために用いられた表徴なのだ。この文学辞典の言う「ジェイムズ一世の時代」とは一六〇三年から一六二五年までで、*Hydriotaphia* の出版はその後四半世紀を隔てた一六五八年である。だが内容的には、『ハイドリオタフィア』は川崎の言うとおり「文字どおりのメメント・モリ」だと言っても問題はなかろう。[40] ただし川崎は、「メメント・モリ」の外延をさらに拡大し、「転じて、忘れてはならない危険に注意を喚起するもの」と述べる。[41] ここまでくると、「メメント・モリ」に籠められた不気味な警告ないし恐怖が希薄化し、場合によっては消失してしまうのではなかろうか。外延 (extension) と内包 (intension) は反比例するというのは、鉄則である。

少々横道に逸れるが、二十世紀イギリスの女流作家ミュアリエル・スパーク Muriel Spark (1918-2006) には、『メメント・モリ』*Memento Mori* (1959) と題された小説がある。登場人物は Dame Lettie Colston と彼女の周辺の人々であり、そのすべてが七十歳以上の老人である。物語は、このデイム・コルストンの許に、"Remember that you are to die." という不気味な電話がかかってくるところから始まる。これは九回目の電話なので、さすがに彼女は不安になって知り合いのモーティマー警部に電話する。モーティマーは犯人はすぐ捕まると気休めを言うが、そう簡単にはいかない。それどころか、彼女の周辺の老人にも同じような電話がかかってくるようになるのである。電話の声は若い人だと言う人も、どうも老人らしいと言う人も、外国人ではないかと言う人もいる。彼らの反応も様々で、ある人は恐怖を覚え、別の人は怒り、また別の人は面白がる、といった具合である。現役を退いた後も、モーティマー警部は犯人を割り出そうとするが皆目見当がつかず、それは死神（Death）ではないか、と考えるに至る。ある社会学者は「老人学（gerontology）」の立場からこの事件を解明しようとして、関係者その他から膨大な資料を収集したが、その資料はすべて火事で焼失してしまう。そのうちに、怪電話を受け取った老人たちは次々にこの世を去り、七十三歳になったモーティマー警部も心臓麻痺で亡くなってしまう。かくして、あの怪電話が悪戯か、老人の幻聴か、あるいは神の警告なのかは、読者の判断に委ねられることになるのである。付言すれば、電話の主を特定しようとするモーティマー警部の名前にも何らかの意味が隠されているのかもしれない。“Mortimer”とはフランス系の名前で、語源的には“mort (=death) + mer (=sea)”、すなわち「死の海」という意味をもっている。スパークの『メメント・モリ』は、なかなか手のこんだ作品なのだ。

ここで『三四郎』に戻れば、川崎は『ハイドリオタフヒア』ばかりでなく、広田先生も「メメント・モリ」だと考える。(42)「広田先生は畢竟ハイドリオタフヒアだと思つた」という三四郎の言葉があるから、ここまでの解釈は許されるだろう。だが川崎は、さらに一歩を進める。すなわち、広田以下一同が団子坂へ菊人形を見に行った際、人ごみで気分が悪くなった美禰子を三四郎が追いかけ、二人して人気のない小川の縁に腰を下したときに突然現われた男、そして「憎悪」をこめた眼差しで「正面から」二人を「睨め付けた」男も、美禰子にとって「超自我」として、また「メメント・モリ」として「作用した」というのだ。(43)「超自我」とは言うまでもなくフロイトが提出した概念で、不快を避け快を求めようとする本能的な「快楽原理」を「現実原理」によって「検閲」し、「抑圧」

する精神の作用である。平たく言えば「良心」の作用と言ってもよかろう。『三四郎』に即して言えば、人間が成長するにつれて「養成」される「徳義上の観念」に近い。ところが美禰子は、この男を「西洋の絵にある悪魔」に擬して「デギル」と「仮名」を振った「絵葉書」を三四郎に送ってくる。三四郎は、これを「全く西洋の絵にある」悪魔だと受け取ったが、美禰子は「獰猛」な「顔」のあの男に"The Devil"、すなわち、「最強の悪霊、人間を誘惑して地獄に落とそうとするもの、神に敵対するもの」といった意味を込めたのであろうか。[44] この男が人間を誘惑して地獄へ落とそうとするのだろうか。美禰子がこの男を「悪魔」と見たという記述は、後に彼女が「聞き取れない位な声」で「われは我が愆《とが》を知る。我が罪は常に我が前にあり」と言う場面の伏線なのかもしれない。それにしても、この「悪魔」が「超自我」として、また、「メメント・モリとして、作用した」というのは、私には理解し難い。「超自我」と「メメント・モリ」とをいささか安易に結びつけたのは、川崎の勇み足ではあるまいか。この場面は、美禰子の心理からも、あるいは、風俗史ないし社会史的な立場からも、無理なく解釈できるところであり、しかもそれが自然ではないか、と思われるからである。

漱石自身は、「メメント・モリ」ないし「メメント・モーライ」という言葉を用いてはいない。しかし漱石は、「メメント・モリ」的なるものについては、しばしば言及している。『文学論』「第一編 第二章 文学的内容の基本成分」で、「耶蘇教徒の有する情緒」が結晶した文献として挙げられる *The Confessions of Saint Augustine* や *Imitation of Christ* は、その好例だろう。またジェレミー・テイラー、「英文学中に在りては Jeremy Taylor の *Holy Living and Holy Dying* 抔有名のものなるべし」[45] とされているテイラーも、この系列に属している。テイラーはキリスト教ばかりでなくギリシア・ローマの古典にも造詣が深い聖職者で、「大内乱」[46]の時代に活躍した最も雄弁な説教者である。引用文中、"*Holy Living and Holy Dying*" という『文学論』の表記は、正確には *The Rule and Exercise of Holy Living* (1650) および *The Rule and Exercise of Holy Dying* (1651) の二冊とするべきかもしれない。だが、「注解」が指摘するように、漱石が所有していたのは両者を合本にした普及版、すなわち *The Rule and Exercises of Holy Living and Dying* (Sir Lubbock's Hundred Books) だったので、引用文中のような表現になったのであろう。しかし『文学論』は、「第四編　第二章　投入語法」で引用したテイラーの一節については出典を *Holy Living* 第一章からとし[47]、また、同じく「第四編　第二章」の最後に「持続的投入語法の好例」として挙げたテイラーの一節については、出典を *Holy Dying* 第一章としている[48]。つまり「第四編」では、「第二編」と違って、*Holy Living* と *Holy Dying* とをそれぞれ独立した著書として扱っている。漱石は、やはり両者が本来別の著作であることを正確に認識していたのである。

「メメント・モリ」の系譜に属する詩人や作品への言及は、『文学論』第五編にも見られる。すなわち「Beers の所謂憂鬱派の系統は Young を経、Collins を経、Gray を経て[49]」云々という一節であるが、ここに挙げられている三名の詩人のうち、少なくともヤング[50]（一六八三～一七六五）とグレイ（一七一六～七一）とは、墓地や死を詠った所謂墓地派「'Funeral School'（あるいは Sepulchral School）[51]」の詩人として、明らかに「メメント・モリ」の系譜に連なっている。すなわち漱石は、「メメント・モリ」的なるものに対して少なからず関心を抱いていたと考えられるのである。川崎が『三四郎』解釈の重要な鍵として「メメント・モリ」という概念を導入したのは、部分的には問題が残るにせよ、全体として卓見だったと評すべきだろう。

## 6　視覚化された「メメント・モリ」――ホルバインと『ハムレット』

漱石は、ロンドン到着後旬日を経ずして、ホルバイン（一四九七～一五四三）の大作 *The Ambassadors*[52]を見たと思われる（口絵参照）。画面の人物および背景に描かれた豪華な調度品や小道具等々については、ここでは触れない。当面の問題との関連で重要なのは、画面の中央下方に斜めに描かれている灰白色の奇妙な物体である。一見不可解なこの物体は、側面から見ると上下を圧縮されて歪んだ頭蓋骨に見えてくるのだ。これは「メメント・モリ」の典型とも言うべきもので、現世の富、権力、快楽もほんの一瞬に過ぎないことを示唆するとされているのである。漱石はこれを頭蓋骨として認識したであろうか。

漱石文庫に残されているナショナル・ギャラリーのカタログ、*An Abridged Catalogue of the Pictures in the National Gallery. Foreign Schools*（文庫番号九六九）は、この作品の写真版を載せており（四四頁）、作者 Holbein (Hans, the Younger) の生涯およびこの作品そのものについて簡潔な解説を加えている。そのなかで特に注目されるのは最後の一節、すなわち "In the foreground is a quaint-looking object, discovered some years ago to be the distorted representation of a human skull.（前景には奇妙なかたちの物体があるが、これは人間の頭蓋骨を歪めたかたちで描いたものであることが数年前に明らかにされた）" という一節である。[53]このカタログに「Nov. 5, / K. Natsume」という文字が残されていることから、[54]漱石は一九〇〇（明治三三）年十一月五日にこれをナショナル・ギャラリーで購入したと思われる。この日の漱石の日記は、「National Gallery ヲ見ル、Westminster Abbey ヲ見ル、University College ニ行ク Prof. Ker ニ手紙ヲ以テ紹介ヲ求ム」と記しているだけだが、漱石はこのカタログの解説を見て何の関心も触発されなかっただろうか。

この疑問に答える手掛かりは、漱石の蔵書目録に残されている。漱石文庫には、同じハンス・ホルバインの有名な画集『死の舞踏』*The Dance of Death*. Illustrated in 48 Plates (London: Hamilton, Adams & Co. 1887) が残されているのである。これもまた、「メメント・モリ」の典型的作品なのだ。漱石がこれを購入した日時は特定することができないが、これを購入した契機はナショナル・ギャラリーで目にした *The Ambassadors* に描かれた頭骸骨の異様な効果と無関係ではあるまい。

やや前後するかもしれないが、「明治三十四年　断片一二」には、「骸骨ノ上ヲ粧フ花見かな」という句が残されている。『漱石全集』第十九巻（一九九五）「注解」は、この句と鬼貫の「骸骨の上を粧て花見かな」との関連を示唆しているが、そうだとすれば、その背後には仏教的無常観を看取するべきかもしれない。だが私には、漱石が鬼貫を思い出したとしても、その契機はナショナル・ギャラリーで見たホルバインの *The Ambassadors* だったのではないか、と思われる。また、同第十九巻「明治四〇年頃　断片三八」にある「○骸骨の躍」とは、同じくホルバインの *The Dance of Death* を指すのではないか、と思われるのである。

やや遡って、「明治三七、八年頃」に分類されている「断片一七」にも、同じホルバインや彼の「死の舞踏」への言及がある。"Ours is a country of earthquakes." に始まる英文の一節、すなわち、"We dance *Death's dance* on the edge of dormant craters and call it jolly life. *Death's dance*! A favourite theme for artists from *Holbein* down to *Rowlandson*, with its grim bony case in hundred postures, always complacent with itself. We dance *Death's dance* or, what comes to the same thing, we *dance with Death*, never doubting the sun will rise tomorrow morning just it has done to-day（イタリックは塚本）"[55]という一節である。漱石は、「死の舞踏」、すなわち「ホルバインからローランドソンに至る画家が好んで採りあげた主題」である「死の舞踏」を想起しつつ、われわれは「休火山の噴火口」の上で「死の舞踏」を踊っているに等しい――換言すれば「死神」と踊っているに等しい、と書いているのだ。これは、日本が度々激しい地震に見舞われているのに、日本人はその恐ろしい経験を間もなく忘れ去ってしまうという国民性に対する批判の一部だが、当面の問題との係わりにおいてもその意味は決して小さくない。ここで「死の舞踏」とは、明らかに *The Dance of Death* (1887) に描かれた四十八葉の画を踏まえた表現である。「死の舞踏」のイメージ、すなわち「メメント・モリ」の典型的表象は、漱石の意識に強い印象を残していたのである。

それればかりではない。漱石は、ナショナル・ギャラリーでホルバインの大作に接した時、『ハムレット』第五幕第一場を想起したのではあるまいか。二人の道化 (clown) が鼻歌をうたいながらオフィーリアの墓を掘っている場面である。やや離れたところからハムレットとホレイショウとが登場し、道化が墓地から掘り出した頭蓋骨を乱暴にほうり出すのを見て、「あの頭蓋骨にも舌があり、昔は歌をうたうことができたはずだ。それがどうだ、地面にたたきつけられるとは」と呟く。ハムレットが、「あれだってかつては権謀術策に富む頭だったかもしれぬ」し、「宮廷人だったかもしれぬ」等々と考えているうちに、道化は次に掘り出した頭蓋骨をほうり出す。ここでハムレットは道化に語りかけ、「人間は土に埋められてから腐るまで、どのくらいかかる？」といった質問を繰り返しているうちに、道化はまた次の頭蓋骨を掘り出して、「ほれ、また出てきた。この頭蓋骨は二十三年がとこ埋まってたやつだ」と言う。これは「王様の道化」だった「ヨリック（Yorick）って野郎だった」という道化の言葉を聞いて、ハムレットはこの骸骨を受け取って語りかける。「あわれなものだな、ヨリック！よく知っていた男だ、ホレーシオ、気のきいた洒落や冗談をのべつ吐きちらしたやつだった、何度となくおぶってもらったものだが、こうなってみると思っただけでもぞっとする、胸がむかついてくる。このあたりに唇がついていたのだな、おれがよく接吻した。おまえの皮肉はどこへいった？　おまえの道化踊りは、歌は？　みんなをどっと笑わせた頓智のひらめきはどこへ消えた？　この歯をむき出したおのれの顔を笑いのめす軽口は出ないのか？　笑おうにも顎がないのか？ではご婦人がたの部屋に行って言うのだな、いくら厚化粧してもいずれはこういうご面相になりますよと。きっと笑ってくれるぞ」と。[56]

この有名な場面についてはこれ以上述べないが、『漱石全集』第二十一巻『ノート』（一九九七）「〔IV－36〕Pathos and Humour」には、「〇 Ainsworth 371. headsman ノ joke. Macbeth ノ porter 及ビ Hamlet ノ gravedigger ト比較セヨ」というメモが残されている。「『エーンズウオース』の倫敦塔」で、「断頭吏」が「歌をうたつて斧を磨ぐ所」は短編『倫敦塔』で言及されており、また、『マクベス』第二幕第三場における「門番の言葉」、すなわち「弑逆の血未だ乾かざる時」[57]に登場する「番卒の狂語」の効果は、『文学論』において「仮対法」の典型として詳しく分析されている。『ハムレット』で、道化が鼻歌をうたったりハムレットと言葉を交わしたりしながらヨリックの頭蓋骨を掘り出す場面がこれらの場面と併置されている以上、ハムレットがヨリックに語りかける言葉もまた、漱石の意識に刻み込まれていたことは否定すべくもない。

このヨリックを作品の中に取りこんだのが、スターン（一七一三～六八）の『トリストラム・シャンディ』（一七六〇～六七）である。漱石の小論文『トリストラム、シヤンデー』（一八九七）は、この作品の特徴の一つが「累々たる雑談」にあることを指摘した後、その実例として「スラウケンベルギウス」の話や「噴飯すべき栗の行衛」等と並んで「ヨリックの最期」を挙げ、さらに、「余が最も感じたるは、『ヨリック』法印遷化の段なり」として、その様子を次のように描いている。

此僧病んで将に死なんとする時、其友人に「ユージニアス」なる者ありて、訣別の為めとて訪ひ来る、様々慰問の挨拶などありたる後、病僧は左の手にて、漸くにわが被れる頭巾を脱ぎ、願くは愚僧の頭に御目を留められよと云ふ、何事の候ぞ、別段変りたる様子も無きにと答ふるに、否とよ、愚僧の頭は窪《くぼ》みて候、最早物の役に立つべしとも存じ候はず、卑怯なる………等は、暗に乗じて手痛くも愚僧を打ち据へ、御覧の通り此頭を曲げ候、斯くなる上は仮令天より大僧正の冠が、霰の如く繁く降るとも、到底某の頭に合ふものは一つも有之間敷と存候と、嘆息の言さへ今は聞き取れぬ位なり、あはれ無邪気なる「ヨリック」よ、汝が茶番的なる末期の述懐は、吾が汝に対する愛憐の情をして、一瞬の間に無量ならしめぬ、吾汝が言を聞て微笑せり、されどもわが微笑せるは、汝の為に万斛の涙を笑後に濺がんが為なり、「ヨリック」は今頭を傷つけらるゝの憂なく、静かに其墓中に長眠するならん、「ユージニアス」が彼の為に建てたる粗末なる白大理石の碑面には「嗚呼憐む可き『ヨリック』」の数字を刻せるのみと云ふ。

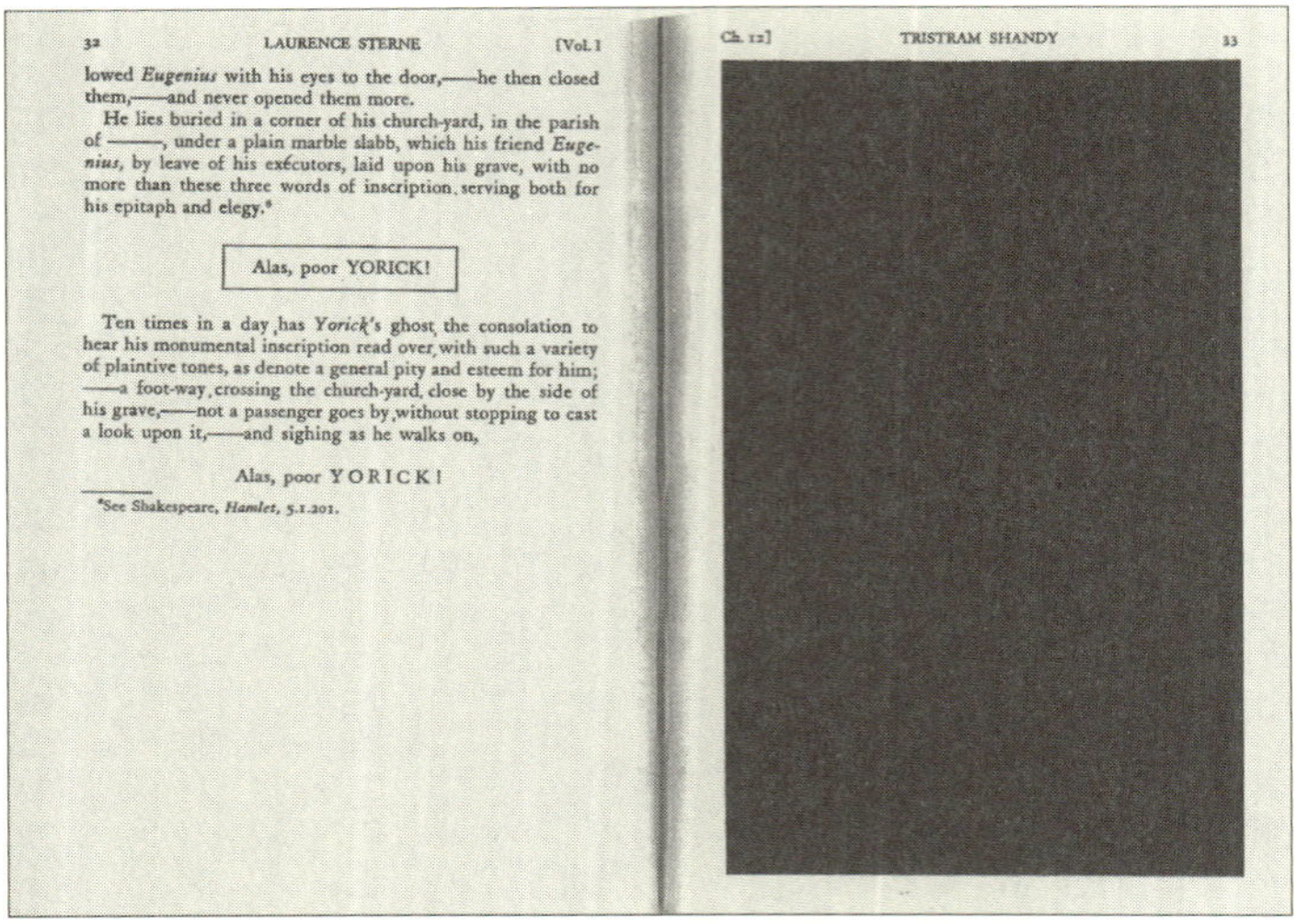
32　LAURENCE STERNE　[Vol. I

lowed *Eugenius* with his eyes to the door,——he then closed them,——and never opened them more.

He lies buried in a corner of his church-yard, in the parish of ———, under a plain marble slabb, which his friend *Eugenius*, by leave of his executors, laid upon his grave, with no more than these three words of inscription serving both for his epitaph and elegy.*

Alas, poor YORICK!

Ten times in a day has *Yorick's* ghost the consolation to hear his monumental inscription read over with such a variety of plaintive tones, as denote a general pity and esteem for him; ——a foot-way crossing the church-yard close by the side of his grave,——not a passenger goes by without stopping to cast a look upon it,——and sighing as he walks on,

Alas, poor YORICK!

*See Shakespeare, *Hamlet*, 5.1.201.

Ch. 12]　TRISTRAM SHANDY　33

図23　**Sterne. *The Life and Opinions of Tristram Shandy, Gentleman*. Ed. by James A. Work (The Odyssey Press, 1960), pp.32-33** より。

　これは、『漱石全集』第十三巻（一九九五）「注解」にある通り、『トリストラム・シャンディ』「第一巻 第十二章」の最後の場面の解説であり、また、「嗚呼憐む可き『ヨリック』」とは、「『ハムレット』第五幕第一場で」、ハムレットが「かつての宮廷の道化師ヨリック」の「髑髏」を見て「『可哀想なヨーリック』というのに因む」ものである。[58] この言葉がシェイクスピアから採られていることは、*Tristram Shandy* 本文中の一節、すなわち、“...and as he (=Yorick) spoke it, *Eugenius* could perceive a stream of lambent fire lighted up for a moment in his eyes; — faint picture of those flashes of his spirit, which (as ***Shakespeare* said of his ancestor**) were wont to set the table in the roar!（イタリックは原文、太字は塚本）” という一節から明らかだろう。[59] 原文では、“Alas, poor Yorick !”

が二度繰り返され、最初のもの、すなわち、罫線で囲まれたもの[60]（図23参照）は、「粗末なる白大理石の碑面」に刻まれた「彼の墓碑銘兼挽歌（his epitaph and elegy）」を表わし、本文の最後に置かれたこの句は、彼の墓地を通りかかった人が嘆息とともにこの墓碑銘を読みつつ呟く言葉である。作者スターンがこれに続くページを黒色で塗りつぶしたのは、「憐む可き」ヨリックへの弔意を表わすためでもあろうか。[61] かくして、スターンにもまた、「メメント・モリ」が影を落としているのである。「ヨリックの最期」、あるいは、「『ヨリック』法印遷化の段」が「スラウケンベルギウス」の話と並んで『トリストラム、シヤンデー』で取りあげられているのは、前述の通りである。そうだとすると、「金田鼻子」が活躍し、「此頃トリストラム、シヤンデーの中に鼻論があるのを発見した」とか「金田の鼻もスターンに見せたら善い材料になつたらうに残念な事だ」とかいう言葉が飛び交う『猫』の中にも、ホルバインからシェイクスピアを経てスターンに至る「メメント・モリ」的なものが潜んでいるのではないか。「昔し希臘人」が行なったという「首縊りの真似」、「首縊りの力学」という「脱俗超凡」な「演舌」から「自殺を主張する哲学者」、さらには「万年の後には死と云へば自殺より外に存在しないもの、様に考えられる様になる」という苦沙弥先生の予言には、それぞれに明らかな材源を指摘することができようが、これらの下に「メメント・モリ」的なるものが地下水脈のように流れているのではないか。それが、『三四郎』において再び断続的に地上に顕われていることは、否定すべくもあるまい。

## 7　『三四郎』における「死」への眼差し

いずれにせよ漱石は、『ハイドリオタフヒア』ばかりでなく、様々な「メメント・モリ」にも関心を抱いており、川崎もまた、このことに気付いていた。すなわち川崎は、三四郎が『ハイドリオタフヒア』を「読みながら広田家を出て、美禰子の肖像画が描かれつつあるという画家原口の邸に向かう途中、小さな子供の葬式に出会って、それを美しいと感じた」ことに注目し、「いかにもトマス・ブラウン卿がよろこびそうな情景だ」と述べたのである。[62]ただ、これは川崎の創見とは言えまい。既に大島田人が、「子供の葬式をこゝに出したのも(Hydriotaphia)から思いついたのであろう」と述べているからである。[63]大島の発言は、おそらく、『ハイドリオタフヒア』そのものが「全編これ文字どおりのメメント・モリ」だから「子供の葬式をこゝに出した」のも不思議はない、という趣旨なのであろう。だが実は、『ハイドリオタフヒア』中に、この場面とのより直接的な関連を思わせる部分を見出すことができるのだ。

三四郎が「子供の葬式」に遇うのは、『三四郎』(十)で、「ハイドリオタフヒアの末節」を思い出しながら「曙町の原口の所」に行く途中である。「小さい棺は真白な布で巻いて」あり、「其傍に奇麗な風車を結い付け」ている。「車の羽が五色に塗」られ、それが「一色になつて回る」。「白い棺は奇麗な風車を断間なく揺かして、三四郎の横を通り越し」、三四郎は「美しい葬だと思つた」、と漱石は書く。この時、三四郎はこの棺が火葬場に運ばれていくのだと思ったに違いない。

これより先、「三四郎の魂がふわつき出し」て「諸方」を歩くようになってから、彼は「田端」、「道灌山」、「染井の墓地」、「巣鴨の監獄」等々まで足をのばし、「新井の薬師」まで行った。「新井の薬師の帰りに、大久保へ出て野々宮君の家へ廻らうと思つたら、落合の火葬場の辺で途を間違へて、高田へ出たので、目白から汽車へ乗つて帰つた」のである。もし「落合の火葬場の辺で途を間違へ」たという記憶が多少とも三四郎に残っていたら、「白い棺」から「落合の火葬場」を連想するのはきわめて自然である。三四郎が、この「火葬場」を通して、幼児の火葬に言及している『ハイドリオタフヒア』第四章の一節を思い出したと考えても、決して不自然ではあるまい。『ハイドリオタフヒア』第四章は、異教徒の葬儀における様々な側面を記述しているのである。

だが、ここで注目したいのは「彼ら（＝異教徒たち）は歯が生える以前の嬰児は火葬にしなかった。その肉体は火葬するにはあまりにもか弱く、その軟らかな骨は火が燃え尽きた後、それと分かる遺骨をほとんど残さないと危惧されたからである」と述べる部分である[64]。つまり、異教徒でさえもか弱い嬰児を火葬するに忍びなかった、というのだ。ところが、三四郎が出会った「小さい棺」には、まさに荼毘に付されようとしている小児が納められている。この「子供」は火葬に堪えられるだろうか。「それと分かる遺骨」は残るだろうか。そう考えると、「真白な布」で巻いてある「小さい棺」に「奇麗な風車」が「結い付け」られているのが、一層の憐れを誘うだろう。それを見た三四郎は、『ハイドリオタフヒア』の一節を思い出して、さすがに「夭折の憐を、三尺の外に感じた」のだ、とは考えられないだろうか。

三四郎がこの場面で『ハイドリオタフヒア』を想起したと考えるのは、あるいは深読みに過ぎるかもしれない。しかし、作者漱石が第四章を念頭に置きつつ、このあたりの場面を描いたのはほぼ確実だ、と私には思われる。ブラウンが嬰児の火葬について述べたあたりを、漱石が真剣に読んだことは疑いないからである。『三四郎』(十二)では、三四郎が広田に返そうと思って持ってきた『ハイドリオタフヒア』を「拾い読み」しているうちに「羅馬人は薔薇を affect すると書いてある」とか、

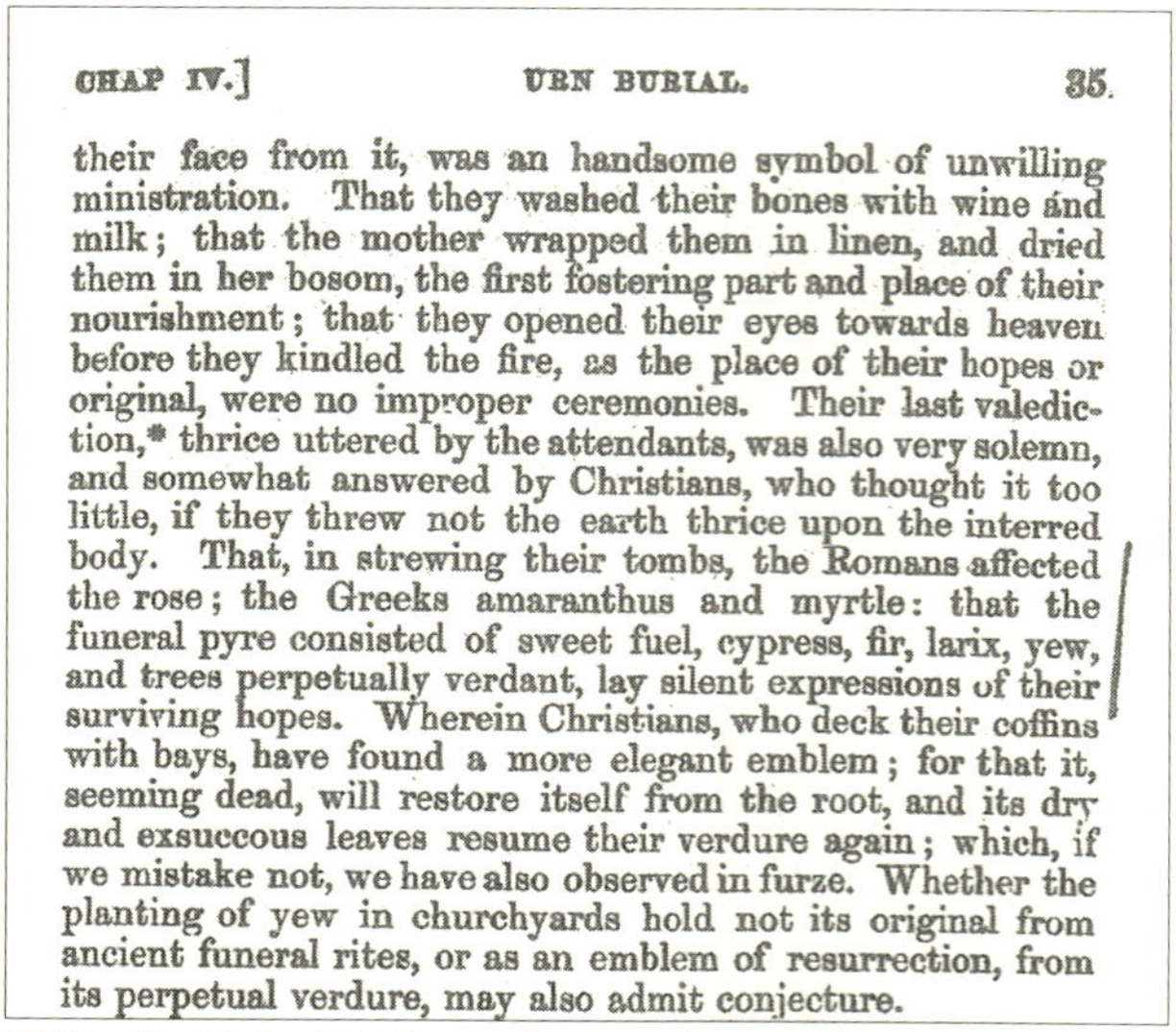
CHAP IV.]　URN BURIAL.　35.

their face from it, was an handsome symbol of unwilling ministration. That they washed their bones with wine and milk; that the mother wrapped them in linen, and dried them in her bosom, the first fostering part and place of their nourishment; that they opened their eyes towards heaven before they kindled the fire, as the place of their hopes or original, were no improper ceremonies. Their last valediction,* thrice uttered by the attendants, was also very solemn, and somewhat answered by Christians, who thought it too little, if they threw not the earth thrice upon the interred body. That, in strewing their tombs, the Romans affected the rose; the Greeks amaranthus and myrtle: that the funeral pyre consisted of sweet fuel, cypress, fir, larix, yew, and trees perpetually verdant, lay silent expressions of their surviving hopes. Wherein Christians, who deck their coffins with bays, have found a more elegant emblem; for that it, seeming dead, will restore itself from the root, and its dry and exsuccous leaves resume their verdure again; which, if we mistake not, we have also observed in furze. Whether the planting of yew in churchyards hold not its original from ancient funeral rites, or as an emblem of resurrection, from its perpetual verdure, may also admit conjecture.

図24　*The Works of Sir Thomas Browne* **(Bohn's Standard Library), Vol. III., p.35.** より。この直後に「異教徒たちは歯が生える以前の嬰児は火葬にしなかった。……」という記述が続く。

「希臘人は Amaranth を用ひると書いてある」といった言葉に行き当たる。[65] これは、彼らが死者の永世を願って墓に撒き散らすのに用いたとされる花についての記述であるが、この記述は「歯が生える以前の嬰児」云々という記述と同頁、しかも、ほとんどその直前にあって、しかもその あたりの欄外には縦線が引かれているのだ(図24参照)。やや巨視的に見れば、このあたりは、異教徒たちがそれぞれ、どのような場合に、どのようなやり方で死者を葬ったかという主題に収斂するのである。その一環として、漱石が嬰児の火葬に関するブラウンの記述を看過したはず

はあり得ないだろう。

既に漱石は、『三四郎』（一）で広田先生の口を借りて、「レオナルド、ダ、ギンチ」が「桃の幹に砒石を注射」し、「其桃を食つて死んだ人」の話を紹介している。（三）では、三四郎が大久保の野々宮宅で留守番のために一泊したとき、若い女の轢死を見て動顛した場面を描いている。これらを結んだ延長線上に、『ハイドリオタフヒア』が出現するのである。つまり「メメント・モリ」は、作品全体の眼に見えない底流になっているのだ。

要するに、三四郎自身が通常ほとんど意識しない世界、あるいは意識してもあえて直視しようとしない世界が、「メメント・モリ」によって執拗に示唆されているのである。大学に入学してから、三四郎には「三つの世界が出来た」。その一は「凡てが平穏である代りに凡てが寝坊気てゐる」世界であり、「脱ぎ棄てた過去」の世界である。その二は、「苔の生えた煉瓦造り」の世界、「広い閲覧室」、「梯子を掛けなければ、手の届きかねる迄高く積み重ねた書物」の世界であり、広田先生や野々宮さんの居る世界である。第三は、「燦として春の如く盪いて」おり、「電燈」、「銀匙」、「笑語」、「泡立つ三鞭の盃」があり、「凡ての上の冠として美しい女性がある」[66]世界である。だが、これら「三つの世界」を囲繞し、しかも、これら全てを超えた重さをもつ暗い世界が拡がっていることを――要するに、三四郎が考えた全世界の外側には、より広大な『ハイドリオタフヒア』的な世界が拡がっていることを――漱石は絶えず暗示しているのだ。この両者をいわば仲介する役目を担うのが、広田先生なのではあるまいか。

最後に、一見滑稽な挿話の連続としか見えない『吾輩は猫である』に戻って、ブラウンがさり気なく利用されていることを付け加えておきたい。『猫』(二)で、迷亭は「土手三番町」にある「首懸の松」の話を始める。「昔しからの言ひ伝へで誰でも此松の下へ来ると首が縊り度なる」という松である。ある時迷亭が散歩に出てこのあたりを通りかかると、「うまい具合に枝が往来の方へ横に出て居る。あゝ好い枝振りだ。あの儘にして置くのは惜しいものだ。どうかしてあすこの所へ人間を下げて見たい」と考えて辺りを見回すが、「生憎誰も来ない」。「仕方がない自分で下がらうか知らん。いや〳〵自分が下がつては命がない。危ないからよさう」と思い悩んでいるうちに、古代ギリシャ人の「余興」の話を想い出す。「昔し希臘人は宴会の席で首縊りの真似をして余興を添へたと云ふ話し」である。それは、迷亭の記憶では、「一人が台の上へ登つて縄の結び目へ首を入れる途端に他のものが台を蹴返す。首を入れた当人は台を引かれると同時に縄をゆるめて飛び下りるといふ趣向」だったという。迷亭は、「果してそれが事実なら別段恐るゝにも及ばん」と思い、「僕も一つ試み様と枝へ手を懸けて見」た。すると、その枝が「好い具合に撓る。撓り按排が実に美的で」あった。迷亭は、「首がかゝつてふわ〳〵する所を想像して見ると嬉しくて堪ら」なくなり、「是非やる事に仕様」と乗り気になった。だが、ここで東風との約束があることを思い出し、「先ず東風に逢つて約束通り話しをして、それから出直さう」と、気が変わる。帰宅すると、東風から「今日はよんどころない差し支えがあって参上できない」という「葉書」が来ている。そこで、「急ぎ足で元の所へ引き返して」みたら、「もう誰かが来て先へぶら下がつて」いた。「たつた一足違ひ」で「残念な事をした」、というのである。

この挿話で、「昔し希臘人は宴会の席で首縊りの真似をして余興を添へた」云々の件は、『ハイドリオタフヒア』第三章の一部に示唆を得た漱石の創作である。この章で、ブラウンは多くの例を挙げて、キリスト教以前の古代人は死を厳粛なものだとは考えなかったと述べる。その一例が、“…and men could sit with quiet stomachs, while *hanging* was played before them.（イタリックは塚本）（……首縊りが目の前で演じられているのに、人々は吐き気を催すこともなく平然と坐っていることができたのだ）”という部分である[67]。これはごく短い一節に過ぎないが、漱石手沢本の編者ウィルキンはこの記述の参考として、“……A barbarous pastime at feasts, when men stood upon a rolling globe, with their necks in a rope and a knife in their hands, ready to cut it when the stone was rolled away; wherein, if they failed, they lost their lives, to the laughter of their spectators.—*Athenaeus*.（宴会で行われた野蛮な遊び。手にナイフを持った人間が、球形の石の上に立って首をロープの結び目の中に突っ込み、石が転がり出した瞬間にロープを切ろうとする。もし失敗すれば、その人は命を落とし、見物人の笑いものになる。——アテナイオスによる）”という脚注をつけている[68]。これは、「別段恐るゝにも及ばん」程度の「余興」ではなく、一歩間違えば生命を失い兼ねない、きわめて危険な「余興」だった。しかも、おそらくは酒を飲みながらこの離れ業を見ている人々は、演者が失敗して絶命しても「吐き気を催すこともなく平然と坐っていることができた」という。ここでブラウンが描くのは、われわれの想像をはるかに超えた残酷な光景である。

迷亭の話、すなわち、古代「希臘人」の「宴会」での「余興」としての「首縊り」の話は、漱石がブラウンから得た知識をほとんど逆転させて利用したものである。ブラウンがこれを異教徒における死生観の一例だとしたのは、「球形の石の上に立」ち、「石が転がり出した瞬間」に手に持ったナイフで「ロープを切ろう」とした当人が失敗して観客の笑いものになった事例が少なくなかったと理解したからである。ところが迷亭は、「余興」としての「首縊り」の話が「事実なら別段恐る、にも及ばん」と思い、自分も「首懸けの松」にぶら下がってみようとするのだ。すなわち、前者ではこの「余興」で落命した場合の悲惨な結果が予想されているのに対し、後者ではそもそも失敗する可能性が全く想定されていないのである。この点で、両者の志向性は正反対だと言わなければなるまい。

だがこの改変は、ブラウンの脚注を『猫』で転用するためには不可欠だった。もし迷亭が「首懸けの松」で首を縊ってしまっていたら、彼が自分の体験を話すという設定そのものが成立し得ないのである。さらに、より一般的には、深刻に過ぎる挿話は笑いの大敵だからである。『文学論』は『トリストラム・シャンディ』の一節を引いて、この間の事情を解説している。哲学者フュータトリアスが股を開いてテーブルに着いていたとき、丸い焼栗が「彼のズボンのあの特別な開口部（that particular aperture of Phutatorius's breeches）」の中に転がり落ちたという一節である。続けて、作者スターンは述べる。フュータトリアスは初め心地よい暖かさに快感を覚えたが、間もなく快感は苦痛に変じ、彼の思想、観念、注意力、判断力等々は全て彼の頭を去って局部の急に赴いたので、彼の脳中は我が財布と同じく空虚になった、と。『文学論』は、この場面を次のように評する。「厳粛なるべき学者を一方に想像し、熱したる焼栗の其股間に転墜する状を他方に想像する」と、ここから「矛盾滑稽」の感が噴出することは誰でも分かる。だがここで重要なのは、「焼栗」という「平淡の材料」を用いたので「感興」が深いということである。もし「焼栗」の代わりに「毒蛇」としたら、「滑稽の趣は頓に索然たらざるを得」ないのだ、と。(69) 毒蛇の一噛みは、この哲学者の生命を奪うかもしれないからである。『猫』では、漱石がブラウンの記述を改変せざるを得なかったのは、当然であろう。

ここから垣間見られるものは何か。それは、一見滑稽そのものを描いたかに見える叙述においても、「死」の意識がその底流となっている可能性である。それればかりか、『猫』最終章で苦沙弥先生が開陳する「御名論」、「世界向後の趨勢は自殺者が増加して、其自殺者が皆独創的な方法を以て此世を去るに違ない」という新説では、『文学論』で不可とされた非業の死までもが読者の苦い笑いを誘う材料として用いられている。ここでは、創作が理論を超えてしまったのである。この底流は、おそらく、『こゝろ』における「先生」の自死にまで続いていくのであろう。さらに『硝子戸の中』（八）にいたっては、少なくとも観念の世界では、「死」は「生」の上位に置かれているかに見える。「（自分は）死といふものを生よりは楽なものだとばかり信じてゐる。ある時はそれを人間として達し得る最上至高の状態だと思ふ事もある」とか、「死は生よりも尊とい」、とかいう言葉が繰り返されるのである。「私は今でも半信半疑の眼で凝と自分の心を眺めてゐる」というのがこの章の結語だが、これは「死」が漱石の「心」の半ばを占めているという告白でもあるだろう。漱石がテーヌで初めてその一部を知った『ハイドリオタフヒア』、そして処女作『猫』ではその一部をそれとなく利用した『ハイドリオタフヒア』は、絶えず「死」を見詰めていた漱石の「心」に深く根を下ろしていたようである。

# 第七章　『文学論』本文の検討
## ――冒頭の一句、および「*Lives of Saints*」を中心に

### 1　はじめに

『文学論』は、漱石の文学研究の中で最も難解なものである。その本文は、「凡そ文学的内容の形式は(F＋f)なることを要す」という有名な言葉で始まる。ところがこの一節は、考えれば考えるほど真意が把握し難くなるように思われるのだ。ここで一応の理解が可能なのは、「(F＋f)」の意味だけではなかろうか。だがそれとても、この部分に続く言葉、すなわち、「Fは焦点的印象又は観念を意味し、fはこれに附着する情緒を意味す」という解説によって、初めて理解することができるのである。「凡そ文学的内容の形式は」云々という命題が不可解なのは、第一に、この文の冒頭に現われる「文学的内容の形式」という表現が、日本語としてはいかにも不自然だからである。問題を単純化するために、「文学的」という修飾語をひとまず括弧に入れて「内容の形式」という部分のみに限定すると、これが日本語として異様な表現だということが一層よく分かるだろう。何故なら、「内

容の形式」という表現において、格助詞「の」は、「形式」が「内容」の一部ないし属性であることを示すと考えざるを得ないからである。だが常識的には、「形式」とは「内容」の一部ないし属性（すなわち、下位概念）ではなくて、「内容」の対立概念と解されている。つまり、「内容」と「形式」とは相互に対立しながらそれぞれ同等の重さをもつ概念だと考えられているのである。漱石はこの常識に反して、「形式」を「内容」の一部ないし属性と考えたのであろうか。

『文学論』に先行する『英文学形式論』を一瞥すると、そのようなことはあり得ないはずだと思われる。『英文学形式論』は、「先づ文学をば／形式 Form／内容 Matter／に大別」し、「第一に形式に付いて述べる」という手続きを採っており、さらに、「此区別にも種々の議論はあらうが、常識を以て此区別を立てるのだ」と述べる。しかもこの講義の結論ともいうべき「総括」は、「以上を総括《レカピテユレート》する」と、「文学と云ふものを話す為めに、此を内容と形式と分つた、そして其形式のみに付ての説明であつた」と述べる。つまり、『英文学形式論』では、終始「形式」が「内容」の対立概念として用いられており、これが「形式」の一般的な用法なのである。では、『文学論』における「形式」は、『英文学形式論』における「形式」とは異なった意味で用いられているのだろうか。もし『文学論』における「形式」が『英文学形式論』におけるそれと異なった概念を表わしているとすれば、そこには漱石の意図が働いているのだろうか。そうだとすれば、それはどのような意図か。逆に、漱石の意図が働いていないとすれば、ここには何らかの錯誤があったはずだが、それはどのような錯誤なのだろうか。

以上は、「文学的内容の形式は（F＋f）なることを要す」という文の主部（subject）に関する疑問である。だが、不可解なのはこれだけではない。この文の述部、特に「要す」という述語動詞の用法にも疑問を抱かざるを得ないところがある。「AはBなることを要す」とは「AはBでなければならない」という意味であろうが、著者たる漱石はどのような立場から誰を念頭に置いてこのように述べているのか。漱石は作者として「要す」と語りかけているのか、それとも、読者の立場に立って作者に何らかの要求をしているのだろうか。そもそも、「文学的内容の形式」が「(F＋f)」で「なければならない」という命題は、漱石自身が定めた原理と言うべきものなのだろうか。それとも、何らかの権威者の発言を祖述したものなのだろうか。

「要す」という表現が想起させるのは、英文学史上では十七世紀から十八世紀にかけての「新古典主義」[1]と呼ばれる時代である。新古典主義とは、つまるところ、文学・芸術の模範は古代ギリシアにあるとし、従って、如何なる作品も古代ギリシア・ローマの先例に倣わなければならない、とする主張である。『文学論』「第五編　第四章　原則の応用(二)」は、「十八世紀の詩形」がほとんど「heroic couplet」という「千篇一律の態」であることを指摘し、さらに、「単に詩形」ばかりでなく、「其用語の新を避けて悉く典拠あるを尚ぶ事、実に想像の外に出づ」と述べる。「典拠」とは、無論ギリシア・ローマ文学における先例である。新古典主義の時代には、例えば、「女を歌へば必ずnymphならざるべからず」とされ、「男を目すれば悉くswainならざるはなし」いう状況だった。言い換えれば、「女を歌へば必ずnymph」なることを「要」し、「男を目すれば悉くswain」なることを「要」したのである。『文学論』冒頭にある命題で用いられている「要す」とは、これと同じような意味で用いられたのだろうか。要するに、漱石は「文学的内容の形式」に関する何らかの規範を制定しようとしたのだろうか。

新古典主義の主張は、演劇においてより強い支配力をもった。『文学論』「第五編 第五章 原則の応用(三)」は、現代では「千古の大家」とされ「全欧の天才」とされる「沙翁」でさえ、当時は「一読の価値なし」とされたとか、「野蛮時代に生れて訓練を欠き、習熟を欠く」と言われたとか、「結構具はらず」とか、「悲劇と喜劇の区別なし」とか、「三統一を欠く」とか批判された実例を多々挙げている。「三統一(the three unities)」とは、アリストテレスの『詩学』に由来するとされる三つの法則である。すなわち、第一に、演劇は「初め」あり「中」あり「終り」ある単一のプロットをもたねばならず、第二に、舞台で演じられる事件は太陽が一周する時間内に終わらなければならず、第三に、舞台上の場面の変化はその時間内で移動できる範囲に限定されなければならない、という三個の法則である[2]。

ところが、シェイクスピアの作品は、最晩年の作品『あらし』(一六一一)を除けば、すべて「三統一」の法則に反している。その最も甚だしいものが『アントニーとクレオパトラ』(一六〇六?)である。この作品は、アントニーとクレオパトラとの恋をメイン・プロットとし、アントニーとシーザーとの政治的抗争をサブ・プロットとする点で、第一の法則に反している。次にこの作品は、トマス・ノース(一五三五?～一六〇一)によるプルータルコス(四六～一二〇?)『対比列伝』の英訳 *Plutarch's Lives* (1579)を主たる材源としており、紀元前四〇年からほぼ十年間を扱っている。これは、明らかにアリストテレスの第二の法則に反している。と言うよりは、第二の法則を全く無視していると言ったほうがいいかもしれない。さらに、十年の長きにわたる物語を舞台にのせるために、この演劇では場面がアレクサンドリアに始まり、ローマに移り、ミゼヌム、さらにシリアの平原からアテネに変る等々、目まぐるしく転々とするのである。この点でも、『アントニーとクレオパトラ』はアリストテレスが定めたとされる第三の原則を踏みにじっている。このような構成は、「三統一」を金科玉条とする新古典派の批評家にとって到底看過することができない欠陥だった。シェイクスピアは「野蛮」だとか「結構具はらず」とかいう批判は、要するに、シェイクスピアにはギリシアの古典に関する知識ないし教養が欠けている、という意味なのである。[3]

『アントニーとクレオパトラ』が書かれた時代には、観客はこの壮大な作品をそれなりに楽しむことができたのだろう。だが新古典主義の時代になると、イギリス最初の桂冠詩人ジョン・ドライデン（一六三一～一七〇〇）は「三統一」の法則に則ってこの作品を換骨奪胎し、『すべては愛のために（*All for Love*, 1678）』と題して舞台にのせた。常識的には、十年余にわたるプロットを二十四時間以内の場面に収めるのは不可能だとしか考えられない。ところがドライデンは、舞台上の演技をアントニーとクレオパトラとが自殺する前の一日に限定し、それ以前の場面はすべて登場人物に回想のなかで語らせるという卓抜な着想によって、この難問をみごとに解決した。かくして完成したドライデンの『すべては愛のために』は、十八世紀の舞台ではきわめて好評だったという。要するに、新古典主義の時代には、シェイクスピアの作品ですら、芸術的価値を高めるためには、「三統一」の法則に従って書き直すことを「要」したのである。『文学論』における「要す」とは、このような要請に類するのだろうか。

さらに遡れば、「要す」という表現は、『文学論』冒頭の命題がアリストテレス以来の演繹法

（deduction）的な思考を継承しているのではないか、とも感じさせるところがある。漱石は、『文学論』「序」で、「余は（中略）一切の文学書を行李の底に収め」、「心理的に文学は如何なる必要あつて、この世に生れ、発達し、頽廃するかを極めんと誓へり」と書き、次いで、「社会的に文学は如何なる必要あつて、存在し、興隆し、衰滅するかを究めんと誓へり」と述べた。また「余の文学論」は「重に心理学社会学の方面より根本的に文学の活動力を論ずる」のが「主意」なので、「文学の講義としては余りに理路に傾き過ぎて、純文学の区域を離れたるの感」があることを認めてもいる。ここで「理路」という言葉を用いた真意は、『文学評論』「第一編　序言」に、より明確に顕われていると考えてよかろう。この「序言」で漱石は、「文学と科学は普通人間の二つの異りたる活力の発動を意味する如く使用されて居るにも関せず、文学の批評とか歴史とか云ふと、人の誤解する様な文学的な者でなくて矢張り科学的な分子を非常に多く含んで居るのみならず、文学史の如きは全く科学的に成立する事さへ出来るのである（傍点原文）」と明言する。『文学論』における立場と『文学評論』におけるそれとが大きくは違っていないとすれば、前者における「理路」とは、後者における「科学的」とほぼ同義だと考えなければなるまい。そうだとすると、漱石の文学研究は一貫して「科学的」志向をもつはずなのである。かかる「科学的」な立場を目指す文学研究が、伝統的な演繹的思考法の上に成立し得るのだろうか。

「科学的」方法とは何かを本格的に論じるのは、私の手に余る課題である。本稿では、不本意ながら、アリストテレスの「オルガノン（the Organon）」[4]としばしば対照的に論じられるルネサンス時代の思想家、フランシス・ベーコン（一五六一～一六二六）の「ノーヴム・オルガーヌム（Novum Organum）」

（一六二〇）を、しかもその一面だけを一瞥することで、漱石の言う「科学的」なるものの含意を推測するにとどめておかざるを得ない。「ノーヴム・オルガーヌム」が、アリストテレスの「オルガノン」に対して「新しいオルガノン」を意味するのは、周知である。ベーコンが「新しいオルガノン」で主張したのは、要するに、旧来の演繹法的思考を廃し、新しい科学的帰納法を採ることだった。ベーコンによれば、一切の知識の起源は我々の経験にあるが、経験から知識を得るには帰納法（induction）に拠らなければならないのである。何故なら、知識を獲得するために従来の演繹的方法が用いてきた三段論法は、あまりにも手軽、かつ、混乱した抽象概念に拠っているので、複雑・微妙な自然を扱うには全く役に立たないからである。かかる状況から脱却するには、旧来の演繹法に代えて帰納法を採る他はなく、この方法によってのみ我々は自然に関する普遍的知識を獲得することができる、とベーコンは主張したとされている。[5] ベーコンの主張には、科学的知識を得るために不可欠な仮説を軽視する等の重大な欠陥があるとも、また、この主張が科学上の発見に直接結びついた事例はないとも言われるが、それにも拘らず、ベーコンの提唱した帰納法は原理的には正しく、したがって、実験を主要な手段とする科学の発達に大きく資するところがあった、とされている。

以上はきわめて粗雑な素描に過ぎないが、漱石は、第一高等中学校在学中には、少なくともこの程度のことは知悉していたと思われる。このように推測し得る根拠は、一八八八年に書かれたとされている英文原稿、"Should the Study of Ethics be Abolished?" に見出される。この英文は、第一高等中学校生徒の多数意見に反して修身教育を擁護するもので、漱石は、近代初期における世界史的大変化の中でさえも「偉大な宗教〔＝キリスト教――塚本注〕は微動だにしなかった」と述べ、倫理教育の意味を強調している。この見解に反論するのは容易だが、当面の問題との関わりで重要なのは、漱石が中世から近代へという大変化の一例として、"The Aristotelian system was thrown aside and the Baconian method has taken its place.（アリストテレスの体系が放棄され、ベーコンの方法がそれに代わった）"と述べていることである。何故なら、「アリストテレスの体系」とはアリストテレスの論理学すなわち「オルガノン」を指し、「ベーコンの方法」とは「ノーヴム・オルガーヌム」に他ならないからである。つまり漱石は、「ベーコンの方法」が旧い演繹法や三段論法を捨てて、近代科学への道を拓いたことを指摘したのだ。そうだとすれば、「科学的」な文学研究を志向するはずの『文学論』が、冒頭で演繹法を想起させるような表現を用いたのは、不自然ではないのか。『文学論』の冒頭で用いられた「要す」という表現は、漱石自身のものと考えていいのだろうか。

しばらく「要す」の解釈を離れて、『文学論』が成立した状況そのものを検討すると、「文学的内容の形式は(F＋f)なることを要す」という命題は、重大な矛盾を含んでいるように思われてくる。『文学論』は、漱石が「何となく英文学に欺かれたるが如き不安」を抱いたことを契機とし、「根本的に文学とは如何なるものぞ」という問題を「解釈せん」とする「決心」のもとに著わされたはずである。この意味で、『文学論』は読者の立場に立った「文学」論だったはずである。

一般に、読者の立場からみた「文学」論なるものが成立するためには、一つの前提を必要とする。すなわち、読者は自己の外部にある文学作品に接することによって何らかの文学的感動を与えられ、その感動を通して文学を論じる、という前提である。この前提に立てば、文の主語に含まれる「文学」あるいは「文学的内容」とは厳密には何を意味するにせよ、それは読者の外部にある文学作品に関わる概念だと理解せざるを得ない。ところが、文の述部、すなわち「(F＋f)なることを要す」とは、読者の内部に関わる陳述である。「Fは焦点的印象又は観念を意味し、fはこれに附着する情緒を意味す」という部分において、「焦点的印象又は観念」および「これに附着する情緒」とは、読者の「印象」、読者の「観念」あるいは読者の「情緒」を意味するとしか考えられないからである。『文学論』はさらに、「されば上述の公式は印象または観念の二方面即ち認識的要素(F)と情緒的要素(f)との結合を示したるものと云ひ得べし」と念を押しているのだ。『文学論』が読者の立場に立つ以上、「観念」、「認識的要素」、および「情緒的要素」が読者の意識あるいは内部に関わるものであることは、疑問をさしはさむ余地もない。そうだとすると、この命題は、読者の外部にある「文学的内容」、あるいは「文学的内容の形式」が、そのまま「(F＋f)」、すなわち読者の意識内に生起する反応でなければならない(「なることを要す」)、と述べていることになろう。読者の外部にある「文学的内容」が読者の内部における反応でなければならないという陳述は、明らかに不合理である。漱石は、『文学論』の原型になった大学での講義、すなわち「英文学概説」で、このような不合理を臆面もなく述べ立てたのだろうか。[6]

この部分については、従来様々な論評が加えられてきたが、それらは必ずしも充分な説得力をもつものではなかった。例えば、『漱石全集』第十四巻(二〇〇二)「注解」は、本文から「文学的内容」という表現だけを切り離して――換言すれば、「形式」を切り捨てて――取り上げる。すなわち、「『文学論』と題した本で、いきなり『文学的内容』についての記述が始まるのは奇異の観があるが」とした後、『文学論』成立の背景を述べ、「『英文学形式論』では、文学の定義から説き起こし、文学の形式を概観したので、こんどは文学の内容を説こうというわけである」と、結論を導き出す。一応は尤もだが、この「注解」は明らかに不十分である。もし「文学の内容を説こう」とするならば、『文学論』が「凡そ文学的内容は」という言葉で始まっていないのは何故か。換言すれば、「凡そ文学的内容の形式は（傍点塚本）」というように、意味不明の「形式」を導入したのは何故か。かくして問題は、先に触れた「形式」に再び戻っていく。

次いでこの解説は「（F＋f）」に移り、「いきなりこういう記号が出てきて、ふたたび読者はとまどわされるが、これは文学的内容についての漱石の考え方を最も集約した公式で、『文学論』全体の基調となるものである」と述べ、「要するに漱石は、文学的内容は認識の焦点をなす印象や観念（文学の材料となる事実）だけでなく、それに附着する情緒をも綜合したものだ、というのである」と続く。

この解説は、「文学的内容」を「文学の材料」とする点では――より端的に言えば、「内容」とは「材料」の意であるとする点では――正鵠を射ていると思われる。ところが、まさにこの点に、看過し得ない問題点が伏在しているのだ。「認識の焦点をなす印象や観念（文学の材料となる事実）」とする部分において、「認識の焦点」を「印象や観念（文学の材料となる事実）」に合わせる主体、より一般的には、何かを「認識」する主体は、誰なのか。この「注解」はそれを明示していないが、この解説による限りは、それは作者以外にはあり得ないのではないか。こう解釈せざるを得ないのは、読者が「文学の材料となる事実」を「認識」するのは、ごく限定された場合以外にはあり得ないからである。一般の読者は、「文学の材料となる事実」を含めた文学作品全体を「認識」し、「それに附着する（読者自身の）情緒」をも「認識」して、それらに「焦点」を合わせるだろう。しかし一般の読者は、ことさら「文学の材料となる事実」の部分にだけ「認識の焦点」を合わせるだろうか。この解説が説くように「文学的内容」が「文学の材料」と同義だとすれば、「文学の材料となる事実（＝「文学的内容」）」たる「印象や観念」および「それに附着する情緒」を「認識」し、それに「焦点」を合わせるのは、特別の場合を除けば、それらの「材料」に基づいて作品を創作する作者以外にはあり得ないのではないか。

ところが、このように理解すると、この解説は先に触れた『文学論』成立の事情と明らかに矛盾することになる。繰り返すが、漱石は「余の文学論」は「重に心理学社会学の方面より根本的に文学の活動力を論ずる」のが「主意」だ、と述べた。「心理学社会学の方面」からのアプローチとは、無論、作者の立場からのアプローチではあり得ない。『文学論』冒頭の命題にかかわる「注解」には、充分に整理されない部分が残っているのではないか。

右に引用した「注解」、すなわち、二〇〇三年版『漱石全集』第十四巻における「文学的内容」の解説は、基本的には昭和四十一年版の「注解」を踏襲していると思われる。これらは、全体としてはおおよそ首肯し得るところが多いものの、右に挙げた疑問点を含めて、部分的には理解不可能な箇所をも含んでいる。だが、「注解」とは本文の一部を取り上げてその意味を解説するものである以上、本文に不適切ないし不正確な表現があれば、「注解」はそれらによって大きく制約されざるを得ない。この注解に疑問が残るのは、『文学論』本文に何らかの問題が伏在しているからだと考える余地は、ないのだろうか。

周知のように、『文学論』本文は全てが漱石の筆に成ったわけではない。『文学論』「序」によれば、漱石が、「約二年」の間「筐底に横はりし」大学での「講義の稿」を「書肆の乞に応じ」て「公に」しようとしたとき、「身辺の事情に束縛せられ」て「旧稿を自身に浄書する暇」さえなかったので、「已むを得ず、友人中川芳太郎氏に章節の区分目録の編纂其他一切の整理を委托」したのだ。中川が「此講義のある部分に出席したる上、博洽の学と篤実の質をかね」ているので、漱石は、「余の知人中にて、か丶る事を処理するに於て尤も適当の人」だと評価したのである。

中川芳太郎（一八八二〜一九三九）は漱石の依頼に応じてこの作業に着手したが、これはまことに困難をきわめる作業だったに違いない。中川は、『文学論』の出版が予定より遅れた理由と漱石の委嘱に充分応えられなかったことについて、以下のように弁明する。すなわち、これは「元来大規模の研究の一部」であり、「全然未定稿」だったので、この出版に際しては「固より先生に完全を期する意なく、随つて其の校正の如きも最初一二篇は単に字句の修正のみに限られ」ていたが、「中頃、整理の際省略に過ぎ論旨の貫徹を欠く節」が多かったので、「先生の筆を添ふること漸く密に、遂に第四篇の終りの二章及び第五篇の全部に至」っては「悉く先生により稿を新に」せざるを得なかった、と。そうだとすると、漱石が自ら筆を執った部分は「第四編　文学的内容の相互関係　第七章　写実法」以下、すなわち、全体の三割強に過ぎないことになろう(7)。中川はさらに、「全部の校正を終り、先生更に遡つて、初めに簡なりし部分を改むるの意ありしと雖も、参考すべき前半は既に印刷を了へ」ていたので、「如何ともなす能は」なかった、と続ける。最後に中川は、「浅学菲才にして先生を労することと甚しく遂に其嘱を全くすること能はず、更に其刊行の遅延を招きしは余の至憾なり」と付け加えた。だが、懇切な注解を付した刊本に頼っても、容易には読み通すことすらできない大著の原稿の七割弱を、大学卒業直後の青年が「整理」したというのは、ほとんど信じられないことである。漱石の皆川正禧（一八七七〜一九四九）宛書簡（大正元年十一月九日付）に、「此間中川が来て羅甸語を学校で教へて居る上ホーマーの原書を読むといつたので甚だ恐れいつた」という一節がある。中川は、西欧文学の一大源流たるギリシア文学の最高峰を原語によって究めようとしていたのであろう。中川にはまた、『英文学風物詩』（一九三五）および『欧羅巴文学を併せ見たる英文学史』（一九四三）がある。いずれも名著と評して然るべきものである。中川はなまなかな英文学者ではなかったのだ。

とは言え、中川が漱石の「未定稿」を「整理」していた当時は、中川の学識は漱石のそれには遥かに及ばなかったはずである。当時の中川は、漱石の講義を充分に理解し、それを「整理」することができたのだろうか。例えば、『文学論』本文の冒頭に置かれた「凡そ文学的内容の形式は(F＋f)なることを要す」という重要な一句は、漱石が講義で述べた趣旨を過不足なく伝えているのだろうか。それとも漱石は、この表現にも不満を覚え、できれば「改」めたいと思ったが、「既に印刷を了へ」ていたので「如何ともなす能は」なかったのだろうか。中川が述べた事情を勘案すると、『文学論』出版に際し、この部分に漱石が手を加えようとした可能性は、否定することができまい。もし漱石が中川の「整理」に多少とも不満だったとしたら、漱石本来の趣旨はどのようなものだったのか。これまでも、少なからぬ読者がこういう問題意識をもったはずである。だが、この疑問を解く手掛かりは、長い間見出すことができなかったのである。

ところが、平成十四（二〇〇二）年に、金子三郎編『記録・東京帝大一学生の聴講ノート』（辞游社）

が刊行され、これによってある程度まで的確に漱石の真意を推定することが可能になった。編者金子三郎氏によれば、これは「明治三五年九月に東京帝国大学に入学し、三八年七月に同学文科大学英文学科を卒業した一学生金子健二の在学当時の聴講ノートから採ったもの」である。金子健二が聴講したハーンと漱石との講義は、例えば、*A History of English Literature* として、あるいは『文学論』として、すでに「内容体裁ともに整っ」たかたちで公刊されている。にも拘わらず、金子健二の「聴講ノート」を「あえて（中略）活字化した」のは、ここには「教室でとったノートにしか見られない記述があるから」であり、従来の出版物では「省かれてしまった記述の記録があってよい」と思われたからだ、という（同書「記」）。また、出版に際しては「誤字その他の明らかな書き誤りは正し」、「書き落とし、聞き逃し」と推定される部分についてはそれなりの処置を行ない、「引用文は（中略）参考文献」等によって「確認」する等々の手続きを経たが、「原典に接する機会を得ず推定によって補正した箇所」があり、「すべてが正確であるとは言い難い」とも述べる（同書「凡例」）。

金子健二（一八八〇～一九六二）は、大学ではラフカディオ・ハーン（一八五〇～一九〇四）および漱石の講莚に列し、卒業後は旧制姫路高等学校教授や同静岡高等学校教授等を歴任、後に昭和女子大学学長をつとめた。『記録・東京帝大一学生の聴講ノート』の過半はハーンの講義の記録であるが、この部分はすべて英文である。これは、当時の大学生の学力がどの程度のものだったかを雄弁に物語っている。

では、『文学論』に相当する部分については、金子の『聴講ノート』はどの程度の信憑性をもつのか。例えば、『文学論』「第一編 第一章 文学的内容の形式」では、「意識の説明は『意識の波』を以て始むるを至便とす」と始まる。金子の『聴講ノート』でこれに対応する部分は、「……次ニ云ハントスルハ waving consciousness ナリ」となっている。[8] 漱石が利用したロイド・モーガン（一八五二～一九三六）の *An Introduction to Comparative Psychology*（1894）第一章は "The Wave of Consciousness" と題され、以下同じ表現が用いられているから、この点では、金子の『聴講ノート』は厳密には誤りと言わなければなるまい。だが金子は、少なくとも「意識」が「波」形を描いて推移するという趣旨は、正しく理解している。そもそも文学の講義の冒頭に心理学書を引用するといった漱石の方法は、少なくとも当時としては破天荒の試みだったのである。漱石の前任者ハーンが、心理学の理論を文学の講義に導入したなどとは、到底考えられないのだ。漱石の講義は、金子にとっては全く予想外のかたちで始まったのであり、金子に最新の心理学の知識がなかったのは当然なのである。これらの事情を勘案すれば、金子の誤記は充分許容範囲内にとどまると言えるだろう。さらに、後述するように、場合によっては金子の『聴講ノート』が『文学論』よりも正確に漱石の肉声を伝えているのではないか、と思われる箇所も少なくないのだ。この意味で金子の『聴講ノート』は、少なくとも『文学論』を理解するための補助線としては、充分に有効なのである。『文学論』（二〇〇三）の注解が一部でこの『聴講ノート』に言及しているのは、注釈者がこのことを認めている証左であろう。本稿でも、随時金子の『聴講ノート』を参照しつつ、先ずは「凡そ文学的内容の形式は（F＋f）なることを要す」という命題の検討を進めていきたい。

## 2　「文学的内容の形式」と「文学的内容の基本成分」と

『文学論』「第一編 第二章」は、「文学的内容の基本成分」と題されている。つまり『文学論』は、「文学的内容」が「形式」のほかに「基本成分」ないし「成分」をもつとしている。では、ここで言う「成分」とはなにか。また、「成分」と「形式」とは、どのような関係にあるのか。

「文学的内容」の「成分」について、漱石は「其基礎たるべき簡単なる感覚的要素」から「説き起こし、次いで「人類の内部心理作用」に進む（マル点原文）。だが、ここでは第二章の全体を論じる余裕がないので、第二章の冒頭部分、すなわち「感覚的要素」との関連で漱石が最初に論じた「触覚」に論点を絞り、最も単純な「成分」の具体例について考察してみたい。

漱石は、ドイツの哲学者・心理学者カルル・グロース（一八六一～一九四六）が「『人の戯』中に排列した「小児娯楽の類目の順」に従って、「感覚的要素」の中から先ず「触覚」という項目を設定し、「触覚」を効果的に利用した場面を提示する。最初に挙げられるのが、『オセロ』第五幕第二場の冒頭である。これは、愛するデスデモーナの不貞を信ずるに至ったオセロが灯を持って登場し、眠っている彼女を凝視する場面である。オセロはデスデモーナが不貞を働いたと信じ込んで、彼女を殺そうと決心している。だが彼は、彼女の血を流すことは好まず、彼女の美しい肌に傷跡を残すことにも躊躇を覚えている。このときオセロが呟くのが、“Yet I'll not shed her blood; / Nor scar that whiter skin of hers than snow / And *smooth as monumental alabaster*” という言葉である（イタリックは『文学論』原文)。

これが文学の「成分」としての「触覚」を利用した一例であるが、『文学論』はこの引用について何らの分析ないし解説をも行なっていない。これに続くテニソン(一八〇九〜九二)の例と併せて、「かくの如く簡単にして一見文学的内容として不相応」に見えるものが「却って予想外の勢力を有する」とするだけである。ただ、“smooth as monumental alabaster”だけを斜体にすることで、「アラバスターのような滑らかさ」という「触覚」的「成分」を抽出し、これが読者の「感覚」に訴える一つの「文学的内容」の「基本成分」であることを示したのである。

金子の『聴講ノート』では、この部分については「点線ノ附シタル句(=『文学論』では斜体になっている“smooth as monumental alabaster”の部分)ハ実ニ pleasure ヲ感ズ換言スレバ touch itself ガ pleasure ナリ日本ノ俳句ノ如キモ此ル **element** ヲ有スルヲ以テ pleasure ヲ感スル《原》ナリ上ノ二句(=『文学論』では“Yet I'll not shed her blood; / Nor scar that whiter skin of hers than snow”という部分)ヲ切断スルモ And 以下ノ句ハ一種ノ妙味アリ(太字は塚本)」と記されている。[9] ここで“touch itself”の“touch”が「触覚そのもの」の意であることは、言うまでもあるまい。

付言すれば、ここに用いられた“alabaster”については、“stone used in tombs(墓石に用いられる石)”という注を付けた刊本がある。[10] この注は、「アラバスター」の古い意味、すなわち「大理石」という意味を踏まえているのであろうが、これに従えば、この一節は「死」の連想が伴うことになろう。また、“monument”の語源はラテン語の“monēre”で、この語は「思い出させるもの」の意であり、特に“tomb”や“statue”を指す、ともいう。[11] このように見てくると、この短い一句がさまざまな連想を伴なっていることが分かるだろう。シェイクスピアの表現は、多くの場合重層的な意味をもつのである。なお『文学論』「注解」は、"smooth as monumental alabaster" を「記念碑の雪花石膏（アラバスター）のように滑らかな」と訳している。

言うまでもないことだが、漱石も "smooth as monumental alabaster" という短い一節の中で、「触覚」だけが唯一の「文学的成分」だと考えたわけではあるまい。換言すれば、この短い表現中にも、漱石は「触覚」以外の「成分」をも見出していたはずである。『漱石全集』第十三巻（一九九五）所収の『『オセロ』評釈』に採録された漱石の言葉が、このことを示唆している。ここで、漱石は引用文中の "monumental" について、「〈彫刻用の〉」という解釈を示しているからである。漱石がこれを「〈彫刻用の〉」としている以上、漱石は、例えばアラバスターを素材としたヴィーナスの彫像に類するイメージを思い浮かべていた可能性もある。そうだとすれば、ここには視覚的「成分」も混在しているはずなのである。だが、その連想に深入りすれば、デスデモーナの「滑らかな」肌に美しいギリシア彫刻のイメージが重なって、これを「簡単なる感覚的要素」（ここでは、「触覚」）の範疇に収めることができなくなる。そこで漱石は、この一節では「触覚」的「成分」のみに言及するにとどめたのである。

この推測を裏書きするのは、この直前にある "that whiter skin of hers than snow" という一節である。「雪よりも白い彼女の肌」という言葉は、疑いもなく視覚的成分を強調している。つまり、『文学論』に引用されたオセロの言葉全体を見れば、そこに少なくとも「視覚」的「成分」と「触覚」的「成分」とが認められるのは明らかなのだ。だが「触覚」の問題に限定した項目では、無用の混乱を避けるべく、漱石は「視覚」的「成分」に言及するのを避けたのである。

ここで金子の『聴講ノート』に戻れば、この『聴講ノート』は一つの重要な事実を示唆している。それは、「文学的内容の基本成分」における「基本成分」とは、“element”の訳語だという事実である。大学の講義で、漱石が“element”という英語を用いたのだとすれば、「基本成分」とは中川の訳語だということになる。そうだとすれば、少なくともこの点に関する限り、金子『聴講ノート』は『文学論』よりも漱石の肉声に近いことになろう。さらにまた、金子の『聴講ノート』が、この他の問題についても同様な手掛かりを与えてくれる可能性は、充分期待することができるのではあるまいか。

『文学論』は、次いで、「文学的内容の基本成分」として、「温度」、「味覚」、「嗅覚」、「聴覚」、「視覚」、「輝」、「色」、「形」、「運動」を挙げる。かくして「文学的内容」とは、一般には複数の「基本成分」をもつことが分かる。上記の例では、「文学的内容」とはデスデモーナの「肌」であり、この「文学的内容」は「白」という視覚的「基本成分」と「滑らかさ」という触覚的「基本成分」とから成っている。これを一般化すれば、「文学的内容」とは、文学作品に用いられる基本的な「材料」ないし「素材」を意味するということになろう。金子の『聴講ノート』では、『文学論』の冒頭に対応すると思われる部分に、「**Matter**（内容論）／（F＋f）……文学ノ内容（材料）ハ此形ニ reduce サル、ヲ得（太字は原文）」と記されている。[12] ここで「文学ノ内容（材料）」とある部分は、「文学的内容」とは「文学の材料」の意であるとする『文学論』の「注解」が正しいことを裏書きしている。同時に、「材料」を用いて作品を創りあげるのは作者以外にはあり得ないという意味で、「文学的内容（＝

材料)」は言うまでもなく読者の外部にあることをも示している。

だが、問題はそれほど単純ではないかもしれない。「文学的内容」は、一応は読者の外部にあるとはいえ、それを構成する「触覚」的「成分」や「視覚」的「成分」等々は、読者の感覚から完全に独立しているわけではない。いやむしろ、それらは読者に快感(場合によっては不快感)を与える「成分」であることによってのみ、換言すれば読者の感覚に依存することによってのみ、「基本成分」たり得るのである。他方、読者の感覚はそれ自体では「文学的内容」の「基本成分」にはなり得ず、それが「成分」たり得るには、感覚が外部にある何らかの「材料」に触発されなければならない。では、読者の内部にある感覚は、外部の「材料」に触発されることによって、初めて「文学的内容」となるのだろうか。そうだとすれば、『文学論』冒頭に提出された命題は、実は、狭義の「文学的内容」ないし文学作品の「材料」だけに関する陳述ではないことになろう。それは、第一に読者の感覚ないし心理、第二に読者の感覚や心理に訴えかける文学作品の素材、最後にその素材が読者に与える効果等々といった相互関係の一切を包含していることになるのかもしれない。「第一編　第二章文学的内容の基本成分」が、「簡単なる感覚的要素」に続けて「人類の内部心理作用」を論じているのは、おそらくはこのような理由からかもしれない。

両者の関係は、ダイナミックであると同時にきわめて複雑でもある。また他面では、『文学論』冒頭の命題は一見「文学的内容」を論ずるという体裁をとりながら、実は絶えず読者の心理的反応にも目を注いでいるようでもある。だが、こういう錯雑した関係を「凡そ文学的内容の形式は(F＋f)なることを要す」という一行で表現しようとするのは、果たして妥当なのだろうか。

いずれにせよ、「文学的内容」を含む「文学的内容（＝材料）の基本成分」という表現は、無理なく成立し得るのである。だが、「文学的内容の基本成分」における「基本成分」を「形式」に置き代えて、これと同一の構造をもつ表現、すなわち、「文学的内容（＝材料）の形式」としてしまうと、その意味は忽ち不明瞭になってしまう。また、「文学的内容」の一例たるデスデモーナの肌を採りあげて同様な試みをしてみると、「文学的内容としてのデスデモーナの肌の基本成分」という表現になり、やや不自然ながら意味をなさないわけではない。さらに、「デスデモーナの肌の基本成分（傍点塚本）」を主語とする陳述、例えば、「『デスデモーナの肌の基本成分』は『滑らかさ』である」という陳述は、曲がりなりにも成立し得るだろう。ところが、同じ手続きによって、「デスデモーナの肌の形式（傍点塚本）」とすれば、誰もがこの表現に戸惑うに違いない。況や、「デスデモーナの肌の形式」を主語とした場合、このような表現が成立し得る状況は無論のこと、この主部に対応すべき述語を想定することすら困難だろう。とすると、「文学的内容の基本成分」という表現が成立し得るのに、「文学的内容の形式」は成立し得ないことになる。これは何故か。問題は、やはり「文学的内容の形式」における「形式」にあるのではないか、と考えざるを得なくなるのである。

## 3　「（文学的内容の）形式」とは何か——“form”と“formula”

「形式」という語は、早く中国の古典に見出すことができるようである。『新字鑑』（弘道館、昭和一八）は、唐の杜佑の撰にかかる『通典』から、「形式轉細」という例を引いている。ところが、明治三十八年発行の『言海』（縮刷版）には、「形式」という見出し語が採られていない。やや信じ難いことだが、「京師」、「掲示」の次には「警視庁」が挙げられているのだ。「内容」についても同様で、この辞典に採られた「ないよう」は「内用」のみである。「内容」も「形式」と同じく、当時の日常語にはなりきっていなかったようである。

では、『文学論』のもとになった大学の講義で、漱石は実際に「形式」という語を用いたのだろうか。既に言及した通り、金子三郎編『記録・東京帝大一学生の聴講ノート』は、『文学論』冒頭の一句にあたる部分を、「**Matter**（内容論）／（F＋f）……文学ノ内容（材料）ハ此形ニ reduce サル、ヲ得」と記している（太字は原文、傍点塚本）。この『ノート』によれば、大学の講義で漱石が初めて「文学ノ内容」について論じた際、「内容」の同義語として"matter"や「材料」を用い、また、「（F＋f）」を説明するには、「此形」という表現を用いたと思われる。金子の『聴講ノート』は、「而〆Fハ吾人ノ意識ニ於テ focalize サルル cognitive element **or** presentation ニテモヨキモノナリ或ハ image impression ニテモヨク percept ニテモヨケレバ concept ニテモヨシ只此ルモノ、**cognitive element** 即チ理由ニ作ルモノニテヨシ[13]（太字は塚本）」と続く。ここで先ず目につくのは、英語をそのまま用いた部分が圧倒的に多いことである[14]。金子はおそらく、漱石の言葉を日本語に変換する余裕もないままに、次々にノートに記入していったのであろう。英文科の学生にとっては、これで充分だったのである。だが、これを出版するとなると、このままでは到底一般読者の理解を得ることはできまい。中川の「整理」には、このような単語をできるだけ日本語に移すという作業も含まれていたに違いない。前節で、「文学的内容の基本成分」における「基本成分」とは、漱石が用いた“element”の訳語ではないかと述べたが、これは中川による「整理」の一例に過ぎない。これだけでも気が遠くなるような仕事ではないか。

中川は、『文学論』出版に際して、恩師の出版物の品位を保つために、語法や表現にも多大の努力を傾注したはずである。口語体の講義を文語体に変え、また通常法律や公文書に用いられる片仮名を用いて原稿を作成したのは、その傍証である。[15]「内容」とか「形式」とかいう当時としては生硬な訳語を採ったのも、そのような努力の一環であろう。ただ、少なくとも部分的には、それが却って漱石の意に副わない結果を生んだところもあったらしい。明治三十九年十一月十一日付高浜虚子宛の漱石書簡には、「今日は早朝から文学論の原稿を見てゐます中川といふ人に依頼した処先生頗る名文をかくものだから少々降参をして愚痴たら〳〵読んでゐます」という一節が見えるからである。

先に金子の『聴講ノート』から、「文学ノ内容（材料）ハ此形ニ reduce サル、ヲ得」とする部分を引用したが、『文学論』でこの「形」に対応するのは無論「形式」である。では、金子の記した「形」、すなわち、『文学論』における「形式」に対応する英語は何か。金子の『聴講ノート』には、右の引用に続く部分に、「兎ニ角ク文学ノ content ノ *formula* ハ[16]」とか、「文学ノ内容ノ *formula* ガ已ニ明カナリ[17]」とかいった表記が続出する（引用文中、イタリックは塚本）。してみると、少なくとも講義を始めた当初は、漱石は「形」の同義語として“formula”という英語を用いたに違いない。金子の『聴講ノート』をさらに読み進むと、「明治三十六年九月ヨリ仝拾弐月迄」の講義内容を纏めた「表」が載せられている。この末尾には「以上内容論一巻」と記され、さらに「金子健二作表（朱記）編者補正」と付記されているが、その「表」の冒頭は次のようになっている[18]（イタリックは塚本）。

Matter —————— 内容論
(F + f) —————— *Formula* of Matter
Elements of *Formula* (F + f) ………… F (cognitive element)
f (emotional element)

この「表」は明治三十六年九月から同年十二月までの講義、後に『文学論』として出版された講義の冒頭部分を纏めたものである。してみると、少なくとも金子の意識には、この講義で漱石が用いた“formula”という英語が定着していたのである。

その前年度の講義、すなわち、漱石の死後大正十三年に皆川正禧の訳文を付けて『英文学形式論』として出版された講義でも、漱石は英語を多く用いていたことが分かる。『英文学形式論』は、「吾々の日常使用する言語の中には曖昧朦朧なものが多い」という言葉で始まるが、ここで「曖昧朦朧」には「ヴエーグ、アンド、オブスキユーア」という振り仮名が付けられている。これに続く文章の中には、「内包、外延の意味」という言葉があるが、この部分には「インテンスイーヴ、アンド、エキステンスイーヴ、ミーニング」という振り仮名が付けられている。以下も同様で、これらの振り仮名は、無論、漱石が用いた言葉そのままの記録だと考えられる。皆川は、読者が理解し易いように、漱石が用いた英語を和訳すると同時に、原語を彷彿させるべく振り仮名をつけるという方法を採ったのである。逆に言えば、漱石は日本語として日常語になりきっていない用語の場合は、英語をそのまま用いることが多かった、と想像されるのだ。これが、漱石の講義における一つの著しい特徴だったとすれば、金子のノートに残された"formula"は、新年度の講義における漱石の肉声そのものの記録だと考えなければならない。では漱石は、新しく始めた講義で、何故"formula"を用いたのか。

ここで、あらためて『英文学形式論』の構成を概観してみよう。漱石は先ず文学に関する諸家の定義を紹介・批判し、次いで「文学をばForm／Matterに大別し」た後、"Form"そのものの「客観的条件を分類」して、それぞれの"Form"について詳述している。また、『英文学形式論』の「総括」によれば、この講義は「文学と云ふものを話す為めに、此を内容と形式と」に分かち、「そして其形式のみに付ての説明」だった、と述べたようである。この講義で、漱石が"form"を多用したことは明らかであり、また、『英文学形式論』における「形式」とは、"form"の訳語なのである。

『文学論』の原型は、『英文学形式論』に続いて行なわれた新学年の講義である。『漱石全集』第十四巻「注解」は、前年度の講義では「文学の形式を概観したので」、新年度には「文学の内容を説こう」とした、と言う。その『文学論』は、「凡そ文学的内容の形式は」という言葉で始まっている。読者としては、新しく「内容」を取り上げたことは分かるが、他方では、相変わらず「形式」にこだわっているように見えなくもない。『文学論』の冒頭に「文学的内容の形式」を置くことで、漱石は何らかの意味で『英文学形式論』（傍点塚本）との連続性または接点を示唆したのだろうか。

既に明らかなように、漱石の意図はその正反対である。金子の『聴講ノート』に残された"formula"

の一語が、漱石の意図を明白に物語っているのだ。漱石が新年度の講義で“formula”を用いたのは、前年度に多用した“form”との混同を避けるために他ならない。前年度の講義で漱石が用いた「形式(form)」とは、「内容(matter)」と対立する意味での「形式」であり、これが「形式」の一般的用法である。他方、新年度の講義で漱石が“form”を用いず“formula”を採択したのは、この語が「内容」の対立概念を表わすと誤解される虞がないからである。つまり、この語が「内容」の対立概念ではなくて、「内容」の属性、あるいは「内容」の下位概念たることを明らかにするためであり、同時に、「(文学的)内容」、すなわち、文学作品の材料たり得るものが一定の内的構造(＝型)をもつことをも示すためである。

逆に言えば、このような意味での「型」を表す語としては、前年度の講義で多用した“form”を引き続いて用いることはできない、と漱石は考えたのだ。これこそが、新年度の講義で漱石が“formula”を採択した理由である。換言すれば、漱石が“form”を捨てて“formula”を採ったのは、新年度の講義の目的が前年度のそれとは違うことを明確に示すために他ならない。このような事情を証明するのが、金子のノートに記されている“formula”の一語なのである。金子が“form”や「形式」を用いず、「文学ノ内容(材料)ハ此形ニ reduce サル、ヲ得」(傍点塚本)としたのは、漱石の趣旨を正しく理解していたからだ、と考えなければなるまい。

では、“formula”は本来どのような意味で用いられるのか。この語は、語源的にはラテン語“*forma*”の縮小形に由来し、語義の面でも“form”と重なり合うところが少なくない。『新英和大辞典(第五版)』は、この語に「1(儀式などに用いる)きまった文句、(一定の)式文… 2(式辞・挨拶などの)

きまり文句… 3（一定形式に表現された）信条… 4方式、定則… 5a調理法、処方… 6『数学・化学』公式、式…」等々の訳語を与えている（太字は原文）。つまり、この語は文脈によって多くの意味をもつのだが、これらの訳語のうち、漱石の用いた “formula” に最も近い訳語は何か。言うまでもなく、それは「6『数学・化学』公式、式…」である。「印象又は観念の二方面即ち認識的要素（F）と情緒的要素（f）との結合」を示すために漱石が用いた「（F＋f）」は、一見しただけで数式または「公式」に似ているではないか。念のため、*Concise Oxford Dictionary*（1929）を参照すると、“（Math.）rule or principle in algebraic symbols” という語義が記されており、これが「6『数学・化学』公式、式…」に該当する。

中川はこのことに気が付かなかったのだろうか。『文学論』が「（F＋f）」の解説として、「されば上述の公式は印象又は観念の二方面即ち認識的要素（F）と情緒的要素（f）との結合を示したるものと云ひ得べし」（傍点塚本）としていることから判断すると、薄々は気がついていたのではないか、とも思える。いずれにせよ、『文学論』冒頭に記された命題、「凡そ文学的内容の形式は（F＋f）なることを要す」における「形式」を “formula” と読み替え、“formula” を「公式」とした上で、この命題を平易な表現で言い換えれば、次のようになろう。

「凡そ文学的内容の公式は（F＋f）なることを要す（＝一般に、数式を用いて文学的内容を表現すれば、それには（F＋f）でなければならない）。」

このように考えれば、「文学的内容の形式」という表現から生まれる疑問ないし違和感は、一応は解消されるだろう。だが、これで『文学論』冒頭にある命題全体の意味、あるいは漱石の趣旨が充分に理解されたわけではない。「文学的内容〔＝材料〕」が読者の外部にある以上、それをどんなやり方で表現しようとも、それが直ちに「（F＋f）」でなければならないというのは、明らかに不合理だからである。「（F＋f）」とは、「文学的内容」に接した際の読者の心理的反応としか考えられないからである。

　だが、この問題についての考察に入る前に、漱石が用いた“formula”を中川芳太郎が「形式」と訳した背景を一瞥しておこう。中川の訳語は、語義の面だけから言えば、無論、誤訳とは言えない。だが、『文学論』の冒頭で用いられた「形式」という訳語については、「注解」は、『文学論』に先立つ『英文学形式論』までをも視野に入れた上で、ある程度懇切な説明を試みる必要があったのではないか。繰り返しになるが、「形式」という中川の訳語は、“formula”に籠められた漱石の意図、すなわち新学期の講義で用いる“formula”には前学期に用いた“form”とは異なった意味を与えようとした、という漱石の意図を、まったく表わしていないからである。中川は、何故このような重大な誤りをしてしまったのだろうか。

　既に述べた通り、中川は漱石が最も深い信頼を寄せていた学生だった。さらに一例を挙げれば、明治三十九年五月二十六日付鈴木三重吉宛の漱石書簡には、「先日卒業論文を漸く読み了つた。中川のが一番えらい。あの人は勉強すると今に大学の教師として僕抔よりも遙に適任者にない［原］〔＝適任者になる——塚本注〕」とある。それほどの秀才が、漱石の意図を充分に斟酌せず、“formula”を「形式」

と訳してしまったのは何故か。

基本的には、彼が「この講義のある部分に出席した」とはいえ、その前年度の講義は聴講していなかったからである。中川が文科大学に入学したのは明治三十六年九月であり、後に『文学論』として出版される講義が始まったのはこの時からなのである。換言すれば、『英文学形式論』の原型となった講義は、は中川の入学以前に終わっていたからである。つまり中川は、前年度の講義と新年度の講義との差異を充分に理解し得る状況にはなかったのだ。中川の入学時期については、金子健二の日記、明治三十六年九月の日記に、次のような言葉が見出される。

九月二十一日(月)雨、冷、夏目先生の新学年度の最初の講義がいよいよ今日から始まつた。前年度のつゞきとして、例の『英文学概説』をお話しになつた。私達の後輩として新たに入学して来た一年生の中に、中川芳太郎君や森岡喜三郎君等があつた。(19)（以下略）

「夏目先生の新学年度の最初の講義」とは、無論、『文学論』の講義である。この講義が始まったとき、中川は「新たに入学して来た一年生」の一人だった。したがって中川は、「文学と云ふものを話す為めに、此を内容と形式と」に分かち、「そして其形式のみに付ての説明」が行なわれた講義には、出席していないのである。しかも、この講義が『英文学形式論』として出版されたのは、既述の通り、大正十三年であり、中川が『文学論』の原稿となる漱石の「旧稿」の「整理を委託」されたのは、明治三十九年である。漱石が明治三十六年三月から六月までに行なった「講義の抄録」を皆川正禧が編纂し、『英文学形式論』と「名付け」て出版したとき、皆川はおそらくある程度は『文学論』を参考にしただろう。逆に、中川が『英文学形式論』を参照することは、そもそも不可能だったのだ。

## 4　漱石自身が“Form”を用いた可能性

漱石は、新年度の講義では“formula”以外の英語は、まったく用いなかったのだろうか。明治三十六年十二月十四日(月)の金子の日記には、「夏目先生」が「主として文学の形式に就いて心理学的理論に拠つて説明された」[20](傍点塚本)という記述がある。ここに記された「形式」については、二通りの解釈が可能である。第一に、金子が“formula”を「形」としないで「形式」と訳したという解釈である。だが金子は、『英文学形式論』の講義に出席していたので、“form”と“formula”との差異にはかなり敏感だったに違いない。つまり、金子がこの両者を混同した可能性は低いと考えてよさそうである。

そうだとすると、第二の可能性が浮かび上がる。金子の記述は、漱石が時には“formula”と“form”とを併用したことを示しているのかもしれないという可能性である。既に触れた金子の『聴講ノート』を見ると、漱石が「内容」を表すのに時に“matter”を用い、時に“content”を用いたことが分かる[21]。これと同じように、漱石が主として“formula”を用いながら、時に“form”を交えた可能性は否定できないだろう。金子の『聴講ノート』には、この仮説を支えるような部分がある。

次ニ point of view ヲ変ジ此四種ノ elements ハ数量的ニ如何ナル風ニ推移スルヤヲ研メントス即チ此ノ四ツヲ加ヘテ文学上ニ於ケル sum total ヨリ見レバ果〆其数ガ増加スルカ否カヲ論ゼントス然レドモ之ヲ論セ〔原〕ントスルニ先チ文学ノ elements ヲ更ニ研メサル〔原〕可ラズ総ヘ〔原〕テノ文学的 elements ハ（F＋f）ノ **form** ニ reduce シ得ヘ〔原〕キモノナリFハ cognitive element ニシテ f ハ cognitive element ニ attach スル emotion ナリ今此二ツガ如何ナル風ニ増加シ如何ナル風ニ減退スルカヲ知ラントセバ先此 **formula** ヲ研メサル可ラズ(22)（原文では下線だが、引用では傍線に変えた。太字は塚本）

ここでは、明らかに“form”が“formula”の同義語として用いられているが、この用法自体には殆ど問題はあるまい。例えば、前掲 *Concise Oxford Dictionary* は、“form”がもつ多くの語義の一つとして“formula”を載せているのである。

とはいえ、当面の問題との関わりでは、“form”と“formula”との混用は気にかからないでもない。これは金子の責任に帰せられるべきだろうか。その可能性も絶無とは言えないが、漱石が両者を混用した可能性も排除することはできないだろう。そうだとすれば、漱石は場合によっては“form”という語がもつ意味の幅といったものを意識していたのかもしれない。というのは、“form”は必ずしも外的形状のみを意味しないからである。例えば *The Merriam-Webster Pocket Dictionary of Synonyms* (1972)は、“figure”、“shape”等々の類語と区別して、“form”特有の用法を以下のように解説している（一五六頁）。

> **Form** usually suggests reference to both *internal structure* and external outline and often the principle that gives unity to the whole <the earth was without *form*, and void—Gen 1:2（AV）>（太字は原文、イタリックは塚本）

すなわち、「形式」は普通内的構造および外的形状の両者を指し、しばしば全体に統一性を与える原理をも意味する、というのだ。この解説では、「内的構造」が「外的形状」に先行していることにも注意しておきたい。ここには、「内的構造」なくして「外的形状」は存在し得ない、という感覚ないし思考が潜んでいるのであろう。「内的構造」、あるいは「全体に統一性を与える原理」が機能しないと、この同義語辞典の用例に挙げられているような混沌たる状況が出現する。天地創造の直後、世界はまだ闇に閉ざされ、「地は混沌であって、闇が深淵の面にあり」（新共同訳聖書[23]「創世記」第一章第二節）と記されているような状況である。

この同義語辞典の説明に近いものに、前記*COD*における“form”の定義の一つ、すなわち、“formative principle holding together the elements of thing（Kantian）”がある。「事物の（複数の）要素を結び付ける形成原理」、あるいは「事物の（複数の）要素を結び付けて全体を形成する原理」といった意味である。*COD*はこれを「カント的用法」とするが、このような用法は必ずしもカントに限られるわけではあるまい。念のため、これとは別に、ある文学用語辞典からも“form”に関する説明を引いてみよう。

When we speak of the *form* of a literary work we refer to its shape and *structure* and to the manner in which it is made...as opposed to its substance or what it is about. Form and substance are inseparable, but they may be analysed and assessed separately.(24)（イタリックは塚本）

この解説によれば、文学作品の「形式（form）」とはその形状と構造とを指し、また、作品の内容あるいは作品が語っていることと対照的に、作品が創られるやり方を指す。形式と内容とは不可分だが、それぞれの分析や評価に際しては、別々に処理することもできる、という。ここでも、「形式」は「（外的）形状［＝ shape］」ばかりでなく、「（内的）構造［＝ structure］」をも指すとされていることに、注目するべきだろう。"form" という語がもつ意味の幅とは、おおよそ以上のようなものである。

ところで漱石は、『文学評論』「第一編序言」において「趣味の普遍性」に触れ、文学の「材料其物に対」する趣味と、「文学書中に使用せられたる材料の継続消長から出る趣味」とを区別して、後者は「外国文学を研究する際に当つて、普通の場合よりも一層重大な任務を帯びて来る大切な趣味」だとした。後者は、前者と違って、「比較的土地人情風俗の束縛を受けぬ丈夫《それだけ》普遍的なもの」だからであり、「此趣味が普遍的である為に、吾人は外国語を以て書いた書物に対しても比較的独立した判断を下して、相当の信念を以て」自己の判断を主張することができるからである。これは、広義の「形式主義」的なアプローチだと言ってよかろう。『文学論』の立場も、基本的にはこれと同一である。『文学論』もまた、「材料其物」つまり個別・具体的な「文学の内容（＝材料）」ではなく、どのような「材料」の場合でも妥当する「（F＋f）」という公式から出発して、ある種の普遍妥当性に到達しようとしているからである。そうだとすれば、時に漱石が文学的素材の「内的構造」といった意味を含む"form"を用いたとしても、不自然とは言えないだろう。だがその場合、前年度の講義で用いられた意味での"form"との混乱を生む可能性をどのように処理するかという問題は残る。

漱石の講義に関して、金子が先に引用した「文学の形式」という言葉を日記に記したのは、明治三十六年十二月十四日のことである。もしこの日漱石が"form"という語を用いたとすれば、もはやこの言葉が前年度に用いた意味での"form"と混同されることはない、と漱石が感じていたからかもしれない。九月以来の講義の積み重ねから、漱石の意図は学生に充分に伝わっていたはずだからである。

同時に、漱石がこの言葉に含まれる「内的構造」ないし「形成原理」といった側面をかなりの程度に意識するようになっていた可能性も排除することはできない。そもそも「文学的内容」が「（文学的内容の）基本成分」から形成、または構成されている以上、そこには何らかの「形成原理」、または「構成原理」が機能しているはずである。デスデモーナの美しい肌が一つの「文学的内容」だとすれば、それは視覚と触覚という「基本成分」以外に、それらに「統一性を与える原理」、すなわち、「形成原理」あるいは「構成原理」といったものを内蔵しているはずである。その「原理」ないし「構造」が、白さとか滑らかさといった単なる「外的形状」という「成分」を統一して、「文学的内容」ならしめているはずだからである。このように考えれば、「文学的内容の形式」は、「文学的内容の形成原理」または「内的構造」と言い換えることもできるかもしれない。そうだとすれば、

「文学的内容の形式」という表現はそれなりの妥当性をもつと言えるかもしれない。だが常識的には、『文学論』における「文学的内容の形式」をそのまま「文学的内容の形成原理」と読み替えるのは強引に過ぎると言わざるを得まい。

かくして、漱石が時に"form"を用いたとしても、「文学的内容の形式」に関する限りは、それなりに合理的な解釈が不可能ではない、と主張し得る余地は残るだろう。しかしながら、「文学的内容の形式」という表現をどのように解釈しても――より限定的に言えば「形式」なる語をどのように理解しても――「文学的内容の形式は(F+f)なることを要す」という命題そのものは、依然として不可解である。「形式」が如何なる意味を与えられているにせよ、「文学的内容の形式」が本来読者の外部にある以上、それが直ちに「(F+f)」、すなわち読者の「焦点的印象又は観念」プラス「これに附着する情緒」でなければならないというのは、明らかに不合理だからである。この問題については次節で考察することにして、当面、暫定的結論として、次のことを確認しておきたい。

第一に、『文学論』冒頭に置かれた「文学的内容の形式」という表現において、「形式」は『英文学形式論』で用いられた「形式」とは全く異なった意味を与えられている。『英文学形式論』では、「形式」は「内容」の対立概念として用いられているのに対し、「文学的内容の形式」における「形式」は、格助詞「の」の用法からして「内容」の下位概念でなければならないからである。したがって、「文学的内容の形式」における「形式」とは、「内容」の形成原理といった意味以外ではあり得ない。だがこの解釈は、後述するように、「(F+f)なることを要す」という述語を視野に入れると成立し得ないのである。

第二に、『文学論』の原型になった講義では、漱石は「形式」という日本語を用いず、主として"formula"を用いたはずである。それは、『英文学形式論』で用いた"form"との混同を避けるためである。

第三に、"formula"を「形式」と訳したのは中川芳太郎である。中川がこれを「形式」としたのは、彼が『英文学形式論』を聴講しておらず、したがって、漱石が新年度の講義で"formula"を用いた理由を充分には理解しなかったからである。

最後に、漱石が"formula"と"form"とを時に併用ないし混用した形跡が認められるが、それは、漱石が新年度の講義でこの言葉を用いても、もはやこれが前年度に用いた意味での"form"と混同されることはないと感じた場合か、あるいは、"form"に含まれる「形成原理」といった意味をある程度意識していた場合であろう。また、中川が"formula"を「形式」と訳したのは、漱石が時に"formula"と"form"とを併用したことが一因になっている可能性もあるかもしれない。

## 5　冒頭の一句は漱石の趣旨を正しく伝えているか
### ――主語としての「形式」と欠落した「変換」の概念と

ここで、前節では解明できなかった問題、すなわち、「文学的内容の形式は（F＋f）なることを要す」という命題そのものを採り上げることにしたい。この命題が不可解なのは、先ず、ここに含まれる

「文学的内容の形式は(F＋f)なり」という陳述が、明らかに不合理だと考えられるからである。

そもそも、「なり」とはどのような意味をもつのか。『広辞苑』は、助動詞「なり」について、「事物を断定し、または解説するのに用いる。…である。…だ。」と解説している。そこで、この命題に用いられた「なり」を「断定」ととれば、縷々述べた通り、論理的矛盾は免れない。一応は読者の外部にあると考えられる「文学的内容の形式」が、読者の内部で生起する「(F＋f)」という心理的反応「である(だ)」と無条件に「断定」することになるからである。

他方、助動詞「なり」を「解説」ととれば、それはどのような「解説」と理解したらいいのか。「解説」の意味があまりにも漠然としており、また、この意味での例文が載せられていないので、「解説するのに用いる」という説明は『文学論』の冒頭にある命題の真意を捉えるには役立たない、と言わざるを得ない。

繰り返しになるが、『文学論』は漱石が大学の講義に用いた「旧稿」を中川芳太郎が「整理」したものである。たとえ「旧稿」が簡単な講義ノート以上のものだったとしても、講義の内容を正確に文章化するには多くの問題が伴なったはずである。一般に講義では、言語表現の曖昧さが、その場の空気、状況、あるいは講師の脱線・雑談の類いによって補われることが少なくない。だが、講義ノートを「整理」し出版するという作業では、その場の状況や講師の雑談までをも再現するのは至難である。逆に、過度に解説的な表現を用いれば、冗長になり過ぎるばかりか、かえって講義の実態から離れてしまう可能性も生まれる。中川の「整理」は、漱石の講義内容をどの程度まで伝えているのだろうか。

既に述べた通り、金子の『聴講ノート』は明治三十六年九月からの筆記を「(F＋f)……文学ノ内容(材料)ハ此形ニ reduce サル、ヲ得」という言葉で始まる。この言葉は、無論、『文学論』冒頭の一句に対応するものである。また、ここに記された「(此)形」とは“formula”の意であり、この“formula”には、前年度に用いられた“form”とは全く異なった意味が付与されていることは、繰り返し述べた通りである。では、その他の点については、金子の『聴講ノート』と『文学論』冒頭の命題との間にはどのような差異が認められるのか。

先ず明らかなのは、「形式」あるいは「形」という語が文全体の主語になっているか否か、という相違である。「形式」が文全体の主語になっているか否かによって、文の意味は変わらないのだろうか。もし変わるとすれば、どのように変わるのだろうか。両者を併置してみることで、その回答は容易に得られるだろう。

「凡そ文学的内容の形式は(F＋f)なることを要す」(『文学論』)……………………(1)

(F＋f)……文学ノ内容(材料)ハ此形ニ reduce サル、ヲ得」(『聴講ノート』)……(2)

(1)では、主語(subject word)は明らかに「形式」であり、「文学的内容の」はこれを修飾するに過ぎない。それに対して、(2)では主語は「文学ノ内容(材料)」そのものである。冒頭に置かれた「(F＋f)」には対応する述語が見当たらないから、この「(F＋f)」は普通の意味における主語と言えないだろう。そこで「文学ノ内容(材料)」を主語と見れば、これに対応する述語は「此形ニ reduce サル、ヲ得」ということになる。ところが、述語の中に含まれる「此形」（『文学論』では「形式」）とは「（F＋f）」の「形」に他ならないから、「（F＋f）」は事実上「此形」に包摂されつつ述語の中に含まれることになる。そこで、「（F＋f）」を「此形」に代入すると、(2)は、

「文学ノ内容（材料）ハ（F＋f）ノ形ニ reduce サル、ヲ得」………(3)

となる。(1)では、「形式」が主語であり、「文学的内容の」の部分は「形式」の修飾語に過ぎないから、『文学論』では「形式」を説明するために「（F＋f）」という「公式」が用いられることになる。それに対して、(3)では「文学ノ内容（材料）」そのものを説明するために「（F＋f）ノ形」が用いられることになるのである。両者の差異は歴然としている。では、『文学論』「注解」が述べるように、もし『文学論』が「文学の内容を説こうという」試みだとすれば、「文学的内容の形式」を主語にし、「形式」と「（F＋f）」とを切り離して「（F＋f）」だけを述語に取り入れる構文、すなわち、現行『文学論』の構文と、「文学ノ内容」だけを主語とし、「（F＋f）」と「此形」とを一体化して「（F＋f）ノ形」を述語に取り入れる構文、すなわち、金子の『聴講ノート』の構文とでは、どちらが漱石の意図をより適切に伝えていると考えるべきか。

この問題に対する回答は自明だとも言えるが、念のため、(2)および(3)には顕在しているが(1)には欠落している部分、すなわち、「reduce サル、ヲ得」の意義を考察することで、現行の『文学論』における命題と金子の『聴講ノート』におけるそれとの間には、さらに大差があることが分かる。(1)

の表現は、「文学的内容」が初めから「形式」（または「形」）をもつことを暗黙裡に前提としている。しかし⑵の記述は、「文学の材料」が“reduce”されたとき、初めて「此形」、すなわち、「(F＋f)」という「形」をもつことを意味している。換言すれば、⑵では「形」、あるいは「形式」とは、「文学的内容」が“reduce”されたとき初めて意味を持つ概念だということになる。

かくして、「凡そ文学的内容の形式は(F＋f)なることを要す」という命題に関わる疑問は、直ちに第二の問題を生む。それは、現行の『文学論』では金子が「reduce サル、ヲ得」と記した部分が欠落しているかに見えるが、このような「整理」は妥当なのか、という問題である。金子の『聴講ノート』は、無論、漱石自身が“reduce”を用いたことを示している。また、金子が“reduce”という他動詞をそのまま記したのは、この動詞の重要性を感じながら、咄嗟に“reduce”の適訳を思いつかなかったからではないか、と思われる。中川芳太郎は、この問題をどのように処理したのだろうか。中川は、“reduce”に対応する日本語として、助動詞「なり」を用いたのであろうか。もしそうだとすれば、「なり」は“reduce”の意味内容を充分に伝えているのだろうか。

英語の“reduce”は、ラテン語“*redūcere*”、つまり“*re*（後へ）”＋“*dūcere*（導く）”に由来しているが、現代英語では語源的な意味で用いられることは少なく、きわめて多様な意味をもつに至っている。その詳細については各種辞典の解説に譲らざるを得ないが、当面の問題との関連では、この動詞には「（AをBに）変える」といった意味が含まれていることが重要である。例えば、ガリヴァーが「馬の国」からイギリスに帰ったとき、その国の支配者たる馬を指す言葉について、“This word, if *reduced* to English orthography, may be spelt ‘Houyhnhnm’.”と述べる。「馬の国」では英語と違う言葉が用いられているが、「馬の国」の支配者、つまり理性をもった馬を表す語を英語のスペリングに「変換」すれば 'Houyhnhnm' となる、といった意味である。

また、『新英和大辞典』（研究社、一九八〇）は、"reduce" の語義の一つに「（整理して）はっきりした〔簡単な〕形にする」を挙げ、"reduce anomalies to rule（変則的なものをまとめて法則化する）" という用法を示している。*Webster's Third New International Dictionary* (1988) は、"to assign or to describe in terms of some fundamental classification" という語義を挙げ、〈attempt to reduce life, mind, and spirit to the quantitative categories of physics, chemistry, and mathematics〉という用例を載せている。この用例は、「生命、知性、精神といった（曖昧な）概念を、物理学、化学、数学という量的な（＝明確な）範疇に変換しようとする試み」といった意味である。

金子が記した "reduce" に以上のような語義を適用すると、多種多様な文学の「材料」はすべて、「（F＋f）」という簡単な「形（formula）」に「変換」または「法則化」することができるということになる。ここで、一つの具体例として、先に触れた『オセロ』の一節に立ち戻ってみよう。"that whiter skin of hers than snow, / And *smooth as monumental alabaster:*"（イタリックは漱石）という一節である。読者はこの一節を読んだとき、「雪よりも白く、彫刻用の大理石のように滑らかな彼女の肌」という「焦点的印象又は観念」、すなわちFをもつ。ところが、この「印象又は観念」には、ある種の「情緒」すなわちfが「附着」している。イタリックで記した部分に限っても、金子の記述を借りれば、「実ニ pleasure ヲ感ズ」[25]るのだ。すなわち、デスデモーナの美しい肌というFは読者の中で「（F＋f）」という「形」に「変換」され、読者は "pleasure" というfを感じるわけである。

かくして、読者の外部にある「文学的内容」が読者の内部で「変換」されて「(F＋f)」という「形」になるというのが漱石の趣旨だとすれば、「文学的内容の形式は(F＋f)なることを要す」という命題が漱石の真意を過不足なく表しているとは到底考えられない。「文学的内容の形式」という主語をそのまま「(F＋f)」に結合する「なり」は、単なる「連結詞(copula)」に過ぎず、“reduce”の意味をまったく含んでいないからである。とすると、「変換」ないし「法則化」の過程を重視するか否かも、金子の理解と中川の表現との重要な差異の一つだということになろう。金子のノートは「文学ノ内容(材料)」は「(F＋f)」の「形」に「変換」、あるいは、「法則化」され得るとするのに対し、中川の表現では「変換」、あるいは「法則化」の過程が完全に脱落しているのである。

ここから、さらに第三の問題が派生してくる。それは、他動詞“reduce”の意味上の主語は何か、換言すれば、“reduce”する主体は誰か、という問題である。金子は「此形ニreduceサル、ヲ得」という表現、つまり受動態を用いているが、ここでは、文脈上読者によって「reduceサル、」と考えざるを得ないだろう。とすると、動詞“reduce”は、読者を想定した表現だということになる。漱石もまた、読者の一人であることは言うまでもない。この点もまた、読者の姿がまったく見えてこない表現、すなわち、「文学的内容の形式は(F＋f)なることを要す」という中川の表現との重要な相違である。

換言すれば、「此形ニreduceサル、ヲ得」という金子の記録には、「英文学概説」を講じた際の漱石の立場が明確に反映されているのだ。漱石は『文学論』冒頭の命題を何らかのアプリオリな法則として掲げたのではなく、文学に用いられる「材料」を読者が「変換」し「法則化」すれば、「(F＋

f)」の「形」になる、と自己の読書体験とそれに基づいた思索とから結論したのである。そうだとすれば、漱石の講義では「要す」に対応する表現は用いられなかったはずだ、と推定せざるを得ない。漱石が、「ベーコンの方法」を継承する「帰納法」によって、「此形ニ reduce サル、ヲ得」という結論を得たことは明らかであろう。

そもそも『文学論』成立の事情からして、「文学ノ内容」を分析し講義する漱石もまた、読者の一人でなければならないのだ。漱石が「遠き倫敦の孤燈の下」で「根本的に文学とは如何なるものぞと云へる問題を解釈せんと決心」したのは、大学卒業以来、「何となく英文学に欺かれたるが如き不安の念」に苛まれ続けてきたからだった。この「不安」の源泉が、「根のない萍」のような「他人本位」、つまり「西洋人のいふ事だと云へば何でも蚊でも盲従」するといった「所謂人真似」の英文学研究にあったことは、言うまでもない。この時漱石は、「自己本位といふ四字を漸く考へて、其自己本位を立証する為に、科学的な研究やら哲学的の思索に耽り出した」と言う。この言葉にはある程度の潤色があるとしても、『文学論』がその成果の一つであることは明白である。『文学論』が普遍妥当的な文学理論の構築を目指しているとはいえ、冒頭の命題に主体的読者としての漱石の姿勢がまったく見えてこないのは、やはり問題であろう。

無論、中川はあの簡潔な命題の中で、暗々裏に読者の存在を示唆しているという反論も不可能ではない。その証左として、これまで指摘してきた論理的矛盾を挙げることさえできるかもしれない。つまり、中川の「整理」した命題は言外に読者の存在を想定しなければ成立し得ず、したがって中川の趣旨は「文学的内容とは読者においてＦ＋ｆなる反応を生ずるものなるを要す」（傍点塚本）というものだったに違いないと、主張することも可能かもしれない。しかし、『文学論』のような理論的著作においては、表現上もできるだけの論理的整合性が求められるのは当然である。明示的（explicit）表現を避け、暗黙裡（implicit）に読者の理解を求めなければならない理由は、どこにもないのだ。

ここで、以上に縷々述べたことに関して、基本的な三点を確認しておきたい。第一に、漱石の講義では「形（formula）」は文法的主語としてではなく、主語である「文学的内容」を説明するための述語の一部として用いられたはずである。

第二に、漱石が動詞“reduce”を用いた以上、「文学的内容」が「（F＋f）」に「変換」または「法則化」されるという過程を意識していたはずである。そうだとすれば、中川が用いた助動詞「なり」は、“reduce”に含まれる「変換」（または「法則化」）という作用をまったく伝えていないと言わざるを得ない。

第三に、“reduce”という他動詞は、必然的に“reduce”の主語、あるいは“reduce”する主体を含意している。「此形ニreduceサル、ヲ得」という金子の記述では、「文学的内容」を「（F＋f）」に“reduce”するのは、無論、読者である。つまり、金子の『聴講ノート』が明らかに読者の存在を想定しているのに対し、『文学論』では読者の存在を示唆する表現が欠落している。以上の三点を踏まえれば、『文学論』冒頭の命題は、例えば、次のように言い換えることができるだろう。

「凡そ文学的内容（＝文学作品に用いられた材料）は読者において（F＋f）なる公式に変換することを得。」

## 6 『文学論』冒頭の命題と漱石の不満

以上のように理解しても、問題がすべて解決したわけではない。金子の『聴講ノート』には、中川の「整理」と異なる記述ばかりでなく、一部、中川の表現と重なりあうような表現も見出されるからである。既に紹介した通り、金子が「以上内容論一巻」として纏めた表には、「(F＋f) ―― Formula of Matter」と書かれた箇所がある。[26] この“Formula of Matter”という表現が、不可解なのである。ここに金子が記した“Formula of Matter（内容の公式）”という言葉は、中川の言う「（文学的）内容の形式」とほぼ同一だからである。換言すれば、金子が纏めたこの表では、前節で注目した動詞“reduce”が消失してしまったとも言えるのである。この表では、文学の「内容」が“reduce”されて「(F＋f)」という“Formula”になるという過程がまったく見えてこないのだ。金子は、『文学論』の開講直後に自らが筆記した言葉、「文学ノ内容（材料）ハ此形ニ reduce サル、ヲ得」という言葉を忘れてしまったのだろうか。

ある意味では、多分、その通りなのであろう。その理由は、漱石自身も、講義が進むにつれて、“reduce”を省略した言い方をするようになったからではなかろうか。講義の開始直後には、漱石は「文学の内容（材料）」が“reduce”されて「（F＋f）」という“formula”になるといった言い方をしていたに違いない。少なくともある時期までは、この言い方を几帳面に守っていたことも、疑いない。金子の『聴講ノート』には、「故ニ今文学ノ内容トナリ得ルモノ、一切ノ者即チ此 formula ニ reduce ナシ得ルモノヲ類別スレバ次ノ如シ」[27]という記述も見られるからである。このような言い方、つまり“reduce”を含む言い方が漱石の趣旨を最も正確に表していることについては、疑問を挟む余地がない。

だがこれは、厳密ではあっても少々回りくどい表現ではある。そこで漱石は、正確にはこのような言い方をしなければならないということをある種の了解事項ないし前提とした上で、不正確ながらより簡便な言い方、あたかも「文学的内容」そのものが“formula”をもつかのような言い方を、便宜上するようになったのではあるまいか。金子が“Formula of Matter”と記したのも、中川が「文学的内容の形式」と表現したのも、さらには、中川が「整理」した原稿を漱石が「校閲」したとき、この部分を敢えて「訂正」しなかったのも、おそらくこのような事情を反映しているのではないか。

だが、翻って考えると、“Formula of Matter”あるいは「文学的内容の形式」という表現も、それなりの妥当性をもつと言うことができるかもしれない。既に述べた通り、「文学的内容」とは、読者の感覚や心理と離れて存在し得るものではなく、それらが外部の具体的対象物に投影されたものである。逆にその対象物は、読者の感性や心理がそこに投影されている限りにおいて、読者の内面に依存している。要するに「文学的内容」と読者の感覚ないし心理とは、不即不離の関係にある。極言すれば、両者はある意味で相似形をなしているとも言えそうである。そうだとすれば、本来読者の心理的反応たる「(F＋f)」という“formula”を、便宜上あたかも「文学的内容」そのものの属性であるかの如く扱うことも許容されるのかもしれない。
より厳密に考えれば、次のように言うこともできる。読者は、「文学的内容」を意識的に「変換」することによって「(F＋f)」という「形」の反応を経験するのではなく、ある対象が半ば無意識に「変換」されて自己の内部に「(F＋f)」という「形」の反応が生まれたことを知ったとき、初めてその対象を「文学的内容」として認識するのだ、と。『文学論』「第二編第三章 f に伴ふ幻惑」は、「吾人が文学に対する時、一種の感動を受くるは無論の事にして、此際若し此感動なければ屢述べし如く文学の主要成分たる情緒を欠くが故に此文学は文学たるの資格を失ふものと云はざるべからず」と言う(28)。一般に文学作品とされているものも、それが語学的研究の対象とされたり、あるいは、社会史の資料として扱われたりする事例は少なくない。その「内容」が「文学」として受容されるのは、それが「(F＋f)」という「形」に「変換」されているか、あるいは、「変換」され得ると認識される場合なのである。このように考えれば、『文学論』冒頭にある命題は、例えば、次のように言い換えることもできよう。

「凡そ吾人が文学的内容として認識するものは、(F＋f)の公式に変換され得るものとす。」

いずれにせよ、読者と「文学的内容」との関係は、相互的なものである。とはいえ、両者の関係を論ずるとなれば、この相互関係を見極めた上で、一応の出発点を定めなければなるまい。金子の『ノート』は、この点に関する漱石の思考を解明する上でも、きわめて重要である。「(F＋f)……文学ノ内容（材料）ハ此形ニ reduce サル、ヲ得」という言葉は、漱石の出発点が実は「（F＋f）」だったことを示唆しているからである。つまり、漱石の出発点は、「文学的内容の形式」ではなく、「認識的要素」と「情緒的要素」との「結合」という読者の心理だったのだ。漱石は先ず「（F＋f）」という心理的反応の公式を提示し、次いで、「此形ニ reduce サル、ヲ得」るものが「文学ノ内容（材料）」になるのだ、と言いたかったのであろう。漱石が「（F＋f）」を講義の冒頭に置いた真の理由も、また『文学論』「第一章 文学的内容の形式」では、冒頭の命題の直後で本来の主題たるべき「文学的内容」を論じることなく、述語の中に含まれる「（F＋f）」の解説に入り、次いで「心理的説明」に移った理由も、ここにあるのではないか。この意味で、「（F＋f）」はいわば実質上の主題なのだ、と言うこともできるだろう。

漱石は、ロンドン留学中に「始めて文学とは何んなものであるか、その概念を根本的に自分で作り上げる」ことを志し、「自己本位といふ四字」から「新に出発した」と言う。この「出発」が『文学論』執筆の契機だったとすれば、『文学論』はまさに漱石自身が体験した「（F＋f）」を理論化する試みから出発したのだと言わなければなるまい。のみならず、純理論的にも、このようなアプローチがより妥当であるのは、既に述べた通りである。いかなる文献にせよ、読者がそれを「文学」として認識するのは、自らの内部に「（F＋f）」という反応を生じたときだからである。次いで漱石は、「（F＋f）」の意味を解説するという手続きを通して読者の心理を考察し、さらに「簡単なる感覚的要素」（マル点原文）および「人類内部の心理作用」との関連において「文学的内容」そのものに進むという方法を採った。つまり漱石は、先ず読者の「心理」に目を注ぎ、これを通して文学の「内容」

を論ずるという二段構えの手順を採ったのである。

では漱石は、中川が「整理」した『文学論』の原稿をどう評価したのか。漱石が中川の仕事に満足しなかったという類いの挿話は、少なくない。管見に入った限りでは、漱石の不満なるものを最も強調しているのは、「高校〔＝旧制八高――塚本注〕時代」に中川を「師」とした本多顕彰（一八九八～一九七八）の言葉である。本多は、「漱石は、中川氏の整理した筆記を見て、これはたいへんなことになったと思い、手を加えながら時には癇癪を起したのであろう」と推測する。本多はさらに語を継いで、「そういうことのほかに別の理由も加わって、中川先生は『文学論』が発行された直後からほとんど破門同様になっており、漱石の死の少し前にようやく勘気が解けて出入が叶うようになったと聞いている」と述べる。(29)

これは、『文学論』の「序」に載せられた漱石の言葉と比べると、俄かには信じ難いことである。ここで漱石は、「余は深く氏〔＝中川――塚本注〕の好意を徳と」したばかりでなく、「苟しくも此書の存せん限り、氏の名を忘れざるを期す」と述べる。それに続く言葉、「況んや中川氏他日若し文界に名を成さば、此書或は氏の名によつて、世に記憶せらるゝに至るも計るべからざるをや」という言葉は、外交辞令をはるかに超えている。漱石がこの「序」を書いたのが、中川の「整理」した原稿を校閲する以前だったとはいえ、これらの言葉と漱石の「勘気」との落差はあまりにも大きい。しかし実は、中川自身が師の不満を痛いほどに意識していたのではなかろうか。中川は、このあたりの事情について以下のように述べている。

此著に収むる諸篇は元来大規模の研究の一部をなすものにして全然未定稿なりしなり。先生会々《たまたま》書肆の懇望にあひ其出版を許容したりと雖も、固より先生に完全を期する意なく、随つて其校正の如きも最初一二篇は単に字句の修正にのみ限られしも、中頃、整理の際省略に過ぎ論旨の貫徹を欠く節多かりしを以て、先生の筆を添ふること漸く密に、遂に第四篇の終り二章及び第五篇の全部に至りては悉く先生により稿を新にせざるべからざりしなり。（中略）全部の訂正を終り、先生更に遡つて、初めに簡なりし部分を改むるの意ありしと雖も、参考すべき前半は既に印刷を了へたるものなりしを以て、また如何ともなす能はざりしなり。（中略）菲才浅学にして先生を労すること甚だしく遂に其嘱を全くすること能はず、更に其刊行の遅延を招きしは余の至憾なり。

「菲才浅学にして先生を労すること甚だしく遂に其嘱を全くすること能は」なかったという言葉は、中川がどれほど激しく自らを責めていたかを示唆している。さらに「至憾」という熟語は、例えば、『大漢語林』（大修館）にも載せられていない。おそらく中川の造語であろうが、このような表現からも中川の心情は充分汲み取ることができる。

しかし当面重要なのは、漱石が「第四篇の終り二章及び第五篇の全部」について「稿を新に」したばかりでなく、「字句の修正」のみにとどまった「最初一二篇」についても、「全部の訂正を終」ってから「更に遡つて、初めに簡なりし部分を改むるの意」があったという事実である。だが、書き直すべき「前半は既に印刷を了」わっていたので、「如何ともなす能は」なかったのだ。そうだとすれば、『文学論』冒頭の命題も、「如何ともなす能はざりし」部分に含まれているのではないか。「凡そ文学的内容の形式は（F＋f）なることを要す」という短い文章にも多くの問題があることは、縷々指摘した通りなのだ。漱石が「全部の訂正を終り」、さらに「遡つて」冒頭に戻ったとき、「（文学的）内容の形式」という表現そのものにすら、ある種の違和感をもったに違いない。漱石は、『英文学形式論』で“Form”を“Matter”の対立概念として用いたが故に、『文学論』の講義では無用の混乱を避けるべく“formula”を選んだのだった。中川がこれを「形式」と「整理」したのは漱石の真意を理解しなかったからではあるが、その一因は、漱石自身が時に“form”と“formula”とを併用したことにもあっただろう。明敏な漱石が、このことに気付かなかったはずがあるまい。中川に対する不満が自らの不注意に起因していると知ったとき、漱石の苛立ちは一層つのったはずである。

この時漱石が感じた苛立たしさは、「私の個人主義」における言葉、『文学論』は「失敗の亡骸」であり、しかも「畸形児の亡骸」だという言葉に繋がっていく。この激越な表現は、『文学論』冒頭に置かれた命題への不満と無関係ではあり得まい。『文学論』中に引用ないし言及された個々の作品や作家の事例等々とは違って、この命題は『文学論』全編を貫く根本原理とも言うべきものだからである。この原理が正しく表現されない限り、『文学論』全編が「畸形」化することは免れ難いからである。おそらく漱石は、後年にいたるまで、この命題が本来の趣旨とかけ離れていることに、内心深くこだわり続けていたのではあるまいか。

ここで、「第七章 写実法」の冒頭に置かれた注目すべき一節を挙げておこう。「凡そ文学の材料となり得べきものは（F＋f）の公式に引き直すを得べしとは、本論の冒頭に於て説けるが如し」とする一節である。この部分は「中川の浄書を破棄し、漱石が書き直した部分[30]」とされており、内容的には「凡そ文学的内容の形式は(F＋f)なることを要す」に該当する。だが、両者を比較すると、両者の間にはきわめて重要な相違があることに気づくはずである。第一点は、「漱石が書き直した部分」では、「中川の浄書」とは違って、主語が「凡そ文学的内容の形式」(傍点塚本)ではなく、「凡そ文学の材料となり得べきもの」だということである。より単純化すれば、主語は「形式」ではなく、「文学の材料」そのものだということである。第二点は、漱石自身の表現では、「形式」を用いず「公式」を用いていることである。漱石の意識では、「(F＋f)」を「形式」と呼ぶのはやはり不適切だったのであり、むしろ「数式」あるいは「代数式」に近いニュアンスを含んでいたのではなかろうか。第三点は、漱石自身が「引き直すを得べし」と記していることである。この部分は、金子の『聴講ノート』では「reduceサル、ヲ得」に対応するが、「中川の浄書」にはこれに対応する部分が欠如している。やはり中川は、漱石の講義の「整理」に着手した時点では「reduce」の重要性に気づかなかったのである。第四に、漱石の表現では、中川が用いた「要す」に対応する表現がどこにもが見当たらないことである。つまり漱石には、「AはBでなければならない」という発想は皆無だったのだ。最後に、中川の言う「文学的内容」とは漱石の言葉では「文学の材料」に他ならないことも、以上から明白になろう。『文学論』冒頭に記された短い命題は、実はこれほど多くの問題を含んでいるのだ。

「写実法」の冒頭における表現で多少抵抗を感じるのは、「凡そ文学の材料となり得」ると判断する主体が読者ではなく、作者を含意しているとも読めることである。ただ、『文学論』「第三章 f に伴ふ幻惑」では、「文学の f と一概に云へばとて、(1)読者が著書にたいして起す f、(2)作者がその材料に対して生ずるf（中略）、（3）には作者の材料たるべき人間、禽獣のf（中略）、以上三種のfを区別せざるべからず」としている。この記述は、『文学論』の原点が英文学に対する漱石の違和感にあったという伝記的事実と矛盾するかに見えるが、「（1）読者が著書にたいして起すf」は「（2）作者がその材料に対して生ずるf」と一致するのが理想だから、場合によって「（1）」が「（2）」と重なり合ったとしても、目くじらを立てるような問題ではあるまい。

加えて、漱石がこの一節を記したときには既に『猫』以外にも数点の短編を発表して、「学理的閑文字」よりも創作活動に大きな関心を移し始めていたのである。この間の事情を考慮すれば、おそらくは半ば無意識に自らを作者の位置に置いた発言をしたのも、それなりに納得することができよう。

いずれにせよ、右に指摘した「第七章　写実法」の一節は、『文学論』冒頭の命題よりも遥かに明確に漱石の真意を物語っている。同時にこれは、金子の『聴講ノート』が『文学論』解読のための貴重な資料たり得る可能性をも明らかにしている。従来『文学論』の読者がこれらの事実にほとんど留意しなかったのは、残念と言わざるを得ない。

## 7「（F＋f）」、ジェイムズ、およびフェヒナー

一部繰り返しになるが、『文学論』冒頭における命題中に用いられている「（F＋f）」について、

『漱石全集』第十四巻（二〇〇三）の「注解」は、次のように述べる。「いきなりこういう記号が出てきて、ふたたび読者はとまどわされるが、これは文学的内容についての漱石の考え方を最も集約した公式で、『文学論』全体の基調となるものである。この記号を漱石がどこから得たかは不明だが、すぐ次の記述と合わせると、FはFocus（焦点）、fはfeeling（情緒）の頭文字と考えられる。FはまたFact（事実）を意味して用いられることもある。要するに漱石は、文学的内容は認識の焦点をなす印象や観念（文学の材料となる事実）だけでなく、それに附着する情緒をも綜合したものだ、というのである。（以下略）」（引用文中、傍点塚本）と。

　この部分もまた、基本的には昭和四十一年版『漱石全集』第九巻の「注解」を踏襲しているのであろうが、ここでは、二つの問題を指摘しておきたい。その一は、「（F＋f）」は「記号」なのか、それとも「公式」なのか、という問題である。「F」、「＋」、「f」をそれぞれ独立した単位として扱えば、「記号」という表現は妥当だろう。だが、これらを組み合わせて「（F＋f）」とすれば、これを「記号」と呼ぶことはできまい。加えて、既に明らかにした通り、漱石自身が「（F＋f）」を表わすのに主として“formula”という英語を用いたことを考えれば、「記号」という用語は明らかに不適切だろう。

　その二は、「F」が「Fact（事実）を意味して用いられることもある」とする部分についてである。このように言い切れる根拠は、どこにあるのか。『文学論』本文は、「Fは焦点的印象又は観念を意味す」とするに過ぎない。それにも拘らず、「注解」は「FはまたFact（事実）を意味して用いられることもある」と断定する。とすると、この部分は『文学論』本文の記述は不完全ないし不十分だと言外に述べながら、かく判断するに至った根拠を挙げていない、ということになるのではないか。私の理解するかぎりでは、『文学論』本文中にこの陳述の根拠を指摘することは困難であるばかりか、「F」が「Fact（事実）を意味して用いられる」具体例を見出すこともできないのだ。さらにまた、「（F＋f）」が「公式」だとすれば、一つの「公式」において一個の「記号」に複数の「意味」を与えることは通常あり得ないはずである。「F」が「Fact（事実）を意味して用いられることもある」という部分は、漱石が「公式」ないし「数式」を用いた意図、すなわち、できる限りの普遍性と厳密性とを同時に求めようとした意図を見失っているかにみえる。

ここで、第一の問題との関連事項に戻る。「注解」は、「この記号を漱石がどこから得たかは不明」とする。ところが、実は「F」および「f」という「記号」をどこから「得た」のかは既に示唆されているのだ。本文に「Fは焦点的印象又は観念を意味し、fはこれに附着する情緒を意味す」とあるばかりでなく、「注解」も「FはFocus（焦点）、fはfeeling（情緒）の頭文字と考えられる」と記述しているからである。とすると、「注解」の趣旨は、これらの「記号」そのものではなく、「記号」を組み合わせた「公式」、すなわち、「（F＋f）」という「公式」を「どこから得たかは不明」ということになるのだろう。『文学論』は、「意識の波」について、「Lloyd Morgan が其著『比較心理学』に説くところ最も明快なるを以て此処には重に同氏の説を採れり」と述べる。「得た」という「注解」の表現が本文の「採れり」と同じく、「そのまま採用した」という意味だとすれば、この「公式」は「どこから得たかは不明」とせざるを得まい。

ただ、「得た」の意味を多少拡張して、「ある程度の示唆を得た」と解釈すれば、漱石が「どこから示唆を得た」のかを推定することは全く不可能というわけでもない。結論を先取りして言えば、漱石がジェイムズの『心理学大綱』に示唆を得た可能性を無視することはできない、と考えられるのである。ここで重要なのは、漱石が講義で用いた "formula" の意味にこだわることである。これを「公式」としても誤りではないが、ここではより正確を期するために「数式」と言い換えてみよう。ここに着目すれば、『心理学大綱』「第十三章 識別力と比較（Discrimination and Comparison）」で、ジェイムズが時に数式を用いて「識別力」の問題を論じていることに注目せざるを得なくなるはずである。

この第十三章は、原文で六十九頁におよび、複数の研究書からの長文の引用も多いので、その内容を要約するのはきわめて困難である。ここでは、その要点だけをごく簡単に紹介するにとどめざるを得ない。「識別力と比較」という表題は、複数の刺激を「識別」するには先ずそれらを「比較」しなければならないことを示唆している。このような立場から、この章は「感覚（senses）」における個人差の指摘に始まって、所謂フェヒナー（Gustav Theodor Fechner, 1801-1887）の公式の紹介に至る。

ジェイムズによれば、ロック（一六三二～一七〇四）はこの識別力を非常に重要視したにもかかわらず、彼に続くイギリスの連合心理学者たちはこれをほとんど無視してきた。だがジェイムズは、心理学は綜合的な用語で語らなければならないと同時に、分析的な用語でも語らなければならない、と考える。分析的な用語で語るには、「識別力」が不可欠なのである。我々の生活では、様々な感覚器官から様々な刺激が入ってきて、それらが一斉にわれわれの精神に襲いかかる。だが、その時点では、われわれの精神はこれらの刺激を別々に経験するわけではなく、これらの刺激は融合して単一の対象と受け取られる。(31) この対象全体を個々の感覚の集合体として識別する過程は複雑であって、それらを識別ないし分析するには、それぞれの感覚の差異を知覚しなければならない。ところが、厳密な意味においては、どのような二つの刺激も完全に同一ではあり得ず、したがって、我々が二つの刺激ないし対象を同一と呼ぶのは、それらの間に差異を知覚することができない場合でしかないのである。そこで、われわれは混然一体とした刺激をどの程度正確に識別することができるのかが、問題になる。

この問題に関してジェイムズは、ロック、ヘルムホルツ（一八二一〜九四）、ヴント（一八三二〜一九二〇）、シュトゥンプ（一八四八〜一九三六）等々の説を紹介しながら検討を重ね、最後にフェヒナーが提出した「公式（formula）」に至る。その過程で、様々な図形、実測値等の引用と共に、一部では数式を用いて刺激と識別作用との関係を論じるのである。それらを逐一ここに挙げることはできないので、その一例として、ジェイムズが用いた最も簡単な数式を記しておこう。

先ず、ある管楽器を演奏してある音“*X*”を出し、次いで、識別可能な限りにおいてそれより僅かに高い音“*d*”を出し、これを“*A*”と表記すると、$A=X+d$ となる。次に、同じく識別可能な限りにおいて“*A*”より僅かに高い音“*d*”を出して、これを“*B*”とすると、$B=(X+d)+d=X+2d$ となる。さらに、同じ手続きを繰り返して“*C*”を、次いで“*D*”を確定する。このように想定したとき、それぞれの音には共通のトーン“*X*”が含まれると同時に、二回目以後の音にはそれぞれ別の要素“*d*”が加わったことになろう。これらの音、すなわち、“*A*”,“*B*”,“*C*”,“*D*”の関係を、ジェイムズは次のように数式化し、“*A*”,“*B*”“*C*”“*D*”が一つの級数（a series）を形成するとと言う。以上をまとめれば、

$A = X + d$;
$B = (X + d) + d$, または $X + 2d$;
$C = X + 3d$;
$D = X + 4d$;
以下同様、となる。(32)

この程度の数式なら容易に理解できるが、これが複雑になると、残念ながら私には理解困難になる。だが、ここで強調したいのは、個々の数式、あるいは数式化の意味とか妥当性とかではなく、刺激と感覚との関係を数式化しようとする試みにジェイムズが注目したという事実である。換言すれば、ジェイムズが「対象を識別する感覚の測定（THE MEASURE OF DISCRIMINATIVE SENSIBILITY）(33)」の検討に大きなスペースを割いている、という事実である。

第十三章中で「対象を識別する感覚の測定」と題された一節に限定すれば、ジェイムズが最も注目したのは先に触れたフェヒナーである。この節は、「ライプチヒ大学教授G・T・フェヒナー氏は博学かつ緻密な精神の持ち主だが、一八六〇年、『精神物理学（*Psychophysik*）』と題する二巻本を出版した。この著書は、フェヒナー教授の言う精神物理学の法則なるものを確立し、かつ、解説することを目的としたものである。教授は、この法則は精神の世界と物理的な世界との間の最も深奥かつ基本的な関係を表わすと考えたのだ」という言葉で始まる。(34) そして、「それは、我々が感じる感覚の強弱とその感覚を生ぜしめる外的原因の強弱との関係を示す公式である。最も単純に言えば、それは、我々が一つの感覚から同種のより強い感覚に移るとき、次々に感じられる感覚は、それらの感覚を生ぜしめる外的原因の対数に比例して強くなるという法則である[35]」というのが、その結論である。

この「法則」に対するジェイムズの評価は、二面的である。ジェイムズは、「フェヒナーの著書は新たな分野の研究の出発点であって、その完璧さと緻密さにおいては匹敵するものがない」としながら、同時に、「本来の心理学におけるその成果は全くのゼロである」と言い切ってしまう[36]。それにも拘らずジェイムズは、それは「科学史における新たな一章なので、読者のために多少の解説をしておきたい[37]」と述べ、一部ヴント等の解釈を引用しながら、多くの紙幅を費やしてフェヒナーに至る流れについて言葉を重ねていく。

結論的にジェイムズは、フェヒナーの法則を次のように解説する。「もしある感覚を生ぜしめるには刺激Aでは僅かに足りないとすれば、そして、もしAの$r$パーセントの刺激をAに付加することで、ギリギリのところでその感覚を生ぜしめることができるとすれば(この段階を「1」としよう)、次第に強度を増していく刺激に対応する感覚の強度は次のような級数(数列)で表わすことができる。

| 感覚 | | | 刺激 |
|---|---|---|---|
| 0 | = | | A; |
| 〃 1 | = | 〃 | $A(1+r)$; |
| 〃 2 | = | 〃 | $A(1+r)^2$; |
| 〃 3 | = | 〃 | $A(1+r)^3$; |
| ………… | | | |
| 〃 n | = | 〃 | $A(1+r)^n$; |

この図表で、感覚の段階すなわち［1, 2, 3, …n］は等差級数となり、刺激の強度すなわち［A（1+r）；A（1+r)$^2$；A（1+r)$^3$；……A（1+r)$^n$；］は等比級数となって、両者は一対一の対応を形成する。このような対応を示す二個の級数において、等差級数として感覚段階を示す左項は、これに対応して等比級数となる右項の対数（logarithms）と呼ばれるのである[38]」と。

一般に、$X = a^P$ と $P = \log a X$ とは同じ内容を表わし、後者の数式では、Pはaを底（base）とするXの対数と呼ばれる。だがジェイムズの説明には、「底」についての言及がない。その理由は、これがeを底とする「自然対数」になっているからでもあろうか[39]。いずれにせよジェイムズは「ここまでの事実が正しければ、感覚の強弱は、それを生ぜしめる刺激の強弱の対数に比例して変化することになる[40]」と続ける。かくしてジェイムズは、感覚をSとし、刺激をRとし、視覚、聴覚その他、感覚の種類に応じて決定される定数をCとすれば、

$$S = C \log R$$

という関係が成立する、と述べ、「これがフェヒナーの言う精神物理学における測定の公式である[41]」と結ぶ。ジェイムズはこの部分を一部ドイツ語のまま引用しているが、ここで用いられている「公式」というドイツ語、すなわち"formel"は、言うまでもなく英語の"formula"に相当する。漱石が「英文学概説」の講義で"formula"を用いたのは、もしかしたら、ここで繰り返される"formula"と無関係ではないのかもしれない。

なおジェイムズは、この「公式」を紹介した直後に、「要するに、私の理解するところでは（as I understand it）、これがフェヒナーの理論である」と付け加えた。[42] ジェイムズもまた、自分の解説に充分な自信をもてなかったのでもあろうか。[43]

## 8　『文学論』における数式へのこだわり

フェヒナーの法則と比べれば、『文学論』における「（F＋f）」は著しく簡単な公式である。のみならず、フェヒナーの法則が刺激の強弱と感覚の強弱との量的関係を示す公式であるのに対し、「（F＋f）」は読者が一つの作品を文学と認識するに際して、そこに用いられた「材料」が読者に与えるはずの心理的効果を示すものである。そうだとすると、無論、「（F＋f）」がフェヒナーの法則に直接の影響を受けたと言うことはできない。ただ、『心理学大綱』「第十三章」における興味深い記述、すなわち、フェヒナーの法則を含めて、数式を用いて「識別力」の問題に挑戦した試みを紹介するジェイムズの記述には、漱石はかなり強い関心を抱いたのではないかと思われるのだ。何故なら、『文学論』を通読すると、漱石はしばしば、数式による表現、あるいは疑似数式的表現を用いようとする傾向を示すからである。その典型は言うまでもなく冒頭に置かれた「（F＋f）」だが、現行の『文学論』と金子の『聴講ノート』とを比べてみると、大学の講義では『文学論』におけるよりも遥かに頻繁に数式的表現が用いられたのではないかと想像されるのだ。その一例として、「第四編

第七章 写実法」に注目してみよう。

『文学論』では、「第七章 写実法」の冒頭は、「余は前段に於て吾人の用ゐる文学的手段と名《なづ》くべきもの六種を挙げて之を叙述せり。（中略）／凡そ文学の材料となり得べきものは（**F＋f**）の公式に引き直すを得べしとは、本論の冒頭に於て説けるが如し。而して従来点検し来れる六種の手段とは此材料が単に（**F＋f**）となつて孤立せず、之に加ふるに（**F'＋f'**）なる新材料を以てして両者の結合より生ずる変化の項目を、比較的に組織立ちたる方法によりて調査したるに過ぎず」となっている。ここでは、「（F＋f）」に類する「公式」に言及されるのは、わずかに三回である。

これに対応する金子の『聴講ノート』は、以下の通りである。「（7）之レ迄文学者ノ手段ヲ六ツ述ベタリ総テノ文学的 elements ハ（**F＋f**）ニ reduce シ得ラル、ヲ冒頭ニ述ベタリ如上ノ六手段ハ詮ズル所（**F＋f**）ト（**F'＋f'**）トノ連続的関係ヲ述ベシニ過ギズ即チ（**F＋f**）ト（**F'＋f'**）トヲ如何ニ結合スレバヨキカトノ問ニ答ヘシニ過ギズ要スルニ其結果トシテ下ノ如キ結果ヲ得タリ／（i）**2f** or **2f'** ……——物ニ対スル吾人ノ感ガ（**F＋f**）ト（**F'＋f'**）トノ form ヲ用フルトキハ一層 value ヲ高ムトノ謂ナリ之ニ属スルハ 1、2、3ノ associative language 及 intensive contrast 之ナリ／（ii）**f－f'** …… contrast of relief／（iii）**f＋f'** …… harmony 及ビ quasi-contrast（iニ性質上似タリ）／（iv）以上ノ何レニモ入ラザルハ第四ノ associative language 及第六ニテ述ベシ contrast ノ中ノ incongruous contrast 此二ツハマトマリシモノガ入ラズ Change 其物ノ中ニ効力アルヲ以テ（**F＋f**）ト（**F'＋f'**）トノ form ニ reduce スルヲ得ズ／全ク反対セルモノガ文学ノ element トナリ得ルトスルトキハ次ノ結論ヲ得——文学上ヨリ受クル感ガ余リニ強キカ余リニ弱キトキハ不可ナリ余リニ強キトキハ **f－f'** ナル手段ヲ用ヒ余リニ弱キトキハ **2f** or **2f'**

或ハ**f+f'**ナル手段ヲ用フ即チ適当ノ度ニアラザレバ堪フル能ハズ」[44]（引用文中の太字は塚本）。

右に引用した『聴講ノート』冒頭の「（7）」は、『文学論』における「第七章」に対応する。この『ノート』では、「如上ノ六手段ハ詮ズル所（F＋f）ト（F'＋f'）トノ連続的関係ヲ述ベシニ過ギズ即チ（F＋f）ト（F'＋f'）トヲ如何ニ結合スレバヨキカトノ問ニ答ヘシニ過ギズ」と大原則を確認するにとどまらず、その「結果」を「（ⅰ）」から「（ⅳ）」までの語法に分類する。換言すれば、「如上ノ六手段」を再度説明する。その上で、「文学上ヨリ受クル感」が「余リニ強キトキ」や「余リニ弱キトキ」、すなわち、「（fが）適当ノ度」でなければ、「（読者は）堪フル能ハズ」と付け加える。つまり、場合によっては「文学者」がこれらの「如上ノ六手段」を駆使せざるを得ない所以を述べたのである。このような手続きをとった結果、ここでは「F」、「f」、「F'」、「f'」等の記号や「f＋f'」、「f−f'」等の公式がくどい程に多用されることになる。引用した部分に限っても、「（F＋f）」あるいは「2f」等の「公式」は、十七回にわたって言及されるのだ。これは、現行『文学論』の場合の五倍以上である。

金子の『聴講ノート』はさらに続く。「Fガ如何ニツマラヌ者ニテモ如上ノ手段ニテ詩人文人ハ美シクナスヲ得ルナリ（中略）然レドモFヲ現ハス為ニハF'ノ必要アリ特ニharmonyノ場合ニハ濃厚ナル弊アリ即チFニ対シテF'、f'等限リナク用ヒラレテ重苦シクナル場合アリ加之一ツノ物ヲ説明スルニ当リテ余リ多クノモノヲ持チ来リ之ガ為ニ嫌ナ味ヲ生ジ人工的ニシテ而モコリ過ギシトノ感ヲ生ジ易シ日本ノ枕詞ハ此弊アリ」[45]と。さらに、その具体例として、以下のように「公式」が示されている。

$(F + f) + (F' + f') = f + f'$

鳥ガナク　感情　東ノ空　感情　単ニ東ノ空又ハ鳥ガ鳴クト云フヨリモ感ジガ強シ然レドモ此手段ハ必ズ必要ニ非ズ

漱石は、ここで次のように論評を加えたようである。「『東ノ空』ニ『鳥ガナク』ト云フ詞ヲ添ヘル必要ナシ一方ヨリ云ヘバ濃厚スグルコトアリ詩的ナリトノ感ガ起ルト共ニナクテモヨイト云フ感ガ起ル詩的ナルト共ニウソナリトノ感ガ起ル婦人ノ盛装ハアラハナル姿ニ比シテ美感ヲ増サシムルト共ニ質樸ヲ欠ケリトノ感ガ起ル如シ日本ノ所謂美文ナルモノハ多ク此弊ニ陥リタリ太平記中ニアル俊寛朝臣関東下向ノ条ヲ記セシ所ハ全ク此弊アリ尤モ sensuous elements ヲ悉ク羅列シテ調和セルヲ以テ一方ヨリ見レバ美感ヲ増ス然レドモ之レ程列ブル必要ハナキニアラズヤトノ感ガ起ル（中略）換言スレバ simple ニアラズ real ニアラズトノ感ガ起リ来ルナリ之ニ由テ見レバ simple and real ナルコトハ文学的興味ヲ増サシムル一要素ナリ凱切切実ナレバナリ」[46]と。

この解説は、「ツマラヌ」材料を「美シク」描く「手段」、すなわち、「第一章 投出語法」から「第六章 対置法」までの陥りやすい弊害を指摘し、話題を「simple and real ナル」叙述法、すなわち「写実法」に転換する契機としては絶妙である。ただ、そのために「『東ノ空』ニ『鳥ガナク』」という例文を引き、この表現が「濃厚スグル」ことを示すのに、「（F＋f）」等々の「公式」を再びもち出すというやり方は、漱石自身が戒めた弊害、すなわち、くどすぎるという印象を生んでいるのではないか。おそらく漱石は、学生に講義の趣旨を徹底させるために、繰り返しこの「公式」を用いて懇切な解説を試みたのであろう。このように念を入れた講義をどう評価するかは別として、ここには「公式」あるいは数式的表現に依拠しようとする漱石の傾向が、顕著に現れていることは否定できない。換言すれば、ここには漱石が数式的表現にこだわった痕跡が鮮明に残されているようである。

同様な例は、『文学論』にも見られる。「対置法」の意味を説くに際して、必ずしも不可欠だとは思われない数式的表現が用いられているのである。『文学論』は、「調和法と対置法」とは「極めて接近せるところなきにあらず」とし、「或る意義より云へば」「対置法」は「調和法」の「一局面と見做すさへ不容易にあらず」と言う。もし「調和に階段を設くれば其一端は全然同じき二物の配合」であって、「他端は全然異れる二物の連結」だからである。こう考えると、「対置は(中略)云はば消極の調和」であり、「両者の関係は死と生の如し」だとした上で、以下のような解説を加える。「一面より論ずれば生と死は隔離せる別物にあらずして、死は生の一変形たるに過ぎず。憂苦も生なり、憤怒も生なり、同様に意識の内容空虚なる時も亦生」でなければならない。それは、「恰も x＝a, x＝b, etc. の場合に於て、x＝0 も x の一価格なること疑ひなきが如」くであり、「対置の場合亦同じ」である。「aa は重複の配合にして、ab は最も密接せる配合」である。「下つて ac, ad, ae 等より終に az に至つて皆調和ならざるな」く、「而して対置法は此極端の調和に過ぎ」ない。「此故に対置法と調和法とは其間に顕著なる境界あるにもかゝわらず、根本に遡れば其区分頗る曖昧たるものあるを免れ」ないのだ、と。

ここで、「恰もx＝a, x＝b, etc. の場合に於て」以下の数式的表現は、私にはかえって難解である。そればかりか、かかる数式は、この場合に必ずしも必要だとも思えないのだ。金子の『聴講ノート』にこの部分に対応する記述が見られないのは、金子もまた、この数式的表現を充分理解することができなかったからなのだろうか。それとも、これを記録する意味なしと判断したからなのだろうか。いずれにせよ、これもまた数式的表現への漱石のこだわりを示す一例である。

次に、「第一編第二章 文学的内容の基本成分（六）視覚（c）形」における例を挙げたい。『文学論』は、「形なる概念が文学的内容に密接の関係を有するは誠に当然なるべし」と述べ、「美の形式を統ぶる法則」についてはプラトン、ピタゴラス以来「異説紛々」たるものがあるとした後、「或人は所謂『黄金切断法』(golden cut)を以て美の比例なりと主張せり」と述べる。『文学論』によれば、「golden cut とは一個のものを二分したる時、其短かき部分が長き部分に於ける比、其長き部分が全部に於ける比と同じきを名けたる」ものである。この叙述は正しいが、少なからず難解ではないか。

ところが金子の『聴講ノート』では、この部分については言葉による解説はまったく行なわれていない。その代わりに、簡単な図解と数式的表現（AC : CB = CB : AB）とが残されているだけである[47]（図25参照）。内容的には、この図解と数式とは『文学論』における解説と同一だが、金子の記述は『文学論』の説明に比べると、はるかに明快である。これは、数式の利用が成功した好例である。

図25　金子三郎編『記録・東京帝大一学生の聴講ノート』(平成14)、310ページより。この『ノート』では「黄金切断法」が **golden cut** ではなく、**golden-section** となっていることにも注意。

私には、漱石が黒板に描いたのは、金子の『ノート』に記された図解に近かったのではないか、と思われる。というのは、『文学論』の表現には曖昧ないし不適切と思われる部分が目につくからである。先ず、『文学論』のいう「一個のもの」とは何か。例えば、「一個のもの」が一個の小包である場合もあり得るのだろうか。もしあり得るとすれば、それを「golden cut」という切り方で「二分」するとはどういうことか。小包のような立体の場合、「其短かき部分」と「長き部分」とは何を指すのか。これはまさしく愚問に違いないが、このような疑問が生まれるのは、「一個のもの」という表現が曖昧だからである。『文学論』は、「一個のもの（傍点塚本）」と言う代わりに、「一つの線分」というふうに、対象を正確に表現すべきだったのだ。『文学論』の記述は、こういうもどかしさを生む。ところが金子の『聴講ノート』を見ると、「黄金切断法」の説明にさいして、漱石もまた多くの言葉を重ねることなく、「一個のもの」を具体的に示すために黒板に一本の線分を描き、その線分の上に点「A」、点「B」、点「C」の位置を定めて、「（AC : CB = CB : AB）」という「公式」を書いたのではないか、と思われてくるのだ。

金子の記述は『文学論』のそれよりも漱石の講義に近いのではないかという推定のもう一つの根拠は、『文学論』が「所謂『黄金切断法』」を「golden cut」としていることである。管見に入った限りでは、通常の英語辞典では無論、各種の百科事典でも、“golden cut”という表現は見当たらないのだ。例えば、*Encyclopedia Americana*（1988）では、“GOLDEN SECTION”という見出し語の下にかなり詳細な解説が見られるが、“golden cut”という項目は見出せない。ところが金子の『聴講ノート』には、どの辞典にも見られる“Golden section”の文字が記されている。この事実をどのように解釈したらいいのか。漱石は講義で“golden cut”を用いたが、金子が自らの判断でこれを“Golden section”に訂正としたといった事態を想定しない限り、漱石自身が“golden section”を用いたのだと推定せざるを得ないだろう。逆に言えば、『文学論』における“golden cut”は中川の記憶違いだとしか考えられないのである。[48]そうだとすれば、金子の『聴講ノート』に残されている略図と数式とは、漱石の講義を彷彿させる貴重な記録だということになろう。同時にこれは、漱石が、場合によっては、数式的表現は言語的表現に優ると考えたことを示す好例でもある。

同様にして、『文学論』では数式が記されていないが、講義では数式的表現が用いられたと思われる一例を挙げたい。「第四編　第五章　調和法」の一節は、「調和法は文学上特殊の勲功を有するものなれども、一たび誤つて其配合の自然を失ふ時は、忽ち厭味を生じ、其価値頓に減退する」と述べ、その一例としてテニソンの*In Memoriam*（1850）を挙げる。この詩は、ウィーンで客死し、セヴァン河の岸辺に近いクリーヴドン（Clevedon）に葬られたテニソンの親友、A・H・ハラム（一八一一～三三）を追憶し、悼んだ作品である。『イン・メモリアム』からの引用が、第一節の冒頭、「ドナウ河はセヴァン河に／脈動しなくなった（中略）心臓を渡した」と始まるのは、こういう伝記的事実を踏まえている。クリーヴドンはセヴァン河の河口に近く、満潮時には海水が逆流してくるが、クリーヴドンよりやや上流の対岸では支流ワイ河がセヴァン河に合流し、本流とぶつかって激しい水音を立てる。ところが満潮時になると、ワイ河の奔流はセヴァン河を遡ってくる海水に勢いを殺がれて、ほとんど沈黙してしまうのである。このような地勢をふまえた上で、『文学論』が「詩人は（中略）潮両岸に満ちて水声やむの状を叙し」たと評するのは、主として「第二」節の描写についてであろう。「第三」節では、テニソンは「之（＝ワイ河の沈黙）を自己の胸中に漲る暗愁（＝友人ハラムの死を悲しむ心〕の口にしがたきに配」し、「第四に至つて潮漸く退き両岸水まさに鳴る、すなはち詩人の憂〔＝暗愁〕亦収つて少しく語るに堪へたり」とする。漱石は、「余甚だ此数節の風韻を愛す」としながら、「只其調和法の渾然として些の痕迹なきや否や(49)に至つては少しく疑なき能はず」と、テニソンの描写における問題点を指摘する。具体的には、「余が痕迹なきやと云ふは此一対の配合のいかにも注文通りなるを態とらしく感ずるが為め」だと言う。『文学論』が特に問題にした「第三」と「第四」とは、以下の「節」である。

The Wye is *hush'd* nor moved along,
And *hush'd* my deepest grief of all,
When filled with tears that cannot fall,
I brim with sorrow drowning song.

The tide flows down, the wave again
Is vocal in its wooded walls;
My deeper anguish also falls,
And I can speak a little then.

（イタリックは塚本）

ワイ河が静まり、流れが止まれば、
わたしのこの上なく深い悲しみも静まる。
落ちることもならぬ涙に満たされ、
唄をも溺れさせる悲しみに溢れてくる。

潮が退いて、波がふたたび
あたりを巡る木立に響きわたれば、
わたしの苦しみも和らぎ、
言葉もやや口に上ってくる。

（『漱石全集』第十四巻「注解」より引用）

『文学論』は続ける。この詩を「態とらしく感ずる」のは、「（1）"The Wye is hush'd"の'hush'd'を受けてわが憂も亦静まれり〔＝hush'd my deepest grief of all〕と景物心情両者の酷似せるを示し」たが、ここには「内的調和」がなく、「たゞhush'dなる一字を以て表面上僅かに結合し得たるに過ぎ」ないからである。次に「（2）一歩を譲つて此両者の配合其当を得たりとするも、特更にhush'dの一字を択んで、此一字を縁に両者を繋ぐ必要と功力とを認める」ことができないからである。さらに、「（3）後節に所謂潮落ち憂もまた退く云々〔＝The tide flows down……; My deeper anguish also falls,〕の聯想的調和に至りては前段に反映して却つてその細工の痕を留めて人をして思はず詩人の摯実なるや否やを疑はしむ」るからである。確かに、「潮上ると云ひ潮退くと云ふ」のは「自然の結果」であり、「憂ひて語らず、憂収つて語ると云ふ」のも、それ自体としては別に不思議ではない。しかし、「前両者〔＝潮上ると云ひ潮退く〕」を持ち来つて後両者〔＝憂ひて語らず、憂収つて語る〕に配し双々対峙せしめて、しかも其自然なるを装ふとき（中略）、吾人は前一対の配合よりして後一対の配合が必然の結果の如く生れ出でたるが如く欺かるゝを不快に感ずる」のだ、と『文学論』は言う。

金子の『聴講ノート』も、大筋ではほぼ同じことを述べている。だが、その全てを紹介する必要もあるまい。ここでは、漱石が「〔テニソンは〕波ノhushト悲感ニ満テル心ノhushトヲ聯結セシメンガ為ニ同一ノ字ヲ二ツ用ヒタ」と述べたことに注目し、さらに「第三第四stanza」について漱石が加えた批判を引用するにとどめておく。すなわち、テニソンの詩では「hushナル点ニ於テ両者harmonyヲ得タレドモinner-connectionナキナリ此他ニナホobjectionアリ（コトサラシクhushナル字ヲ並ブル必要ナキニアラズヤトハ第一ノobjectionナリ）其ハ第三第四stanza〔二〕到リテtideノ落ツルヤ己ノ悲ミモオツルト記セシハ如何小刀細工ノ痕迹歴々トシテ見ラル、ニ非ズヤ何トナレバ此ノ如ク sensuous element, moral element ヲ相対シテ用ヒタレバナリ[50]」という批判である。これに続けて金子は、次のような図を載せている。

sensuous　　　moral

(1)　a : b : : c : d …… 潮上ガル　予ガ悲ミ上ガル

(2)　a' : b' : : c' : d' …… 潮下ガル　予ガ悲ミ下ガル[51]

この図は何を表すのか。先ず、「(1)」において、「a」は「潮」に、また「b」は「上ガル」に対応する。つまり、「a : b」は、「潮 : 上ガル」と置き換えることができる。同様にして、「c : d」は「予ガ悲ミ : 上ガル」となる。「b」と「c」との間にある記号「: :」は何を表わすかは不明だが、「d」と「潮上ガル」との間にある記号「……」は、その左側に記された数式らしきものと右側に記された短文との対応関係を示すと思われる。つまり、「a : b : : c : d」という「公式」は、「潮上ガル　予ガ悲ミ上ガル」という日本語に対応することを示すと思われる。そうだとすると、記号「……」の左側の数式と右側の短文とは、内容的には同一だということになる。換言すれば、同一の内容を、「……」の左側では数式によって、また右側では短文によって、表したことになる。こう考えてくると、一応意味不明とした「: :」は「=」を意味するか、あるいは、「=」の誤記ではないか、と考えざるを得なくなる。[52] そうだとすると、「(1)」全体は、「感覚的 (sensuous)」要素を用いた

「潮」対「上ガル」という関係が、「人事的（moral）」レベルにおける「予ガ悲ミ」対「上ガル」という関係に対応することを意味していると解される。同様にして、（2）は、「感覚的要素」を用いた「潮」対「下ガル」という関係が「人事的」レベルにおける「予ガ悲ミ」対「下ガル」に対応することを示すと思われるのである。

ここで、金子の『ノート』における「a：b：：c：d」を、数式としてはより分かり易い「a：b＝c：d」と書き換えてみると、後者は、「黄金切断法」の解説において漱石が用いたと推定される「公式」、すなわち「AC：CB＝CB：AB」に酷似していることが分かる。「（2）」における「a'：b'：：c'：d'」を「a'：b'＝c'：d'」と書き換えても、まったく同じことが言えよう。ここで用いられた疑似数式的表現については以上とは違う解釈も可能だが、いずれにせよ、『文学論』では数式が記されていなくても、講義では数式的表現が用いられる場合があったという想定を支える一例である。

やや煩わしくなるが、次に分数式に似た表現を用いた事例を付け加えておきたい。『文学論』「第二編 文学的内容の数量的変化」における一節である。「第一章 Fの変化」では、初めに「一個のFなりと考へられたるもの」が「識別力の発達に伴ひてF' F'' F'''様の如くに分岐し得るに至る」と説くだけで、その具体例は挙げていない。ところが「第二章 fの変化」では、ボッカッチォ（一三一三〜七五）の『デカメロン』（一三四八〜五三）に材を採ったロマン派の詩人キーツ（一七九五〜一八二一）の詩、*The Pot of Basil*（1820）を例にあげ、「心理学にありて最も興味ある事実の一つ」たる「情緒の転置」を説明するのに、一見分数に似た数式らしきものを用いるのである。

『文学論』は、この作品を次のように解説する。すなわち、「Isabella はもと名ある家に生れ」たが、彼女には「Lorenzo と呼ぶ恋人」ができた。「Isabella の兄弟」が「Lorenzo 風情に妹を嫁《めと》らすは不承知」だとして「百方離間の策を案」じたが成功せず、「遂に男を林中に誘ひ人知れず之を殺し」て、「其男外国に渡りたりと偽」った。ところが、殺された「Lorenzo が Isabella の枕辺に立ちて夢に／I am a shadow now, alas! alas!」と告げる。イザベラは「年たけし乳母と共に夢にうつりし林に分け入り、恋人の埋められしところを探りあて、」、「其死骸の首をきつて吾家に携へ帰り」、「其髪を黄金の櫛にて梳り」、それを「香高き布に包」んで「植木鉢 (pot) に埋め」、さらに、その上にバジル (basil) を植えた。それからイザベラは、昼も夜も忘れ、いつまでも愛しいバジルの上にうなだれて、涙でその芯までを濡らした、と。(53)

次いで『文学論』は、「この場合に於ける情緒転置の経路」を説明するのに、次のような図を用いる。これもまた、分数式のかたちをとった「公式」だと言えないだろうか。

$$(1)\ \frac{\text{Lorenzo}}{f}\ ;\quad (2)\ \frac{\text{生首}}{f}\ ;\quad (3)\ \frac{\text{植木鉢}}{f}\ ;$$

これが「情緒転置の経路」だとすれば、この疑似分数式は、ロレンゾに対するイザベラのｆがそのまま生首に対するｆに移り、次いで、それが植木鉢に対するｆに変わったことを意味するはずである。だが同時に、この疑似分数式は (Lorenzo : f)、(生首 : f)、および (植木鉢 : f) と読み替えることもできるのではないか。そしてこの三項をイコールで結べば、すなわち、(Lorenzo : f) = (生首

：f）＝（植木鉢　：f）と読み替えてみれば、これもまた「黄金切断法」の解説で漱石が用いたと推定される（AC：CB＝CB：AB）と同じ比例式になると言えるのではないか。さらにこの読み替えは、漱石の真意に反するどころか、むしろ、それをより明らかにするのではないか。というのは、「＝」を用いた読み替えは、イザベラの「ロレンゾ」に対する愛が少しも変わらないままに、彼女の「生首」に対する愛に「転置」し、最後に、彼女の「植木鉢」に対する愛に「転置」したことを、より明快に示すことになるからである。(54)

最後に、「第七章 写実法」の結末近くに置かれている「表」、すなわち、「第四編 文学的内容の相互関係」で論じ来った「投出語法」、「投入語法」、「自己と隔離せる聯想」、「滑稽的聯想」、「調和法」、および「対置法」という「六種」の表現法を「総括」した「表」に、注目しておきたい（図26参照）。これは、「投出語法」以下「六種」の表現法と「写実法」との基本的差異を概観するための一覧表である。「表中左側」は「文学的手段」を、「右側」は「此手段」が生む「効果」を示す。また、「f」は「与へられたる材料（F）に附着する情緒」を意味し、「f'」は「作家の脳中より得」て「与へられたる材料（F）に配する新材料（F'）より生ずる情緒」を意味する。さらに「×」は、「f f'の関係上公式に引き直す」ことができないこと、すなわち、「f＋f'」とも「f

| 文学的手段 | 文学的効果 |
|---|---|
| 第一種聯想（投出法） | f＋f′ |
| 第二種聯想（投入法） | f＋f′ |
| 第三種聯想法 | f＋f′ |
| 第四種聯想法 | × |
| 第五調和法 | f＋f′ |
| 第六対置法 (a) 強勢法 | f＋f′ |
| 第六対置法 (b) 緩和法 | f－f′ |
| 第六対置法 附仮対法 | f＋f′ |
| 第六対置法 (c) 不対法 | × |
| 第七写実法 | f |

図26　『漱石全集』第十四巻（2003）、387ページより。

ーf'」とも表示できないことを示す。だが、「約言すれば」これら「六種の大部分」は「尋常なるf」に「f'なる新情緒」を加えて「尋常以上に濃化醸酵せんとするもの」である。特に第四編においては、漱石が「(F＋f)」の「公式」に――より一般化すれば、数式的表現に――どれほどこだわったかが分かるだろう。(55)

このような数式的表現へのこだわりは、ジェイムズがフェヒナーの法則を解説する過程で紹介した試み、すなわち、ジェイムズ自身が用いた簡単な数式や、刺激と感覚との関係を対数を使って表わすというフェヒナーの試みとは、無関係なのだろうか。漱石は、もともと数学が得意だったようである。「永日小品」中の「変化」によれば、漱石は大学予備門時代、ある「私塾の教師」として「英語で地理書や幾何学を教へた」という。「幾何の説明をやる時に、どうしても一所になるべき線が、一所にならないで困つた事がある」が、「込み入つた図を、太い線で書いてゐるうちに、其の線が二つ黒板の上で重なり合つて一所になつて呉れたのは嬉しかつた」と、かなり具体的な体験を回想しているのだ。

他方、漱石がジェイムズの『心理学大綱』第十三章を通読していることは確実である。その際漱石が、心理学書としては場違いな数式、なかんずく、級数や対数が導入されていることに全く注目しなかったはずがあるまい。もし注目したとすれば、厳密な文学理論を構築するために、できれば「公式」または数式を活用してみようという示唆をここから得た可能性を想像しても、不自然ではあるまい。そもそも文学論なるものに数式を導入するのは極めて異例な試みであり、漱石の読書体験にその種の示唆を与えた源泉を求めるとすれば、ジェイムズの『心理学大綱』以外には考えられないのである。

ここで『心理学大綱』に戻れば、ジェイムズはフェヒナーの法則を紹介した後、再びさまざまな側面からこの法則を検討する。その際にもいくつかの数式が利用されるが、この点については詳述しない(56)。ジェイムズの結論は、以下の通りである。「フェヒナーが様々な事実の上に築き上げた体系は、かくして、恣意的かつ主観的だと思われるばかりでなく、この上なく非現実的だと思われる。（中略）フェヒナーの理論に関する限り、どのような論議を重ねてもその結果はゼロ（*nil*）でしかない(57)」、と。このように述べた後、ところが一つ面白い（amusing）ことがある、とジェイムズは付け加える。「フェヒナーを批判する人は、彼の理論を完膚なきまでに論破し、反論の余地がないまでに叩きのめした後で、不思議にも、次のように締めくくるのだ。――とはいえ、フェヒナーの不滅の栄光（*imperishable glory*）は、世界で初めてそういう理論を構築し、それによって、心理学を一つの精密科学（*an exact science*）に変えたことにある、と！(58)（引用文中イタリックは原文）」。そうだとすれば、ジェイムズ自身もまさにその種の批判者の一人ではなかろうか。そうでなければ、「本来の心理学」における「成果」が「全くのゼロである」とまで酷評した学説を紹介するのに、あれほどの紙幅を費やし、あれほどの努力を傾注するはずがあるまい。

最後にジェイムズは、次の詩句を引用してこの第十三章を閉じる。これもまた、心理学書では異例なことである。

“And everybody praised the duke　　「それで、みんな公爵様をべた誉めした、

Who this great fight did win."　この大戦《おおいくさ》に勝ったんだもの。」
"But what good came of it at last?"　「でも、それで結局どうなったの？」
Quoth little Peterkin.　と、ピータキン坊やは言った。
"Why, that I cannot tell, said he,　「さあ、それは俺にも分からねえ」と爺さん、
"*But 'twas a famous victory!*"[59]　「でも、それは有名な大勝利だったんだぞ。」

これは、イギリス・ロマン派の詩人、ロバート・サウジー（一七七四〜一八四三）作『ブレニムの戦い（*The Battle of Blenheim*）』（一七九八）の一節である。"Blenheim"とはドイツ・バイエルン州の寒村で、ドイツ語では"Blindheim"という。ブレニムの戦いとは、スペイン継承戦争（一七〇一〜一五）の緒戦で、一七〇四年にこの地で初代モールバラ公ジョン・チャーチル（一六五〇〜一七二二）麾下のイングランド[60]・オーストリア連合軍が、フランスとバイエルンとの連合軍に大勝利を得た戦いである。この戦いはその後の戦局にも大きな影響を及ぼし、その記憶はイギリス国民のあいだに広く定着した。オクスフォード近郊のウッドストックにあって、一九八七年に世界遺産に登録されたブレニム宮殿（Blenheim Palace）は、もと王室用として設計・着工されたが、ブレニムで大勝利を得たモールバラ公の功績に報いるため、アン女王（一六六五〜一七一四）が下賜した大邸宅である。

十一連から成るこの詩の梗概は、以下の通りである。ある夏の夕方、仕事を終えた老人が粗末な家の戸口に座っていると、孫息子が小川のほとりで大きな丸いものを拾ってきた。この子がこれ何なの、と訊くと、老人は、それは昔の戦争で死んだ人の頭蓋骨だよ、と答える。今でも畑を耕し

ているとと時々そういうものが出てくるんだ、と。坊やがその戦争の話を聞かせてちょうだい、と言うと、老人は喋り始める。イングランド軍がフランス軍に大勝利したのさ、でも、何のために戦ったのかは分からないがね、と。おじいちゃんのお父さんは、その頃、お前がそれを拾ってきたあの小川の近くに、住んでいたんだ。それで、戦争で家を焼かれ、家族みんなで当てもなく逃げ出した。人がたくさん死んだ。戦争ってのは、いつもそういうものなんだよ。たくさんの死体が、じりじりと照りつけるお日様に焼かれて腐っていったんだ、と。孫娘が、じゃあ戦争って悪いものなんでしょ、と言うと、老人は「いや、それは有名な大勝利だったんだ（Nay, nay... It was a famous victory）」と答える。ジェイムズが引用した"And everybody praised the duke...."は、この問答に続く最終連である。

この詩で「公爵」とは、無論、初代モールバラ公爵ジョン・チャーチルである。どうやらジェイムズは、この「公爵」をフェヒナーと重ねているようにみえる。老人が語る「有名な大勝利」とはブレニムの戦いにおけるイングランド・オーストリア連合軍の大勝利だが、ジェイムズは、これを史上初めて「心理学を一つの精密科学に変えた」というフェヒナーの「不滅の栄光」と重ねているようにみえる。「それで結局どうなったの？」というピータキン坊やの疑問は、フェヒナーの理論は結局心理学的にはゼロなのだ、というジェイムズの判断に繋がっていくように見える。ではジェイムズは、ここでフェヒナーに対する関心をまったく喪失してしまったのだろうか。

『思ひ出すことなど』（十七）には、「独乙のフエヒナーは十九世紀の中頃既に地球そのものに意識の存すべき所以を説いた」という一節がある。『漱石全集』第十二巻「注解」は、この一節との関連で、フェヒナーの「主要著作」「*Zend-Avesta: oder über die Dinge des Himmels und Jenseits*（1851）『ゼンダヴェスター——天体と死後の事物について』」を挙げた後、『多元的宇宙』（一九〇九）第四講「フェヒナーについて」において、ジェイムズは「〝厚みのある〟超越主義哲学者という頌辞とともにその思想を解説している」と述べる。そうだとすると、ジェイムズは『心理学大綱』（一八九〇）でフェヒナーを酷評してからほぼ二十年後に著した『多元的宇宙』でも、この特異かつきわめて個性的な心理学者に対する関心を失ってはいなかったのである。

『ゼンダヴェスタ』（または『ゼンド・アヴェスタ』）とは、『アヴェスタ』、すなわち、アヴェスタ語（古代ペルシア語に近い言葉）で書かれたゾロアスター教の経典と、『ゼンド』、すなわち、パフレヴィ語（ササン朝時代のペルシア語）で書かれたその経典の注解書とを合わせたものである。通常の心理学者なら興味を示さないこの経典、あるいはこのような神秘主義的な主題に、フェヒナーはどのような過程を経て関心を寄せるに至ったのか。フェヒナーは初め生物学を学んだが、後に数学・物理学に転じ、一八三四年にライプチヒ大学物理学教授に任じられた。ところが数年後健康状態、特に視力が大幅に悪化し、四四年には大学からの僅かな年金で生活するようになった。その後、科学的基礎に基づく哲学の確立を志し、主としてヨーハン・フリードリヒ・ヘルバルト（一七七六～一八四一）の影響をうけて、唯一神を霊魂とするアニミズム的な宇宙という概念を構想するに至った。その過程で、宇宙には一切のものを包みこむ意識があることを論証しようとする『ゼンダヴェスタ』に共鳴したのであろう。なお、一八八二年には、英訳 *Zend-Avesta: On the things of Heaven and the Hereafter* が出た。

『ゼンダヴェスタ』の出版後、一八六〇年にフェヒナーは、先に触れた主著 *Elemente der*

*Psychophysik*（二巻）を発表する。英訳は一九六六年に出た *Elements of Psychophysics* 第一巻のみだが、実験心理学の分野では未だにある程度の評価を得ているようである[61]。このように見てくると、ジェイムズはフェヒナーを厳しく批判しながら、同時に、彼の学説、少なくともその一部に強く惹かれるという二面性をもっていたのではなかろうか。

では、漱石はどうだったのか。ジェイムズやフェヒナーが用いた数式について、漱石が少なからざる興味を抱いたと考えられることは、既に述べた。また漱石は、『心理学大綱』第十三章を読了するにあたって、ジェイムズが載せた詩句の含意らしきものは、容易に理解しただろう。ただ、一歩を進めて、漱石がこの詩句の作者や、その原詩についての関心をもったか否かは、推測する手がかりがない。しかし、章の終りに突然このような詩句を引用するというジェイムズの記述については、やはり異様だという印象をもったに違いあるまい。そうだとすると、『心理学大綱』第十三章は少なくとも次の二点、すなわち、感覚の測定に関してさまざまな数式が多用されている点と、章の最後に場違いなサウジーの一節が引用されている点とにおいて、漱石の印象に残されたはずである。『文学論』で数式あるいは数式的表現が多用されている背景に、第十三章「識別と比較」、特に「対象を識別する感覚の測定（THE MEASURE OF DISCRIMINATIVE SENSIBILITY）」の部分の影響を想定せざるを得ない所以である。

## 9 「*Lives of Saints*」とは何か

中川が「整理」した原稿には、これ以外に問題がないのだろうか。ここでは、『文学論』「第一編 第三章 文学的内容の種類及び其価値的等級」の一部を採り上げたい。この章は、「文学的内容たり得べき一切のもの、換言すれば(F＋f)の形式に改めうべきもの」を「(一)感覚F、(二)人事F、(三)超自然F、(四)知識F」の四種に分類し、一般的には、この順序にしたがって「文学的内容」としての効果が減少することを論じたものである。以下に考察するのは、その一部、つまり、「第三種の内容、即ち超自然界の物体が文学の内容として用ゐらるゝ場合」に含まれる一つの問題である。

ここで漱石は、「超自然界の物体」を「文学の材料」にした場合、「知識」、理論、信念といった「第四種以上」の「抽象物体」になりがちであり、これを「F」として「fを附着することは尚ほ第四種の場合と同一」だが、「其新fの強度は遠く第四種内容の上に出づるもの」だと言う。その典型が「宗教的情熱」の場合であるとし、以下、次のように述べている。

凡そ宗教的情緒の強烈なることは古今東西に通じて争ふ可からざる事実にして、読者若し其一般を窺はんとせば宜しく宗教史或は高僧伝を繙くべし。宗教に冷淡にして、神の何たるものたるやを解し得ざる日本人にありては到底其猛烈の度合を夢想だに入るゝこと能はざるべし。然らば何故同じく抽象的の性質を帯びるFが場合によりて之に伴ふfにかくの如き強弱の差異を生ずるかは興味ある宿題なるを以て後段に詳述するところあるべし。／（参考書としてはLombroso の *The Man of Genius* ; James の *Religious Experience* ; *Lives of Saints* 等適当なるべし。）

これらの「参考書」のうち、「Lombroso の *The Man of Genius*」と「James の *Religious Experience*」とについては、何の問題もない。だが、「*Lives of Saints*」に関しては、刊本によって、微妙な見解の差がある。『文学論』に初めて本格的な「注解」が付けられたのは昭和四十一年版『漱石全集』第九巻においてであるが、この「注解」は、“*Lives of Saints*”について次のように述べる。

『聖徒伝』。これは W. James の著書目録に載っていない。「漱石山房蔵書目録」にも見当らないが、おそらくイギリスの聖職者（Aelfric, 955-1020）の宗教的散文のことであろう。彼はアングロサクソン時代の三大散文家の一人で、彼の作品は次の時代に大きな影響を与えた。二巻から成る『カトリック説教集』（*Catholic Homilies*, 990-94）の第三巻に相当するこの *Lives of Saints*（996-97）が特に名高い。

『文学論』では、一般に著者名と著書とを併記するという表記法が採られている。これを前提として引用部分を読むと、「James の *Religious Experience* ; *Lives of Saints* 等適当なるべし」には、ある種の違和感を抱かざるを得ない。*Lives of Saints* の著者名が、明記されていないからである。注釈者は、この事実を次のように解釈したのであろう。すなわち、*Lives of Saints* の著者名が記されていないのは、漱石の不注意からではなく、この書物が、先行する *Religious Experience* と同じくジェイムズの著書だからだろう、と。そこで注釈者は、先ずジェイムズの「著書目録」を調査したが『聖徒伝』に該当するものが見出せなかったのである。次いで、注釈者はこの部分の表記には多少の問題があると感じながら他の可能性を探り、アルフリックの *Lives of Saints* に出会ったのであろう。

この部分に関する一九九五年版『漱石全集』第十四巻「注解」は、次のように改められている。

『聖徒伝』。イギリスの聖職者でアングロ・サクソン時代の最も優れた散文家の一人とされるアルフリック（Aelfric, 955頃-1020頃）の説教シリーズ *Lives of the Saints*（993-996）のことであろうか。それにしては併記されている他の二著が現代の本なので、疑問が残る。

この「注解」は、基本的には昭和四十一年版のそれを踏襲しながら、「他の二著」との関係を考えると、それも疑問だとする。この疑問は尤もである。当時最新の心理学の理論を援用し、「学理的」立場から「文学的内容」を論じようとする『文学論』において、ルネサンス以前の文献、それもキリスト教伝道の手段という色彩が濃厚なアルフリックの『聖徒伝』が、ロンブローゾやジェイムズと同じ意味での「参考書」たり得るはずがないからである。ただ、この「注解」は一面では昭和四十一年版の解説を踏襲しながら、他面ではこれに疑問を提出するという姿勢に終始しているので、読者としては、注釈者の真意を理解するに苦しむのではなかろうか。

二〇〇三年版『漱石全集』第十四巻（第二刷）では、前記一九九五年版の「注解」に、「ジェイムズの本には聖人の『伝』がいくつか挙げられているので、それを指したのかもしれない」という言葉が新たに加えられた。これによって「注解」は一歩を進めたのではあろうが、「ジェイムズの本」とか、そこに挙げられている「聖人の『伝』」とかいう表現があまりにも曖昧模糊としているので、読者にはやはり不満が残るだろう。

さらにこの注解には、他の点でも問題がある。本文の*Lives of Saints*が「アルフリック（中略）の説教シリーズ*Lives of the Saints*（993-996）」である可能性を認めるばかりか、アルフリックが「アングロ・サクソン時代の最も優れた散文家の一人」であると述べるにとどめ、『聖徒伝』が韻文で書かれていることには触れていないからである。*The Oxford Companion to English Literature*（1985）は、アルフリックが「当時の最も優れた散文家（the greatest prose writer of his time）」であるとしながら、彼の著作については次のように述べる。"His chief works are *Catholic Homilies* (990-2), largely drawn from the Church Fathers, and the *Lives of the Saints* (993-8), a series of sermons also mostly translated from Latin, employing skilfully the idioms of English and *the alliteration and metrical organization of Old English poetry*."（イタリックは塚本）と。ここで重要なのは、アルフリックの『聖徒伝』が近代以前の英詩に多く見られる形式、すなわち、頭韻を用いた韻文で書かれているということである。そうだとすると、二〇〇三年版『漱石全集』第十四巻の「注解」、「アングロ・サクソン時代の最も優れた散文家の一人とされるアルフリック（中略）の説教シリーズ*Lives of the Saints*」（傍点塚本）という「注解」は、『聖徒伝』が散文で書かれているという誤解を読者に与えるのではなかろうか。

管見に入った限りでは、アルフリックの『聖徒伝』については、他の参考文献も上記*The Oxford*

*Companion to English Literature*（1985）と基本的に同じ解説を加えている。また、漱石とほぼ同時代に単行本として発行されたアルフリックのテキストは、*Aelfric's Metrical Lives of Saints*, ed. by W. W. Skeat（The Early English Text Society, 1881-1900）だけに過ぎない。これは、当時アルフリックの『聖徒伝』が主として"Early English"、すなわち近代英語以前の韻文を学ぶためのテキストとして用いられたことを示唆している。このように見てくれば、漱石が「参考書」として挙げた*Lives of Saints*がアルフリックの『聖徒伝』だという解釈は、到底成立し得ない。

　これらの「注解」がアルフリックの『聖徒伝』にこだわったのは、『文学論』本文には誤りがないという前提に立っているからである。二〇〇三年版『漱石全集』第十四巻（第二刷）「後記」によれば、『文学論』本文は、神奈川近代文学館所蔵の「原稿」、すなわち、中川芳太郎が「講義録として浄書したものに、漱石が赤字により加筆・訂正を加えて成ったもの」を「底本」としている。だが、既に見た通り、「凡そ文学的内容の形式は（F＋f）なることを要す」という冒頭の一句が、漱石の意図を正確に伝えているとは考えられないのだ。つまり、この「原稿」も必ずしも絶対的信頼がおけるとは言えないのである。このことはまた、次の例からも明らかだろう。

　周知の通り、『文学論』は「凡そ文学的内容の形式は（F＋f）なることを要す」という言葉で始まっている。第一編第二章「文学的内容の基本成分」に至ると、「（F＋f）なる形式に一言の附箋」が付けられ、「此法式には合せて三つの場合」があるとされる。すなわち、「（一）F＋fとなつて現はるゝ場合」、「（二）作者はfを云ひ現はし、Fは読者により補足せらるゝ場合」、「（三）作者Fを担任し、fは読者により補足せらるゝ場合」の三通りである。その例は、次の句に見られる。

出自北門、憂心殷々、終窶且貧、莫知我艱、已焉哉、天実為之、謂之何哉
（北の門より出でゆけば／憂いの心は殷々たり／終《あ》くまでも窶れて且つ貧しきも／我が艱《なや》みを知るもの莫し／已んぬる哉／天実に之を為せり／之を何んとか謂わんや）

（読み下し文は、『漱石全集』第十四巻（二〇〇三）「注解」による。）

『文学論』本文は、これを解説して、「憂心殷々、已焉哉、謂之何哉の三句は詩人の感情にして、出自北門、終窶且貧、莫知我艱、天実為之の四句はFなり。而して前者のみならば（三）、後者のみならば（二）、両者を合すれば即ち（一）なり」と述べる。ところが、二〇〇三年版『漱石全集』第十四巻「注解」は、「前者のみならば（主観的な情緒語ばかりだから）（二）、後者のみならば（客観的な事実語ばかりだから）（三）の誤りであろう」とする。つまり、『文学論』本文は（二）と（三）とについて逆の説明をしている、と指摘しているのである。繰り返し言及した金子の『聴講ノート』にはこれに対応する記述がないので、この間違いが漱石自身の責任なのか、それとも中川の「整理」に問題があったのかを判断する手掛かりは残されていない。だが、内容上からは「注解」が正しく、本文に誤りがあることは明白である。

一般に、岩波版『漱石全集』は、現在最も信頼し得るテキストであろう。しかし、『文学論』以外にも、これまでに全く問題がなかったわけではない。山下 浩『本文の生態学』（日本エディタースクール出版部、一九九三）は、「序章」と「一章」とを『漱石全集』本文の検討に充てている。これほど専

門的な立場からではなくとも、少なくとも従来の版には信じ難い誤りも絶無ではなかったのだ。私が困惑したのは、短編『倫敦塔』の一場面、すなわち、「怪しい女」が「ボーシャン塔」の壁面に「書き付けてある題辞を朗らかに誦した」場面である。この「題辞」は、一九九四年版『漱石全集』第二巻では次のように記されている。

Yow that these beasts do wel behold and se,
May deme with ease wherefore here made they be,
Withe borders *eke* wherein
4 brothers' names who list to serche the grovnd.（イタリックは塚本）

これが初出の通りで、正しい記述である。だがそれ以前は、初版以降すべての版で、引用文中イタリックで記した語、すなわち、第三行の "eke" が脱落していたのである。これは些細なことに思われるかもしれないが、源泉研究の立場からすれば、決してそうではない。東北大学所蔵の漱石文庫を調査すると、この「題辞」を引用している資料は、*Baedeker's London and its Environs*（Baedeker, 1898）と、Dick, W. D., *A Short Sketch of the Beauchamp Tower, Tower of London: and also a Guide to the Inscriptions and Devices Left on the Walls Thereof*（Bemrose, n.d.）との二点である。だが、前者は "eke" を除いた表記を、後者は "eke" を含む表記を採っているという点で、両者には無視できない違いがある。これらの資料と『倫敦塔』全体とを比較検討すると、「白塔」の場面では主として前者を、

「ボーシヤン塔」の場面では後者を利用していることが分かる。(62) 特に「ボーシヤン塔」で言及される「題辞」では、「我が望は基督にあり」から「凡ての人を尊べ。衆生をいつくしめ。神を恐れよ。王を敬へ」までの全てが明らかに後者に基づいている。ところが従来の版によると、「怪しい女」が「朗らかに誦した」この「題辞」に限っては、前者に拠ったと考えざるを得なかったのだ。何故なら、第三行に"eke"が含まれていないからである。では、この「題辞」に限っては前者に拠った理由は何か。少なくとも私にとって、これはどう考えても解くことができない難問だった。この疑問が氷解したのは、一九九四年版『漱石全集』第二巻に目を通した時である。「題辞」第三行に、初めて"eke"が加えられていたからである。(63)

無論、この問題で混乱に陥ったのは、私自身の責任である。私が、『倫敦塔』の初出を参照するという労を惜しんだからである。とはいえ、このような事実がある以上、『漱石全集』の本文に誤りが残されている可能性は排除することができない。

ここで、当初の問題に戻りたい。すなわち、二〇〇三年版『漱石全集』第十四巻「注解」が疑問を呈出している『文学論』の本文、つまり、「*Lives of Saints*」が誤記である可能性はないか、という問題である。

## 10 「*Lives of Saints*」と "Saintliness"

先ず、『文学論』本文を読み返してみよう。「宗教的情緒の強烈なること」を知るための「参考書としては Lombroso の *The Man of Genius* ; James の *Religious Experience* ; *Lives of Saints* 等適当なるべし」という部分である。

金子の『聴講ノート』は、この部分をどのように記しているのか。ここは、「此種ノ〔＝宗教的――塚本注〕element ノ強キコトハ已ニ例証セリ若シ其一般ヲ知ラントセバ "Men of Genius" (Lombroso) 及 "Religious Experience" (James) ヲ読マバ分明ナラン」となっている。[64] 金子が記述した「"Religious Experience" (James)」は、無論、『文学論』で「James の *Religious Experience*」と記述されているもの、すなわち、*The Varieties of Religious Experience* に対応する。だが金子は、『文学論』に記されている「*Lives of Saints*」には言及していないのだ。これは何故か。金子は、漱石の言葉を聞き漏らしたのであろうか。

無論、その可能性は排除することができない。だが、それとは違う解釈も充分成立し得る。私の経験では、金子の記述は、基本的には充分に信頼し得ると思われるからである。場合によっては、『文学論』には見当たらなくとも、金子の『聴講ノート』に記録されている事項を指摘することもできる。例えば『文学論』第一編第一章では、一見したところ「(F＋f)」の形をもたず、「f のみ存在して、それに相応すべきFを認め得」ない例としては、シェリーの "*A Lament*" が引かれているだけである。ところが金子の『聴講ノート』には、シェリーに続けてシェイクスピアの『リチャード二世』からの例が挙げられている。すなわち、「Richard II ニ別ル、トキニ queen ハ一種云フ可ラザル悲ミヲ感ゼリ」とし、"But what it is, that is not yet known; what, / I cannot name; 'tis *nameless woe*, I wot. / (Richard II, Act II, Sc.11)" という例が付け加えられているのである。(65)

また、『文学論』第二編 第三章は、「宗教的F」に「伴ふf」を論じる過程で、「希臘の昔時に於けるが如く八百万神を朋友の首領と心得しfと、猶太人の如く深厳なる神に対する恐怖の分子多きfとは、其間に多少fの差異あること」を認める。他方、金子の『聴講ノート』では、この部分は「希人ノ如ク神ヲ友人ノ如ク考フルモノ或ハ神ヲ森厳ノモノト感ゼル猶太人ノ如キ或ハ現代ノ耶教の如キ love ノ emotion 多キモノニ至リテハ其間自ラ差アリ」である。(66) つまり『文学論』では、新約聖書以降のキリスト教を視野に入れているか否かが判然としないのに対して、金子の『ノート』では「現代」までを視野に入れているのだ。ここで、「耶教」が「耶蘇教」の誤記ではなくその省略形であることは、「希人」が「希臘人」の省略形であるのと同じである。私には、漱石の講義をより正確に伝えているのは金子の『ノート』だと思われるのだが、如何であろうか。

このような事例を勘案すれば、金子が『聴講ノート』に「*Lives of Saints*」を記入しなかったのは、金子がこれをとり立てて記録する必要がないと思ったからだ、という解釈も充分成立し得る。換言すれば、金子は「*Lives of Saints*」とは一冊の著書ではなく、ジェイムズの著書に含まれる一部分を指すと理解したのだ、という解釈である。そうだとすれば、二〇〇三年版『漱石全集』第十四巻（第二刷）の「注解」は、ある意味で金子の解釈に近いとも言える。この「注解」は、「*Lives of Saints*」とは

「ジェイムズの本」に「いくつか挙げられている」「聖人の『伝』」を「指したものかもしれない」としているからである。両者の差異は、金子が自己の記述に疑いを抱いていないかに見えるのに対し、「注解」は一つの可能性を示唆するにとどめているという一点に過ぎない。つまり、金子が「*Men of Genius*」や「*Religious Experience*」と並べて「*Lives of Saints*」を挙げなかったのは、それが「*Religious Experience*」の一部だと理解したからだと解釈する余地は、十二分に残されている。もしかしたら、中川が「*Lives of Saints*」の著者名を記さなかった理由もこれと同じかもしれない。このような可能性が残るとすれば、ここで検討しなければならないのは『宗教的経験の諸相』そのものだ、ということになる。

この問題との関連で想起されるのは、「思ひ出す事など」(三)で漱石がウィリアム・ジェイムズに言及していることである。漱石は兄ウィリアムと弟ヘンリーとを比べて、「ヘンリーは哲学の様な小説を書き、ヰリアムは小説の様な哲学を書く、と世間で云はれてゐる位ヘンリーは読みづらく、又其位教授〔=ヰリアム——塚本注〕は読み易くて明快なのである」と書いた。「世間」で言う「小説の様な哲学」とは、無論『宗教的経験の諸相』を指している。漱石がこの哲学書を「小説の様」だとしたのは、そこに含まれている「*Lives of Saints*」、すなわち、「聖人の『伝』」という側面に注目しているからではないのか。

この大著の核心は、要するに「回心(conversion)」の問題である。ジェイムズにおける「回心」の問題は大きく二つの相に分けることができる。その第一は、「回心」においては当人が気づかないうちに所謂「潜在意識」が「意識」を支配するに至り、それまで全く想像だにしなかった新たな世界に目覚める心理的過程を解明しようとするものである。その第二は、かくして新しき世界、「眼に見える世界（the visible world）」を超えた「より霊的な宇宙（a more spiritual universe）」に目覚め、「より高次なその宇宙との一体化、あるいはその宇宙との調和的な関係（union or harmonious relation with that higher universe）[67]」をもつに至った人々の具体例である。前者が心理学者としてのジェイムズにより大きく関わっているとすれば、後者は哲学者としてのジェイムズの面目を遺憾なく発揮した業績だと言えよう。

では、ジェイムズの「哲学」、「小説の様な哲学」とはどのようなものか。この研究書には、「人間性の研究（*A Study in Human Nature*）」という副題が付けられている。すなわち、聖アウグスティヌスをはじめ、回心によって「より霊的な宇宙」に目覚めた人々に関する伝記的な研究こそが、「人間性の研究」の重要かつ不可欠な一部なのである。ジェイムズは、「第二十講において、私は私自身の哲学的結論を述べたというよりは、むしろ示唆しておいた[68]」と述べる。その言葉通り、『宗教的経験の諸相』では普通の意味での哲学的理論あるいは体系は提出されてはおらず、その種の哲学的な論述に代わって、様々な「回心」の背景や過程を含む具体例と、それらについてのジェイムズの考察が基本的に重要なのである。漱石が「小説の様な哲学」と後に評したのは、『宗教的経験の諸相』においで不可欠なこの部分である。これらの「小説」めいた挿話の主人公が、おしなべて「回心」によって「より霊的な宇宙」に目覚め、「より高次なその宇宙」と「一体化」したとすれば、そして、聖アウグスティヌスを初め「より霊的な宇宙」に目覚めた人々が、それによって真の意味での魂の平安を得ることができたとすれば、これを記述した部分を「*Lives of Saints*」と呼ぶこともできるのではなかろうか。

『宗教的経験の諸相』は、ジェイムズが一九〇一年と〇二年との二年間に、二十回にわたってエディンバラ大学で行なったギフォード講義（Gifford Lectures）に基づいたものである。この講義は、スコットランドの裁判官アダム・ギフォード（一八二〇〜八七）を記念し、自然神学を普及させるためにスコットランドの諸大学で開かれたもので、第一回の講義はギフォードが没した翌年、すなわち一八八八年に行なわれた。この講義に際してのジェイムズの基本的姿勢は、どれほど深遠な公式であろうとも、抽象的な公式を手に入れるよりも個々の事実を広く知る方が人は賢くなる、というものだった。この講義で多くの具体例、しかも「宗教的気質が極端に表現された例」が挙げられているのは、そのためである。(69) これらの具体例は、『文学論』に言う「宗教的情熱の強烈なること」を証明するのにまことに「適当」なのではないのか。それらは首尾一貫した「Lives of Saints」ではないとしても、その一部、しかも最も印象的な一部ではないのか。

ここで、「*Saints*」という語を意識しつつ、問題をもう少し絞り込んでみよう。『文学論』にあるとおり、漱石が“Saints”という言葉を用いたとすれば、『宗教的経験の諸相』の全体ではなくその一部、すなわち、“Saintliness”を論じた第十一、十二、十三講（Lectures XI, XII, and XIII）に注目しなければなるまい。ここで用いられた“Saintliness”は比較的使用頻度の低い語である。では漱石が“Saintliness”に言及したのに、中川がこれを“Saints”と誤解してしまったのだろうか。あるいは、漱石が第十四、十五講（Lectures XIV and XV）で論じられる“The Value of Saintliness”にも言及し、中川がこの言葉をよく聴き取れなかったままに、これを“Lives of Saints”と合理化してしまったのだろうか。

いや、この可能性は極めて低い。というのは、『漱石全集』第二十一巻（一九九七）に収録された『ノート』〔II—3 仏教とキリスト教〕には「（2） St Augustine's *Confessiuns*」その他と並んで「（3） *Lives of Saints*」という語が記されているからである。この『ノート』は「漱石文庫」で「ノート断片 第一冊—六冊」および「英国留学時代のノート　第一冊、第二冊」として分類されている資料を収録したものである。これは言わば漱石自身の心覚えのためのメモであり、したがって、第三者にとってはそのままの形では意味が判然としないものが多い。*Lives of Saints* もまた、その一例である。そうだとすると、*Lives of Saints* が書名の一部である可能性、あるいはある書物のなかで、特に関心を惹かれた部分を指している可能性は充分考慮に入れなければなるまい。さらに帰国後、「英文学概説」の講義に際して、この語が不用意に漱石の口から出てしまった可能性も看過し得ないだろう。この事情には、「英文学概説」の講義において、本来なら "form" と峻別した意味での "formula" が用いられるべきところに "form" が使用されてしまった痕跡が残されていることに、相通ずるものがあるだろう。

他方で、厳密に *Lives of Saints* という表記にこだわるとすれば、管見に入った限りでは、これに最も近いのは Alban Butler (1710-1773) の *The Lives of Saints* である。これは一七五六年から五九年にかけて四分冊に分けて出版された大著だが、注釈その他の点を考慮すると一八四七年版が最も信頼し得るとされている。年代的には漱石がこれに目を通した可能性はあるが、漱石研究者は一人としてこれを挙げていない。それは、漱石がこの伝記にまったく言及していないから、換言すれば、漱石とこの伝記との接点が見出せないからであろう。では、『文学論』における *Lives of Saints* とは何を指すのか。私は、『漱石全集』第十四巻「注解」の一部、「ジェイムズの本には聖人の『伝』がいくつか挙げられているので、それを指したものかもしれない」という部分の延長線上に、一つの仮説を提出してみたい。あえて結論を先取りして言えば、漱石の趣旨は「参考書としてはLombrosoのThe Man of Genius; James の *Religious Experience*、特に“Saintliness”（および“The Value of Saintliness”）等適当なるべし」といったものではなかったか、という仮説である。

これだけでは、“Saints”と“Saintliness”とが幾分か“Lives of Saints”に似ているという表面的類似を手掛かりとした、一つの仮説に過ぎない。だが、「*Lives of Saints*」なる「参考書」の存否も判然とせず、しかも、中川と同じ教室で漱石の講義を聴き、克明なノートを残した金子が「*Lives of Saints*」には触れてさえいないという事情を考慮すれば、一応は検討に価する仮説であろう。そもそも、現実には存在しない書物を漱石が「参考書」として挙げたなどと考えられるだろうか。しかし他方では、「*Lives of Saints*」は“Saintliness”の誤りだと言い切るだけの根拠はない。そうだとすれば、この仮説の当否を検証するには、ジェイムズが“Saintliness”を論じた第十一、十二、十三講（Lectures XI, XII, and XIII）は、内容的に「宗教的情熱の強烈なること」を示す「参考書」たり得るか否かを具体的に検討する以外にはあるまい。

舛田啓三郎は、“Saintliness”を「聖徳」と訳している。[70] ジェイムズ自身は、“The collective name for the ripe fruits of religion in a character is Saintliness[71]（宗教が人間の性格にもたらすところの熟した果実を一纏めにして表す言葉、それが“Saintliness”である）”と述べており、漱石手沢本では、この“Saintliness”に下線が引かれている。ジェイムズはさらに、“The saintly character is the character for which spiritual emotions are the habitual centre of the personal energy; and there is a certain composite photograph of universal saintliness, the same in all religion, of which the feature can easily be traced.[72]（聖なる人格とは、霊的な感情を絶えず自己の人間的エネルギーの中心としている人格のことである。さらに、普遍的聖徳を写し出しているある種の合成写真のようなものがあって、その合成写真は全ての宗教において同一であり、その特徴は容易に発見することができる）"と付け加えた。続けてジェイムズは、「聖なる人格の特徴」の解説を試みるが、漱石手沢本では、この部分に一部下線が引かれている。以下に、下線を施された部分のみを原文のまま紹介しておく。

1. A feeling of being in a wider life than that of this world's selfish little interest; and a conviction, not merely intellectual, but as it were sensible, of the existence of an Ideal Power.
2. A sense of the friendly continuity of the ideal power with our own life, and a willing self-surrender to its control.
3. An immense action and freedom, as the outlines of the confining selfhood melt down.
4. A shifting of the emotional centre towards loving and harmonious affections, towards "yes, yes" and away from "no," where the claims of the non-ego are concerned.[73]

これらを要約すれば、（1）現世的なこまごました利害よりもずっと広い生命の中にいるという感覚、および、〈理想的な力〉が存在するという確信、それも、単なる知的確信ではなく、いわば感覚的確信、（2）自分が一身を捧げたいと思う理想的な力と自分自身の人生とが親しく繋がっており、自らを進んでその力の支配に委ねたいという意識、（3）利己的な自分を閉じ込めているものが融けていくにつれて、無限の自由の下に行動することができるという感じ、（4）他者の要求を拒否しようとする気持ちから離れて、心の底からこれを快く受け容れ、愛をこめてこれと調和していこうという感情をもつようになる変化、といったものになろう。漱石手拓本では、右に紹介した「1.」の部分の欄外に「Saintliness ノ特色」という書き込みがある。[74] これらの下線や書き込みは、明らかに漱石の関心を示している。以上に列挙したのは「基本的な内面の状態（fundamental inner conditions）」だが、このような「内面の状態」は、次のような「実生活上における特徴的な結果（characteristic practical consequences）」をもたらす。

a. *Asceticism*（禁欲）
b. *Strength of Soul*（強靭な魂）
c. *Purity*（純潔）
d. *Charity*（愛）[75]（イタリックは原文、下線は漱石）

つまり、「聖なる人格」をもつ人は、「禁欲」的な生活を送り、「強い魂」、「純潔な心」、および「人類愛」をもつようになるという部分に、漱石は注目しているのである。では、このようなジェイムズの主張は、どのような文脈の中に置かれているのか。“Saintliness”を扱った「第十一、十二、十三講」の目次が、ある程度の参考になろう[76]（引用文中の数字は、頁数を示す）。

この目次に従って、多少の解説を加えてみよう。ジェイムズは、サント＝ブーヴ（一八〇四～六九）が『ポール・ロワイヤル修道院』（一八四〇～五九）で恩寵（grace）について述べていること、すなわち、回心（conversion）あるいは恩寵が人間に驚くべき変化をもたらすことから出発する。このあたりに、「何故ニ只一人ノ人間ニ非常ナル差ヲ生ズルヤ」という漱石の書き込みがある。ジェイムズは、ここから人間の性格一般に移り、性格あるいは実践的行動における個人差は、情緒的刺激に対する感受性の相違、および、そこから生まれる衝動と抑制との相違に由来すると述べる。われわれの行動は、普通、衝動と抑制とに支配されているが、激しい衝動、すなわち、巨大な情緒的興奮（any great emotional excitement）が介入すると、抑制作用は一瞬にして吹き飛んでしまう。その種の激しい情緒の中で最も強力なのは怒りであるが、愛情や自己犠牲等の感情が強く働く場合にも、行動を妨げる抑制は容易に消失する。その一例として、ジェイムズは、勝手で気侭な女性、面倒や困難に遭遇すると必ず「否」と応える女性を挙げる。こういう女性が「否」と言うのは、煩わしさや苦痛の感じが一種の抑制作用となって、彼女の行動を支配するからである。ところが、彼女が母親になり、わが子に強い愛情を抱くようになると、どうなるか。彼女を支配していた煩わしさや苦痛という抑制は忽ち消失して、わが子が引き起こすあらゆる迷惑が却って喜びの源泉になる。これは、「高次の愛から生まれるところの抑制を駆逐する力（the“expulsive power of higher affection”）」とも言うべきものであって、その最も強力なのが宗教的情熱なのである。人間が霊的感動によって動かされるようになると、それ以前の肉欲的な自己とは全く違った存在になり、しかもその変化は永続的なものになる。このような変化には、おそらく潜在意識の影響があると考えられるが、この問題についての詳しい事実は未だに解明されていない。そこで、この変貌の過程には深入りすることなく、宗教的感動が生む「果実」に注目しようではないか、とジェイムズは続ける。このような意味における「熟した宗教的果実（the ripe fruits of religion）」を一纏めにして表す言葉が、ジェイムズの言う“Saintliness”なのである。

ここでジェイムズは、「この霊的な樹木（the spiritual tree）」に実った果実の「具体的実例（concrete illustrations）」に入る。先に列挙した四項目の「基本的な内面の状態」と、そこから生まれる四項目の「実生活上における特徴的結果」とが、この意味での「具体的実例」である。次いでジェイムズは、"*a. Asceticism*"から"*d. Charity*"までの順序を追って、それぞれの特徴を代表する人物を挙げていくのである。

これらの具体例となる人物はあまりに多すぎて、その中から適当なものを選ぶのが困難なほどである、とジェイムズは言う。だが、ジェイムズが選び出した人物だけでもあまりに多すぎて、ここで網羅的に解説することは到底不可能である。ここでは、ジェイムズが言及した主な人名を機械的に列挙するにとどめておかざるを得ない。

ソロー（H. D. Thoreau）、ヒルティ（C. H. Hilty）、ヴォイジー氏（Mr. Voysey）、ジョナサン・エドワーズ（Jonathan Edwards）、修道女セラフィック・ドゥ・ラ・マルティニエール（Sister Séraphique de la Martinière）、ジョルジュ・デュマ氏（M. George Dumas）、スターバック教授（Professor Starbuck）、リチャード・ウィーヴァー（Richard Weaver）、アッシジのフランチェスコ（Francis of Assisi）、イグナティウス・ロヨラ（Ignatius Loyola）、マルグリート・マリー・アラコク（Margaret Mary Alacoque）、フランチェスコ・ザビエル（Francis Xavier）、神の聖ヨハネ（St. John of God）、ハンガリーの聖エリーザベト（Saint Elizabeth of Hungary）、マダム・ド・シャンタル（Madame de Chantal）、パスカル（Pascal）、マダム・ギュヨン（Madame Guyon）、フランク・ブレン（Frank Bullen）、ブランシュ・ガモン（Blanche Gamond）、ジェノヴァの聖カテリーナ（Saint Catherine of Genoa）、ビリ・ブレイ（Billy Bray）、ジョージ・フォックス（George Fox）、トマス・エルウッド（Thomas Elwood）、ジョン・ウルマン（John Woolman）、ティンダル教授（Professor Tyndall）、W・E・チャニング（W. E. Channing）、ジョン・

セニック（John Cennick）、アルスの主任司祭ヴィアンニ氏（M. Vianney, the curé of Ars）、コトン・マザー（Cotton Mather）、十字架の聖ジャン（Saint John of the Cross）、ハインリッヒ・ズーゾー（Heinrich Suso）[77]、聖ヨハンネス・クリマクス（Saint John of Climachus）、イエズス会士ロドリゲス（the Jesuit Rodriguez）、聖イグナティウス（Saint Ignatius）、ポール・ロワイヤルの修道女マリー・クレール（Sister Marie Claire [of Port Royal]）、レッシング（G. E. Lessing）、ジョージ・ホワイトフィールド（George Whitefield）、アントワネット・ブリニョン（Antoinette Bourignon）、といった人々である。

これらの人物を論じた部分は、厳密には、「聖人の『伝』」とは言えまい。彼らの生涯全体が扱われているわけではないからである。とはいえ、ここで扱われるのは、彼らの生涯で最も重要な宗教的体験であり、彼らの体験は、いずれも「Saintliness ノ特色」を明らかに示している。

ジェイムズがこれらの人物を扱うやり方は、それぞれに異なっている。例えば「ソロー」については、彼の主著『ウォールデン』（一八五四）に記されたソロー自身の体験を論じ、「ヴォイジー氏」の場合には、彼の著書から、「深い信仰をもつ無数の人々」の経験とされる宗教的感情を紹介する。また、宗教心理学者「スターバック教授」に言及するのは、教授が蒐集した記録の中にジェイムズの趣旨に合致する熱烈な信者の言葉を見出したからであり、「初期のクエーカー教徒で一時ジョン・ミルトンの秘書だったトマス・エルウッド」の場合は、彼自身の「自伝」を利用する、といった具合である。ただ、どのようなやり方で扱われようとも、ここに採り上げられている実例は、例外なく「宗教的情熱の強烈なること」を示している。つまり、「宗教に冷淡にして、神の何たるものたるやを解し得ざる日本人」に、「其猛烈の度合」を教えてくれる「参考書」として、『宗教的経験の諸相』、特に"Saintliness"を扱った部分は、疑いもなく「適当」なのだ。

なお、二点を付け加えたい。第一点は、以上の問題を扱うに際して、ジェイムズは心理学者ないし哲学者としての立場を堅持しているということである。換言すれば、ある種の宗教的文献に間々見られるような宣伝臭を、意識的に排除しているということである。その一例として、ジェイムズの「ティンダル教授」に対する辛辣な言葉を挙げることができよう。ジェイムズは、誰の魂にとっても、それが最も効果的に機能する条件があると考える。ある人の魂は穏やかな天候の時が最も幸福であり、また別の人の魂は、生命力と健康とを感じるためには緊張感、あるいは強烈な意志の感覚を必要とする。この感覚がないと、獲得したものがあまりに安価にみえてしまうのである。その一例がジョン・ティンダル（一八二〇～九三）だ、とジェイムズは言う。ティンダルは、凍りつくようなベルリンに滞在していたとき、トマス・カーライル（一七九五～一八八一）の言葉に動かされて毎朝冷水浴をしたと述べた。カーライルが一時は預言者のように扱われたことから、ティンダルはカーライルの名を出したのであろうが、ジェイムズは、ティンダルの行為を「最も低級な禁欲の一つ（one of the lowest grades of asceticism）」だと批判する。(78) カーライルを俟つまでもなく、朝の冷水浴が魂の健康に必要なのは周知ではないか、とジェイムズは言うのである。

この傾向は、"The Value of Saintliness"を論じた第十四、十五講において、一層顕著になる。これらの講義でジェイムズは、"Saintliness"の叙述からその評価に、カント流に言えば「純粋聖徳批判」に移る。(79) ここで、ジェイムズの典型的姿勢を示している一例を挙げておこう。「福者マルグリート・マリー・アラコク」は神に激しく愛され、幻視、幻触、幻聴を経験する中で「（槍で貫かれた）キリストの聖心(Christ's sacred heart)」を見た。だがそれは、彼女に苦しみと祈りと放心と卒倒と恍惚とをもたらしただけだった。彼女は内面に深く沈潜していくばかりで、実生活では全く無用の人となり果てたのである。この人物を評して、ジェイムズは言う。彼女は愛らしく善良なのに「知的視野(intellectual outlook)があまりにも弱い」ので、我々としては彼女における「聖徒的なるもの(saintship)」を大目に見て憐憫の情を抱く以上のことはできないだろう、と。(80) ここには、布教活動に伴う宣伝臭は、微塵もない。因みに漱石は、この部分の冒頭で “Margaret Mary Alacoque” という人名に下線を引き、欄外に「Theopathic ノ例(81)」と書き入れている

ジェイムズは続けて、「神人融合的な聖徳のさらに低次元の例」として、「十三世紀における聖ベネディクト派の修道女、聖ゲルトルード(Saint Gertrude, a Benedictine nun of the thirteenth century)」を挙げるが(82)、彼女についても基本的に同じような態度を示している。要するにジェイムズは、「理知欠乏(83)」ないし “Fanaticism”(84)を嫌うのである。このようにして、“Saintliness” そのものの価値は認めながら、同時に「批判」的立場を堅持するというジェイムズの姿勢は、彼の著書に学術的「参考書」としての信憑性を充分に保証している。これは、「学理的」文献に「参考書」として推奨するための必要条件であろう。

第二点は、“Saintliness” を論じた部分は『宗教的経験の諸相』の実質的中核だということである。この研究書の構成は、大まかに言えば、次のようになる。すなわち、短い「序文」に続く「第一講」で「宗教と神経学」を論じ、「第二講」では、この講義で考察する「宗教」を「制度」その他から切り離した純然たる個人的宗教体験に限定する。以下、このような意味での宗教では、見えざ

るものの存在を実感するという体験が不可欠であることを通して宗教の根源を明らかにし、さらに宗教を信じる人間に視線を移して、「健全な精神の宗教」、「病める魂」、「分裂した自己とその統合過程」、「回心（Conversion）」といった問題に進む。このような手続きを経て、「回心」の「実践的果実（practical fruits）」としての"Saintliness"に至るのである。続いて、"Saintliness"の「価値」の批判的考察に移り、さらに"Saintliness"と不可分の関係にある「神の現前（divine presence）」という感覚が客観的に真であるか否かを検証するべく、「神秘主義」の問題を検討する。ここで神秘主義が普遍性をもち得ないことを明らかにした上で、最終的に「哲学」の問題に移っていく。哲学が普遍妥当的な結論を求める以上、普遍性の問題は哲学を避けて通れないからである。その後ジェイムズは、宗教における審美的要素やカトリックとプロテスタントとの比較等々の付随的問題を論じ、「第二十講結論」に至る。すなわち、『宗教的経験の諸相』では、冒頭から全ての考察が"Saintliness"に向かって進行し、次いで"Saintliness"で考察された事例が自然に「結論」に流れ込むという構成になっているのだ。

ジェイムズ自身も、"Saintliness"が『宗教的経験の諸相』の核心であることを示唆しているかに見える。ジェイムズは、「第十一講（Saintliness）」の冒頭で、こう述べる。すなわち、「前回の講義〔＝「回心」についての講義――塚本注〕」は我々にある種の期待をもたせたが、「回心」が人生に対してどのような実践的果実をもたらしたかという問いと共に、「我々の課題の真に重要な部分（the *really* important part of our task）[85]」が始まるのだ、と。この「真に重要な部分」とは、言うまでもなく、第十一講から第十三講に至る"Saintliness"である。しかもこの部分は、「この一連の講義の中で我々の仕事の最も楽しい部分（the *pleasantest* portion of our business in these lectures）[86]」になるはずだ、とジェイムズは述べる。何故ならば、この部分は人間性の痛ましさを明らかにするような側面にも触れざるを得ないとはいえ、その主要な内容、すなわち「宗教的経験の最良の果実（the *best* fruits of religious experience）[87]」は、「歴史が示し得る最良のもの（the *best* things that history has to show）[88]」だからである。

以上のように、「第十一講」の冒頭に見られる表現には、強調の副詞（really）や最上級の形容詞（the pleasantest, the best）が目立つ。漱石がこのような強意語を見落とさなかったとすれば、"Saintliness" こそが『宗教的経験の諸相』のいわば頂点であることに気がつかなかったはずがあるまい。しかもこの部分は、厳密には「Lives of Saints」だとは言えないとしても、"Saintliness" あるいは "the saintly character" を獲得した人々の物語だとは言い得るのである。そうだとすれば、「James の *Religious Experience*」中でも、漱石が特に "Saintliness" の部分に注意を喚起した可能性は、きわめて高い。あるいはまた、漱石が「"Saintliness" で扱われた人々の生き方（lives）」といった表現を用いた可能性も、充分考えられるだろう。

以上から、従来注釈者を悩ましてきた「*Lives of Saints*」とは、実は "Saintliness"（および "The Value of Saintliness"）を意味するという仮説は充分成立するのではないか。それは、「*Lives of Saints*」と "Saintliness" との表面上の類似からばかりではなく、縷々述べてきた "Saintliness" の内容そのものからも無理なく導かれる帰結である。そうだとすれば、「James の *Religious Experience*；*Lives of Saints* 等適当なるべし」は、例えば、「James の *Religious Experience*、特に "Saintliness"（および "The Value of Saintliness"）の部分等適当なるべし」と読み替えるのが妥当であろう。

なお、この結論のいわば系（corollary）として、もう一つの可能性をも指摘しておきたい。それは、「*Lives of Saints*」の直前に記された「高僧伝」は中川の加筆であって、漱石自身の言葉ではないのではないか、という可能性である。『文学論』は、「宗教的情緒の強烈なることは古今東西に通じて争ふ可からざる事実」であるとし、「読者若し其一般を窺はんとせば宜しく宗教史或は高僧伝を繙くべし」と述べた後、「参考書」の一つとして「*Lives of Saints*」を挙げている。この文脈では、読者は「*Lives of Saints*」が「高僧伝」の一例だと解釈するのが自然であろう。ところが、金子健二の『聴講ノート』では「高僧伝」に対応する言葉が見当たらないのだ。この部分は「Religious emotion ノ共通ナルハ古今東西ヲ問ハズシテ同一ナリ一般ヲ知ラントセバ宗教史ヲ見バ分明ナラン」[89]である。金子が記した「共通」は「強烈」の誤りではないかとも思われ、この点では金子の『聴講ノート』も必ずしも信頼し得るとは言えない。しかし、「*Lives of Saints*」が “Saintliness”（および “The Value of Saintliness”）の誤りだとすれば、金子が「高僧伝」に対応する言葉を記していないという点に限っては、考慮すべき余地が残されている。ジェイムズが “Saintliness” を論じる過程で採り上げた人物には、ソロー（一八一七～六二）やヒルティ（一八三三～一九〇九）をはじめ、聖職者以外の例も多く含まれている。金子の『聴講ノート』が示唆しているように、実は漱石自身は「高僧伝」なるものに言及していないのではないかという推定も可能なのである。換言すれば、中川がジェイムズの著書に「*Lives of Saints*」なる伝記があると信じこみ、遡って本文に「高僧伝」を書き加えた可能性も否定することができないのである。

## 11　おわりに――本文と「注解」との関係に触れつつ

『文学論』は、上述のようにして「宗教的情緒の強烈なること」に触れた直後に、「近世の名家Ruskinが美の本質を神の属性に置けるも必竟其fの強きが為めならずんばあらず。氏の説の大要を挙ぐれば」として、ラスキン(一八一九～一九〇〇)の説を六項目に整理する。その(1)は、「彼は無限の美を以て神の不可解性より流れ出でたるものとす」であり、その(2)は、「彼は統一の美を以て神の可解性より流れ出でたるものとす」である(引用文中、傍点は塚本)。そうだとすると、ラスキンは神の属性の一つとして「不可解性」を挙げると同時に、それとは別の属性として「可解性」を挙げたことになろう。初めてこのあたりに眼を通したとき、私はひどく困惑した。ラスキンは、「神」が二つの正反対の属性を同時にもつ、と主張したのだろうか。また、「神の不可解性より流れ出でた」という「無限の美」は、「神の可解性より流れ出でた」という「統一の美」と正反対の性質をもつのだろうか。全知全能の神という概念は、ある意味で矛盾と逆説との上に成立しているようである。ラスキンはそういう側面を直視しようとしたのだろうか。そもそもラスキンは、どのような文脈でかく矛盾する言辞を弄したのか。

だが同時に、この疑問は比較的容易に解決できるのではないか、とも思えた。というのは、『文学論』はこれらの出典が『近代画家論(*The Modern Painters*, 5vols; 1843-60)』であることを明記しているからである。私がどうしても理解できない「神の可解性」という言葉は、『近代画家論』第二巻

第三編 第一部 第六章（Vol. II. Pt. III. sec. I. chap. iv.）に記されているようであった。私は、遠からぬうちに、『近代画家論』を所蔵している図書館で問題の部分をよく検討してみようと思いながら、様々な問題に忙殺されて、その余裕がなかった。

この疑問が解消したのは、平成十四（二〇〇二）年に上梓された金子三郎編『記録・東京帝大一学生の聴講ノート』に眼を通したときである。金子健二が「*Lives of Saints*」に言及していないことは既に述べたが、これを知ったのもこの時である。問題の箇所については、金子は、『文学論』と同じように、ロンブローゾ（一八三六〜一九〇九）の『天才論』（一八六四）やジェイムズの『宗教的経験の諸相』に触れた直後に、以下のように記していた。

尤モ面白キハ次ノコトナリ普通ニ concrete ナルガ為ニ感情ヲ起シ得ル或ル element（例：地平線ノ無限）ヲ此種ノ element（supernatural, God ノ如キ）ニ結合シテ説明シ感情ヲ高ムル道具ニスルコトアリ（中略）其例ハ近世ノ大家ナル Ruskin ニ於テ之ヲ見ルヲ得 Ruskin ハ type of beauty ヲ数多ニ分チ其 type ガ divine attribute〔sic〕ノ或物ヲ代表シ従テ美ト感ズルトノ考ニテ分テリ／第壱ニ Ruskin ハ infinity ヲ設ク即チ the type of **divine incomprehensibility** ナル名称ヲ下セリ如何ナル物ナルヤト問ハンニ天下地ト接スル wide horizon ヲ見ル毎ニ一種ノ emotion ヲ生ズ Infinity ハ divine attributes ノ一ナリ故ニ吾人ハ之ヲ見テ美ト感ズルナリ（以下略）／第二ニ彼ハ unity ヲ上ケリ之ヲ **divine comprehensiveness** ノ type ト名付ケリ。[90]（傍線部分は原文では下線、太字は塚本）

引用文中、「普通ニ」とは、特に「神」などを持ち出さなくとも、という意味である。この部分は、神などを持ち出さなくとも強い感動を喚起する無限の地平線のような場合、この対象を神などの「超自然的」なものに「結合シテ説明シ感情ヲ高ムル道具ニスルコトアリ」の意である。これに続く部分を一読しただけで、『文学論』における「神の不可解性」とはラスキンの言う“divine incomprehensibility”の訳語であることが分かる。同時に、「神の可解性」が“divine comprehensiveness”の訳語であること、および、これが“unity”に関わっていることも分かる。だがこれだけでは、その内容は判然としない。そこで金子は、“unity”の解説として、漱石が引用したと思われるラスキンの言葉、すなわち、“and all appearances of connection and brotherhood are pleasant and right, both as significative of perfection in the things of united, and as typical of that Unity which we attribute to God.”(91)〔孤立することなく兄弟のように結ばれているかに見えるものはすべて、眼に心地よく、また、原理的にあるべき姿であって、結びつけられた事物が完璧であることを表わすと同時に、〈神〉の属性と考えられる〈統一性〉をみごとに示している〕”という言葉を記録している。

蛇足を加えると、“incomprehensibility”および“comprehensiveness”は共に動詞“comprehend”の派生語だが、簡単に言えば、この動詞は“com(＝完全に)”と“prehendere(＝つかむ)”という二つの部分から成立している。「完全につかむ」という原義から、“comprehend”は、①「(性質、意味等を)把握する。理解する」、および②「(対象を)包みこむ、包含する」という二つの系統の意味をもつことになる。前者の意味から派生した形容詞形が“comprehensible”であり、名詞形が“comprehensibility”である。“incomprehensibility”における“in”が否定を表わす接頭語であることは、言うまでもあるまい。

そこで、“divine incomprehensibility” における “divine”、すなわち、「神の」という形容詞は、「人間が神を理解し得ないこと」というように、意味の上では「神」を目的語にすることになる。

他方、後者の意味から出た形容詞形は “comprehensive” となり、名詞形は “comprehensiveness” となる。そこで、“divine comprehensiveness” の場合、同じ形容詞 “divine” は「神」が主語であることを意味し、“divine comprehensiveness” は「神が完全に包みこんでいること、神が一切のものを包含していること」といった意味になろう。『文学論』における「神の不可解性」という訳語は常識的に充分理解できるが、「神の可解性」は完全な誤訳と言わざるを得ない。

金子の『聴講ノート』が出版された翌二〇〇三年、『漱石全集』第十四巻（第二刷）が出た。「第二刷」の「注解」は、従来の版では無視されてきたこの問題をとり上げ、「神の不可解性」の「原文は incomprehensibility で、神が無限の存在であること（したがって人間の理解を越える）。これに対して（中略）『神の可解性』の原文は comprehensiveness で、神がすべてを包括し統一していること」と述べる。簡潔ながら、要を得た解説である。「原文は」とある以上、注釈者はラスキンの『近代画家論』を参照したのであろう。金子の『聴講ノート』でお茶を濁した私としては、恥じ入らざるを得ない。

「注解」とは、本来本文の「注解」であり、したがって先ず本文の制約を受けざるを得ないだろう。この意味では、現行『文学論』本文の「注解」としては、右の「注解」は完璧だと言うこともできよう。だが、『文学論』成立の背景、すなわち、『文学論』は漱石が講義し中川がそれを「整理」したものであることが明らかであるという事情を考慮すれば、このような場合、巷間に行われている刊本に制約されることなく、漱石の講義そのものを可能な限り復元させようとする努力が必要ではないか。『文学論』研究とは、究極的には漱石研究の一部であるはずだからである。二〇〇三年版『漱石全集』第十四巻「注解」は、少なくとも部分的には、このような努力をしている。例えば、「第二編 第三章 f に伴ふ幻惑」では、「情緒の再発」という表現について、「注解」は次のように述べる。「漱石が東大で講義していた当時の英文学科の学生金子健二の聴講ノートを翻刻した金子三郎編『記録・東京帝大一学生の聴講ノート』（中略）によれば、漱石は講義では『emotion ノ revival』または『revival of emotion』という言い方をしていたらしい」と。この他にも、「注解」は十数回にわたって金子の『聴講ノート』に言及している。これは、現行の『文学論』を離れて、漱石の講義そのものに戻ろうとする試みであろう。

ただ、金子への言及がより必要と思われるラスキンの発言について、すなわち、『聴講ノート』に言及しさえすれば読者の誤解を避けられたはずの“divine comprehensiveness”については、「注解」はこの『聴講ノート』に触れていないのだ。これは何故か。より一般化して言えば、「注解」がどのような場合に金子の『聴講ノート』に言及し、どのような場合には言及しないのかという原則が不明なのである。私が危惧するのは、「注解」に頼りながら漫然と『文学論』に眼を通す読者は、本文中の「不可解性」と「可解性」という表現が中川の「整理」した訳語であることに気づかず、漱石が“divine comprehensiveness”という英語を充分理解しなかったのだと思い込むのではないか、ということである。極言すれば、私が危惧するのは「注解」がかえって読者の誤解を誘発する可能性である。

この機会に、これに類する二、三の例を挙げてみよう。同じく『文学論』「第一編 第二章」は、「犬も歩けば棒に当る」といった「具体的一般心理を最も多量に散見するのは恐く、世界文学中 *Don*

*Quixote* の右に出づるものあらざるべく、其主人公 Sancho の言語は悉くこの種の格言より成ると云ふて不可なかるべし」と述べる。『漱石全集』第十四巻（二〇〇三）「注解」は「其主人公 Sancho」について、「『ドン・キホーテ』の主人公はドン・キホーテ（Don Quixote）であり、サンチョ・パンサ（Sancho Panza）はその従者」とする。この指摘そのものは正しいが、金子の『聴講ノート』では、この部分は「Quixote ノ従者 Sancho ハ無教育者ナリ而モ格言諺ヲ巧ミニ用フ」である(92)。つまり、漱石は「Quixote ノ従者 Sancho」と述べた可能性が高いのである。この「注解」にも、再考すべき余地があるのではないか。

　また『文学論』は、同じ第二章で、モールトン（一八四九〜一九二四）がシェイクスピア論に用いた「'Supernatural Agency in the Moral World of Shakespeare' と題する章」に論評を加えている。この部分に関して右の「注解」は、『文学論』本文に「沙翁の描ける超自然的動作」とある表現を取り上げて、「supernatural agency」は「超自然的作用」とするのが妥当だと述べる。「注解」はさらに、「漱石はこの "supernatural agency" を『超自然的動作』（すぐ次の文中では『超自然力』）としている」と断定するのである（傍点塚本）。ところが金子の『聴講ノート』では、これらの部分では日本語を一切用いず、一貫して「supernatural agency」となっているのだ(93)。してみると、「超自然的動作」あるいは「超自然力」としたのは、漱石自身ではなく、中川芳太郎ではないか。つまり、この「漱石は」という断定は誤りではないか。

　中川芳太郎が『文学論』の原稿整理を依頼されたのは、明治三十九年春、文科大学在学中のことだと思われる。同年五月十九日（土）中川宛の書簡には「御願の文学論はいそぐ必要なし。面倒なればやめてもよし。僕は是非出版したい希望もない。通読の際変な事あらば御注意を乞ふ」という言葉があるからである。だが、ここで最も注目されるのは、漱石の中川に対する全面的信頼であろう。漱石は大学生たる教え子に、原稿を「通読」して「変な」ところがあったら、自分に「注意」してほしいとまで述べているのだ。少なくともこの時点では、中川に対する漱石の思い入れは尋常ではなかった。

ところが他方では、中川が「整理」した原稿に漱石は不満をもったという類いの挿話も少なくない。本多顕彰の言葉は既に紹介したが、小宮豊隆もまた、「漱石は中川芳太郎の仕事に不満足であつた」とし、漱石が中川の原稿に初めて目を通した時、「是は困つたことになつたものだ、と泌泌感じたのである」と述べる。小宮によれば、漱石が『文学論』を「全部書き改めてしまひたい気に」なった大きな理由は、「明治三十四・五年乃至明治三十六・七年（＝『文学論』のノートをとり、それを大学で講じた時期）の漱石と、明治三十八・九年乃至四十年（＝これを整理・出版することになった時期）の漱石との間には、人生に対する態度の上で、著しい変化があつた」ことである。したがって、ある意味では、「是は（中略）中川芳太郎の仕事に対する不満であるよりも、より多く、自分自身の仕事に対する不満である」と、小宮は述べる。(94)

この点についてては、おそらく小宮が述べている通りであろう。だが同時に小宮は、「その七月（＝明治三十九年七月）にやつと大学を出ようとしてゐる、若い中川芳太郎にとつて、この仕事（＝『文学論』の原稿「整理」）が到底背負ひ切れない事だつた」(95)とも述べる。これは、『文学論』本文の「整理」は、当時の中川が持っていた理解力の限界の中において行なわれた、ということである。一歩を進めれば、『文学論』は、「明治三十四・五年乃至明治三十六・七年の漱石」の思想をすら、正確には表していない部分を含んでいるかもしれない、ということである。特に、漱石が「悉く稿を新に」することができなかった部分、換言すれば「全部の訂正を終」ってから「先生更に遡つて、初めに簡なりし部分を改むるの意ありしと雖も、参考すべき前半は既に印刷を了へたるものなりしを以て、また如何ともなす能はざりしなり」と中川が明記した部分については、その可能性が高いということである。

繰り返すが、『文学論』の本文のうち、およそ三分の二にあたる部分が確定されたのは、当時中川がもっていた理解力の限界の中においてだったのだ。『英文学形式論』を編集・出版した皆川正禧は、本文を可能な限り漱石の講義に近づけようとして、日本語として充分定着していない訳語には、ふり仮名をつけるという方法を採った。例えば、「曖昧朦朧《ヴェーグ・アンド・オブスキューア》」とか、「内包、外延の意味《インテンシーヴ・アンド・エクステンシーヴ・ミーニング》」といった具合である。これに対して中川は、引用文以外は出来る限り漱石の用いた英語を日本語に置き換えようとしたようである。どちらの原則にもそれなりの意味があるとはいえ、『文学論』では、中川の原則は結果として少なからざる問題を生んでいる。

そうだとすれば、少なくとも『文学論』のある部分については、一字一句を金科玉条とすることなく、むしろ「批判的」にその真意を理解しようとする立場を保持しなければなるまい。それによって、我々は『文学論』のより正確な理解に近づくことができるからである。その際不可欠な参考資料の一つが、金子が残した『聴講ノート』なのである。

ただ、金子の『聴講ノート』は、その際の必要不可欠な資料ではあっても、それだけで充分であるわけではない。これに加えて重要なのは、漱石が言及している文献そのものに眼を通すという作業である。この点で、『漱石全集』第十四巻(二〇〇三年版)「注解」は全体としてはまことに有意義な成果ではあるが、既述のとおり、意外なところに問題が隠れている。『文学論』は、「F」すなわち「焦点的印象」の「説明」は「意識なる語より出立せざるべからず」とし、「意識の説明は『意識の波』を以て始むるを至便」だとして、ロイド・モーガン(一八五二～一九三六)の説を引いた。次いで『文学論』は、「これを事実に徴して証する」べく、以下のように述べる。

例へば人あり、St. Paul's の如き大伽藍の前に立ち其広壮なる建築を仰ぎ見て、先づ下部の柱より漸次上部の欄間に目を移し、遂に其最高の半球塔の尖端に至ると仮定せんに、始め柱のみ見つむる間は判然知覚し得るもの只だ其柱部にかぎられ、他は単に漠然と視界に入るに過ぎず、而して目を柱より欄間に移す瞬間には柱の知覚薄らぎ初めて、同時に欄間の知覚これより次第に明瞭に進むを見るべし、欄間より半球塔に至る間の現象も亦同じ。

前記『文学論』「注解」は、引用文中の “St. Paul's” について、「漱石はロンドンに到着して間のない明治三十三年十一月十七日の日記に『St. Paul ヲ見ル』と記している」と付記している。この指摘は重要だが、この日の漱石の体験とは別に、モーガンのいう「意識の波」そのものの中には “St. Paul's” を想起させる契機が潜んでいた、と私は考える。モーガンは、『比較心理学』第一章「意識の波(THE WAVE OF CONSCIOUSNESS)」で「意識下の要素(subconscious elements)」の重要性を強調したとき、先ず読者が自らの経験を省みることによって「意識下の要素」を確認することを求める。次いでモーガンは、それを確認するには、視覚における次のような事実が参考になるとし、以下のように続ける。

My further illustration is that from vision – in most of us the dominant sense. If we fix our eyes on any distant object, such as *a church spire* or clump of trees, this is in the focus of vision; but it is set in the midst of a wide visual fields. The focus shades off into and is surrounded by a margin, in which the objects, instead of being clear-cut and well-defined, like *the church spire* or the clump of trees, are dim and blurred in outlines. The focus here answers to the summit or crest of the psychical wave; the margin to its subconscious body, comprising all the rest.(96)（下線は漱石、イタリックは塚本）

すなわちモーガンは、ほとんどの人にとって最も重要な感覚、すなわち「視覚（vision）」に関して、次のような例を挙げているのである。例えば教会の尖塔、あるいは木立といった遠く離れた対象に視線を固定すると、それが視覚の焦点になる。その周辺にも視野が広がっているが、その視野に点在する対象は教会の尖塔や木立のようには輪郭がはっきりせず、ぼんやりとしか目に移らない。かかる視覚の焦点が、我々の意識における「意識の波」の頂点にあたり、その周辺に広がる光景が広大な潜在意識にあたるのだ、と。この部分については、漱石自身が一部下線を引いているばかりでなく、欄外に「vision ニ就テ」という書き込みを残している（図27参照）。つまり漱石は、「意識の

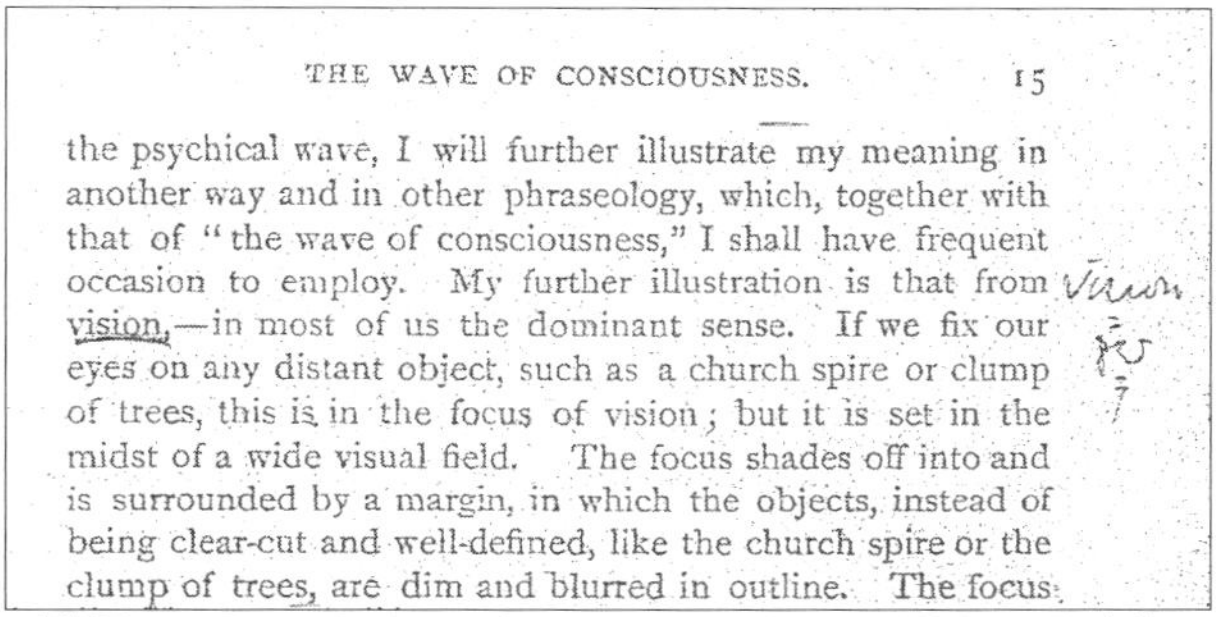
THE WAVE OF CONSCIOUSNESS.　15
the psychical wave, I will further illustrate my meaning in another way and in other phraseology, which, together with that of "the wave of consciousness," I shall have frequent occasion to employ. My further illustration is that from vision,—in most of us the dominant sense. If we fix our eyes on any distant object, such as a church spire or clump of trees, this is in the focus of vision; but it is set in the midst of a wide visual field. The focus shades off into and is surrounded by a margin, in which the objects, instead of being clear-cut and well-defined, like the church spire or the clump of trees, are dim and blurred in outline. The focus

図27　***An Intoroduction to Comparative Psychology* (1894), p.15.** より。

説明」についてはロイド・モーガンの説を採るとした時点で、既に「教会の尖塔」の例を想起していたのではないか、と思われるのだ。ただ漱石はモーガンが述べた例をそのまま繰り返すのを避け、モーガンの趣旨を自らのロンドン体験という「事実に徴し」た例に置き換えて、「焦点的印象」を「説明」したのであろう。このこと自体は、些細なことではある。だがここには、漱石の基本的姿勢、すなわち、最新の心理学理論についてもこれを鵜呑みにすることなく、常に自己の体験に「徴して」その妥当性を検証するという基本的姿勢を看取することができるだろう。

『文学論』は "St. Paul's" の例に続けて、「読みなれたる詩句を誦し、聞きなれたる音楽を耳にする時亦斯の如きものあり」(傍点塚本)と述べる。他方モーガンには、先の引用に続いて、"Music, which so often gives us a leading theme, vocal or other, and its setting or accompaniment, affords indeed an excellent illustration of what I am seeking to enforce,—that in addition to what is focal in consciousness (the theme) there is much that is subconscious or marginal."[97](下線は漱石)という言葉が見え、この部分の欄外には「例二」という書き込みが残されている(図28参照)。この一節の大意は、ほぼ以下のようになる。声楽にせよ器楽にせよ、多くの場合、音楽は主題となるメロディーと、その背景、すなわち、伴奏とから成り立っているが、この構造は自分の強調したい

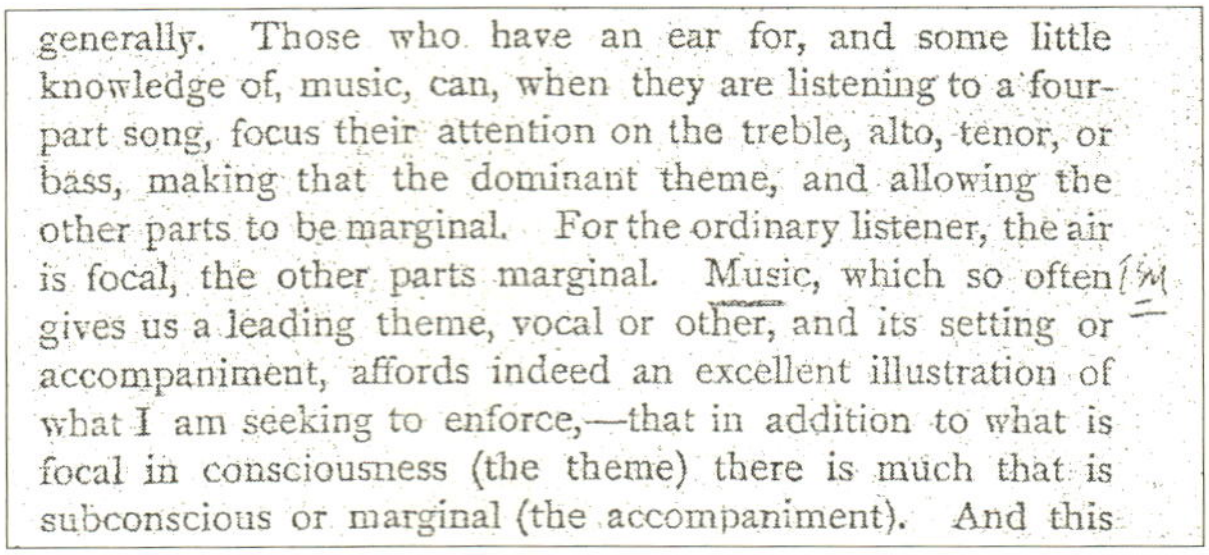
generally. Those who have an ear for, and some little knowledge of, music, can, when they are listening to a four-part song, focus their attention on the treble, alto, tenor, or bass, making that the dominant theme, and allowing the other parts to be marginal. For the ordinary listener, the air is focal, the other parts marginal. Music, which so often gives us a leading theme, vocal or other, and its setting or accompaniment, affords indeed an excellent illustration of what I am seeking to enforce,—that in addition to what is focal in consciousness (the theme) there is much that is subconscious or marginal (the accompaniment). And this

図28　***An Intoroduction to Comparative Psychology* (1894), p.15.** より。

ことの見事な解説になっている——自分が言いたいのは、主題となるメロディーが意識の焦点だとすれば、伴奏はその焦点の周辺に広がっている潜在意識のようなものなのだ、といったことである。

ここで私が注目したいのは、この一節の内容そのものではない。私が注目するのは、漱石が「St. Paul's の如き大伽藍の前に立ち其広壮なる建築を仰ぎ見て」云々といった「視覚」的実例、しかも、教会建築の実例を挙げた直後に、「聞きなれたる音楽」の例を挙げたことである。これは、モーガンが「教会の尖塔」を挙げた直後に、「音楽」を挙げていることに対応するのではないか、ということである。さらに、漱石が「St. Paul's の如き大伽藍」に言及し、モーガンは「教会の尖塔」に言及するのは、ともに「意識下の要素（subconscious elements）」の重要性を強調する過程においてだということである。第三に、両者ともに視覚的実例に論及した直後に、「音楽」を取り上げていることである。加えて、「注解」が指摘しているように、漱石はロンドン到着後の「明治三十三年十一月十七日の日記に『St. Paul ヲ見ル』と記し」たという事実がある、ということである。私には、これらはそれぞれ独立した事象ではなく、一見個々別々の点としか見えなかったものが、実は細い線で結ばれているのではないか、と見え始めたのである。これが私の完全な誤解でないとすれば、このような線、従来ほとんど問題にされなかった線が、『文学論』ばかりでなく漱石の創作にも縦横に張り巡らされている可能性はないのだろうか。

これは、簡単には結論を出すことができる問題ではあるまい。問題を『文学論』に限定しても、漱石が挙げた参考文献の全部に眼を通すのは、きわめて困難である。漱石は恐るべき読書家なのだ。とはいえ、それは『文学論』をよりよく理解するため、特に、漱石が「改むるの意」があったにも拘わらず「既に印刷を了へた」が故に改めることができなかった部分をよりよく理解するためには、やはり不可欠な手続きであろう。この作業が一個人にとっては不可能に近いとすれば、一人一人がそれなりの研究成果を積み重ねていくことによって初めて目標に近づくことができる類のものなのではあるまいか。本稿は、ささやかながら、そのような目標に向かって進もうとする「事実主義」的な試みのひとつである。

## 注

### 第1章

（1）『日本比較文学会々員名簿』（一九四八）、二頁。ちなみに、現在は年会費八千円。
（2）中島文雄『近代英語とその文体』（研究社出版、昭和二八）、一四六〜一四七頁。
（3）初出は『解釈』昭和三一年八月号。『夏目漱石・森鴎外の文学〈シリーズ文学④〉』（昭和四八）に再録。
（4）Wellek, *Concepts of Criticism* (1965), pp.282-295 に収録。
（5）Ibid., p.282.
（6）Ibid., pp.292-293.
（7）ヴァン・ティーゲム著、富田 仁訳『比較文学』（清水弘文堂、一九七三）「初版序文」一頁。
（8）同書、四三頁。カッコ内は Van Tieghem, *La littérature Comparée* (1951), p.42. より。
（9）この「緒言」は *Yearbook of Comparative and General Literature* 創刊号（一九五一）に収録されたが、ギュイヤール『比較文学』(Guyard, *La Littérature comparée* - QUE SAIS-JE?) では第六版（一九七八）以降は削除されている。
（10）ヴァン・ティーゲム著、富田訳『比較文学』、四一頁。ただし、Van Tieghem, *La littérature comparée* (1951), によって一部手を加えた。以下同じ。
（11）同書、四二頁。
（12）同書、一二七頁。
（13）同書。
（14）『新潮世界文学小辞典』（昭和四一）、一〇〇四頁。

(15)これは、ライプニッツ(一六四六～一七一六)の "theodicy"、すなわち悪の存在は神の全能や至善と矛盾するものではないとする説の影響だと言われている。

(16)ヴァン・ティーゲムは、「ポープは、『人間論』で、人間の二重性を胸を打つような文章で示したあと、合理的な楽天主義を述べている」とした直後、「ラマルティーヌは(中略)、『人間論』そのほかで、その最も感銘的な表現を写しとっているポープから(中略)意想をえている(前掲富田仁訳『比較文学』、一二七頁)」とする(なお、原文は、"Lamartine, dans *L'Homme* et d'autres, s'inspire de Pope dont il reproduit les expressions les plus frappantes,… (Van Tieghem, op. cit., p.106.)")。ただし、ヴァン・ティーゲムはその具体例や根拠については何も述べていないので、その当否については確認することができなかった。これには紙幅の制約もあるかもしれないが、具体例あるいは典拠をまったく示さないヴァン・ティーゲム記述そのものに、「正確さと確実さ」を認めるのは困難ではないか。

(17)前掲富田訳『比較文学』、六三頁。

(18)同書、六六頁参照。

(19)同書。

(20)同書。

(21)同書、一四九～一六一頁参照。

(22)同書、二四七～二六三頁参照。

(23)同書、二二頁。

(24)ギュイヤール著福田陸太郎訳『比較文学』(一九五三)、九～一〇頁。

(25)同書、一二頁。

(26)同書、一〇頁。

(27)同書、三〇頁。ギュイヤールは、正確な源泉の特定と偶然の一致とを区別することがいかに困難かを示す一例として、以下のように述べる。「チャールズ・モーガンは『旅』の中でバルベという名前の獄吏が番をしている大変奇妙な牢屋を描いているが、一方、ヴィクトール・ユゴーの『海に働く人々』、および『見聞録』の中に、同じ型の牢があり、獄吏の名前が同じくバルベである」と(九四頁)。ただし、この部分は原書第六版(Guyard, *La Littérature comparée* - QUE SAIS-JE? 1978)以降では削除されている。

(28) Wellek, op. cit., p.285.

(29)「『発動者』と『受容者』との関係に焦点を絞れば『影響』あるいは『源泉』研究になり、『発動者』が外国に及ぼした影響全体を追究すれば、その作家の『運命』研究になる」(注 21)参照。

(30) ギュイヤール著福田陸太郎訳『比較文学』、一〇頁。

(31) 同書、三八頁。Guyard, op. cit., p.30.

(32) Wellek, op. cit., p.293.

(33) 注(9)を参照。

(34) Wellek, "Comparative Literature Today" (1965). See *Discriminations: Further Concepts of Criticism* (1970), p.42.

(35) Ibid., p.41.

(36) Wellek, "The Name and Nature of Comparative Literature"(1968). See *Discriminations*, p.36.

(37) H. Remak, "Comparative Literature: Its Definition and Function" (Stalknecht and Frenz (ed.), *Comparative Literature: Method & Perspective* (1979) 所収)。特にレマク論文の "Selective Bibliography" を参照。

(38) 本稿では芳賀氏の訳を利用させていただいた。

(39)『学燈』六四年四月号三七頁。

(40) 同書、八月号三六頁。

(41) 同書、七月号三一頁。

(42) 同書、三〇頁。

(43) 同書。

(44)同書、九月号二六頁。
(45)同書。
(46)同書。
(47)同書、七月号三一頁。
(48)佐藤春夫『近代日本文学の展望』(昭和二五)、一九頁。
(49)同書、二〇頁。
(50)同書、一九〜二〇頁。
(51)(注10)を参照。
(52)「ギュイヤール著『比較文学』に載せたカレの『緒言』」については、(注9)、(注24)、(注34)を参照。
(53)『日本文学研究叢書・夏目漱石』(有精堂、昭和四五)、一一二〜一一六頁参照。
(54)James. *The Principles of Psychology*, I (1901), p.225. これは"Chapter IX"冒頭からの引用だが、『心理学大綱』第九章は「思考の流れ(The Stream of Thought)」と題されており、後述するように、引用文中の"Thought(思考)"は後にジェイムズが用いた「意識」と同義である。第九章冒頭でジェイムズは「思考」における五項目の「特徴」を挙げており、「思考は(中略)選択する」は五項目中最後の「特徴」である。なお、(注57)を参照。
(55)Ibid., pp.237-271.
(56)Ibid., p.263.
(57)Ibid., pp.263-264. *The Principles of Psychology* の初版が上梓されたのは一八九〇年だが、一八九二年にはその縮刷版とも言うべき *Psychology, Briefer Course* が出た。『心理学』(岩波文庫)は後者を底本としており、ここでは第十一章が「意識の流れ」と題されている。ジェイムズはここで初めて「意識の流れ」という用語を採ったわけだが、内容的には『心理学大綱』における「思考の流れ」と同一と考えられる。『心理学』では、問題の部分は「語が同一語彙に属し文法的構造が正しい時には、全く意味をなさぬ文でも、之を語る時は信じられ別段の攻撃をうけずに済むことがある」となっているが（上巻二〇九頁）、*Substantialism or Philosophy of Knowledge* (1870) 等々への言及はない。

(58) 第九章第五節の本文は、"*It* (=*consciousness*) *is always interested in more in one part of its object than in another, and welcomes and rejects, or* ***chooses,*** *all the while it thinks*（意識は常に対象の一部に対して他の部分に対するよりも大きな関心をもち、思考しながら歓迎したり拒否したりする。つまり、**選択する**のである。）（イタリックは原文、太字は塚本）" という言葉で始まる。Ibid., p.284.

(59) Ibid., 284 ff.

(60)『哲学辞典』（平凡社、昭和四八）、一四一三頁参照。

(61)（注58）を参照。

(62) Cf. It (=Thought) is interested in some parts of these objects to the exclusion of others, and welcomes or rejects....(James, op.cit., p.225.)

(63) 平岡・山形・影山編『夏目漱石辞典』（平成一二）、一四三頁。

(64) こういう論法もジェイムズに拠っているのは、ほぼ確実である。ジェイムズは『宗教的経験の諸相』で、無意識の領域に潜む痛ましい記憶のために精神的・身体的症状に悩まされているヒステリー患者に適切な「暗示」を与えると、その症状が消失すると述べる。次いで、「これらの観察記録は（中略）我々人間の持って生まれた性質の見方を一変させるものである」とする。これは、ヒステリー患者に見られる現象は一般人にも見られるはずだ、と言うに等しい（James, *The Varieties of Religious Experience*, 1902, p. 235.）。

(65) Lloyd Morgan. *An Introduction to Comparative Psychology* (1894), p.x. ただしモーガンは、「意識の波」をジェイムズのどの論文から借りたかについては明言していない。漱石手沢本の *The Varieties of Religious Experience* (1902) には、"But at present psychologists are tending, first, to admit that the actual unit [of mental life which figures most] is more probably..... the total mental state, *the entire wave of consciousness*..." （下線は漱石、イタリックは塚本、カッコ［ ］の

中は塚本が補充）という箇所があるが（p.231）、発行年代から見て、モーガンがこの部分に言及しているとは考えられない。おそらくモーガンは、これ以前にジェイムズの論文等で「意識の波」という表現を見出したのではないか。なお、引用文全体の趣旨は、心の中で起こっていることの全てを理解するためには、輪郭が明確な「観念」よりは「全体としての意識の波」という言葉を使った方がよく、このことは最近の心理学者が認めるようになりつつある、といったこと。

(66) Ibid., p.18. より。

(67) モーガンは、この図形で "Marginal" とされている領域を別の図形では "Sub-conscious" と呼び、また、「識域」下にも「一種の意識（a form of consciousness）」が存在することを認めて、これを "Infra-conscious" あるいは "Extra-marginal" とも呼んでいる。モーガンがこの領域を「無意識」と呼ばないのは、"unconscious consciousness" という語義矛盾を避けるためだと言う。Ibid., pp.33-34.

(68)（注58）参照。

(69) James. *The Principles of Psychology*, I (1901), pp.286-287. 参照。

(70) ジェイムズは、『宗教的経験の諸相』（一八〇頁）で、「愛の何等の源因なく突然として憎に変じ」た例を語った後、「スターバック教授は『宗教の心理学』一四一頁でこれと同様な例、および、その反対に憎悪が突然愛情に変化した例を挙げている」と述べている。漱石はこの記述からスターバックの *The Psychology of Religion* (1901) を知り、そこから直接「憎念の突如として愛情に変化するの例」を引用したと思われる。

(71) James, *The Varieties of Religious Experience*, p. 180.

(72) James, *The Principles of Psycholgy*, II, p.572. これは第二十六章「意志（Will）」の中にある言葉だが、前記 *Psychology, Briefer Course* でもそのまま採られている。

(73) 前掲富田訳『比較文学』一八〇〜一八一頁。

(74) 同書、一七四頁。

## 第2章

(1)スエトニウス著、国原吉之助訳『ローマ皇帝伝』(下)(岩波文庫、一九八六)、二五五頁。なお、*Suetonius* II (The Loeb Classical Library. Harvard University Press, 1959), p.267. を参照。

(2)ペトロニウス著、国原吉之助訳『サテュリコン』(岩波文庫、一九九一)、五四頁。なお、*Petronius Seneca* (The Loeb Classical Library. Harvard University Press, 1975), p.59. を参照。原文は "pavonina ova"、英訳では "Peahen's eggs"。

(3)アエリウス・スパルティアヌス他著、桑山由文・井上文則・南川高志訳『ローマ皇帝群像 2』(京都大学学術出版会、二〇〇六)、三一八頁。なお同書の訳注は、「アピキウスの『料理書』にはこのようなメニューは出てこない」とする(三一九頁)。また、アントニヌス・ヘリオガバルスの在位は、二一八～二二二年。

(4)元専修大学北海道短期大学教授久泉伸世氏のご教示による。この場を借りて久泉氏に感謝したい。

(5)塚田孝雄『シーザーの晩餐――西洋古代飲食綺譚』(時事通信社、一九九一)、「第一章 ローマの繁栄と市民生活」、七〇頁。

(6)正式には、*Vitae Diversorum Principum et Tyrannorum a Divo Hadriano usque ad Numerianum Diversis compositae* という。「紀元前一一七年に即位したハドリアヌス帝から約一七〇年間にわたるローマ皇帝たちの生涯を綴ったラテン語の伝記集」(『ローマ皇帝群像 2』凡例)である。

(7)この注解で『ギリシア・ローマ故事辞典』とされているのが、*Dictionary of Greek and Roman Antiquities* であろう。また、「漱石の蔵書中にある」とされる『古代ギリシア・ローマ伝記神話地理辞典』とは、*A Classical Dictionary of Greek and Roman Biography, Mythology, and Geography* である。

(8)塚田、前掲書、四一〇頁。

(9)*A Dictionary of Greek and Roman Antiquities, edited by William Smith* (Third American Edition) Carefully revised and containing numerous articles relative to the botany, mineralogy and zoology of the ancients by Charles Anthon, LL.D. Professor of Greek and

Latin languages in Columbia College and Rector of the Grammar School (Harper & Brothers, 1843), p.747. 本稿でこのアメリカ版（一八四三）によったのは、一八五六年版を参照することができなかったからである。また、「クジャク」の項は原著者の執筆ではなく、「古代の人々の動物学」との関連で校訂者が付け加えた可能性も考えられる。なお、*Dictionary of Greek and Roman Geography* では、「クジャク」にかかわる見出し語そのものが見当たらない。

（10）*The Natural History of Pliny* (Bohn's Classical Library. n.d.) Vol. V, p.413.

（11）Ibid. この脚注で「エラガバルス」とされているのは、後述するように、既に触れた「ヘリオガバルス」と同一人物である。前者はシリア語系の呼称、後者はギリシア語系の呼称だという。従って、ここで「ランプリディウスの『エラガバルス帝の生涯』」とあるのは、『ローマ皇帝群像 2』で「アントニヌス・ヘリオガバルスの生涯」とされている文献と同一ということになる。ただし、この記述中の「ヒバリ」は『ローマ皇帝群像 2』では「ナイチンゲール」と、また「癲癇」は「疫病」となっており、原文では、それぞれ "lusciniarum" および "pestilentia" である (*The Scriptores Historiae Augustae* II〔Loeb Classical Library. Harvard University Press, 1967〕, p.146.)。つまりこの「訳注」は、究極的には *Historia Augusta* に依っているようであるが、細部における正確さには問題があるのではないか。

（12）注（11）を参照。『ローマ皇帝群像 2』の訳注は、「ヘリオガバルス（正確にはエラガバルス）は彼が神官を務めていた神の名で、彼の呼び名ともなったが、公的な記録にはこの名は現われない」とする（二八三頁）。

（13）ただし、同じくスミスが編纂した *A Dictionary of Greek and Roman Biography and Mythology*, (AMS Press Inc., New York. 1967) では、"Elagabalus" の項に "Had he [=Elagabalus] confined himself to the absurd practical jokes of which so many had been recorded; had he been satisfied with supping on the *tongues of peacocks* and nightingales,…"（イタリックは塚本）という記述がある。「エラガバルスの馬鹿馬鹿しい悪ふざけは数多く記録されているが、もし彼がそれ以上の行動に出なかったら、つまり、もし彼が孔雀やナイチンゲールの舌を食べるといったことで満足していたら…」という一節である。しかし、漱石がこの版に接したと考えるべき根拠は見出せない。この例に見られるように、スミスの編纂に関わる辞典類では、同一の人物についても版によって記述内容にはかなりの相違がある場合がある。

(14) Cooper. *A Biographical Dictionary*. (Bell, 1892). Brewer. *Dictionary of Phrase and Fable*. (Cassell, 1896)

(15) スエトニウス著国原吉之助訳『ローマ皇帝伝』(下)(岩波文庫、一九八六)二五五頁。なお、前掲 *Suetonius*, p.267. 参照。また、この大皿のデザインは、「幻影の盾」のそれと酷似しているが、両者の間に直接的影響関係があるとは考えにくい。

(16) 例えば、ギボン原著中野好夫訳『ローマ帝国衰亡史』第一巻(筑摩書房、一九七六)は、第六章で「エラガバルス帝の愚行」をかなり詳しく語っているが(一六二〜一七四頁)、「孔雀の舌」への言及は見られない。

(17) 中野定雄他訳『プリニウスの博物誌』第一巻、(雄山閣、昭和六一)、四四三頁。なお、Pliny. *Natural History*. Vol. III. (The Loeb Classical Library. Harvard University Press, 1956), p.321. 参照。

(18) 中川芳太郎『英文学風物詩』(研究社、昭和八)、六九二頁。

(19) Scott. *Kenilworth*. (Routledge. Sixpenny Edition. n.d.), p.134.

(20) Tennyson. *Gareth and Lynette* (Macmillan, 1893), p.27. この前後は、"Then half-ashamed and part amazed, the lord / Now looked at one and now at other, left / The damsel by *the peacock in his pride*. (イタリックは塚本)" となっている。要するに、「領主は(中略)尾羽を広げた孔雀の傍らにこの乙女を置いたまま立ち去った」ということで、プロット上も語法上も、なんら問題とするべきところはない。漱石が下線を引いたのは、「尾羽を広げたまま(食卓に置かれた)孔雀」そのものに注目したからである。

(21) Ibid., p.89.

(22) 例えば、『新英和大辞典』(研究社、一九八〇)を参照。ただし、普通の学習辞典程度のものにはこの語義は収録されていない。

(23)『漱石全集』「注解」ではこれを「サスキアという自分」としているが、「放蕩息子の酒宴」とする説もある。

(24)漱石文庫には、Barbeau, *Life and Letters at Bath in the Eighteenth Century* (1904) が残されており、漱石が滞英中に利用した *Baedeker's Great Britain* (1897) では "Bath" の項でこの町の歴史を簡単に解説している (p.117.)。

(25)金子三郎編『記録――東京帝大一学生の聴講ノート』(辞游社、平成一四)、三五八頁参照。

(26)同書。ただし、漱石がここで "sentiment" という表現を用いたのか、それとも金子が "element" を "sentiment" と聞き違えたのかは、分からない。

(27)この章には、例えば "Gladly would he (=Nero) raze the city (=Rome) to the ground or *destroy it with fire.*" とか、"He (=Nero) would fain exhibit himself in the Olympic games, *as a poet with his verses on the burning of Troy,*…" (イタリックは塚本) とかいう言葉が見られる。Sienkiewicz. *Quo Vadis*. Trans. by S.A. Binion and Malevsky, (Routledge, 1901), p.273.

(28)Ibid., p.502.

(29)ペトロニウス著、国原吉之助訳『サテュリコン』(岩波文庫、一九九一)、四七頁。なお、*Petronius Seneca* (The Loeb Classical Library. Harvard University Press, 1975), pp.47-49. を参照。

(30)同書、七二、一二九頁。なお、Ibid., pp.153-167. を参照。

(31)前掲『ローマ皇帝群像2』三三二頁。

(32)同書、三三八頁。

(33)スエトニウス『ローマ皇帝伝』(下)(岩波文庫、一九八六)、一一八頁。クラウディウスの在位は四一〜五四年。なお、*Suetonius* II (The Loeb Classical Library. Harvard University Press, 1959), pp.63-65. を参照。

(34)同書、一五二頁。ネロの在位は五四〜六八年。なお、Ibid. p.115. 参照。

(35)同書、二五五頁。ウィテリウスの在位は六九年一月〜十二月。なお、Ibid. p.267. 参照。

(36)Seneca: *Moral Essays* II (The Loeb Classical Library. Harvard Univ. Press, 1958), p.448.

(37)Sienkiewicz. *Quo Vadis*, Trans. by S. Binion & S. Malevsky (1901)., p.28.

(38)ネロの廷臣。注(35)のウィテリウス帝(Vitellius)とは別人。

(39) Sienkiewicz., op. cit., p.303.
(40) Ibid., p,77.
(41) Ibid., p.221.
(42) Ibid., p.357.
(43)『寺田寅彦全集』第四巻（岩波書店、一九九七）、二八七頁。
(44) 東京都立葛西臨海水族園元園長・祖谷勝紀氏のご教示によれば、フラミンゴが上野動物園に初めて登場したのは昭和八年ごろではないかという。また、氏によれば、孔雀の舌が美味だったとは思われないが、フラミンゴの舌には砂肝に似た微妙な舌ざわりが感じられるのではないか、とのことである。
(45) *Apicius. L'art culinaire* Text Établi, Tradui et Commenté par Jacques André (Societé d'Édition ‹Les Belles Lettres›,1987), p.60.
(46) Ibid.,
(47) Ibid., pp.64-65.
(48) bid., pp.180-181.
(49) 中野定雄他訳前掲書、四六〇頁。なお *The Natural History of Pliny* (Bohn's Classical Library) Vol, II は、ここで "phoenicopterus" とラテン語をそのまま用い、脚注で "Literally, the 'red-wing.' The modern flamingo." としている（p.528.）。
(50) *Apicius,* op. cit., pp.65-66.
(51) Ibid., p.183. なお、ここには参考文献としてプリニウス、セネカ『書簡集』、ランプリディウス「ヘリオガバルス伝」等が挙げられている。
(52)（注1）参照。
(53) 本章「2『孔雀の舌』の周辺」参照。

(54)小宮豊隆『夏目漱石』(二)(岩波書店、昭和二九)、二〇五頁。

(55)江藤 淳『夏目漱石』(講談社、昭和三五)、二四頁。

(56)同書、六四頁。

(57)本稿では、岡三郎『夏目漱石研究』(第一巻)(国文社、一九八一)より引用。

(58)松平千秋訳『イリアス』(上)(岩波文庫、一九九二)では、「第一歌」で「アキレウス」が「パラス・アテネ」に「アイギスを持つゼウスの姫君よ」と呼びかける部分の注に、「アイギスの本義はよく判らない。一般には楯のようなものと解されている」という一節がある(三九四頁)。同書「第二歌」で「不朽不滅の尊いアイギスを身につけたアテネの姿」の注では、アイギスの「実体はよく判らない」とした上で、「この個所の叙述によれば、それは『楯』というよりは、肩から羽織って一種の鎧か胸当のようなものかと想像される。語源的には『山羊皮』と関連のある語に相違ない(異説はあるが)」と述べている。Smith(ed.), *Everyman's Smaller Classical Dictionary* (1952) および *Encyclopedia Britannica* (1966) 等を参照すると、アイギスとは、ギリシア神話の最高神ゼウスが娘アテーネーに与えた盾で本来雷雲の象徴だったが、ホメロスの時代には山羊皮で造った盾を意味するようになり、さらに時代が下って、ローマ神話でユピテルがゼウスと、また、ミネルヴァがアテーネーと同一視されるようになると、金属製の盾と考えられるようになった、と考えてよさそうである。漱石が目を通した Gayley. *The Classical Myths in English Literature* (1911) でペルセウスがメドゥサを退治する場面では、"…Perseus approached, and, guided by her image reflected in the bright shield which he bore, cut off her head,…(ペルセウスは〔メドゥサに〕近づき、手に持ったキラキラと輝く盾に映る彼女の姿に導かれて、彼女の首を斬り落とした…)"と描かれている(p.208)。

(59)詳しくは、塚本『漱石と英文学』(彩流社、二〇〇三)第二章および「増補版あとがき」参照。

(60)岡、前掲書、五一二頁。

(61)本章「2『孔雀の舌』の周辺」、特に(注15)を参照。なお、前掲『ローマ皇帝伝』(下)二五五頁、および、前掲 *Suetonius* II (The Loeb Classical Library), p.267. を参照。

(62) 同書。なお『ローマ皇帝伝』(下)は、この「楯」について「アクロポリスのペイディアス製作の巨大なアテネ(ローマのミネルヴァ)女神の楯への言及らしい」という注を付けており(三五六頁)、*Suetonius* II もまた同じ趣旨の注をつけている(pp. 266-267)。アテネのアクロポリスに立つこの巨大な女神の像もまた、アイギスを手にしていたのであろう。

(63) Lacombe. *Arms and Armour* (1876), p. pp.152-153. を参照。

(64) Ibid.

(65) Gayley. *The Classical Myths in English Literature* (1903), p.368.

(66) Tennyson. *Lancelot and Elaine* (Macmillan, 1865), p.1.

(67) Ibid.

(68) Morgan. *An Introduction to Comparative Psychology* (W. Scott, 1894), p.80.

(69) M. Luce. *A Handbook to the Works of Alfred Lord Tennyson* (Burt Franklin,1908) は、" 'The Lady of Shalott', as everyone knows, is afterwards to be 'The lily maid of Astolat.' (「シャロット姫」は、周知のように、後に「アストラットの百合の乙女」になる)" としている(p.113.)。他にも同様の指摘は多く、漱石もこれを熟知していた。

(70) *Selections from Tennyson.* Ed. With Introduction and Notes by F. J. Rowe & W. T. Webb (Macmillan,1896), p.7.

(71) Ibid., p.9.

## 第3章

(1)『吾輩は猫である』(十一)が『ホトトギス』に掲載されたのは、明治三九年八月。

(2) 初出は『新小説』明治三九年五月号。吉田・福田監修、塚本編『比較文学研究・夏目漱石』(朝日出版社、昭和五三)に再録。

(3) 同書、二七五~二七六頁。

(4)ホフマン著、秋山六郎兵衛訳『牡猫ムルの人生観』上巻(岩波文庫、昭和三一)、六六頁。
(5)同書、一〇六～一一八頁参照。
(6)明治四十二年三月十二日の日記には、「アンドレーフの独訳ジーベン、ゲヘンクテンの一章を豊隆に読んでもらふ」とあり、『漱石全集』第二十巻(一九九六)「注解」は、「『それから』(中略)にその最後の場面が引かれている」ことを指摘している。『ムル』の場合も、これに近いやり方で急いで情報を入手した可能性も考えられる。
(7)ホフマン著、秋山訳、前掲書、二〇頁。
(8)塚本「『文学論』の比較文学的研究」(『日本文学』昭和四二年五月号参照。塚本編、前掲書に再録)。
(9)浜野修「漱石の『猫』とホフマンの『猫』と」(『浪漫古典』第六輯、昭和九年九月。『夏目漱石全集』別巻、筑摩書房、昭和四八に再録)。秋山六郎兵衛「漱石の『猫』――ホフマンの『猫』と比較して」(『思想』昭和一〇年一一月号。『現代と文学精神』、三笠書房、昭和一六に再録)。石丸静雄「二つの猫文学と現代」(『外国文学』第五号、宇都宮大学、昭和三〇年一〇月)。秋山六郎兵衛「猫文学小考――漱石の『猫』とホフマンの『猫』を比較して」(『福岡商大論叢』第六巻第三号、昭和三一年一月。塚本編前掲書に再録)。吉田六郎『「吾輩は猫である」論――漱石の「猫」とホフマンの「猫」』(勁草書房、昭和四三)等。
(10)板垣『漱石文学の背景』(鱒書房、昭和三一)、五四頁。板垣が挙げた「類似点」を列挙すれば、「(一)擬人法、(二)物語の平行線的叙述(交互的な叙述法)、(三)二つの筋の盛りあげ方について、(四)作品の最後の一致、(五)猫のインテリ性について、(六)諷刺の複雑さについて、(七)他の猫族についての描写、(八)猫の恋愛事件、(九)作品の書出しの一致、(十)背景の文化的なこと、(十一)猫を主人公にえらんだこと、(十二)牡猫の系列にたつこと」である。
(11)吉田六郎、前掲書、八～一四頁参照。ただし吉田は、「漱石がホフマンをまねた」という言い方に「附着してくる卑俗な観念が、『吾輩は猫である』には全然通用しない」とも言う(三五頁)。
(12)ギュイヤール著、福田陸太郎訳『比較文学』(白水社、一九五三)、九四頁参照。引用文中、「(モーガンの)小説『旅』」とは、*The Voyage* (1940) のこと。ただし、同書第六版 *La littérature comparée (Sixième edition mise à jour)* QUE SAIS-JE? (1978) 以降では、この部分が削除され、"Quant aux sources proprement dites (pour nous les sources étrangères), nous avons vu ( chap. II ) combien il était difficile de les distinguer des coïncidences, des rencontres des pensée ou même d'expression.(p.80.).（いわゆる源泉〔比較文学の場合には外国の源泉ということになるが〕については、源泉と偶然の暗合との識別、すなわち、外国に源泉がある場合と、思想あるいは表現でさえもが外国の作品と偶然に一致している場合との識別がどれほど困難かは、既に第二章で見たとおりである。）"という一般論に改められている。

(13)板垣、前掲書、五四～五五頁。

(14)畔柳都太郎「大学教授時代」、『新小説臨時号・文豪夏目漱石』、大正六年一月、三三頁。

(15)板垣、前掲書、五六頁。この推論自体は妥当であろう。ただし、ホフマンの名が挙げられているからといって、『ムル』への言及があるとは限らない。例えば、漱石所蔵のLombroso: *The Man of Genius* には、"E.T.A.Hoffmann, that strange poet, artist, and musician, whose drawings ended in caricature, his tales in extravagance, and his music in a mere medley of sound, but who was, nevertheless, the real creator of fantastic poetry, was a drunkard. (p.90. 下線は漱石）"とあるだけで、『ムル』への言及はない。

(16)同書、五二頁。

(17)同書、五四頁。

(18)同書、五二頁。

(19)板垣論文は、初め「漱石の猫とホフマンの猫」という題で『明治大正文学研究』第七号（昭和二七年六月）に掲載されたが、この時点では「ホフマンの『ムル』と漱石の『猫』との類似」は、「1、物語の平行線的構成、2、各々筋の盛り上げが工夫されている、3、諷刺的内容をもつこと、4、猫の非凡なインテリ性、5、他の猫族描写、6、猫の恋愛事件、7、作品の始まりの一致、8、猫の背景の高級なことについて、9、猫を主人公にえらんだこと」の九点にとどまっている。ところが、『漱石文学の背景』では「類似点」が十二点に増えているのだ。板垣はおそらく、漱石とホフマンとの接点が不確実に過ぎることを意識して、「類似点」の数を増やしたのではあるまいか。

（20）大村喜吉『漱石と英語』（本の友社、平成一二）所収。「出典一覧」によれば、初出は『英語と英文学』第八七号（一九六三・六）、四～五頁。

（21）同書、一二一～一二二頁。

（22）Brandes, *Main Currents in Nineteenth Century Literature* (Vol. II). *The Romantic School in Germany* (Heinemann, 1902), p.150. この部分に関するブランデスの解説はやや不正確である。「編集者の序文」によれば、ムルが「自分の人生観を書いたときに、自分の主人のところにあった印刷した書物を遠慮なく引きさいて、それを無邪気に下敷や吸取紙に使用した。これらの紙が原稿の中にそのまま残って、（中略）不注意からその原稿の一部として一緒に出版された」のである（ホフマン著、秋山訳前掲書、八頁）。

（23）漱石所蔵の英訳本では、このドイツ語に正確に対応する単語がないので、原語のまま用いるという注が付けられている。Ibid.,p.162.

（24）Ibid., p.173.

（25）Cf. Ibid., pp.158-173.

（26）板垣、前掲書、四〇頁。

（27）同書。

（28）Scher, Steven Paul, “Hoffmann and Sterne: Unmediated Parallels in Narrative Method” in *Comparative Literature* (Volume XXVIII iii, Fall 1976, No. 4), pp.309-310.

（29）清水孝純『漱石・そのユートピア的世界』（翰林書房、一九九八）、一七四頁。

（30）Cf. Sher, op. cit., p.310.

（31）Ibid., p.324.

（32）板垣、前掲書、四六頁。

（33）夏目鏡子述、松岡譲筆録『漱石の思ひ出』（岩波書店、昭和四）、一三一～一三四頁。

（34）角川版『夏目漱石集 Ⅰ』（角川書店、昭和四八）、四九一頁（執筆者は松村達雄・斉藤恵子）。なお、漱石とアンドレア・デル・サルトとの接点は他にもある。『漱石全集』第一巻（一九九四）、「アンドレア、デル、サルト」の注を参照（五七四頁）。

（35）これがアウグスト・ヴァイスマンであることを初めて指摘したのも、前記『夏目漱石集 Ⅰ』（昭和四八）ではあるまいか。同書、一五三頁参照。

（36）『大辞林』（一九八九）、「わがはい」の項参照。二十世紀初頭では、この語は現代人が感じるほどには「古風」ではなかったかもしれないが、「尊大」な言い方だったことは明らかである。

（37）『漱石全集』第二十六巻、五三四頁。ここには山内久明氏による和訳が添えられている。なお、この「ヤング」は、*The Japan Chronicle* で活躍していたイギリス人記者 Robert Young (1858-1922) である可能性は考えられないだろうか。同紙は一九〇五年に *The Kobe Chronicle* から「ジャパン・クロニクル」に名称を変更したが、その目的は名実ともに地方紙から全国紙への転換を図ることだったと言われている。そうだとすれば、全国紙として紙面を一新しようとする構想の中に、『猫』によって一挙に文名が上がった漱石関係の記事を載せようとする企画が含まれており、そのため漱石に接触したと推測しても不自然ではあるまい。識者の誨えを乞いたい

（38）安藤貫一についての研究では、和田長丈「『吾輩は猫である』を最初に英語訳した安藤貫一」（『大学図書館問題研究誌』第二六号、二〇〇四年、所収）が最も参考になった。

（39）東北大学附属図書館編『漱石文庫蔵書目録』では八五頁、『漱石文庫マイクロフィルム目録』では六五頁。分類番号は両者とも「1100」。なお前者には、“12°”（“twelvemo” または “duodecimo”）、すなわち、「十二枚折判」というこの蔵書のサイズが記されているが、後者ではこの記載はなく、「MFNO」（マイクロフィルム・ナンバー）お

よび「始コマNO」が記されている。また、安藤によるこの英訳本は、岩波版『漱石全集』第二十七巻（一九九七）の「漱石山房蔵書目録」には収録されていない。

（40）*I am a Cat* (Hattori Shoten, 1906), p.3.

（41）訳文は『漱石全集』第二十六巻（一九九六）、三六二頁参照。

（42）英訳すれば"Translators are traitors."となる。ただ、これでは原語がもつ気の利いた言い回しの効果が失われてしまうため、英語の文献でもイタリア語のまま使われることが少なくない。またこの諺は、ヨーロッパ文化圏内での翻訳を想定しているのではないかと思われるが、そうだとすれば、日本語からヨーロッパ語への翻訳、つまり言語的にも文化的にもきわめて異質な言語間での翻訳は、いっそう困難だということになろう。

（43）高浜虚子「『猫』の頃」（『漱石全集月報』第一号、昭和三年三月第一回配本附録）七頁。

（44）前記山内氏の和訳による。

（45）『新英和大辞典』（研究社、一九八〇）、"we"の項を参照。ただし、一般には"regal we"ではなく"royal we"と言う。

（46）『ガルガンチュア』の著者ラブレーと『ドン・キホーテ』の著者セルバンテスと、『トリストラム・シャンディ』の作者スターンとは、漱石の意識では相互に近接する位置を占めていたようである。漱石がスターンを論じた「トリストラム、シヤンデー」の冒頭近く、「『スターン』を『セルバンテス』に比して世界の二大諧謔家なりと云へるは『カーライル』なり」という言葉があり、また、「〔スターンが〕『バートン』『ラベレイ』を剽窃する事世の批評家の認識するが如きにせよ」、スターンは「仮令百世の大家ならざるも亦一代の豪傑なるべし」と述べている。スターンが「『ラベレイ』を剽窃」したとすれば、両者の作風には共通する部分が少なからず認められるということになろう。

（47）「非常に狭いもののたとえ」として、「猫の額」という表現が用いられる（『岩波国語辞典』〔一九八七〕を参照）。

（48）*Bartlett's Familiar Quotations* (Little, Brown and Company, 1992), p.488. この噂は Calorine Holland, *Notebooks of a*

*Spinster Lady* (1919) で知られるようになったが、細部については不明なところが多い。

（49）Schmidt, *Shakespeare-Lexicon* (G. Reimer, 1886), pp.1342-3.

（50）漱石文庫所蔵の *The Tragedy of King Richard II.* With an Introduction and Notes by K. Deighton (Macmillan, 1896), p.3. より引用。

（51）リチャードの台詞中、"our leisure would not let us hear," という台詞については、*The Norton Shakespeare* (Norton and Company, 1997) は、"That is, lack of leisure. Richard uses *the royal 'we'*."（ここで〈仕事から解放された時間〉とは、〈仕事から解放された時間がない〉の意味であり、また、リチャードは王者の 'we' を用いている。）という注をつけている (p. 953)（引用文中イタリックは塚本）。

（52）Ibid., p.953.

（53）『リチャード二世』では、物語が進行するにつれて事件の真相らしきものが浮かび上がってくる。ヘンリー・ハーフォードは、グロスター公の死がリチャードの命によるものであることを知っていたが、公然とリチャードを非難することはできないので、グロスター監禁の責任者であるモーブリーを告発したと思われる。他方、モーブリーは王の命令に忠実に従ってグロスターを殺したのにそれを公表することができず、しかも反逆者として告発されたので、激怒するのである。Cf. *The Norton Shakespeare* (1997), p.943.

（54）これは、後述する「不対法」的な効果、あるいは、「バーレスク」的効果である。

（55）金子三郎編『記録 東京帝大一学生の聴講ノート』（辞游社、平成一四）、四一四頁。

（56）中川は、『文学論』出版の経緯について、「〔漱石自身による〕其校正の如きも最初一二篇は単に字句の修正にのみ限られしも、中頃、整理の際省略に過ぎ論旨の貫徹を欠く節多かりしを以て、先生の筆を添ふること漸く密に、遂に第四篇の終り二章及び第五篇の全部に至りては悉く先生により稿を新にせざるべからざりしなり」と述べている（『漱石全集』第十四巻、一七頁）。そうだとすると、漱石が「稿を新に」したのは「第四編第六章 写実法」以下であり、同「第五章 対置法」までは中川が「整理」したことになる。ところが『漱石全集』第十四巻

(二〇〇三)「後記」によれば、「不対法」の部分は「中川の浄書を破棄し、漱石が書き直した部分」に含まれている。そうだとしても、「不対法」という表現自体は中川の訳語をそのまま採ったのではなかろうか。

(57)金子、前掲書、四一二頁および四二〇～四二五頁参照。

(58)同書、四二一頁。なおこの『ノート』では、「緩勢法」に対応するのは"Contrast of Relief"(四一二頁)、「強勢法」は"Intensive Contrast"(四一三頁)、また、以下で触れる「仮対法」は"Quasi-contrast"である(四一七頁)。

(59)『太平記』第十六巻「正成下向兵庫事」には、「正成是ヲ最後ノ合戦ト思ケレバ、嫡子正行ガ今年十一歳ニテ供シタリケルヲ、思フ様有トテ桜井ノ宿ヨリ河内へ返シ遣ハストテ庭訓ヲ残シケルハ『(中略)一族若党ノ一人モ死残リテアラン程ハ、金剛山ノ邊ニ引篭リテ、敵寄来ラバ命ヲ養由ガ矢先ニ懸テ、義ヲ紀信ガ忠ニ比スベシ。是ヲ汝ガ第一ノ孝ナランズル。』ト**泣々**中含メテ各東西へ別ニケリ。」(太字は塚本)とある(『太平記二』「日本古典文学大系35」、岩波書店、昭和三九、一五一頁)。

(60)「不対法」的な「対立」が自然に発生する例として、漱石は「荘重ナル式場ニ突然一匹ノ犬ガ入リ来リテ席ノ中央ニ上リ欠伸ヲナシテ頚ヲ噛ムコト」という例を挙げたようである(金子、前掲書、)。だが、このような場合、観察者の視点によっては、笑いではなく怒りの反応を示すこともあり得るだろう。やはり観察者ないし作者の視点なしには「不対法」は成立し得ないのではなかろうか。

(61) Fielding, *The Adventures of Joseph Andrews* (The World's Classics. 1951), p.3.

(62)フィールディングは、文体と内容との乖離から生まれる滑稽感を意識的に利用した。彼は*Joseph Andrews*(1742)の「序文」で、この作品では「バーレスク」的な語法を利用したが、これは「古典」の教養ある読者を楽しませるためだといった趣旨の言葉(In diction I think, burlesque itself may be sometimes admitted; of which many instances will occur in this work ... not necessary to be pointed out to the classical reader; for whose entertainment those parodies and burlesque imitations are chiefly calculated.)を記している(Fielding, op. cit., p.2.)。

(63)この「学者」の名前は"Phutatorius"とされており、これは、"copulator, lecher"の意である(Cf. Sterne, *The Life and Opinions of Tristram Shandy*, edited by James A. Work, The Odyssey Press, 1960. p.193.）。これに限らず、スターンには性的な含意をもつ冗談が少なくないが、『猫』にはこの種の笑いは一切見られない。

（64）『漱石全集』第十四巻（二〇〇三）は「嫉む」を「ねたむ」と読ませているが（三六一頁）、これは明白な誤りである。文脈を云々するまでもなく、「ねたむ」ではこの部分の論理が成立し得ないからである。この「嫉」は「憎」と同義で、「嫉む」は「にくむ」と読まなければならない。

（65）塚本『漱石と英文学』（彩流社、二〇〇三）、五五七頁参照。

（66）金子編、前掲書、四二五~四二九頁参照。なお、シェイクスピアの作品については、初演の年を記した。

（67）「英文学概説」の講義でも、漱石は「此滑稽ハ grand style 即チ荘重ナル文体ヲ以テアラハサレシ所ニアリ」と述べ、“Battle song by the Muse in the Homeric style which none but the classical Reader can taste.”というフィールディングの言葉を引用している。金子編、前掲書、四二二~四二三頁。

（68）『英米文学辞典』（研究社、一九八五）、八九頁。

（69）Cf. *The Oxford Companion to English Literature* (1950), p.68.

（70）前掲『英米文学辞典』、一〇〇二頁。“parody”の項参照。

（71）同書、八七二頁。“mock-heroic poetry”の項参照。

（72）同書。なお、シェリダンの *The Critic* は一七七九年。

（73）同書、一七七頁。“burlesque”の項参照。

（74）Cf. *Merriam-Webster's Encyclopedia of Literature* (1995), p. 187.『文学論』の言う「彼の外国の喜劇と称するもの」とは、この文学辞典が「ヴィクトリア時代のバーレスク（Victorian burlesque）」としたものにほぼ等しいと考えられる。

（75）注（54）参照。

（76）Cf. Gray, *A Dictionary of Literary Terms* (Longman, York Press, 1992), pp.48-49.

(77) Menippos は紀元前三世紀のギリシアにおけるキュニコス派の哲学者で、"serio-comic literary genre（真面目を装いながら実は滑稽なジャンル）"の創始者とされており、ローマの人文学者ウァロー（Varro, B.C.116-27）は、メニッポスの諷刺を Saturae Menippeae と呼んだ。"Menippean satire" については、カナダの批評家 Northrop Frye（1912-91）が *Anatomy of Criticism* (1957) でかなり詳しく論じており、また、丸谷才一「あの有名な名前のない猫」（『闊歩する漱石』所収、講談社、二〇〇〇）は、「バフチンの言ふメニッペアの特徴」を「手がかり」にして『猫』を「分析」している。

(78) Cf. *The New Princeton Encyclopedia of Poetry and Poetics* (1993), pp.151-152.

(79)『漱石全集』第一巻（一九九四）、六〇六頁参照。なお、「鼻論」については、スターンはエラスムス、ラブレーの他、Bruscambille の *Fantasies* に負うところがあったという（Cf. Cross, Wilbur L.: *The Life and Times of Laurence Sterne* [Yale University Press, 1929], p.147.）。これとは別に、『リア王』第一幕第五場には、道化（Fool）の言葉として、"Thou canst not tell why one's nose stands in the middle of his face?"（15-16 行）にも注目したい。「人間の鼻は何故顔の真中に立っているのか、お前には分かるまい」という科白は、見方によっては、「〔鼻は〕何もこんなに横風に真中から突き出して見る必要がないのである。所がどうして段々御覧の如く斯様にせり出して参ったか」という迷亭の言葉そのままだとも言えよう。また飛ヶ谷美穂子氏は、「金田鼻子」との関連で、T・L・ピーコック『クロチェット城』の登場人物「レンマ」の「鼻」に注目している（「奇人たちの饗宴」、松村昌家編『夏目漱石における東と西』思文閣出版、二〇〇七、所収）。西欧文学における「鼻」の系譜は、意外に広大なテーマかもしれない。ただし漱石が、日本語の慣用句「鼻が高い」という意味をもこめて、鼻によって金田鼻子の高慢さを強調していることは明白である。

(80) 一例をあげれば、英文「『方丈記』小論」（一八九一）中、第三パラグラフの最後に "In such cases, they are generally superseded by transient luminaries..." と始まる一節で、"hiding that one talent 'lodged in them useless.'" という部分は、ミルトンのソネット *On his Blindness* の一節を踏まえた表現である（引用文中下線は塚本）。ミルトンは

イギリス革命後、外国語秘書官としてクロムウェルを支えるべく三面六臂の活躍を続けてきたが、持病の眼疾が昂じ一六五二年に完全に失明した。これはその際の作品で、ミルトンは失明の衝撃に耐えつつ、これが神の御心であるなら、ただ立って待つことも神に仕えることにほかならない、と観ずる。原詩は "When I consider how my light is spent, / E're half my days, in this dark world and wide, / And that one talent witch is death to hide, / Lodg'd with me useless,..." と続く。原文の "with me" が漱石では "in them" と変わっているが、これは文脈上やむを得ない。なお、塚本「漱石訳『方丈記』をめぐって」(『専修大学人文科学研究月報』第四八号、一九七六)を参照。

(81) 前掲『英米文学辞典』、九五六頁。"ode" の項参照。

(82) Partridge. *Origins: A Short Etymological Dictionary of Modern English* (1963), p.690. "tabby" の項参照。

(83) 英文学では、「オード」にはピンダロス風の「オード」(Pindaric ode)、ホラティウス風の「オード」(Horatian ode)、英国風の「オード」(English ode) の三種類に加えて、稀にサッポー風の「オード」(Sapphic ode) があるとされる(『英米文学辞典』、九五六～七頁参照)。「金魚鉢で溺死した愛猫の死を弔う詩」における風刺はごく穏やかなものに過ぎないので、ホラティウス風の「オード」とされている。

(84)『夏目漱石集 I』(角川書店、昭和四六)、四九一頁、「補注 一二」。なお、(注34)参照。

(85) *The Poetical Works of Robert Browning*, Vol. I. (Smith, 1900), p.xv.

(86)『文学論』は、「彼の著作中尤も難解の聞え高き *Sordello* に関」する「一二三の逸話」を伝えている。「其一」は、「Carlyle の妻君は尤も熱心に此詩を読めるもの」だったが、「しかも *Sordello* の男なるか、女なるか、もしくは都会の名なるか、書籍の名なるかを知るに苦しめり」というものである。「其二」は、「Temyson は此詩を読んで僅かに二行を解し得たり。一行は "Who will, may hear Sordello's story told" にして正に冒頭の句なり。一行は "Who would, has heard Sordello's story told" にして正に結末の句なり」というものである。他に、Douglas Jerrold と Chesterton とに関する「逸話」もあるが、これらについては省略する(『文学論』「第五編 集合的F 第六章 原則の応用(四) 成功は才に比例するものにあらず」参照)。

(87) Berdoe, *The Browning Cyclopaedia* (1898) は「漱石山房蔵書目録」（『漱石全集』第二十七巻（一九九七）に記載されている。

(88) Berdoe, *The Browning Cyclopaedia* (Sonnenschein, 1898). pp.15-19. を参照。.

(89) 塚本『漱石と英文学（改訂増補版）』（彩流社、二〇〇三）、第二章「幻影の盾」参照。

(90) Browne, *The Works of Sir Thomas Browne*, Ed. By S. Wilkin, Vol. III. (1888), p. 26.

(91) Ibid. ブラウンの注は以下の通りである。"... A barbarous pastime at feasts, when men stood upon a rolling globe, with their necks in a rope and a knife in their hands, ready to cut it when the stone was rolled away; wherein if they failed, they lost their lives, to the laughter of their spectators — *Athenaeus*."

(92) アテナイオス著、柳沼重剛訳『食卓の賢人たち２』（京都大学学術出版会、一九九八）八六頁。なお、「トラキア人」とは古代東ヨーロッパに住んでいた民族でギリシア・ローマの文献には多く登場するが、ギリシア人ではない。したがって、「昔希臘人は」云々という迷亭の言葉は事実に反するが、『ハイドリオタフィア』に関するかぎり、本文も注解も「トラキア人」とは明言しておらず、しかも、本文直前のパラグラフには「アキレウス」とか「パトロクロス」とかいうギリシアの英雄の名前が挙げられている。漱石がこれを「希臘人」の話だと誤解したのは無理からぬところであろう。

(93)『漱石全集』第一巻（一九九三）「注解」、五九四頁。

(94) ただし、*The Principles of Psychology* I (1901) にも、"a secondary consciousness" (p.203.)、"the submerged consciousness" (p.206)、"the sub-conscious self" (p.208)、"Léonie's sub-conscious performances" (p.211.) 等々、「副意識」ないし「潜在意識」と同義と思われる表現が散見される。最後の例の場合には、"sub" と "conscious" との間にハイフンが挿入されている。

(95) *The Varieties of Religious Experience* (1902) 第一講（Lecture I）は、"Religion and Neurology" と題されている。熱烈な宗教運動の指導者には、幻聴や幻視といった病的兆候が見られることが少なくないのである。なおジェイムズは、一八六九年ハーバード大学から医学博士の学位を与えられている。

(96) Ibid., p.53. 原文は、"…it〔=the life of religion in the broadest and most general terms possible〕consists in the belief that there is an unseen order, and that our supreme good lies in harmoniously adjusting ourselves thereto."(引用文中、下線は漱石)。

(97)『大漢和語林』(大修館)における「即」の語義を参照。

(98) 漱石は「文壇に於ける平等主義の代表者『ウォルト、ホイットマン』Walt Whitman の詩について」の末尾で、「バック」のホイットマン伝を「読まんと欲して手に入らざりし者」の一つだとしている。『宗教的経験の諸相』では、このR. M. Bucke (1837-1902) が経験した「宇宙的意識(cosmic consciousness)」なるものが二度にわたって採り上げられている。その一は、バックの体験そのものの紹介であり(*The Varieties of Religious Experience*, p.398.)、その二は、宗教心理学者Ｊ・Ｈ・ルーバ(一八六七～一九四六)の言う「信仰状態(faith-state)」には、「最小量の知的内容(a very minimum of intellectual content)」しか含まれていないことを示す実例としてのバックの体験への言及である(Ibid., p.505.)。特に前者では、"Cosmic consciousness in its more striking instances is not," Dr. Bucke says, "simply an expansion or extension of self-conscious mind with which we are all familiar, but the superaddition of a function as distinct from possessed by the average man as *self*-consciousness is distinct from any function possessed by one of the higher animals." のように、「宇宙的意識」に下線が引かれている(引用文中イタリックは原文)。漱石がバックの「宇宙的意識」にも関心をもったことは確実である。

(99) See James, op. cit., pp.166-167.

(100) 彼の父は異教徒であり、母は敬虔なキリスト教徒だったという。

(101) ジェイムズはこの部分に"…'*Sume, lege*' (take and read)…"とラテン語を用いているが(イタリックはジェイムズ)、正しくは"tolle lege, tolle lege."である(*St. Augustine's Confessions*. With an English Translation by William Watts, Vol. I, the Loeb Classical library, 1977, p.464.)。ジェイムズがこれを"*Sume, lege*"とした理由は不明。

(102) 共同訳『新約聖書』、「ローマの信徒への手紙」第十三章第十三〜十四節。
(103) 以上は、*The Varieties of Religious Experience*（一七一頁）の要約である。ただし、一般の日本人にとって原文にはやや簡略に過ぎて分かりにくいと思われる箇所があるので、一部聖アウグスティヌス原著服部英次郎訳『告白』（上）（岩波文庫、一九九五）を援用した。《…》で囲んだ部分が、服部英次郎訳『告白』（上）二八〇〜二八一頁からの引用である。なおジェイムズは、一七一頁の脚注で、これは新プラトン主義的唯心論への「回心」であって、キリスト教への「回心」に至るには未だ道半ばに過ぎないという説を紹介している。
(104) Ibid., pp.184-185.
(105) Ibid., p.207.
(106) William Benjamin Carpenter (1813-1885). イギリスの医学者、王立学士院 (the Royal Society) 会員。
(107)『思ひ出す事など』（十七）で、漱石はこの人物を「マイエル」と表記している。
(108) James, op. cit., p.233.
(109) Ibid., pp.234-235.
(110) Ibid., p.233.
(111) 夏目鏡子述、松岡 譲筆録『漱石の思ひ出』（岩波書店、昭和四）、一四七〜一五一頁参照。
(112) James, op. cit., pp. 485-486.
(113) Ibid., p.507.
(114) Ibid. この部分に漱石は下線を引いている。引用文中の“life”には、「生命、人生、命あるもの、生き方、生涯」等々の多様な意味があるので、一応本文のように訳し分けてみた。
(115) Ibid., p.489.
(116) 平岡・山形・影山編『夏目漱石事典』（勉誠出版、平成一二）、四〇〇頁。
(117) James, op. cit., p.502. この批判は、両者の「宗教」観の相違に起因する。端的に言えば、リボーはキリスト教を中心とする既成教団の未来を考えているのに対し、ジェイムズが考える最広義の「宗教」とは、この世界には「見えざる秩序があり、我々にとっての最高善とはその秩序と調和し、それに一致するよう自らを順応させていくことにある」と信じることだからである。なお、ジェイムズがリボーを批判する部分の欄外には、“against Ribot”という漱石の書き込みが残されている。

(118) Ibid., p.492. これは、直接にはドイツ啓蒙期の指導的哲学者 Christian Wolff (1679-1751) の主張に対してジェイムズが用いた言葉である。ヴォルフを中心に形成された学派は「ヴォルフ派 (Wolffsche Schule)」と言われ、十八世紀のドイツ哲学界では絶大な影響力をもった。

(119) Ibid., p.493.

(120) *Oxford Dictionary of National Biography*. Vol. 15. (2004) は、「デラムは宗教的には常に中道を辿った (Derham always sailed a middle course in religion.)」としている(八七一頁)。

(121) ただし、『新英和大辞典』(一九八〇)には、“physical”の「連結形」“physico-”の解説の一部に、「1『自然の、自然研究に基づいた』: *physicotheology* 自然神学」という記述がある。

(122) *The Oxford Dictionary of the Christian Church* (1963) における“Natural Theology”の項を参照。例えば、太陽は人間や動植物が生きていくために神が創造したのだと説くクリスチャン・ヴォルフの主張も、「自然神学」に含まれる (Cf. *The Varieties of Religious Experience*, p.492)。

(123) Ibid.

(124) *The Oxford Dictionary of the Christian Church* (1963) はこの本の出版を一七一三年とするが (“Physico-theological argument” の項参照)、既述のように *OED* (1989) はこの語の初出を一七一二年としている。両者の間には一年の違いがあるが、その理由は不明。

(125) デラムの略歴については、主として、*Oxford Dictionary of National Biography*. Vol. 15. による。

(126) James, op.cit., p.493.

(127) 金子、前掲書、二八五頁。

(128) 同書、三九八頁。なお、下線を施さなかった部分は、『文学論』における「同一の国語より成立し、文法上の誤りなき時は、全然無意味の文字の集合も咎められずに受け取らる、こと屡なり」の部分と正確に対応している。また、金子の誤記、“reshuffles”, “genius”, “newspaper-reporters”, “flashes” は、原文ではそれぞれ、“reshuffling”, “genus”, “newspaper-reporter's”, “flourishes” となっている (James, *The Principles of Psychology* I, p.203.)。

(129) 原文の「瘋癲院」は、正しくは「癲狂院」とすべきか。

(130) (注128) 参照。

(131) James, *The Principles of Psychology*, I (1890), pp. 262-263.

(132) Ibid., pp.263-264. 原注によれば、この大著とは Jean Story 著 *Substantialism, or Philosophy of Knowledge* (1879) という哲学書である。ただ、Jean Story なる人物についても、また、この哲学書についても、残念ながら手掛かりを見出すことができなかった。

(133) 金子、前掲書、二八五頁。

(134)『漱石全集』第十三巻「後記」(七一四頁)。

(135) James, op.cit., pp.264-265. ジェイムズは、「純粋な存在は純粋な無と同一である (Pure being is identical with pure nothing.)」というヘーゲルの命題を厳しく批判したが、この部分の出典に触れていない。ジェイムズが批判の対象にしたのは、おそらく、『大論理学』の一部だろう。それは、武市健人訳『大論理学 上巻の一』(岩波書店、二〇〇二)では、「第一巻 有論 第一篇 第一章 有」の冒頭にある次の部分である。「第一章 有」では、その下位区分「A」は「有 (Sein)、純粋有 (reines Sein)」を論じ、「B」で「無 (Nichits)、純粋無 (reines Nichits)」を、また「C」は「成 (Werden)」を論じている。「A」は、「むしろ有は純粋の無規定性であり、空虚である。(中略) むしろ有はこの空虚な思惟にすぎない。だからこの有、無規定的な直接的のものは実は無 (Nichits) であって、無以上のものでも無以下のものでもない」と述べ (七八頁)、「B」は、「無はむしろ空虚な直感または思惟そのものである。また無は純粋有と同じ空虚な直観または思惟である。――この意味で無は純粋有と同一の規定であり、というよりも純粋有と同一の没規定性であって、従って一般に純粋有と同一のものである」とする（七九頁）。また「C 成 1　有と無との統一」は、「それ故に純粋有と純粋無とは同じものである」という言葉から始まり、この命題の意味を詳しく解説しているが、すこぶる難解である（七九〜一一四頁）。なお、以上の引用文中、傍点はすべて原文である。このほか、『エンチュクロペディー』は、「第一篇 論理学」「第一部 有論」「a 有」、「b 定在」および「c 向自有」で同じ問題を扱っているが、これも甚だ難解である（樫山、川原、塩屋訳『世界の大思想 II-3 ヘーゲル エンチュクロペディー』（河出書房新社、昭和四三）一〇八〜一一四頁。

(136) 金子の『ノート』では、「Incongruous contrast ハ〔(f + f')、(f - f')等ノ〕何ノ formula ニモ reduce サレ得ザルナリ転換ノ際ニ面白味ガ生ジ来ル Factors ガ各々独立シテ而モ其結合ノ際ニ互ニ位置ヲ転ズルコトアリコノ種ノ contrast ガ面白味ヲ有スルハ其転換ニアリ」（傍線塚本）となっている。金子、前掲書、四二一頁。

## 第４章

(1) 漱石は、一八九〇年第一高等中学校英語教師マードックに提出したレポート、*Japan and England in the Sixteen Century* の中で、十六世紀のイングランドについて、"The old scholastic logic, alchemy, magic, the elixir of life or the philosopher's stone were indignantly flung aside." と書いた。ここで "the elixir of life" とは、錬金術でいう「不老不死の霊薬」である（『新英和大辞典』、研究社、一九八〇）。それが「投げ捨てられた」以上、「人間はどうしても死なゝければならん事が分明になつた」わけである。

(2) Jones, H. A., *The Crusaders* (Macmillan,1893), p.xiii.

(3) 漱石文庫に残されている上記の「脚本」に、"COPYRIGHT, 1892, / BY MACMILLAN & CO" と記されている。Ibid., p.ii.

（4）Ibid.
（5）Ibid., p.29. 以下、和訳は塚本。ここで"jaundiced"という言葉には、「偏見をもった」という意味が重ねられているのかもしれない。
（6）Ibid., p.33.
（7）Ibid.
（8）Ibid., p.59.
（9）Ibid., p.93.
（10）Ibid.
（11）Ibid. 因みに、一八二三年の「自殺法」では、自殺者の埋葬はキリスト教の儀式なしに夜九時から十二時までの間に行なわなければならず、その個人的財産一切は王の所有に帰したが（B・T・ゲイツ著、桂文子他訳『世紀末自殺考——ヴィクトリア朝文化史』英宝社、一九九九、八頁）、七〇年には事実上財産を没収されることはなくなり、八二年には自殺が殺人と同列に置かれることもなく、自殺者も日中に埋葬される権利を認められた（同書、二六七頁）という。
（12）Ibid., p.93..
（13）なお漱石は、小宮豊隆、鈴木三重吉、松根東洋城宛にも、同じようなはがきを出している。『漱石全集』第二十三巻（一九九六）、二一八頁参照。
（14）Jones, op. cit., p.32.
（15）Ibid.
（16）Ibid., p.31.
（17）『漱石全集』第十九巻（一九九五）、一六八頁。
（18）Jones, op. cit., p.58.

(19) 柏木隆雄「漱石とメリメ」(『英語青年』、一九七七年一月号所収)。
(20)『漱石全集』第十九巻、二〇八頁。
(21) B・T・ゲイツ著、桂文子他訳前掲書、二六五頁。原注は、これを *Contemporary Review* 39 (1881) に掲載された William Knighton, "Suicidal Mania" からの引用としている。
(22)『漱石全集』第二十七巻(一九九七)、一六二頁。
(23) 塚本「夏目漱石」第三章(『比較文学講座』第三巻、清水弘文堂書房、昭和四六、所収)、七四〜七九頁参照。なお、『文学論』「第四編 第六章 第三節 不対法」参照。
(24)『漱石全集』第一巻、六五三頁。
(25) ブランデスは、「エミグレ (émigré)」という言葉も用いている。"The influence of foreign spirit …was lasting and momentous in the case of the *émigré*." (イタリックは原文) Brandes, *The Emigrant Literature* (Heinemann, 1901), pp.3-4.
(26) Ibid., p.20.
(27)『新エロイーズ』の「欠陥」とは、至るところで展開される長々しい哲学的議論が、この作品を恋愛小説として読もうとする際の妨げになりがちだということであろう。
(28) Brandes, op., cit. なお、"*la belle âme*" および "*die schöne Seele*" は、共に「美しき魂」の意。
(29) Ibid.
(30) Ibid.
(31) Ibid., p.21.
(32) Ibid., p.20.
(33) Ibid.
(34) Ibid., p.21.
(35) Ibid., p.43.

（36）市原豊太訳『オーベルマン』（岩波文庫、上〔一九四〇〕、下〔一九五九〕）では、「第一信（ジュネーヴにて、第一年七月八日）」に始まり、「第九十一信（日付不明）」および「日付のない手紙の末尾」に終わる。ただし、「第四信（第一年七月十九日）」は「ティエルにて」、「イヴェルダンにて」、「ヌウシャテルにて」、「サン・ブレーズより」および「ティエルより」と事実上五通の書簡を含み、「第二十一信（フォンテーヌブローにて、第二年）」は「九月一日」付と「九月二日」付との二通を含み、「第三十四信（パリにて、第三年六月二日、四日）」は「二つの書簡のぬきがき」という形式をとり、「第七十四信（イメンストローム、第九年）」は「六月十五日」付と「六月十六日」付との二通を含み、さらに、「第九十信（イメンストローム、第十年）」は「六月二十八日」付と「六月三十日」付との二通を含んでいる。

（37）Brandes, op. cit., p.44.

（38）Ibid.

（39）『オーベルマン』はかつて「大体に於て著者の二十一二歳の時代から三十歳前後に至る知性、感性及び倫理性の忠実な記録と見てい丶」と考えられていた（市原訳『オーベルマン』〈上〉「解説」）が、第二次大戦後の実証的研究によって、「セナンクールの忠実な自伝的作品ではなく、実際の生活の年月、場所、人的関係を全く勝手に変へた、言はば虚構の、アリバイに満ち満ちた創作であることが分かった」という（市原訳同書〈下〉「あとがき」）。

（40）『漱石全集』第二十一巻（一九九七）「〔IV – 24〕Nature」には、「Obermann – Brandes 51 ニ例アリ」と記されている。ブランデスの五一頁あたりを見ると、ルソーの『新エロイーズ』における自然はスイスの湖であり、シャトーブリアンの『アタラ』や『ルネ』における自然はアメリカの原始林やミシシッピー川だが、オーベルマンの自然は『エミグラントの文学』五一頁にみられる、といった意味だと思われる。五一頁の前後には、「オーベルマンは、自分が住んでいるスイスの谷間から人影もなく荒々しい最高峰にまで登りつめたとき、本来の自分に帰ったと感じる。彼は、名状しがたい、ほとんど子供のような喜びを感じながら、ガイドの姿が遥か彼方に消えていくのを見守るのだ」というブランデスの解説や、「谷間の大気は氷河の照り返しで輝いていたが、絶対的に清らかな性質をもっているのは私が呼吸する空気だと思われた」といったオーベルマン自身の言葉が連ねられている（原文省略）。

（41）Brandes, op. cit., p.52.

（42）Ibid., pp.52-53.

（43）Ibid., p.53.

（44）Ibid.

（45）Ibid.

（46）Ibid.

（47）Ibid., p. 54.

（48）Ibid., p.32. 原文は、“*The melancholy* of the early nineteenth century partakes of the nature of a disease; and it is not a disease which attacks *a single individual or single nation only,* it is *an epidemic* which spreads from people to people, in the manner of those religious manias which so often spread over Europe in the Middle Ages. René's is merely the first and most marked case of the disease in the form in which it attacked the most gifted intellects”.（イタリックは塚本）である。なお、『文学論』で「一国民中の一個人」とある部分は、正しくは「一個人もしくは一国民」とすべきか。

（49）Ibid., p.34.

（50）Ibid., p.39.

（51）Ibid. 漱石は、この部分の一節に、以下のような下線を引いている。“...the word *impossible* has lost its meaning now that the drumstick in the soldier's hand may, by a series of rapid changes, turn into a marshal's baton or even a scepter.”（イタリックは原文）

（52）I bid., p.40.

（53）Ibid., p.38.
（54）Ibid., pp.40-41.
（55）Ibid., p.32.
（56）Ibid., p.38.
（57）Ibid.『ヴィルヘルム・マイスター（第一部修業時代）』（一七九五〜九六）に登場する可憐な少女ミニオンは、貴族出身の聖職者の「異常な情熱」すなわち近親相姦によって生まれた子だった、と彼女の死後判明する。
（58）Ibid.
（59）一七七六年宮廷の素人劇場で初めて上演された演劇で、一七八七年に出版された。「兄弟の恋」は漱石による *Die Geschwister* の仮訳か。漱石がこの作品をどこで知ったかは不明。
（60）『漱石全集』第二十一巻（一九九七）、四七七頁。村岡 勇（編）『文学論ノート』（岩波書店、一九七六）の記述（二二六頁）には、これとわずかに違う部分がある。
（61）Brandes, op. cit., p.41.
（62）Ibid. なお、漱石はこの二語に下線を引いている。
（63）同書四一頁より要約。
（64）Brandes, op. cit., p. 41.
（65）昭和初期の新聞には、「嫁度」という広告が少なからず載せられていた。「嫁シ度シ」と読む。続けて、花嫁候補の年齢、略歴等々がポイントを落とした活字で簡潔に記されていた。
（66）*Familiar Quotqtions* (1992) は、後者を一般的な表現とし（p.34: n 1.）、なおこれに近い表現として『論語』、アリストテレス（We should behave to our friends as we should wish our friends to behave to us.）等にも言及している。これが西欧における常識的な理解だろう。ただし、ディケンズの小説等にも同様な表現が見られるから、漱石がどのような作品から「己れの好む所は之を人に施こせ」といった表現を採ったのかを特定することはできない。

(67) Evelyn Waugh の短篇、*Love among the Ruins* (1953) 冒頭を参照。ウォーが描いた福祉国家は第二次大戦後の労働党内閣時代におけるイギリスをモデルにしているとされるが、この国では「保健事業(Health Service)」の一環として無料の「安楽死センター(Euthanasia Centre)」が設けられている。この事業所は、死者の入れ歯までをも「入れ歯再配分センター(Dental Redistribution Centre)」で回収するほど、徹底的に無駄を排除するという構想の下に発足した。だが、国営事業特有の非効率に加えて、冗費節約のため極度に予算を切り詰めた結果、増え続ける利用者の希望に副えなくなってくる。「ウェィティング・リスト」に載っている安楽死希望者を適切に処理しきれないうちに、彼らが自然死を遂げてしまうという事例が続発するようになるのである。激務に疲れ果てたセンター長 Dr. Beamish(暢気もの博士)は、利用希望者の数を減らす一つの手段として、彼らから料金を徴収することを考えなければならない、とこぼす。博士は、自分の父も母も自宅の裏庭で、しかも自分の細紐で首を縊ったのだと言い、さらに、列車は今も昔と同じように運行しているし、川も昔と同じように流れているのに、誰もがこのセンターに頼ろうとするのは可笑しいのではないか、と述べる。*Love among the Ruins* という題名はブラウニングの有名な詩の題名から採られているが、ウォーにとってこういう福祉国家は「廃墟」に他ならないのだ。「殺されたい人間」は「巡査が(中略)打ち殺して呉れる」という乱暴な「未来記」の時代から半世紀を経て、少なくとも文学の世界では「安楽死センター」設置の時代へと進歩したかの如くだが、「生」が「死よりも甚しき苦痛」だと感じる人々の思いに応える有効な手段が見いだされる時代は、はたして来るのだろうか。

(68) Cf. Brandes: *Emigrant Literature*, pp.68-70. ブランデスの記述には現在の通説と違う部分もあるが、ここでは原則としてブランデスに拠ることにする。漱石がブランデスの解釈に疑問をもったとは考えられないからである。

(69) ブランデスは二人が知り合ったのを一七七四年としているが(Ibid., p.68.)、これは印刷の誤りか。

(70) シャルロッテもこの時に既に二回の離婚歴があった。

(71) Brandes, op. cit., p.70. これは、一八〇九年五月のことか(佐藤夏生『スタール夫人』〔清水書院、二〇一五〕七三頁を参照)。

(72) Ibid.

(73) Ibid., p.71.

(74) Ibid., p.73

(75) Ibid., pp.73-74.

(76) ブランデスの表記による（Ibid., p.79）。原作では "Ellénore"（エレノール）。

(77) Ibid., p.82. ただし現在の通説では、エレノールはスタール夫人だけではなく、コンスタンが知った多くの女性をモデルにして彼が創りあげた人物だとされている。

(78) Ibid., p.86.

(79) "Her passionateness makes their daily life one incessant storm." (Ibid., p.87.)

(80) Ibid. ブランデスは引用の出典を明記していないが、スタール夫人は一八一二年八月上旬、ナポレオン軍の侵攻直前にモスクワに入り、その後ペテルブルグに滞在している（佐藤、前掲書、七六〜七八頁、および、一八〇〜一八一頁参照）。

(81) Ibid., p.74.

(82) Ibid.

(83) Ibid.

(84) ブランデスは、この系譜がスタール夫人まで続くと見ていたようである。ブランデスは、スタール夫人が『ヴェルテル』に心酔していた一つの傍証として、"The most important book the Germans possess …is *Werther.* …The author of *Werther* has been reproached for making his hero suffer from other sorrows besides those of love, for allowing him to be made unhappy by a humiliation, and so resentful by the social inequalities which were the cause of his humiliation; but to my mind the author shows his genius in this quite as much as in anything else in the book.（ドイツ人がもつ最も重要な書物は…『ヴェルテル』である。ゲーテは、ヴェルテルが愛の悲しみ以外の悲しみのためにも悩んだと描いたといっ

て批判され、ヴェルテルがある屈辱的な事件のため惨めな思いをしたと描いたといって、また、ヴェルテルがその屈辱的事件の原因たる社会的不平等に憤慨したと描いたからといって、批判されてきた。だが私の考えでは、『ヴェルテル』を構成する他の如何なる要素にも劣らず、かかる描き方こそがゲーテの天才を示しているのだ）」という一節を、スタール夫人の『社会制度との関連において考察した文学について（*De la Littérature, considérée dans ses Rapports avec les Institutions Sociales*）』（一八〇〇）から引用している（Ibid., p.93.）。

(85) ブランデスの六一頁は、『ザルツブルグの画家』の主人公シャルルの恋人ユーラリアが修道院に入り、ユーラリアの夫は妻とシャルルとの関係を妨げることを恐れて服毒自殺し、シャルル自身はドナウ川に投身するという結末を描いている。『ヴェルテル』との関連に限定すれば、シャルルが『ヴェルテル』の回想から唐突にクロップシュトック（一七二四〜一八〇三）の宗教叙事詩『メシアス』を思い出す場面に、ブランデスは、エミグラント文学特有の「革命的傾向とロマン的傾向との交錯（the mixture of revolutionary with romantic tendencies）」を見いだしている。ただしブランデスは、『ザルツブルグの画家』が当時の時代的特徴を表わすきわめて興味深い作品だとしながら、その文学的価値は認めていない。つまりブランデスは、作品そのものよりは、ヨーロッパ文学の「潮流」に焦点を当てているのである。

(86)『漱石全集』第二十一巻、四七七頁。なおこの言葉は、『エミグラントの文学』九九頁の一節、"In such involved and eloquent period is couched what has been called *Mme de Staël's attack upon marriage.*（スタール夫人の結婚攻撃と言われてきたものは、かかる複雑な時代、不幸な結婚に苦しむ女性の離婚について様々な意見が声高に主張された時代の産物である）（イタリックは塚本）"という一節から採られている。また『エミグラントの文学』一一四頁では、スタール夫人が"neither genius nor passion is compatible with that domestic happiness which is her heart's eternal desire（非凡な才能も激しい愛情も、私の心が永遠に求めているあの家庭の幸福とは両立し得ない）"という苦痛の声を絶えず洩らしていたと述べている。

(87) Brandes, op., cit., p. 74. なお漱石手沢本では、"(the) prototype of a whole new species of fiction, namely that which

occupies itself with psychical analysis” とある部分に下線が引かれ、欄外には「愛ノ心理解剖」という書き込みが残されている。

(88) Ibid., pp.74-75.

(89) Ibid., p.89.

(90) Ibid.

(91) Ibid., pp.89.

(92) Ibid., pp.91-92.

(93) Ibid., p.92.

(94) 注(84)を参照。

(95) Ibid., p.95. なお、その前の九四頁には “Staël against Napoleon” という書き込みが残されている。『漱石全集』第二十七巻四九頁参照。

(96) Ibid., pp. 94-95.

(97) 後の Albertine Ida Gustavine de Staël-Holstein Broglie (1797-1838)。

(98) Brandes, op.cit., p.96. 現在の通説では、彼女が「赤毛であったこと、のちにコンスタンがこの子に細やかな愛情をよせることから、父親はコンスタンと推測されている」が、「この女児の実際の父親は特定されていない」という(佐藤夏生、前掲書、四九頁)。

(99) ブランデスは『デルフィーヌ』の出版を一八〇三年とするが(Ibid., p.95.)、これは印刷の誤りか。なお、『デルフィーヌ』の邦訳はないが、一九九五年、Avrill H. Goldberger による英訳が Northern Illinois University Press から出版された。

(100) ブランデスは、わざわざ「『新エロイーズ』の形式に倣って(after the pattern of *La Nouvelle Héloise*)」と記している(Ibid., pp.95-96.)。つまり、『デルフィーヌ』がルソーからゲーテへと続く系譜に属していることを強調しているのである。
(101) Brandes, op .cit., p.96.
(102) 以上の梗概は、ブランデス（九五～一〇二頁）、*Cyclopedia of Literary Characters* (1963), pp. 263-264. および、佐藤夏生『スタール夫人』（一五二～一五八頁）から、塚本が要約した。
(103) Brandes, op. cit., p. 96.
(104) Ibid., p. 97.
(105) Ibid., pp.98-99.
(106) Ibid., p.98. ブランデスはこの人物を「美化されたコンスタン (an embellished Constant)」、すなわち、スタール夫人の主張を理解し、かつそれを支持してくれるはずのコンスタンの姿だとしている (ibid., p.97.)。
(107) Ibid., p.99.「ナポレオン法典」が制定されたのは、この二年後の一八〇四年である。
(108) Ibid. なお、ブランデスは『デルフィーヌ』の出版を一八〇三年としているが (Ibid., p.95.)、これは印刷の誤りと思われるのは既に述べた。
(109) 既述の通り、漱石は、スタール夫人が "neither genius nor passion is compatible with that domestic happiness which is her heart's eternal desire" という声を洩らしていたというブランデスの記述に、目を通したはずである〔(注86) を参照〕。なおスタール夫人は、一八一一年、二十歳以上も年下のフランスの退役士官 Albert de Roca (1788-1818) と再婚した。
(110) 夏目鏡子述、松岡 讓筆録『漱石の思ひ出』（岩波書店、昭和四）、一九四頁。なお、「永日小品」中の「猫の墓」を参照。
(111)『文学論』「第二編 第三章 f に伴ふ幻惑」に見られる表現。例えば、シェイクスピアの『ヘンリー四世』に登場するフォールスタッフは、「最も滑稽の趣味に富み又一方に大に不徳の分子を兼有する」人物である。彼は「貪婪飽くなきの欲性を有し、酒乱にして泥酔昼夜を分たず、又大法螺吹きにて信用なるものを眼中に置きしことなく、常に虚喝を事と」するが、「其実無類の臆病者にていざ鎌倉の間際には未練もなく忽ちに腰を抜かす」。のみならず、「彼は盗賊」であり、「行人を脅しては財を掠め、財を掠めては酒食の料に供して得意」である。もし現実にこういう人物がいれば、我々は彼を「寛恕」することはできまい。ところが、「この人物が一たび沙翁の麗筆に上る時、事実は全く反対の結果を生じて読者は遂に彼を憎む能はず、また彼を斥くる能は」ず、ただ彼の行為に「抱腹絶倒」することになる。これは、「徳義の方面より彼を憎み、彼を斥くる念は滑稽美感の圧迫を受けて遂に頭を擡ぐるの機会を得」ないからである。換言すれば、シェイクスピアが観客ないし読者の「滑稽美感」に訴える効果が絶大なので、その「圧迫」で読者の「道徳観念」を「抽出」してしまうからだ、と『文学論』は解説する。このような「道徳観念の抽出」は「文学の或る部分の賞翫に欠くべからざる条件（マル点原文）」であって、「或る部分」を大別すれば、その一は「非人情文学と名づくべきもの、即ち道徳抜きの文学」であり、その二は「道徳的分子の当然混じ来るべき問題なるにも関せず、読者が其道徳的方面を忘却して之を味ふ場合」で、いわば「不道徳文学」だ、という。なお、大学の講義では、漱石は「moral element ノ elimination」あるいは「moral elimination」という表現を用いたようである（金子三郎編『記録 東京帝大一学生の聴講ノート』（三五八頁および四二四頁）。そうだとすると、「elimination」の訳語としては「抽出」より「除去」がより適切ではないか。

(112) 金子編、前掲書、四五九頁。なおこの言葉は、漱石文庫に残されている Nordau, *Degeneration* (1898), pp.441-442 の記述を要約したものである。

(113)「小説『エイルヰン』の批評」の一節。『漱石全集』第十三巻（一九九五）、一〇五頁。

(114) なお、アレンの小説では、*A Splendid Sin* (1896) よりも *The Woman Who Did* (1895) がよく知られている。これは、結婚とは女性解放と両立しないと信じる進歩的な女性の物語である。主人公 Herminia Barton はケンブリッジを出た後、女教師として経済的に独立した生活を営むが、ある弁護士と恋愛関係になって、二人は同棲する。彼女が正式に結婚しなかったのは、結婚が野蛮な制度だという自分の信念に従ったからである。だが、彼女の妊娠中に夫がチブスで死に、彼女はその後女の子を生む。だが、正式な婚姻ではなかったため、彼女は夫の遺産を相続することができない。彼女はシングルマザーとして娘を育て、新時代の女性としての模範を示そうとする。ところが、娘が長ずるにつれて母に反抗するようになり、結局ハーミニアは自殺してしまうのである。二十世紀に入ってから、イギリスとドイツとで映画化されたこともあって、一時は評判になったらしい。著者の意図は、女性の従属的地位に対する抗議を表明することにあったとされているが、フォーセット夫人（一八四七〜一九二九）をはじめフェミニスト達はこれを女性の敵とし、強い批判をあびせた。

(115)『漱石全集』第二十一巻、四七四頁。

(116) ルトゥルノーの二四三頁は“Chapter .XIV Repudiation and Divorce; III The Evolution of Divorce（離婚の進化）”の一部であり、また三五八—三六〇頁は“Chapter XX Marriage and Family in the Past, the Present, and the Future; III The Future”の一部である。

(117)『漱石全集』第十九巻（一九九五）、二〇六 - 二〇八頁。

(118) 同書、四七八頁。

(119) デュルケーム著、宮島 喬訳「自殺論—社会学的研究」（『世界の名著 47』中央公論社、昭和四三、一五五〜一五六頁）。

(120) 原文と英訳とから塚本が要約。原文では“Le suicide varie en raison inverse du degré d'intégration des groupes sociaux dont fait partie l'individu.”であり（Durkheim, *Le suicide: Étude de sociologie*, Presses universitaires de France, 1969, p.223.）、英訳では“suicide varies inversely with the degree of integration of the social group of which the individual forms a part.”となっている（*Suicide: a Study of Sociology* by Durkeim, trans. by J. A. Spaulding & G. Simpson, Routledge & Kegan Paul, 1968, p.209.）。

(121) デュルケーム著、宮島訳、前掲書、一五七頁。デュルケームはこのようにして生じる自殺を「自己本位的自殺」と分類し、「アノミー的自殺」とともに近代社会特有の自殺だとするが、他に伝統的社会に多く見られる「集団本位的自殺」をも認めている。なお、「無限への情熱に心うばわれ、愛にそむかれて自殺した」ヴェルテルの場合はアノミー的自殺、すなわち欲望の際限なき肥大やその無規制が引き起こす苦痛から生じる自殺だとする（同書、二五一頁）。そうだとすれば、ヴェルテルの自殺は、大革命後に出現した「人間の自己主張という壮大かつ画期的な闘争」の所産を先取りした現象と見ることもできるのではないか。

## 第5章

（1）『漱石全集』第十三巻（岩波書店、一九九三）、五七七頁。

（2）同、第十五巻、五三三頁。

（3）Stephen, Leslie. *Hours in a Library* Vol.I. (Smith, Elder & Co., 1892), p.9. 漱石自身はどの版を用いたのか不明なので、便宜上、一八九二年発行のものに拠った。

（4）Ibid., p.8.

（5）"…we do not imagine that 'Roxana,' 'Moll Flanders,' 'Colonel Jack,' or 'Captain Singleton' can fairly claim any higher interest than that which belongs to the ordinary police report…(Ibid., p.30.)"

（6）例えば、（注４）で引用した英文を参照。ここでスティーヴンは"the *verisimilitude* of his novels"という表現をしている。

（7）原文は省略。Stephen, op. cit., pp.44-46. 参照。

（8）『漱石全集』第十二巻（一九九四）「注解」は、「永日小品」「印象」に描かれた情景を「第四番目の下宿」に移った翌日、すなわち、明治三十四年四月二十六日の体験を描いたものとしているが（六六四～六六五頁）、首肯し難い。この注は、「印象」の冒頭、「表へ出て見ると、広い通りが真直に家の前を貫ぬいてゐる」という部分における「家」を、「漱石のロンドンでの第四番目の下宿（中略）であろう」とし、出口・ワット編著『漱石のロンドン風景』（研究社出版、一九八五）一一一頁にある「第四番目のステラ・ロード（中略）の下宿」の写真を載せているが、これはどう見ても三階建にしか見えない。ところが、「印象」本文には、「表へ出」て「見廻して見たら、眼に入る家は悉く四階」だったとある。つまり、この「注解」は「印象」本文と矛盾しているのである。『漱石のロンドン風景』でこの「家」に該当するのは、一〇四頁にある「最初の宿ガワー街（中略）76番」しかない。これは、一見三階建のようにも見えるが、四階相当部分が "attic" と呼ばれる部屋になっている。この構造は、同じ街並を斜めから撮った写真「ガワー街」（同頁）を見ると、よりよく理解できよう。*COD* (1929) の定義では、"attic" は "…highest storey of house; room in this." である。これは、手狭ながらそれなりに快適な生活を送ることができる空間で、普通「屋根裏部屋」と訳されるが、『小学館英和中辞典』は "attic" には「garret のようなきたならしい感じはない」と解説している。なお、Souvestre (1806-1854) の *Un philosophe sous les toits* (1851) は、英訳では *An Attic Philosopher* である。またこの「注解」は、「昨夜は……夢の様に馳けた」の「昨夜」（原文は「昨夕」）を明治三十四年「四月二十五日の夜」とするが、これも誤りで、正しくは漱石がロンドンに到着した明治三十三年十月二十八日の夜としなければならない。さらにこの「注解」は、「昨夜」漱石が乗った馬車を「鉄道馬車」および「乗合馬車」と推定しているが、これも誤りで、おそらくは "four-wheeler" と呼ばれる一頭立ての四輪馬車であろう。これはかなり多くの荷物を運ぶことができたので、長距離列車の終着駅で客待ちをしていたのは、ほとんどこの馬車だったのだ。最後に、「見るのは今が始めてゞある」における「今」とは、「注解」が示唆する「四月二十六日」ではなく、漱石がロンドンに到着した翌日、すなわち、明治三十三年十月二十九日の朝である。前夜、漱石がロンドンに着いたのは日がとっぷりと暮れてからだった。「馬の蹄と鈴の響に送られて、暗いなかを夢の様に馳けた」とき、「美しい灯の影が、点々として、何百となく眸の上を往来した」と漱石は述べるが、それはロンドン中心街の夜景の印象である。そこを通り過ぎてガワー街の家に入ったときには、周囲の景観は闇に閉ざされてほとんど何も見えなかったに違いない。漱石が「広い通りに立つて」あたりを「見廻し」たのは翌朝であり、したがって、「悉く四階で、又悉く同じ色」の「家」を「見るのは今が始めて」だ、ということになる。「隣も向ふも、区別のつきかねる位似寄つた構造」という街並も、これがガワー街であることを示している（塚本『漱石と英国』増補版、一九九九、一四四頁および一五四〜一六〇頁を参照）。

(9)この問題については、塚本「『文学評論』について——ポープ論を中心に」(『講座・夏目漱石』第二巻、有斐閣、昭和五六)参照。

(10)ここで「人事」とは、本来漱石自身が使った言葉ではなく、中川芳太郎が漱石の講義を「整理」するにあたって、"Moral"の訳語として用いたもの。

(11)Stephen, op. cit., p.94.

(12)この引用句辞典は一八五五年に初版が出版され、その後数回の改訂を経て一九九二年に第十六版が出た。この最新版では、ポープが占める割合はずっと小さくなっているが、漱石が参照した一八六九年版では、確かにポープからの引用はシェイクスピアに次いで第二位を占めている。

(13)The passionate partisanship of militant schools pardonable in the apostles of a new creed, but when the struggle is over we must aim at saner judgments. (Stephen, op. cit, p.95.)

(14)(Byron) declared Pope to be the'great moral poet of all times, of all climes. . .' Ibid.

(15)これは、主として、ポープの『愚物列伝(*The Dunciad*)』(第一巻〜第三巻は一七二八年、第四巻は一七四二年)が人身攻撃ともいうべき恣意的な批評になっていることに対する批判であろう。

(16)...the little cripple of Twickenham,...grievous as were his offences against the laws of decency and morality, had yet in him a noble strain of eloquences significant of deep religious sentiment. (Ibid., p.135.)

(17)塚本、前掲「『文学評論』について——ポープ論を中心に」を参照。

(18)"...the vagueness of Milton, as compared with the accurate measurements given by Dante, is so far a proof of less activity of the imaginative faculty." Stephen, op. cit., p.23.

(19)Ibid., p.24.

(20)Ibid., p.22.

(21)江藤淳『漱石とアーサー王伝説』(東京出版会、一九七五)、三一一〜三一二頁。

(22) 江藤氏の言う「新しくつけ加えた要素」とは、「家に死者があるとき、気味悪い泣き声をあげてそれを知らせるという妖精バンシー(Banshee)」であろう(同書、二七〇頁)。だが、バンシーの声が「テニソンの『シャロットの女』第四部第四連の、/悲しげにも聖なる歌を。(以下略)/に反響しているように思われる」(二七一頁)という解釈には、疑問が残る。なお、漱石手沢本 *Lancelot and Elaine.* With Introduction and Notes by F. J. Rowe (Macmillan. 1865) では、エレーンが死の直前に歌う "The Song of Love and Death" との関連で、"Benshea (ベンシー)" についての詳しい注釈が付けられている (p. 183.)。なお、「ベンシー」については、塚本『漱石と英文学(改訂増補版)』(彩流社、二〇〇三)、三九七~四〇一頁を参照。

(23) 江藤、前掲書、二六六頁。

(24) 塚本『漱石と英文学(改訂増補版)』(彩流社、二〇〇三)、三六四~三八〇頁参照。

(25) 江藤、前掲書、二八一頁。

(26) 前掲『漱石全集』第十二巻「注解」(四七九頁上段)。

(27) Stephen, op. cit., p.213.

(28) Ibid., p.212.

(29) Hermes Trismegistus, すなわち、三倍も偉大なヘルメスの意。ヘルメスは、智慧を司るエジプトの神トート(Thoth)のギリシア風の読み方で、様々な芸術や科学の発明者であり、古代エジプトにおける神聖な百科全書的『ヘルメスの書』四十二巻の著者。これらのうち、地理学、天文学、儀式、神話、および医学を扱った断片は現存しているという。Sterne. *The Life and Opinions of Tristram Shandy, Gentleman* (Edited by James Aiken Work. The Odyssey Press, 1960, pp.279-280.) の編者注解を参照。

(30) Ibid., pp. 278-292.

(31) 直訳では、「Zが指揮官のように先頭に立つ単語は如何なる言語においても五十語を超えない(,which [=Z] in no language… commands more than fifty words)」。

(32)「カバラ」とはユダヤ教の影響下に発展した聖書の神秘的解釈である。その主張は、例えば、聖書の数字は隠された真実を顕わすために使われている、というものである。かつてルッターによって改宗し、狂信的新教徒になった数学者ミヒャエル・シュティーフェル(一四八七〜一五六七)は、教皇レオ十世が獣であると主張したが、その根拠は「ヨハネの黙示録」十三章十八節「智慧は茲にあり、心ある者は獣の数字を算へよ。獣の数字は人の数字にして、その数字は六百六十六なり」にあった。これも「カバラ」的解釈の一つか。

(33) Cf. Gozlan, Léon. *Balzac en pantoufles* (Lemercier, 5. Pl.Victor-Hugo, Paris, 1926), pp.120-121.

(34)現在ではフランスのストラスブール。シュトラスブルクは、既に十三世紀に「自由都市」として認められていた。「自由都市」とは、中世後期に出現し、国王や封建領主から自治権を獲得した都市の中で、法的にも軍事的にも独立国に近い実体を具えた都市である。

(35)「花模様を刻印した貨幣」の意で、国によって、また時代によって、数種類ある。ここでは朱牟田夏雄訳『トリストラム・シャンディ』(中)(岩波文庫、一九七六)に従って「金貨」とした。

(36)漱石が「苦沙弥」先生という名前を思いついたのは、この場面と何らかの関係があるのだろうか。

(37)この記述の背景には、一六八一年、ルイ十四世(一六三八〜一七一五)が従弟にあたる神聖ローマ皇帝レオポルド一世(一六四〇〜一七〇五)から軍事力を以てシュトラスブルクを奪取したという歴史的事実がある。これは法的には正当化し得ない行為だったにも関わらず、一六九七年リズウィックの平和条約において正式に認められ、以後フランス語ふうにストラスブールと呼ばれるようになった。ほぼ二百年後の一八七一年、普仏戦争でフランスが敗れるとドイツ領に戻り、さらにその百年後の一九一九年には、第一次世界大戦でドイツが敗北したため再びフランス領になった。第二次大戦中には一時ドイツに占領されたが、一九四四年ドイツの敗北とともにフランス領になった。なお、アルフォンス・ドーデ(一八四〇〜九七)の短編「最後の授業」(『月曜物語』、一八七三、所収)の場面としても有名。

(38) Sterne, op. cit., pp.244-271. なお、前記朱牟田夏雄訳『トリストラム・シャンディ』(中)八〜四五頁参照。

（39）Gozlan, op. cit., pp.109-115.

（40）Ibid., p.120.　なおスティーヴンでは、この部分は“He deserved a better life!” said Balzac pathetically; “but it shall be my business to commemorate him.”となっている（Stephen, op. cit., p.212.）。

（41）ギュイヤール著、福田陸太郎訳『比較文学』（白水社、一九五三）、九〜一〇頁。

## 第６章

（１）「一たい漱石は、一口にペダンチックとも云ってしまえないが、世間の耳に熟さぬ文句や、人名をもち出して、読者をまごつかせる。ことに『虞美人草』の後に著作した『三四郎』では、この弊というか特色というかが一層ひどく、われわれ読者は「ダーターファブラ」という文句にまごつき、アフラ・ベーンという十七世紀の女流作家に戸まどい、ハイドリオタフィヤに到っては何のこととも見当がつかなかったものである。」木村 毅『比較文学新視界』（八木書店、昭和五〇）、四一八頁。

（２）福原麟太郎「英語教師の挑戦」、『夏目漱石』（荒竹出版、昭和四八）、一一九頁。初出は「別冊文芸春秋」、昭和三三。

（３）中島文雄『近代英語とその文体』（研究社出版、昭和二八）、ｖ頁。ここで「近代英語」とは、「古英語（七〇〇〜一一〇〇年頃の英語）」および「中英語（一一〇〇〜一五〇〇年頃の英語）」に対して、一五〇〇年以後の英語を意味する。

（４）中島教授は、ブラウンが医師だったことを意識していたのであろう。

（５）中島、前掲書、一四二〜一四三頁。

（６）同書。

（７）「夏目漱石『三四郎』の中に上掲引用文中の“But the iniquity of oblivion… perpetuity”の一文と、最後の節とを訳したものが出ているので写しておく。（以下略）」を参照（同書、一四六頁）。『近代英語とその文体』は近代英語の「文体」を論じるのが主眼であるから、中島教授が本文で論じたのは無論『ハイドリオタフィア』の原文であり、「写し」たのはそれに対応する『三四郎』の一節である。

(8)同書、一四六頁。

(9)同書、一四六〜一四八参照。

(10)例えば、三四郎が「聖徒イノセントの墓地」と「理解」した部分の一部、「聖徒イノセント」について、『漱石全集』第五巻(一九九四)「注解」は、「ローマ教皇インノケンチウス(Innocentius)のことか。何世のことかは不明」とする。他方、中島教授は、"St. Innocent's churchyard" に付けられた原注 "In Paris where bodies soon consume" を引いて、「エジプトの砂漠でミイラが永続するのと対照される」と注している(『近代英語とその文体』、一四八頁)。つまりこの一節は、パリの「聖イノセント墓地」では死体が土に還るのが早いとされているが、この墓地に「横《よこた》はる」のも「(ミイラとなって)埃及の砂中(砂漠の中)に埋まる」のも同じことだといった意味である。原文は、"'tis all one to lie in St. Innocent's churchyard, as in the sands of Egypt."

(11)『「解釈」所収論文集—夏目漱石・森鷗外の文学』(教育出版センター、昭和四八)、一六〜一七頁。初出は「解釈」二巻八号、昭和三一。なお、この『論文集』には、大島「『猫』の注釈」その他、興味深い論考が載せられている。

(12)海老池俊治『明治文学と英文学』(明治書院、昭和四三)、二〇四頁。初出は『言語文化』二号、昭和四〇。

(13)同書、二〇五頁。

(14)海老池が引用した英文で "blindely" とあるのは、*The Works of Sir Thomas Browne*. Ed. by Keynes, (University of Chicago Press, 1964) に拠ったからである。漱石手沢本(*The Works of Sir Thomas Browne*. Ed. by Wilkin, Bohn's Standard Library, 1888-94)では、"blindly" となっている(Vol.III, p.44.)。

(15)木村 毅『比較文学新視界』(八木書店、昭和五〇)、四六七〜四七七頁。初出は「早稲田大学と夏目漱石—『三四郎』の与次郎をめぐりて」として『早稲田大学資料紀要』(昭和四一)。

(16) 飛ヶ谷美穂子『漱石の源泉―創造への階梯』（慶応義塾大学出版会、二〇〇二）第三部第二章「ハイドリオタフヒア、あるいは偉大なる暗闇―サー・トマス・ブラウンと漱石」参照。初出は佐々木昭夫編『日本近代文学と西欧―比較文学の諸相』（翰林書房、一九九七）所収の同論文。
(17) 飛ヶ谷氏から見れば、この問題は既に結着がついているからであろう。
(18) 飛ヶ谷『漱石の源泉』、一八六～一九一頁。
(19) 同書、一八九頁。
(20) 同書、一九五頁。
(21) 同書、一九六～二〇二頁。
(22) 塚本『漱石と英国（増補版）』（彩流社、一九九九）、第一章および第六章参照。
(23) 立花政樹「Dixon 先生」（『英語青年』一九三三年十二月一日号所収）。
(24) Taine, *History of English Literature* (New York, Lovell, n.d.)、一一三頁参照。ここには "At this period, in the temporary decay of Christianity, and the sudden advance of corporal well-being, man adored himself, and there endured no life within him but that of paganism." という一節があって、この部分に漱石は下線を引いている。
(25) Ibid., pp.277 ff.
(26) Ibid., p.148. なお飛ヶ谷氏は、『英文学形式論』に「ベーコンとブラウンの名が並べられている」ことに注目し、「三四郎の読書遍歴が『ベーコンの廿三頁』に始まり、『ハイドリオタフヒア』に終わる」ことの意味に注目している（前掲書、一九八～一九九頁）。
(27) Ibid., p.149. "They load their style with flowery comparisons, which produce one another, and mount one above another, so that sense disappears, and ornament only is visible." 漱石はこの部分に下線を引いている。テーヌによれば、ブラウンもこのような散文作家の一人である。
(28) Ibid. "But from this superfluity something lasting and great is produced...." 参照。この "But" 以下の文章に、漱石は

下線を引いている。

(29) Ibid., pp.149-152. なお、テーヌが引用する *Anatomy of Melancholy* の一部、すなわち、"I have no wife or children, good or bad, to provide for; a mere spectator of other men's fortunes and adventures, and how they act their parts, which methinks are diversely presented unto me, as from a common theatre or scene. (Ibid.)" という一節に、漱石は下線を引いている。

(30) Ibid., p.152.

(31) *The Works of Sir Thomas Browne.* Ed. by W. Wilkin, Vol. III (1893), pp.48-49. ただし、テーヌが "vain glory" とした部分は、ウィルキン編『サー・トマス・ブラウン作品集』では "vain-glory" となっている。

(32) Ibid.

(33) Ibid. p.49.

(34) Taine, op. cit., p. 152.

(35) ベーコン論の冒頭に現われる "Francis Bacon" という固有名詞にも、漱石は下線を引いている。

(36) なお、塚本『漱石と英国（増補版）』（一九九九）、二四八～二五二頁を参照。この教科書に残されている落書きや書入れは、どの全集ないし作品集等にも収録されていない。

(37) 川崎寿彦「夏目漱石『三四郎』（絵に還った美禰子）」。『分析批評入門』（至文堂、昭和四二）、四八三～四八四頁。

(38) 同書、四七六頁。

(39) M. Gray: *A Dictionary of Literary Terms* (Longman York Press, 1992). なお、キリスト教以前の古代ローマでは、"memento mori" は "carpe diem.（将来のことを気にせず現在を楽しめ）" に近い意味で用いられたとも言われるが、ここでは古代ローマにおけるこの句の用法には立ち入らない。

(40) 川崎、前掲書、四八三頁。

(41)同書、四七六頁。
(42)同書、四七六頁、四八八頁および四九〇頁。ただし四七六頁では「広田先生」は「水蜜桃の男」として扱われている。
(43)同書、四九三頁。
(44)*COD* (1929) は、これを "supreme spirit of evil, tempter of mankind, enemy of God" としている。
(45)『文学論』「第一編 第二章」。『漱石全集』第十四巻（一九九五）、九四頁。
(46)わが国の教科書等では「清教徒革命」と呼びならわしているが、現代のイギリスではこの言葉を用いず、普通 "Civil War"、または、"English Civil War" と言う。史家の立場によっては、"Great Rebellion" と言う場合もある。ここではイギリスの慣例に倣った。*Encyclopedia Britannica* (1966), Vol. 5.、"CIVIL WAR, ENGLISH" の項を参照。
(47)前掲『文学論』、二七六～二七七頁。
(48)同書、二八〇～二八一頁。
(49)同書、「第五編 第五章」。同四八〇頁。なおグレイの代表作 *Elegy Written in a Country Church-Yard* (1751) からは、「英文学形式論」で「グレー（Gray）の哀歌」として四行が引用されている。『漱石全集』第十三巻、二八〇頁。また "Beers" とはアメリカの英文学者 Henry A. Beers (1847-1926) だが、ビアーズの *A History of English Romanticism in the Eighteenth Century* (1899) には「憂鬱派」に正確に対応する語句は見いだせない。ビアーズは、コリンズやグレイを論じた "The Miltonic Group" で、"melancholy", "triumphs of melancholy", "a melancholia" 等の語を繰り返し用いており、この点をふまえた漱石の造語ではないか（ビアーズ、一六三～一六七頁参照）。
(50)代表作は、九巻一万行にも及ぶ *The Complaint: or, Night-Thought on Life, Death and Immortality* (1742-5)。
(51)斎藤勇『イギリス文学史（改訂増補第五版）』（研究社、昭和四九）、二六〇頁。"Graveyard School" とも言う。
(52)この作品は、現在では *Jean de Dinteville and Georges de Selve* と呼ばれている。左側に描かれているのが駐英フランス大使 Jean de Dinteville で、右側の人物は彼の友人で聖職者の Georges de Selve である（Wilson, M. *The*

*National Gallery London*. 1977. p.60.)

（53）*An Abridged Catalogue of the Pictures in the National Gallery, Foreign Schools* (Her Majesty's Stationary Office, 1898), pp.113-114.

（54）佐々木靖章『夏目漱石 蔵書（洋書）の記録』（てんとうふ社、二〇〇七）、八四頁。

（55）Thomas Rowlandson (1756-1827). 彼の *The English Dance of Death* は、一八一四年から一六年にかけて、二十四部に分けて出版された。彼の作品には *The Dance of Life* (1817) もあり、彼はまた同時代の作家、スモーレットやスターンの挿絵をも描いている。

（56）*Hamlet*, V-1, ll.61-180. の要約。なお、登場人物の科白は、小田島雄志氏の訳文を拝借した（『ハムレット』白水Uブックス、一九八三、二〇九〜二一五頁参照）。

（57）『漱石全集』第十四巻（二〇〇三）では「弑逆」に「しぎゃく」というルビをつけているが、『岩波国語辞典』（第四版）その他では、これを「しいぎゃく」としている。

（58）原文は "Alas, poor Yorick." (*The Norton Shakespeare*, p.1744.).

（59）Sterne. *The Life and Opinions of Tristram Shandy, Gentleman* (The Odyssey Press, 1940), p.31. シェイクスピアでは "your flashes of merriment that were wont to set the table on a roar" とある部分を、スターンは "*those* flashes of *his spirit, which* were wont to set the table *in the* roar" と言い換えている（イタリックは塚本）。なお、この部分の大意は、「ヨリックがこう言ったとき（＝最後の言葉を発したとき）、彼の眼に穏やかな光が一瞬輝くのをユージニアスは見た。それは、（シェイクスピアがヨリックの先祖を評した言葉を借りれば）みんなをどっと笑わせたあの愉快な機智のひらめきを微かに思い出させるものだった」といったところ。

（60）Ibid., p.32.

（61）Ibid., pp.32-33.

（62）川崎、前掲書、四〇四頁。

（63）前掲『「解釈」所収論文集―夏目漱石・森鷗外の文学』、一八頁。

（64）They burnt not children before their teeth appeared, as apprehending their bodies too tender for fire, and that their gristly bones would scarce leave separable relicks after the pyral combustion. (Browne. *The Works of Sir Thomas Browne*. Ed. by S. Wilkin, Vol. III, p.35.)

（65）原文は、“That, in strewing their tombs, *the Romans affected the rose; the Greeks amaranthus* and myrtle….（イタリックは塚本）”となっている (Ibid., p.35.)。なお、『漱石全集』第六巻（一九九四）「注解」は、『それから』（四）における「鉢植のアマランス」を「アマリリスと思われる」とするが（六一九頁）、これはやはり原文通り「アマランス」でなければならない。「アマランス」は、漱石文庫所蔵の Tyras. *The Language of Flowers; or Floral Emblems* (Routledge, 1869) によれば、“Immortality, Unfading” の象徴である (pp.10-11)。そうだとすれば、アマランスは、血流が止って動かなくなった「心臓を想像するに堪へぬ程に、生きたがる男」、代助の思いを寓するに相応しい花であろう。

（66）「凡ての上の冠として」とは、“to crown (it) all” という英語表現を借りたものである。「その上」、「加うるに」等々の意味だが、皮肉を利かせて「挙句のはてに」といった意味に用いることもある。

（67）Browne, op. cit., p.26.

（68）Ibid. *Athenaeus*.（アテナイオス、紀元三世紀）とは、エジプトに生まれたギリシアの学者。アレクサンドリアおよびローマに住み、*Deipnosophistae*（全十五巻）を著わした。アテナイオス著、柳沼重剛訳『食卓の賢人たち（２）』（一九九八）には、次のような一節がある。「ホメロス学者のセレウコスによると、トラキア人の中には宴会のときに『首吊り』なる遊びに興じていた連中がいるという。高い所から引き結びの縄を下げ、その下に、それに乗ろうとすると転がってしまうような石を置く。それから籤を引いて、当たった者は葡萄の枝の刈り込みに使うナイフを持って、石に乗って首を輪の中に入れる。別の者が出て来て石を動かす。石が転がって乗っていた者がぶら下がる。この時素早くナイフで縄を切らなければ、彼は死んでしまう。ほかの者たちは、遊びの果てに死人が出たことをうち笑った」(八六頁)。

(69)『漱石全集』第十四巻(一九九五)、三五五〜三六一頁参照。なお、この一節については、初期の論文「トリストラム、シヤンデー」中に漱石自身による名訳がある(『漱石全集』第十三巻、七〇頁参照)。

## 第7章

(1)「新古典主義(Neo-classicism)」という用語については様々な見解があり、『文学論』はこの訳語として「典型派」を用いている。また、斉藤勇『イギリス文学史』(研究社、昭和四九)や『英米文学辞典』第三版(研究社出版、一九八五)は、この語を採らずに"classicism"を用いている。本稿では、*The Oxford Companion to English Literature* (1985)が"Neo-classicism"としているのに倣って、「新古典主義」とした。

(2)第一および第二の法則は『詩学』に明記されているが、第三の法則はルネサンス期以後の文学理論家が『詩学』から演繹したものとされている。

(3)イタリア南西部の都市。古代ローマ海軍の基地があった。

(4)アリストテレスの『範疇論』、『命題論』、『分析論前書』、『分析論後書』、『トピカ』および『ソフィストの論駁法』の総称。もとギリシア語で「道具」の意味だったが、知識獲得の「道具」ないし「方法」は論理学であると考えた後のギリシア人編集者が、アリストテレス論理学の総称としてこの名称を用いたとされる。

(5)ベーコンでは、ここで人間の精神を支配している四種の「イドラ(偶像)」を破壊する必要が説かれるが、本稿ではこの点については割愛する。

(6)明治三十六年漱石が大学で開講した講義は「英文学概説」と表記されることが多いが、金子健二の『聴講ノート』では"General Conception of Literature"であって、"General Conception of *English* Literature"ではない(金子三郎編『記録 東京帝大一学生の聴講ノート』、辞游社、平成一四、二八一頁参照)。

(7)『文学論』(二〇〇三)「注解」は、漱石が書き直したのは「実際には三四八頁三行目から」だとし(六六二頁)、

「後記」にも同様な記述がある（七二二頁）。そうだとすれば、漱石が自ら筆をとったのは、「第四編 第六章 対置法 第二節強勢法附（仮対法）」の冒頭近く、「諸家の此節（『マクベス』第二幕第三場一～二五行）を評する事区々にして一ならず」以下ということになる。

(8) 金子、前掲書、三〇五頁。この『聴講ノート』は横組みで下線が引かれるという形式になっているが、本書では便宜上縦組み、傍線の形式に変えて引用。

(9) 同書、三〇七頁。「And 以下の句」とは、"And smooth as monumental alabaster." のこと。

(10) *The Norton Shakespeare* (W.W Norton & Company. 1997), p.2163.

(11) Partridge, *Origins: A Short Etymological Dictionary of Modern English* (1963), p.405. また、『新英和大辞典（第五版）』（研究社、一九八〇）は、"monument" の語義として、「(廃) a. 墓; b. 像 (statue).」を挙げている。

(12) 金子、前掲書、三〇五頁。

(13) 同書。

(14) ただし、引用文中太字で示した "or" は漱石の言葉ではなく、「あるいは」とか「もしくは」といった漱石の言葉をふまえた金子自身の表現ではないか。

(15)『文学論』の原稿では、「本文において、中川は仮名をほとんど片仮名で書いているが、原稿の冒頭に『かなは平がなにすること』という注記が墨書されている。」（『漱石全集』第十四巻「後記」「一、原稿について」を参照。）

(16) 金子、前掲書、三〇五頁。

(17) 同書、三〇七頁。

(18) 同書、三四七頁。

(19) 金子健二『人間漱石』（協同出版株式会社、昭和三一）、六八頁。

(20) 同書、八一頁。

(21) 例えば、「兎ニ角ク文学ノ content ノ formula ハ尤モ多クノ場合ニ於テ第二ナリ」とある（金子三郎編、前掲書、三〇五頁）。ここで "content" とは "matter" と同義であり、また「第二ナリ」とは、「花ナル cognitive element ニ emotional ノ附加シタル」場合、すなわち、「(F+f)」となる、ということ。

(22) 金子三郎編、前掲書、三四〇頁。この部分は、『文学論』では「第二編 文学的内容の数量的変化」の冒頭に対応する。

(23) 原文は欽定訳聖書（一六一一）を引用している。

(24) Cuddon, J.A. *A Dictionary of Literary Terms* (André Deutsch, London. 1977), p.272.

(25) 金子三郎編、前掲書、三〇七頁。

(26) 同書、三四七頁。なお、注(18)を参照。

(27) 同書、三二七頁。なお、『文学論』でこの部分に対応するのは、第一編第三章「文学的内容の分類及び其価値的等級」における「而して今文学的内容たりうべき一切のもの、換言すれば (F+f) の形式に改めうべきものを分類すれば（以下略）」である。ここでは、「改めうべき」という表現は明らかに "reduce" を含意している。中川も、"reduce" の趣旨をまったく理解しなかったわけではない。

(28) 金子の『聴講ノート』では、この部分は「根本的ニ吾人ガ文学ヲ味フ時ニ感動スルヲ assume セザル可カラズ（感動セザレバ文学ニアラズ）」となっている（三五四頁）。

(29)『漱石全集』第十四巻（角川書店、昭和三五）、四一三頁。

(30)『漱石全集』第十四巻（岩波書店、二〇〇三）、七二〇頁。

(31) …*any numbers of impressions, from any number of sensory sources, falling on our mind* WHICH HAS NOT YET EXPERIENCED THEM SEPARATELY, *will fuse into a single undivided object for that mind.* (James. *The Principles of Psychology*, I. p. 488.) 漱石手沢本では、この部分の欄外に縦線が引かれている。

(32) Ibid., p.491.

(33) Ibid., p.533.
(34) Ibid., pp.533-534.
(35) It is a formula for the connection between the amount of our sensations and the amount of their outward causes. Its simplest expression is, that when we pass from one sensation to a stronger one of the same kind, the sensations increase proportionally to the logarithms of their exciting causes. (Ibid. p.534.)
(36) Ibid. 引用文中「全くのゼロ」は、原文では“just *nothing*”。
(37) Ibid.
(38) Ibid., p.538.
(39) この問題については、井筒貴氏のご教示をいただいた。
(40) Ibid., p.539. 傍点は塚本。原文ではイタリック。
(41) Ibid. なお、「精神物理学における測定の公式」と訳した部分の原文は“the psychophysischer Maasformel”であるが、この“Maasformel”は“Massformel”の誤記か。
(42) Ibid.
(43) Ibid. 例えば、『哲学事典』(平凡社、昭和四八)は、ヴェーバー・フェヒナーの法則」の項では、フェヒナーの法則を「$S = k \log R + c$ ($k$, $c$ は定数)」としており、これはジェイムズの記述とは明らかに異なっている。なお、この事典は、本稿では省略したヴェーバーの法則についても、かなり詳しく解説している。
(44) 金子、前掲書、四二九頁。なお、引用文中「1,2,3 ノ associative language」は『文学論』ではそれぞれ「投出語法」、「投入語法」、「自己と隔離せる聯想」にあたり、「intensive contrast」は「強勢法」に、「contrast of relief」は「緩勢法」に、「harmony」は「調和法」に、「quasi-contrast」は「仮対法」に、「第四ノ associative language」は「滑稽的聯想」に、また、「incongruous contrast」は「不対法」にあたる。なお、原文で「連続的干係」とあるところを引用では「連続的関係」と改める等、一部手を加えた。

(45)同書、四三〇頁。

(46)同書。なお、『文学論』「第四編 第五章 調和法」では、同じく「(F＋f)＋(F＋f')」、「(f＋f')」等の「公式」を使いながら、はるかに興味深い論法を展開している。すなわち、「調和の目的上、FとF'とは寧ろ其性質の異なるを欲し、fとf'とは出来得る限り類似せん事を要する」という「不思議にして、しかも趣味ある結論」を導き出すのである。

(47)金子、前掲書、三二〇頁。

(48)ここで、『文学論』「第三編 第一章 文学的Fと科学的Fとの比較一汎」における「黄金律」の「注解」に、疑問を呈しておきたい。「或はFechnerの“golden cut”(黄金律)と称する一種の審美的切断法の価値を実験の結果として発見せるが如き」という一節には、「(“golden cut”を主張したのはツァイジングであって、フェヒナーはそれを批判した人。したがって、ここは漱石の誤解であろう)」という「注解」が付けられている。だがこの「注解」は、当該部分の趣旨を正確に把握した上での発言とは思われない。『文学論』全体を視野に入れると、「第三編 第一章」に先立つ「第一編 第二章」では、フェヒナーが“golden cut”を評価していないという趣旨の記述がみられるのである。すなわち「第一編 第二章」は、「golden cutとは一個のものを二分したる時、其短かき部分が長き部分に於ける比、其長き部分が全部に於ける比と同じきを名けたる」ものだとした後、続けて「Fechnerの云ふところに拠れば此比例は其価値重きを置くにたらず、其比、時により的中するが如き観あれども、これを以て充分の証拠となすこと難し(傍点塚本)」と述べている。「此比例」とは文脈上“golden cut”を指すとしか考えられず、また、「其価値重きを置くにたらず」とは事実上「黄金律」の「批判」に他ならない。要するに、『文学論』「第一編 第二章」におけるこの一節は、フェヒナーが“golden cut”を「批判」したと述べているのである。この点に関するかぎり、「第一編 第二章」における漱石の見解は、「第三編 第一章」「注解」の後半、すなわち、「(“golden cut”を主張したのはツァイジングであって、)フェヒナーはそれを批判した人」(傍点塚本)という「注解」の言葉とほとんど同一である。では、漱石は「第一編 第二章」から「第三編 第一章」に移る間に、フェヒナーに関する評価を完全に逆転させたのだろうか。そのようなことが考えられないとすれば、この「注解」が「ここは漱石の誤解であろう」と付け加えたのは、「注解」が本文を読み違えた故の発言だと判断せざるを得ない。『文学論』の本文、すなわち、「或は Fechner の "golden cut"(黄金律)と称する一種の審美的切断法の価値を実験の結果として発見せるが如き、亦科学者の業として文学者は敢て顧みざるを常とす」という本文は、中川が「整理」した文章である。これは甚だ分かりにくい悪文ではあるが、「注解」はおそらく、引用部分の冒頭に置かれた「Fechner の」が、その直後に続く「"golden cut"」の修飾語だ、と読んだのであろう。換言すれば、「Fechner の "golden cut"(黄金律)」が意味上一つの纏まりを構成する、と解したのであろう。この読み方に従えば、この部分は「フェヒナー」が「主張」した「"golden cut"」という意味だ、と理解しても不思議ではない。だがこの読み方は、先行する「第一編 第二章」における記述、すなわち、フェヒナーが "golden cut" を批判したという趣旨の記述と、明らかに矛盾する。そればかりか、この読み方では、これに続く「(実験の結果として)発見せる(が如き)」という動詞の主語を見つけることができなくなるのである。そこで、「Fechner の "golden cut"(黄金律)と称する一種の審美的切断法の価値」以下を入念に再読し、さらに、「第一編 第二章」の記述を参照すれば、中川の真意がほぼ理解できるはずである。中川の意図では、「Fechner の」における「の」は主語を表わす格助詞であり、「が」と同義なのである。したがって、「Fechner の」は「"golden cut"」の修飾語ではなく、この文の動詞「発見せる」の主語だと考えなければならない。つまり中川は、「"golden cut"(黄金律)と称する一種の審美的切断法の価値」を、「Fechner の(=が)実験の結果として発見せるが如き」と言いたかったに違いない。多少文脈を補ってみると、これは「文学者の解剖と科学者のそれ」とを「比較」して、両者の差異を解説しようとする試みの一部である。フェヒナーは、「黄金律」の「価値を実験の結果」として「発見」し、その「価値重きを置くにたらず」としたが、そのような発見は「科学者の業」であって、「文学者は敢て顧みざるを常とす」る、と『文学論』は述べたことになる。やや踏み込んで解説すれば、『文学論』は、フェヒナーが「発見」した「価値」が負(マイナス)の「価値」であっても、文学者はこの「結果」に囚われることはない、と述べたことになる。これが、問題の部分の趣旨であろう。そうでないとすれば、この部分は中川が漱石の講義を充分理解しないままに「整理」した悪文がそのまま現行『文学論』に残されている、と考えるほかはあるまい。いずれにせよ、漱石が「誤解」したという判断はやや軽率ではないか。なおこの部分は、金子の『聴講ノート』では、「又〔科学者ハ〕golden section ニ付テ如何ナル程度迄人々ガ趣味ヲ有スルカ experiment ニ由テ定メサル可ラズ換言スレバ科学者ハ此ノ如キ方法ヲナサヽル可ラズ之ニ反シテ文学者ハ observation 以上ニ行カズ（中略）又此以上ニ行ク必要ナシ」である（金子、前掲書、三七三頁）。なお、ここで金子が "golden cut" ではなく、"golden section" と記していることにも注意を喚起しておきたい。さらに視野を拡げれば、『猫』（三）には、金田鼻子の「偉大なる鼻」について、寒月が「此顔と此鼻は到底調和しない」と断じ、これが「ツアイシング《原》の黄金律を失して居ると云ふ事」を「厳格に力学上の公式から演繹して御覧に入れ様」と述べる場面がある。『文学論』「第三編 第一章」を講じたときにだけ、漱石が「黄金律」を主張したのがツァイジングであることを失念していたはずがあるまい。

(49)「些の痕迹なきや否や」は原文通りだが、文脈を考慮すれば、この「痕跡」は「斧鑿の痕跡」の意。「所謂意識的工夫」を加えたために「天真」を失って「厭味」を生じたのではないか、と漱石はテニソンを批判するのである。

(50) 金子、前掲書、四一一頁。なお、引用文中 "sensuous element" および "moral element" は、それぞれ『文学論』における「感覚的要素」および「人事的要素」に対応する。

(51) 同書。この図表でも、"sensuous" および "moral" の意味に注意。

(52) これが誤記だとすれば、この誤記がどの段階で起こったのかは分からない。金子健二がノートに記入した時かもしれないし、『聴講ノート』の編者がノートを整理した段階だったかもしれない。

(53) 原作では、二人の兄は妹がこのバジルをあまりにも深く愛おしむのを見て不思議に思い、植木鉢を盗みだして、その中を検める。すると土に埋もれた頭蓋骨を発見して驚愕し、事情を知って良心の呵責に堪えられずに逃亡する。イザベラもまた、次第にやせ衰えて死ぬ。

(54)金子の『聴講ノート』には、このような分数式に似た図は記されていない。ただし、この分数式で用いられた記号「∴」は、金子の『聴講ノート』に記された意味不明の記号「……」に対応するとも考えられる。

(55)金子の『聴講ノート』もこれと同じような一覧表を載せているが、『文学論』では「×」に対応する部分が「0」になっている（四四三頁）。また、この一覧表は新しい問題提起でもある。『文学論』によれば、所謂「浪漫派」は「始めより高度のfを有する材料を使用する」、換言すれば、「吾人は取材の上に於てのみ」「浪漫、理想の語」を用いようとする。だが、平々凡々たる材料を用いても、「(f＋f')を以て示し得る数種の文学的表現法」を活用すれば、「始めより高度のfを有する材料を使用」する所謂「浪漫」派と同じ効果を得ることができるはずである。とすると、「表現の写実にして取材の浪漫なるもの」、「取材の写実にして表現の浪漫なるもの」、「両者共に写実なるもの」、「両者共に浪漫なるもの」、さらには、「両者の結合より」生ずる「種々なる変形」が生じるはずである。そうだとすれば、「写実派」と「浪漫派」との定義を再考すべきではないかという問題を、『文学論』はここで提起しているのである。『文学論』はこれらの可能性を一覧表で示している（三八九頁）が、金子の『聴講ノート』はこの一覧表の原型、すなわち、漱石が教室で黒板に描いたと思われる表を載せている（四四三頁）。

(56)例えば、

「$S+d-d'$」,「$\frac{d+d'}{2}$」(p.540),「$\frac{\Delta s}{s}=\mathrm{const.}$」(p.547), 等。

(57)James, op., cit., p. 548.

(58)Ibid., p.549.

(59)Ibid. サウジーの原詩では、最終行にイタリック体を用いてはいない。なお、和訳は塚本。

(60)このとき、イングランドとスコットランドとは同一の君主を戴く「同君連合(personal union)」の関係にあったが、議会は別々だった。両国の議会が合併したのは一七〇七年。

(61)フェヒナーについては、主として *Encyclopedia Britannica* (2010) の "Fechner, Gustav Theodor" の項によった。

（62）塚本『漱石と英文学』（彩流社、二〇〇三）、四七～五八頁、および一一八～一四七頁参照。

（63）後に私が検討した限りでは、『漱石文学全集』第二巻（集英社）のみが、昭和四十五年八月の初版から“eke”を含む本文を採用している。

（64）金子、前掲書、三三四頁。なお、金子の記録した「一般」は「一斑」の誤記か。

（65）同書、三〇五頁、下線は金子。なおこの引用は、『リチャード二世』第二幕二場三九～四〇行。

（66）同書、三五三頁。

（67）Cf. James, William, *The Varieties of Religious Experience* (1902), p.485.

（68）Ibid. Author's Preface.

（69）Ibid. In my belief that a large acquaintance with particulars often makes us wiser than the possession of abstract formulas, however deep, I have loaded the lectures with concrete examples, and I have chosen these among *the extreme expressions of the religious temperament.*（イタリックは塚本）

（70）『ウィリアム・ジェイムズ著作集（４）宗教的経験の諸相（下）』（日本教文社、昭和三七）、三頁以下を参照。

（71）James, op. cit., p. 271.

（72）Ibid.

（73）Ibid., pp. 272-273.

（74）Ibid., p. 272.

（75）Ibid., pp. 272-274.

（76）Ibid., pp. ix-x. 以下、この目次に対応する本文の解説においては、引用部分についても特別な場合を除いては注を省略する。目次自体に頁数が示されているからであり、過度に煩雑になるのを避けるためでもある。

（77）別名ゾイゼ（Seuse）。

（78）Cf. James, op. cit., p.300.

(79)原語は“Critique of pure Saintliness”. Ibid., p.326.
(80)Cf., ibid., pp.343-345.
(81)Ibid., p.343. なお、“theopathy”とは、「(宗教的黙想による)神人融合感、神意に感応すること」(『新英和大辞典』、研究社、一九八〇)。
(82)Ibid., p.345.
(83)同書三四〇頁でジェイムズが用いた“deficiency of intellect”に漱石は下線を引き、欄外にこの言葉を書き込んでいる。
(84)Ibid., p.340.
(85)Ibid., p.259. 引用文中、イタリックは塚本。
(86)Ibid. イタリックは塚本。
(87)Ibid. イタリックは塚本。
(88)Ibid. イタリックは塚本。
(89)金子、前掲書、三三三頁。
(90)同書、三三四頁。
(91)同書。なおラスキンは、第六章の冒頭でイギリスの神学者リチャード・フッカー(一五五四~一六〇〇)の言葉、「神以外の一切のものは、それ自身のもつ本質に加えて他者からある種の完全性を受容する」という言葉を引用し、「それ故に如何なるものにおいても(中略)孤立の様相は不完全な様相である」と述べる。金子が『聴講ノート』に記録したのは、これに続く部分である。ラスキンは、神の属性たる〈統一性〉は全てのものに内在するから、それは“Unity”と言うよりはむしろ“Comprehensiveness”と呼んだ方がよかろう、と続けるのである。なお現行『文学論』で「関係」とあるのは“connection”、「合同」は“brotherhood”、「現象」は“appearance”か。
(92)金子、前掲書、三二七頁参照。

（93）同書、三三九頁。なお、この「注解」は、「（Moulton の説によれば此予知あるが故に）読者に幽玄の色を（生ぜしめ又は譏誚の調子を喚起せしむというが如し）」から「（此幽玄の色を）系属的のもの（として却つて予知を其眼目となすに至りては少しく本末を誤てる感なき能わず）」のあたりで用いられた「幽玄」および「譏誚」は、それぞれ "mystery" および "irony" の訳語だとしている。ただ、これらも漱石の訳語ではなく、中川の訳語ではあるまいか。金子の『聴講ノート』では、この部分は "There is the colour of *mystery* or there is the colour of *irony or mockery* cast over a succession of events." となっている（イタリックは塚本）。だが、この "mystery" を「幽玄」とするのは明らかに不適切であろう。また、この〝irony〟とはいわゆる "dramatic irony"、すなわち「観客にはわかっているが登場人物みずからは知らないことになっている皮肉な状況」（『新英和大辞典』第五版）の意であり、したがって、それは悲劇的結末に至る「一連の事件」（および、そこに登場する人物）に対する「冷ややかな嘲り」（mockery）になるのではないか。また、『大漢語林』（大修館）によれば、「譏誚」は「せめそしる（責め謗る）」ことの意であり、"irony and mockery" の訳語としては適当ではあるまい。中川が苦心したと考えられる訳語には検討すべき問題が少なからず残されているようである。

（94）小宮豊隆『漱石の芸術』（岩波書店、一九七九）、三六七〜三七七頁参照。

（95）同書、三七四頁。

（96）Morgan, C. Lloyd. *An Introduction to Comparative Psychology* (London: W. Scott. 1894), p.15.

（97）Ibid.

## 主要参考文献


アウグスティヌス著、服部英次郎訳『告白』（上）（岩波文庫、一九九五）
アエリウス・スパルティアヌス他著、桑山・井上・南川訳『ローマ皇帝群像 2』（京都大学学術出版会、二〇〇六）
アテナイオス著、柳沼重剛訳『食卓の賢人たち 2』（京都大学学術出版会、一九九八）
板垣直子『漱石文学の背景』（鱒書房、昭和三一）
『岩波国語辞典』（一九八七）
ヴァン・ティーゲム著、富田仁訳『比較文学』（清水弘文堂、一九七二）
『英米文学辞典』（研究社、一九八五）
エチアンブル著、芳賀徹訳「比較は理ならず」（『学燈』、一九六四年四月号〜九月号）
江藤淳『夏目漱石』（講談社、昭和三五）
江藤淳『漱石とアーサー王伝説』（東京大学出版会、一九七五）
江藤淳編『夏目漱石辞典』（朝日新聞社、一九九七）
海老池俊治『明治文学と英文学』（明治書院、昭和四三）
大島田人「『三四郎』の注釈―『ダーターファブラ』と『ハイドリオタフヒア』」（『解釈』、昭和三一年八月号）
オーベルマン著、市原豊太訳『オーベルマン』（上）（岩波文庫、一九四〇）、（下）（同、一九五九）
大村喜吉『漱石と英語』（本の友社、平成一二）
岡三郎『夏目漱石研究』第一巻（国文社、一九八一）

『「解釈」所収論文集―夏目漱石・森鷗外の文学』（教育出版センター、昭和五八）
柏木隆雄「漱石とメリメ」（『英語青年』一九七七年一月号）
金子健二『人間漱石』（協同出版株式会社、昭和三一）
金子三郎編『記録―東京帝大一学生の聴講ノート』（辞游社、平成一四）
川崎寿彦『分析批評入門』（至文堂、昭和四二）
ギボン著、中野好夫訳『ローマ帝国衰亡史』第一巻（筑摩書房、一九七六）
ギュイヤール著、福田陸太郎訳『比較文学』（白水社、一九五三）
木村毅『比較文学新視界』（八木書店、昭和五〇）
畔柳都太郎「大学教授時代」（『新小説臨時号・文豪夏目漱石』（大正六年一月）
ゲイツ著、桂文子訳『世紀末自殺考―ヴィクトリア朝文化史』（英宝社、一九九九）
小宮豊隆『夏目漱石』（下）（岩波書店、昭和二九）
小宮豊隆『漱石の芸術』（岩波書店、一九七九）
斉藤勇『イギリス文学史（改訂増補第五版）』（研究社、昭和四九）
ジェイムズ著、桝田啓三郎訳『ウィリアム・ジェイムズ著作集3 宗教的経験の諸相〈上〉』（日本教文社、昭和三七）、
『ウィリアム・ジェイムズ著作集4 宗教的経験の諸相〈下〉』（同、昭和三七）
佐々木靖章『夏目漱石蔵書（洋書）の記録』（てんとうふ社、二〇〇七）
佐藤夏生『スタール夫人』（清水書院、二〇一五）
島田厚「漱石の思想」（『日本文学研究叢書・夏目漱石』、有精堂、昭和五四）
清水孝純『漱石そのユートピア的世界』（翰林書房、一九九八）
『新英和大辞典』（研究社、一九八〇）
『新潮世界文学小辞典』（昭和四一）

スエトニウス著、国原吉之助訳『ローマ皇帝伝』（下）（岩波文庫、一九八六）
スターン著、朱牟田夏雄訳『トリストラム・シャンディ』（中）（岩波文庫、一九七六）
『聖書（新共同訳）』（日本聖書協会、二〇〇七）
『漱石全集』全二十八巻（岩波書店、一九九三 - 九六）
『大漢和語林』（大修館書店、平成四）
『大辞林』（三省堂、一九八九）
『太平記』（「日本古典文学大系 35」岩波書店、昭和三九）
高浜虚子「『猫』の頃」（『漱石全集月報』第一号、昭和三）
立花政樹「Dixon 先生」（『英語青年』、一九三三年十二月一日号）
塚田孝雄『シーザーの晩餐 ― 西洋古代飲食綺譚』（時事通信社、一九九一）
塚本利明編著『比較文学研究・夏目漱石』（朝日出版社、昭和五三）
塚本利明「漱石訳『方丈記』をめぐって」（『専修大学人文科学研究所月報』第四八号、一九七六）
塚本利明『漱石と英国（改訂増補版）』（彩流社、一九九九）
塚本利明『漱石と英文学（改訂増補版）』（彩流社、二〇〇三）
出口・ワット編著『漱石のロンドン風景』（研究社出版、一九八五）
『哲学辞典』（平凡社、昭和四八）
『寺田寅彦全集』第四巻（岩波書店、一九九七）
デュルケーム著、宮島 喬訳「自殺論 ― 社会学的研究」（『世界の名著 47』、中央公論社、昭和四三）
中川芳太郎『英文学風物詩』（研究社、昭和八）
中島文雄『近代英語とその文体』（研究社出版、昭和二八）
中野定雄他訳『プリニウスの博物誌』第一巻（雄山閣、昭和六一）

夏目鏡子述、松岡 譲筆録『漱石の思ひ出』（岩波書店、昭和四）
『夏目漱石集』（角川書店、昭和四八）
飛ケ谷美穂子『漱石の源泉―創造への階梯』（慶応義塾大学出版株式会社、二〇〇二）
飛ケ谷美穂子「奇人たちの饗宴」（松村昌家編著『夏目漱石における東と西』、思文閣出版、二〇〇七）
平岡・山形・影山編『夏目漱石辞典』（勉誠出版、平成一二）
福原麟太郎『夏目漱石』（荒竹出版、昭和四八）
藤代素人「猫文士気焔録」（『新小説』明治三九年五月号）
ヘーゲル著、武市健人訳『大論理学 上巻の一』（岩波書店、二〇〇二）
ペトロニウス著、国原吉之助訳『サテュリコン』（岩波文庫、一九九一）
ホフマン著、秋山六郎兵衛訳『牡猫ムルの人生観』（上）（岩波文庫、昭和三一）
ホメロス著、松平千秋訳『イリアス』（上）（岩波文庫、一九八一）
丸山才一『闊歩する猫』（講談社、二〇〇〇）
吉田六郎『「吾輩は猫である」論―漱石の「猫」とホフマンの「猫」』（勁草書房、昭和四三）
和田長丈「『吾輩は猫である』を最初に英訳した安藤貫一」（『大学図書館問題研究誌』第二六号、二〇〇四）

*An Abridged Catalogue of the Pictures in the National Gallery, Foreign Schools* (Her Majesty's Stationary Office, 1898)
Apicius. *L'art culinaire* (Text établi, tradui et commenté par Jacques André) (Société d'édition《Les Belles Lettres》,1987)
Beers, H. A. *A History of English Romanticism in the Eighteenth Century* (Kegan Paul, Trench, Trübner & Co. 1899)
Brandes, G. *Main Currents in Nineteenth Century Literature I. The Emigrant Literature* (Heinemann, 1901)
Brandes, G. *Main Currents in Nineteenth Century Literature II. The Romantic School in Germany* (Heinemann, 1902)

Browning, R. *The Poetical Works of Robert Browning. Vol. I* (Smith, 1900)
*Bartlett's Familiar Quotations* (Little, Brown & Company, 1896)
*Bartlett's Familiar Quotations* (Little, Brown & Company, 1992)
Berdoe, E. *The Browning Cyclopaedia* (Sonnenschein, 1898)
Brewer, E. C. *Dictionary of Phrase and Fable* (Cassell and Co., 1896)
Browne, T. *The Works of Sir Thomas Browne, III* (G. Bell & Sons, 1888)
Cooper, T. *A Biographical Dictionary* (Bohn's Reference Library, G. Bell & Sons, 1892)
Cross, W. *The Life and Times of Laurence Sterne* (Yale University Press, 1929)
Cuddon, J. A. *A Dictionary of Literary Terms* (André Deutsch, 1997)
Dixon, J. M. *Simpler English Poems* (Hakubunsha, 1890)
Durkheim, É. *Le suicide: Étude de sociologie* (Presses unuversitaires de France, 1969)
Durkheim, É. *Suicide : a Study of Sociology*. Trans. by J. A. Spaulding & Simpson (Routledge & Kegan Paul, 1968)
*Encyclopedia Britannica, Vol. V* (1966)
Fielding, H. *The Adventures of Joseph Andrews* (The World Classics, 1951)
Frye, N. *Anatomy of Criticism* (University of Toronto Press, 1957)
Gayley, C.M. *The Classic Myths in English Literature* (Ginn & Co., 1903)
Gozlan, L. *Balzac en pantoufles* (Lemercier, 1926)
Gray, M. *A Dictionary of Literary Terms* ( Longman, York Press, 1992)
Guyard, Marius-Françosis. *La littérature comparée* (Que sais-je ?, 1978)
James, W. *The Principles of Psychology. I & II* (Macmillan, 1901)
James, W. *The Varieties of Religious Experience* (Longmans, 1902)

Jones, H.A. *The Crusaders* (Macmillan, 1893)

Lacombe, M.P. *Arms and Armour.* (Trans. by C. Boutell. Scribner, Armstrong & Co., 1876)

Lombroso, C. *The Man of Genius.* (W. Scott, 1891)

*Merriam-Webster's Encyclopedia of Literature* (1995)

Morgan, C.L. *An Introduction to Comparative Psychology* (W. Scott, 1894)

Natsume, K. *I am a Cat* (Chap.1 ～ 2) (Translated by K.Ando and revised by K.Natsume, Hattori, 1906)

[*The*] *Natural History of Pliny* (Bohn's Classical Library, 1890)

[*The*] *New Princeton Encyclopedia of Poetry and Poetics* (1993)

Nordau, M. *Degeneration* (Heinemann, 1898)

[*The*] *Oxford Companion to English Literature* (1950)

[*The*] *Oxford Dictionary of the Christian Church* (1963)

[*The*] *Oxford English Dictionary* (1989)

*Oxford Dictionary of National Biography, XV* (2004)

Partridge, E. *Origin: A Short Etymological Dictionary of Modern English* (Routledge & Kegan Paul, 1963)

Ruskin, J. *Modern Painters Vol. II. Of the Imaginative and Theoretic Faculties* (Popular Edition. George Allen, 1906)

Schmidt, A. *Shakespeare Lexicon* (G. Reimer, 1886)

Scott, W. *Kenilworth* (Sixpence Edition) (G. Routledge and sons, n.d.)

Seneca. *Moral Essays II* (Loeb Classical Library, 1958)

Sienkiewicz, H. *Quo Vadis.* (Trans. by S.A.Binion & S.Malevsky. Routledge, 1901)

Shakespeare. *The Norton Shakespeare* (Norton and Company, 1997)

Shakespeare. *The Tragedy of King Richard II.* With an Introduction and Notes by K. Deighton (Macmillan, 1896)

Smith, W. (ed.) *A Classical Dictionary of Greek and Roman Biography, Mythology, and Geography* (J. Murray, 1899)

Smith, W. (ed.) *A Dictionary of Greek and Roman Antiquities* (Harper & Brothers, 1843)

Smith, W. (ed.) *A Dictionary of Greek and Roman Biography and Mythology* (AMS Press Inc., 1967)

Stalknecht and Frenz (ed.) *Comparative Literature: Method and Perspective* (Southern Illinois University Press, 1970)

*St. Augustine's Confessions I.* With an English Translation by William Watts (the Loeb Classical Library, 1977)

Stephen, L. *Hours in a Library.* I (Smith, Elder & Co. 1892)

Sterne, L. *The Life and Opinions of Tristram Shandy, Gentleman*. Ed. by James A. Work (The Odyssey Press, 1960)

Taine, H. A. *History of English Literature* (J. W. Lovell & Co. n.d.)

Tennyson, A. *Gareth and Lynette.* With Introduction and Notes by G. C. Macaulay (Macmillan, 1893)

Tennyson, A. *Selections from Tennyson*. With Introduction and Notes by F. J. Rowe & W. T. Webb (Macmillan, 1896)

Tennyson, A. *Lancelot and Elaine*. With Introduction and Notes by F. J. Rowe (Macmillan, 1865)

Van Tieghem, P. *La littérature comparée* (Armand Colin, 1951)

Waugh, E. *Love among the Ruins, A Romance of the Near Future* (Chapman & Hall, 1953)

Wellek, R. *Concepts of Criticism* (Yale University Press, 1965)

Wellek, R. *Discriminations: Further Concepts of Criticism* (Yale University Press, 1970)

*Yearbook of Comparative and General Literature* (Indiana University Press, 1951)

# あとがき

本書は、二〇〇三年八月に上梓した『漱石と英文学――「漾虚集」の比較文学的研究』のいわば続編である。まず、ここに収録した論文がどのような過程を経て現在のかたちになったかについて、記しておく。

「第一章　自己流〈比較文学〉と漱石研究」は、主として『日本比較文学会東京支部　研究報告』第十一号（二〇一四）に載せた同じタイトルの小論に基づいたものである。当時東京支部は、「シリーズ《比較文学の方法》」を例会のテーマの一つとしていた。その第二回での発表を依頼されたとき、自分がかなり時代遅れになっているとは自覚しながら、大昔の話をさせていただいた。いわゆるフランス派とアメリカ派との論争を振り返って見るのもそれなりに意味があるのではないか、と思ったからである。私の発表は二〇一三年五月のことで、その要旨を『研究報告』第十一号に載せていただいたのは翌一四年である。それに多少手を加えたのが、第一章「1　私の〈比較文学〉入門から海外における『方法論』論争まで」および「2『事実主義』の重要性」である。ただ、発表時間および紙幅の制約上、充分に意を尽くせないところがあったので、今回はそれを補うため「3『文学論』における『暗示』」を付け加えた。

「第二章 食材としての孔雀——漱石における想像力の一面」は、二〇〇八年十月、第四六回東京大会での口頭発表に大幅に加筆して、翌〇九年同じタイトルで『人文科学年報』第三九号（専修大学人文科学研究所）に掲載したものである。本書に収録するに際しては、「7『猫』と『漾虚集』とを繋ぐもの（その一）」、「8同（その二）」、および「9同（その三）」を付け加えた。

「第三章『吾輩は猫である』とその周辺」の原型は、同じく『人文科学年報』第三七号（二〇〇七年三月）に載せた「『吾輩は猫である』における諸問題」である。同年八月の東京支部例会では、その一部を敷衍し、「『猫』における諸問題——ブランデスに触れつつ」と題する発表をさせていただいた。ただし、「『吾輩は猫である』における諸問題」自体は、半世紀以上も前に私が苦心してまとめた「『吾輩は猫である』における英文学の影響について」に大幅な補筆・修正を加えたものである。この舌足らずの論文らしきものには全く自信がなかったが、故加納秀夫教授のご紹介で、当時垂水書房から出ていた『英文科手帖』一七号（昭和三六年一〇月）に載せていただいた。このとき、私は自分の原稿が活字になったのを見て驚くと同時に、これは現実なのかという不思議な感覚に襲われたのを覚えている。ある意味では手垢にまみれた論文だが捨て去るには惜しく、今回旧稿にさらに加筆してみた。そのうち、「6『吾輩』と“we”」は、中島健蔵・太田三郎・福田陸太郎編『比較文学講座』Ⅲ（清水弘文堂、昭和四六）所収「夏目漱石」の一部にいくつかの新資料を加えつつ敷衍したものである。漱石の感覚では、「吾輩」を英訳すれば“I”ではなく“we”でなければならないのだという私の指摘には、ほとんど反応がなかった。だが私は、漱石がヤング なる人物に自著を贈ったときに添えた言葉、“Herein, a cat speaks in the first person plural, we.”という言葉は、漱石が教養ある外国人に対してユーモアを交えながら自著の特徴を解説した唯一のものであり、『猫』を理解するうえで最も重要な手掛かりの一つだ、と今でも考えている。

同じく第三章に付け加えた「11『猫』におけるウィリアム・ジェイムズ（その一）」、「12 同（その二）」、「13 同（その三）」、すなわち『猫』におけるウィリアム・ジェイムズの影響を扱った部分は、『英語青年』一九八五年五月号に載せた小論、「漱石とウィリアム・ジェイムズ」を大きく書き直したものである。後にこの小論を読み返してみると、僅かなスペースに多くの論点を盛り込み過ぎた結果、全体として焦点が定まらず、舌足らずのままに終わってしまっている。そこで、その三十年後の二〇一六年十月、私は漱石とジェイムズとの関係ではなく、『猫』とジェイムズとの関係に焦点をしぼり、第五四回東京支部大会で「『吾輩は猫である』とW・ジェイムズ」という表題で口頭発表を行なったが、ここでも時間の配分を誤って内容の一部は省略せざるを得なくなった。今回、時間やスペースに制約を受けずに発表できる機会を得て、私の欲求不満はようやく解消されたようである。

第四章「『猫』における『自殺』と『結婚の不可能』」は、第四七回東京大会（二〇〇九）での口頭発表を原型としている。ところがこの時にも「自殺」の問題を扱っただけで時間が足りなくなり、翌二〇一〇年五月の例会で「再説・『猫』における『自殺』と『結婚の不可能』」と題して、主として「結婚の不可能」についての部分をいわば追加発表することを認めていただいた。両者を併せて、「『吾輩は猫である』における『自殺』と『結婚の不可能』――主としてブランデスとの関係について」と題して『現文研』第八七号（専修大学現代文化研究会、二〇一一）に載せたが、本書に収録するに際してはさらに補筆・修正を加えてある。

第五章「漱石とレズリー・スティーヴン」の原型は、第四二回東京大会（二〇〇四）における口頭発表である。翌二〇〇五年、この口頭発表に手を加え、同じタイトルで『専修大学人文論集』三五号（二〇〇五）に掲載した。本書に収録するにあたっては、この論文に多少の補筆・修正を加えた。本文中で“a suit of childbed-linen”を「小供の寝床用リネン一揃い」としたのは森田草平あるいは滝田樗蔭の誤訳ではないかとしたが、その理由は、『モル・フランダース』を通読すれば、このような誤解が生まれるはずがないからである。本来なら本文中でその理由を詳しく述べるべきだったが、それが出来なかったのがやや心残りである。

第六章「『ハイドリオタフヒア』とその周辺」は、未発表の断片的論考をそれなりに整理したものである。私もまた、かねてからこの難解な作品と漱石との関係について曲がりなりにも一篇の論文を書き上げるつもりで、各種の資料を収集していた。ところが、それらを整理して一つの論文に纏め上げるのに手こずっているうちに、優れた研究が次々に発表され、この状況では当初の計画に執着する必要はあるまい、と考えるに至った。ただ、細部についてはこれらの研究が触れていない事実等もあるので、このような断片的事実を明らかにしておくのも無意味ではあるまいとも感じたのである。これは、私にとって謂わば鶏の肋ぼねのようなものである。

第七章「『文学論』本文の検討」のうち、「凡そ文学的内容の形式は（F＋f）なることを要す」について論じた部分、すなわち、「1 はじめに」から「6 『文学論』冒頭の命題と漱石の不満」までは、第四三回東京大会（二〇〇五年十月）において「『文学論』冒頭の一句について」と題して行なった口頭発表と、ほぼ同時期に『専修大学人文論集』第七七号に載せた「『文学論』本文の検討（一）――冒頭の一句を例として」とに基づいている。この時点では、自分が到達した結論に関して一抹の不安を抱いていたが、その後あらためて『文学論』を読み返し、「第四編 第七章 写実法」の冒頭近くにある一節、「凡そ文学の材料となり得べきものは（F＋f）の公式に引き直すを得べしとは、本論の冒頭に於て説けるが如し」という言葉の重要性に気がついた。これは明らかに漱石自身の言葉と考えられるが、この言葉は「本論の冒頭に於て説ける」言葉、すなわち、「凡そ文学的内容の形式は（F＋f）なることを要す」といくつかの点で決定的な違いがある、と断定せざるを得なかったのである。これは私の誤解ないし曲解ではないかと繰り返し検討してみたが、自分の理解が間違いだという結論には達しなかった。もし私の理解にある程度肯綮に当っているところがあるとすれば、『文学論』で中川が「整理」した部分は、謂わば批判的に解釈し直す必要があるのではないか。

同じく第七章における「9 *"Lives of Saints"* とは何か」から「11 おわりに――本文と『注解』との関係にふれつつ」までは、「『文学論』本文の検討（二）――『*Lives of Saints*』を中心に」として『専修大学人文論集』第七八号（二〇〇六）に載せた論文に大幅な補筆を加えたものである。その核心は「7「（F＋f）」、ジェイムズ、およびフェヒナー」と「8『文学論』における数式へのこだわり」だが、半世紀以上も昔、数学が不得意だったため理科系への進学をあきらめた私としては、最も不得意だった主題に却ってこだわりたくなったのが不思議である。

本書を纏めるにあたって、私は二つの点に留意した。その一は、研究史上では些事に過ぎないかに見える事項にも、ある程度は配慮しようと試みたことである。これは私の反省でもあるのだが、かつて私が『比較文学研究・夏目漱石』（昭和五三）を編集したとき、〈研究書誌〉に中島文雄著『近代英語とその文体』（研究社出版、昭和二八）に含めるべきか否かに迷ったことがある。本文で述べたとおり、『ハイドリオタフヒア』で三四郎がよく分からなかった一節の原文を初めて指摘し、その大意を明らかにしたのは、中島教授だからである。だが、中島教授がこれに触れたのはブラウンの文体を論じる際の脚注においてであり、『近代英語とその文体』そのものを〈研究書誌〉に載せるのはやはり無理があるのではないかと思った。さればと言って、この脚注だけを取り出して〈研究書誌〉に載せるのも、少なくとも形式上は極めて不自然ではあるまいか。結局私は、〈研究書誌〉に載せる予定の大島田人「『ダーターファブラ』と『ハイドリオタフヒア』」が中島教授に言及しているので、『ハイドリオタフヒア』に関心がある読者は大島論文を通して容易に中島教授の解説に辿り着けるだろうと考えた。これが、中島教授の貴重なご指摘にはまったく触れなかった理由である。ところがその後、『ハイドリオタフヒア』の出典を扱った論考・注解等は、私の知る限りでは、中島教授のご指摘に一切言及していないのである。この現状を見ると、例えば三四郎が「聖徒イノセントの墓地」と解釈した“St. Innocent's churchyard”についての教授の短いコメントを紹介しておいたら、作者漱石がこの墓地にどのような含意を託していたのかがある程度は明らかになったはずだと考えるようになった。研究史的には一見些事にも見える事項にもある程度こだわったのは、このような反省からである。

その二は、特に源泉研究では、ある事項とその源泉との関連が一対一の単純な関係に見えても、実はそうではないこともあり得ることを指摘しようと試みたことである。例えば、『猫』（四）に登場する金田鼻子が「トリストラム、シャンデーの中」にある「鼻論」と無関係ではないことは、本文を読んだだけで明らかなはずである。他方、『猫』(二)で語られるバルザックの「贅沢」、すなわち、「吾輩」が「一寸雑煮が食つて見たくなつた」という部分に続く「文章の贅沢を尽した」バルザックの挿話は、当初私には、「トリストラム、シヤンデー」とも「鼻論」ともまったく無関係のように見えていた。だがこの中間に、レズリー・スティーヴンの『書斎のひととき』を置いてみると、この二つは密接な関係をもつと考えざるを得なくなったのである。そればかりか、漱石は先ず、『猫』(二)でスティーヴンが語ったバルザックの奇癖を利用し、次いでバルザックの奇癖から『トリストラム・シャンディ』の「鼻論」を連想し、『猫』(四)でこれを利用して読者を笑わせた可能性も浮かび上がってきた。これを一般化すれば、初めは別々の線で『猫』と結ばれているかに見えた二つの挿話が、深層で見えざる接点をもつ可能性を無視することはできない、ということになろう。このようにして漱石文学における見えざる関係を可視化するという作業は、それなりに重要なのではないか。これが、私の留意した第二点である。『文学論』と漱石の創作との関係にしばしば触れたのも、謂わばこの第二点の延長線上にある。

上記の通り、本書は私が長い期間にわたって書きためた論文を整理したものである。これらを本書に収録するにあたっては、可能な限り補筆・修正をこころみたが、それぞれの論考にはそれなりの独立性を与えなければならないこともあって、内容的に一部重複する部分を残さざるを得なかった。また、整理が不十分だったこともあって、表記の一部に不統一も目立つが、これらの点については読者諸賢のご寛恕をいただきたい。

漱石の作品については、主として、一九九三年から九六年にかけて刊行された『漱石全集』(岩波書店）によったが、必要に応じて他の版も参照した。ただ、現在刊行中の『定本漱石全集』はごく一部しか参照できなかったのが残念である。

また、古代ローマに関する問題については主として邦訳文献によったが、念のため、一九一二年に刊行が始まって以来定評があるLoeb Classical Libraryをもできるだけ参照した。ただし、特段の事情がないかぎり、この古典叢書は「主要参考文献」から省いてある。不必要に煩雑になることを避けるためである。

本書を纏めるにあたって、東北大学図書館には「漱石文庫」に残されている一部資料のコピーの転載を許可していただいた。ラスキンの『近代画家論』等一部資料の収集に関しては、久泉伸世氏のお世話になった。校正にさいしては、新仮名遣いと旧仮名遣い、さらには漱石特有の仮名遣い等々で頭が混乱してしまった私を、妻由紀子が助けてくれた。

彩流社社長竹内淳夫氏は、いつまで経っても原稿が完成せず、校正の段階に入っても遅れにおくれた私を辛抱強く見守って下さり、さらには出版にさいしては全般的に貴重な助言をいただいた。厚く御礼申し上げます。

二〇一八年六月

塚本利明

## 《改訂増補版》漱石と英文学

978-4-88202-825-3 C0095(03・08)

「漾虚集」の比較文学的研究　塚本利明 著

創作方法の原点に迫る実証主義的比較文学の成果！ホメロスからラングの『幽霊譚』まで広く原典を渉 猟、厳密な検証と複眼的な読みによって、作品の材 源・背景を解明、定説に修正を迫った名著。口絵4点と『漱石とカーライル』を増補。　四六判上製　4,000円＋税

## 《増補版》漱石と英国

978-4-88202-463-7 C0095(99・03)

留学体験と創作との間　塚本利明 著

“漱石の倫敦、ロンドンの漱石”——二つの視点を 踏まえ、精緻な資料の読みと当時の社会事情の復元 を通して名作「倫敦塔」の創作過程を解明。知られ ざるスコットランド旅行の足跡と目的を探り、漱石 の英国体験に新しい光を当てる。　四六判上製　2,500円＋税

## 世界文学の中の夏目漱石

978-4-7791-2199-9 C0095(16・02)

「形式」という檻　武・アーサー・ソーントン 著

漱石の作品は、なぜ個人の内面に向かい、陰鬱なものへと変容するのか。近代日本文学の内向化を、「比較文学」の視点で考察、「近代」を描写する「形 式」を追求する漱石を、「世界文学」の流れの中に 捉え、「漱石論」の再解釈へいざなう。　四六判上製　2,000円＋税

## 漱石の俳諧落穂拾い

978-4-7791-1789-3 C0095(12・04)

知られざる江の島 鎌倉 湯河原 原句 漱石異説　山影冬彦 著

正岡子規の影響下で作られて数々の漱石の写生句の なかで、「漕ぎ入れん初汐寄する龍が窟」が江の島の岩屋を詠ったものであることを特定し、その背景 を明かすユニークな漱石論。未完の大作『明暗』の解明も示唆する。　四六判上製　2,000円＋税

## 漱石の転職

978-4-7791-1128-0 C0095(05・11)

運命を変えた四十歳　山本順二 著

転職は昔も今も、また誰にとっても人生の重大事で ある。日本を代表する小説家を誕生させる契機とな った「東京帝国大学」の椅子をなげうっての「転 職」に焦点を当て、全く新しい視点から文豪漱石の 生き様を浮き彫りにする。　四六判上製　2,000円＋税

## 漱石のパリ日記

978-4-7791-1961-3 C0090(13・12)

ベル・エポックの一週間　山本順二 著

漱石は世紀末のフランスで誰に会い、何を見たか…。 百年以上前のパリ万博の年、国民的作家になる前の 漱石の「花の都」での行動を克明に追い、当時のパ リの街の様子や雰囲気とともに「パリの漱石」を初 めて再現する。　四六判上製　2,000円＋税

〔著者紹介〕

**塚本利明**（つかもと　としあき）

1930年　東京に生れる

現在　専修大学名誉教授　日本比較文学会評議員

単著　『漱石と英国――留学体験と創作との間』（改訂増補版・彩流社）
　　　『漱石と英文学――「漾虚集」の比較文学的研究』（改訂増補版・彩流社）

共編著　『比較文学講座』Ⅲ　中島健蔵ほか編（清水弘文堂）、『夏目漱石全集』別巻　吉田精一編（筑摩書房）、『漱石における東と西』日本比較文学会編（主婦の友社）、『比較文学研究・夏目漱石』吉田精一ほか監修塚本利明編（朝日出版社）、『ロマン派文学とその後』篠田一士ほか編（研究社出版）、『講座夏目漱石（2）』三好行雄ほか編（有斐閣）、*The World of Soseki*. Ed.by Iijima and Vardaman (Kinseido)、『漱石作品論集成』第四巻 鳥井・藤井編（桜楓社）、『近代の文学』井上百合子先生記念論文集刊行会編（河出書房新社）、*Faits et Imaginaires de la guerre russo-japonaise*. Éd. Par Dani Savelli (Kallash)、*The Russo-Japanese War in Global Perspective: World War Zero*. Vol. Ⅱ . Ed. By David Wolff et al. (Brill)

訳書　S.K. ランガー『感情と形式』（共訳・太陽社）、メアリ・ダグラス『汚穢と禁忌』（ちくま学芸文庫）、S.K. ランガー『哲学的素描』（共訳・法政大学出版局）、アンソニー・ストー『人間の破壊性』（法政大学出版局）、G. ヤホダ著『迷信の心理学』（共訳・法政大学出版局）、J. キャロル『水晶宮からの脱出』（共訳・未来社）、メアリ・ダグラス『象徴としての身体』（共訳・紀伊国屋書店）、J.M. カディヒ『文明の試練』（共訳・法政大学出版局）、R. ルイス『夢の事典』（共訳・彩流社）

**漱石《そうせき》と英文学《えいぶんがく》 Ⅱ――『吾輩《わがはい》は猫《ねこ》である』および『文学論《ぶんがくろん》』を中心《ちゅうしん》に**

2018年8月20日　初版発行　　　定価は、カバーに表示してあります

著　者　塚本利明
発行者　竹内淳夫

発行所　株式会社　彩　流　社

〒102-0071 東京都千代田区富士見2-2-2
TEL 03-3234-5931 FAX 03-3234-5932
ウェブサイト　http://www.sairyusha.co.jp
E-mail sairyusha@sairyusha.co.jp

印刷　モリモト印刷（株）
製本　㈱難波製本
装幀　渡辺将史



乱丁本・落丁本はお取り替えいたします。　ISBN 978-4-7791-2472-3 C0090

# 索　引



## ア行

カ行

サ行

## タ行

## ナ行



## ハ行

## マ行

## ヤ行



## ラ行

## ワ行